맹렬한 힘에 대한 이야기이다.
「뉴욕 타임스」

이 책을 읽는 누구나 반 고흐의 삶에 관한 모든 중요한 사실들을
알게 될 것이다.……시적이고 감동적이다.
「크리스천 사이언스 모니터」

놀랍다! 섬세하고 통찰력 있는 감동적인 이야기이다.
「포럼」

철저하고 공감을 자아내며 능숙하다.
「새터데이 리뷰 오브 리터러처」

빈센트 반 고흐 : 열정의 삶

빈센트 반 고흐

열정의 삶

어빙 스톤

최승자 옮김

청미래

LUST FOR LIFE

by Irving Stone

Copyright © 1934 Irving Stone
This Korean edition was published by Cheongmirae Publishing Company in 2007 by arranged with Doubleday, an imprint of The Knopf Doubleday Group, a division of Penguin Random House LLC through KCC(Korea Copyright Center Inc.), Seoul.

역자 최승자
1952년 충청남도 연기에서 태어났다. 고려대학교 독문과를 졸업했으며, 계간 『문학과 지성』에 「이 시대의 사랑」 외 4편을 발표하면서 시인으로 등단했다. 저서로 시집 『이 시대의 사랑』, 『즐거운 일기』, 『기억의 집』, 『내 무덤 푸르고』, 『연인들』 등이 있고, 역서로 『침묵의 세계』, 『존재의 기술』, 『굶기의 예술』, 『자살의 연구』, 『혼자 산다는 것』 외 다수가 있다.

빈센트 반 고흐 : 열정의 삶

저자 / 어빙 스톤
역자 / 최승자
발행처 / 도서출판 청미래
발행인 / 김실
주소 / 서울시 용산구 서빙고로 67, 파크타워 103동 1003호
전화 / 02 · 739 · 1661
팩시밀리 / 02 · 723 · 4591
홈페이지 / www.cheongmirae.co.kr
전자우편 / cheongmirae@hotmail.com
등록번호 / 1−2623
등록일 / 2000. 1. 18
초판 1쇄 발행일 / 2007. 2. 10
제2판 발행일 / 2022. 5. 30

값 / 뒤표지에 쓰여 있음

ISBN 978−89−86836−78−3 03840

차례

어머니 폴린 스톤을 추억하며

빨강 머리 멍청이
런던

1

"반 고흐 씨, 일어날 시간이에요!"

빈센트는 자면서도 어설라의 목소리를 기다리고 있었다.

"깨어 있었는걸요, 어설라." 그가 되받아 소리쳤다.

"거짓말!" 여자가 웃음을 터뜨렸다. "지금 일어났으면서." 그녀가 층계를 내려가 부엌으로 들어가는 소리가 들렸다.

빈센트는 두 손으로 침대를 밀치며 벌떡 몸을 일으켜 침대에서 튀어나왔다. 그의 어깨와 가슴은 단단했고 두 팔은 굵고 다부져 보였다. 바지를 입은 그는 물주전자에서 찬물을 따라놓고는 가죽띠에다 면도칼을 갈았다.

빈센트는 날마다 의식(儀式)을 치르듯이 면도를 즐겼다. 넓적한 뺨 아래쪽으로 오른쪽 구레나룻에서부터 육감적인 입 모서리까지, 콧구멍 밑에서 윗입술까지 오른쪽 반, 그리고 왼쪽 반, 그 다음엔 따스한 화강암처럼 크고 둥글고 두툼한 턱 밑으로, 이런 순서였다.

그는 양복장 위에 놓여 있는, 브라반트의 풀잎과 오크 이파리로 엮은 화환 속으로 얼굴을 들이밀었다. 그것은 동생 테오가 준데르트 근처의 들판에서 따모아 런던의 형에게 보내온 것이었다. 코끝에 닿는 네덜란드의 냄새와 더불어 그날 하루도 순조롭게 시작되었다.

"반 고흐 씨." 다시 문을 두드리면서 어설라가 그를 불렀다. "방금 우편집배원이 편지를 놓고 갔어요."

그는 봉투를 뜯으면서 어머니의 필적임을 알아보았다. "사랑하는 빈센트, 침대에서 네게 몇 자 적어 보낸다."

얼굴이 차가운 물기에 젖어 있었으므로 그는 바지 주머니에 편지를 찔러넣으면서, 구필 화랑에 나가 한가한 틈을 타서 읽어야겠다고 마음먹었다. 그는 황적색의 길고 숱 많은 머리칼을 뒤로 빗어넘기고, 빳빳한 흰 셔츠, 로 칼라, 커다란 매듭 장식의 검은 넥타이를 차려입고 아침 식사와 어설라의 미소가 기다리고 있는 곳으로 내려갔다.

어설라 로이어와 프로방스 출신 목사의 미망인인 그녀의 어머니는 뒤뜰의 자그마한 집에서 사내아이들을 돌보는 유치원을 운영하고 있었다. 어설라는 커다란 눈을 지닌 생글생글 잘 웃는 열아홉 살의 처녀인데, 섬세한 타원형 얼굴에 파스텔 톤의 혈색이었고, 몸매는 작고 날씬했다. 마치 강렬한 색채의 파라솔에서 나오는 빛처럼, 밝게 빛나는 웃음이 그녀의 야무진 얼굴 위로 번져가는 모습을 빈센트는 사랑스럽게 지켜보곤 했다.

어설라는 날렵하고 정숙한 태도로 시중을 들면서, 그가 식사를 하는 동안 쾌활하게 재잘거렸다. 그는 스물한 살이었고 난생 처음으로 사랑에 빠져 있었다. 희망찬 인생이 그의 앞에 펼쳐져 있었다. 그는 평생토록 어설라와 마주 보면서 아침 식사를 할 수 있다면 자기야말로 행복한 사내일 것이라고 생각했다.

어설라가 베이컨과 달걀과 짙은 블랙커피를 내왔다. 그녀는 그의 맞은편 의자에 풀썩 앉아서 곱슬곱슬한 갈색 뒷머리칼을 매만지더니 그에게 생긋 미소 지으면서 소금, 후추, 버터를 잇달아 건네주었다.

"당신이 심은 물푸레나무가 조금 올라왔어요." 혀로 입술을 축이면서 그녀가 말했다. "화랑에 나가기 전에 한번 보실래요?"

"그러죠." 그가 대답했다. "그런데, 저어…… 그 나무가 어디 있는지 가르쳐주시겠어요?"

"참 이상한 분이시네! 자기가 심어놓고는 어디에 있는지 모르다니." 그녀는 사람을 앞에 놓고도 그 사람이 거기 없는 양 얘기하는 버릇이 있었다.

빈센트는 침을 꿀꺽 삼켰다. 그의 거동은 그의 몸만큼이나 무거웠고, 어설라에게 대꾸할 적당한 말을 못 찾은 듯 싶었다. 그들은 뜰로 나갔다. 차가운 4월의 아침이었지만 사과나무에는 벌써 꽃이 피어 있었다. 작은 정원을 사이에 두고 로이어의 자택과 유치원이 떨어져 있었다. 바로 며칠 전에 빈센트가 거기에 양귀비와 스위트피의 씨앗을 뿌렸다. 물푸레나무가 흙을 뚫고 솟아나오고 있었다. 빈센트와 어설라는 물푸레나무 양편에 각각 쭈그리고 앉았다. 그들의 손이 거의 맞닿을 정도였다. 어설라에게서는 자연스럽고 짙은 머리칼 내음이 풍겼다.

"어설라." 그가 말했다.

"네?" 그녀는 얼굴을 들어올리면서, 무슨 일이냐는 듯 미소 지었다.

"난…… 난…… 저어……."

"어머나, 뭔데 그렇게 더듬거리는 거예요?" 그녀가 묻고는 벌떡 일어났다. 그는 유치원 문간까지 그녀를 따라갔다. "곧 아이들이 올 거예요. 화랑에 늦지 않겠어요?" 그녀가 말했다.

"아직 시간 있어요. 스트랜드까지 사십오 분이면 걸어가니까."

그녀는 딱히 할 말이 없어서 양손을 목덜미 주위로 올려 삐져나온 머리카락 한줌을 잡았다. 굴곡진 그녀의 육체는 호리호리한 몸매치고는 놀랄 만큼 풍만했다.

"브라반트를 그렸다는 그 그림은 대체 어떻게 된 거예요, 유치원에 걸도록 내게 준다고 약속했잖아요?" 그녀가 물었다.

"세자르 드 콕의 스케치 중에서 복사품 하나를 파리로 보냈습니다.

세자르가 당신을 위해 거기에 글을 새겨줄 거예요."

"어머, 좋아라!" 그녀는 엉덩이를 짧게 흔들며 손뼉을 쳐대더니 다시 뒤돌아섰다. "가끔은, 아주 가끔씩은 반 고흐 씨도 대단히 매력적으로 보일 때가 있어요."

그녀는 두 눈과 입으로 그에게 미소 짓고는 자리를 뜨려고 했다. 그가 그녀의 팔을 잡았다. "잠자리에 누워 당신에게 줄 이름을 생각했죠." 그가 말했다. "난 당신을 '아이들의 천사'라고 불렀습니다."

어설라는 고개를 젖히고 마음껏 웃었다. "아이들의 천사!" 그녀가 외쳤다. "어머니한테 가서 그 얘길 해드려야겠어요."

빈센트의 손에서 벗어난 어설라는 한쪽 어깨를 으쓱하며 그를 보고 웃더니, 이윽고 뜰을 지나 집 안으로 달려들어갔다.

2

실크해트를 쓰고 장갑을 낀 빈센트는 클래펌 도로로 나왔다. 런던 중심부에서 떨어진 이곳에는 주택들이 드문드문 흩어져 있었다. 집집의 정원마다 라일락, 산사나무, 노란 등꽃나무들이 꽃을 피우고 있었다.

여덟 시 십오 분이었다. 구필 화랑에는 아홉 시까지 가면 되었다. 그는 활기차게 걸었다. 집들이 점차 빽빽해지면서, 그를 스쳐 일터로 가는 사람들의 숫자가 점점 더 늘어났다. 그는 그들 모두에게서 더할 나위 없는 친근감을 느꼈다. 그들 역시 사랑한다는 것이 얼마나 벅찬 일인지 알고 있을 테니까 말이다.

템스 강 둑길을 따라 걷다가 웨스트민스터 다리를 건넜다. 웨스트민스터 성당과 국회의사당을 거쳐 그는 스트랜드 가 사우샘프턴 17번지에 있는 구필 화랑 런던 지점으로 들어갔다.

카펫이 두툼하게 깔리고 휘장이 휘황찬란하게 드리워진 주전시실을 지나쳐갈 때 그의 눈에 들어온 캔버스 위에는, 길이가 6야드쯤 되는 물고기 같기도 하고 용 같기도 한 것과, 그것 위로 하늘을 날고 있는 자그마한 남자가 묘사되어 있었다. 그 작품의 제목은 「사탄을 죽이는 천사장 미카엘」이었다.

"석판화 방 테이블 위에 자네에게 온 소포가 있네." 지나쳐가는 그에게 한 점원이 일러주었다.

두 번째 방은 밀레와 부통과 터너의 유화들이 걸려 있는 회화(繪畵) 전시실을 거친 뒤에 나타나는데, 거기는 에칭과 석판화만을 취급하는 방이었다. 세 번째 방은 다른 여느 방들보다 좀더 사업장답게 생겼는데, 대개 거기에서 판매가 이루어졌다. 빈센트는 엊저녁 마지막으로 그림을 사갔던 여자 생각이 나서 쿡 하고 웃었다.

"난 이 그림이 도통 마음에 들지 않아요. 해리, 당신은 맘에 들어요?" 그 여자가 자기 남편에게 물었다. "저 개가 아주 조금은, 지난 여름 브라이턴에서 나를 물었던 그 개를 닮았잖아요."

"이 사람아, 이것 보라구." 해리가 말했다. "우리가 꼭 개를 가져야만 하겠어? 개들은 대개 마누라님들을 안달나게 만든단 말이야."

빈센트는 자기가 팔고 있는 게 정말 형편없는 졸작이라는 것을 잘 알고 있었다. 가게에 들어오는 사람들은 자기들이 사는 작품이 어떤 건지 깜깜할 정도로 모르는 게 예사였다. 싸구려 물건을 비싼 값으로 사가는 것이었다. 하지만 그게 빈센트와 무슨 상관이란 말인가? 그는 복제화부(部)가 돈을 잘 벌어들이도록 만들면 그만이었다.

그는 구필 화랑 파리 지점에서 온 소포를 풀었다. 그것은 세자르 드 콕이 보내온 것이었는데 거기엔 글이 새겨져 있었다. "빈센트와 어설라 로이어에게. 내 친구의 친구는 내 친구이다."

"오늘 밤 이걸 건네주면서 어설라에게 청혼해야지." 그는 혼잣말로 중얼거렸다. "며칠만 있으면 나도 스물둘이 되고, 또 지금 한 달에 5파운드 수입은 되니까, 더 이상 기다릴 필요가 없어."

구필 화랑의 고즈넉한 방에서 시간은 빠르게 흘러갔다. 그는 구필 화랑에서 하루 평균 50장의 사진판을 팔았다. 그로서는 오일 캔버스나 에칭을 취급하는 쪽이 훨씬 좋았을 터이지만 자신이 구필 화랑에 그만큼 많은 돈을 벌어준다는 게 즐거웠다. 그는 동료 점원들이 마음에 들었고 그들도 그를 좋아했다. 그들은 유럽 풍물을 얘기하면서 함께 즐거운 시간을 보내곤 했다.

이전의 그는 젊은 녀석치고는 좀 침울하고 사람 사귀길 꺼려하는 편이었다. 사람들은 그가 묘하고 좀 괴팍하다고 생각했다. 그런데 어설라가 그의 그런 성격을 완전히 바꿔놓았다. 바로 그녀 덕분에 그는 자신이 유쾌하고 범상한 사람이 되길 원하게 되었던 것이다. 바로 그녀가 그를 그 스스로 바깥 세상으로 나오도록 끌어내주었고, 일상생활의 평범한 삶 속에서 좋은 점을 보도록 도와줬던 것이다.

화랑은 여섯 시에 문을 닫았다. 화랑을 나가는 길에 오바크 씨가 빈센트를 붙잡아 세웠다. "자네 아저씨 빈센트 반 고흐 씨가 자네 문제로 내게 편지 한 통을 보내왔네." 그가 말했다. "자네가 어느 정도나 일에 익숙해졌는지 알고 싶어하시더군. 자네가 이 화랑에서 제일 훌륭한 점원 축에 낀다고 알려드릴 수 있어 나로선 참 다행이었네."

"그렇게 말씀해주셨다니 정말 고맙습니다."

"천만에. 여름 휴가가 끝난 뒤부턴 그 안쪽 방 일은 이제 그만두고 에칭과 석판화부로 나서줬으면 하네."

"그건 지금의 저에게는 상당히 의미 깊은 일입니다. 왜냐하면 제가…… 제가 결혼할 예정이거든요!"

"정말인가? 그거 뉴스로군. 언제 할 참인가?"

"올 여름쯤에요." 그는 미처 날짜는 생각하지 못했다.

"이런, 이보게, 그것 참 썩 잘됐군. 올해 첫날에 자네 월급이 올랐지. 하지만 자네가 신혼여행에서 돌아오면 어떻게 자네 월급을 또 한 번 올릴 수 있을 것도 같네."

3

"어설라, 당신에게 줄 그림을 가져올게요." 저녁 식사가 끝난 뒤 의자를 뒤로 물리며 빈센트가 말했다.

어설라는 요즘 유행하는 자수가 놓인 녹청색 옷을 입고 있었다. "그화가가 내게 근사한 말을 써줬어요?" 그녀가 물었다.

"네. 램프를 가져오면 내가 그 그림을 유치원에다 걸어드리죠."

그녀는 입술을 오므려 키스하기 아주 알맞을 만큼 입을 뾰족하게 내밀고서 그를 비스듬히 쳐다보았다. "어머니를 도와드려야 해요. 삼십 분 뒤에 할까요?"

빈센트는 자기 방에서 양복장 위에 팔꿈치를 올려놓은 채 거울 속을 응시했다. 전에는 자신의 모습에 대해 생각해본 적이 드물었다. 네덜란드에선 그런 것이 중요한 것 같지도 않았다. 그는 영국 사람에 비해 자신의 얼굴과 머리통이 크다는 것을 알아챘다. 두 눈은 수평으로 놓인 깊숙한 암석 틈바구니에 묻혀 있었고, 콧날이 높게 선 코는 정강이뼈처럼 폭이 넓고 곧았다. 둥근 지붕 같은 앞이마는 숱 많은 눈썹과 육감적인 입 사이의 간격만큼이나 길쭉했다. 그의 턱은 넓고 힘이 세보였으며 목은 약간 짧고 굵었다. 그의 단단한 턱은 네덜란드인의 특성을 나타내주는 살아 있는 기념비였다.

그는 거울에서 몸을 돌려 침대에 멍하니 앉았다. 그는 엄격한 집안에서 자랐다. 이전엔 여자를 사랑해본 적도 없고 여자를 쳐다보지도 않았으며, 이성 간에 흔히 있는 장난질에 끼어본 적도 없었다. 어설라를 향한 사랑에는 욕정도 욕망도 없었다. 그는 젊고 또 이상주의자였다. 그리고 그는 처음으로 사랑에 빠졌다.

그는 힐끗 시계를 쳐다보았다. 겨우 5분밖에 지나지 않았다. 앞으로 펼쳐져 있는 25분이 영원히 끝나지 않을 것만 같았다. 그는 어머니가 보낸 편지 봉투 속에서 동생 테오가 써보낸 메모 쪽지를 꺼내 읽었다.

테오는 빈센트보다 네 살 아래였고, 덴하흐의 구필 화랑에서 전에 빈센트가 맡았던 자리에서 지금 일하고 있었다. 테오와 빈센트는, 그들의 아버지 테오도루스와 삼촌 빈센트가 그랬던 것처럼 어린 시절 내내 서로를 매우 좋아하는 형제지간으로 지냈다.

빈센트는 책 하나를 꺼내 그 위에 종이를 놓고서 테오에게 짤막한 편지를 썼다. 그는 템스 강 둑길에서 대강대강 그렸던 투박한 스케치 몇 장을 양복장 꼭대기 서랍에서 꺼내 테오에게 보낼 편지 봉투 속에 집어넣고 거기에 곁들여서 자크의 「검(劍)을 든 처녀」의 사진판 한 장을 동봉했다.

"이런!" 그가 큰소리로 외쳤다. "어설라를 까맣게 잊고 있었군."

그는 시계를 보았다. 벌써 십오 분이나 늦었다. 그는 잽싸게 빗을 들어 뒤엉킨 곱슬곱슬한 붉은 머리칼을 애써 단정하게 빗고는, 테이블에서 세자르 드 콕의 그림을 집어들고 문을 거칠게 열고 나갔다.

"날 잊어버린 줄 알았어요." 거실로 들어오는 그에게 어설라가 말했다. 그녀는 유치원 아이들에게 줄 종이 장난감에 풀칠을 하고 있었다. "내 그림 가져왔어요? 좀 보여주실래요?"

"내가 먼저 그림을 걸어놓은 뒤에 보는 게 좋겠는데요. 램프 준비해놨어요?"

"어머니한테 있어요."

그가 부엌에서 돌아오자 그녀는 그에게 감청색의 스카프를 주면서 자기 어깨에 둘러달라고 했다. 그는 그 명주의 감촉에 몸을 떨었다. 정원에서는 사과꽃 냄새가 났다. 좁다란 샛길은 어두웠고, 어설라는 손가락 끝으로 그의 투박한 검은 코트 소맷자락을 가볍게 쥐었다. 그녀는 넘어질 듯이 비틀거리다 그의 팔을 더 꼭 붙잡고서 자신의 서투른 걸음이 우스운 듯 무척 즐겁게 깔깔거렸다. 발을 헛디디는 게 뭐가 그리 재미있을까 하는 생각에 그는 그녀를 이해할 수 없었지만, 그녀의 육체가 그 웃음을 싣고 샛길로 내려가는 모습을 보는 게 즐거웠다. 그는 그녀가 들어오도록 유치원 문을 열어놓았다. 섬세하게 빚어진 그녀의 얼굴이 그의 얼굴과 거의 스칠 정도로 가깝게 지나칠 적에 그의 두 눈을 깊숙이 바라보는 그녀의 두 눈은, 그가 묻기도 전에 그의 물음에 답하는 것 같았다.

그는 테이블 위에 램프를 내려놓았다. "그림을 어디에 걸어줬음 좋겠어요?" 그가 물었다.

"내 책상 위에요. 그렇게 생각하지 않아요?"

전에는 정자였던 그 방엔 열다섯 개쯤의 낮은 의자들과 책상들이 있었다. 한쪽 끝의 작은 단 하나가 어설라의 책상을 받쳐주고 있었다. 그와 어설라는 나란히 서서 그림을 걸기에 알맞은 위치를 더듬어 찾았다. 빈센트는 초조했다. 벽에다 애써 못을 박으려고 하는 만큼이나 재빠르게 못은 그의 손에서 떨어져버렸다. 그런 그를 보고 그녀는 부드럽고 친숙한 음색으로 웃어댔다.

"이것 봐요, 서투르시군요. 내가 할게요."

그녀는 두 팔을 머리 위로 들어올리고서 온몸의 근육을 능숙하게 움직여가며 벽에 못을 박았다. 그녀의 몸짓은 빠르고 우아했다. 빈센트는 그곳의 희미한 램프 불빛 속에서 그녀를 두 팔로 안아 단 한 번 확실하게 포옹함으로써 자꾸만 빗나가는 이 문제를 모두 끝내버리고 싶었다. 그러나 어설라는 어둠 속에서 그의 몸에 자주 닿기는 하면서도 전혀 포옹할 만한 위치에 들어오는 것 같지 않았다. 그가 램프를 높이 치켜들고 있는 동안 그녀는 그림에 새겨진 글을 읽었다. 그녀는 기뻐서 발뒤꿈치를 흔들어대며 손뼉을 쳤다. 그녀가 너무 많이 움직이는 통에 그는 그녀를 감싸안을 수가 없었다.

"저것 덕분에 그 사람이 내 친구도 됐잖아요, 그렇죠?" 그녀가 물었다. "난 늘 화가와 알고 지내고 싶었거든요."

빈센트는 애써 뭔가 부드러운 말을, 사랑의 고백이 쉽게 나오도록 해줄 수 있는 말을 해보려고 했다. 흐릿한 어둠 속에서 어설라가 그에게 얼굴을 돌렸다. 희미한 램프 불빛이 그녀의 두 눈에 작은 빛의 반점들을 던져놓았다. 그녀의 타원형 얼굴의 가장자리는 어둠에 둘러싸여 있었다. 부드럽고 창백한 살갗으로부터 도드라져 나온 붉고 촉촉한 그녀의 입술을 보자 그의 내부에서 뭔가 표현할 수 없는 어떤 것이 꿈틀거렸다.

잠시 의미심장한 침묵이 흘렀다. 그는 그녀가 자신을 향해서 뻗쳐오고 있음을, 그가 불필요한 사랑의 말들을 털어놓기를 기다리고 있음을 느낄 수 있었다. 그는 서너 번 입술을 축였다. 그에게 고개를 돌린 어설라의 시선이 약간 들어올린 그의 한쪽 어깨를 스쳐서, 두 눈 속을 들여다보고는 문 밖으로 달려나가고 있었다.

기회를 놓칠 거라는 공포가 엄습해왔다. 그는 그녀를 따라갔다. 그녀가 사과나무 아래에서 잠시 멈춰 섰다.

"어설라, 제발."

그녀가 몸을 돌리고 그를 바라보았다. 조금 떨고 있었다. 차가운 별들이 돋아 있었다. 밤은 캄캄했다. 그가 램프를 놓고 나왔던 것이다. 빛이라고는 부엌 창문에서 흘러나오는 희미한 불빛밖에 없었다. 어설라의 머릿내음이 그의 코끝에 닿았다. 그녀는 어깨에 두른 명주 스카프를 좀더 단단히 잡아당기고서 두 팔을 가슴에 포갰다.

"추운가 보군요." 그가 말했다.

"네. 우리 들어가는 게 좋겠어요."

"안 돼요, 제발, 난······." 그는 그녀의 길을 딱 가로막고 섰다.

그녀는 따뜻한 스카프 속으로 턱을 수그리고서 놀란 듯 눈을 크게 뜨고 그를 올려다보았다. "뭐예요, 반 고흐 씨, 난 이해할 수가 없네요."

"난 그저 당신에게 얘기하고 싶어서······ 난······ 저어······."

"제발, 지금은 안 돼요. 난 지금 추워서 몸이 떨려요."

"당신이 꼭 알아야 할 것 같아서요. 오늘 내가 승진을 했어요······ 이젠 석판화부로 가게 될 겁니다······ 일 년에 두 번 진급하는 셈이 되는 거죠……."

어설라는 뒤로 물러나 스카프를 풀어버린 채, 어떤 저항감도 없는 아주 따스한 밤 속에서 단호한 자세로 서 있었다.

"정확히, 내게 뭘 말하려는 거죠, 반 고흐 씨?"

그는 그녀의 음성이 차가워진 것을 느끼며, 왜 이렇게 서투를까 하고 자신을 저주했다. 그의 감정은 급작스럽게 닫혀버렸다. 그의 마음은 냉정하고 침착해졌다. 그는 마음속에서 수많은 목소리들을 이것저것 시험했고, 그중에서 가장 마음에 드는 목소리를 골랐다.

"어설라, 당신에게 지금 뭔가 말하려고 하는데 당신도 벌써 알고 있을 거예요. 진심으로 당신을 사랑하고 또 당신이 내 아내가 되어야만 비로소 내가 행복해질 수 있을 거라는 얘깁니다."

갑자기 차분해져서 자연스럽게 말하는 그를 보고 깜짝 놀라는 그녀의 모습을 그는 눈여겨보았다. 그녀를 두 팔로 끌어안아야만 되지 않을까 하고 그는 생각했다.

"당신의 아내라고요!" 그녀의 음성이 얼마간 높아졌다. "이런, 반 고흐 씨, 그건 있을 수 없는 일이에요."

깊숙이 들어가 박힌 눈으로 그는 그녀를 바라보았고, 그녀는 어둠 속에서 그의 두 눈을 똑똑히 보았다. "지금 혹시나 바로 내 자신이 못……."

"당신이 모르고 있었다니 정말 이상하군요. 난 약혼한 지가 벌써 일 년이 넘었는걸요."

그는 자신이 얼마나 오랫동안 그곳에 서 있었는지, 무슨 생각을 하고 어떤 기분이었는지 알 수 없었다. "그 남잔 누굽니까?" 가라앉은 목소리로 그가 물었다.

"아, 내 약혼자를 본 적이 없군요? 당신이 이리 오기 전에 지금 당신이 쓰는 방에 그 사람이 묵었어요. 난 당신이 아는 줄 알았는데."

"내가 어떻게 알았겠습니까?"

그녀는 발끝으로 선 채 부엌 쪽을 응시했다. "글쎄, 난…… 난……

누구한테선가 들었을 거라고 생각했죠."

"왜 일 년 내내 그걸 내게 숨겼나요, 내가 당신을 사랑하는 줄 알면서도 말이죠?" 이제 그의 목소리에는 망설임도 더듬거림도 없었다.

"당신이 날 사랑하게 된 게 내 잘못인가요? 난 그저 당신과 친구가 되고 싶었을 뿐이에요."

"내가 이 집에 온 뒤로 그 남자가 당신을 찾아온 적이 있었던가요?"

"아뇨, 그 사람은 웨일스에 있어요. 여름 휴가 동안에 이리 와서 나하고 함께 지낼 예정이에요."

"일 년 넘게 그 남자를 못 만났다는 말이군요? 그렇다면 당신은 그 남자를 잊어버린 겁니다. 당신이 사랑하는 사람은 이젠 나예요!"

사리 분별과 조심성을 모두 내팽개쳐버린 그는 그녀를 날쌔게 잡아채고는 억지로 그녀의 입술에 거칠게 키스했다. 그녀 입술의 촉촉한 물기와 달콤함, 그녀의 머리칼 향내를 그는 맛보았다. 강렬한 사랑의 감정이 그의 내부에서 솟구쳐 올라왔다.

"어설라, 당신은 그 남자를 사랑하지 않아요. 그렇게 되도록 내가 내버려두지 않겠어. 당신은 내 아내가 될 거야. 당신을 잃다니, 참을 수 없는 일이오. 당신이 그 남자를 잊고 나와 결혼할 때까지 난 절대 가만 있지 않을 거요."

"당신과 결혼을 하다니요!" 그녀가 외쳤다. "나를 사랑하는 남자마다 내가 꼭 결혼을 해야 되나요? 이젠 날 놔줘요. 내 말 들려요? 안 그러면 고함을 치겠어요."

그녀는 몸을 비틀어 빼고는 어두운 샛길을 숨차게 달려내려갔다. 제 발걸음을 되찾자 뒤돌아서서 뭐라고 말하는 그녀의 낮은 목소리가 마치 고함처럼 그를 후려쳤다.

"빨강 머리 멍청이!"

4

다음날 아침, 아무도 그를 부르지 않았다. 그는 힘없이 침대에서 기어나왔다. 그는 얼굴 주위로 둥글게 물을 적셔가며 면도를 했지만 턱수염이 몇 군데 그냥 남아 있었다. 아침 식사 자리에 어설라는 나타나지 않았다. 그는 구필 화랑이 있는 시내까지 걸어갔다. 스쳐가는 이들 모두가 어제 아침에 본 바로 그 사람들이건만 그들이 어제와는 달라졌음을 그는 알아챘다. 너무도 외로운 사람들 같은 모습으로 그들은 헛되이 일터로 서둘러 사라지고 있었다.

꽃이 핀 노란 등꽃나무도 거리에 줄지어 선 밤나무도 눈에 들어오지 않았다. 태양은 어제 아침보다 한층 더 밝게 빛났지만 그는 그것도 알지 못했다.

그날 낮 동안 그는 앵그르의 「비너스의 탄생」의 착색 사진 복제판을 스무 장 팔았다. 그 그림들이 구필 화랑에 큰 이익을 남겨줬지만, 그 화랑에 돈을 벌어주는 것이 즐겁다는 생각도 사라져버렸다. 그는 이제 그림을 사러 들어오는 사람들도 참아줄 수가 없었다. 그들은 좋은 미술품과 나쁜 미술품의 차이를 모르는 정도가 아니라, 천박하고 너무 빤한 싸구려 미술품만을 골라내는 뛰어난 재능을 가지고 있는 것 같았다.

이전에도 동료 점원들이 그를 쾌활한 녀석이라고 생각해본 적이야 없었지만 그래도 그는 자기 나름으로는 유쾌하고 즐거운 사람이 되려고 최선을 다하고는 했다. "우리의 빛나는 반 고흐 가문의 식구가 뭣 때문에 저리 고민하고 있다고 생각하나?" 한 점원이 다른 점원에게 물었다.

"오늘 아침 기분 나쁜 일이 있었던 모양이지."

"그 사람, 운이 좋아서 걱정하는 거야. 그 사람의 삼촌인 빈센트 반 고흐 씨가 파리, 베를린, 브뤼셀, 덴하흐, 암스테르담에 있는 구필 화랑을 반이나 가지고 있는데, 그 노인이 병이 든 데다가 자식도 없다더라고. 사람들 말로는, 구필 화랑 사업 중에서 그 노인이 가진 것의 절반을 저 녀석한테 물려줄 거라더군."

"별의별 복을 다 타고난 사람들이 더러 있단 말이야."

"그건 반밖에 모르는 소리라구. 헨드릭 반 고흐라는 그의 삼촌도 브뤼셀과 암스테르담에 커다란 화상(畵商)을 가지고 있고, 게다가 또다른 삼촌인 코르넬리우스 반 고흐 씨는 네덜란드에서 제일 큰 회사의 우두머리래. 글쎄, 반 고흐 가문이 유럽에서 제일 큰 화상이란 말이야. 언젠가는 옆방의 저 빨강 머리 친구가 유럽 미술을 사실상 제 손아귀에 넣을 거라구."

그날 밤 빈센트가 로이어 집안의 식당으로 들어섰을 때 어설라와 그녀의 어머니는 낮은 목소리로 함께 얘기를 나누는 중이었다. 그가 들어오자마자 그들은 얘기를 멈췄고, 미처 끝맺지 못한 한마디 말이 허공에 걸려 있었다.

어설라는 부엌으로 달려들어갔다. "굿이브닝." 로이어 부인이 묘하게 반들거리는 눈으로 말했다.

그 큰 식탁에서 빈센트는 혼자 저녁을 들었다. 어설라가 먹인 강타에 충격을 받긴 했지만 그는 거기에 굴하지 않았다. 그는 결코 "싫어요"라는 대답을 받아들이지 않을 작정이었다. 그는 어설라의 마음속에서 그 다른 사내를 완전히 쫓아낼 셈이었다.

거의 일주일이 지나서야 그는 말을 걸 수 있을 만큼 그녀가 가만히 있는 기회를 붙잡을 수 있었다. 그 일주일 동안 그는 잠도 식사도 제대로 하지 못했다. 그의 무딘 신경도 초조함에 꺾여버렸던 것이다. 화랑에서의 판매 실적도 상당히 떨어졌다. 그의 두 눈에선 신선함이 사라지고 고뇌에 찬 우울만이 남았다. 그녀에게 얘길 하고 싶은데 적당한 말을 찾기가 전보다 더 어려웠다.

잘 차려놓은 일요일의 만찬이 끝난 뒤, 그는 정원으로 들어가는 그녀를 뒤따랐다. "어설라." 그가 말했다. "요전 밤에 나 때문에 놀랐다면 미안해요."

자기를 뒤따라온 것에 깜짝 놀랐다는 양 그녀는 크고 차가운 눈으로 그를 힐끗 쳐다보았다. "아, 괜찮아요. 대수롭지 않은 일이었어요. 그건 잊어버리기로 하죠."

"내가 당신에게 거칠게 굴었다는 건 정말 잊고 싶은 일이지만, 내가 얘기한 건 진실이었습니다."

그는 그녀에게 한 발자국 다가갔다. 그녀가 물러섰다.

"왜 그 얘길 또 꺼내는 거죠?" 어설라가 물었다. "그 얘긴 몽땅 잊어버렸어요." 그녀는 그에게 등을 돌리고 샛길을 걸어내려갔다. 그는 황급히 뒤쫓아갔다.

"난 그 얘기를 다시 해야겠어요. 어설라, 내가 당신을 얼마나 사랑하는지 당신은 몰라요. 지난 일주일 동안 내가 얼마나 비참했는지 당신은 알 수 없을 겁니다. 왜 계속 나를 피하죠?"

"들어갈까요? 어머니가 손님을 기다리고 계시거든요."

"당신이 그 남자를 사랑한다는 얘긴 사실일 리 없어. 그랬더라면 난 당신의 눈을 보고 알 수 있었을 테니까."

"이젠 더 이상 시간은 없을 것 같군요. 휴가 받아서 고향에 돌아가는 게 언제라고 하셨죠?"

그는 침을 꿀꺽 삼켰다. "7월에."

"잘됐군요. 내 약혼자가 7월의 휴가 동안 이리 와서 함께 있기로 했거든요. 그래서 그이가 예전에 쓰던 방이 필요해요."

"당신을 절대 그 남자한테 넘겨주지 않을 겁니다, 어설라."

"그 따위 짓은 정말 그만두세요. 안 그러면 어머니가 다른 하숙집을 찾아보라고 할 거예요."

그 다음 두 달간을 보내면서 그는 그녀를 설득하기 위해 무진 애를 썼다. 그의 예전의 특색들이 되살아났다. 어설라와 함께 있지 못할 바에야, 그녀에 대해 생각하는 것이나마 아무도 방해하지 못하도록 혼자만 있고 싶어했다. 구필 화랑에 나가서도 사람들에게 불친절하게 대했다. 어설라의 사랑이 일깨워줬던 그 세계는 도로 잠들어버리고 준데르트에서 그의 부모가 익히 알고 있던 그 침울하고 시무룩한 젊은이로 변했다.

7월이 오고 더불어 휴가도 나왔다. 두 주일의 휴가 동안 런던을 떠나 있고 싶지 않았다. 자신이 그 집에 있는 한 어설라가 다른 사람을 사랑할 수 없으리라는 느낌이 들었던 것이다.

그가 응접실로 내려섰다. 어설라와 그녀의 어머니가 앉아 있었다. 그들은 의미심장한 시선을 교환했다.

"전 여행 가방 하나만 가지고 갈 예정입니다, 로이어 부인." 그가 말했다. "모든 걸 지금 그대로 내 방에 놓아두겠습니다. 자, 이건 내가 여기 없는 두 주일간의 하숙비입니다."

"물건을 모두 가지고 가는 게 좋을 것 같군요, 므슈 반 고흐." 부인이 말했다.

"왜지요?"

"그 방은 월요일부터 다른 사람이 오도록 세놨어요. 우리 생각으론 당신이 다른 곳에서 사는 게 나을 것 같군요."

"우리라니요?"

그는 몸을 돌리고는 불쑥 튀어나온 널찍한 이마 밑으로 어설라를 바라보았다. 그 표정은 아무것도 말하고 있지 않았다. 오직 한 가지만을 묻고 있을 따름이었다.

"맞아요, 우리." 그녀의 어머니가 대답했다. "내 딸의 약혼자가 편지를 보냈는데, 당신이 이 집에서 나가길 바라더군요. 어쩌면, 므슈 반 고흐, 당신이 애초에 이 집에 오지 않았더라면 좋았을 텐데."

마차를 타고 나온 테오도루스 반 고흐는 브레다 역에서 아들을 만났다. 테오도루스 반 고흐는 목사들이 입는 검은 윗도리에 옷깃이 넓게 접힌 조끼와 풀 먹인 흰 셔츠 그리고 검은 보타이를 매고 있었는데, 보타이가 매우 컸기 때문에 좁고 가느다란 하이 칼라만 빼놓고는 모든 게 가려져 있었다. 빈센트는 언뜻 보고서도 자기 아버지의 얼굴 특징 두 가지를 알아보았다. 왼쪽보다 더 아래로 축 처진 오른쪽 눈꺼풀이 오른쪽 눈을 거의 가리다시피 한 게 한 가지 특징이었고, 입의 왼쪽은 홀쭉하고 엄격해 보이는 윤곽인 데 비해 오른쪽은 불룩하고 육감적인 게 또 한 가지 특징이었다. 그의 두 눈은 아무런 활기도 없이 그저 "얘, 나다"라고 말하는 듯한 표정이었다.

준데르트 주민들이 흔히 평하는 대로, 테오도루스 목사는 높다란 실크해트를 쓰고 부지런히 돌아다니며 착한 일만 하는 사람이었다.

그는 죽는 날까지 자신이 어째서 좀더 성공하지 못했는지 그 이유를 알 수 없었다. 그는 자신이 수십 년 전에 마땅히 암스테르담이나 덴하흐의 관록 있는 교단에 서 달라는 부름을 받았어야 했다고 생각했다. 교구민들은 그를 멋있는 목사라고 불렀다. 좋은 교육을 받은 다정한 성격의 소유자인 그는 훌륭한 정신적 자질을 갖추고서 지칠 줄 모르고 신을 섬기는 사람이었다. 그럼에도 불구하고 25년간을 그는 준데르트의 자그마한 마을에 파묻혀 잊힌 채 지냈다. 반 고흐 가문의 여섯 형제 중에서 오직 그만이 국가로부터 그 중요성을 인정받지 못했던 것이다.

준데르트 목사관—거기서 빈센트가 태어나기도 했는데—은 장터와 운동장 앞 도로의 건너편에 있는 목조 건물이었다. 목사관 부엌 뒤에 자리한 정원에는 아카시아 나무들이 들어찼고, 또 공들여 가꾼 꽃들 사이로 작은 오솔길들이 나 있었다. 그 정원 바로 뒤에 나무로 만든 아주 작은 교회 집채가 나무들 속에 가리워져 있었다. 무늬 없는 고딕식 유리창 두 개가 양편에 조그맣게 나 있고, 딱딱한 긴 의자가 열두 개쯤 마룻바닥에 놓여 있었는데, 그 바닥 널빤지엔 많은 난상기(暖床器)들이 움직이지 않도록 꼭 고정되어 있었다. 뒤쪽에는 낡은 손풍금이 있는 곳으로 올라가는 계단이 하나 있었다. 그곳은 칼뱅과 칼뱅의 개혁정신이 지배하는 엄숙하고 소박한 신앙의 터전이었다.

빈센트의 어머니 안나 코르넬리아는 창가에서 지켜보고 있다가 마차가 멈추기도 전에 문을 활짝 열었다. 자신의 넓은 품 안에 아들을 다정하고 푸근하게 껴안으면서 그녀는 아들에게 무엇인가 좋지 않은 일이 있었음을 알아차렸다.

"우리 아들……" 그녀가 나직하게 말했다. "빈센트."

푸른색 같기도 하고 초록색 같기도 한 그녀의 두 눈은 언제나 크게 열린 채 부드럽게 캐물으면서 사람 속을 꿰뚫어보았지만, 멋대로 준엄한 판단을 내리는 법은 없었다. 코에서 양 입가로 이어지는 희미한 주름살은 세월이 흐르면서 더욱 깊어졌고, 그 주름살이 더 깊게 파일수록 얼굴을 살짝 치켜들고 미소 짓는 듯한 인상은 한층 분명해졌다.

안나 코르넬리아 카르벤투스는 덴하흐 출신인데, 그곳에서 그녀의 아버지는 "왕실 제본사"라는 직함을 가지고 있었다. 빌렘 카르벤투스의 사업은 번창하여, 드디어 네덜란드 최초의 헌법전을 제본하도록 선출되자 그의 이름이 전국 곳곳에 알려지게 되었다. 그의 딸들 중 하나는 삼촌 빈센트 반 고흐와 결혼했고, 셋째 딸은 아주 유명한 암스테르담의 스트리커 목사와 결혼했는데, 딸들 모두가 제대로 교육받은 사람들이었다.

안나 코르넬리아는 선량한 여자였다. 그녀는 세상의 사악함을 보지 않았고, 실제로 그런 것들을 알지도 못했다. 그녀가 아는 건 단지 허약함과 시험과 고난과 고통뿐이었다. 테오도루스 반 고흐 역시 선량한 사람이긴 했지만 그는 세상의 악을 철두철미하게 알고 있었고, 그 마지막 표적까지 비난하는 사람이었다.

식당이 반 고흐 가정의 중심이었다. 저녁 먹은 그릇을 깨끗이 치우고 나면 커다란 식탁이 가족 생활의 중심이 되는 것이었다. 낯익은 기름 등불 주위에 모두 모여 저녁을 보냈다. 안나 코르넬리아는 빈센트가 몸도 야위고 행동거지도 불안정한 게 걱정되었다.

"무슨 일 있니, 빈센트?" 그날 밤 식사가 끝난 뒤 그녀가 물었다. "내 눈에는 네 몸이 영 좋아보이질 않는구나."

빈센트는 테이블 주위를 훑어보았다. 거기에 무슨 우연으로 자신의 누이동생으로 태어난 안나, 엘리자베트, 빌레민이라는 서먹서먹한 젊은 처녀 셋이 앉아 있었다.

"아뇨, 아무것도요." 그가 말했다.

"런던은 살기 좋더냐?" 테오도루스가 물었다. "런던이 맘에 들지 않으면 내가 빈센트 삼촌에게 얘기해주마. 그러면 삼촌이 파리에 있는 지점 중 적당한 데로 널 전근시켜주실 게다."

빈센트는 몹시 흥분했다. "아뇨, 아녜요, 그러지 마세요!" 그가 외쳤다. "전 런던을 떠나고 싶지 않아요. 전……." 그는 자신을 진정시켰다. "빈센트 삼촌이 저를 전근시키고 싶으면 그때 삼촌 자신이 알아서 처리하시겠죠, 뭐."

"네 마음대로 하렴." 테오도루스가 말했다.

"그 처녀 때문이야." 안나는 속으로 생각했다. "이제야 알겠어. 저 애가 보낸 편지들이 어디서부터 잘못됐는지 말이야."

준데르트 근처의 황야에는 소나무 숲과 오크 나무 숲이 있었다. 빈센트는 들판을 홀로 거닐며 황야 곳곳에 흩어져 있는 수많은 연못을 들여다보기도 하면서 나날을 보냈다. 유일한 심심풀이로는 데생을 즐겼는데, 집 뒤의 정원과 목사관 창가에서 본 토요일 오후의 장터와 집 앞의 현관을 수없이 스케치했다. 그 덕분에 때로 잠깐씩 어설라로부터 마음을 돌릴 수가 있었다.

전부터 늘 테오도루스는 맏아들이 자기 뒤를 잇는 쪽을 택하지 않는 걸 못마땅하게 생각했다. 어느 날 한 병든 농부의 집을 방문했는데, 저녁 무렵 마차를 몰고 황야를 가로질러 되돌아오던 중에 그들은 마차에서 내려 잠시 걸었다. 소나무 숲 뒤로 해가 붉게 기울고 저녁 하늘이 못에 비쳤다. 황야와 황야의 노란 모래밭은 완벽한 조화를 이루고 있었다.

"네 할아버진 목사셨다. 빈센트, 난 늘 바랐었지. 네가 그 길을 이어주길 말이야."

"제가 길을 바꾸려 한다고 생각하시다니, 그건 뭣 때문이죠?"

"내가 말한 건 그냥, 네가 원한다면…… 암스테르담에서 얀 삼촌과 함께 살면서 대학에 다닐 수 있다는 거지. 게다가, 스트리커 목사가 너를 지도해주겠다고 제의했거든."

"구필 화랑을 그만두라는 뜻인가요?"

"아, 아니, 물론 아니다. 하지만 네가 거기서 행복하지 못할 바에야…… 때론 바꾸는 사람들도 있으니까……."

"알아요. 하지만 전 구필 화랑을 그만두고 싶은 생각이 없는데요."

그가 런던으로 떠나기로 한 날, 어머니와 아버지가 그를 브레다 역까지 마차로 태워주었다. "전과 똑같은 주소로 편지를 보내면 되니, 빈센트?" 안나 코르넬리아가 물었다.

"아니오, 옮길 거예요."

"그 로이어 씨 댁을 떠난다니 다행이다." 아버지가 말했다. "난 그 식구들이 정말 싫었다. 그 사람들, 비밀이 너무 많단 말이야."

빈센트의 몸이 굳어졌다. 어머니가 따스한 한쪽 손을 그의 손에 얹으며 테오도루스에게 들리지 않도록 나직하게 말했다. "너무 우울해하지 말거라, 얘야. 넌 근사한 네덜란드 처녀를 만나 잘살게 될 거야, 이다음에, 이다음에, 네가 좀더 기반이 잡히면 말이다. 그 여잔 너한테 어울리지 않아, 그 어설라라는 처녀는. 그 여잔 너와 같은 부류의 사람이 못 돼."

그는 어머니가 어떻게 알았을까 하고 놀랐다.

6

런던으로 돌아온 그는 켄징턴 뉴 로드에 가구가 딸린 방을 얻었다. 하숙집 여주인은 몸집이 자그마한 노파였는데 밤마다 여덟 시면 잠자리에 들곤 했다. 집 안은 쥐 죽은 듯이 고요했다. 그는 밤이면 밤마다 자신과 격렬한 싸움을 벌였다. 그는 로이어 집으로 곧장 달려가고 싶은 마음에 사로잡혔다. 그는 스스로 문을 잠가버리고는 그냥 자버려야겠다고 굳게 맹세했지만, 십오 분쯤 후엔 기묘하게도 어설라의 집을 향해 황급히 거리를 달려가는 자신을 발견하곤 했다.

그녀의 집이 있는 블록 안으로 들어설 때면 그는 그녀가 풍기는 미묘한 분위기 속으로 빠져드는 듯한 느낌이 들었다. 그녀에 대해 그런 마음을 품고 있는데도 그녀에게 그토록 다가갈 수 없다는 것은 고문이었다. 그러나 그 잊히지 않는 사람의 어렴풋한 반그림자 속으로 들어가지 못한 채 하숙집에 눌러 있어야 한다는 것은 그보다 천 배나 더 극심한 고문이었다.

고통이 그를 괴상하게 만들어놓았다. 자신의 고통을 통해 그는 타인의 고통에도 민감해졌다. 자신의 고통으로 인해 그는 주위의 값싸고 보잘것없는 것, 그리고 떠들썩한 속세의 성공을 견딜 수가 없게 되었다. 화랑에서도 그는 이제 전혀 소중한 사람이 되지 못했다. 고객이 어떤 그림을 놓고 의견이 어떤지 물어오면 그는 확신에 찬 말투로 아주 끔찍한 그림이라고 얘기했다. 그러면 고객이 그 그림을 사지 않는 것은 당연했다. 그가 진실성과 깊은 감정을 발견할 수 있는 그림은, 그것을 그린 그 예술가의 고통이 표현된 그림밖에 없었다.

시월 어느 날, 높직한 레이스 칼라와 검은 담비 코트와 푸른 깃털 장식이 달린 둥근 벨벳 모자 차림의 한 땅딸막한 부인이 들어와 런던에 새로 산 자기 집에 걸 민한 그림을 보여달라고 했다. 그 여자가 우연히 빈센트의 손에 떨어졌다.

"여기 쌓인 것들 중에서 제일 좋은 걸 사고 싶어요." 그녀가 말했다. "값은 걱정할 것 없고, 자, 이게 벽면 크기예요. 응접실에 오십 피트 되는 두 벽이 이어져 있어요. 그중 한 벽은 유리 창문 두 개로 나눠져 있는데 그 사이의 공간엔……."

빈센트는 오후 시간의 대부분을 허비하면서, 렘브란트의 에칭, 터너가 그린 물의 도시 베네치아의 풍경을 그린 뛰어난 복제품, 티스 마리스의 석판화, 코로와 도비니의 박물관 소장 작품의 사진판 등을 팔려고 무진 애를 썼다. 그 여자는 빈센트가 한 무더기씩 보여주면 그중에서 표현력이 제일 떨어지는 그림을 정확히 꼭 집어내는 재주가 있었다. 그에 못지않은 또 하나의 재주는 빈센트로서는 신뢰할 만한 것이라고 생각되어 보여주면 무엇이든지 한번 척 보고 무조건 일언지하에 거절해버리는 재주였다. 시간이 계속 흐름에 따라 뚱뚱한 생김생김에 은혜라도 베푸는 듯한 유치한 태도를 가진 그 여자가 빈센트에게는 아둔한 중산계급과 금전 만능의 완벽한 상징으로 보였다.

"저거야." 그녀가 자못 만족스럽다는 투로 외쳤다. "내가 정말 잘 골랐어."

"눈 감고 골라도 그보단 나은 걸 고르셨을 겁니다." 빈센트가 말했다.

여인이 무겁게 몸을 일으키더니 치렁치렁한 벨벳 치맛자락을 한쪽으로 끌며 당당하게 걸어왔다. 빈센트는 그녀의 떡 받쳐진 가슴으로부터 레이스 칼라 밑의 목까지 부풀어오른 핏줄기가 뻗쳐오르는 것을 볼 수 있었다.

"뭐라고!" 그녀가 외쳤다. "뭐야! 이런, 고작…… 촌뜨기 주제에!"

벨벳 모자의 높다란 깃털 장식을 앞뒤로 흔들며 그 여자는 횡 하니 나가버렸다.

오바크 씨가 발끈했다. "이봐, 빈센트." 그가 고함쳤다. "어떻게 된 거야? 이번 주의 제일 굵직한 매상을 놓쳐버렸잖아. 게다가 그 부인에게 모욕을 주다니!"

"오바크 씨, 하나 묻겠는데 대답해주시겠습니까?"

"그래, 뭔가? 내 쪽에서도 몇 가지 물어볼 게 있네."

빈센트는 그 여인에게 보여주었던 판화들을 밀어붙이고는 테이블 가에 두 손을 올려놓았다. "그렇다면, 사람이 하나뿐인 자기 인생을 허비해가면서까지 아주 형편없는 그림을 정말 바보 같은 사람들에게 판다는 게 옳은 일인지 말씀 좀 해주십시오."

오바크 씨는 대답할 생각조차 하지 않았다. 그가 말했다. "이런 일이 계속된다면, 자네 아저씨에게 편지를 써서 자네를 다른 지점으로 전근시키도록 하지 않을 수 없네. 자네가 내 사업을 망치도록 놔둘 순 없으니까 말이야."

빈센트는 오바크 씨의 가쁜 숨결을 손짓으로 제쳐버렸다. "오바크 씨, 허섭스레기를 팔면서 우리가 그렇게 큰 이익을 남겨도 되는 겁니까? 그리고 여기 들어와서 물건을 사갈 수 있는 사람들이란 어째서 진짜 그림은 참고 보질 못하는 겁니까? 그 사람들은 돈 때문에 감각이 무뎌져서 그런 건가요? 그리고 또 어째서 좋은 미술품을 진정으로 감상할 줄 아는 가난한 사람들은 단돈 몇 푼이 없어서 자기 집 벽에 걸 판화 한 장 사지 못하는 걸까요?"

오바크 씨는 기묘하다는 듯 그를 쳐다보았다. "뭔가, 사회주의인가?"

집에 다다른 그는 테이블에 놓여 있던 르낭의 책을 집어들고 표해두었던 페이지를 펼쳤다. "훌륭한 행동을 하려면⋯⋯" 그는 읽었다. "인간은 반드시 자기 내부에서 정신적으로 죽어야만 한다. 인간이 이 승에서 존재함은 행복하기 위해서도 아니요, 그저 정직하기 위해서도 아니요, 인류를 위한 위대한 행동을 실현하여 고귀함을 얻고 거의 모든 개개인의 삶이 질질 끌려가고 있는 비속함을 뛰어넘기 위해서

이다."

크리스마스가 되기 일주일쯤 전에 로이어 집안은 집 앞 창문에 크리스마스 트리를 산뜻하게 세워놓았다. 이틀 밤 뒤 그가 거길 지나치다가 보니, 집 안엔 불빛이 휘황찬란했고 이웃 사람들이 그 현관 입구로 들어가고 있었다. 집 안에서 여러 목소리들이 뒤섞여 웃는 소리가 들려왔다. 로이어 집안이 크리스마스 파티를 열고 있었던 것이다. 빈센트는 집으로 달려가 후다닥 면도를 하고 새 셔츠와 넥타이를 하고 빠른 걸음으로 클래펌으로 되돌아왔다. 그는 어설라의 집 앞 층계 밑에 삼사 분 멈춰 선 채 가쁜 숨을 가라앉혀야 했다.

크리스마스였다. 활기찬 온정과 너그러움이 온 누리에 퍼져 있었다. 그는 층계를 올라갔다. 그리고 노크 장치를 연거푸 두드렸다. 홀을 건너오는 귀에 익은 발자국 소리, 응접실에 있는 사람들에게 뭐라고 대꾸하는 귀에 익은 음성이 들려왔다. 문이 열렸다. 램프 불빛이 그의 얼굴 위에 떨어졌다. 그는 어설라를 바라보았다. 그녀는 큼직한 나비 리본과 폭포 모양의 레이스가 달린, 소매 없는 초록색 폴로네즈를 입고 있었다. 어설라가 그토록 아름다워 보이긴 처음이었다.

"어설라." 그가 입을 열었다.

어떤 표정이 그녀의 얼굴 위를 스쳐갔다. 그녀의 얼굴은 전에 정원에서 그에게 했던 말들을 다시 똑똑히 되풀이하고 있었다. 그녀를 바라보면서 그는 그때 그녀가 했던 말들을 떠올렸다.

"가요." 그녀가 말했다.

그의 면전에서 그녀는 문을 쾅 닫아버렸다.

다음날 아침 그는 배를 타고 네덜란드로 향했다.

크리스마스 시기가 구필 화랑에서는 가장 바쁜 시기였다. 오바크 씨는 삼촌 빈센트에게 편지로, 그의 조카가 "죄송하지만"이라는 말조차 없이 무단결근을 했다는 얘기를 털어놓았다. 빈센트 삼촌은 자기 조카를 파리 샤프탈 가(街)에 있는 화랑 본점에 집어넣기로 결심했다.

빈센트는 이젠 그림 장사에는 관여하지 않겠다고 냉정하게 선언했다. 빈센트 삼촌은 당황했고 깊은 상처를 받았다. 그는 앞으로는 빈센트에게서 손을 떼겠다고 잘라 말했다. 그러나 그 긴 휴가 뒤에 빈센트 삼촌은 손 떼는 일을 한동안 미룬 채, 자기와 똑같은 이름을 가진 이 빈센트에게 도르드레흐트에 있는 블뤼세와 브람 서점에 점원 자리를 마련해주었다. 그것이 그 두 명의 빈센트 반 고흐 사이에 있었던 마지막 관계였다.

그는 넉 달 가까이 도르드레흐트에서 지냈다. 행복한 것도 불행한 것도 아니었고, 성공한 것도 실패한 것도 아니었다. 그저 정신이 좀 이상할 따름이었다. 어느 토요일 밤, 그는 도르드레흐트에서 마지막 기차를 집어타고 아우덴보슈에서 내려 준데르트의 집을 향해 걸어갔다. 차갑고 찌르는 듯한 향기로 온통 뒤덮인 황야의 밤은 아름다웠다. 캄캄하긴 했지만 소나무 숲과 저 멀리 드넓게 펼쳐진 초원을 분간할 수 있었다. 그것은 그에게 아버지 서재에 걸린 보드머의 복제화를 연상시켰다. 하늘은 구름으로 흐렸지만 별들이 그 구름을 뚫고 반짝이고 있었다. 이른 아침에 준데르트의 교회 구내에 다다르자 멀리 어린 곡식들이 자라나는 검은 들판에서 종달새가 노래하는 소리를 들을 수 있었다.

부모는 그가 어려운 시절을 겪고 있음을 이해했다. 그 여름을 넘기고서 반 고흐 가족은, 바로 몇 킬로미터 떨어진 곳에 있는, 장이 서는 읍인 에텐으로 이사했다. 테오도루스가 그곳 목사로 임명되었기 때문이었다. 에텐에는 느릅나무들이 늘어선 커다란 광장과 증기기관차가 있었는데, 그 기관차가 에텐과 주요 도시인 브레다를 이어주었다. 테오도루스에게 그건 자그마한 승진이었다.

초가을이 되자 어쩔 수 없이 다시 한번 결단을 내려야 했다. 어설라가 아직 결혼을 하지 않았던 것이다.

"넌 그런 상점들하곤 맞지가 않아, 빈센트." 아버지가 말했다. "네 마음은 신을 섬기는 일로 곧장 이끌려가고 있었던 거다."

"알아요, 아버지."

"그렇다면 왜 암스테르담으로 가서 공부하지 않는 거냐?"

"그러고 싶지만……."

"아직 마음을 정하지 못했니?"

"네. 지금은 설명드릴 수가 없어요. 시간을 좀더 주세요."

안 삼촌이 지나는 길에 에텐에 들렀다. "암스테르담의 내 집에 네가 쓸 방을 마련해두었다, 빈센트." 그가 말했다.

"스트리커 목사가 편지를 보냈는데, 네게 훌륭한 가정교사를 붙여주시겠다더구나." 그의 어머니가 덧붙였다.

그가 어설라로부터 고통의 선물을 받으면서 더불어 받은 것은 이 지상으로부터의 추방이었다. 가장 좋은 훈련은 암스테르담의 대학에 가야 얻을 수 있음을 그는 잘 알고 있었다. 반 고흐 가족과 스트리커 가족이 그를 받아들이고, 용기를 북돋워주고, 또 돈과 책과 동정으로써 그를 도와주리라. 그러나 그는 과거와 깨끗이 결별할 수 없었다. 어설라는 여전히 영국에 있었고, 아직 결혼하지 않은 채였다. 네덜란드에서는 그는 그녀와 연결되어 있다는 감정을 잃어버렸다. 그는 영국 신문 몇 가지를 가져오게 하여 거기에 난 여러 군데의 광고에 응했다. 그리하여 마침내 렘즈게이트에서 교사 자리를 얻었다. 그곳은 런던에서 기차로 네 시간 반쯤 걸리는 항구도시였다.

7

스토크스 씨의 학교 교사(校舍)가 들어선 광장 한가운데에는 철책으로 구분된 커다란 잔디밭이 있었다. 그 학교에는 열 살에서 열네 살까지의 사내애들 스물네 명이 있었다. 빈센트는 프랑스어, 독일어, 네덜란드어를 가르쳐야 했고, 방과 후에도 아이들에게서 눈을 뗄 수 없었고, 매주 토요일 밤마다 하는 그들의 세정식(洗淨式)을 거들어주어야 했다. 그는 숙식은 제공받았지만 보수는 없었다.

램즈게이트는 우울한 곳이었지만 그것이 그의 분위기와 잘 어울렸다. 자신도 모르는 사이에 그는 자신의 고통을 소중한 친구로 간직했고, 그것을 통해 그는 어설라를 변함없이 자기 곁에 앉혀둘 수 있었다. 사랑하는 여자와 함께 있지 못할 바에야 자신이 어디에 있든 상관없었다. 어설라가 그의 머릿속과 몸뚱이에 채워준 그 나른한 포만감과 자신 사이에 아무도 들어서지만 않으면 그만이었다.

"스토크스 씨, 조금이라도 보수를 주실 수 없겠습니까?" 빈센트가 물었다. "담배와 옷가지를 살 정도라도."

"안 되겠는데요. 그럴 순 없어요. 숙식을 제공하는 것만으로도 충분히 선생을 구할 수 있으니까요."

처음 돌아온 토요일 아침 일찍 빈센트는 램즈게이트를 출발하여 런던으로 향했다. 먼 거리였고 날씨는 저녁 때까지 계속 무더웠다. 마침내 캔터베리에 다다르자 그는 그 중세의 대성당을 둘러싼 고목나무 그늘에서 쉬었다. 잠시 후 그는 다시 걷기 시작하여 더 멀리, 자그마한 못 근처, 커다란 너도밤나무와 느릅나무 몇 그루가 있는 곳에 다다랐다. 거기서 그는 새벽 네 시까지 잠을 잤다. 새벽에 새들이 차츰 울어대자 그 소리에 잠이 깼다. 오후에 채텀에 이르니 멀리 조금씩 물이 흘러들어온 낮은 초원들 사이로, 배를 가득 띄운 템스 강이 눈에 들어왔다. 저녁 무렵, 그 낯익은 런던 변두리 거리로 나오게 되자 그는 피곤함에도 불구하고 활기차게 어설라의 집을 향해 나아갔다.

그를 영국으로 되돌아오게 만든 것, 그녀와 연결되어 있다는 감정이, 그녀의 집이 눈에 들어오는 순간 그에게 뻗쳐와 그를 사로잡았다. 영국에서는 그녀를 감지할 수 있었으므로 아직도 그녀는 그의 것이었다.

그는 커다랗게 고동치는 가슴을 진정시킬 수 없었다. 그는 나무에 기댄 채, 뭐라고 명확하게 말로 형언할 수 없는 나른한 아픔에 시달렸다. 드디어 어설라의 집 응접실의 불이 꺼졌다. 이윽고 그녀의 침실 불도 꺼졌다. 어설라의 십은 어둠에 잠겼다. 그는 그곳과 작별하고 지친 몸을 비틀거리며 클래펌 도로를 내려갔다. 어설라의 집이 시야에서 사라지자 그는 다시금 그녀를 잃어버렸음을 알았다.

어설라의 결혼을 그려보노라면 머릿속에 떠오르는 그녀의 모습은 이젠 전처럼 성공한 화상의 아내가 아니었다. 그는 어설라가 신앙심이 깊고 참을성이 많은 전도사의 아내가 되어 빈민가에서, 자기 곁에서 일하면서 가난한 사람들을 도와주는 모습을 그리고 있었다.

거의 매주 주말마다 런던으로 가는 도보 여행을 시도했지만, 월요일 아침 수업 시간에 맞추어 돌아오기가 힘들었다. 가끔은 금요일 하루 종일과 토요일 밤까지 꼬박 걸어가 겨우 보는 것은, 어설라가 집에서 나와 일요일 아침 예배에 가는 모습뿐일 때도 있었다. 음식을 사먹거나 하룻밤 여관에서 묵을 돈도 없었다. 겨울이 닥치자 추위로 고생해야 했다. 월요일 새벽에 램즈게이트로 돌아올 때에는 추위와 피곤함과 배고픔에 시달리곤 했다. 그리하여 그 몸을 회복하려면 꼬박 일주일이 걸렸다.

몇 달 뒤 그는 존스 씨가 운영하는 아일워드의 감리교파 학교에서 좀더 나은 자리를 얻었다. 존스 씨는 커다란 교구의 목사였다. 그는 원래 빈센트를 교사로 채용했지만 얼마 안 가 그를 시골 목사보(牧師補)로 바꾸었다.

다시 한번 그는 마음속에 그려보던 그림을 바꾸지 않을 수 없었다. 어설라는 이제 빈민가에서 일하는 전도사의 아내가 아니라 시골 성직자의 아내가 되어, 마치 그의 어머니가 아버지를 돕듯 남편인 그를 돕게 될 것이다. 그는 어설라가 찬성하는 뜻으로 쳐다보는 모습을 그려보면서, 구필 화랑에서의 속 좁은 장사꾼 생활을 때려치우고 이제 인류를 위해서 일하고 있어서 다행이라고 생각했다.

그는 어설라의 결혼식이 점점 다가오고 있다는 사실을 애써 떠올리지 않으려고 했다. 어설라의 그 다른 남자는 그의 마음속에서 하나의 현실로 존재해본 적이 없었다. 그는 늘 어설라가 거절한 것은 자기한 테만 있는 어떤 결함 때문이니까 어떻게든 그 결함을 고쳐야겠다고 생각했다. 신을 섬기는 것보다 나은 길이 대체 어디 있겠는가?

존스 씨 학교에 다니는 가난에 찌든 학생들은 런던 출신들이었다. 존스 교장은 빈센트에게 그들 부모의 주소를 내주고는, 도보 여행으로 그를 그곳에 보내어 수업료를 거둬오도록 시켰다. 빈센트는 화이트채 플 한가운데에서 그 가족들을 찾아냈다. 거리 곳곳에서 지긋지긋한 냄새가 풍겼으며, 대가족들이 아무것도 없는 썰렁한 방에서 복닥거리며 살고 있었는데, 그들의 두 눈에는 굶주림과 질병의 흔적이 역력했다. 학생들의 아버지는 대개, 보통 시장에선 팔지 못하도록 금지된 병든 가축의 고기를 파는 장사꾼들이었다. 빈센트가 불시에 찾아들었을 때 그들은 누더기를 걸친 채 덜덜 떨면서 죽과 딱딱해진 빵조각과 부패한 고기로 저녁 식사를 하는 중이었다. 그는 땅거미가 내릴 때까지 그들의 궁핍하고 비참한 얘기에 귀를 기울였다.

그는 애초에는 돌아오는 길에 어설라의 집을 거쳐올 수 있는 기회다 싶어 런던행을 반겼다. 그런데 화이트채플 빈민가가 그의 마음속에서 어설라를 깡그리 몰아냈기 때문에 그는 깜빡 잊고 클래펌을 거쳐가는 도로로 나서지 못했다. 그가 그냥 아일워드로 돌아왔을 땐, 존스 씨에게 줄 돈은 한 푼도 받지 못한 채였다.

어느 화요일 저녁, 예배 시간 중에 존스 목사가 피곤한 척, 그의 목사보에게 몸을 기울이며 말했다. "오늘 저녁은 굉장히 피곤하군, 빈센트. 자네 줄곧 설교문을 써왔겠지, 안 그런가? 그럼 우리 그 설교 하나만 들어봄세. 자네가 어떤 목사가 될지 난 궁금하거든."

빈센트는 떨면서 설교단에 올라섰다. 얼굴은 벌개졌고 손을 어떻게 해야 할지 몰랐다. 그의 목소리는 거칠고 뚝뚝 끊겼다. 종이에다 그토록 멋지게 적어놓았던 유창한 구절들이 생각나지 않아 그는 기억을 더

듣어야 했다. 그러나 그는 자신의 영혼이 그 뚝뚝 끊기는 말들과 어색한 몸짓을 뚫고 갑자기 나타나는 것을 느꼈다.

"잘했어, 빈센트." 존스 씨가 말했다. "다음 주엔 자네를 리치먼드로 보내야겠네."

맑은 가을날이었다. 아일워드에서 리치먼드까지, 템스 강을 따라 걷는 길은 아름다웠다. 푸른 하늘과 노란 이파리들이 잔뜩 달린 커다란 너도밤나무들이 강물에 비쳤다. 리치먼드 사람들은 그 젊은 네덜란드인 설교사가 마음에 든다고 존스 씨에게 써 보냈고, 그래서 이 선량한 목사는 빈센트에게 기회를 주기로 결심했다. 존스 씨는 턴햄 그린에 좀 이름 있는 교회를 하나 가지고 있었는데, 그곳 교인들은 숫자가 많을 뿐만 아니라 흠도 잘 잡는 사람들이었다. 거기서 빈센트가 설교를 훌륭히 해낼 수 있다면 그는 어느 설교단에든 설 수 있는 자격을 얻는 셈이었다.

빈센트는 「시편」 119장 19절 "땅 위에서 나그네인 이 몸에게 당신의 계명을 숨기지 마소서"를 설교 주제로 택했다. 그의 이야기는 소박한 열정에 넘쳤다. 그의 젊음, 정열, 압도적인 힘, 그의 묵직한 머리, 꿰뚫는 듯한 눈빛, 그 모두가 교인들에게 굉장한 영향을 주었다.

많은 사람들이 설교단에 올라와 그의 설교에 감사를 표했다. 그는 눈물 어린 몽롱한 상태에서 그들과 손을 잡으며 미소 지었다. 사람들이 모두 가버리자마자 그는 교회 후문으로 빠져나와 런던으로 향했다.

폭풍이 일었다. 그는 모자와 외투를 입고 나왔다. 템스 강은 누른빛을 띠었고 강기슭 근처는 더욱 그러했다. 지평선엔 번갯불이 조금씩 비치고 그 위에 거대한 잿빛 구름장들이 떠 있었는데, 거기서 비스듬한 빗줄기들이 억수같이 쏟아져내렸다. 그는 비에 흠씬 젖었지만, 기분 좋을 만큼의 상쾌한 속도로 뚜벅뚜벅 걸어나갔다.

드디어 성공했다! 자신의 천분을 발견한 것이었다. 어설라의 발아래 바치고 그녀와 함께 나눌 승리를 마침내 얻은 것이었다.

빗줄기가 아무도 없는 작은 길의 흙 위에 흩뿌려지면서 산사나무 덤불을 흔들어댔다. 멀리 뒤러의 판화처럼 보이는 한 도시가 눈에 들어왔다. 작은 탑들과 공장들과 슬레이트 지붕들과 고딕 양식의 집들이 있는 도시였다.

그는 싸우듯 길을 헤치며 나아가 런던으로 들어섰다. 빗물이 얼굴 아래로 줄줄 흘러내리고 장화 속까지 흠뻑 젖었다. 오후 늦게서야 그는 어설라의 집 근처에 다다랐다. 얼마쯤 떨어진 곳에서 바이올린을 연주하는 소리가 들려와 그는 대체 무슨 일일까 하고 생각했다. 어설라 집의 모든 방에서 램프가 타오르고 있었다. 수많은 마차들이 폭우 속에 서 있었다. 빈센트는 사람들이 응접실에서 춤추는 것을 보았다. 한 늙은 마부가 마부석에 앉아 커다란 우산을 받쳐든 채 비를 피하느라 몸을 웅크리고 있었다.

"이곳에 무슨 일이 있습니까?" 그가 물었다.

"결혼식인 것 같소."

빈센트는 그 마차에 기댔다. 그의 붉은 머리칼에서 빗줄기가 얼굴을 타고 흘러내렸다. 얼마 뒤 현관 문이 열렸다. 어설라와 키가 크고 날씬한 한 남자의 모습이 문간의 네모난 틀에 둘러싸여 있었다. 응접실에서 집 입구로 몰려나온 사람들이 웃고 고함치면서 쌀을 던졌다.

빈센트는 살금살금 마차의 어둠에 가리워진 쪽으로 갔다. 어설라와 그녀의 남편이 마차에 올라탔다. 늙은 마부가 말채찍을 가볍게 휘둘렀다. 말들이 천천히 움직이기 시작했다. 빈센트는 몇 걸음 다가가 빗물이 흘러내리는 마차 창문에 얼굴을 댔다. 어설라는 그 사내의 두 팔에 꼭 안긴 채 입술을 그의 입술에 마주 포겠다. 마차가 앞으로 나아갔다.

무엇인가 가느다란 것이 그의 내부에서 툭 끊어졌다. 산뜻하고 깨끗하게 끊어졌다. 마술은 풀렸다. 그토록 쉬울 줄은 미처 몰랐다.

그는 종횡으로 휘갈기는 빗줄기 속에 타박타박 아일워드로 되돌아와 짐을 챙기고서 영원히 영국을 떠났다.

청년 예수와 광부들
보리나주

네덜란드 해군의 고위 장교인 요하네스 반 고흐 해군 중장은 해군 조선소 뒤편에 있는 자신의 널따란 저택 베란다에 서 있었다. 그 집은 집세를 내지 않고 무료로 사용하고 있었다. 조카의 방문을 반기느라고 그는 양 어깨 위에 금 견장이 있는 군복을 입고 있었다. 반 고흐 가문 특유의 묵직한 턱 위로 솟은 강한 콧날이 일직선으로 곧게 올라가다가 툭 튀어나온 벼랑 같은 앞이마 한중간과 만나는 얼굴이었다.

"네가 이리 오다니 반갑구나, 빈센트." 그가 말했다. "집 안이 아주 적적하단다. 자식들이 다 결혼해 나가서 말이야."

그들은 널찍하고 모난 층계 계단을 올라갔다. 얀(요하네스의 애칭/옮긴이) 삼촌이 문을 열어젖혔다. 빈센트는 그 방으로 들어가 가방을 내려놓았다. 커다란 창 하나가 조선소를 내려다보고 있었다. 얀 삼촌은 침대가에 앉은 채, 금 견장의 권위를 손상하지 않는 선에서 부드러운 표정을 지으려고 애썼다.

"네가 목사가 되기 위해 공부하기로 작정했다니 기쁘구나." 그가 말했다. "반 고흐 가문에는 신의 일을 행하는 식구가 언제나 한 명씩은 있어왔지.”

빈센트는 파이프를 찾아 대통에 조심스럽게 담배를 채워넣었다. 생각할 여유가 필요할 때마다 그는 그렇게 행동했다. “아시겠지만 저는 전도사가 되고 싶었어요. 그래서 신의 일을 할 자격을 얻고 싶었죠.”

“전도사가 되고 싶진 않았을 텐데, 빈센트. 그들은 교육을 받지 못한 사람들이야. 그리고 그 사람들의 설교라는 게 신학을 얼마나 제멋대로 뜯어고친 건지 모를 거다. 아니지, 얘야, 반 고흐 가문의 목사들은 언제나 대학을 졸업한 사람들이었다. 그런데 참, 지금은 짐을 푸는 게 우선이겠구나. 식사는 여덟 시다.”

해군 중장의 널찍한 등이 문밖으로 사라지자마자 고요한 우울이 그를 덮쳐왔다. 그는 주위를 살펴보았다. 넓고 안락한 침대, 큼직한 장롱, 사람을 부르는 듯한 낮고 반드러운 책상. 그러나 그는 낯모르는 사람들과 대면한 것 같은 거북스러움을 느꼈다. 그는 후딱 모자를 뒤집어쓰고 빠른 걸음으로 둑을 가로질렀다. 그곳에선 한 유대인 책장사가 뚜껑이 열린 큰 상자 안에 아름다운 판화들을 내놓고 팔고 있었다. 한참을 뒤적거린 후에 그는 열세 장을 골라 겨드랑이에 꼈다. 그는 강렬한 타르 냄새를 들이키며 선창가를 따라 집으로 돌아왔다.

벽에 흠집이 생기지 않도록 핀으로 판화를 살짝 고정시키고 있는데 문 두드리는 소리가 들렸다. 스트리커 목사가 들어왔다. 스트리커는 빈센트의 이모부였으므로 반 고흐 가문은 아니었다. 그의 아내와 빈센트의 어머니가 자매지간이었다. 그는 암스테르담에서 잘 알려진 성직자였고, 그것도 대부분의 사람들이 인정하는 바대로 현명한 성직자였다. 그의 검은 양복은 좋은 천에 훌륭하게 재단된 것이었다.

인사가 끝나자 목사가 말했다. “내가 멘데스 다 코스타라는 분을 구해뒀다. 뛰어난 고전어학자인데, 네게 라틴어와 그리스어를 가르쳐줄게. 그의 집은 유대인 구역에 있지. 월요일 오후 세 시에 그곳으로 가서 첫 수업을 받아야 된다. 그리고 내가 여기 온 것은 내일 일요일 정찬을 함께 하자고 청하기 위해서다. 네 이모 빌헬미나와 사촌 케이가 널 몹시 보고 싶어한단다."

"저도 정말 보고 싶습니다. 몇 시에 갈까요?"

"식사는 정오에 할 거다. 내 늦은 아침 예배가 끝난 뒤에 말이다."

"가족들에게 안부 전해주십시오." 검은 모자와 책을 집어드는 그에게 빈센트가 말했다.

"그럼 내일." 그렇게 말하고서 이모부는 돌아갔다.

2

스트리커 가족이 사는 카이저스그라흐트는 암스테르담에서 가장 귀족적인 거리 중의 하나였다. 그것은 U자 형의 네 번째 거리였는데, 항구도시 남쪽에서 시작한 운하가 중앙을 돌아 다시 항구 북쪽으로 흘러나갔다. 그 운하는 깨끗하고 맑은 데다가 너무도 소중했으므로 크로스로 뒤덮이도록 방치해두질 않았다. 크로스란 신비한 녹색 이끼로서, 이곳이 아닌 빈민 지역의 운하에는 수백 년 내려오는 동안 그 녹색 이끼층이 표면에 두껍게 끼어 있었다.

거리에 줄지어 선 집들은 순수한 플랑드르식이었는데, 폭은 좁지만 잘 지어진 집들이 빼곡하게 들어선 모습이 마치 근엄한 청교도 병사들이 차려 자세로 일렬로 길게 늘어서 있는 것 같았다.

다음날 스트리커 목사의 설교를 들은 뒤, 빈센트는 목사의 집을 향해 나섰다. 밝은 태양이 네덜란드 온 하늘에 떠다니는 잿빛 구름장들을 쫓아내자 대기가 잠시 반짝 빛났다. 출발이 일렀다. 그는 생각에 잠긴 걸음걸이로 걸으면서, 운하의 배들이 상류로 거슬러나아가는 것을 지켜보았다.

배들은 대개가 샌드 보트로서 끝이 차츰 가늘어지는 것말고는 전체적으로 타원형이었는데, 물에 전 거무스름한 빛깔의 배 한가운데에는 짐을 싣는 움푹 들어간 커다란 공간이 있었다. 뱃머리에서 배의 후미까지 기다랗게 빨랫줄이 매여 있고, 그 위에는 가족의 빨래들이 널려 있었다. 그 가족의 아버지인 사내가 운하 바닥에 삿대를 박고 어깨로 받친 채 구불구불 비틀린 각도로 좁은 통로 아래로 힘주어 밀면 배가 그의 밑에서 미끄러져 나아갔다. 그의 아내인 몸집이 크고 투실투실한 붉은 얼굴의 여인네가 배의 후미에 꼼짝 않고 앉아 키 손잡이를 놀렸다. 아이들은 개를 데리고 놀다가 몇 분마다 한 번씩 선실로 뛰어내려 갔다. 선실이 그들의 집이었다.

스트리커 목사의 집은 전형적인 플랑드르식 건물이었다. 폭이 좁은 삼층 건물, 그 위쪽에 장방형의 탑 하나, 그리고 거기에 달린 고미다락방 창문과 흘러내릴 듯한 아라베스크 장식, 고미다락방 창문으로부터 끝에 기다란 쇠고리가 달린 들보 하나가 돌출해 있었다.

이모 빌헬미나가 반색을 하며 빈센트를 식당으로 데리고 들어갔다. 아리 셰퍼가 그린 칼뱅의 초상화가 한쪽 벽에 걸려 있었고, 찬장에선 은식기들이 반짝반짝 빛을 냈다. 사방 벽들은 거무스름한 장식 판자로 꾸며져 있었다.

어둠침침한 그 방이 눈에 익기도 전에, 그 흐릿한 어둠 속에서 키가 크고 나긋나긋한 여자가 나와서 그를 따뜻하게 맞이했다.

"물론 날 모르겠지만……" 그녀가 낭랑한 목소리로 말했다. "내가 바로 이종사촌 케이야."

뻗쳐 내민 그녀의 손을 맞잡자 몇 달 만에 처음으로 부드럽고 따뜻한 젊은 여자의 살결이 만져졌다.

"우린 만난 적이 없는데……" 젊은 여자가 친근한 어조로 계속했다. "좀 이상한 일인 것 같아. 왜냐면 내가 스물여섯이고, 사촌은 아마 틀림없이……"

빈센트는 아무 말 없이 그녀를 응시했다. 문득 그는 대답을 해야 한다는 사실을 깨달았다. 자신의 어리석음을 메울 셈으로 불쑥 튀어나온 그의 목소리는 크고 거칠었다. "스물넷, 누이보단 어리죠."

"그래, 그럼 결국 그렇게 이상할 것도 없군. 그쪽에선 암스테르담을 방문한 적이 없고 나 역시 브라반트에 가보지 않았으니. 그런데 내가 손님 접대에 너무 소홀했나 봐. 앉지 않겠어?"

그는 딱딱한 의자 끝에 살짝 앉았다. 재빠르고 기묘한 변신술이 그를 볼품없는 시골 촌뜨기에서 세련된 도시 신사로 바꾸어놓았다. 그가 말했다. "어머니께선 언제나 누이가 우리 집에 놀러와주길 바라셨죠. 브라반트에 오셨더라면 즐거웠을 거예요. 그곳 시골 사람들은 무척 인정이 많거든요."

"알아. 안나 이모가 편지로 나를 몇 번 초대한 적이 있었지. 거길 곧 한번 가봐야겠군."

"예," 빈센트가 대답했다. "꼭 오십시오."

그는 사실 건성으로 그녀의 말을 듣고 거기에 대답하고 있었다. 그는 온통, 너무 오랫동안 독신생활의 물만 마셔온 한 남자의 격렬한 갈증으로 그녀의 아름다움에 젖어들고 있었다. 케이는 전형적인 네덜란드 여자의 튼튼한 생김생김을 가지고 있었지만, 잘 다듬어져서 우아한 균형을 이루고 있었다. 그녀의 머리칼은 밀 빛깔의 금발도 아니고 네덜란드 여자 특유의 너무 짙은 붉은 머리칼도 아닌 그 두 가지가 기묘하게 혼합된 빛깔이었다. 뭐랄까, 붉은 머리칼의 불꽃이 밝은 금발로 번져 반짝이는 듯한 미묘한 따스함으로 뒤덮인 것 같은 빛깔이었다. 그녀의 살결은 태양과 바람으로부터 보호되었고, 턱 주위의 하야말간 피부 빛깔이 양 뺨의 홍조 속으로 살며시 스며드는 모습은 마치 네덜란드 대가의 예술적 솜씨가 이루어놓은 것 같았다. 깊숙한 푸른 빛의 두 눈은 삶의 희열에 맞추어 춤추었고, 그 삶의 희열을 받아들이려는 듯 그녀의 풍만한 두 입술은 살짝 열려 있었다.

빈센트가 말이 없음을 깨달은 그녀가 입을 열었다. "뭘 생각하는 거야, 사촌? 뭔가에 빠져 있는 것 같은데."

"렘브란트라면 아마 누이를 그리고 싶어했을 거라고 생각했죠."

나직하게 웃는 케이의 목구멍에서 성숙한 여인네의 달콤함이 풍겼다. "렘브란트가 즐겨 그린 여자들은 보기 흉한 늙은 여자뿐인걸, 안 그래?" 그녀가 물었다.

"그렇지 않아요." 빈센트가 대답했다. "아름다운 늙은 여자들을 그렸죠. 가난하거나 조금은 불행하기도 하지만 그 슬픔을 통해 영혼을 얻은 여자들 말예요."

처음으로 진지하게 그녀는 빈센트를 바라보았다. 집에 들어오는 그를 그저 무관심하게 쳐다보았을 때 언뜻 눈에 들어온 것은 그의 터부룩한 적갈색 머리칼과 묵직한 얼굴이었다. 그런데 이제 보니 그는 이가 고르게 난 입과, 깊숙이 박힌 타는 듯한 두 눈, 반 고흐 가문의 길고 균형 잡힌 이마와 단단한 턱을 가지고 있었고, 그 단단한 턱을 그녀 쪽으로 살짝 내밀고 있었다.

"아, 미안해. 내가 좀 둔해서." 거의 귓속말처럼 낮게 그녀가 중얼거렸다. "렘브란트의 어떤 점을 두고 하는 말인지 알겠어. 렘브란트는 아름다움의 본질에 도달했던 거지, 안 그래? 그런 주름진 늙은 사람들의 얼굴에 고통과 낙심이 새겨진 모습을 그렸을 때 말이야."

"얘들아, 무슨 이야기들을 그렇게 진지하게 나누고 있니?" 스트리커 목사가 문간으로 들어오며 말했다.

"지금 친해지는 중이에요." 케이가 대답했다. "왜 얘기 안 해주셨어요? 이렇게 근사한 사촌이 있다는 걸 말예요."

또 한 남자가 들어왔다. 여유 있는 미소와 매력적인 태도를 가진 호리호리한 사내였다. 케이가 벌떡 일어나 그에게 뜨겁게 키스했다. "빈센트," 그녀가 말했다. "내 남편, 미네르(영어의 '미스터'에 해당됨/옮긴이) 보스야."

잠시 후에 그녀는 두 살쯤 되는 황갈색 머리의 사내애를 데리고 돌아왔다. 명랑한 아이이긴 했지만, 자기 엄마를 닮아 생각에 잠긴 듯한 얼굴과 푸른 눈빛을 가지고 있었다. 케이가 사내아이를 끌어안자 보스가 그들을 양팔로 껴안았다.

"빈센트, 넌 나하고 식탁 이쪽 편으로 앉을까?" 이모 빌헬미나가 말했다.

빈센트 맞은편으로 한쪽엔 보스가, 다른 한쪽엔 꼬마 얀을 무릎에 앉힌 채 케이가 앉았다. 남편이 집 안에 함께 있었으므로 그녀는 빈센트를 잊어버렸다. 그녀의 불그스름한 뺨 빛깔이 더욱 짙어졌다. 한번은 그녀의 남편이 다른 사람에게 들릴세라 낮은 어조로 뭐라고 은근한 말을 하자, 그녀는 재빠르게 그에게 몸을 기울이고 키스했다.

그들의 파도치는 사랑의 물결이 뻗쳐와 빈센트를 삼켜버렸다. 그 운명의 일요일 이후 처음으로, 어설라가 안겨준 옛 고통이 깊이를 알 수 없는 근원으로부터 솟아올라 그의 육체와 정신의 최후 방벽까지 흘러넘쳤다. 눈 앞의 이 작은 가족들이 단란하게 뭉쳐 즐겁게 애정을 나누는 것을 보며, 그는 그 지루한 몇 달 동안 사랑에 굶주려왔음을, 지독히 굶주려왔음을 깨달았다. 그리고 그 굶주림이 쉽사리 사라지지 않을 것임을 그는 알고 있었다.

3

빈센트는 아침마다 해돋이 바로 전에 일어나 성경을 읽었다. 다섯 시에 해가 솟으면 그는 해군 공창이 내려다보이는 창가로 가, 한 무리의 일꾼들이 정문으로 들어오는 모습을 지켜보았다. 그것은 검은 형상들로 이루어진 구불구불한 긴 줄이었다. 작은 증기선들이 자위더르 해(海) 여기저기에 떠 있고, 멀리 와이 항(港)을 가로지르는 마을 근처에는 갈색 범선들이 빠르게 움직이는 것이 보였다.

해가 완전히 솟아올라 산더미처럼 쌓인 목재 위의 안개가 다 걷히고 나면, 빈센트는 창가에서 몸을 돌리고서 마른 빵 한 조각과 맥주 한 잔으로 아침 식사를 한 뒤, 그대로 눌러앉아 그로부터 일곱 시간 동안 라틴어와 그리스어에 사로잡히는 것이었다.

네댓 시간 집중하다 보면 머리가 무거워지고 지끈거리고, 생각은 헝클어졌다. 감정에 치우쳤던 몇 년간의 세월을 겪고 난 뒤인데 어떻게 그 단순하고 규칙적인 공부를 끝까지 해낼 수 있을지 알 수 없었다. 문법 규칙을 머릿속에 집어넣느라 고심하다 보면 어느새 해는 하늘 한 중간을 지나 반대편으로 기울고, 그러면 수업을 받으러 멘데스 다 코스타의 집으로 가야 할 시간이었다. 그는 그곳으로 가는 길에 보이텐칸트를 따라 걷다가, 우데자이드 예배당과, 옛 교회와 남부 교회를 돌아, 철공소와 술집과 석판 인쇄소가 들어선 구불구불한 거리들을 통과하곤 했다.

멘데스는 로이페레스의 동판화 「그리스도를 본받아!」을 연상시켰다. 그는 전형적인 유대인의 풍모를 지닌 사람이었다. 동굴처럼 깊숙이 들어간 심오한 눈, 가늘고 움푹 팬 영적인 얼굴, 옛날 랍비들의 뾰족한 턱을 가지고 있었다. 오후도 한참 지났을 무렵의 유대인 구역은 몹시 무덥고 후덥지근했다. 일곱 시간 동안의 라틴어와 그리스어 공부, 그리고 다음 몇 시간 동안의 네덜란드 역사와 문법 공부에 머리가 포화 상태가 된 빈센트는 멘데스에게 석판화 얘기를 꺼내곤 했다. 어느 날 그는 마리스의 「세례식」이라는 스케치를 선생님께 가지고 갔다.

멘데스는 가늘고 앙상한 손가락으로 「세례식」을 집어들고, 높은 창에서 강렬하게 쏟아지는 먼지 섞인 햇빛에 비춰보았다.

"좋군." 유대인다운 쉰 목소리로 그가 말했다. "이 그림은 뭔가 궁극적인 종교의 정신을 포착해놓았어."

그 순간 빈센트의 피곤함이 완전히 사라졌다. 그는 마리스의 예술을 열광적으로 설명하기 시작했다. 멘데스가 보이지 않게 고개를 가로저었다. 빈센트에게 라틴어와 그리스어를 가르쳐주는 대가로 스트리커 목사가 비싼 수업료를 지불하고 있었던 것이다.

"빈센트." 그가 조용히 말했다. "마리스는 훌륭한 예술가지. 하지만 시간이 줄어드니까 공부를 시작하는 게 좋겠어, 그렇지?"

빈센트는 알아들었다. 두 시간의 수업을 마치고 집으로 오는 길에 그는 나무 자르는 사람과 목공과 선박 식품 조달업자들이 일하고 있는 집 앞에서 걸음을 멈추곤 했다. 커다란 포도주 저장고 앞문은 열려 있고, 램프를 든 남자들이 어두컴컴한 창고 안에서 이리저리 내닫고 있었다.

얀 삼촌은 일주일 정도 묵을 예정으로 헬보르트에 갔다. 해군 공창 뒤의 그 커다란 집에 빈센트 혼자뿐이라는 걸 알고 어느 날 오후 늦게 케이와 보스가 와서 식사를 함께 하자며 그를 데리고 갔다.

"얀 아저씨가 돌아오실 때까지 우리 집에 저녁마다 와야 돼." 케이가 그에게 말했다. "그리고 어머니가 물어보시던데, 매주 일요일마다 예배가 끝난 뒤 우리와 함께 식사를 하지 않겠느냐고 말이야."

식사가 끝나자 그 집 가족들은 카드놀이를 했다. 그러나 빈센트는 카드놀이를 할 줄 몰랐으므로 조용한 구석에 자리 잡고 오귀스트 그뤼종의 『십자군의 역사』를 읽었다. 앉은 곳에서 그는 케이와 잇따라 바뀌는 케이의 자극적인 미소를 바라볼 수 있었다. 그녀가 테이블 자리를 뜨더니 그의 곁으로 왔다.

"뭘 읽지, 빈센트?" 그녀가 물었다.

그녀에게 책 제목을 말해주고 나서 그가 얘기했다. "작지만 훌륭한 책이에요. 여기 쓰인 것이 티스 마리스가 그린 그림의 정취와 똑같다고 해도 과언이 아니에요."

케이가 싱긋 웃었다. 그가 늘 그런 문학적 비유를 끌어내는 것이 재미있었던 것이다. "어째서 티스 마리스하고 같다는 거지?" 그녀가 물었다.

"티스 마리스의 그림이 정말 연상되는지 안 되는지 이걸 한번 읽어보세요. 바로 여기, 암석 위의 옛 성과 황혼의 가을 숲, 맨 앞의 검은 들판, 그리고 거기서 한 농부가 흰 말을 부려 밭을 가는 모습이 묘사된 대목을 읽어보세요."

케이가 읽는 동안 빈센트는 그녀를 위해 의자를 끌어다 받쳐주었다. 그를 바라볼 때의 그녀의 푸른 두 눈이 어떤 생각에 잠긴 듯한 표정으로 흐려졌다.

"맞아." 그녀가 말했다. "마리스의 그림 그대로네. 이 책의 작자와 화가 마리스는 각각 자기 나름의 매체로 똑같은 생각을 표현한 거야."

빈센트는 책을 집어들고 부지런한 손놀림으로 페이지를 넘겼다. "이 부분의 글은 아마 미슐레(1798-1874, 프랑스의 급진적 역사가/옮긴이)나 칼라일(1795-1881, 영국의 역사가/옮긴이)에게서 따왔을 겁니다."

"어머나, 빈센트! 학교 수업을 받은 적이 별로 없는 사람치고는 놀랄 정도로 교양이 풍부한데! 아직도 좋은 책들을 많이 읽어?"

"아뇨. 읽고야 싶지만 그러지 못하고 있어요. 하지만 오래 전부터 그럴 필요를 많이 느끼진 못했어요. 왜냐하면, 모든 게 주님의 말씀 안에 들어 있으니까요, 그 어느 책보다도 완벽하고 아름답게."

"아, 빈센트." 케이가 펄쩍 뛰며 외쳤다. "그건 너무 빈센트답지 않아!"

빈센트는 깜짝 놀라 그녀를 응시했다.

"난 빈센트가 『십자군의 역사』에서 티스 마리스를 알아보았을 땐, 무척 근사한 사람이구나 하고 생각했어. 비록 우리 아버지 말씀이 그런 일은 생각지 말고 정신을 집중해야 된다고 하시지만 말이야. 그런데 빈센트가 숨 막히는 시골 목사처럼 그런 얘길 하다니!"

보스가 어슬렁어슬렁 건너와 말했다. "케이, 당신 트럼프 패도 돌려놓았어."

한순간 케이는 빈센트의 불쑥 튀어나온 눈썹 밑에서 살아 활활 불타는 검은 눈동자를 들여다보았다. 이윽고 그녀는 남편의 팔을 잡고 건너가 카드놀이 패에 끼었다.

4

빈센트가 자신과 좀더 일반적인 인생 이야기를 나누고 싶어한다는 걸 알고 멘데스 다 코스타는 일주일에 몇 번쯤 구실을 만들어서, 수업 이 끝나 돌아가는 빈센트와 동행해주곤 했다.

어느 날 그는 빈센트를 그 도시에서 아주 흥미로운 지역으로 데리 고 갔다. 그곳은 본델 공원 근처의 레이트셰 항구로부터 네덜란드 철 도역까지 이어진 변두리였는데, 제재소와 작은 뜰이 딸린 노무자들의 오두막집이 꽉 들어찬 인구 조밀 지역이었다. 수많은 작은 운하들이 사이사이에 뚫려 있었다.

"이런 지역의 목사가 된다는 것도 굉장한 일이겠군요." 빈센트가 말 했다.

"그럼." 파이프를 채우면서 멘데스가 대답했다. 그는 원추형으로 생 긴 담배쌈지를 빈센트에게 건네주었다. "이 사람들이야말로 신과 종교 를 더 필요로 하지. 저 주택 지역의 잘사는 사람들보다도 말이야."

어쩌면 일본의 다리라고 해도 될 성싶은 자그마한 나무 다리를 건 너가는 중이었다. 빈센트가 걸음을 멈추고 말했다. "무슨 뜻입니까, 선 생님?"

"이 노동자들은……" 멘데스가 손을 한번 가볍게 휘두르며 말했다. "힘겨운 생활을 하고 있어. 병에 걸려도 의사를 부를 돈도 없지. 오늘 일을 해야, 그것도 중노동을 해야 내일 먹을거리가 생기지. 이 사람들 의 집은 보다시피 작고 초라해. 한 발만 내디디면 배고픔과 굶주림이 야. 허덕이면서 살고 있지. 이 사람들이야말로 하느님을 생각하며 위 로받아야 할 필요가 있는 사람들이야."

빈센트는 파이프에 불을 붙이고서 성냥개비를 작은 운하 밑으로 던 졌다.

"그런데 주택 지역 사람들은요?" 그가 물었다.

"그 사람들이야 좋은 옷도 입을 수 있고, 안전한 지위도 있고, 불행에 대비해서 돈도 저축해두었지. 그들이 생각하는 하느님이란 부유한 노신사야. 세상 일이 뜻대로 잘 되어가는구나 하고 만족해하는 노신사지."

"한마디로 그들은 좀 숨막히는 사람들이군요." 빈센트가 말했다.

"저런!" 멘데스가 소리쳤다. "난 그런 뜻으로 말한 게 아닌데."

"맞아요, 그건 제 생각입니다."

그날 밤 그는 그리스어 책을 앞에 펼쳐놓은 채 맞은편 벽을 오래도록 응시했다. 런던의 빈민가와 그 답답한 가난과 고생이 떠올랐다. 그리고 전도사가 되어 그런 사람들을 돕고 싶어하던 자신의 욕구가 떠올랐다. 그의 마음속에 떠오른 영상은 스트리커 목사의 교회로 번개처럼 달려갔다. 그 교회의 교인들은 부유한 데다 잘 배웠고, 또 이 세상의 좋은 것들에 대해 민감하며, 그것을 손에 넣을 수 있는 사람들이었다. 스트리커 목사의 설교는 아름답고 위안을 주긴 했지만, 신자들 중에 진정으로 위안을 필요로 하는 사람은 과연 누구일까?

처음 암스테르담에 온 지 여섯 달이 지났다. 드디어 그는, 공부를 열심히 해도 타고난 재능을 따라가기엔 부족할 따름이라는 사실을 차츰 깨닫기 시작했다. 그는 어학 책들을 옆으로 밀어놓고 대수 교과서를 펼쳤다. 한밤중에 얀 삼촌이 들어왔다.

"네 방문 밑으로 불빛이 보이더구나." 해군 중장이 말했다. "그리고 수위가 하는 말이, 네가 오늘 새벽 네 시에 산책하는 걸 봤다던데, 대체 하루에 몇 시간이나 공부를 하니?"

"날마다 달라요. 열여덟 시간에서 스무 시간 사이죠."

"스무 시간!" 얀 아저씨는 고개를 가로저었다. 의심스럽다는 표정이 그의 얼굴에 점점 역력하게 드러났다. 그로서는 반 고흐 가문에 실패자가 있으리라고는 차마 인정하기가 힘들었다. "그렇게 많은 시간이 필요하진 않을 텐데."

"그래도 공부는 해놔야만 되잖아요, 얀 아저씨."

얀 아저씨는 숱 많은 눈썹을 치켜올렸다. "어쨌든 간에," 그가 말했다. "내가 널 잘 보살펴주겠다고 네 부모에게 약속했으니까, 앞으로는 그렇게 늦게까지 공부하지 말고 부디 일찍 자거라."

빈센트는 연습 문제를 옆으로 밀어놓았다. 잠자고 싶은 생각은 없었다. 사랑도 위안도 즐거움도 필요 없었다. 필요한 것은 오직 라틴어와 그리스어, 대수와 문법을 배우는 것, 그리하여 시험에 합격하고 대학에 들어가 목사가 되어, 이 세상에서 실제로 신(神)의 일을 행하는 것뿐이었다.

5

암스테르담에 온 지 꼭 일 년 되는 오월에 이르러서 그는 자신이 정규 교육에는 적합하지 않으며 바로 그 점 때문에 꺾여버릴 것이라는 사실을 깨닫기 시작했다. 그것은 사실이 그렇다는 것을 밝히는 게 아니라 스스로의 패배를 자인하는 것이었다. 뇌리 한구석에서 그러한 깨달음이 불쑥 치솟을 때마다 그는 나머지 온 정신을 채찍질해가며, 스스로 인정했던 패배감을 쓰라린 노력을 통해 몰아내려 했다.

그것이 단순히 공부가 어렵다거나 자신에겐 분명 적합치 않다는 문제였더라면 그토록 마음이 어지럽지는 않았을 것이다. 그런데 밤낮으로 그를 괴롭히는 것은 "나는 스트리커 목사 같은 현명하고 신분이 높은 목사가 되길 원하는 것일까?" 하는 문제였다. 오 년간을 더 격 변화와 대수 공식만을 생각한다면, 대체 가난하고 병들고 학대받는 사람들에게 몸으로 봉사하자는 자신의 이상은 어떻게 될 것인가?

오월 어느 늦은 오후, 수업이 끝나자 빈센트가 말했다. "다 코스타 선생님, 저와 함께 산책할 시간 좀 내주시겠습니까?"

멘데스는 전부터 빈센트의 갈등이 점점 커지고 있음을 예민하게 포착했던 터였다. 그는 이 젊은이가 결단을 내려야 할 절박한 지경에 이르렀다는 것을 눈치챘다.

"그러지, 나도 좀 걷고 싶었으니까. 비가 온 뒤라 공기가 무척 맑군. 내 기꺼이 동행해주지." 그는 양털 목도리를 몇 겹 두르고 높직한 칼라가 달린 검은 외투를 걸쳤다. 두 사람은 거리로 나섰다. 3세기쯤 전에 스피노자가 파문당했던 바로 그 유대 교회 옆으로 걸어갔다. 몇 블록 걸어가 제스트라트에 있는 렘브란트의 옛집을 지나치게 되었다.

"렘브란트는 가난과 치욕 속에서 죽었지." 그 옛집을 지나치면서 멘데스는 여느 때와 다름없는 어조로 말했다.

빈센트는 그를 재빨리 쳐다보았다. 멘데스에겐 상대방이 문젯거리를 입 밖에 내기도 전에 그 문제의 핵심으로 뚫고 들어가는 기질이 있었다. 이 남자에게는 어떤 심오한 활력이 있었다. 누구의 말이든 깊이 생각하기 위해 그것을 헤아릴 길 없는 심연에다 풍덩 가라앉히는 듯싶었다. 얀 삼촌과 스트리커 이모부의 경우엔, 이쪽에서 한 말이 정확히 한쪽 벽에 부딪쳤다가 "옳다" 또는 "그르다"의 논조로 곧장 되튕겨왔다. 그러나 멘데스는 상대방의 생각을 자신의 깊고 원숙한 지혜의 우물 속에 오래 가라앉혔다가 다시 꺼내는 것이었다.

"그렇긴 하지만, 그의 죽음이 불행했던 건 아니에요." 빈센트가 말했다.

"맞아." 멘데스가 말했다. "자신을 완벽하게 표현했고, 또 자신이 한 일의 가치를 스스로 알고 있었으니까. 그 시대에 그렇게 할 수 있었던 사람은 그뿐이야."

"그렇다면, 자기가 한 일의 가치를 스스로 알고 있다고 해서 그가 옳았다는 것입니까? 그가 틀렸다면요? 세상이 그를 무시한 게 옳았다면요?"

"세상이 어떻게 생각하든 별 차이는 없어. 렘브란트는 그리지 않으면 안 되었던 거지. 그의 그림이 좋든 나쁘든 그건 상관없어. 그림 그리는 것 자체가, 그를 한 인간으로 지탱해주었으니까. 빈센트, 예술의 귀중한 가치는 예술이 예술가를 드러내주는 그 표현 안에 있는 거야. 렘브란트는 자신의 인생 목적이라고 느끼고 있던 것을 완성했어. 그래서 그가 옳은 거지. 설사 그의 작품이 무가치한 것이라고 하더라도 자신의 욕망을 짓눌러버리고 암스테르담의 부유한 상인이 되는 경우보다야 천 배는 더 성공한 셈일 게야."

"알겠습니다."

"렘브란트의 작품이 오늘날 세상 사람 모두에게 즐거움을 준다는 건 전적으로……" 그렇게 말을 잇는 멘데스는 자기만의 생각을 뒤쫓고 있는 듯했다. "이래도 좋고 저래도 좋은 사실이야. 죽을 때 이미 그의 삶은 완성되고 성취되었어. 비록 무덤으로 쫓겨들어가듯 죽긴 했지만. 그때 닫힌 인생의 책장, 그건 아름답게 쓰인 책이었지. 자신의 이상을 향한 그 성실함과 불굴의 노력의 질이 중요한 거지, 그가 그린 작품의 질이 중요한 게 아니야."

그들은 걸음을 멈추고서 와이 항 근처에서 남자들이 짐수레로 모래를 운반하는 모습을 지켜보았다. 이윽고 그들은 담쟁이로 가득한 정원이 여기저기 들어선 수많은 좁다란 거리들을 지나쳤다.

"그런데 젊은 사람이라면, 자신이 옳은 길을 가고 있는 것인지 어떻게 알 수 있을까요? 그 젊은이가 일생을 바쳐서 해야만 할 뭔가 특별한 게 있다고 생각했는데, 후에 가선 그 모두가 자신에게 적합치 않았음이 드러난다면 말입니다."

멘데스는 외투 깃에서 턱을 뺐다. 그의 검은 두 눈이 환해졌다. "저것 봐, 빈센트." 그가 외쳤다. "지는 해가 저 회색 구름장 위로, 타오르는 붉은 빛을 던지고 있는 광경 말이야."

벌써 항구에 다다랐던 것이다. 붉은 빛 저녁 하늘을 배경으로 범선의 돛대와, 선창가에 늘어선 낡은 집들과 나무들이 선명하게 드러났다. 모든 것이 자위더르 해(海) 수면에 반사되었다. 멘데스는 자기 파이프를 채운 뒤 종이 쌈지를 빈센트에게 건네주었다.

"전 벌써 피우고 있는 중인데요, 선생님."

"아, 그래? 자네도 피우고 있었군. 둑길로 해서 제부르크까지 걸어 갈까? 그곳에 유대인 교회 묘지가 있어서 내 민족이 묻힌 곳에 잠시 앉을 수가 있거든."

어깨 너머로 바람에 담배 연기를 날려 보내며 그들은 다정한 침묵 속에 걸어갔다. "빈센트, 인생의 그 어느 것도 끝끝내 확신할 수는 없네." 멘데스가 말했다. "다만 용기와 힘을 가지고서 자네가 옳다고 생각하는 바를 할 수 있을 뿐이지. 그게 잘못된 것으로 판명될 수도 있지만, 어쨌거나 자넨 그것을 할 것이고 또 바로 그 점이 중요한 거지. 이성(理性)이 명하는 최상의 지시에 따라 행동하고 그다음에 최후의 가치는 신의 심판에 맡기는 수밖에 없어. 어떤 형태로든 우리의 창조주에게 봉사하고 싶다고 자네가 지금 이 순간 확신한다면, 그 신념이야말로 자네의 장래를 위한 유일한 지침서일 걸세. 겁내지 말고 그 신념을 믿고 따르게."

"제가 자격이 있겠습니까?"

"신에게 봉사하는 데 말인가?" 멘데스는 조심스러운 미소를 띠고 그를 바라보았다.

"아뇨. 제 말은 대학이 만들어내는 부류의 학구적인 성직자가 될 자격이 제게 있느냐는 뜻입니다."

멘데스는 빈센트 자신만의 특수한 문제에 대해서는 뭐라고 얘기하고 싶지 않았다. 단지 그런 문제가 가진 일반적인 양상을 이것저것 상의하면서 청년 스스로 결정하도록 만들 생각이었다. 이제 그들은 유대인 교회 묘지에 다다랐다. 교회 묘지는 소박했고, 히브리어 묘비명이 새겨진 묘석들과 딱총나무들이 가득 들어선 데다가 여기저기 키 큰 풀들로 무성하게 뒤덮여 있었다. 다 코스타 가족 묘지에 딸린 자그마한 터 가까이에 돌 벤치가 하나 있었다. 둘은 거기에 앉았다. 빈센트는 파이프를 집어넣었다. 저녁 이맘때쯤이면 교회 묘지에는 사람의 그림자도 없었다. 어떤 소리도 들리지 않았다.

"어느 누구든, 성격의 한 특질인 어떤 성실성을 한 가지씩은 지니고 있지." 멘데스는 그렇게 말하면서 자신의 양친이 나란히 누워 있는 무덤을 바라보았다. "그래서 사람이 그 성실함만 그대로 따라간다면 무슨 일을 하든 결국엔 잘될 거야. 자네가 화상으로 계속 남아 있었다면 자네를 현재의 자네와 같은 인간으로 만든 그 성실함 덕에 자넨 훌륭한 화상이 되었을 걸세. 그건 자네가 선생 직업을 가졌던 경우에도 똑같이 해당되네. 어느 날엔가 자넨 자신이 생각하는 바를 완벽하게 표현할 수 있을 걸세. 그 어떤 길을 선택하든 간에."

"그럼, 제가 암스테르담에 남아 직업 목사가 되지는 않겠다면요?"

"상관없어. 전도사로서 런던으로 돌아가든, 상점에서 일하든, 아니면 브라반트에서 농부가 될 수도 있겠지. 하지만 자네는 뭘 하든 잘할 거야. 난 자네를 한 인간으로 형성시켜줄 그 자질을 이미 감지했어. 그리고 그게 훌륭한 자질인 것도 알고 있고. 자네가 살아가는 동안 스스로를 실패자라고 생각할 때가 여러 번 있겠지만, 최후에 가선 스스로 생각한 바를 완전하게 표현할 수 있을 것이고, 그리고 바로 그 표현에 의해서 자네의 인생이 정당하게 평가될 거야."

"감사합니다, 다 코스타 선생님. 선생님 말씀이 저에게는 큰 도움이 됩니다."

멘데스는 약간 몸을 떨었다. 돌 벤치는 차갑고 해는 이미 바다 속으로 떨어졌다. 그가 일어섰다. "갈까, 빈센트?"

6

다음날 땅거미가 내릴 무렵 빈센트는 공장이 내려다뵈는 창가에 서 있었다. 작은 가로수 길의 포플러들이 쭉 뻗은 곧은 몸통과 가느다란 가지들을 드러낸 채 회색 하늘과 섬세한 대조를 이루었다.

"내가 정규 교육을 받을 능력이 없다고 해서 이 세상에서 하등의 쓸모도 없는 것일까? 라틴어, 그리스어가 같은 인간들을 사랑하는 일과 대체 무슨 관계가 있는가?" 빈센트는 속으로 생각했다.

공창 구내를 순시 중인 얀 삼촌의 모습이 저 밑으로 지나쳐갔다. 멀리로는 독(dock) 안에 떠 있는 범선들의 돛대와, 앞쪽으로는 아주 까만색의 아체 함(艦)과 그것을 호위하고 있는 붉은색, 회색의 포함들이 보였다.

"내가 전부터 늘 하고 싶었던 건 신의 일을 실제로 행하는 것이었어. 삼각형이나 원을 그리는 대수가 아니라! 큰 교회를 가지고 점잖은 설교를 하고 싶었던 적도 없었어. 나한테 어울리는 건, 지금 이 순간 고통받는 미천한 사람들이야. 지금부터 오 년 후가 아니라!"

그때 벨이 울리고 노무자들이 물결처럼 정문으로 쏟아져 나왔다. 점등부(點燈夫)가 와서 공창 구내의 등에 불을 붙였다. 빈센트는 창문에서 몸을 돌렸다.

빈센트는 지난 일 년간 아버지와 얀 삼촌과 스트리커 목사가 자기에게 상당한 돈을 썼음을 잘 알고 있었다. 자신이 포기한다면, 그 돈이 완전히 낭비였다고 그들은 생각하리라.

어쨌든 착실하게 노력은 했다. 하지만 하루에 스무 시간 이상 공부할 수는 없는 노릇이었다. 자신이 공부에 부적당한 게 틀림없었다. 시작이 너무 늦었던 것이다. 자신이 내일 전도사로 나아가 신을 믿는 사람들을 위해서 일한다면 그것은 실패일까? 병든 자를 치료해주고 지친 자를 위로하고 죄지은 자를 위안하고 비(非)교도를 크리스트교로 귀의시키는데, 그것도 역시 실패일까?

가족들은 그렇다고 말하리라. 가족들은 넌 절대 성공할 수 없다고, 넌 쓸모도 없고 배은망덕한 반 고흐 가문의 골칫거리라고 말하리라.

"자넨 무슨 일을 하든……" 멘데스는 말했다. "잘해낼 거야. 최후에 가선 자네 스스로 생각하는 바를 행동으로 표현할 것이고, 바로 그 표현이 자네의 인생을 정당화시켜줄 걸세."

무엇이든 이해하는 케이가 이미, 그의 내부에 고루한 성직자의 씨앗이 있음을 헤아려내지 않았던가. 그렇다, 암스테르담에 계속 남아 있는다면 바로 그 꼴이 될 것이다. 진실한 목소리가 나날이 희미해져가는 이 암스테르담에 남아 있는다면. 그는 이 세상에서 자신이 있을 곳을 알았고, 또 멘데스가 그에게 떠날 용기를 주었다. 가족들은 그를 비난하겠지만 이제 그런 건 문제가 아니었다. 신을 위해서라면 그 자신의 신분쯤은 충분히 포기할 수 있었다.

그는 재빨리 가방을 챙겨 들고 인사말도 없이 그 집에서 나와 걷기 시작했다.

7

반 덴 브링크, 데 용, 피터센이라는 세 명의 목사로 구성된 벨기에 복음전도 위원회가 브뤼셀에서 새 양성소를 열고 있었다. 수업료는 없었고 적은 액수의 침식비만 내면 되는 곳이었다. 빈센트는 그 위원회를 찾아가 입학을 허가받았다.

"삼 개월간의 수업이 끝나면 벨기에 안의 어딘가에 부임시켜주겠네." 피터센 목사가 말했다.

"단, 자격을 얻을 때만이오." 데 용 목사가 무겁게 말하며 피터센에게 몸을 돌렸다. 데 용은 젊었을 때 기계 노동을 하다가 한쪽 엄지손가락을 잃고 그 때문에 신학으로 돌아선 사람이었다.

"전도사업에서 필요한 건, 므슈 반 고흐, 대중적이면서 사람의 마음을 끄는 설교를 할 수 있는 능력이오." 반 덴 브링크가 말했다.

피터센 목사는 면접이 있었던 교회의 밖으로 빈센트와 나란히 나오면서 그의 팔을 잡았다. 그들은 브뤼셀의 눈부신 햇빛 속으로 나섰다. "자네가 이 양성소에 들어오게 돼서 반갑군." 그가 말했다. "벨기에에는 꼭 해야 될 중요한 일들이 상당히 많지. 그런데 그 열성적인 태도로 보아 자넨 그 일을 수행할 만한 충분한 능력을 지닌 것 같군."

자신을 흥분시키는 것이 벨기에의 뜨거운 태양인지, 아니면 이 남자의 뜻하지 않은 친절인지 그는 분간할 수 없었다. 가파른 육층짜리 석조 건물들이 양쪽에 늘어선 거리를 걸어내려가는 동안 빈센트는 뭔가 대답할 말을 찾으려고 고심했다. 피터센 목사가 멈추었다.

"여기서 갈라져야겠군." 그가 말했다. "자, 내 명함을 받게. 그리고 어느 저녁이든 시간이 나면 날 보러 오게. 자네와 한가로이 얘길 나눈다면 즐겁겠네."

전도사 양성소엔 빈센트까지 포함해서 세 명의 학생밖에 없었다. 그들을 맡은 보크마 선생은 키가 작고 깐깐한 남자였는데, 얼굴 한가운데가 오목하게 들어갔으므로, 이마에서 턱까지 다림줄을 수직으로 늘어뜨린다면 코도 입도 거기에 채 닿지 않을 것 같았다.

다른 두 학생은 시골에서 온 열아홉 살의 젊은이들이었다. 그들은 금방 친한 친구가 되어 똘똘 뭉쳐 빈센트를 놀려댔다.

"내 목표는……" 처음에 경계심을 품지 않았을 때에 빈센트는 그 한 명에게 말했다. "내 스스로를 낮추고 내 내부에서 정신적으로 죽는 거야." 빈센트가 프랑스어 강의를 따라가느라 끙끙거리거나 이론서를 가지고 쩔쩔매며 고민하는 모습이 눈에 띄기만 하면 그들은 짓궂게 묻곤 했다. "뭐하는 거야, 반 고흐. 자기 안에서 정신적으로 죽는 일을 하는 건가?"

빈센트에게 제일 견디기 힘든 과정은 보크마 선생의 수업 시간이었다. 보크마 선생은 그들을 훌륭한 설교자로 만들 심산이었던 것이다. 그래서 그들 세 명은 밤마다 집에서 다음 날 수업 시간에 발표할 설교를 준비해야 했다. 두 학생은 소년들에게나 알맞을 듯한 내용을 미끈하게 꾸며내어 유창하게 낭송했다. 빈센트는 설교문을 천천히 써내려가면서 한 줄마다 자신의 온 가슴을 쏟아부었다. 그는 자신이 해야 할 말을 마음으로는 절감하면서도 수업 시간에 막상 일어서면, 그 말들이 전혀 쉽사리 나와주질 않았다.

"자네가 어떻게 전도사가 되겠다고 그러는 건가, 반 고흐?" 보크마가 힐책했다. "말도 제대로 못 하면서 말이야. 누가 자네 설교에 귀 기울이겠나?"

절정에 다다른 보크마의 노여움이 끝내 폭발한 것은 빈센트가 즉흥 설교를 안 하겠다고 딱 잘라 거절했을 때였다. 빈센트는 한마디 말에도 공들여가며 정확한 프랑스어로 의미심장한 설교문을 만드느라 밤이 이슥하도록 고생했다. 그다음 날 수업 시간에 두 학생은 자기들의 노트를 한두 번 힐끗 쳐다보면서 예수 그리스도와 구원에 관해 경쾌하게 설교를 해나갔고, 그동안 보크마 선생은 마음에 든다는 듯 고개를 끄덕였다. 이윽고 빈센트의 차례였다. 그는 설교문 초고를 앞에 펼쳐놓고 읽기 시작했다. 보크마는 들으려고조차 하지 않았다.

"암스테르담에선 그런 식으로 가르쳐주던가? 반 고흐, 내 수업을 받은 사람들 중에서 호명받은 그 자리에서 즉흥 설교를 하지 못하거나 청중을 감동시키지 못한 사람은 아무도 졸업 못 했네."

아무리 애를 써도 지난밤에 써놓았던 것들을 순서 정연하게 기억해낼 수가 없었다. 어떻게든 해보려고 더듬거리는 빈센트를 두 급우들은 노골적으로 비웃어댔고, 거기에 보크마까지 합세하여 희희덕거렸다. 그렇잖아도 암스테르담에서 일 년간을 보낸 뒤라 그의 신경은 찢어질 정도로 지쳐 있었다.

"보크마 선생님." 그가 대들었다. "전 제가 맞다고 생각하는 대로 설교를 한 것입니다. 제가 쓴 초고는 훌륭합니다. 그러니 선생님의 모욕을 전 감수하지 않겠습니다."

보크마가 노발대발했다. "내가 시키는 대로 해야 돼." 그가 외쳤다. "그렇지 않으면 자넬 내 수업에 받아들이지 않겠어."

그때부터 두 사람 간의 공식적인 전쟁이 시작되었다. 빈센트는 자기에게 부과되는 숙제의 네 배나 되는 분량을 만들었는데, 그럴 수밖에 없는 것이 잠도 오지 않았고 또 잠자리에 들어봤자 별 소용이 없었기 때문이었다. 식욕이 완전히 달아나버려 야위고 신경질적으로 변했다.

십일월에 그는 교회로 호출되었다. 벨기에 복음전도 위원회와 만나 부임할 자리를 얻기 위해서였다. 드디어 거치적거리던 방해물이 모두 제거되었고, 그는 지친 피로 끝에 오는 희열감을 맛보았다. 도착해보니 두 급우들은 벌써 와 있었다. 들어서는 그를 피터센 목사는 쳐다보지도 않았고 보크마만이, 그것도 눈빛을 번들거리며 바라보았다.

성공적으로 학업을 끝마친 두 급우에게 데 용 목사가 축사를 해주고 호그스트라텐과 에티호베에 각기 부임할 자리를 주었다. 두 명은 나란히 팔짱을 끼고 방에서 나갔다.

"므슈 반 고흐." 데 용이 말했다. "우리 위원회로서는 자네가 신의 말씀을 전달할 자세가 되어 있다는 확신을 얻을 수 없었네. 유감스러운 말이지만, 자네에겐 임명할 자리가 없네."

꽤 오래일 듯한 시간이 흐른 뒤에 빈센트가 물었다. "제 학업에 뭐가 잘못됐나요?"

"자넨 권위 있는 선생님께 복종하지 않았어. 우리 교회의 첫째 규칙은 절대 복종이야. 더구나 자넨 즉흥 설교를 하는 법은 끝내 배우지 못했네. 자네 선생님의 생각으로는 자넨 설교할 자격이 없다는 걸세."

빈센트는 피터센 목사를 쳐다보았지만, 그 동조자는 창밖만 내다보고 있었다. "어떻게 해야 되죠?" 딱히 누구에게랄 것도 없이 빈센트는 물었다. "원한다면 다시 양성소로 돌아가 여섯 달간 공부할 수 있네. 그 시기가 끝나면 어쩌면……."

빈센트는 코가 네모난 투박한 자신의 장화를 내려다보았다. 가죽이 갈라터진 게 눈에 띄었다. 이윽고 아무 말도 생각해낼 수 없었던 그는 뒤돌아서서 말없이 걸어나갔다.

그 도시의 거리들을 잇달아 지나치다보니 자신은 어느새 라켄에 와 있었다. 분주하게 웅웅거리는 작업장들이 쭉 늘어선, 배들이 지나가는 길을 따라 그는 왜 걷는지도 모르면서 그냥 걸어나갔다. 얼마 뒤 그는 주택가를 뒤로 하고 탁 트인 들판으로 나섰다. 그 빈 들판에 흰 말 한 마리가 서 있었다. 한평생 죽도록 중노동에 시달리다 야위고 쇠약해진 늙은 말이었다. 그곳은 외롭고 황량했다. 땅에는 말의 두개골이 놓여 있고, 저 멀리 뒤로는 하얗게 바랜 말의 뼈가 뒹굴고 있었다. 옆에 말 가죽을 벗기는 백정의 오막살이 집 한 채가 서 있었다.

어떤 작은 감정이 되살아나 무감각한 상태를 일깨우며 흘러넘쳤다. 그는 쓸쓸히 파이프를 더듬어 찾았다. 담배에 불을 붙였다. 이상하게 쓴맛이 났다. 들판의 한 통나무에 앉았다. 늙은 흰 말이 다가와 그의 등에 코를 비벼댔다. 그는 몸을 돌리고 그 야윈 짐승의 목을 쓰다듬었다.

얼마 뒤 신을 생각하는 마음이 솟아올랐고 그는 위안을 느꼈다. "예수는 폭풍우 속에서도 침착하셨느니라." 그는 속으로 생각했다. "나는 혼자가 아니다. 주님이 나를 저버리지 않으셨기에. 언젠가, 어떻게 해서든, 주님을 섬기는 길을 찾게 되겠지."

자기 방으로 돌아와보니 피터센이 그를 기다리고 있었다. "내 집에서 식사를 들자고 청하러 왔네, 빈센트." 그가 말했다.

저녁 식사를 하러 가는 길에 그들은 일하는 사람들로 뒤끓는 거리를 지나쳐갔다. 피터센은 아무 일도 없었다는 듯이 평범한 일들에 대해서 한가로이 이야기했다. 빈센트에겐 피터센이 하는 말 한마디 한마디가 지극히 명쾌하게 들렸다. 피터센은 그를 화실로 쓰고 있는 현관에 딸린 방으로 데려갔다. 벽에는 수채화가 몇 점 걸려 있고, 구석에는 이젤이 서 있었다.

"아." 빈센트가 말했다. "그림을 그리시는군요. 전 몰랐습니다."

피터센은 당황했다. "그저 아마추어에 지나지 않네." 그가 대답했다. "긴장을 풀려고 여유가 있으면 좀 그리지. 하지만 내가 자네라면 그런 얘길 내 동료들에게 털어놓진 않겠네."

그들은 식탁에 앉았다. 피터센에게는 딸이 하나 있었다. 수줍음을 잘 타고 내성적인 열다섯 살의 소녀인데 식탁 접시 위에서 단 한 번도 눈을 들지 않았다. 피터센은 계속 시시한 얘기들만 지껄여댔고, 한편 빈센트는 예의를 지키느라 억지로 음식을 좀 들었다. 갑자기 빈센트는 피터센이 하고 있는 말에 정신이 번쩍 들었다. 그는 피터센 목사가 어떤 동기에서 그런 얘길 꺼냈는지 감이 잡히지 않았다.

"보리나주는……" 그가 말했다. "탄광 지역이야. 실제로 그 지역 남자들은 누구나 탄갱에 내려가 일을 하지. 끊임없이 계속되는 수천 가지 위험 속에서 노동하는 걸세. 그런데 그 임금으로는 근근이 살아가기도 힘들어. 다 쓰러져가는 오두막집에서 아낙네들과 아이들이 사시사철 추위와 열병과 굶주림에 떨며 지내지."

빈센트는 왜 자기한테 이런 얘길 모두 들려주고 있을까 의아스러웠다. "보리나주는 어디 있습니까?" 그가 물었다.

"벨기에 남부, 몽스 근처지. 최근에 거기서 얼마간 지낸 적이 있네. 빈센트, 보리나주야말로 설교와 위안을 해줄 사람이 필요한 곳일세."

무엇인가 목구멍에 가득 치미는 게 있어서 음식이 넘어가질 않았다. 그는 포크를 내려놓았다. 피터센은 왜 나를 괴롭히는 것일까?

"빈센트." 피터센이 말했다. "보리나주로 가보지 않겠나? 자네의 그 힘과 열정이라면 훌륭한 일을 많이 할 수 있을 걸세."

"하지만 제가 어떻게요? 위원회가……."

"그래, 알고 있네. 요전 날 내가 자네 아버님께 편지로 모든 처지를 자세히 설명해드렸네. 오늘 오후 자네 아버님한테서 답장이 왔더군. 내가 자네에게 정식 부임 자리를 확보해줄 때까지 자네 부친이 보리나주에서의 생활비를 대주시겠다고 말씀하셨네."

빈센트는 벌떡 일어섰다. "그럼 목사님이 제게 부임할 자리를 얻어주시겠단 말씀이시군요!"

"맞아, 하지만 시간이 좀 필요하네. 자네가 얼마나 훌륭한 일을 하는 가 복음전도 위원회가 알게 되면 위원회 쪽도 분명 누그러질 걸세. 그 렇지 않다 하더라도…… 데 용과 반 덴 브링크가 근간 내게 어떤 부탁 을 하러 올 걸세, 그러면 그 부탁을 들어주는 대가로…… 그 벽촌의 가 난한 사람들에게 필요한 건 바로 자네 같은 사람이네. 그리고 신이 심 판하시겠지만 그런 사람들한테 자네를 보내는 데에야 어떤 방법을 쓰 든 괜찮을 걸세!"

8

기차가 벨기에 남부에 가까이 다가감에 따라 산맥들이 연달아서 지 평선상에 나타났다. 플랑드르 지방의 단조로운 평지를 지나쳐온 뒤이 기 때문인지 빈센트는 심심찮은 즐거운 기분으로 그 산맥들을 눈여겨 보았다. 불과 몇 분 바라보았을 뿐인데도 참 묘하게 생긴 산들이라는 것을 그는 금방 알아차릴 수 있었다. 밋밋한 평지 위로 저절로 치솟은 산들이 저마다 홀연히 우뚝 서 있었다.

"검은 이집트로군." 환상적인 피라미드 같은 산들이 길게 늘어선 것 을 창밖으로 내다보면서 그는 혼자 중얼거렸다. 그는 옆자리에 앉은 사람에게 몸을 돌리며 물었다. "저런 산들이 어떻게 저런 데 생겼는지 혹시 아십니까?"

"암." 옆 사람이 대답한다. "테리로 만들어진 산이라네. 테리란 땅 속 에서 석탄을 캐낼 때 함께 따라오는 쓸모없는 것들이지. 저 언덕 꼭대 기로 막 다가가고 있는 작은 차가 보이잖나? 잠시만 그걸 지켜보라구."

옆 사람이 그렇게 말한 바로 그때, 그 자그마한 차가 차체(車體) 옆 구리를 뒤집어올리고서 검은 구름장을 언덕 비탈 아래로 날려보냈다. "저거야." 옆 사람이 말했다. "저렇게 해서 산들이 조금씩 조금씩 높아 지는 거지. 지난 오십 년간 난 저 산들이 하루에 몇 분의 일 인치씩 허공으로 솟아오르는 걸 지켜보며 살아왔다네."

기차가 역에 멈춰서자 빈센트는 뛰어내렸다. 밤 읍은 움푹 들어간 황량한 골짜기에 위치해 있었다. 흐릿한 태양이 비스듬히 비쳤지만 하늘 저 위까지 석탄 먼지가 상당히 두껍게 끼어 있었다. 그 골짜기의 비탈 위로 더러운 붉은 벽돌 건물이 두 줄로 기어오르다가 구릉 꼭대기 못미처에서 벽돌 건물은 끝나고 프티 밤 촌이 나타났다.

빈센트는 긴 비탈길을 걸어올라가면서 왜 이렇게 사람 흔적이 없을까 하고 생각했다. 어디를 둘러봐도 남자는 한 명도 없고 가끔씩 아낙네가 활기 없는 둔한 표정으로 문간에 서 있는 것이 보일 뿐이었다.

프티 밤은 광부들의 마을이었다. 거기서 자랑할 만한 벽돌집이라곤 하나밖에 없었다. 그건 장 바티스트 드니의 집인데 그 구릉 제일 꼭대기에 있었다. 빈센트가 지금 향해 가는 곳이 바로 그 집이었다. 드니가 피터센 목사에게 편지로, 프티 밤으로 올 후임 전도사를 자기 집에서 하숙하도록 해달라고 청했던 것이다.

드니 부인은 그를 진심으로 반겼다. 그녀는 부풀어오른 빵 냄새가 진동하는 부엌 겸 빵 만드는 곳을 거쳐 그가 쓸 방으로 그를 안내했다. 프티 밤의 거리로 향한 창이 달린 자그마한 처마 밑의 방이었다. 방 뒤쪽엔 서까래들이 가파른 각도로 내려와 있었다. 그곳은 이미 드니 부인의 두툼하고 맵자한 손으로 닦여 있었다. 빈센트는 금방 그 방이 마음에 들었다. 너무 들뜬 나머지 그는 짐도 풀지 않은 채, 부엌으로 이어지는 몇 층 안 되는 투박한 나무 계단을 달려내려가 드니 부인에게 밖에 나가보겠다고 말했다.

"잊지 않고 저녁 들러 돌아오시겠죠?" 그녀가 물었다. "저녁 식사는 다섯 시예요."

빈센트는 드니 부인이 좋았다. 그는 그녀가, 일부러 생각하는 수고를 거치지 않고서도 모든 것을 천성적으로 이해하는 여라자고 느꼈다. "부인, 제가 어딜 나가는 건 아니구요, 그냥 좀 둘러보고 싶어서 그럽니다." 그가 말했다.

"오늘 저녁에 이웃 한 사람이 올 텐데 당신도 만나셔야 될 거예요. 마르카스 탄갱의 십장이죠. 전도사업을 하는 데에 알아야 할 것들이 있다면, 그 사람을 통해서 많이 아실 수 있을 겁니다."

무거운 눈발이 휘날렸던 뒤였다. 길을 내려가면서 그는, 탄광 굴뚝에서 나온 연기로 시커멓게 변한 가시나무 울타리와 밭뙈기와 들판을 눈여겨보았다. 드니의 집 동쪽은 가파른 좁은 골짜기였는데, 광부들의 오두막집은 대개 그곳에 있었다. 다른 쪽은 탁 트인 커다란 들판이었다. 시커먼 테리 산과 마르카스 탄갱 굴뚝들이 거기 서 있었다. 프티 밤의 광부들 거의가 여기에서 지하 갱 안으로 내려가는 것이었다. 가시나무 덤불이 무성하고 뒤틀린 나무뿌리로 갈기갈기 갈라터진 움푹 들어간 길 하나가 그 빈 들판을 가로지르고 있었다.

마르카스는 벨기에 광업소가 소유한 일곱 탄광 중의 하나에 지나지 않지만, 보리나주에서는 그중 오래되었고 또 제일 위험한 채굴장이었다. 마르카스는 굉장히 많은 사람들이 그 안에서 죽어간 것으로 악명 높았다. 갱내를 내려가고 올라가고 하다, 독가스 폭발 사고에 의해서, 혹은 물이 쏟아져 들어오거나 낡은 터널이 무너져서 많은 인명 피해가 났던 것이다. 그곳 지면 위로는 납작한 벽돌 건물이 둘 있었다. 거기서 기계를 작동시켜 석탄을 끌어올리고, 또 그것을 분류하여 트럭에다 쏟아넣는 것이었다. 예전에 황색 벽돌이었던 높다란 굴뚝에서는 손으로도 만져질 듯한 검은 연기가 하루 스물네 시간 꼬박 뿜어나왔다. 마르카스 주변에는 가난한 광부들의 오두막집과 탄진을 까맣게 뒤집어쓴 죽은 나무 몇 그루, 가시나무 울타리, 똥더미, 잿더미, 쓸모없는 석탄 무더기, 그리고 그 모든 것 위로 자꾸만 높아져가는 검은 산이 서 있었다. 음울한 곳이었다. 빈센트에게는 한눈에 모든 것이 삭막하고 황량하게 보였다.

"검은 나라라고 불리는 게 이상할 것도 없군." 그는 중얼거렸다.

한동안 거기 서 있노라니 광부들이 벽돌 건물 문에서 쏟아져나왔다. 모두 누덕누덕 기운 볼품없는 옷에다 가죽 모자들을 쓰고 있었다. 여자들도 남자와 똑같은 차림이었다. 몸 전체가 시커메서 굴뚝 청소부 같은 모습들이었다. 눈의 흰자위만이 석탄 먼지를 뒤집어쓴 얼굴과 기묘한 대조를 이루었다. 그들을 "시커먼 아가리"라고 부르는 것도 일리가 있는 얘기였다. 새벽부터 캄캄한 지하에서 일했던지라, 오후의 희미한 햇살의 반짝임에도 그들은 눈이 쑤셨다. 반(半)봉사인 듯 비틀비틀 문밖으로 나오며 그들은 알아들을 수도 없는 빠른 사투리로 자기네들끼리 얘기를 주고받았다. 자그마한 몸집에다 안으로 굽은 좁은 어깨, 그리고 앙상한 사지를 가진 사람들이었다.

빈센트는 오후에 그 마을에서 사람 흔적을 전혀 볼 수 없었던 이유를 납득했다. 진짜 프티 밤은 그 골짜기 안에 옹기종기 달라붙은 작은 오두막집들이 아니라 칠백 미터 깊이의 지하에 존재하는 미로의 도시이며, 프티 밤의 주민 거의 전부가 깨어 있는 시간의 대부분을 거기에서 보내는 것이었다.

9

"자크 베르니는 자수성가한 사람이죠." 저녁 식탁 너머로 드니 부인이 말했다. "하지만 그래도 그 사람은 광부들하고 계속 친구로 지낸답니다."

"지위가 올라가더라도 누구든 노동자들하고 친구로 지내는 게 아닙니까?"

"아니죠, 빈센트 선생님. 그렇지 않아요. 프티 밤에서 밤 읍으로 옮기기가 무섭게, 보이는 게 달라지기 시작하거든요. 돈 때문에 탄광 주인의 편을 들면서 자기들도 예전엔 광산에서 노예 생활을 했다는 걸 잊어버리는 거죠. 하지만 자크는 신의가 두텁고 정직하죠. 우리가 파업을 일으킬 때에도, 우리 광부들에게 영향력을 미칠 만한 사람은 자크밖에 없어요. 사람들은 어느 누구의 권고에도 귀 기울이지 않지만 그 사람 말은 듣거든요. 그런데 그 양반도 불쌍하지, 오래 살지 못할 테니."

"그 사람이 어떻게 됐는데요?" 빈센트가 물었다.

"흔히 있는 일이죠. 폐병이라구요. 갱내로 내려가 일하는 사람이면 누구든 걸리기 마련이지요. 그 양반 아마 올겨울을 넘기기가 힘들지 싶어."

조금 뒤에 자크 베르니가 들어왔다. 키는 땅딸막하고 등이 굽은 데다 보리나주 사람들 특유의 깊숙이 들어간 우울한 눈을 가지고 있었다. 그의 콧구멍과 양 눈썹 끝과 귓바퀴에는 곤충의 더듬이 같은 털들이 빳빳하게 튀어나와 있었다. 머리는 대머리였다. 그는 빈센트가 전도사로서 이곳 광부들 생활을 개선하러 왔다는 얘기를 듣고 깊은 한숨을 내쉬었다. "아, 전도사 양반. 수많은 사람들이 우리를 도우려고 애썼죠. 하지만 이곳 생활이야 언제나 계속 그게 그거예요."

"보리나주의 형편이 나쁘다고 생각하십니까?" 빈센트가 물었다.

자크는 한동안 침묵하다가 이윽고 말을 꺼냈다. "나로서야 그렇진 않아요. 내 어머니가 그래도 내게 글 읽기를 가르쳤기에, 그 덕에 난 십장이 되었죠. 밤으로 내려가는 길에 있는 자그마한 벽돌집도 가지고 있고, 식량이 떨어지는 적도 전혀 없어요. 내 신세야 불평할 게 하나도 없지……."

심한 기침 발작 때문에 그는 하는 수 없이 하던 말을 멈춰야 했다. 빈센트에게는 그의 납작한 가슴이 기침의 압력을 이기지 못하고 기필코 터질 것만 같아 보였다. 그는 앞문으로 가서 길가에다 서너 번 가래침을 뱉은 뒤 따뜻한 부엌의 의자로 되돌아와 앉더니, 귀와 콧구멍과 눈썹의 털들을 살며시 잡아당겼다.

"이것 봐요, 전도사 양반. 내가 십장이 되었을 땐 내 나이 스물아홉이었소. 내 폐는 그 무렵에 이미 절단났지. 그렇긴 해도 얼마 안 되는 지난 시절들이 나로선 크게 나쁠 것도 없었소. 하지만 광부들은……." 그는 드니 부인을 힐끗 건너다보았다. "어쩔까, 내가 전도사님을 모시고 앙리 데크뤼크를 만나러 내려갈까?"

"안 될 게 뭐 있어요? 사실대로 속속들이 알아서 그분에게 손해날 것은 없잖아요."

자크 베르니가 변명하듯 빈센트에게 되돌아섰다. "어쨌든 결국, 전도사 양반," 그가 말했다. "난 십장이니까 의무적으로 회사 측 사람들에게, 뭐랄까, 충성을 바쳐야만 해요. 하지만 앙리 그 사람을 만나면 다 알 수 있을 거예요."

빈센트는 밤의 한기 속으로 자크를 따라나서 광부들이 사는 골짜기로 당장 내닫기 시작했다. 광부들의 집은 방 하나밖에 없는 나무로 만든 허술한 오두막집이었다. 꼼꼼하게 계획해서 세운 집들은 아니었고 하더라도, 미친 듯한 각도로 골짜기 허리 아래로 이어지는 품새는 들쑥날쑥 제멋대로여서, 오물이 들어찬 골목길의 미로가 생겼고, 그 길에 익숙한 사람만이 그곳을 빠져나갈 수 있었다. 비틀거리며 자크를 따라가다가 빈센트는 바위, 통나무, 쓰레기 더미에 걸려 넘어지기도 했다. 골짜기 허리를 반쯤 내려가니 앙리 데크뤼크의 판잣집이 있었다.

데크뤼크의 집도 골짜기 안의 여느 집들과 매우 흡사했다. 흙바닥에다 지붕은 이끼로 뒤덮이고 널빤지 사이의 틈새에는 기다란 마포를 쑤셔넣어 바람을 막았다. 방 뒤쪽 양 구석에는 침대가 하나씩 놓여 있었는데, 한 침대는 벌써 세 아이들이 차지하고 잠들어 있었다. 살림살이라고는 타원형 스토브 하나, 긴 의자가 딸린 테이블 하나, 보통 의자 하나, 못을 박아 벽에 붙여놓은 상자 하나, 그리고 거기에 들어 있는 냄비와 접시 몇 개가 전부였다. 가끔씩 고기를 먹기 위해 대부분의 보리나주 사람들과 마찬가지로 데크뤼크의 집에서도 염소 한 마리와 토끼들을 길렀다. 염소는 아이들 침대 밑에서 잠들었고 토끼들은 스토브 뒤에서 짚을 조금씩 품고 있었다.

데크뤼크의 아내가 문 위쪽 반만 휙 열고 누가 왔나 보더니 안으로 들어오라고 권했다. 그녀는 결혼하기 전까지 수년간 지금의 남편과 같은 탄층에서 일했는데, 자그마한 석탄차를 계산판 있는 데까지 밀어내는 일이었다. 윤기는 거의 다 사라져서 그녀는 시들고 지치고 늙어보였다. 스물여섯 살도 채 되지 않았는데 말이다.

데크뤼크는 스토브의 열기 없는 부분에다 의자를 기대고 앉아 있다가 자크를 보더니 펄쩍 뛰어 일어나며 외쳤다. "우리 집에 온 것도 참 오랜만이군. 다시 와줘서 반갑수다. 같이 오신 분도 들어오쇼."

데크뤼크에겐 자랑거리가 있었는데, 보리나주에서 자기만이 탄광 사고로 죽음을 당하지 않을 수 있는 유일한 사람이라는 것이었다. "난 내 잠자리에서 늙어서 죽을 거요." 그는 종종 그렇게 말했다. "탄광은 날 못 죽여. 내가 그렇게 될 것 같소?"

그의 오른쪽 머리에는 네모난 커다란 머릿가죽이 번들거리고 있었는데 흡사 숱이 많은 머리칼 사이로 유리창이 반짝이는 것 같았다. 그것은 그와 그의 동료들을 태우고 지하로 내려가던 승강기가, 우물 속으로 떨어지는 돌멩이처럼 백 미터 아래로 쑤셔박혀 그의 동료 스물아홉 명을 죽여버렸던 날의 유품이었다. 그는 한쪽 다리를 질질 끌며 걸었다. 그가 석탄을 캐던 갱의 버팀대가 무너져 닷새 동안 갇혀 있었을 때 그쪽 다리가 네 군데나 부러졌던 것이다. 그가 입은 조악한 검은색 셔츠의 오른쪽이 불룩 부풀어 있었다. 그것은 메탄가스가 폭발하면서 그를 석탄차에 꼬라박았을 때에 부러진 갈비뼈 세 대가 끝내 제자리로 돌아가지 않은 부분이었다. 그러나 그는 투사였고 인간 싸움닭이었다. 아무것도 그를 막을 수 없었다. 그가 회사에 맞대놓고 늘상 격렬한 말들을 해댔기 때문에 그에게 주어지는 자리는 가장 지독한 탄층이었다. 석탄을 캐내기도 제일 힘들고 작업 조건도 가장 어려운 곳이었다. 그런 대우를 받으면 받을수록, 알지도 못하고 보이지도 않는, 그러나 언제나 존재하는 원수인 "그놈들"에게 대항하는 그의 분노의 불길은 더욱 세게 타올랐다. 뭉뚝하고 단단한 턱이 한중간에서 조금 옆으로 움푹 파였기 때문에, 길이가 짧고 오밀조밀한 그의 얼굴이 약간 비뚤어져 보였다.

"반 고흐 씨," 그가 말했다. "딱 알맞은 곳에 오신 거예요. 여기 보리나주의 우리들은 노예만도 못해요. 짐승이지. 새벽 세 시에 마르카스 탄갱으로 내려가지요. 밥 먹으면서 쉴 수 있는 시간이래야 겨우 십오 분, 그리곤 오후 네 시까지 일을 계속한단 말이오. 땅속은 캄캄해요. 게다가 뜨겁고. 그러니 홀랑 벗고 일할 수밖에 없는데, 공기는 탄가루와 유해 가스로 꽉 차서 숨도 못 쉴 지경이에요! 탄층에서 석탄을 캐낼 때면 일어설 틈새도 없지요. 몸을 두 겹으로 꺾고서 무릎으로 기면서 일해야 해요. 우린 사내애나 계집애나 여덟아홉 살이 되면 지하 탄광으로 내려가기 시작하지요. 스무 살쯤이면 열병과 폐병에 걸립니다. 독가스 폭발로 아니면 승강기 속에서 죽음을 당하지 않는다면(그는 오른쪽 머리의 붉은 민머리 흉터를 두드렸다) 아마 우린 마흔 살까지는 살겠지요. 그러나 그 다음엔 폐병으로 죽는 거예요! 내 말이 거짓이유, 베르니?"

그가 너무도 격앙된 사투리로 얘기했기 때문에 빈센트는 그의 말을 알아듣기가 힘들었다. 그의 두 눈이 노여움으로 험악해졌음에도 불구하고, 보조개처럼 비스듬하게 움푹 들어간 곳 때문에 그의 얼굴은 즐거운 듯한 표정이 되었다.

"바로 그대로 아닌가, 데크뤼크." 자크가 말했다.

데크뤼크의 아내는 저쪽 구석의 침대로 가 앉아 있었다. 희미하게 타오르는 석유등 불빛에 그녀의 반신(半身)은 그림자 속에 파묻혀 있었다. 전에도 천 번쯤 들었던 얘기인데도 그녀는 남편이 지껄이는 동안 가만히 귀 기울였다. 석탄차를 끌던 시절, 세 아이의 탄생, 그리고 마포 조각으로 틈을 메운 이 오두막집에 잇따라 닥쳐왔던 여러 해 겨울이 그녀에게서 싸울 기력을 모두 앗아갔다. 데크뤼크는 잘 못 쓰는 쪽의 다리를 끌며 자크에게서 다시 빈센트에게로 몸을 돌렸다.

"그런데 그런 모든 일을 하면서 우리가 받는 게 무언 줄 아시오, 빈센트 씨? 방 한 칸짜리 판잣집, 그리고 겨우 곡괭이를 휘두를 만큼의 먹을거리요. 우리가 뭘 먹고 사는지 아시오? 빵, 시큼한 치즈, 설탕도 넣지 않은 블랙 커피뿐, 그리고 일 년에 어쩌다가 고기 한두 번. 회사 측에서 하루 오십 상팀의 임금을 중단하면 우린 당장 굶어 죽어요. 굶으면 석탄을 캐올리지 못하게 될 테고, 바로 그 이유 때문에 겨우 그만큼이나마 임금을 주는 거지요. 우린 하루하루 살아가는 게 차마 죽지 못해 사는 거올시다. 그러다가 병이라도 들면 무일푼으로 탄광에서 쫓겨나 개처럼 죽어가고, 그러면 우리 처자들은 이웃 사람한테서 얻어먹고 삽니다. 여덟 살에서 마흔 살까지, 선생, 삼십이 년간을 캄캄한 땅속에서 일하다가 그 다음엔 저 건너 저 언덕의 어느 구덩이엔가 묻히는 거요. 그러면 모든 걸 몽땅 잊게 되지요."

10

빈센트가 보니, 광부들은 무지하고 배움도 없어서 대부분 글을 읽을 줄 몰랐지만, 그러면서도 사리분별이 있고 어려운 일들을 척척 해내는 용기와 솔직함과 아주 예민한 성격을 가진 사람들이었다. 그들은 열병으로 야위고 창백했으며, 지치고 쇠약한 모습이었다. 축 늘어진 누르스름한 피부(그들은 일요일에나 겨우 햇빛을 볼 수 있었다)는 작고 시커먼 털구멍으로 뒤덮여 있었다. 깊숙이 박힌 그들의 두 눈은 맞서 싸울 수 없는 억압받는 자들의 우울을 담고 있었다.

빈센트는 그들에게 이끌렸다. 그들은 준데르트나 에텐의 브라반트 사람들처럼 소박하고 사람 좋은 성품을 지니고 있었다. 보리나주 풍경이 주는 황량한 느낌도 사라졌다. 보리나주만의 독특한 매력이 있음을, 보리나주의 모든 것이 그에게 말을 걸어오고 있음을 감지했던 것이다.

온 지 며칠이 지나자 빈센트는, 드니 가(家)의 빵집 뒤에 딸린, 아무렇게나 지은 곁채에서 첫 예배 모임을 열었다. 그곳을 말끔히 청소하고 사람들이 앉을 긴 의자를 들여다놓았다. 광부들은 다섯 시에 식구들을 데리고 왔다. 추위를 막느라고 그들은 긴 목도리를 두르고 머리에 자그마한 모자를 썼다. 유일한 빛이라고 한다면, 빈센트가 빌려온 석유등에서 나오는 불빛밖에 없었다. 광부들은 어두컴컴한 가운데 투박한 긴 의자에 앉아서 빈센트가 성서 위로 몸을 굽히고 있는 모습을 보면서 주의 깊게 귀를 기울였다. 그들은 몸을 따뜻하게 하려고 두 손을 겨드랑이에 꼭 끼고 있었다.

빈센트는 맨 처음 설교에 가장 알맞을 듯한 말씀을 찾느라 성서를 열심히 뒤적였다. 마침내 그는 「사도행전」 16장 9절 "어느 날 밤 바울로는 거기에서 신비로운 영상을 보았다. 마케도니아 사람 하나가 바울로 앞에 서서 '마케도니아로 건너와서 우리를 도와주십시오' 하고 간청하였던 것이다"를 골랐다.

"여러분은 이 구절에 나오는 마케도니아 사람을 노동자로 생각해야 합니다." 빈센트가 말했다. "얼굴에 슬픔과 고통과 고달픔의 주름살이 새겨진 노동자입니다. 그러나 그에게 광휘와 신비한 아름다움이 없는 건 아닙니다. 왜냐하면 그에겐 불멸의 영혼이 있고, 또 그가 영원히 썩어 사라지지 않는 양식, 하느님의 말씀을 원하고 있기 때문입니다. 하느님은 인간이 예수 그리스도를 본받아 가난하게 살 것을 원하셨습니다. 또한 인간이 살아가면서 높은 목적을 얻기 위해서 애쓸 게 아니라 스스로를 미천한 자에게 맞추고, 유순하고 소박한 마음이 되도록 복음서에서 배워, 그리하여 선택받은 그날에는 하늘나라로 들어가 안식을 찾기를 원하셨습니다."

병든 사람들이 많아서 그는 의사처럼 날마다 돌아다니면서, 빵과 우유, 따뜻한 양말, 잠자리에서 덮을 것들을 자기 힘 닿는 대로 조금씩 가져다주었다. 광부들 사이에서 "괴로운 열병"이라고 불리는 악성 장티푸스가 마을을 덮쳐 사람들은 악몽에 시달리며 헛소리를 했다. 지치고 쇠약하고 몹시 아파 자리에 드러눕는 광부들의 수가 나날이 늘어났다.

프티 밤 주민들 전체가 그를 므슈 빈센트라고 다정하게 부르긴 했지만 여전히 조심스럽게 대했다. 마을의 집치고 그로부터 먹을 것과 위안을 받지 않은 집이 없었고, 또 그는 어느 집에서나 병든 자를 간호하고 불행한 사람들과 함께 기도했다. 비참한 사람에게 하느님의 빛을 가져다주었다. 크리스마스 며칠 전에 그는 마르카스 부근에서 버려진 헛간을 하나 발견했는데, 백 명은 족히 앉을 만한 크기였다. 을씨년스럽고 썰렁하고 삭막한 곳이었지만 문간까지 프티 밤의 광부들이 들어찼다. 그들은 베들레헴과 이 세상의 안식에 관해 얘기하는 빈센트에게 귀 기울였다. 보리나주에 온 지 여섯 주일밖에 되지 않았지만 그는 날이 갈수록 형편이 점점 더 나빠지고 있음을 보아왔다. 하지만 거기 누추한 헛간에서, 단지 몇 개의 그을은 램프로 불 밝힌 채, 빈센트는 떨고 있는 "시커먼 아가리들"에게 예수 그리스도를 심어주고 내세에 올 천국을 약속함으로써 그들의 가슴을 훈훈하게 해줄 수 있었다.

그의 생활에서 단 한 가지 흡족하지 못한 점, 그 단 한 가지가 그의 마음을 어지럽혔다. 그는 아직도 아버지로부터 생활비를 받고 있었던 것이다. 초라한 것이나마 자신의 필수품을 얻는 데에 반드시 필요한 몇 프랑의 돈을 스스로 벌 수 있는 날이 빨리 오기를 그는 밤마다 기도했다.

날씨가 사납게 변했다. 그 근방 전체에 먹구름이 드리워졌다. 비가 억수같이 쏟아져, 움푹 들어간 길이나 오두막집의 흙바닥까지 질퍽질퍽한 물바다가 되었다. 정월 초하루에 장 바티스트가 밤까지 내려갔다가 빈센트에게 온 편지를 가지고 돌아왔다. 봉투 위쪽 왼편 구석에 피터센 목사의 이름이 적혀 있었다. 빈센트는 그의 처마 밑 방으로 달려가면서 흥분으로 몸을 떨었다. 빗방울이 지붕을 두들겨댔지만 그 소리도 들리지 않았다. 그는 말을 잘 듣지 않는 손으로 봉투를 뜯었다. 편지는 다음과 같은 내용이었다.

> 빈센트,
>
> 복음전도 위원회는 자네가 장한 일을 하고 있다는 소식을 듣고, 올해 첫날부터 시작하여 여섯 달간, 자네를 임시 전도사로서 임명하려 하네.
>
> 유월이 끝날 무렵까지 만사가 순조롭다면, 자넨 정식 임명을 받게 될 걸세. 그때까지 자네의 월급은 오십 프랑이 될 걸세.
>
> 내게 편지 자주 주고, 큰 뜻을 품고 계속 나아가게.
>
> 자네의 다정한 벗,
> 피터센

그는 기쁨에 넘쳐 편지를 손에 꼭 쥔 채 침대에 벌렁 몸을 던졌다. 드디어 이루었다! 평생의 사업을 발견한 것이다! 언제나 그는 그것을 바라왔다. 다만 그것을 향해 똑바로 나아갈 힘과 용기가 없었을 따름이었다. 한 달에 오십 프랑을 받게 될 것이고, 그만하면 먹을 것과 잠자리 비용은 충분하고도 남았으므로 이제 다시는 그 누구에게도 의지할 필요가 없었다.

그는 책상에 앉아 승리감에 찬 들뜬 기분으로 아버지에게 편지를 쓰면서, 이젠 아버지의 도움이 필요 없다고, 이제부터는 가족들에게 신뢰감과 만족감을 주는 사람이 되겠노라고 얘기했다. 편지를 끝마쳤을 때에는 벌써 날이 저물 무렵이었다. 마르카스의 하늘에 천둥과 벼락이 치고 있었다. 그는 계단을 달려내려가 부엌을 빠져나왔다. 넘쳐흐르는 기쁨과 함께 그는 빗속으로 뛰어들었다.

드니 부인이 그를 쫓아왔다. "므슈 빈센트! 어딜 가려는 거예요? 모자도 외투도 없이."

대답하기 위해 발길을 멈추지도 않았다. 그는 부근의 한 둔덕으로 달려갔다. 멀리 보리나주의 중심이 눈에 들어왔다. 수많은 굴뚝들, 석탄산, 광부들의 자그마한 오두막집, 지금 막 갱에서 나오고 있는 검은 물체들이 개미굴의 개미떼처럼 이리저리 내닫는 모습들. 저 멀리로는 어두운 소나무 숲과 그것을 배경으로 드러난 작고 하얀 오두막집들과, 한참 떨어진 곳에 있는 교회의 첨탑과 낡은 풍차, 그런 풍경 위로 흐릿한 엷은 안개가 드리워져 있었다. 구름 그림자 때문에 생기는 어둠과 빛이 환상적인 광경을 만들었다. 보리나주에 온 후 처음으로 그는 그 모든 풍경으로부터 미셸(1763-1843, 사후에 사실적 풍경화로 좋은 평판을 불러일으켰음/옮긴이)과 로이스달(1628-1682, 네덜란드의 대표적인 풍경화가/옮긴이)의 그림을 떠올렸다.

11

이젠 전도사 자격을 인정받았으므로 예배를 볼 일정한 장소가 필요했다. 한참 뒤진 끝에 그는 골짜기 바로 밑, 소나무 숲으로 난 자그마한 길에서 "아이들의 집"이라고 불리는 꽤 큰 집을 발견했다. 한때는 그 지역 아이들이 춤을 배우던 곳이었다. 빈센트가 가지고 있던 복제화를 모두 걸고 나자 집은 어떤 매력적인 운치를 풍겼다. 여기에서 오후마다, 네 살에서 여덟 살까지의 아이들을 모아놓고 그는 읽는 법을 가르치고, 또 성서에 나오는 기초적인 이야기들을 들려주었다. 바로 그것이 그 아이들 대부분이 평생 동안 받게 될 교육의 전부였다.

"방을 데울 석탄을 얻으려면 어떻게 해야 될까요?" 빈센트가 자크 베르니에게 물어보았다. 그 집을 확보하는 데에도 그가 많은 힘을 써주었기 때문이었다. "아이들도 따뜻하게 해줘야 되고, 또 난로를 피워놓으면 밤 예배도 더 오래 볼 수 있습니다."

자크는 잠시 생각하더니 이윽고 말했다. "내일 정오에 여기로 오세요. 그럼 석탄을 얻을 방법이 생길 테니까."

다음 날 아이들의 집에 다다라보니, 광부들의 아내들과 딸들이 그를 기다리고 있었다. 그들은 검은 웃옷에 검은 통치마를 입고 머리에는 푸른 두건을 쓰고, 모두 포대 자루들을 들고 있었다.

"빈센트 씨, 빈센트 씨 자루도 제가 하나 가지고 왔어요." 베르니 십장의 젊은 딸이 외쳤다. "빈센트 씨도 이걸 가득 채워야 돼요."

광부들의 오두막집이 만들어놓은 꼬불꼬불한 골목길의 미로를 뚫고 올라가 언덕 꼭대기에 있는 드니의 빵집을 지난 뒤 거기서 벗어나, 한가운데 마르카스 탄광이 들어앉은 들판을 가로질러나아가 탄광 건물의 담장을 돌자 드디어 뒤쪽에 검은 테리 산이 나타났다. 여기서 그들은 흩어져 저마다 다른 방향에서 테리 산으로 달려들었다. 테리 산 비탈을 기어오르는 그들의 모습은 흡사 작은 벌레들이 죽은 통나무 위에서 들끓는 것 같았다.

"저 꼭대기까지 올라가야 석탄들이 있어요, 빈센트 씨." 베르니의 딸이 말했다. "이 아래쪽은 벌써 몇 년 동안 남김없이 캐다 썼거든요. 따라오세요. 석탄이란 게 뭔지 보여드릴게요."

베르니의 딸은 염소 새끼처럼 시커먼 비탈길을 잘도 기어올랐지만, 빈센트는 손과 발로 기어올라가다시피 해야 했다. 발 밑에 밟히는 것이 계속 미끄러져 내렸기 때문이었다. 그녀는 앞서 기어오르다 웅크리고 앉아, 굳어진 작은 진흙 덩어리들을 빈센트에게 짓궂게 던져댔다. 그녀는 예쁜 처녀였다. 보기 좋게 홍조 어린 양 볼에다 거동은 기민했고 활발했다. 그녀가 일곱 살이었을 때 그녀의 아버지 자크가 십장이 되었고, 그래서 그녀는 갱내는 구경도 해본 적이 없었다.

"자, 빨리빨리요, 빈센트 씨." 그녀가 외쳤다. "안 그러면 그 자루를 다 채우지 못할 거예요." 이건 그녀에겐 일종의 소풍이었다. 베르니 십장은 회사에서 꽤 질 좋은 석탄을 할인된 가격으로 살 수 있었던 것이다.

조그만 차들이 가득 실린 폐물 더미를 한 번은 이쪽으로, 한 번은 저

쪽으로 번갈아가며 기계적으로 일정하게 쏟아버리는 중이었으므로 그들은 완전히 꼭대기까지는 올라갈 수 없었다. 그 테리 산에서 석탄을 찾아내기란 쉬운 일이 아니었다. 베르니 처녀가 테리를 두 손으로 퍼내어 진흙과 돌멩이와 다른 잡물질을 손가락 사이로 걸러내는 법을 빈센트에게 가르쳐주었다. 회사 측에서 놓쳐버리는 석탄의 양은 극히 적었다. 광부의 아내들이 찾아내는 것은 일종의 이판암의 혼합물 정도였는데, 그런 건 상품으로서도 팔지 못하는 물건이었다. 테리는 눈비에 젖어 있었으므로 얼마 안 가 빈센트는 손을 긁히고 베이고 했지만, 이게 석탄이겠거니 하고 바라면서 자루를 사분의 일쯤 간신히 채웠을 무렵엔 여자들은 벌써 자기들의 자루를 거의 다 채운 뒤였다.

아낙네들과 처녀들은 하나하나 아이들의 집에다 자루를 놓고, 식구들의 저녁을 준비하러 황급히, 하지만 밤에는 식구들을 데리고 예배 보러 오겠다는 약속을 남기고서 돌아갔다. 집에서 저녁을 함께 들자고 베르니의 딸이 청하자 빈센트는 가볍게 받아들였다. 베르니 십장의 집에는 온전한 방이 두 개 있었다. 한 방엔 스토브, 요리 도구, 식기류들이 있었고 다른 방엔 식구들의 침대가 있었다. 베르니 십장은 사실 꽤 부유하게 사는 형편인 데도 불구하고 그 집엔 비누가 없었다. 빈센트가 차츰 알게 된 바대로, 보리나주 사람들에겐 비누란 전혀 얻을 수 없는 사치품이었던 것이다. 사내애들이 탄갱 밑으로 들어가고 계집아이들이 테리 산을 오르기 시작하는 그때부터 죽는 날까지, 보리나주 사람들은 얼굴에 묻은 탄가루를 결코 완전히 지워버리지 못하는 것이었다.

베르니의 딸이 빈센트가 쓸 찬물 한 바가지를 문밖 거리 쪽에 내놓았다. 그는 그 물로 되도록 잘 문질러 씻었다. 얼마나 깨끗이 잘 닦아냈는지야 알 수 없었지만, 맞은편에 앉은 그녀의 얼굴에 탄가루와 그을음의 시커먼 줄이 여전히 그어져 있는 것을 보고 그는 자신의 얼굴도 틀림없이 그녀와 똑같을 것임을 깨달았다. 그녀는 저녁을 들면서도 줄곧 쾌활하게 지껄였다.

"이것 봐요, 므슈 빈센트." 자크가 말했다. "프티 밤에 온 지도 이젠 거의 두 달이 다 되었지만, 그런데도 당신은 보리나주 사람들을 실제로는 잘 몰라요."

"사실입니다, 베르니 씨." 빈센트의 대답은 지극히 겸손했다. "하지만 조금씩이나마 이곳 사람들을 이해하게 되는 것 같습니다."

"아, 난 그런 뜻이 아니오." 곤충의 더듬이처럼 기다란 콧구멍 털을 한 올 뽑아, 재미있다는 듯이 그것을 쳐다보면서 그가 말했다. "내 말 뜻은 당신이 본 건 우리들의 땅 위에서의 생활뿐이라는 거요. 그건 별로 중요할 게 없거든. 땅 위에서는 우린 그저 잠만 자는 거니까. 우리들 사는 게 어떤 건지 실감하려면 탄갱으로 내려가서, 새벽 세 시부터 오후 네 시까지 우리가 일하는 모습을 봐야 해요."

"무척 내려가보고 싶습니다." 빈센트가 말했다. "하지만 회사 측으로부터 허락을 얻어낼 수 있을까요?"

"벌써 당신 부탁을 해놓았소." 베르니가 대답했다. 그는 각설탕을 하나 입 안에 집어넣은 채 그 위로 미지근한 쓴 블랙 커피를 흘려넣었다. "내일 내가 안전 검사를 하러 마르카스 탄갱에 내려갈 참인데, 새벽 세 시 십오 분 전에 드니의 빵집 앞에 서 있어요. 그럼 내가 당신을 데리고 갈 테니까."

베르니 십장의 가족 모두가 빈센트를 따라 아이들의 집으로 건너오는 도중인데, 따뜻한 집 안에선 그렇게 원기 있고 활발했건만 갑자기 심한 기침으로 옴짝달싹할 수 없게 된 베르니 십장은 결국 도로 돌아가야만 했다. 아이들의 집에 다다라보니, 앙리 데크뤼크가 벌써 와서 마비된 한쪽 다리를 질질 끌면서 난로를 고치고 있었다.

"아! 안녕하시우, 빈센트." 오밀조밀한 작은 얼굴에 한껏 활짝 핀 웃음으로 그가 외쳤다. "이 난로에 불을 피울 수 있는 사람은 이 프티 밤에 나밖에 없수다. 여기에서 파티를 열곤 하던 그 옛날부터 이 난로를 내가 다뤘으니 말이유. 요 난로가 골칫덩어리긴 하지만 제 놈이 부리는 잔꾀를 내가 모두 알고 있거든."

　자루 안에 든 것이 젖은 데다가 또 그중에서 진짜 석탄은 조금밖에 안 되었지만 데크뤼크의 손이 가자 타원형의 불룩한 난로에서는 곧 상당한 열기가 뿜어져나왔다. 그가 흥분하여 절름거리며 돌아다니는데, 피가 머리가죽의 맨살 흉터까지 솟구쳐 그 부분의 쭈글쭈글한 살가죽이 흉측하게 새빨간 색으로 변했다.

　그날 밤 프티 밤의 광부들 가족 거의 전부가 아이들의 집으로 왔다. 빈센트가 자기 예배당에서 하는 최초의 설교를 듣기 위해서였다. 긴 의자들이 다 차버리자 이웃에 사는 사람들은 자기 집에 있는 상자와 의자들을 가지고 왔다. 삼백 명 이상이 모여들었다. 그날 오후 광부의 아내들이 보여준 온정과, 드디어 자기 자신의 성전에서 얘기를 하게 되었구나 하는 생각에 가슴이 뜨거워진 빈센트가 확신에 찬 태도로 무척이나 진지하게 설교를 하자, 보리나주 사람들의 얼굴에도 서글퍼보이는 듯한 기색이 사라져버렸다.

　"우리가 이 지상에서 나그네라는 믿음은……" 빈센트는 검은 얼굴의 사람들에게 말했다. "오래 전부터 내려온 것이고 또 좋은 것입니다. 그러나 우리는 외롭지 않습니다. 하느님 아버지께서 우리와 함께 하시기 때문입니다. 우리는 순례자들입니다. 우리의 인생은 이 세상에서 천국으로 이르는 머나먼 여행길입니다."

　"슬픔은 기쁨보다 낫습니다. 그리고 뛰어오를 듯한 환희 가운데에도 서러움은 있는 법이지요. 잔칫집보다는 초상집에 가는 게 낫습니다. 왜냐하면 슬픔을 통해 마음의 모습이 더욱 예뻐지기 때문입니다."

　"예수 그리스도를 믿는 사람에겐, 모든 슬픔이 희망과 뒤섞여 있는 법입니다. 끊임없이 거듭 태어남, 끊임없이 암흑에서 광명을 향해 나아감, 그것밖에 없습니다."

　"하느님 아버지, 당신에게 간구하오니 우리를 악으로부터 지켜주옵소서. 우리에게 가난도 부유함도 주지 마시고 다만 우리에게 합당한 양식으로 우리를 먹여주소서."

"아멘."

데크뤼크의 아내가 제일 먼저 그의 옆으로 다가왔다. 그녀는 안개가 낀 듯 눈앞이 흐릿했고 입가가 떨렸다.

"빈센트 전도사님." 그녀가 말했다. "저는 사는 게 하도 힘들어서 하느님을 잃어버렸어요. 그런데 전도사님이 제게 하느님을 되돌려주셨으니 정말 감사합니다."

모두들 돌아간 뒤 빈센트는 아이들의 집의 문을 잠그고 드니의 집을 향해 생각에 잠긴 채 언덕을 올라갔다. 그날 밤 받은 대접으로 보아, 보리나주 사람들의 태도에서 그를 꺼리는 기색이 완전히 사라지고 마침내 그를 신뢰하게 되었음을 알 수 있었다. 그 검은 얼굴들이 이제는 그를 완전히 신의 사도로서 인정했던 것이다. 무엇이 그런 변화를 일으키게 했을까? 그에게 새 예배당이 생겼다고 해서 그렇게 되었을 리는 없었다. 그런 것 따위야 광부들에겐 상관없는 문제였다. 애초에 자신이 정식 지위를 가지지 못했다는 얘기를 하지 않았으므로 그들은 그의 전도사 임명에 관해서는 알지 못했다. 그리고 그 새 예배당에서 진심에서 우러난 훌륭한 설교를 하긴 했지만, 초라한 오두막집이나 버려진 헛간에서도 그와 다름없는 훌륭한 설교를 했던 것이다.

드니 부부는 부엌에서 좀 떨어진 비좁은 방에서 벌써 잠들어 있었지만 집 안에선 아직도 갓 구운 달콤한 빵 냄새가 풍기고 있었다. 빈센트는 부엌 안에 있는 깊은 우물에서 물을 퍼 대야에 부어놓고는 비누와 거울을 가지러 위층으로 올라갔다. 그는 벽에다 거울을 받쳐놓고 들여다보았다.

그래, 그의 추측이 옳았다. 베르니 집에서 얼굴을 닦았을 때 석탄 먼지를 조금밖에 씻어내지 못했던 것이다. 눈썹과 턱이 여전히 시커멨다. 그는 혼자 미소를 떠올리면서, 얼굴에 탄가루를 잔뜩 묻히고서 새로운 성전에서 대체 어떻게 예배를 드렸을까, 아버지와 스트리커 목사가 자기를 보았더라면 얼마나 기겁을 했을까 하고 생각했다.

그는 찬물에 손을 담갔다. 브뤼셀에서 가지고 온 비누로 거품을 내어 그 비누거품으로 얼굴을 힘차게 문지르려는 순간, 뭔가 그의 마음속에서 꿈틀했다. 그의 젖은 손은 허공에 그냥 걸린 채였다. 그는 다시금 거울을 들여다보았다. 테리에서 나온 검은 탄가루가 앞이마와 눈썹과 양볼과 크고 둥그스름한 턱 주위에 주름살을 긋고 있는 게 보였다.

"그렇다!" 그가 큰소리로 말했다. "이것 때문에 사람들이 나를 받아들인 거야. 마침내 나도 그들과 같은 사람이 된 거야."

그는 손에서 비눗물을 헹구어낸 뒤에 얼굴에는 손도 대지 않은 채 잠자리에 들었다. 보리나주에 머무는 동안 날마다 그는 탄가루를 얼굴에 문질렀다. 다른 사람들과 똑같이 보이게 하기 위해서였다.

12

다음날 새벽 그는 두 시 반에 일어나 부엌에서 버터를 바르지 않은 빵 한 조각을 먹은 뒤, 집 앞에서 세 시 십오 분 전에 자크 베르니 십장과 만났다. 한밤에 눈이 무겁게 내렸다. 마르카스 탄광으로 가는 길은 눈 속에서 지워졌다. 언덕을 벗어나 수많은 검은 굴뚝들과 테리 더미를 향해 들판 한가운데로 나아가면서 빈센트는 광부들이 눈 쌓인 벌판 너머 사방에서 줄달음치고 있는 것을 보았다. 그 자그마한 물체들은 자기 집의 보금자리로 황급히 가는 중이었다. 살을 에는 듯이 추운 날씨였다. 광부들은 얇고 시커먼 외투를 턱 끝까지 껴입고 몸을 따뜻하게 하느라 양 어깨를 안쪽으로 웅크리고 움직였다.

자크는 우선 그를 어떤 방으로 데리고 갔다. 선반 위에 쭉 매겨진 일련번호 밑에 각기 하나씩 석유 램프들이 수없이 달려 있는 방이었다. "지하에서 무슨 사고가 일어났을 경우엔, 제자리에 걸려 있지 않은 램프의 번호를 보고 누가 갇혔는지 알 수 있어요." 자크가 말했다.

광부들은 자기들의 램프를 서둘러 몸에 차고, 흰 눈이 덮인 마당을 건너 승강기가 있는 벽돌 건물로 내달렸다. 빈센트와 자크도 합세했다. 지하로 내려가는 승강기는 위에서 아래로 여섯 개의 칸막이 차로 되어 있었는데, 그 칸막이 차 하나가 석탄이 담긴 탄차 하나씩을 싣고 지상으로 운반할 수 있었다. 칸막이 하나는 겨우 두 사람이 편안하게 웅크리고 앉아 내려가기에 딱 알맞은 크기였는데, 거기에 다섯 명이 꼭 끼어 앉아 석탄 더미 같은 꼴로 지하로 내려가는 것이었다.

자크가 십장이었으므로 그와 빈센트와 자크의 조수 한 명만이 맨 꼭대기 칸막이 차에 올라탔다. 그들은 쪼그리고 앉았다. 발가락은 칸막이 측면에 닿아 꼭 끼고 머리통은 칸의 맨 꼭대기의 철망에 닿았다.

"두 손을 반드시 앞에다 놓고 있어야 해요, 빈센트 씨." 자크가 말했다. "행여 옆 벽에라도 닿으면 손을 잃을 거예요."

신호가 떨어지자 두 개의 강철 궤도를 타고 승강기는 총알처럼 지하로 튀어내려갔다. 승강기가 암석 사이로 빠져내려가는 거칠 것 없는 길은 승강기 자체보다 일 인치쯤밖에 넓지 않았다. 발 밑으로 약 팔백 미터 깊이까지 암흑이 펼쳐져 있고, 뭐라도 잘못되는 날에는 곧장 죽음으로 직행하게 된다는 생각에 빈센트는 자기도 모르게 모골이 송연해졌다. 그것은 난생 처음으로 느끼는 공포, 암흑의 구덩이로 곧장 떨어져 알지 못할 심연으로 추락해버리지 않을까 하는 공포였다. 두 달여 동안에 승강기 사고가 전혀 없었으므로 걱정할 게 없다고 믿고는 있었지만, 흐릿하게 깜박거리는 석유램프의 불빛은 조리 있는 판단을 하기에 아무런 도움이 되지 못했다.

그가 본능적으로 몸이 자꾸 떨린다고 얘기하자 자크는 그 마음 알겠다는 듯 미소를 지었다. "어느 광부라도 그런 기분이에요." 그가 말했다.

"하지만 광부들은 내려가는 데 익숙해졌잖습니까?"

"아니, 천만에! 억누를 길 없는 공포감과 두려움이 죽는 날까지 광부들을 따라다니지요."

"그러면 십장님은……?"

"나도 내심으로는 당신과 똑같이 떨고 있소. 삼십삼 년간이나 내려 다녔는데 말이오!"

삼백오십 미터 지점—반쯤 왔다—에서 승강기가 잠시 멈추더니 이윽고 다시 우르르 내려가기 시작했다. 갱의 벽에서 물이 줄줄 스며 나오는 것을 보자 빈센트는 다시 몸을 떨었다. 위를 쳐다보자 지상의 밝음이 하늘의 별 하나만한 크기로 눈에 들어왔다. 육백오십 미터 지점에서 그들은 내렸고, 광부들은 그대로 계속 내려갔다. 빈센트는 암석과 흙 사이로 수없이 많은 궤도들이 뚫린 널찍한 터널 안에 있었다. 지옥 같은 열기에 휩싸일 줄로 생각했는데 통로는 의외로 상당히 서늘했다.

"여긴 아주 형편없지는 않은데요, 베르니 씨." 그가 외쳤다.

"안 나쁘지. 하지만 이 수평 갱도에서 작업하는 사람들은 없소. 이 탄층은 이미 오래 전에 다 캐낸 곳이오. 여기서, 저 꼭대기로부터 공기를 끌어들여 환기를 하고는 있지만 그걸로는 지하의 광부들한테 아무 소용이 없소."

이백오십 미터쯤 걸어나가다가 자크가 옆길로 빠져들었다. "따라와요, 빈센트 씨." 그가 말했다. "하지만 조심해요. 자칫 미끄러졌다간 당신 때문에 우리 모두가 죽게 될 테니까."

자크의 모습이 빈센트의 눈앞에서 갑자기 땅속으로 사라졌다. 빈센트가 어기적어기적 나가보니 바닥에 갱의 입구가 하나 있었다. 그는 사다리를 더듬어 찾았다. 갱은 홀쭉한 사람 하나가 겨우 빠져나갈 만한 크기였다. 처음 오 미터까지는 힘들지 않았지만 반쯤 되는 지점에 이르자 허공에서 뒤로 돌아 반대 방향으로 내려가야 했다. 암석으로부터 물이 흘러나오기 시작했다. 끈적끈적한 진흙이 사다리의 단을 모두 뒤덮었다. 빈센트는 물이 머리 위로 뚝뚝 듣는 것을 느낄 수 있었다. 겨우 바닥에 닿자 그들은 입구에서 가장 먼 곳에 위치한 석탄 매장지에 이르는 긴 통로를 손과 무릎으로 기어나갔다. 거기엔 지하 감옥의 칸막이 방처럼 작은 칸들이 한 줄로 길게 늘어서 있고, 그 하나마다 나무를 그냥 아무렇게나 베어 만든 각목이 받치고 있었다. 그 작은 굴에서 각기 다섯 명이 한 조가 되어 작업하고 있었는데, 두 명이 곡괭이로 석탄을 캐내면 세 번째 사람이 그들 발 밑에서 그 석탄을 긁어내고 네 번째 사람이 작은 탄차에다 실으면 다섯 번째 사람이 그 탄차를 좁은 궤도를 따라 밀고 갔다.

곡괭이로 석탄을 캐내는 사람들은 시커멓고 더러운 거친 아마포 옷을 입고 일했다. 삽질을 하는 사람은 대개는 어린 사내애인데, 마포 자락으로 만든, 허리에 두르는 간단한 옷만 빼놓고는 완전히 발가벗었으므로 온몸이 흐릿한 검은색이었다. 삼 피트 폭의 통로로 탄차를 끄는 사람은 대부분 어린 계집아이들로서 새카만 모습은 남자와 똑같았고 다만 상반신까지 가리는, 올이 성긴 옷을 입고 있었다. 천장에서 물이 새어나와 작은 굴은 종유석 동굴로 변했다. 기름을 아끼느라 심지를 낮춘 작은 램프에서 나오는 불빛이 전부였다. 환기 장치는 전혀 없었다. 공기는 탄 먼지로 자욱했다. 땅에서 저절로 나오는 열기 때문에 광부들은 시커먼 땀으로 목욕을 하는 셈이었다. 맨 처음 본 여러 굴에서는 광부들이 곡괭이를 들고 똑바로 서서 일할 수 있었는데, 통로를 따라 점점 밑으로 내려갈수록 굴들은 작아지고 마침내 광부들은 바닥에 누워서 팔꿈치만으로 곡괭이를 휘둘러야 했다. 시간이 흐를수록 광부들의 체온이 굴 안의 온도를 높이고 탄 먼지가 허공에 자욱해져 사람들은 헐떡거리면서 뜨겁고 검은 검댕을 입 안 가득 들이키는 수밖에 없었다.

"이 사람들이 하루에 버는 게 이 프랑 반이오." 자크가 빈센트에게 말했다. "그것도 검사소의 검사관이 그들이 캐낸 석탄의 질을 인정해 줄 경우에 그렇다는 얘기지. 오 년 전엔 하루 삼 프랑씩 벌었는데, 그 뒤부턴 임금이 해마다 줄어들었거든."

자크는 굴 안의 버팀목을 조사했다. 그건 광부들과 죽음 사이에 가로놓인 버팀목이었다. 이윽고 그가 곡괭이로 석탄을 캐고 있는 사람들에게 몸을 돌렸다.

"자네들의 버팀목이 형편없어." 그가 말했다. "버팀목이 느슨해졌단 말이야. 그럼 당장 어떻게 되는지 알아? 굴이 무너진다구."

석탄을 캐내는 사람들 중에서, 그 조의 우두머리인 듯한 사람이 욕을 한바탕 퍼부었는데, 말이 하도 빨라서 빈센트는 몇 마디만 겨우 알아들을 수 있었다.

"버팀목을 받치는 데에도 돈을 준다면야," 그 사내가 외쳤다. "우리가 안 할까! 버팀목을 받치느라 시간을 써버리고 나면 석탄은 어떻게 캐내누? 석탄을 못 캐내 집에서 굶어 죽느니 여기 바위에 깔려 죽는 게 낫지."

마지막 칸 너머 바닥에 갱 입구가 또 있었다. 이번에는 내려가는 사다리조차 없었다. 흙벽이 쏟아져 저 밑의 광부들이 파묻혀 죽는 일이 없도록 사이사이에 통나무들이 끼워져 있었다. 자크가 빈센트의 램프를 가져다 자기 허리춤에 찼다. "조심조심, 빈센트 씨." 그가 되풀이 말했다. "내 머리통은 밟지 말라구. 그러면 내가 떨어져 박살이 날 테니까." 발 디딜 버팀목을 더듬으며 한편으로는 망각의 심연으로 추락하지 않기 위해 양쪽의 흙벽을 꽉 잡고서 그들은 한 발 한 발 암흑 속으로 오 미터를 더 내려갔다.

그 다음 수평 갱도엔 또 다른 탄층이 있었다. 그러나 이번에는 광부들이 들어가 작업하는 작은 칸마저 없었다. 좁다란 벽 구석에서 석탄을 캐내야만 하는 것이었다. 등짝은 바위 천장에 닿아 꽉 눌린 채 무릎을 꿇고 웅크리고 앉아서 벽 구석에서 곡괭이질을 하여 거기로부터 석탄을 끌어내는 것이었다. 빈센트는 이곳으로 내려오자 위쪽 탄층의 그 작은 칸들이 차라리 서늘하고 편안했음을 깨달았다. 끓는 가마솥 같은 이 아래 탄층의 열기는 무딘 기구로 베어도 썩둑 베어질 것같이 두꺼웠다. 작업하는 광부들은 두들겨 맞은 짐승처럼 혀를 빼물고서 연신 헐떡거렸고, 그들의 벌거벗은 알몸은 때와 검댕과 먼지 반죽으로 뒤덮였다. 빈센트는 정말로 손가락 하나 꼼짝하지 못한 채, 이런 맹렬한 열기와 먼지는 단 일 분도 견딜 수 없다고 생각했다. 그들은 격렬한 육체노동을 하고 있었고, 빈센트 자신이 느끼는 것보다 천 배나 더 큰 지긋지긋함을 느끼고 있겠지만, 그런데도 좀 쉬거나 아니면 잠시라도 몸을 식히기 위해서 일을 멈출 수가 없었다. 그랬다가는 꼭 채워야 될 석탄차의 숫자만큼 석탄을 채우지 못할 것이고, 그러면 하루 노동의 대가인 오십 상팀을 받지 못하기 때문이었다.

이 벌집 같은 굴들을 연결하는 통로를 기어나가면서, 그들은 탄차가 작은 궤도로 지나가도록 하기 위해서 몇 초마다 한 번씩 벽에 찰싹 달라붙곤 했다. 이 통로는 위의 탄층에 있는 것보다 더 작았다. 탄차를 미는 계집아이들도 위층보다 더 어렸는데 열 살이 넘는 아이가 하나도 없었다. 탄차가 무거웠으므로 계집아이들은 궤도를 따라서 탄차를 미느라 안간힘을 쓰며 싸워야 했다.

케이블을 이용하여 탄차를 아래로 내려보내는 금속으로 된 활강사면로(滑降斜面路)가 그 통로 끝에 있었다. "자, 빈센트 씨." 자크가 말했다. "이젠 칠백 미터 지점에 있는 마지막 수평 갱도로 데려가주겠소. 거기서 세상 어디에서도 볼 수 없는 걸 보게 될 거요."

금속으로 된 그 활강사면로로 한 삼십 미터쯤 미끄러져 내려가니, 궤도가 두 개 있는 넓은 터널이 나왔다. 그들은 그 터널 뒤쪽으로 반마일쯤 걸어갔다. 터널이 끝나는 곳, 선반처럼 튀어나온 암석 위에서 걷기를 멈추고 기어서 통로를 빠져나와 반대편으로 내려가보니 새로 파놓은 갱 안이었다. "이곳은 새 탄갱이오. 석탄 캐내기가 세상에서 제일 힘든 곳이오."

이 채굴장으로부터 지극히 작은 열두 개의 갱이 잇달아 이어지고 있었다. 자크가 그중 하나의 갱 안으로 몸을 밀어넣으며 외쳤다. "따라와요." 입구는 빈센트의 어깨가 간신히 빠져나갈 만한 크기였다. 그는 그 안으로 억지로 몸을 집어넣고서 손톱과 발끝으로 흙을 파헤치면서 뱀처럼 배로 기어나갔다. 삼 인치 앞에서 기어가는 자크의 장화가 보이지 않았다. 암석을 뚫어 판 그 터널은 높이 일 피트 반, 폭 이 피트 반에 지나지 않았다. 통로가 시작되는 갱 초입에도 신선한 공기는 거의 없었지만, 그래도 이 채탄장에 비하면 그곳은 서늘했다.

배로 기어가는 것이 끝나자 한 사람이 설 수 있을 정도 높이의 작은 돔처럼 생긴 굴이 나왔다. 굴 안은 칠흑같이 캄캄했다. 처음에는 아무것도 보이지 않더니 얼마쯤 지나자 한쪽 벽에 늘어선 푸르스름한 네 개의 작은 불빛을 알아볼 수 있었다. 빈센트는 온몸이 땀으로 젖었다. 탄가루가 섞인 이마의 땀이 눈 속으로 흘러내려 눈이 몹시도 쓰라렸다. 오랫동안 배로 기어오느라 숨이 차 헐떡거리던 중이라서 그는 안도감을 가지고 공기를 좀 들이키려고 몸을 일으켰다. 그러나 그가 들이킨 것은 불이었다. 그 투명한 불이 허파 밑으로 내려가면서 그를 불태우고 질식케 했다. 여기는 마르카스 전체에서 제일 지독한 곳이었다. 중세에나 있을 듯한 고문실이었다.

"이런, 이봐요!" 낯익은 한 목소리가 외쳤다. "빈센트 씨 아니유. 우리가 일당 오십 상팀을 어떻게 버나 보러 오셨수?"

자크는 재빨리 램프 있는 데로 가더니 그것을 검사했다. 램프 속이 푸른 불꽃으로 가득 차 있었던 것이다.

"저 사람 여기 내려오지 말았어야 하는 건데." 데크뤼크가 빈센트에게 귓속말로 말했다. 그의 눈 흰자위가 반짝였다. "이 굴에 있다간 저 사람 각혈을 하고 말 거요. 그러면 우리가 활차로 끌어내야 한다구요."

"데크뤼크." 자크가 불렀다. "이 램프들이 새벽 내내 이 모양으로 타고 있던가?"

"예." 데크뤼크가 건성으로 대답했다. "탄화수소 가스가 나날이 늘어가고 있수다. 한번 폭발하면 그걸로 우리 고생도 끝나는 거지, 뭐."

"여기 굴들은 지난 일요일에 가스를 다 빼냈는데." 자크가 말했다.

"하지만 그게 도로 들어왔단 말이오, 도로 들어왔어." 머리가죽의 검은 흉터를 긁으며 재미있다는 듯이 데크뤼크가 말했다.

"그럼 자네들이 이번 주일 중 어느 하루는 쉴 수밖에 없겠군. 가스를 다시 말끔히 빼내게 말이야."

광부들한테서 빗발치듯 항의가 쇄도했다. "당장 애새끼들 먹일 빵도 없는 판인데! 그 임금 가지고 살 수도 없는 판국에, 하루 일당을 몽땅 포기하라니! 우리가 집에 돌아가 있는 동안에 빼내라구 해요. 우리도 다른 사람들처럼 먹고 살아야 하잖수."

"맞았어." 데크뤼크가 웃음을 터뜨렸다. "탄광이 나를 죽일 순 없을걸. 전에도 죽이려고 했시만 말이야. 난 늙도록 살다가 쇠해서 내 침대에서 죽을 거라구. 그런데 먹고사는 얘기가 나왔으니 말인데, 지금 몇 시나 됐수, 베르니?"

자크는 푸르스름한 불꽃 가까이로 시계를 가져갔다. "아홉 시군."

"좋았어! 그럼 밥을 먹어도 되겠군."

허연 눈알을 가진 땀 흘리는 시커먼 몸뚱이들이 일손을 멈추고 벽에 기대어 쪼그리고 앉아 보자기를 풀었다. 그나마 거기보다 기온이 좀더 낮은 곳으로 나가 식사를 할 수도 없었는데, 왜냐하면 그들 스스로가 십오 분간만 쉬기로 정해놓았기 때문이다. 기어서 갔다오는 데에도 거의 그만한 시간이 걸릴 터였다. 그래서 그들은 요지부동인 열기 속에 앉아, 두껍고 거친 빵 두 조각과 신맛 나는 치즈를 꺼내 걸귀 들린 듯이 먹기 시작했다. 시커먼 검댕이 손에서 하얀 빵 위로 계속 떨어졌다. 미지근한 커피가 담긴 맥주병을 각자 하나씩 가지고 있었는데, 그걸로 빵을 뱃속으로 밀어내려 보내는 것이었다. 그 커피와 빵과 신 치즈가 그들이 하루 열세 시간 노동하는 데에 대한 보상이었다.

지하에 내려온 지도 벌써 여섯 시간이 지났다. 열기와 먼지로 숨이 막히고 공기가 모자라 빈센트는 기절할 것만 같았다. 빈센트는 단 몇 분도 더 그 고문을 견뎌낼 수 없을 것 같았다. 자크가 드디어 가야겠다고 말했을 땐 고맙기까지 했다.

"가스에 주의하라구." 갱도 속으로 몸을 집어넣기 전에 자크가 말했다. "가스가 심해지면 자네 조를 모두 밖으로 끌어내는 게 좋아."

데크뤼크가 거칠게 웃어젖혔다. "그럼 우리가 석탄을 못 캐내는 데도 그날 일당 오십 상팀을 회사가 준답디까?"

그 물음에는 아무 대답도 없었다. 그 대답이야 데크뤼크 역시 자크만큼이나 잘 알고 있었다. 자크는 어깨를 으쓱해 보이고는 배로 기면서 그 굴을 빠져나가기 시작했다. 빈센트가 뒤를 따랐다. 고약한 냄새가 나는 시커먼 땀이 눈으로 흘러들어 그는 완전히 눈이 멀어버린 것 같았다.

반 시간쯤 걸어가자 연결 통로에 이르렀는데 거기서 승강기를 타고 석탄과 사람이 지상으로 운반되었다. 자크는 말(馬)을 모아두는, 바위를 뚫어 만든 한 굴 속으로 들어가더니 기침을 하면서 시커먼 가래를 뱉어냈다.

우물의 두레박처럼 쏜살같이 위로 돌진하는 케이지 안에서 빈센트는 자크 베르니에게 몸을 돌리고 말했다. "베르니 씨, 사람들이 뭐하러 계속 탄광으로 내려갑니까? 왜 모두 다른 곳으로 가버리거나 다른 일자릴 구하지 않죠?"

"아, 이봐요, 빈센트 씨, 다른 일자리란 없어요. 그리고 돈이 없으니 다른 곳으로 갈 수도 없고. 이 보리나주 전체에는 단돈 십 프랑이라도 저축해둔 집이 단 하나도 없어요. 그리고 떠날 수 있다 해도 우린 그러지 않을 거요. 뱃사람들은 배를 타면 갖가지 위험이 자길 기다리고 있다는 걸 알지만, 그래도 뭍으로 올라오면 바다가 그리워집니다. 우리도 그와 마찬가지요. 빈센트 씨, 우린 탄광을 좋아하고, 땅 위에 있느니 차라리 땅 속에 있길 원해요. 우리가 바라는 건 오직, 생활을 해나갈 수 있을 만큼의 임금과 좀더 나은 작업 조건과 위험에 대비한 안전 설비요."

케이지가 지상에 닿았다. 눈 덮인 구내를 건너가는데 흐릿한 햇살에도 눈이 아찔했다. 세면실의 거울에 비춰보니 그의 얼굴은 검정칠을 한 것 같았다. 몸을 닦을 틈도 없었다. 그는 반(半)무의식적으로 들판 한가운데로 뛰쳐나가 신선한 공기를 들이키면서 혹시 갑자기 열병에 걸려 악몽을 겪었던 게 아닐까 하고 생각했다. 하느님이 자신의 자식들을 그런 지긋지긋한 고역 속에서 일하도록 놓아둔 건 분명 아니겠지? 틀림없이 아까 본 건 꿈이었겠지?

다른 사람들보다 비교적 부유하고 잘사는 드니의 빵집을 그대로 지나쳐 그는 아무 생각 없이, 데크뤼크의 오두막집이 있는 골짜기의 더러운 골목길로 터덜터덜 내려갔다. 문을 두드려도 처음에는 아무 대답이 없었다. 얼마 뒤에 여섯 살 먹은 사내애가 나왔다. 몸집도 보통보다 작고 빈혈에 걸린 창백한 아이였지만, 제 아버지 데크뤼크의 투지를 좀 지니고 있었다. 그 아이도 두 살만 더 먹으면 매일 새벽 세 시에 마르카스 탄광으로 내려가 삽질을 하면서 탄차에 석탄을 실을 것이다.

"엄마는 테리 산에 갔어요." 사내애가 높고 가냘픈 음성으로 말했다. "빈센트 선생님, 기다리세요. 전 아기를 돌봐야 하거든요."

바닥에서 나무토막과 끈을 가지고 노는 데크뤼크의 두 어린것들은 보잘것없는 셔츠밖에 걸치고 있지 않았다. 아이들은 추위로 새파랬다. 제일 나이 많은 사내애가 난로에 테리를 집어넣었지만 열기는 별로 나오지 않았다. 빈센트는 그들을 지켜보면서 몸을 떨었다. 이윽고 그는 두 갓난애를 침대에 올려놓고 목까지 이불을 덮어주었다. 이 비참한 판잣집에 자기가 뭐하러 왔는지 알 수가 없었다. 그는 뭔가 해야 되겠다고, 데크뤼크의 식구들에게 무슨 말이라도 해주고 어떻게든 그들을 도와야겠다고 느꼈다. 적어도 그 자신은 그들의 비참함을 속속들이 이해하고 있음을 그들에게 알려야 했다.

데크뤼크의 아내가 돌아왔다. 손과 얼굴이 새까맸다. 빈센트의 더러운 몰골 때문에 그녀는 처음엔 그를 알아보지 못했다. 그녀는 먹을 것을 숨겨놓은 작은 상자로 달려갔다. 그녀는 난로에 커피를 올려놓았다. 그녀가 커피를 건네주었을 때 커피는 미지근하다기보다는 차가운 편이었고 또 설탕을 넣지 않은 것이었다. 하지만 그는 그 착한 여자를 즐겁게 해주느라 끝까지 다 마셨다.

"테리 산도 요새는 형편없어요." 그녀가 하소연했다. "회사 측에서 석탄 한 알갱이도 흘려보내질 않는군요. 이 어린것들을 어떻게 따뜻하게 해줄 수 있겠어요. 입힐 옷도 없고, 이 작은 셔츠들과 자루 만들 때 쓰는 굵은 삼베밖에 없으니. 그런데 삼베는 쓰라리고 스칠 때마다 살갗이 벗겨져요. 그렇다고 하루 종일 침대에만 두면 애들이 또 어떻게 자라겠어요?"

빈센트는 터지지 않는 울음으로 가슴이 답답해졌지만 아무 말도 할 수가 없었다. 이 정도로 비참한 인간의 불행은 처음 보았다. 최초로 의구심이 떠올랐다. 자기 자식들이 얼어 죽어가고 있는데, 은혜를 달라는 기도와 복음이 이 여자에게 무슨 소용이 있단 말인가? 이 모든 것 가운데 하느님은 어디 있는가? 그의 호주머니에 몇 프랑이 들어 있었다. 그는 그것을 데크뤼크의 아내에게 주었다.

"아이들에게 털내의를 사서 입히십시오." 그가 말했다.

그것이 헛된 제스처임을 그는 알고 있었다. 수백 명의 다른 아이들도 이 보리나주에서 추위에 떨고 있었다. 데크뤼크의 아이들도 그 털내의가 낡아 떨어지면 곧 또다시 추위에 떨리라.

그는 드니의 집을 향해 비탈길을 올라갔다. 빵집 부엌은 따뜻하고 포근했다. 드니 부인이 그에게 씻을 물을 데워주고, 지난밤부터 남겨두었던 토끼고기 스튜로 점심을 근사하게 차려주었다. 그녀는 빈센트가 지하 갱에서의 체험 때문에 지치고 신경이 날카로워진 것을 보고, 그의 빵에다 바를 버터를 조금 꺼내왔다.

빈센트는 위층 자기 방으로 올라갔다. 배 속이 따뜻하고 넉넉했다. 침대는 넓고 편안했다. 시트는 깨끗했고 베갯잇이 씌워져 있었다. 사방 벽에는 이 세상의 대가들이 그린 그림의 복사품들이 걸려 있었다. 그는 서랍장을 열고 차곡차곡 정리된 셔츠와 속옷과 양말과 조끼를 뒤적거려 보았다. 그는 양복장으로 가서 여벌 구두 두 켤레와 따스한 외투, 그리고 거기 걸려 있는 몇 벌의 옷을 쳐다보았다. 드디어 그는 자신이 거짓말쟁이며 비열한 사람임을 깨달았다. 광부들에게는 가난의 덕(德)을 설교하면서 자신은 안락과 풍요 속에 살고 있는 것이었다. 그는 제멋대로 지껄이는 위선자에 불과했다. 그의 종교는 무익하고 쓸모없는 것이었다. 광부들은 그를 경멸하고 보리나주에서 내쫓아야 마땅했다. 그는 광부들과 운명을 함께 나누는 척하면서 이곳에 따스하고 좋은 옷과 잠자기에 안락한 침대를 가지고 있었고 또 광부들이 일주일 동안 먹는 것보다 더 많은 음식을 한 끼에 먹었다. 스스로 노동한 대가로 자신이 누리는 사치스러운 안락을 얻은 것도 아니었다. 그저 입심 좋게 거짓말을 하고 돌아다니면서 선량한 사람으로 행세할 따름이었다. 보리나주 사람들은 그가 하는 말이면 무엇이든 믿지 말고 그의 설교를 들으러 오지도 말고 그의 지도도 받아들이지 말아야 마땅했다. 안이하게 보내는 생활 전체가 그 자신의 말들이 모두 거짓임을 증명하고 있었다. 그는 또다시 실패한 것이었다. 그 어느 때보다도 더욱 비참하게!

그렇다면 선택할 길은 두 가지밖에 없었다. 자신이 얼마나 거짓말쟁이며 겁 많고 비열한 놈인가를 사람들이 알아채기 전에 야밤을 틈타 이 보리나주에서 도망쳐 나가는 길, 아니면 그날 자신이 처음으로 눈뜬 그러한 깨달음을 밑거름 삼아 진짜로 하느님의 사람이 되는 길이었다.

그는 서랍장에서 옷가지들을 모두 꺼내 재빨리 가방에다 챙겨넣었다. 몇 벌의 옷과 구두와 그림 복사품과 책들도 역시 집어넣고서 가방을 닫았다. 그는 그 가방을 의자에 잠시 올려놓고서 앞문으로 나는 듯이 달려나갔다.

그 계곡 기슭에 작은 개울이 하나 있었다. 바로 그 너머로 소나무 숲이 또다른 언덕 위로 올라가고 있었다. 이 숲에 몇 안 되는 광부들의 집이 흩어져 있었다. 얼마 동안 수소문한 끝에 그는 비어 있는 오두막집을 찾아냈다. 판자로 지어진 오두막집인데 창문은 하나도 없었고, 조금 가파른 비탈에 세워져 있었다. 바닥은 그냥 흙이었는데 오랫동안 밟고 지나다녀서 굳게 다져졌다. 방 가장자리 끝의 판자들 밑으로 눈이 녹아 흘러내렸다. 머리 위로는 투박한 들보들이 지붕을 적당히 받치고 있었고, 겨울 내내 아무도 살지 않은 판잣집인지라 판자의 옹이구멍과 판자 사이의 틈으로 얼음처럼 차가운 돌풍이 들이쳤다.

"이곳의 집주인이 누굽니까?" 빈센트가 함께 온 여자에게 물었다.

"밤의 어떤 장사꾼인데요."

"집세가 얼마인지 아세요?"

"한 달에 오 프랑이에요."

"잘됐군요. 내가 얻겠어요."

"하지만 빈센트 씨, 여기서 사실 수 없으실 텐데요."

"왜 못 삽니까?"

"하지만…… 하지만…… 너무 누추하잖아요. 제가 있는 곳보다도 더 지독한 걸요. 프티 밤에서 제일 고약한 집이에요."

"바로 그것 때문에 전 이 집을 얻고 싶습니다."

그는 다시 골짜기 꼭대기로 올라갔다. 어떤 평온한 느낌이 가슴에 새로이 찾아왔다. 그가 없는 동안에 드니 부인이 무슨 심부름을 하느라 그의 방에 올라갔다가 가방이 꾸려져 있음을 보았다.

"빈센트 씨." 그가 들어서자 그녀가 소리쳤다. "뭐가 잘못됐군요? 왜 그렇게 느닷없이 네덜란드로 돌아가려는 건가요?"

"떠나는 게 아닙니다, 드니 부인. 보리나주에 그대로 머물 겁니다."

"그럼 왜……" 영문을 알 수 없다는 표정이 그녀의 얼굴 위로 스쳐갔다.

빈센트가 설명을 하자 그녀가 부드럽게 말했다. "내 말 들어요, 빈센트 씨. 당신은 그렇게 살지 못해요. 어디 그런 생활이 몸에 익었어야 말이지요. 예수 그리스도 때와는 세월이 달라졌어요. 요즘 세상에선 우리 모두 할 수 있는 대로 힘껏 잘살아야 돼요. 이곳 사람들은 당신이 일하는 걸 보고 착한 분이라는 걸 다 안다구요."

설복되어 그만둘 수는 없었다. 그는 밤에 있는 그 장사꾼을 찾아가 오두막집을 빌리고 거기로 이사했다. 며칠 후 최초의 월급인 오십 프랑짜리 수표가 오자 그는 작은 나무 침대와 중고품 난로를 샀다. 그 비용을 쓰고 나니 월말까지 빵과 신 치즈와 커피를 살 돈이 겨우 남았다. 물이 들어오지 못하게 하기 위해 벽 꼭대기에 맨 흙덩이를 쌓아 올리고 틈과 구멍에다 마포자루를 쑤셔 넣어 바람을 막았다. 이제 그는 광부들과 똑같은 집에서 살고 똑같은 음식을 먹고 똑같은 침대에서 잤다. 그는 그들과 똑같은 사람이 되었다. 하느님의 말씀을 그들에게 전할 자격을 얻은 것이었다.

13

밤 근방에서 네 개의 탄광을 운영하는 벨기에 광업소의 지배인은 빈센트가 미리 그러리라고 생각했던, 탐욕스러운 짐승 같은 부류의 사람은 전혀 아니었다. 사실 좀 뚱뚱하긴 했지만, 친절하고 인정미 있는 두 눈에다, 그 자신도 얼마간 고생을 겪은 사람의 태도를 가지고 있었다.

"나도 압니다, 반 고흐 씨." 빈센트가 광부들의 고통스러운 생활에 대해 쏟아놓는 얘기를 주의 깊게 들은 후 지배인이 말했다. "흔히 그런 얘기들을 하지요. 그 사람들은 우리가 이익을 더 많이 얻으려고 자기네들을 일부러 굶겨 죽이고 있다고 생각합니다. 하지만 정말입니다,

반 고흐 씨, 그보다 더 사실과 먼 얘기는 없을 겁니다. 자, 여기 파리의 국제 광산국에서 나온 도표를 좀 보여드리지요."

그는 커다란 도표를 테이블 위에 펼쳐놓고서 맨 밑바닥의 푸른 선을 손가락으로 가리켰다.

"보십시오." 그가 말했다. "벨기에 광산이 전 세계에서 제일 초라합니다. 탄을 캐내기가 너무나 어려워서, 그걸 공개시장에서 팔아 이득을 얻기란 거의 불가능합니다. 운영비는 유럽의 광산 중에서 가장 많이 드는데 이득은 제일 적습니다. 알다시피, 톤당 제일 낮은 비용으로 생산해내는 광산들과 똑같은 가격으로 팔 수밖에 없으니 그렇죠. 우리가 살아가는 하루하루가 파산 직전의 상태입니다. 내 말뜻을 이해하시겠습니까?"

"저도 그러리라 생각합니다."

"만일 광부들에게 하루에 일 프랑씩 더 준다면 우리의 생산비가 석탄의 시장가격보다 높아집니다. 완전히 문을 닫아버려야 합니다. 그러면 그때야말로 광부들이 진짜 굶어 죽는 겁니다."

"광산 주주들이 자기들 배당을 좀 덜 가질 수는 없을까요? 그러면 광부들에게 조금 더 돌아갈 텐데요."

지배인은 서글프게 고개를 가로저었다. "그럴 순 없습니다. 그도 그럴 것이, 반 고흐 씨, 광산이 무엇에 의해 운영되는 줄 압니까? 자본이죠, 다른 기업들과 마찬가지로. 그런데 자본은 그 수익을 되돌려받아야만 하죠. 안 그러면 자본은 다른 데로 가버립니다. 벨기에 광업은 현재 겨우 3퍼센트의 배당금을 지급합니다. 그걸 0.5퍼센트 줄인다면 주주들은 자금을 회수해버릴 테지요. 만일 그렇게 된다면 우리 광산은 문을 닫아야 합니다. 자금 없이는 운영할 수 없으니까요. 그러면 이번에도 마찬가지로 광부들은 굶어 죽습니다. 그러니까 봐서 아셨겠지만, 보리나주의 참담한 처지를 만들어낸 건 주주도 지배인들도 아닙니다. 그건 석탄 매장량이 충분치 않기 때문입니다. 그리고 그 참담한 처지라는 것도, 결국엔 신의 책임으로 돌릴 수밖에요."

그런 불경스러운 말에 당연히 충격을 받았어야 했다. 그러나 그는 그렇지 않았다. 지배인이 들려준 얘기를 생각하고 있었던 것이다.

"하지만 최소한 노동 시간에 대해서는 어떻게 좀 해주실 수 있을 텐데요. 지하에서의 하루 열세 시간 노동으로 그 마을 전체가 절멸당할 겁니다."

"안 됩니다. 노동 시간을 줄일 수도 없습니다. 그건 임금을 올리는 것과 똑같은 거지요. 그렇게 하면 결과적으로, 하루 일당 오십 상팀에 해당되는 석탄량이 감소될 테고 따라서 톤당 생산비는 올라가게 되니까요."

"이 한 가지는 틀림없이 개선시킬 수 있을 겁니다."

"위험한 작업 환경을 말하려는 거지요?"

"예, 적어도 탄광 안에서의 사고와 사망 숫자는 줄일 수 있지 않겠습니까."

지배인은 침착하게 머리를 가로저었다. "아니요, 반 고흐 씨, 우린 할 수 없습니다. 우리의 이익 배당률이 너무 낮기 때문에 새 주식을 시장에다 팔 수가 없는 것이지요. 게다가 우리에게는 시설 개선에 투자할 잉여 이익이 전혀 없습니다. 아, 반 고흐 씨, 이건 구제불능의 악순환입니다. 사실 나 자신도 그 문제에 수천 번 부딪쳤습니다. 내가 독실하고 성실한 신자에서 지독한 무신론자로 바뀐 것도 그 때문이지요. 내가 납득할 수 없는 것은 하늘에 어떤 신이 있다면 어떻게 고의적으로 그런 비참한 상태를 만들고, 한 부류의 사람들 전체를 수 세기에 걸쳐 단 한 때의 자비조차 베풀지 않은 채 비참한 불행의 노예로 만들었을까 하는 것입니다."

빈센트는 아무런 말도 생각해낼 수 없었다. 그는 얼빠진 상태로 되돌아갔다.

14

이월은 연중 가장 혹독한 달이었다. 벌거벗은 바람이 온 계곡을 휩쓸며 언덕 꼭대기로 불면, 거리를 뚫고 걸어갈 수조차 없었다. 광부들의 오두막집을 따뜻하게 해줄 테리가 그 어느 때보다도 절박하게 필요했지만, 얼음처럼 찬 바람이 너무나 맹렬해서 여자들은 테리를 구하러 검은 산으로 나갈 엄두도 낼 수 없었다. 살을 에는 듯한 바람으로부터 몸을 가릴 만한 것이라고는 올이 성긴 치마와 웃옷과 무명 양말 그리고 두건밖에 없었다.

아이들은 얼어죽지 않기 위해 날마다 침대에서 지내야 했다. 난로에 땔 석탄이 없었으므로 뜨거운 음식은 생각할 수도 없었다. 남자들이 그 지긋지긋한 뜨거운 지하에서 나올 때면 그들은 단 한 순간 각오할 겨를도 없이 영하의 거친 날씨 속으로 내던져져 모진 삭풍 속에 기를 쓰며 눈 덮인 들판을 가로질러 집으로 가야 했다. 폐병과 폐렴으로 죽는 사람이 날마다 생겼다. 그 달에 빈센트가 장례식에 나가 기도문을 읽은 것만도 꽤 여러 차례였다.

그는 얼굴이 새파래진 아이들에게 읽는 법을 가르치려는 시도를 포기하고서, 마르카스 산에서 나날의 시간을 보내면서 그가 할 수 있는 만큼 얼마 안 되는 석탄을 긁어모았다. 제일 비참한 집들한테 나누어주기 위해서였다. 요즈음엔 굳이 얼굴에 탄가루를 문지를 필요도 없었다. 그도 광부의 흔적을 결코 면하지 못했던 것이다. 프티 밤에 처음 오는 사람이라면 그를 보고 말했을 것이다. "이것도 역시 시꺼먼 아가리로군."

몇 시간 동안 테리 산을 오르락내리락한 끝에 그는 테리를 반자루쯤 모았다. 시퍼래진 손이 얼음 덮인 암석에 긁혀 갈라졌다. 네 시 조금 전에 그는 그만해야겠다고 마음먹고서 모아놓은 것을 가지고 돌아갔다. 그 테리로 최소한 몇 명의 아낙네가 자기들의 남편을 위해서 뜨거운 커피를 마련할 수 있을 것이었다. 그가 마르카스 탄광 정문에 다다르니 막 광부들이 쏟아져 나오기 시작하는 참이었다. 몇 사람이 그를 알아보고서 "안녕하슈"라고 중얼거렸지만, 나머지는 그냥 걸어가버렸다. 손을 호주머니에 넣고 어깨를 웅크린 채 그들은 땅만 바라보며 걸어가버렸다.

마지막으로 문에서 나온 사람은 작은 노인이었는데 온몸이 찢겨나갈 듯 심하게 기침을 하는 통에 제대로 걷지도 못했다. 그의 무릎은 부들부들 떨렸고, 눈 덮인 들판에서 불어오는 싸늘한 바람에 세게 맞부딪치자 그는 맹렬한 강타에 얻어맞은 듯 비틀거렸다. 노인이 얼음 바닥에 고꾸라질 뻔했다. 잠시 후 그는 힘을 내어 비스듬히 선 자세로 강풍에 맞서며 들판을 건너가기 시작했다. 그는 굵은 삼베로 만든 자루로 어깨를 감싸고 있었다. 그가 어찌어찌해서 밤의 상점에서 얻은 것이었다. 빈센트는 그 자루에 인쇄되어 있는 글자에 눈길이 갔다. 그는 뭐라고 적혀 있는지 알아보려고 눈을 크게 뜨고서 글자를 읽었다. 자루에는 "파손 주의"라는 말이 인쇄되어 있었다.

테리를 광부들 집에 나누어준 뒤에 그는 자신의 오두막집으로 돌아가 옷가지를 전부 침대 위에 꺼내놓았다. 셔츠 다섯 장, 속옷 세 벌, 양말 네 켤레, 구두 두 켤레, 겉옷 두 벌, 그리고 최고급 군수용 외투 하나였다. 그는 셔츠 하나, 양말 한 켤레, 속옷 한 벌을 침대에 남겨놓았다. 그 나머지는 모두 가방 안에 집어넣었다.

그는 옷 한 벌을 "파손 주의"라고 인쇄된 자루를 등에 두른 노인에게 주었다. 속옷과 셔츠들은 잘라서 겉옷으로 만들어 입히도록 아이들 몫으로 떼어놓았다. 양말은 마르카스 탄광으로 내려가 일해야 되는 폐병 환자들에게 나누어주었다. 따뜻한 외투는 임신한 여자에게 주었는데, 며칠 전 갱이 무너져 죽은 남편을 대신해 두 어린것들을 먹여 살리기 위해 탄광에서 일해야 하는 여자였다.

"아이들의 집"은 닫아버렸다. 빈센트로서는 아낙네들의 석탄을 축내고 싶지 않았던 것이다. 게다가 광부들의 가족들은 눈이 녹기 시작하는 진창길을 걷다가 발이 젖을까 봐 꺼려했다. 빈센트는 각각의 오두막집을 돌아다니면서 거기서 소규모 예배를 보았다. 시간이 지남에 따라, 그는 어쩔 수 없이, 치료도 해주고 몸도 씻어주고 마사지도 해주고 뜨거운 음식과 약도 만들어주는 실제적인 의무에 전념해야 할 필요성을 느꼈다. 마침내는 성경책은 펴볼 시간도 없었으므로 그걸 그냥 집에다 내팽개쳐두는 지경에까지 이르렀다. 하느님의 말씀은 광부들에게는 손에 넣을 수 없는 사치품으로 변해버렸다.

삼월 들어 추위는 한결 누그러졌지만 그 대신 열병이 돌기 시작했다. 이월달 월급 중에서 사십 프랑을 환자들의 음식과 약을 마련하는 데 써버렸으므로 자신에게는 아사(餓死)를 간신히 면할 만큼의 양식밖에 남지 않았다. 먹는 게 충분치 않았으므로 그는 점점 야위어갔다. 초조하고 침착성 없이 구는 버릇은 더욱 병적으로 깊어졌다. 추위가 그의 생명력을 빨아먹었다. 그는 열에 들뜬 몸으로 돌아다니기 시작했다. 그의 눈은 안구 속에 박힌 두 개의 커다란 불구덩이였다. 반 고흐 가문 특유의 큰 머리통은 쪼그라진 듯했다. 양 뺨과 눈 밑이 움푹 패기 시작했으나 그의 턱만은 언제나처럼 단단하게 내밀어져 있었다.

데크뤼크의 아이들 중 제일 큰놈이 티푸스에 걸렸다. 침대를 둘러싸고 곤란한 문제가 생겼다. 그 집에는 침대가 둘밖에 없었던 것이다. 부부가 한 침대를 차지하고 세 아이가 다른 한 침대를 차지했다. 그런데 두 어린것이 큰놈하고 한 침대에서 계속 지낸다면 그것들마저 티푸스에 걸릴 것이다. 그렇다고 두 어린것들을 바닥에다 놓아두면 폐렴에 걸릴 판이다. 부모가 바닥에서 자면 그 다음날 일을 할 수가 없었다. 빈센트는 어떻게 해야만 될지 곧 깨달았다.

일터에서 돌아오는 데크뤼크에게 그가 말했다.

"데크뤼크, 저녁을 들기 전에 절 좀 도와주시겠습니까?"

데크뤼크는 피곤하고 또 머리의 상처가 아팠지만 한마디 묻지도 않고서 마비된 한쪽 다리를 절뚝거리고 그를 따라갔다. 자신의 오두막집에 이르자 빈센트는 침대에 덮인 두 개의 시트 중에서 하나를 벗겨내고 말했다.

"침대 한쪽 끝을 잡으세요. 병 걸린 큰 아이를 위해 이 침대를 당신네 집으로 옮겨야겠어요."

데크뤼크가 이를 악물었다. "우린 아이가 셋이우." 그가 말했다. "신의 뜻이 그렇다면 우린 한 아이쯤 잃을 수도 있수다. 하지만 온 동네를 돌봐주는 사람은 오직 빈센트 선생뿐인데 어떻게 내가, 그런 선생이 스스로 목숨을 끊도록 놔둘 수 있겠소!"

그는 지친 듯 절름거리며 오두막을 나갔다. 빈센트는 침대를 분해하여 그것을 어깨에 짊어졌다. 그는 데크뤼크의 집으로 가서 분해된 침대를 다시 짜맞추었다. 버터를 바르지 않은 빵과 커피로 저녁을 들고 있던 데크뤼크와 그의 아내가 빈센트를 멍하니 쳐다보았다. 빈센트는 병에 걸린 큰놈을 자기 침대로 옮겨놓고 간호하기 시작했다.

그날 저녁 늦게 그는 드니의 빵집으로 가서 짚이 좀 없나 물어보았다. 자기 집으로 가져가서 깔고 자기 위해서였다. 빈센트가 자기가 한 일을 얘기하자 드니 부인은 대경실색했다.

"빈센트 씨." 그녀가 외쳤다. "전에 쓰던 방이 아직 비어 있어요. 다시 이리 와서 지내세요."

"고맙습니다, 드니 부인. 하지만 그럴 순 없어요."

"알아요. 돈 걱정 때문에 그러시지요. 하지만 그건 상관없어요. 장바티스트와 난 잘살고 있잖아요. 여기서 우리와 함께 형제처럼 살 수 있어요, 돈 내지 않고. 당신도 하느님 자식은 모두 형제라고 언제나 말씀하셨잖아요?"

빈센트는 추웠다. 몸이 덜덜 떨릴 정도로 추웠다. 그는 굶주렸다. 몇 주일 동안이나 계속되는 열 때문에 그는 정신이 없었다. 그는 영양실조와 수면 부족으로 쇠약해졌다. 그 마을에 끊임없이 쌓여가는 슬픔과 고통으로 그는 괴로웠고 미칠 것 같았다. 저 위층의 침대는 따뜻하고 부드럽고 깨끗했다. 드니 부인이 음식을 주고 그러면 명치 끝이 쑤시는 아픔도 완전히 가셔버리리라. 그녀가 자신의 열병을 간호해주고, 그의 뼛속까지 스며든 추위가 완전히 사라질 때까지 뜨겁고 힘 나는 마실 것으로 배를 채워주리라. 오한과 쇠약함 때문에 그는 빵집의 붉은 타일 바닥 위에 쓰러질 뻔했다. 바로 그때 다행히 그는 제정신을 찾았다.

그것은 신의 최후의 시험이었다. 지금 쓰러진다면 이제껏 해왔던 모든 것이 수포로 돌아가리라. 마을에서 고통과 죽음의 비참함이 절정에 다다른 지금 그가 뒷걸음질을 쳐야 할까? 허약하고 비겁한 겁쟁이가 되어, 안락과 호강이 코앞에 던져지자마자 그걸 잽싸게 움켜잡아야 할까?

"하느님도 부인의 친절함을 아십니다." 그가 말했다. "그리고 거기에 보답해주실 것입니다. 하지만 제가 가는 의무의 길로부터 저를 유혹하여 끌어내시면 안 됩니다. 제게 짚을 좀 구해주실 수 없다면 전 땅바닥에서 그냥 자겠습니다. 그렇다고 제게 다른 것은 절대 가져다주지 마십시오. 전 그걸 받을 수 없습니다."

그는 오두막집 한구석 축축한 바닥 위에 짚을 깔고 얇은 담요로 몸을 덮었다. 그는 밤새도록 한숨도 자지 못했다. 아침이 되자 기침이 시작되었고 눈은 전보다 한층 더 쑥 들어간 것 같았다. 열이 점점 높아져 자신이 하고 있는 일조차도 반쯤밖에 의식하지 못했다. 집 안에서 난로를 피울 테리를 한 웅큼이라도 광부들 집에서 빼앗아올 마음이 들지 않았던 것이다. 그는 버터 없는 딱딱한 빵을 몇 입 간신히 삼키고서 그날의 일을 하러 나갔다.

15

삼월이 지친 몸을 이끌고 사월로 들어서자 사정은 조금 나아졌다.

바람은 자취를 감추었고 비스듬하던 햇살도 똑바로 비추었으며 마침내 해빙기가 왔다. 눈이 녹으면서 검은 들판이 보이기 시작했고 종달새 우짖는 소리가 들리고 숲에서는 나무들이 싹을 틔우기 시작했다. 열병은 사라졌다. 날씨가 풀리자 탄광촌 여인네들은 마르카스 테리 산으로 떼지어 올라가 테리를 캐올 수 있었다. 곧 오두막집에는 타원형 난로에서 포근한 불길이 타오르고 아이들은 낮 동안에는 침대에서 나와 지낼 수 있었다. 빈센트는 아이들의 집을 다시 열었다. 맨 처음 설교에는 탄광촌 사람들 전부가 몰려들었다. 광부들의 암울한 눈동자에 미소가 조금씩 되살아나고 있었다. 사람들은 조금씩 원기를 회복할 수 있었다. 데크뤼크는 아이들의 집의 공식 난방 책임자 겸 관리인으로 자기 자신을 임명한 뒤, 난로를 두고 갖가지 우스갯소리를 지껄이며 머리를 내키는 대로 비벼댔다.

"살기 좋은 시절이 옵니다." 설교단에 선 빈센트는 뛸 듯이 기뻐하며 외쳤다. "하느님이 여러분을 시험하셨습니다. 그리고 여러분의 진실함을 발견하신 것입니다. 최악의 고통은 끝났습니다. 옥수수가 들판에서 익을 것이고, 꼬박 하루치의 일이 끝나 집 안에 앉아 쉬노라면 햇빛이 여러분을 따뜻하게 감싸줄 것입니다. 아이들은 종달새를 따라 달려나가고, 숲에서 딸기를 따모을 것입니다. 눈을 들어 하느님을 우러러보십시오. 인생의 보람찬 즐거움이 당신을 위해 마련되어 있습니다. 하느님은 자비롭습니다. 하느님은 정의로우십니다. 하느님은 여러분의 믿음과 열렬한 기도에 보답하십니다. 하느님께 감사 기도를 올리십시오, 좋은 시절이 오지 않습니까. 좋은 시절이 오고 있습니다."

광부들은 열렬하게 감사 기도를 올렸다. 활기찬 음성들이 방 안을 가득 메웠고 모두들 옆 사람한테 연신 말하고 있었다. "빈센트 선생 말이 옳아. 고생은 끝났다구. 겨울은 지났어. 살기 좋은 시절이 오고 있어!"

며칠 후 빈센트는 한 무리의 어린아이들과 마르카스 탄갱 뒤에서 테리를 주워모으는 중이었는데, 승강기가 위치한 건물로부터 자그마한 검은 물체들이 황급히 뛰쳐나와 들판을 가로질러 사방으로 흩어져 달려가는 게 보였다.

"무슨 일이 났군?" 빈센트가 소리쳤다. "벌써 세 시가 됐을 리도 없는데. 해가 아직 중천에도 안 왔는데 말이야."

"사고가 난 거야!" 좀 나이 많은 사내애들 중에서 한 놈이 고함을 질렀다. "전에도 사람들이 저렇게 달려가는 걸 봤어. 밑에서 뭔가 무너진 거야!"

그들은 바위에 손을 다치고 옷을 찢기면서 허둥지둥 그 검은 산을 기어내려갔다. 마르카스 탄갱 부근의 들판엔 몸을 숨기려고 내닫는 검은 개미들이 우글우글했다. 그들이 다 내려왔을 즈음엔 사람들이 움직이는 방향이 바뀌어 여인네들과 아이들이 마을 쪽으로부터 들판을 가로질러 달려오고 있었다. 여인네들은, 갓난애는 팔에 안고 어린것들은 뒤에 달고서 놀라 쫓기는 듯한 속도로 사방에서 달려오고 있었다.

빈센트가 정문에 다다르자 흥분한 고함 소리들이 들려왔다. "가스 폭발이야, 가스 폭발! 새 탄층에서! 사람들이 갇혔어! 생매장되었어!"

심한 감기로 앓아누워 있던 자크 베르니 십장이 전속력으로 들판을 달려왔다. 그동안 그는 더욱더 야위어져서 가슴이 동굴처럼 움푹 패었다. 빈센트는 자신을 지나쳐 달려가는 그를 붙잡고 말했다. "무슨 일입니까? 어떻게 된 거예요?"

"데크뤼크가 일하는 탄층이오. 그 푸른 램프들이 생각나오? 이런 일이 닥칠 줄 내 알았지!"

"몇 명이나? 몇 명이나 거기 있습니까? 그 사람들 있는 곳으로 갈 수 없습니까?"

"열두 굴이오. 당신도 봤잖소. 한 굴에 다섯 명씩."

"구할 수 없을까요?"

"모르겠소. 당장 지원자들을 모아 데리고 내려가야겠소."

"저도 같이 가게 해주십시오. 돕게 해달라구요."

"안 돼요. 노련한 사람들이 필요하니까." 그는 구내를 지나 승강기 있는 곳으로 달려갔다.

백마 한 마리가 끄는 작은 짐마차가 정문으로 끌려왔다. 전에도 사망자와 부상자들을 언덕 비탈에 있는 오두막집들로 수없이 운반했던 바로 그 마차였다. 들판을 건너왔던 광부들이 자기 식구들을 데리고 돌아가기 시작했다. 미친 듯이 고함치는 여인, 눈을 크게 뜨고 앞만 바라보는 여자. 아이들은 훌쩍훌쩍 울고, 십장들은 목청을 다해 고래고래 소리지르며 뛰어다니면서 구조대를 조직했다.

갑자기 소란스러운 소리가 뚝 그쳤다. 몇 명의 무리가 승강기가 위치한 건물 밖으로 나와 천천히 계단을 내려왔는데, 뭔가 모포로 두른 것을 운반하고 있었다. 순간, 숨막힐 듯한 정적이 흘렀다. 이윽고 모든 사람들이 한꺼번에 외치고 울부짖기 시작했다.

"누구예요? 죽었어요, 살았어요? 제발 이름을 얘기해요. 보여달라구요. 우리 남편이 그 밑에 있는데! 내 자식들! 내 새끼들이 그 탄층에 있다구!"

그 몇 명의 무리가 백마가 모는 짐마차 앞에 섰다. 그중 한 남자가 입을 열었다. "석탄을 운반해 굴 바깥에다 쏟고 있던 세 명은 구출되었습니다. 하지만 끔찍한 화상을 입었어요."

"그게 누구예요? 제발 누군지 말 좀 하라니까! 보여줘, 보여달란 말야. 내 새끼가 지하에 있는데, 내 새끼, 내 새끼!"

남자가 모포를 들치자 아홉 살짜리 두 계집아이와 열 살짜리 사내애의 불에 탄 얼굴이 드러났다. 셋 모두 의식이 없었다. 세 아이들의 식구가 슬픔과 기쁨이 뒤섞인 소리로 울부짖으며 그들 위로 쓰러졌다. 그 세 개의 모포는 짐마차 안에 놓여지고 움푹 팬 길을 가로질러 실려갔다. 빈센트와 그 아이들의 가족은 짐승처럼 헐떡이며 마차와 나란히 뛰었다. 빈센트는 등 뒤로부터 공포와 고통의 흐느낌이 점점 더 높이 높이 산처럼 쌓여가는 소리를 들었다. 빈센트가 여전히 뛰면서 고개를 돌려 뒤를 바라보니 저멀리 지평선 위에 줄지어 이어진 테리 산들이 보였다.

"검은 이집트!" 그는 터져나오는 고통으로 크게 외쳤다. "검은 이집트, 선택받은 사람들을 또다시 삼켜버리다니! 아, 하느님! 당신이 이럴 수가, 어떻게 이럴 수가!"

세 아이들은 자칫하면 죽을 정도로 큰 화상을 입었다. 노출되었던 모든 부분의 피부와 털이 불에 타 문드러졌다. 빈센트는 첫 번째 아이의 오두막집으로 달려갔다. 그 집 아이의 어머니는 비통한 나머지 손을 쥐어틀고 있었다. 빈센트는 그 아이의 옷을 벗기며 외쳤다. "기름, 기름, 빨리!" 집 안에 기름이 조금 있었다. 화상 입은 곳에 기름을 발라주고 또다시 소리쳤다. "이젠, 붕대!"

여인은 두려움 가득한 눈으로 빈센트를 쳐다보며 서 있을 뿐이었다. 빈센트는 화가 나서 소리쳤다. "붕대! 아일 죽이고 싶어요?"

"없어요." 여인이 엉엉 울면서 말했다. "집 안에 흰 천은 한 조각도 없어요. 겨울 내내 그런 건 구경도 못 했어요."

아이가 몸을 조금 움직이며 신음했다. 빈센트는 겉옷과 셔츠를 재빨리 벗고서 자신이 입고 있는 속옷을 찢었다. 그는 겉옷만 다시 입고 다른 옷들은 길게 찢어 그걸로 아이를 머리에서 발끝까지 감았다. 그는 기름 깡통을 들고 두 번째 아이한테 달려갔다. 그는 처음에 했던 것처럼 계집아이의 온몸을 천으로 감쌌다. 세 번째 아이의 집에 다다랐을 땐 셔츠와 속옷을 벌써 다 써버린 뒤였다. 열 살짜리 사내애는 죽어가고 있었다. 빈센트는 바지와 그 안에 입은 모직으로 된 속옷을 벗었다가 바지는 도로 입고 속옷은 잘라 붕대를 만들었다.

그는 맨가슴이 가려지도록 상의를 단단히 여미고서 마르카스를 향해 들판을 달려갔다. 멀리서부터 그는 피해자들의 아내와 어머니들의 그치지 않는 탄식의 소리를 들을 수 있었다.

광부들이 정문 주위에 서 있었다. 구조대는 한 번에 단 한 조씩만 지하에서 작업할 수 있었다. 갱도가 비좁았기 때문이었다. 그 남자들은 자기들 차례를 기다리는 중이었다. 빈센트는 부(副)십장들 중의 한 명에게 말을 걸었다.

"가망이 있습니까?"

"그 사람들 지금쯤은 다 죽었을 거요."

"그들 있는 데로 갈 수는 없나요?"

"암석 밑에 깔려 있어요."

"얼마나 걸리겠습니까?"

"몇 주일, 어쩌면 몇 달."

"하지만 어째서, 어째서 그렇게?"

"전에도 그렇게 걸렸어요."

"그럼, 그들을 완전히 잃게 되겠군요."

"남자와 여자 합해서 오십칠 명이오."

"그들 모두 다 가버렸군요!"

"다시는 그 사람들을 못 볼 거요."

서른여섯 시간 동안 구조대들이 서로서로 교대했다. 남편과 자식들을 지하에 둔 여인들은 그곳을 떠나려 하지 않았다. 땅 위에 있는 남자들은 그 여인들에게 구조가 확실하다고 계속 얘기했지만 여인들은 그게 거짓말임을 알고 있었다. 식구를 아무도 잃지 않은 아낙네들이 뜨거운 커피와 빵을 가지고 들판을 건너왔다. 비탄에 잠긴 여인들은 음식에 손도 대지 않았다. 한밤중에 자크 베르니 십장이 모포에 덮여 위로 운반되었다. 각혈을 했던 것이었다. 그 다음날 십장은 죽었다.

꼬박 이틀 뒤에 빈센트는 데크뤼크의 아내를 설득해 아이들을 데리고 돌아가게 했다. 열이틀 동안 지원자로 조직된 구조대가 쉼 없이 작업했다. 채굴은 모두 중지되었다. 석탄을 캐내지 못했으므로 임금도 나오지 않았다. 마을에 그나마 몇 프랑 남아 있던 것도 곧 다 써버렸다. 드니 부인은 계속 빵을 구워내어 그걸 외상으로 나누어주었다. 그녀도 자금이 다 말라버려 빵집 문을 닫아야 했다. 회사는 아무런 도움도 되지 못했다. 열이틀째의 날도 다 끝났을 무렵, 구조활동 중지 명령이 내려왔다. 남자들은 다시 작업을 시작하라는 명령이었다. 그때쯤엔 프티 밤의 사람들은 단돈 일 상팀도 없이 바로 아사 직전이었다.

광부들이 파업을 일으켰다.

빈센트의 사월분 월급이 왔다. 그는 밤으로 내려가 그 오십 프랑으로 먹을 것들을 사왔다. 그는 그것을 광부 가족들에게 나누어주었다. 탄광촌은 그것으로 엿새간을 연명했다. 그 뒤에는 그들은 숲으로 가서 딸기와 초근목피들을 모았다. 남자들은 바깥으로 나가서 쥐, 뱀, 두꺼비, 도마뱀, 고양이, 개 등 살아 있는 것들을 찾아 헤맸다. 쑤시는 듯한 배고픔의 통증을 막기 위해서라면 무엇이든 배 속에 집어넣을 수 있었다. 결국엔 더 찾아낼 것도 없는 형편이 되었다. 빈센트는 브뤼셀에 편지를 보내 도움을 청했다. 도움은 오지 않았다. 광부들은 주저앉은 채 처자식들이 자기 눈앞에서 굶어 죽어가는 걸 지켜봐야 했다.

그들은 빈센트에게, 그들보다 먼저 간 오십칠 명의 죽은 영혼들을 위해 장례식을 해달라고 부탁했다. 남자, 여자, 아이들 해서 모두 백 명 정도의 사람들이 빈센트의 작은 오두막집 안에 빼곡하게 들어찼다. 빈센트는 그 며칠간 커피밖에 먹지 못했다. 탄광 사고 이후로는 씹을 것이 있는 고체 음식은 거의 먹어보질 못했다. 몸이 쇠약해져서 그는 서 있을 수도 없었다. 열병과 절망감이 다시 찾아들었다. 눈은 그저 쿡쿡 쑤셔대기만 하는 두 개의 검은 구멍이었고, 양 볼은 움푹 패었다. 눈 밑으로 둥그스름한 뼈가 불쑥 튀어나왔고 지저분한 붉은 수염이 얼굴을 뒤덮었다. 그는 속옷 대신, 자루를 만드는 투박한 천으로 온몸을 둘렀다. 단 하나의 램프가 오두막집을 밝히고 있었다. 부서진 한 서까래에 걸린 그 램프로부터 깜박거리는 불빛이 흘러나왔다. 빈센트는 한구석의 짚더미 위에 몸을 의지한 채 팔꿈치로 고개를 받치고 있었다. 거친 판자벽과 소리 없이 고통에 시달리는 백 명의 영혼들 위로 램프가, 날

름거리는 환상적인 그림자들을 던졌다.

그는 목이 타는 듯 열에 들뜬 목소리로 말하기 시작했다. 그의 말 한마디 한마디가 침묵의 공간을 가득 채웠다. 야위고 쇠약하며 굶주림과 좌절감에 무참히 꺾여버린 광부들은 마치 신을 바라보듯 그에게서 시선을 떼지 않았다. 신은 그들에게서 너무도 멀리 떨어져 있었던 것이다.

분노로 높이 올라간 누군가의 낯선 목소리가 집 바깥에서 커다랗게 들려왔다. 문이 확 열리고 한 사내아이의 목소리가 외쳤다. "빈센트 선생님은 여기 계세요."

빈센트는 하던 말을 뚝 그쳤다. 백 명의 보리나주 사람들이 문간으로 고개를 돌렸다. 잘 차려 입은 두 남자가 들어섰다. 램프의 불꽃이 순간 확 타올랐다. 빈센트는 그 두 사람들의 얼굴 위로 공포와 두려움이 뚜렷이 나타나는 것을 보았다.

"잘 오셨습니다. 데 용 목사님, 반 덴 브링크 목사님." 일어서지도 못한 채 그가 말했다. "마르카스 탄광에서 생매장당한 오십칠 명의 광부들을 위해 장례식 예배를 보고 있는 중입니다. 혹시, 이 사람들에게 한마디 위로의 말씀을 해주실 수 있을지요?"

두 목사는 한참 후에야 가까스로 말문을 열었다.

"놀랍군! 그저 놀라울 따름이야!" 불룩한 배를 툭툭 두들기면서 데용 목사가 소리쳤다.

"자넨 아프리카 정글에라도 온 것으로 생각했겠군." 반 덴 브링크가 말했다.

"저 사람이 얼마나 많은 해악을 저질렀는지 누가 알겠어."

"이 사람들을 다시 기독교로 귀의시키려면 수십 년은 걸리겠군."

데 용 목사가 두 손을 배 위에 걸치면서 소리쳤다. "그러게 애초에 내가 당신에게 말했잖소, 저 사람을 전도사로 임명하지 말라고 말이오."

"알아요…… 하지만 피터센이…… 저럴 줄이야 누가 꿈이나 꿨겠소? 저 녀석은 완전히 돌았어."

"난 늘 저 사람이 미쳤을 거라고 생각했소. 난 절대 믿지 않았소."

목사가 완벽한 프랑스어로 재빠르게 지껄여댔으므로 보리나주 사람들은 한마디도 알아듣지 못했다. 빈센트는 너무 아프고 정신이 없어서 그들이 하는 말뜻을 깨닫지 못했다.

데 용은 그 불룩한 배로 사람들을 헤치고 나아가 빈센트에게 낮고 격한 목소리로 말했다. "이 더러운 개들을 돌려보내!"

"하지만 예배 중인데! 예배가 아직 끝나지 않았는데요……."

"예배는 상관없어. 모두 돌려보내라니까."

광부들은 무슨 일인지 영문도 모르고 줄지어 나갔다. 두 목사가 빈센트에게 향했다. "도대체 자넨 혼자서 무슨 짓을 하는 건가? 이런 굴속에서 예배를 보다니, 어쩌겠다는 건가? 무슨 야만 종교를 새로 창시한 거야? 예절도, 경배심도 없나? 이게 기독교 성직자에게 어울리는 행동인가? 이런 식의 짓거리를 하다니, 자넨 완전히 미쳤군? 우리 교회를 모독할 생각인가?"

데 용 목사가 잠시 말을 멈추었다. 그는 더럽고 지저분한 오두막집과 빈센트의 짚으로 만든 잠자리와, 그의 온몸에 감긴 마포와 깊숙이 움푹 들어간 열에 들뜬 두 눈을 찬찬히 훑어보았다.

"우리가 자네를 임시로 임명한 것이 그나마," 그가 말했다. "교회를 위해선 다행이었군. 이제는 그 임시직도 취소된 것으로 알게. 앞으로 다시는 우릴 돕겠다는 생각은 말게. 내가 보니 자네의 행동은 추잡하고 창피스러운 짓이야. 자네의 월급은 끝이고, 자네 대신 새 사람을 당장 보낼 걸세. 그래도 내가 마음이 좋아 자네가 완전히 미쳤다고 생각하기에 망정이지, 안 그랬더라면 난 자넬 벨기에 복음교회 역사상 가장 큰 원수라고 불렀을 걸세."

긴 침묵이 흘렀다. "자, 그럼 반 고흐 군, 자신에 대한 변명으로 무슨 할 얘기가 없나?"

빈센트는 브뤼셀에서 그들이 자신을 전도사로 임명하기를 거절했던 바로 그날을 기억했다. 이젠 얘기는 고사하고 아무런 감정조차 들지 않았다.

"우린 가는 게 낫겠군요, 데 용." 얼마 뒤 반 덴 브링크 목사가 말했다. "우리가 여기서 할 수 있는 게 아무것도 없지 않습니까. 저 사람의 처지는 완전히 구제불능이에요. 밤에 괜찮은 호텔이 없으면 오늘 밤 마차로 몽스까지 되돌아갈 수밖에 없겠군요."

16

다음날 아침에 나이 많은 광부들이 빈센트를 찾아왔다. "선생." 그들이 말했다. "자크 베르니 십장도 가버렸으니, 우리가 믿을 수 있는 사람은 선생뿐이오. 우리가 어떻게 해야 할지 말해주시오. 말해줘야만 하오. 우린 굶어 죽고 싶진 않아요, 할 수만 있다면. '그 사람들'이 우리가 원하는 것을 들어주도록 어쩌면 선생이 애써주실 수 있겠지요. 선생이 그 사람들을 만나본 뒤에 우리더러 다시 일을 하라고 한다면 우린 일할 것이오. 우리더러 굶어 죽으라고 한다면 우린 또한 굶어 죽을 것이오. 선생, 우린 선생의 말만 들을 거요. 그 누구의 말에도 귀 기울이지 않을 겁니다."

벨기에 광업소 사무실은 초상집 분위기였다. 지배인은 그를 반갑게 만나주었고 그가 하는 말에 동정적으로 귀 기울였다. "압니다, 반 고흐 씨." 그가 말했다. "시체 있는 곳까지 파들어가지 않고 중간에서 중지했다고 해서 광부들이 원통해하고 있겠지요. 하지만 파보았자 무슨 소용이 있습니까? 회사 측에선 그 탄층을 폐쇄키로 결정했습니다. 그 탄층이 제값을 못 하니까요. 아마 계속 팠더라면 한 달쯤은 걸렸을 겁니다. 그래봤자 무슨 결과가 있었을까요? 그 사람들 시체를 그저 이쪽 무덤에서 저쪽 무덤으로 옮기는 것밖에 아니지요."

"그렇다면 살아남은 사람들 경우는 어떨까요? 지하 갱의 작업 환경을 개선할 길이 전혀 없습니까? 죽을 게 뻔한 데도 평생 동안 날마다 그런 환경 속에서 일해야만 합니까?"

"그렇습니다. 그럴 수밖에 없습니다. 회사엔 안전시설에 투자할 자금이 없어요. 광부들이 이 싸움에서 이길 승산은 없습니다. 이길 수가 없습니다. 왜냐하면 광부들이 맞서 싸우고 있는 상대는 바로 철통 같은 경제 법칙이니까요. 설상가상으로 그들이 만일 일주일 안에 작업을 다시 시작하지 않는다면 마르카스 탄광은 영원히 폐쇄될 것입니다. 그다음엔 그들 처지가 어떻게 될지, 그건 하느님만이 아실 겁니다."

빈센트는 낙심한 채 프티 밤을 향해 멀고 험한 길을 올라가고 있었다. "그래, 어쩌면 하느님만이 아시겠지. 어쩌면 그 반대로 하느님도 모르실지도 모르지."

이제는 자신이 광부들에게 아무 쓸모도 없다는 것이 너무도 분명했다. 폐병 지옥에서 하루 열세 시간의 노동을 다시 시작하라고, 아사를 겨우 면할 만큼의 양식을 위해 반은 불시의 죽음을 언제나 목전에 두고 있고 나머지 반은 해수병으로 느릿느릿 죽어가는 일터로 다시 돌아가라고, 빈센트는 광부들에게 그렇게 말해야만 하는 것이었다. 그는 어떤 길로도 광부들을 도울 수 없었다. 하느님조차 그들을 돕지 못했다. 하느님 말씀을 그들 가슴에 심어주기 위해서 보리나주에 왔지만, 광부들의 철천지원수는 탄광의 주주들이 아니라 전지전능하신 바로 그 하느님이라는 사실에 직면했을 때에야 뭐라고 더 말할 수가 있겠는가?

광부들에게 일터로 돌아가라고, 노예생활을 다시 받아들이라고 말한 바로 그 순간 그는 광부들에게 더 이상 아무 가치도 없는 인간이 되었다. 설사 벨기에 복음전도 위원회가 허락한다 하더라도 이젠 그는 두 번 다시 설교를 할 수 없었다. 그도 그럴 것이, 이 마당에 복음이 무슨 소용이란 말인가? 하느님은 완전히 멀어버린 귀만을 광부들 쪽으로 돌리고 있었고 빈센트도 그 하느님의 마음을 누그러뜨리지 못했던 것이다.

그리고 갑자기 그는 오래 전부터 느끼고 있던 것을 명확히 깨달았다. 하느님에 관한 그 모든 이야기는 어린애 같은 도피였다. 그것은 영원히 끝나지 않는 춥고 캄캄한 밤에 무서움에 떠는 외로운 인간이 그 스스로에게 속삭이는 필사적인 거짓말이었다. 신은 없었다. 바로 있는 그대로, 결코 신은 존재하지 않았다. 오직 카오스만이 있었다. 비참하고 고통스럽고 잔인하고 사악하고 맹목적인 끝없는 카오스만이.

17

광부들이 다시 작업을 시작했다. 아버지 테오도루스 반 고흐가 복음전도 위원회로부터 소식을 전해 듣고, 편지에 돈을 동봉해 보내면서 빈센트에게 에텐으로 돌아오라고 전했다. 그러나 그러는 대신 빈센트는 드니의 빵집으로 되돌아갔다. 그는 아이들의 집을 마지막으로 한번 돌아보면서 벽에서 복제화를 모두 떼어내어 빵집 처마밑 방에다 걸었다.

다시 한번 파산했고, 비축해둔 것을 꺼내야 할 때였다. 다만 비축해둔 것이 없을 따름이었다. 직업, 돈, 건강, 기력, 계획, 열광, 욕망, 야망, 이상, 그 무엇도 없었다. 가장 지독한 것은 그의 인생을 걸을 만한 중심점조차 없다는 것이었다. 그는 스물여섯이었고 다섯 번 실패했고, 그리고 이제는 새로이 시작할 용기마저 없었다.

그는 자신을 거울에 비춰보았다. 불그스름한 수염이 그의 온 얼굴을 구불구불 뒤덮었다. 머리카락은 자꾸 빠졌고 두껍고 통통하던 입술은 가느다란 하나의 선(線)으로 쪼그라들었다. 두 눈동자는 깊숙한 동굴 어디엔가 파묻혀 보이지 않았다. 반 고흐라는 인물 전체가 쪼그라들고 점점 싸늘해져서 마침내 자신의 내부에서 죽어버린 듯싶었다.

그는 드니 부인에게서 작은 비누를 빌렸다. 그는 물을 채운 대야 안에 선 채 머리에서 발끝까지 비누칠을 했다. 예전엔 단단하고 튼튼했던 몸뚱이를 내려다보았다. 몸은 삐쩍 마르고 허약해져 있었다. 그는 세심하고 말쑥하게 면도를 하면서, 자기 얼굴의 이 모든 낯선 뼈들이 대체 어디서 그렇게 느닷없이 튀어나왔을까 하고 의아하게 생각했다. 그는 몇 달 만에 처음으로 예전에 하던 스타일로 머리를 빗었다. 드니 부인이 자기 남편의 셔츠 하나와 속옷 한 벌을 가지고 올라왔다. 그는 그것을 입고서 활기에 찬 빵집 부엌으로 내려갔다. 그는 드니 부부와 함께 식탁에 앉았다. 알맹이가 있는 든든한 음식이 목구멍으로 넘어간 것도 탄광의 참사 이래 처음이었다. 그에게는 자신이 먹는 것에 신경을 쓰게 되었다는 사실이 놀라웠다. 입 안에 들어간 음식은 따뜻한 펄프를 씹는 것처럼 맛이 좋았다.

다시 설교하지 못하도록 금지당했다는 것을 광부들에게 얘기하지 않았지만 그들은 설교를 해달라고 청하지도 않았고, 또 설교 따위엔 관심도 없는 것 같았다. 빈센트가 그들에게 말을 거는 법도 이젠 거의 없었다. 아니, 그가 누구에게든 말을 거는 일도 상당히 드물어졌다. 지나가다 겨우 안녕하십니까 하는 말을 주고받을 정도였다. 그는 광부들의 오두막집에 절대 들어가지 않았고 그들이 살아가는 나날의 생활이나 생각에도 끼어들지 않았다. 무슨 깊은 이해심이나 묵계 때문인지 그들은 빈센트를 두고 이러쿵저러쿵 얘기하는 것을 삼갔다. 그들은 빈센트의 딱딱한 태도를 받아들였고 그의 변화를 비난하지 않았다. 말은 하지 않아도 그들은 모든 것을 이해했다. 그리고 보리나주에서의 생활은 계속되었다.

고향에서 온 짧은 편지엔 케이의 남편이 급작스럽게 사망했다는 소식이 들어 있었다. 정서가 고갈된 너무도 의기소침한 상태였으므로 그는 그 사실을 마음의 어느 외진 구석에다 그냥 묻어두는 것으로 그쳤다.

몇 주일이 지났다. 빈센트가 하는 일이란 오직 먹고 자고, 멍하니 앉아 있는 것뿐이었다. 열병이 서서히 몸에서 쫓겨나가고 있었다. 체력과 몸무게도 조금씩 불어났다. 그러나 두 눈은 시체가 담긴 관에 붙은 두 개의 유리 구멍이었다. 여름이 왔다. 검은 들판과 그 위로 솟은 굴뚝들과 테리 산이 햇빛 속에 반짝였다. 그는 시골 지역을 두루 걸어다녔다. 운동 삼아 걷는 것도 아니고 재미로 걷는 것도 아니었다. 어디로 가는지, 길에서 뭘 지나쳤는지, 아무것도 알지 못했다. 눕거나 앉거나 서 있기에 지쳐서 걷는 것뿐이었다. 그러다가 걷기도 싫증나면 앉든지 눕든지 서 있든지 하는 것이었다.

돈이 완전히 바닥이 난 바로 뒤에 파리에 있는 동생 테오에게서 편지를 받았다. 테오는 빈센트에게, 보리나주에서 빈둥거리면서 시간을 헛되이 보내지 말고 편지에 동봉한 지폐로 다시 새로운 일을 시작하여 자립하라고 애원했다. 빈센트는 그 돈을 드니 부인에게 넘겨주었다. 보리나주가 좋아서 계속 머무는 것은 아니었다. 달리 갈 곳이 없으니까, 또 갈 곳이 있다 해도 그곳으로 가기가 무척 힘들 테니까, 그냥 보리나주에 머무는 것이었다.

그는 신을 잃었고 자신을 잃었다. 그런데 이제 그는 세상에서 가장 소중한 것, 천성적으로 늘 마음이 잘 통해왔고 자신이 바라던 대로 자신을 이해해주던 유일한 단 한 사람마저 잃게 되었다. 테오가 그의 형을 저버린 것이었다. 지난 겨울 동안 테오는 일주일에 한두 번씩, 격려와 관심을 보여주는 사랑에 찬 긴 편지를 꼬박 보내왔다. 그런데 이제 편지가 완전히 끊겼다. 테오 역시 형에 대한 믿음을 잃었고 희망을 포기했던 것이다. 그리하여 빈센트는 혼자였다. 완전히 혼자였다. 창조주인 신은 없었다. 한 죽은 혼이 왜 자신이 아직도 여기 있는지 의아해하면서 아무도 없는 버림받은 세계 속을 헤매고 있었던 것이다.

18

여름에서 가을로 접어들었다. 얼마 안 되는 초목이 시들어 죽으면서부터 무엇인가 그의 내부에서 되살아나기 시작했다. 그러나 아직은 그 자신의 인생을 똑바로 바라볼 수 없었고 그래서 그는 다른 사람의 삶으로 눈을 돌렸다. 그는 다시 독서에 열중하기 시작했다. 독서는 언제나 가장 큰, 그리고 변함없는 즐거움이었는데 이제 다시 다른 사람들의 성공과 실패, 괴로움과 기쁨의 이야기를 통해 늘상 머릿속에 출몰하는 자신의 대실패라는 유령으로부터 그는 도피할 수 있었다.

날씨가 좋은 날엔 그는 들판으로 나가 온종일 책을 읽었다. 비 오는 날엔 처마 밑 방의 침대에 누워서, 혹은 빵 굽는 부엌 벽에 등받침을 하고 몇 시간이고 그대로 앉은 채 독서에 몰두했다. 몇 주일간을 보내면서 그는 그 자신처럼 고군분투하고 약간의 성공을 거두고 그리고 무수히 실패하는 평범한 수백 명의 사람들이 살아가는 이야기에 빨려들었다. 그리하여 그들을 통해서 그는 서서히 자신의 삶을 올바로 바라보게 되었다. 머릿속을 뚫고 흐르는 생각, "나는 실패자다, 나는 실패자다, 나는 실패자다"라는 생각은 "이제는 무엇을 해봐야 될까, 나한테 가장 잘 맞는 것은 무엇일까"로 바뀌었다. 그는 그가 읽는 모든 책 속에서 자신의 인생에 다시금 지침을 마련해줄지도 모를 일들을 찾고 있었다.

고향집에서 온 편지에는 그가 영 거슬리는 존재로 나타나 있었다. 아버지는 빈센트가 나태한 생활을 하면서 사회의 미풍양속을 깨뜨리고 있다고 역설했다. 대체 언제쯤 그가 다시 직업을 얻어 자립하고, 유용한 사회의 일원이 되어 세상일에 자기 나름의 기여를 할 계획이냐는 것이었다.

그 해답을 알고 싶은 사람이 있다면 그건 오히려 바로 빈센트 자신이었다.

마침내 책 읽기도 포화점에 이르러 이젠 책을 집어들 수도 없었다. 그 자신의 대참패 이후의 몇 주일 동안 그는 너무도 정신이 멍했고 몸이 아파서 어떠한 감정도 느끼지 못했다. 그 다음엔 그러한 실의를 떠나보내기 위해 그는 문학으로 눈을 돌렸고 그리고 성공했다. 그리하여 거의 다 회복이 된 지금, 그 몇 달 동안 쌓이고 쌓여온 고통의 감정이 노호하는 격류처럼 터져나와 불행감과 절망감 한가운데로 그를 밀어넣었다. 독서를 통해 얻었던 정신적 균형도 별 소용이 없는 듯싶었다.

그는 인생의 가장 의기소침한 시기에 이르렀고 또 그것을 알고 있었다.

그는 자신에게 뭔가 장점이 있고 자신이 완전히 형편없는 바보나 건달은 아니며 세상에 대해 작으나마 어떤 기여를 할 수 있다고 생각했다. 그런데 그 기여란 무엇일까? 틀에 박힌 장사꾼 생활은 그에게 적합치 않았고, 취향에 맞을 만한 다른 일들은 벌써 다 시도해보았다. 자신은 늘 실패하고 고통에 시달려야만 하는 운명일까? 그의 인생은 정말 끝나버린 것일까?

의문이 저절로 솟았지만 거기에 뒤따르는 해답은 없었다. 그래서 그는 겨울로 이어지는 나날을 그저 무작정 살고 있었다. 아버지가 넌더리를 내고 송금을 중단했다. 빵집에서 식사하는 것은 포기하고 모자라는 대로나마 연명할 수밖에 없었다. 그러면 그 다음엔 동생 테오가 가슴이 찔리는지 에텐을 통해서 얼마간의 지폐를 보냈다. 테오가 또다시 견디질 못하고 송금을 중단하면 이번엔 아버지가 다시 의무감을 느끼고 돈을 보내왔다. 그 둘 사이에서 그는 두 끼니 중에 한 끼니는 간신히 먹고 살 수가 있었다.

십일월 어느 맑은 날 빈센트는 빈손, 빈 마음으로 어슬렁어슬렁 마르카스 탄광으로 갔다. 그는 탄광 담장 바깥에 넘어져 있는 쇠로 된 마차 바퀴 위에 앉았다. 눈이 덮히도록 모자를 푹 눌러 쓴 늙은 광부 하나가 정문을 빠져나왔다. 호주머니에 손을 넣고 등은 웅크린 채 광부는 뼈만 남은 무릎을 절걱거리며 나아갔다. 그 남자의 어떤 점이, 그것이 정확히 무엇인지는 알 수 없었지만, 빈센트의 마음을 끌었다. 특별히 뚜렷한 생각도 없이 그는 무심결에 호주머니에 손을 넣어 집에서 온 편지와 연필 토막을 꺼냈다. 그는 편지 봉투 뒤에다가 그 자그마한 물체가 검은 들판 너머로 타박타박 걸어가는 모습을 재빠른 손놀림으로 스케치했다.

아버지가 보내온 편지를 꺼내보니 글씨가 편지지 한 면에만 적혀 있었다. 잠시 후 광부가 또 한 명 문밖으로 나왔다. 열일곱 살쯤 되는 사내 녀석이었다. 그는 아까의 늙은 광부보다 키도 크고 몸집도 단단했는데 어깨선을 힘차게 들어올린 모습으로 마르카스 탄광의 돌담장을 끼고 열차 선로를 향해 나아갔다. 그가 사라질 때까지 빈센트는 꼬박 몇 분 동안 그의 모습을 스케치했다.

19

드니 부부의 집에서 빈센트는 깨끗한 백지 서너 장과 진한 연필을 찾아냈다. 되는 대로 대강 그린 스케치 두 장을 책상 위에 놓고 그는 그것을 모사하기 시작했다. 그의 솜씨는 서툴고 뻣뻣했다. 마음속의 선을 종이 위에 옮겨놓을 수 없었다. 연필보다는 지우개를 훨씬 많이 사용하면서 그는 끈덕지게 그 두 인물을 베껴 나갔다. 너무도 열중한 나머지 어둠이 방 한가운데로 살며시 퍼지는 것조차 알아채지 못했다. 드니 부인이 문을 두드렸을 때 그는 깜짝 놀랐다.

"빈센트 씨." 그녀가 불렀다. "저녁상 차려놨어요."

"저녁!" 빈센트가 외쳤다. "그런데 시간이 벌써 그렇게 됐을 리가 없을 텐데."

밥상머리에서 그는 기운차게 지껄였고 그의 두 눈은 어렴풋이 반짝거렸다. 드니 부부는 의미심장한 시선을 교환했다. 가볍게 식사를 마친 후 빈센트는 부부가 식사를 하는 도중에 자리를 떴다. 그는 즉시 위층 자기 방으로 올라갔다. 그는 조그만 램프를 켜고서 두 장의 스케치를 벽에 고정시킨 후, 원근감을 얻기 위해 멀리 떨어져 서서 그것들을 바라보았다.

"형편없군." 그는 기묘하게 싱긋 웃으면서 혼자 중얼거렸다. "아주 형편없어. 하지만 어쩌면 내일은 좀더 나을지 모르지."

그는 석유램프를 침대 옆 바닥에 놓고서 침대 안으로 들어갔다. 그는 딱히 무슨 생각도 없이 그냥, 벽에 걸린 그의 스케치 두 장을 응시했다. 그러자 벽에 걸어놓은 다른 복제화들이 그의 눈에 들어왔다. 그가 복제화들을 진지하게 살펴본 것은 몇 달 전 아이들의 집 벽에서 그것들을 떼어낸 이후로 이번이 처음이었다. 갑자기 그는 자신이 그림의 세계를 그리워하고 있음을 깨달았다. 한때는 렘브란트와 밀레와 쥘 뒤프레와 들라크루아와 마리스를 알고 있었던 적이 있었다. 그는 한때 자신이 소유했던 아름다운 복제화들과, 테오와 부모님께 보냈던 석판화와 에칭들을 머리에 떠올렸다. 런던과 암스테르담 미술관에서 보았던 그 아름다운 유화들을 생각했다. 그런 것들을 하나씩 생각하면서 그는 자신의 불행감은 완전히 잊은 채 깊고 안락한 잠 속으로 빠져들었다. 석유램프가 바지직거리며 푸르스름한 불꽃으로 타오르다가 이윽고 꺼져버렸다.

그는 다음날 새벽 두 시 반에 눈을 떴다. 완전히 새로운 기분이었다. 그는 침대에서 가볍게 튀어나와 옷을 입었다. 큰 연필과 편지를 들고, 빵 굽는 곳으로 가서 얇은 판자를 하나 찾아 가지고는 마르카스 탄광을 향해 나섰다. 어둠 속에서 그는 전과 똑같이 쇠로 된 녹슨 마차 바퀴 위에 앉아 광부들이 탄광으로 들어가기 시작할 때까지 기다렸다.

그는 성급하고 거칠게 스케치했다. 그냥 인물마다의 첫인상을 기록하고 싶었기 때문이었다. 한 시간 뒤 광부들이 전부 탄광 지하로 내려갔을 무렵엔 얼굴 없는 다섯 명의 모습이 그려져 있었다. 그는 기운차게 들판을 건너와 커피 한 잔을 들고 자기 방으로 올라갔다. 마침내 날이 환히 밝자 그는 그 스케치들을 다시 모사하기 시작했다. 아끼는 마음의 눈으로 익히 잘 알고 있는 보리나주 사람들의 괴상한 작은 특징들을 모두 스케치 안에 집어넣으려 애썼지만, 어두웠고 또 모델들이 그가 있는 곳에서 떨어진 저 밑으로 다녔으므로 잘 포착할 수가 없었다.

　인체 구도는 모두 잘못되었고 전체적인 균형도 그로테스크하여 데생은 우스울 정도로 기이했다. 그럼에도 불구하고 그 인물들은 바로 보리나주 사람이었고 달리 그 어떤 사람들도 아니었다. 빈센트는 자신의 서투르고 어색한 솜씨가 우스워 그 스케치들을 찢어버렸다. 그러고 나서 그는 침대 모서리에 앉아, 몸집이 자그마한 늙은 여인이 더운 물과 석탄을 들고 겨울 거리를 지나가는 알레베(19세기 네덜란드의 풍경화가, 석판화가/옮긴이)의 그림을 마주보며 그것을 베껴보았다. 여인은 간신히 비슷하게 그릴 수 있었지만 그 여인을 배경의 거리나 집들과 연결지을 수가 없었다. 그리던 종이를 확 구겨 한구석에 던져버렸다. 그는 구름 낀 하늘을 배경으로 한 그루의 외로운 나무를 그린 보스봄(요하네스 보스봄, 1817-1891. 네덜란드의 화가/옮긴이)의 스케치 앞에 의자를 가져다놓고 앉았다. 그것은 너무도 단순해 보이는 풍경이었다. 단 한 그루의 나무, 약간의 흙, 그 꼭대기의 구름. 그러나 보스봄의 명암은 정확하고 정교했다. 그래서 빈센트는 가장 단순한 작품이야말로 가장 과감한 삭제를 한 것이므로 베끼기가 제일 힘들다는 사실을 깨달았다.

　시간은 까맣게 잊은 채 아침을 보냈다. 마지막 종이까지 다 써버리자 빈센트는 짐을 샅샅이 뒤져 돈이 얼마나 있는지 보았다. 이 프랑을 찾아냈다. 그것으로 몽스에서 좋은 종이와 어쩌면 목탄 한 자루쯤 살 수 있겠거니 생각하고 빈센트는 몽스까지 십이 킬로미터의 거리를 걷기 시작했다. 프티 밤과 밤 사이의 긴 언덕길을 내려가다 보니 광부들의 아내 몇 명이 집 문간에 나와 서 있었다. "안녕하십니까" 하고 늘 기계적으로 인사했지만 오늘은 거기에다 "어떻게 지내십니까" 하고 진심으로 덧붙였다. 몽스까지 가는 중간 지점인 파튀라즈라는 작은 시가지에서 그는 빵집 창문 뒤에 서 있는 한 예쁜 처녀를 발견했다. 그는 건포도를 넣은 오 상팀짜리 단빵을 하나 사러 들어갔다. 단지 그 처녀를 보기 위해서였다.

파튀라즈와 퀴에므 사이에 펼쳐진 들판은 심하게 비가 온 뒤끝이라 밝은 초록 빛깔이었다. 빈센트는 푸른색 크레용을 살 여유가 생기면 이곳에 다시 와서 스케치해야겠다고 마음먹었다. 몽스에서 그는 반드러운 누런 종이 한 뭉치와 약간의 목탄, 심이 굵은 연필 한 자루를 샀다. 그 상점 전면에는 낡은 복제화를 넣어 놓은 상자가 하나 있었다. 그는 살 돈이 한 푼도 없다는 걸 알면서도 그걸 열심히 들여다보았다. 주인이 거기에 합세하여 복제화 한 장 한 장에다 촌평을 가하는 모습은 흡사 두 친구가 미술관을 돌아다니며 그림을 둘러보는 것 같았다.

"죄송하게도, 제겐 저 그림을 살 만한 돈이 전혀 없군요." 둘이서 한참 동안 그림들을 모두 본 뒤에 빈센트가 말했다.

주인은 프랑스 사람식의 풍부한 몸짓으로 양손과 어깨를 으쓱해보이며 말했다. "괜찮아요. 돈이 없더라도 언제 한번 다시 오시구려."

그는 느릿느릿한 걸음걸이로 십이 킬로미터 거리의 귀갓길에 나섰다. 피라미드 석탄산이 점점이 박힌 지평선 너머로 해가 기울면서, 떠도는 구름들을 조가비의 섬세한 분홍빛으로 물들이고 있었다. 한 언덕 꼭대기에 이르러 둘러보니 퀴에므의 자그마한 돌집들이 자연스러운 에칭 구도를 이루고, 그 아래로는 평화로운 푸른 계곡이 펼쳐져 있었다. 그는 기쁨을 느꼈고 그런 기쁨이 어디서 오는 것일까 하고 의아해했다.

다음날, 그는 마르카스 탄광 뒤의 테리 산으로 가서 여인네들이 비탈에 몸을 구부린 채 산허리에서 검은 황금의 알갱이들을 캐내는 모습을 스케치했다. 저녁 식사가 끝난 뒤 그가 말했다. "잠시 동안만 식탁을 치우지 말고 그대로 두시겠어요. 뭘 좀 하고 싶어서요."

그는 자기 방으로 달려가 화첩과 목탄을 가지고 와서 드니 부인의 초상을 종이 위에 재빨리 옮겨놓았다. 드니 부인이 건너와 그의 어깨 너머로 들여다보면서 탄성을 질렀다. "그러고 보니 빈센트 씨, 당신 화가시군요!"

빈센트는 당황했다. "아녜요." 그가 말했다. "그저 즐기는 것뿐예요."

"아주 근사한데요." 드니 부인이 말했다. "나하고 거의 흡사해요."

"거의죠." 빈센트가 웃었다. "그러나 꼭 그대로는 아니에요."

그는 자신이 무슨 일을 하고 있는지를 고향에다 알릴 수가 없었다. 식구들은 분명 "아, 빈센트가 또다시 변덕을 부리는구나, 대체 언제 마음을 잡고 뭔가 쓸모 있는 일을 하게 될까?"라고 말할 것이고, 또 그 말이 지당하다는 것을 스스로 알기 때문이었다.

더구나 그 새로운 활동에는 좀 묘하게 특이한 면이 있었다. 그 활동은 자기만의 것이고 다른 그 누구와도 아무런 관련이 없는 것이었다. 그는 자신의 스케치에 대해서 뭐라고 감히 말할 수도, 편지로 쓸 수도 없었다. 그는 그것들에 대해서 전에는 느껴보지 못했던 어떤 조심스러움, 낯선 사람들에게 자신의 작품을 보이고 싶지 않은 어떤 경계심을 느꼈다. 그것들은 요모조모 다 뜯어봐도 형편없는 아마추어의 작품에 불과할지 모르지만, 다른 사람에겐 잘 이해가 가지 않을 만큼 미숙한 대로나마 어떤 면에서는 신성한 것들이었다.

그는 다시금 광부들의 오두막집을 드나들었다. 그러나 이번에는 성경 대신에 도화지와 크레용을 든 채였다. 광부들은 전과 똑같이 그를 보고 반가워했다. 흙바닥에서 노는 아이들, 난로 위에 몸을 굽히고 있는 아낙네들, 하루의 일이 끝나 식구들이 저녁을 먹는 모습을 스케치했다. 높다란 굴뚝들이 서 있는 마르카스 탄광과 검은 들판과 골짜기를 가로지른 소나무 숲과 파튀라즈 근방에서 밭을 가는 농부들을 그렸다. 날씨가 나쁜 날이면 방에 그대로 처박힌 채 벽에 걸린 복제화나 전날 그렸던 투박한 밑그림을 모사했다. 밤에 잠자리에 들 때에는, 그날 그린 것들 중에서 한두 개는 그렇게까지 형편없는 것은 아니라는 기분이 들었다. 그러나 다음날 아침에 깨어나면 도취된 창작의욕은 잠에 씻겨 다 달아나버리고 자신이 그린 것들이 잘못되었음을, 모두 잘못되었다는 것을 발견하곤 했다. 그는 추호의 미련도 없이 그것들을 내다버렸다.

그는 야수 같은 마음의 고통을 눌렀고, 이제는 더 이상 자신의 불행을 생각지 않았으므로 행복했다. 아버지와 동생의 돈을 계속 받기만 하고 조금도 자립하려고 노력하지 않는 자신을 마땅히 부끄러워해야 한다는 것을 알고 있었지만, 그것이 그리 중대한 문제로 여겨지지 않았고 그는 그저 그림만 계속 그릴 뿐이었다.

몇 주일 뒤, 벽에 걸린 복제화들을 모두 몇 번씩이나 모사하고 나자, 그는 실력을 더 쌓으려면 복사할 그림들이 좀더 많이, 그것도 대가들의 그림이 있어야만 하겠다고 생각했다. 테오가 일 년 동안 편지 한 통 보내오지 않았음에도 불구하고 빈센트는 보잘것없는 그림 더미 밑에다 자존심을 감추고서 동생에게 편지를 보냈다.

사랑하는 테오,

내 기억이 틀림없다면 밀레의 「밭일」이 지금도 네게 있겠지? 그걸 잠시만 빌려줬으면 고맙겠다. 우편으로 말이다.

보스봄과 알레베의 여러 그림들을 모사하고 있다는 얘길 네게 해야겠구나. 글쎄, 네가 보더라도 완전히 실망하지만은 않을 것 같다.

가능한 대로 보내주고, 내 걱정은 말아라. 그림 그리기를 계속할 수만 있다면, 그럭저럭 내 마음이 바로잡힐 것 같다.

열심히 그림을 그리다 말고 편지를 썼는데, 이젠 서둘러 다시 그리기 시작해야겠다. 그럼 잘 자거라. 그리고 그 복제화들을 되도록 빨리 보내다오.

마음속에서 진심으로 악수를 보내며,
빈센트

서서히 새로운 배고픔이 자라났다. 그의 작품에 대해서 어떤 화가와 대화를 나누면서 바로 그 자리에서 어디가 잘되고 어디가 잘못되었는지를 찾아내고 싶다는 간절한 마음이 들었다. 그는 자신의 그림이 형편없다는 것을 알고는 있었지만, 그것들과 너무도 친근한 까닭에 왜 형편없는지를 정확히 알 수 없었다. 그에게 필요한 것은 그 그림들을 태어나게 한 자의 자만심으로 눈멀지 않은 어느 낯모르는 사람의 냉혹한 눈이었다.

누구에게로 갈 수 있을까? 그것은 지난겨울, 버터 없는 빵만으로 하루하루를 연명하던 때에 겪은 그 어떤 배고픔보다도 더 격렬한 배고픔이었다. 그는 단지 이 세상에 다른 화가들이 있다는 것을, 자신과 똑같은 기술적인 문제에 직면하고 자신과 똑같은 방식으로 생각하는 부류의 인간들이 있다는 사실을 알고 느끼고 싶었던 것이다. 그런 사람들이 여러 가지 본질적인 화가의 기교와 함께 그들 자신의 진지한 관심을 보여준다면 빈센트가 기울인 이제까지의 노력은 정당화될 것이었다. 그는 마리스나 안톤 마우베(1838-1888, 네덜란드 화가/옮긴이)와 같은, 그림에 평생을 바친 사람들이 있음을 떠올렸다. 그것은 이곳 보리나주에서는 거의 생각도 못 하는 일이었다.

어느 비 오는 오후, 방 안에서 그림을 모사하고 있는데, 갑자기 피터센 목사의 작업실에 세워져 있던 그림과, "그런데 내 동료들에겐 그 얘기 하지 말아주게"라고 했던 그의 말이 번개처럼 머릿속을 스쳤다. 그러고 보니 빈센트에게는 안성맞춤인 사람이 있는 셈이었다. 그는 자신이 만든 스케치 원본들을 훑어보았다. 그중에서 광부와, 난로 위에 몸을 굽히고 있는 한 아낙네와, 테리를 캐모으는 노파의 인물 스케치 등 석 점을 골랐다. 그는 브뤼셀을 향해 출발했다.

호주머니에는 삼 프랑이 조금 넘는 돈밖에 없었으므로 기차를 탈 수는 없었다. 걸어서 간 거리는 팔십 킬로미터쯤이었다. 그날 오후와 밤 동안 꼬박 그리고 다음 날도 종일 걷다시피 하여 브뤼셀에서 삼십 킬로미터 이내의 거리에 들어섰다. 다 낡은 얇은 구두가 구멍이 나서 한쪽 앞부분으로 발가락이 삐져나왔는데, 그렇지만 않았더라면 쉼 없이 곧장 갔을 것이었다. 프티 밤에서 작년부터 내내 걸쳐왔던 웃옷은 면지가 켜로 앉아 있었고 나올 때 빗이나 갈아입을 셔츠를 챙기지 않았으므로 다음 날 아침엔 고작 얼굴에 찬물 정도 끼얹을 수밖에 없었다.

그는 구두창 안쪽에다 두꺼운 마분지를 끼우고 아침 일찍이 다시 출발했다. 삐져나온 발가락의 살이 가죽에 스쳐 차츰 베이기 시작했다. 발은 금세 피투성이가 되었다. 구두창에 댄 마분지는 다 닳아 없어지고 대신 물집이 생겼다. 물집 안에 피가 가득 찼다가 이윽고 터졌다. 그는 배고프고 목마르고 지쳐버렸지만 그렇게 행복할 수가 없었다.

실제로 다른 화가와 대화를 나누러 가는 중이었던 것이다.

그날 오후 브뤼셀 근교에 이르렀을 때 주머니에는 일 상팀도 남아 있지 않았다. 피터센이 사는 곳을 무척 또렷하게 기억하고 있었으므로 그는 여러 거리들을 뚫고 빠르게 걸어나갔다. 그가 지나갈 때 사람들은 옆으로 급히 피했다가는 다시 그를 좇으며 머리를 설레설레 흔들었다. 그러나 빈센트는 그런 사람들을 알아채지도 못한 채 절름거리는 한쪽 발이 허락하는 한 최고 속도로 나아갔다.

피터센 목사의 어린 딸이 벨 소리에 문을 열었다. 그녀는 땀이 줄줄 흘러내린 더러운 그의 얼굴과 빗은 대보지도 않은 뒤엉킨 머리칼과 지저분한 웃옷과 진흙이 덕지덕지 달라붙은 바지를 한번 훑어보고 기겁을 하면서 현관 저 안쪽으로 달아나버렸다. 피터센 목사가 문간으로 와서 슬쩍 내다보았지만 처음에는 그를 알아보지 못하더니, 이윽고 누군지 알겠다는 듯한 다정한 미소가 그의 얼굴에 번졌다.

"이런, 빈센트 아닌가." 그가 외쳤다. "자넬 다시 보다니, 정말 기쁘네. 어서 들어오게, 어서 들어오라구."

그는 빈센트를 서재로 데리고 가서 그에게 편안한 의자를 끌어다주었다. 이제 목적을 이루고 나니까, 그의 내부에서 의지의 전깃줄이 끊어지고, 이틀 동안 빵과 약간의 치즈로 끼니를 때우며 걸어온 팔십 킬로미터의 거리가 모두 한꺼번에 느껴졌다. 등의 근육이 풀어졌고 양어깨가 푹 주저앉은 데다가, 이상하게도 숨쉬기가 힘들었다.

"이 근방의 내 친구 집에 빈방이 하나 있네." 피터센이 말했다. "여행도 끝났으니 몸을 씻고 푹 쉬고 싶지 않나?"

"예, 이렇게 지칠 줄은 저도 몰랐습니다."

목사는 모자를 집어들고, 이웃 사람들의 시선도 잊은 채 빈센트와 함께 거리를 따라 내려갔다.

"아마 오늘 밤엔 그대로 자고 싶겠지." 그가 말했다. "하지만 내일 열두 시엔 식사하러 꼭 와야 하네? 얘기할 것도 무척 많으니 말이야."

빈센트는 철제 대야 속에 들어가 선 채로 몸을 북북 문질렀다. 겨우 여섯 시밖에 되지 않았지만 그는 빈 배를 안고 그대로 잠들었다. 그는 다음날 아침 열 시가 되어서야, 그것도 배고픔이 배 속에서 맹공격을 하고 있었기에 그나마 겨우 눈을 떴다. 피터센에게 그 방을 빌려줬던 남자가 빈센트에게 면도칼과 빗과 옷솔을 빌려주었다. 그는 말끔하게 보이도록 온갖 짓을 다하고 모든 것을 제대로 보이도록 손질할 수가 있었지만, 구두만은 어쩔 도리가 없었다.

빈센트는 음식에 환장할 지경이었다. 그래서 피터센이 브뤼셀에서 최근에 일어난 일들을 가볍게 지껄이는 동안 그는 부끄러움도 없이 음식을 가득 집어넣었다. 식사가 끝나자 두 사람은 서재로 갔다.

"아, 그동안 작품을 무척 많이 만드셨군요. 그렇지요? 벽에 걸린 이것들은 모두 새 스케치군요." 빈센트가 말했다.

"맞아." 피터센이 대답했다. "설교보다는 그림 그리는 쪽이 훨씬 더 즐겁기 시작했다네."

빈센트가 미소를 띤 얼굴로 말했다. "그럼, 진짜 하실 일을 제쳐두고 그 많은 시간을 다른 데 쓰는 게 가끔씩 양심에 찔리시겠군요?"

피터센이 웃음을 터뜨리며 말했다. "자네, 루벤스의 일화를 아나? 그가 스페인 주재 네덜란드 대사로 봉직하고 있었을 때 오후엔 곧잘 왕궁 정원에서 이젤과 함께 시간을 보내곤 했다네. 어느날 스페인 궁정의 잘난 체 잘하는 한 대신이 지나가다가 한마디 던졌지. '이제 보니 외교관도 때로는 그림 그리기를 즐기는군요'라고 말이야. 그랬더니 루벤스가 그렇게 대답했다네. '그게 아니라, 화가도 때로는 외교를 즐기는 거랍니다.'"

빈센트와 피터센은 공감의 웃음을 주고받았다. 빈센트가 자기가 가지고 온 꾸러미를 풀었다. "저도 제 나름대로 스케치를 좀 해봤습니다." 그가 말했다. "그래서 목사님께 좀 봐달라고 인물 스케치 석 점을 가지고 왔는데, 혹시 괜찮으시다면 그것들을 어떻게 생각하시는지 말씀 좀 해주시겠습니까?"

피터센은 찔끔했다. 초보자의 작품을 비평한다는 것이 생색 안 나는 일이란 걸 알기 때문이었다. 그럼에도 불구하고 피터센은 그 석 장의 스케치를 이젤 위에 세워놓고 멀리 떨어져 선 채 바라보았다. 그러자 갑자기 빈센트에겐 그 그림들이 피터센의 눈을 통해 보이기 시작했다. 그는 그것들이 너무도 미숙함을 깨달았다.

"내 첫인상은," 얼마 후에 피터센이 말했다. "자네가 분명 모델과 너무 가까이서 작업을 하고 있다는 걸세. 그렇지 않은가?"

"예, 그럴 수밖에 없지요. 제 작품이 대개는 비좁은 광부들의 오두막집에서 만들어진 것이니까요."

"알겠네. 그렇다면 자네 그림에 원근법이 없다는 게 이해가 가는구만. 모델한테서 좀 떨어져서 그릴 만한 곳을 찾기는 힘든가? 그렇다면 모델들을 좀더 분명하게 볼 수 있을 텐데. 확실해."

"광부들의 오두막집 중엔 꽤 큰 것이 더러 있죠. 얼마 안 되는 돈으로 집 한 채를 빌려 작업실로 꾸밀 수도 있습니다."

"근사한 생각이야."

피터센은 다시 침묵했다가 이윽고 힘들여 말문을 열었다. "자네 데생 공부한 적 있나? 종이를 네모 칸으로 나눠놓고 그 위에서 인물의 얼굴 윤곽을 잡아보았나? 자네, 눈으로 재어보나?"

빈센트는 얼굴을 붉혔다. "전 그런 것들은 할 줄 모릅니다." 그가 말했다. "아시겠지만 저는 배운 적은 없어요. 그냥 계속 그려나가기만 하면 되는 줄로 생각했죠."

"아, 그렇지 않다네." 피터센이 서글프게 말했다. "먼저 기본적인 기법을 배워야만 하네. 그 다음에야 서서히 그림이 나오는 걸세. 자, 자네가 그린 여자가 어디가 잘못되었는지를 보여주지." 그는 자를 들고 그 여인의 머리와 상반신에 네모 칸을 그어놓고서 빈센트가 취한 인체의 비율이 얼마나 잘못되었나를 보여주었다. 그러더니 그는 계속하여 그 여인의 머리를 다시 그리기 시작하여 하나하나 빈센트에게 설명하며 그려나갔다. 거의 한 시간쯤의 작업을 끝내고 피터센 목사는 뒤로 물러서서 자기가 그린 것을 찬찬히 훑어보며 말했다. "어때. 이제야 저 인물이 정확하게 그려진 것 같군."

빈센트도 그와 함께 방 맞은편 끝에 서서 그 그림을 바라보았다. 틀림없이 그대로였다. 그 여인은 이제 완벽한 비율로 그려져 있었다. 그러나 그 여인은 이젠 광부의 아내가 아니었다. 테리 산의 비탈에서 석탄을 캐는 보리나주 사람이 아니었다. 그저 이 세상 어디에서나 볼 수 있는 여인이 몸을 굽히고 있는 모습이 완벽하게 그려져 있을 따름이었다. 한마디도 없이 빈센트는 이젤 앞으로 가서, 자신이 그린, 난로 위에 몸을 굽히고 있는 그 여인의 그림을 피터센이 다시 그린 그림 옆에다 놓고 피터센에게로 되돌아와 함께 섰다.

"흠." 피터센 목사가 말했다. "그래, 자네가 무슨 뜻으로 그러는지 알겠네. 내가 저 여자에게 균형을 부여하니까 저 여자에게서 개성이 없어졌단 말이지."

그들은 이젤을 쳐다보면서 오랫동안 거기 서 있었다. 피터센이 자기도 모르는 사이에 말을 꺼냈다. "그래, 빈센트, 난로 위에 몸을 굽히고 있는 저 여자가 잘못된 게 아니야. 절대 잘못된 게 아니네. 자네 그림은 지독히 형편없고, 명암도 모두 잘못되었고, 저 여자의 얼굴은 구제불능이야. 사실 전혀 얼굴이라고 할 수도 없지. 하지만 저 스케치엔 뭔가 있어. 나로서는 정확하게 잡아낼 수 없는 것을 자넨 포착했어. 그게 뭘까, 빈센트?"

"물론 저도 모릅니다. 전 그냥 눈에 비치는 대로 그렸을 뿐입니다."

이번에는 피터센이 급히 이젤 앞으로 갔다. 그는 자신이 완성한 스케치를 쓰레기통 속에 던져버리며, "괘념 말게. 이렇든 저렇든 간에 난 그 그림을 망친 거니까"라고 말하고서 빈센트가 그린 여인만을 홀로 이젤 위에 세워놓았다. 그가 다시 빈센트에게로 돌아왔고 그들은 함께 앉았다. 피터센은 몇 번인가 얘기를 시작하려고 했지만, 아무래도 적절한 말이 나오질 않았다. 드디어 그가 입을 열었다. "빈센트, 인정하긴 싫지만, 사실은 내가 저 여자를 좋아한다고 할 정도인 것 같군. 처음에 볼 땐 저 여자 그림이 끔찍하다고 생각했지만, 저 여자가 가지고 있는 뭔가가 점차 몸에 스며든단 말이야."

"왜 그걸 인정하기 싫습니까?" 빈센트가 물었다.

"당연히 좋아하지 말아야 하기 때문이네. 전부 틀렸어, 완전히 틀렸어! 미술학교의 저학년 학급에서라도 저런 그림은 찢어버리게 하고 완전히 다시 시작하도록 시켰을 걸세. 그런데, 그럼에도 불구하고, 저 여자의 어떤 것이 내게 번져오거든. 어디선가 전에 저 여자를 보았다는 확신마저 들 정도야."

"아마도 보리나주에서 봤겠죠." 빈센트가 꾸밈없이 말했다.

피터센은 빈센트가 약삭빠르게 굴고 있는 게 아닌가 보느라 그를 재빨리 훔쳐보고서 말했다. "자네 말이 맞는 것 같군. 저 여잔 얼굴도 없어. 딱히 정해진 어떤 사람도 아니야. 어쩌면 저 여잔 그저 보리나주에 사는 광부의 아내들 모두가 한데로 합쳐진 거야. 뭐랄까, 자네가 포착해놓은 그것은 광부 아내의 영혼이야. 그리고 그거야말로 정확하게 그려진 그 어느 그림보다도 천 배나 귀중한 것일세. 그래 난 자네가 그린 저 여인이 좋네. 내게 무엇인가를 직접 말해주고 있거든."

빈센트는 떨렸다. 입을 열기가 무서웠다. 피터센은 노련한 미술가였고 전문가였다. 그런데 그가 만일 그 그림을 달라고 청한다면, 그럴 만큼 그 그림을 정말 좋아한다면⋯⋯.

"저 여잘 내게 넘겨줄 수 없겠나, 빈센트? 내 집 벽에 걸어놓으면 정말 좋겠네. 저 여자와 난 아주 좋은 친구가 될 수 있을 것 같아."

20

프티 밤으로 돌아가는 것이 낫겠다고 빈센트가 결정을 내리자, 피터센 목사는 그에게 찢어진 구두 대신 신으라고 자신이 신던 헌 구두를 주고, 또 보리나주까지 돌아갈 기차삯도 주었다. 줌과 받음의 차이란 순전히 세속적인 것에 지나지 않음을 아는 완전한 우정의 참뜻으로 빈센트는 그것들을 받았다.

기차를 타고 가다가 빈센트는 두 가지 중요한 사실을 깨달았다. 피터센 목사가 빈센트가 전도사로서 실패한 것에 대해 단 한 번도 언급하지 않았다는 것과 그가 똑같은 동료 화가로서 빈센트를 받아들였다는 것을. 실제로 그는 스케치 하나가 마음에 들어서 그걸 자기에게 달라고 할 정도였던 것이다. 바로 그 점이 중요한 시금석이었다.

"그가 내게 출발점을 마련해준 거야." 빈센트는 속으로 중얼거렸다. "그가 내 작품을 좋아한다면, 다른 사람들도 역시 좋아할 거야."

드니의 빵집으로 돌아가보니 테오에게서 「밭일」이 와 있었다. 그러나 편지는 함께 보내지 않았다. 피터센과의 만남이 그에게 새로운 활력을 불어넣어주었으므로 그는 흥미진진하게 밀레에게 몰두했다. 테오가 책과 함께 부쳐준 크기가 큰 스케치용 도화지에 빈센트는 며칠 사이 「밭일」을 열 페이지나 모사하여 제1권을 끝냈다. 그다음에는 꼭 나체화를 해야 될 것 같은 생각이 들었다. 보리나주에는 그를 위해 나체로 포즈를 취해줄 사람이 전혀 없다는 것이 확실했으므로, 그는 덴하흐 구필 화랑의 지배인이자 예전부터 잘 아는 사이인 테르스테이흐 씨에게 편지를 보내어 바르그의 『목탄화 실습』이라는 책을 빌려달라고 부탁했다.

한편으로는 피터센이 해준 조언을 잊지 않고서 그는 프티 밤 거리의 꼭대기에 있는 한 광부의 오두막집을 한 달에 구 프랑에 빌렸다. 이번에는 가장 나쁜 것이 아니라 가장 좋은 오두막집을 찾아냈다. 조잡하긴 했지만 그래도 판자를 깐 마룻바닥이 있었고, 햇빛이 들어오는 커다란 창문이 둘, 침대와 의자와 테이블과 난로가 각기 하나씩 있었다. 집은 꽤 큼직했으므로, 전체적인 원근법을 취하기 위해 모델을 한쪽 끝에 세워놓고 충분히 떨어진 거리에서 그릴 수 있었다. 프티 밤에 사는 광부들의 아내나 아이들 중에서 지난 겨울 빈센트에게서 얼마간이든 도움을 받지 않은 사람이 하나도 없었으므로 누구든 포즈를 취해달라는 그의 부탁을 물리치지 않았다. 일요일이면 광부들이 그의 오두막집으로 몰려들어 자기들을 빨리빨리 그려달라고 했다. 그들은 그게 굉장히 재미있다고 생각했다. 그곳은 늘 호기심과 놀라움을 가지고 빈센트의 어깨 너머로 스케치를 들여다보는 사람들로 가득했다.

『목탄화 실습』이 덴하흐로부터 도착했고 빈센트는 다음 두 주일 동안 이른 아침부터 밤까지 예순 장의 스케치를 모사하면서 보냈다. 테르스테이흐 씨는 또한 바르그의 『데생 강의』라는 책도 보내왔는데, 빈센트는 놀랄 만한 활력으로 거기에 매달렸다.

다섯 번에 걸친 앞서의 패배는 모두 그의 마음에서 씻겨나갔다. 신을 섬기는 것조차, 창조적 예술이 줄 수 있는 이러한 순수한 황홀감과 계속적이고 끊임없는 만족감을 가져다준 적이 없었던 것이다. 호주머니에 일 상팀도 없어 드니 부인에게서 꾸어온 빵 몇 조각으로 열흘을 근근이 살 수밖에 없었을 때에도 그는 단 한 번도, 그 자신에게조차도 배고픔을 하소연하지 않았다. 정신이 그렇게 크게 살찌고 있는데 배의 굶주림쯤이 무슨 문제란 말인가?

일주일 동안 새벽마다 두 시 반에 마르카스 탄광 정문으로 가서 광부들을 그린 큼직한 스케치를 한 장씩 그렸다. 가시나무 울타리가 늘어선 작은 길을 따라 눈 속을 뚫고 갱도로 향하는 남자와 여자들, 이른 새벽 빛 속을 스쳐 지나가는 희미한 그 그림자들. 배경에는 커다란 탄광 건물과 함께 하늘을 뒤로하고 어렴풋하게 드러난 석탄산을 그렸다. 그는 그 스케치가 다 완성되자 그 그림을 모사하여 편지와 함께 테오에게 보냈다.

새벽부터 어두워질 때까지 사생하고 밤에는 램프 불빛 아래서 모사하고, 그런 식으로 꼬박 두 달이 흘렀다. 다른 화가를 만나 얘기하면서 자신이 어떻게 나아지고 있는지 알아보고 싶은 욕망이 또다시 덮쳐왔다. 얼마간 진보를 했고 손의 유연함과 판단력도 얻었다는 생각이 들긴 했지만 확신할 수가 없었기 때문이다. 그런데 이번에 그가 원하는 것은 대가(大家)였다. 그를 자신의 제자로 받아들여 중요한 기술을 기초부터 차근차근 세심하게 가르쳐줄 대가가 필요했다. 그런 지도를 해준다면 무슨 보답이라도 할 수 있었다. 그의 구두를 닦아주고 그의 작업실 바닥을 하루에 열 번이라도 쓸어줄 수 있었다.

빈센트가 일찍부터 그의 작품을 찬미해왔던 쥘 브르통(1827-1906, 프랑스 화가. 동생 에밀 브르통과 함께 형제 화가로서 알려졌음/옮긴이)이 백칠십 킬로미터쯤 떨어진 쿠리에르에 살고 있었다. 빈센트는 돈이 바닥날 때까지 기차를 타고 가다가 그다음엔 건초 더미에서 자고 스케치 한두 장과 교환조로 빵을 구걸하며 닷새 동안을 걸었다. 쿠리에르의 나무들 사이에 서서, 붉은 벽돌로 갓 지은 브르통의 드넓은 작업실을 바라보니 용기가 달아나버렸다. 그는 이틀 동안 그 도시를 이리저리 헤맸지만 결국엔 그 작업실의 쌀쌀맞고 냉랭한 외양에 지고 말았다. 마침내 호주머니에는 단 한 푼도 없이, 피터센 목사가 준 구두는 위태위태할 정도로 닳아버린 채, 그는 지치고 한없이 배고픈 몸을 이끌고 보리나주까지 백칠십 킬로미터의 거리를 되돌아가기 시작했다.

그는 병들고 기진맥진한 채 오두막집에 다다랐다. 그를 기다리는 돈도 우편물도 없었다. 그는 자리에 누웠다. 광부들의 아내가 그를 간호했고, 남편과 자식들이 먹을 것을 그나마 조금씩 떼내어 그에게 가져다주었다.

그 여행으로 체중은 몇 파운드나 줄어들었고 양 뺨은 또다시 움푹 패었다. 깊이를 알 수 없는 웅덩이 같은 그의 검푸르스름한 두 눈에 신열이 불을 붙였다. 그렇게 몸이 아팠지만 정신은 전과 다름없이 맑았고 그 스스로 이제 절박한 결정의 순간에 다다랐음을 알았다.

지금부터 어떻게 생활해야 할 것인가? 학교 선생이나 책장사나 화상이나 점원이 될 것인가? 어디에서 살아야 될 것인가? 에텐에서 부모님과 함께? 파리에서 테오와 같이? 암스테르담에서 아저씨하고? 아니면 그냥 우연이 아무렇게나 그를 털썩 떨어뜨려 놓은 대처(大處)에서 운명이 점지해주는 일을 하면서?

어느날 기력이 조금 돌아와 침대에서 상체를 일으켜 테오도르 루소(1812-1867, 프랑스 화가/옮긴이)의 「들의 가마솥」을 모사하면서 대체 그림이라는 이 해롭지 않은 소소한 오락에 얼마나 더 오래 탐닉해야만 할까 의아해하고 있을 때, 누군가 노크도 없이 문을 열고 안으로 들어섰다.

동생 테오였다.

21

수년의 세월 동안 테오의 형편은 훨씬 나아졌다. 불과 스물셋의 나이인데 벌써 파리에서 성공한 화상이었고 동료와 가족들에게서도 존경을 받았다. 그는 옷, 몸가짐, 대화 같은 온갖 사교적 예의를 배웠고 몸에 익혔다. 그는 고급스러운 검은 코트를 입고 있었다. 코트의 넓은 옷깃에는 새틴으로 가장자리 줄이 대어져 있고, 칼라는 높고 뻣뻣했으며 하얀 넥타이는 커다랗게 매듭 지어져 있었다.

그 역시 반 고흐 가문 특유의 굉장히 넓은 이마를 지니고 있었다. 머리칼은 암갈색이었고 얼굴 생김새는 섬세하고 거의 여자 같았다. 생각에 잠긴 듯한 두 눈은 부드러웠으며 얼굴은 가느스름한 아름다운 타원형이었다.

테오는 그 누추한 오두막집 문에 기댄 채 겁에 질린 시선으로 빈센트를 응시했다. 그가 파리를 떠나온 게 바로 몇 시간 전 일이었다. 파리의 아파트에는 루이 필리프풍의 아름다운 의자들과 수건과 비누가 있는 세면대와 창문에는 커튼, 바닥에는 양탄자, 그리고 글쓰는 책상과 책장이 있었고, 램프에서는 은은한 불빛이 나왔고, 벽에는 기분 좋은 벽지가 발려 있었다. 그런데 빈센트는 아무것도 깔지 않은 더러운 매트리스 위에, 낡은 담요 한 장만을 덮고 누워 있었다. 사방 벽과 바닥은 조잡한 판자로 만들어졌고 찌그러진 테이블과 의자가 유일한 가구였다. 얼굴을 씻지도 머리를 빗지도 않은 그의 얼굴과 목 전체에 텁수룩한 붉은 수염이 뒤덮여 있었다.

"이런, 테오구나." 빈센트가 말했다.

테오가 급히 침대 쪽으로 다가와 몸을 굽혔다. "빈센트, 이런 세상에! 뭐가 잘못된 거야? 자기 몸을 대체 어떻게 굴린 거냐구."

"아무것도 아냐. 이젠 괜찮다. 얼마 동안 좀 아팠더랬어."

"그런데 이건…… 이건…… 굴 속이잖아! 분명 여기서 사는 건 아니겠지. 이게 형이 사는 집은 아니지?"

"내 집이다. 이게 뭐 어때서? 여길 작업실로 사용하고 있지."

"아, 형!" 그는 한 손으로 형의 머리칼을 쓸어넘겼다. 그는 가슴이 뭉클하여 말을 할 수가 없었다.

"네가 여길 오다니 기쁘구나, 테오."

"형, 무슨 일이 있었는지 말해봐. 왜 병이 났지? 무슨 일이 있었어?"

빈센트는 쿠리에르에 갔다온 이야기를 털어놓았다.

"그때 모든 힘을 다 써버렸군. 그래서 그렇게 된 거야. 돌아온 뒤엔 먹을 걸 좀 제대로 먹었어? 혼자서 몸조리를 했어?"

"광부의 아내들이 보살펴줬단다."

"그랬군. 하지만 뭘 먹고 살았지?" 테오는 주위를 두리번거렸다. "어디다 먹을 걸 놔뒀어? 아무것도 안 보이는데."

"그 아낙네들이 날마다 뭘 조금씩 가져다주지. 뭣이든 남길 수 있으면 가져다준단다. 빵, 커피, 어떤 땐 치즈나 토끼 고기도 조금씩 가져다주고 말이야."

"하지만 형, 빵이나 커피로는 기력을 되찾지 못할 줄 알고 있을 텐데, 왜 달걀이나 야채, 고기 같은 것들을 사먹지 않지?"

"그런 것들은 이 보리나주에선 무척 비싸단다. 다른 어디에서도 마찬가지지만."

테오가 침대에 앉았다.

"형, 아무쪼록 날 용서해줘. 난 몰랐어. 내가 이해심이 없었어."

"괜찮다. 넌 할 수 있는 만큼 전부 했잖니. 이젠 몸이 점점 좋아지고 있어. 며칠 지나면 일어나 다시 움직이게 될 거야."

테오는 눈에 낀 무슨 흐릿한 막이라도 제거하려는 듯이 손으로 두 눈을 비볐다. "아니야, 형! 내가 깨닫질 못했어. 내 생각에는 형이⋯⋯ 내가 이해하질 못했어. 형, 정말 이해하지 못했던 것뿐이야."

"아, 자, 자. 그건 다 괜찮다. 파리 형편은 어떠냐? 어디로 가는 거냐? 에텐엔 들렀니?"

테오가 벌떡 일어섰다. "이 외진 곳에도 가게가 있을까? 여기서 물건들을 살 수 있어?"

"그래. 저 골짜기 아래 밤에 가면 여러 군데가 있다. 그런데 그 의자를 이리 끌고 오렴. 너하고 얘기하고 싶구나. 아, 이런! 테오, 벌써 이 년이 다 되어가는구나."

테오가 빈센트의 얼굴을 손가락으로 가볍게 쓰다듬으며 말했다. "우선 벨기에에서 최고 좋은 음식으로 형의 배를 채워줘야겠어. 형은 굶주렸거든. 그래서 문제가 생긴 거야. 그다음엔 열을 내리는 무슨 약을 좀 먹어서 형을 폭신폭신한 베개에다 재워야겠어. 내가 여기 오길 잘했지. 내가 조금이라도 알았더라면…… 나 돌아올 때까지 움직이지 말아요."

그가 문밖으로 달려나갔다. 빈센트는 연필을 잡고 「들의 가마솥」을 바라보면서 다시 모사를 계속했다. 한 삼십 분 뒤에 테오가 조그만 사내애 둘을 뒤에 달고 돌아왔다. 그는 시트 두 장과 베개 하나, 냄비와 접시 보따리와 음식꾸러미를 가지고 왔다. 그는 그 차가운 하얀 시트 한가운데에 빈센트를 눕혔다.

"그런데, 이 난로는 어떻게 피우는 거지?" 그가 물었다. 그는 코트를 훌렁 벗어던지고서 소매를 걷어붙였다.

"종이와 잔가지들이 좀 있다. 거기에 먼저 불을 붙이고서 석탄을 집어 넣으렴."

테오가 테리를 물끄러미 쳐다보며 말했다. "석탄이라고? 형, 이걸 석탄이라고 하는 거야?"

"이곳 사람들은 그걸 쓴단다. 자, 불을 어떻게 피우는지 내 보여줄게."

빈센트가 침대에서 빠져나오려고 했다. 테오가 펄쩍 뛰어오르며 그를 붙잡았다.

"누워요, 이런 바보!" 그가 고함쳤다. "다신 움직이지 말아. 안 그러면 내가 형을 억지로라도 때려 눕힐테니까."

빈센트는 몇 달 만에 처음으로 싱긋 웃었다. 그의 눈에 감도는 미소에 신열이 다 쫓겨나가는 것 같았다. 테오는 새 냄비들 중에 하나에다 달걀 두 개를 집어넣고, 다른 냄비에는 깍지강낭콩을 까 넣었다. 세 번째 냄비에다는 신선한 우유를 조금 데웠고, 납작한 토스터 위에 하얀 빵을 얹고서 그걸 난로 위에 걸쳐놓았다. 테오는 셔츠 바람으로 스토브 주위에서 움직였고, 다시 그렇게 곁에 있는 동생을 바라보는 것만으로도 빈센트에게는 음식 이상의 효과가 있었다.

드디어 식사가 다 준비되었다. 테오는 테이블을 침대 곁으로 끌고 와 자기 가방에서 꺼낸 깨끗한 흰 타월을 그 위에 펼쳐놓았다. 그는 버터 한 조각을 강낭콩 속에 넣고, 반숙한 두 개의 계란을 접시에 깨뜨려 담고는 수저를 들었다.

"자알 됐군." 그가 말했다. "입을 벌려요. 형은 지독히 오랜만에 실속 있는 식사를 하게 되는 거야."

"아, 치워, 테오." 빈센트가 말했다. "나 혼자 먹을 수 있어."

테오는 수저로 달걀을 떠서 빈센트 앞에 쳐들었다. "자, 입을 벌려요. 아, 착하지." 그가 말했다. "안 벌리면 이걸 눈 속에다 처넣을 거야."

식사가 끝나자 빈센트는 만족스러운 숨을 깊이 내쉬며 베개에다 도로 고개를 받쳤다. "음식 맛이 그만이구나." 그가 말했다. "그런 맛을 잊어버렸더랬어."

"이젠 또다시 쉽게 잊지는 못할걸."

"자, 얘기 좀 해봐라, 테오. 무슨 일들이 일어났는지, 전부 말이야. 구필 화랑의 형편은 어떠냐? 난 바깥 세상의 소식에 굶주렸단다."

"그렇다면 그대로 잠시만 더 굶주릴 수밖에 없겠는데. 여기 이게 형을 잠들게 할 거야. 형이 가만히 있어줬음 좋겠어. 그래야 지금 먹은 음식이 효과를 낼 수 있을 테니까 말이야."

"하지만 테오, 난 자고 싶지 않아. 얘기하고 싶다니까. 잠은 언제든 잘 수 있잖니."

"형에게 뭘 하고 싶으냐고 물은 사람 아무도 없어. 형은 지금 명령을 받고 있는 거라구. 이걸 쭉 마셔요. 그러고 나서 깨어나면 내가 스테이크와 감자를 준비해놓을게. 그걸 먹으면 형도 곧 기운을 차릴 거야."

빈센트는 해질녘까지 자다가 지극히 상쾌한 기분으로 깨어났다. 테오는 한쪽 창 밑에 앉아서 빈센트가 그린 것들을 보고 있었다. 빈센트는 안락함을 느끼며 오랫동안 테오를 지켜보다가 깨어난 기척을 했다. 그가 깨어난 것을 보고 테오는 만면에 미소를 띠며 벌떡 일어섰다.

"그래, 이젠 기분이 어때? 나아졌지? 정말 잘 자던걸."

"그 스케치들을 어떻게 생각하니? 마음에 드는 게 있던?"

"잠깐, 스테이크를 얹어놓고서. 감자도 껍질을 다 벗겨 삶을 준비를 해놨어." 그는 난로 위에 있는 것들을 손보고 나서, 따뜻한 물이 든 대야를 침대 곁으로 가지고 왔다. "내 면도칼을 쓸까, 아니면 형의 것을 쓸까?"

"면도 안 하면 스테이크를 먹을 수 없니?"

"못 먹어요, 이 양반아. 게다가 목과 귀를 닦고 머리칼도 말끔히 빗어야만 줄 거야. 자, 이 타월을 턱 밑에 꼭 껴요."

그는 빈센트를 면도해주었고, 꼼꼼히 물로 씻기고 머리칼도 빗겨주었다. 테오는 가방에 넣어 가지고 다니던 새 셔츠 중에서 하나를 꺼내 빈센트에게 입혔다.

"보라구!" 뒤로 물러나 자기가 한 일을 뜯어보면서 그가 외쳤다. "이제야 반 고흐 가문의 사람답게 보이는군."

"테오, 빨리! 스테이크 탄다!"

테오는 테이블을 준비하고 거기에다 버터를 바른 삶은 감자와, 두껍고 연한 스테이크와 우유를 내놓았다.

"이런, 테오. 설마 이 스테이크를 몽땅 나더러 먹으라는 건 아니겠지?"

"물론 아니지. 반은 내 몫이야. 자, 형! 함께 맘껏 먹자. 이젠 눈만 감으면 에텐의 집에 있는 듯한 기분이 들 거야."

식사 뒤에는 테오가 파리에서 가지고 온 연초를 빈센트의 파이프에 채워주었다. "자, 피워요." 그가 말했다. "이건 마땅히 허락하지 말아야 하겠지만, 진짜 연초는 해가 되기보다는 형한테 좋을 것 같아서."

빈센트는 흡족스럽게 담배를 피우면서 가끔씩 따스하고 약간 축축한 파이프 대를 반드러운 뺨에 문질렀다. 빈센트의 파이프 대통 너머로 오두막집의 조잡한 판자들을 뚫고, 테오는 저 멀리 브라반트에서의 어린 시절을 되돌아보았다. 그에게는 빈센트가 언제나 세상에서 가장 소중한 사람이었다. 어머니나 아버지보다도 한층 더 소중했다. 빈센트가 있었기에 그의 어린 시절은 달콤하고 행복했다. 그것은 지난겨울 파리에서 잊고 지냈던 것이다. 다시는 절대 잊지 말아야 했다. 빈센트가 없는 삶이란 그에게는 어딘가 불충분했다. 그는 자신이 빈센트의 한 부분이라는 것을, 또한 빈센트가 자신의 한 부분이라는 것을 절실히 느꼈다. 둘은 언제나 세상을 바로 이해했다. 테오 혼자서는 웬일인지 세상일에 곤란을 느꼈다. 둘은 인생의 의미와 목적을 발견하고 그것을 음미했다. 그러나 테오 혼자서는 왜 일을 하고 뭣하러 성공을 하는지 종종 의구심이 일었다. 자신의 인생이 완전해지려면 그에게는 빈센트가 필요했다. 그리고 빈센트에게는 그가 필요했다. 빈센트는 정말 어린아이에 지나지 않기 때문이었다. 빈센트를 이 굴 속에서 데리고 나가 다시 자립시켜야 했다. 이제껏 스스로를 망쳐왔다는 사실을 빈센트에게 일깨워주고 그를 다시, 뭐랄까, 기운을 회복시켜주는 활동에 던져넣어야 했다.

"형." 그가 말했다. "기력을 되찾도록 하루나 이틀쯤은 주겠지만, 그러나 그다음엔 형을 에텐의 고향집으로 데리고 가야겠어."

빈센트는 한참 동안 말없이 담배만 뻐끔뻐끔 피웠다. 그는 이 모든 일과 끝까지 싸워 끝장을 봐야 한다는 것을, 그런데 그러기 위해선 불행히도 말 이외에는 아무런 수단이 없다는 것을 알고 있었다. 그러나 어쨌든 테오를 납득시키지 않으면 안 되었다. 그 뒤로는 모든 게 순조롭게 될 터였다.

"테오, 내가 집으로 돌아간들 무슨 소용이 있겠니? 난 나도 모르는 새에 식구들 사이에서 의심스러운 구제불능의 인간이 되어버렸어. 그게 아니라면 최소한 식구들이 신뢰하지 않는 인간이 되어버렸지. 그 때문에 나는, 내가 할 수 있는 가장 합리적인 일이 식구들에게서 멀리 떨어져 있는 거라고 생각한단다. 나라는 존재가 그들한테서 사라지도록 말이야.

난 열정이 넘치는 인간이야. 어리석은 일이라도 저지를 수 있어. 좀 침착하게 기다리는 게 나을 때에도 난 너무 성급하게 말하고 행동하거든. 사정이 그렇다고 해서 내가 내 자신을 위험한 인간, 아무것도 할 자격이 없는 인간이라고 생각해야겠니? 난 그렇게 생각진 않는다. 하지만 문제는 바로 그런 열정들을 좋은 방향으로 사용하도록 노력하는 거야. 예를 들면, 난 그림과 책에 대한 뿌리칠 수 없는 열정을 가지고 있단다. 난 내 자신을 끊임없이 계발해나가고 싶어. 그건 마치 빵을 먹고 싶다는 마음과 똑같은 거야. 넌 그걸 분명 이해해주겠지."

"이해해, 형. 하지만 형 나이에 그림을 보고 책을 읽는다는 건 단지 오락에 불과해. 그런 것들은 인생의 중요한 일과는 아무런 상관이 없어. 이제 거의 오 년째나 형은 직업도 없이 여기저기로 헤매왔어. 그리고 그 시간에 형은 내리막길을 내려가고 있었던 거야. 전락했던 거라구."

빈센트는 연초를 손에 조금 쏟아 축축해지도록 양 손바닥으로 비벼서 그걸 파이프 대통에 채웠다. 그러고서는 불붙이는 걸 잊어버렸다.

"사실," 그가 말했다. "때로는 내 손으로 변변찮게나마 밥벌이를 한 적도 있고 또 때로는 사람들이 날 불쌍하게 여겨 밥을 준 적도 있었다. 많은 사람들의 신뢰를 잃어버렸고 경제적 형편도 참담한 상태이며 장래도 암담하기만 할 뿐이라는 건 정말 사실이다. 하지만 그게 반드시 전락일까? 난 내가 택한 길을 계속 가야 해, 테오. 내가 공부를 하지 않는다면, 더 이상 탐구를 계속하지 않는다면, 난 끝장이야."

"형은 분명 나한테 뭔가 말하려고 하는데, 이런, 그게 뭔지 알 수가 있어야지."

빈센트는 파이프에 성냥을 켜대고서 파이프를 뻑뻑 빨았다. "그때가 생각나는구나." 그가 말했다. "리스위크에서 낡은 물방앗간 근처를 함께 산책하던 때 말이야. 그때 우린 모든 것에 대해서 마음이 일치했었지."

"하지만 형, 형이 그동안 너무 변했어."

"사실 꼭 그렇진 않아. 그 당시의 내 생활이 지금보다 덜 어려웠다는 것뿐이지. 하지만 사물을 보는 방식이나 생각하는 방식에 관해서라면, 그건 전혀 변하지 않았어."

"아무쪼록 나도 그렇게 믿고 싶어."

"테오, 내가 모든 걸 거부하는 거라고 생각하면 못쓴다. 난 내 자신의 회의적인 삶 가운데서도 충실하거든. 그런데 유일한 불안은 내가 이 세상에서 어떻게 유용한 인간이 될 수 있을 것인가 하는 문제야. 나도 어떤 목적에 도움이 되는 좀 바람직한 인간이 될 수는 없을까?"

테오가 일어섰다. 그는 석유램프와 씨름을 하다가 마침내 램프에 불을 붙였다. 그는 우유를 한 잔 따랐다. "자, 이거 마셔요. 기진맥진하는 걸 보고 싶지 않으니까."

빈센트는 그걸 쭉 들이켰다. 너무 급히 마신 데다가 우유가 진해서 목이 메일 뻔했다. 말에 너무도 열중한 나머지 입가에 묻은 우유를 닦아낼 틈도 없이 그는 계속했다. "우리들 내부의 생각, 그게 행여 겉으로 드러나는 일이 있을까? 우리들 영혼 속엔 아마 커다란 불이 있을 거야. 그런데 누구도 그 불 곁에 와서 불을 쬐려고 하지 않아. 지나가는 사람들은 그저 연기가 조금 그 굴뚝에서 나오는 걸 보고, 그냥 자기네들의 길로 계속 가버리는 거다. 자, 봐라. 그럴 때 어떻게 해야겠니? 그 내부의 불을 돌보며 자기 자신에 대해 믿음을 가지고, 누군가 그 불 곁으로 와서 앉아줄 때까지 침착하게 기다려야 하지 않겠니?"

테오가 일어나 침대에 걸터앉았다. "방금 내 마음에 번쩍 떠오른 풍경이 뭔지 알아, 형?" 그가 물었다.

"몰라."

"리스위크의 그 오래된 물방앗간."

"아름다운 옛 물방앗간이었지, 안 그래?"

"응."

"그리고 우리들의 어린 시절 또한 아름다웠지."

"형 덕분에 그 어린 시절이 즐거웠어. 내 어릴 적 최초의 기억은 늘 형에 관한 것이었어."

긴 침묵이 흘렀다.

"형, 아까 내가 형을 비난했지만, 그건 식구들이 한 거라는 사실을 알아줘. 식구들이 나를 설득해서 이곳에 오게 됐어. 날더러 형에게 창피를 주어서 네덜란드로 돌아오게 하거나 아니면 다시 직업을 갖도록 해보라고 말이야."

"괜찮아, 테오. 식구들 얘기가 전적으로 옳아. 다만 그들이 내 동기를 이해하지 못하고, 또 나의 현재가 내 전 인생과 연관되었다는 걸 알지 못할 따름이지. 하지만 내가 세상에서 영락(零落)했다 해도 네가 그 반대로 출세를 했잖니. 내가 사람들로부터 공감을 얻지 못했다 하더라도 네가 그걸 얻었잖니. 정말 그게 나를 무척 기쁘게 해주는구나. 난 진심으로 그렇게 말하는 거다. 그리고 언제나 그럴 거야. 다만 네가 내게서 가장 지독한 형태의 건달이 아닌, 내 안에 있는 뭔가 다른 것을 볼수만 있다면 참 고맙겠다."

"그런 얘기들은 잊어버려요. 한 해 동안 꼬박, 형에게 편질 보내지 않았지만, 그건 게으름 때문이었어. 형에 대한 불만 때문이 아니라. 난 형을 믿고 형에게 확실한 믿음을 가지고 있어. 내가 형의 손을 잡고 준데르트의 그 높다란 초원을 거닐던 그 어린 시절부터 쭉 그래왔어. 그리고 그 믿음이 지금 덜해진 것도 아니야. 난 단지 형 곁에 있으면서 형이 하는 일이 결국엔 모두 잘되리라는 걸 알고 싶을 뿐이야."

빈센트가 미소를 지었다. 브라반트 사람들 특유의 활짝 핀, 행복한 미소였다. "정말 고맙구나, 테오."

테오가 갑자기 활기를 띠었다.

"이것 봐, 형! 우리 그 문제를 여기서 당장 결정짓자구. 내 생각에는 형이 이제껏 관념적인 문제들에 매달려왔지만 그런 모든 문제들 이면엔 정말 형이 하고 싶은 무엇이 있는 것 같아. 자신에게 궁극적으로 합당하고 또 행복과 성공을 가져다줄 거라고 형 스스로 절감하는 뭔가가 있을 거란 말이야. 자, 형! 그게 뭔지 꼭 집어 말해보라니까. 구필 화랑은 지난 일 년 반 동안 내 급료를 두 배로 올려줬어. 돈이 많아서 어떻게 처치해야 할지 모를 정도야. 자, 형이 하고 싶은 게 있는데 우선 당장 도움이 필요하다면, 형은 그저 진짜 평생의 일을 드디어 발견했다고 내게 말만 하면 돼. 그러면 우린 동업자가 되는 거야. 형은 노동을 제공하고 난 자금을 제공하지. 그래서 우리가 힘을 합해 형이 일단 수지타산이 맞는 기반에 서게 되면, 형은 내가 투자한 것을 배당금으로 돌려주면 되는 거야. 자, 털어놔봐, 형! 마음속에 생각해둔 게 없어? 평생토록 하고 싶은 일이라고 오래 전에 결정내린 것 없어?"

빈센트는 테오가 아까 창 밑에서 꼼꼼히 보고 있던 그 스케치들을 건너다보았다. 놀라움의 미소가, 믿기지 않는다는 표정이, 마침내는 어떤 깨달음의 표정이 그의 얼굴 위로 번져갔다. 눈이 휘둥그래지고 입이 벌어졌다. 빈센트라는 한 인간 전체가 흡사 햇빛 속의 해바라기처럼 막 피어나는 듯싶었다.

"원, 이럴 수가!" 그가 중얼거렸다. "아까부터 내내 말하려고 했던 게 바로 저거였어. 그런데도 그걸 내가 몰랐다니."

테오의 눈길이 빈센트의 눈길을 쫓아 스케치들로 향했다. "나도 그러리라고 생각했어." 테오가 말했다.

빈센트는 흥분과 기쁨으로 몸을 떨고 있었다. 그는 어떤 깊은 잠에서 돌연 깨어난 사람 같았다.

"테오, 나보다 네가 먼저 그걸 알아차렸구나. 난 내 스스로가 그 생각을 하지 못하도록 막으려 했었지. 두려웠거든. 물론 내게도 꼭 해야만 할 게 있었어. 그리고 거기에다가 여태껏 내 전 인생의 방향을 돌리고 있었으면서도 난 그것을 전혀 알아채지 못했던 거다. 하지만 암스테르담과 브뤼셀에서 공부를 하면서도 난 내가 본 것을 그리고 싶고 종이에 옮기고 싶은 엄청난 충동을 느꼈다. 그러나 난 스스로에게 그걸 허락치 않으려 했지. 난 그것이 내 진짜 일에 방해가 될까 봐 두려웠던 거야. 내 진짜 일이라고! 내가 눈이 정말 멀었지. 요 몇 년간 무엇인가가 내 내부에서 뚫고 나오려고 기를 썼지. 하지만 난 그게 나오지 못하도록 막았어. 그걸 도로 속으로 억지로 박아넣은 거야. 그리고 여기 내가 있다. 스물일곱에, 아무것도 이루지 못한 채. 얼마나 바보였는지, 완전히 눈이 먼 어리석은 바보였어, 나는."

"괜찮아, 형. 그 힘과 결심이라면 형은 이제 시작하는 다른 어떤 사람들보다 천 배쯤 더 성취할 수 있어. 앞으로 긴 인생이 남았잖아."

"어쨌든 십 년은 남았겠지. 그 기간 안에 난 좋은 작품을 만들어낼 수 있을 거야."

"물론이야! 그리고 형은 형이 좋아하는 곳에서 살 수 있어. 파리든 브뤼셀이든, 암스테르담이든, 덴하흐든. 형은 고르기만 하라구. 그러면 내가 다달이 생활비를 보낼 테니까. 그게 몇 년이 걸리더라도 난 괜찮아, 형. 형이 그 희망을 포기하지 않는 한 나도 결코 포기하지 않을 거야."

"아, 테오! 지나간 쓰라린 몇 달 동안 난 무엇인가를 향해 열심히 일하면서 내 인생으로부터 그 진실한 목적과 의미를 캐내려고 노력했다. 그러면서도 내가 그걸 몰랐다니! 하지만 이제 그걸 알았으니 난 다시는 결코 꺾이지 않을 거다. 테오, 그 말이 무슨 뜻인 줄 아니? 그 몇 달을 헛되이 지낸 뒤에 마침내 내 천분을 발견했다는 얘기야! 난 화가가 될 거다. 물론 화가가 되어야지. 꼭 그래야만 돼. 그 때문에 다른 모든 일에서 난 실패했던 거야. 그런 일들을 하려고 태어난 사람이 아니니까 말이다. 하지만 이제, 결코 실패할 수가 없는 단 하나의 일을 찾았구나. 아, 테오! 감옥이 마침내 열렸다. 그리고 그 감옥 문을 열어준 사람은 바로 너야!"

"그 무엇도 우릴 갈라놓을 순 없어, 형. 우린 다시 함께야, 그렇지, 형?"

"그래, 테오! 영원토록!"

"자, 이젠 그저 푹 쉬면서 몸을 회복해야 돼. 며칠 뒤에 몸이 나으면 형을 네덜란드로 도로 데려다줄게. 아니면 파리나 혹은 형이 가고 싶은 곳 그 어디에라도."

빈센트는 침대에서 벌떡 일어나 방 한가운데까지 한번에 풀쩍 뛰어내렸다.

"며칠 뒤에라니, 말도 안 돼!" 그가 소리쳤다. "당장 가자. 브뤼셀행 기차가 아홉 시에 있어."

그는 맹렬한 속도로 옷을 입기 시작했다.

"하지만 형, 형은 오늘밤엔 여행할 수 없어. 아프잖아."

"아프다고! 그건 옛날 얘기야. 이렇게 기분이 가뿐하기는 내 인생에서 처음이다. 자, 테오, 그 기차역까지 십 분 안에 도착해야 해. 저 근사한 하얀 시트는 네 가방 안에 쳐넣고, 자, 떠나자!"

2

신을 잃고 그림을 얻다
에텐

1

테오와 빈센트는 브뤼셀에서 하루를 묵고, 그 뒤 테오는 파리로 돌아갔다. 봄이 오고 있었고, 브라반트의 전원이 부르고 있었다. 그리고 고향은 요술의 천국처럼 보였다. 그는 브뤼셀에서, 벨루틴이라고 알려진 투박한 검은 벨벳으로 만든 작업복 한 벌과 스케치할 때 쓸 표백하지 않은 모슬린 빛깔의 앵그르 종이를 사가지고 다음 기차를 타고서 고향 에텐으로, 가족이 살고 있는 목사관으로 향했다.

어머니 안나 코르넬리아는 빈센트의 생활을 탐탁하지 않게 여겼다. 아들에게 행복보다는 고통을 더 많이 가져다주리라고 느꼈기 때문이다. 아버지 테오도루스는 보다 객관적인 이유 때문에 그의 생활을 못마땅하게 여겼다. 빈센트가 다른 사람의 자식이었더라면 그는 아무 상관도 하지 않았을 것이다. 그는 하느님이 빈센트의 좋지 못한 생활방식을 싫어한다고 생각했지만, 아버지가 그 자식을 버린다면 더욱더 싫어하실 것 같다는 생각이 들었다.

빈센트가 유심히 보니 아버지의 머리칼은 전보다 더욱 세고, 오른쪽 눈꺼풀은 눈 아래로 한층 더 낮게 내려뜨려졌다. 세월이 아버지의 얼굴을 쪼그라들게 한 것 같았다. 그런데도 아버지는 그 잃어버린 얼굴을 메우기 위한 수염도 기르지 않았다. "얘, 나다"라고 하는 듯하던 얼굴 표정이 이젠 "얘, 이게 나냐?"라고 묻는 듯한 표정으로 바뀌었다.

어머니에게서는 전보다 한결 더 큰 힘과 매력을 발견했다. 세월이 그녀를 무너뜨린 것이 아니라 튼튼하게 세워놓은 것이었다. 코끝에서 양 볼에 이르는 굴곡진 주름살에 새겨진 미소는 잘못을 범하기도 전에 벌써 그 잘못을 용서해주는 듯했다. 널찍하고 환히 트인 선량한 얼굴은 인생의 아름다움에 대해 영원한 긍정을 보내고 있었다.

그에게는 행운도 장래도 없다는 사실을 무시한 채 가족들은 며칠 동안 기운을 북돋우는 음식과 애정으로 그를 포식시켰다. 그는 히스 들판을 산책했다. 지붕에 이엉을 얹은 시골집들을 지나쳐 걷다가, 소나무들을 베어 넘긴 자그마한 숲 터에서 나무꾼들이 분주히 일하는 광경을 지켜보기도 하고, 그 맞은편의 초원에서 물방앗간이 있는 프로테스탄트 교회의 헛간과 교회 정원의 느릅나무들을 바라보면서 로센달로 가는 길을 어슬렁어슬렁 걷기도 했다. 보리나주의 기억은 사라지고 건강과 체력이 순식간에 되돌아왔다. 시간이 얼마 지나지 않았는데도 그는 벌써 일을 시작하고 싶어 안달이 났다.

어느 비 오는 날 아침 이른 시각에 안나 코르넬리아가 부엌으로 내려가보니, 난로는 벌써 발갛게 달아올랐고 난로 받침쇠 위에 발을 받친 채 빈센트가 그 앞에 앉아 있었다. 밀레의 「한낮」을 모사하는 것이 반쯤 완성되어 그의 무릎 위에 놓여 있었다.

"어머나, 얘야! 잘 잤니?" 그녀가 외쳤다.

"안녕히 주무셨어요, 어머니." 그가 어머니의 넓은 뺨에 정답게 입맞추었다.

"뭣 때문에 그렇게 일찍 일어났니?"

"글쎄요, 어머니. 일하고 싶어서요."

"일이라니?"

안나 코르넬리아는 그의 무릎에 놓은 스케치를 바라보다가 그다음에는 활활 타오르는 난로를 쳐다보았다. "아, 불을 피웠다는 말이구나. 하지만 그런 것 때문에 일찍 일어날 필요 없다."

"아뇨, 그림을 그린다는 뜻이었어요."

다시 한번 안나 코르넬리아는 아들의 어깨 너머로 스케치를 들여다보았다. 그녀에게는 그 그림이 어린 아이가 노는 시간에 잡지를 보고 안간힘을 쓰면서 베껴놓은 것처럼 보였다.

"그림 그리는 일을 할 셈이냐, 빈센트?"

"예."

빈센트는 자신의 결심과 또 테오가 자기를 도우려고 노력할 것이라는 얘기를 했다. 그의 예측과는 달리 안나 코르넬리아는 즐거워했다. 그녀는 재빨리 거실로 가서 편지 한 통을 가지고 왔다.

"우리 사촌 안톤 마우베도 화가란다." 그녀가 말했다. "그리고 돈을 굉장히 많이 번다더라. 이 편지는 요전 날에 네 이모한테서 온건데—왜, 이모의 딸 예트가 마우베와 결혼했잖니—구필 화랑의 테르스테이흐 씨가 마우베가 그린 것이라면 뭐든지 오백이나 육백 길더에 팔아준다고 써 보냈더라."

"예, 마우베도 점점 관록 있는 화가로 자리잡아가고 있거든요."

"그런 그림을 그리려면 얼마나 걸리니?"

"그거야 나름이죠, 뭐. 어떤 건 며칠 걸리고, 어떤 건 몇 년도 걸리고."

"몇 년이라니! 원, 저런!"

안나 코르넬리아는 잠시 생각을 한 후에 물었다. "넌 사람들을 그 모습 그대로 보이게 그릴 수 있니?"

"글쎄, 모르겠어요. 그려둔 게 위층에 좀 있는데, 가져다 보여드릴게요."

그가 돌아왔을 때 어머니는 일할 때 쓰는 하얀 머릿수건을 두르고서 널찍한 난로에다 물주전자들을 올려놓는 중이었다. 반짝이는 붉은 색과 푸른색의 타일 벽 때문에 부엌 안은 즐거운 분위기가 감돌았다.

"네가 좋아하는 치즈 과자를 만들거란다." 안나 코르넬리아가 말했다. "생각나니?"

"생각나다마다요, 어머니!" 그는 한 팔로 어머니의 어깨를 덥석 껴안았다. 그녀는 생각에 잠긴 듯한 미소를 띠고 아들의 얼굴을 올려다보았다. 빈센트는 그녀의 맏아들이었고 무척이나 사랑하는 자식이었다. 살아가면서 그녀를 상심케 하는 단 하나의 문제는 그의 불행이었다.

"집에 돌아와 에미와 함께 있으니 좋으냐?" 그녀가 물었다.

그는 쭈글쭈글하지만 아직도 윤기 있는 그녀의 뺨을 장난스럽게 꼬집었다.

"네, 엄마." 그가 대답했다.

그녀는 보리나주 사람들을 그린 스케치를 들고 꼼꼼히 들여다보았다.

"헌데 빈센트, 이 사람들 얼굴이 대체 어찌된 거냐?"

"어찌되긴요. 왜요?"

"얼굴이 하나도 없잖니."

"알아요, 난 사람 모습에만 관심이 있거든요."

"하지만, 넌 사람들의 얼굴을 그릴 수 있겠지, 그렇지? 이 에텐에는 자기 초상화를 가지고 싶어하는 여자들이 무척 많단다. 그걸로도 먹고 살 수가 있어."

"예, 그렇겠죠. 하지만 난 그림을 올바로 그릴 수 있을 때까지 기다려야 해요."

그녀는 어제 걸러낸 치즈가 담긴 팬에다 달걀을 깨뜨려 넣고 있었다. 그녀는 막 깨뜨려 넣은 달걀의 껍질을 양손에 반쪽씩 든 채 스토브에서 몸을 돌렸다.

"그림이 잘 팔리도록 하기 위해 그림을 올바로 그려야만 한다는 말이냐?"

"아뇨." 연필로 재빠르게 스케치를 하면서 그가 대답했다. "올바른 그림이 되기 위해서 올바로 그려야만 한다는 거예요."

안나 코르넬리아는 생각에 잠긴 채 하얀 치즈에다 달걀 노른자위를 휘저어 넣다가 이윽고 입을 열었다. "그게 무슨 말인지 난 못 알아듣겠구나, 얘야."

"나도 몰라요." 빈센트가 말했다. "하지만 어쨌든 그래요."

아침 식탁에서 잘 부푼 노란 치즈 과자를 먹다 말고 안나 코르넬리아는 그 소식을 남편에게 털어놓았다. 그들은 빈센트에 관해 남몰래 근심스러운 추측을 수없이 해왔던 것이다.

"그게 장래성이 있는 거냐, 빈센트?" 아버지가 물었다. "자립할 수 있는 거야?"

"처음에야 안 되죠. 내 스스로 설 수 있을 때까지 테오가 도와줄 거예요. 내가 확실하게 그림을 그리게 되면 돈을 벌 수 있어요. 런던이나 파리에선 도안사들이 하루에 십 프랑 내지 십오 프랑을 벌어요. 그리고 잡지에 삽화를 그려주는 사람들도 돈을 상당히 많이 벌어요."

테오도루스는 한시름 놓았다. 아들 빈센트가 무엇인가를, 그게 무엇이든 간에, 마음에 두고 있으며 앞으로는 지난 몇 년 동안 그랬던 것처럼 되는 대로 나태하게 살지는 않을 것임을 알았기 때문이었다.

"내가 바라는 건, 네가 그 일을 시작하면 그걸 계속 끝까지 해줬으면 하는 거다. 공연히 이리저리 길을 바꾸다가는 결국 아무것도 못 하고 만다."

"이게 마지막입니다, 아버지. 다신 절대 길을 바꾸지 않아요."

2

얼마 뒤에 비가 그치고 날이 따뜻해졌다. 빈센트는 그림 도구와 이젤을 들고 나가 전원을 답사하기 시작했다. 세페 근방의 히스 들판에서 일하는 게 가장 좋았지만 가끔씩 수련을 그리기 위해 파시바르트에 있는 커다란 늪지로 갔다. 에텐은 서로를 잘 알고 지내는 소읍인데 그 곳 사람들은 빈센트를 삐딱하게 흘겨보곤 했다. 빈센트가 입은 검은 벨벳 작업복도 이 마을에선 처음 보는 종류의 옷이거니와, 그곳 토박이들이 보기에는 다 큰 남자가 하는 일 없이 연필과 도화지만을 들고 빈 들판에서 허송세월하는 것도 처음 있는 일이었다. 빈센트는 소박하고 사욕 없이 아버지의 교구민들에게 친절하게 굴려고 했지만 그들은 그와 연관되기를 바라지 않았다. 이 자그마한 촌구석에서 볼 때 그는 별종이었고 한량이었다. 그의 모든 것이 괴상해 보였다. 옷, 거동, 붉은 수염, 그의 이력, 일은 하지 않고 들판에 한정 없이 앉아 주위를 바라보는 것마저 이상해 보였다. 그가 해를 끼치는 것도 아니고 그저 혼자 가만 있게 내버려둬달라는 것뿐인데도 그들은 그가 자기들과는 다른 사람이라는 점 때문에 그를 수상히 여겼고 또 두려워했다. 빈센트는 사람들이 자기를 못마땅하게 여긴다는 것조차 알지 못했다.

그즈음 그는 벌채 중인 소나무 숲을 대형 스케치로 옮기고 있었는데 그중에서도 작은 개울가에 외따로 서 있는 한 나무에다 온 힘을 기울였다. 그 소나무 숲을 벌채하던 일꾼들 중에 하나가 건너와서 그가 그림을 그리는 모습을 지켜보곤 했다. 그 사람은 얼빠진 듯 히죽 웃으며 빈센트의 어깨 너머로 바라보다가 때로는 커다랗게 웃음을 터뜨리며 낄낄거렸다. 그 농부의 웃음소리는 나날이 더 커져갔다. 빈센트는 그가 뭘 보고 그렇게 즐거워하는지 알아봐야겠다고 결심했다.

"재미있으십니까?" 그가 정중하게 물었다. "제가 나무 한 그루를 그리는 게 말예요."

사내가 큰 소리로 웃었다. "맞소, 맞아. 아주 우스워요. 당신은 분명 미치광이일거야."

빈센트는 한동안 곰곰이 생각하다가 그에게 물었다. "내가 나무 한 그루를 심는다면, 내가 미치광이일까요?"

그 말에 농부는 금방 말짱한 정신으로 되돌아갔다. "아, 아니요, 물론 아니지."

"그 나무를 돌보고 보살핀다면 내가 미치광이일까요?"

"아니, 그럴 리가 있겠소."

"내가 그 나무의 열매를 딴다면 미치광이일까요?"

"당신, 당신 날 놀리고 있구려!"

"그렇다면, 이곳 사람들이 하는 것처럼 그 나무를 베어버린다면 내가 미치광이일까요?"

"아, 천만에. 나무란 베어낼 수밖에 없는 거니까."

"그럼 나무를 심고 키우고 그 열매를 따고 베어내도 좋지만, 그 나무를 그림으로 그린다면 미치광이가 된다는 거군요. 맞습니까?"

농부는 또다시 별안간 히죽히죽 웃기 시작했다. "맞소, 여기 이렇게 앉아 있는 걸 보면 당신은 틀림없이 미치광이야. 동네 사람들이 모두 그렇게 말하던걸."

그날 저녁에 그는 가족들과 함께 거실에 앉아 있었다. 굉장히 큰 나무 테이블 주위에 온 식구가 모여 앉아 바느질도 하고 책도 읽고 편지를 쓰기도 했다. 그의 어린 동생 코르는 거의 말이 없는 아이였다. 여자형제들 중에서 안나는 이미 결혼해서 나갔다. 엘리자베트는 빈센트를 너무도 싫어해서 그가 집에 돌아온 것을 되도록 모르는 척하려고 애썼다. 빌레민은 인정이 깊었다. 부탁할 때마다 포즈를 취해주고 별로 까다롭지 않게 그와 친하게 지냈다. 그러나 그것은 세상일에 얽힌 관계였다.

빈센트 역시 테이블에 편히 앉아서, 그 테이블 한가운데에 공평하게 놓인 큼직한 노란 램프 불빛에 비추어가며 그림을 그리고 있었다. 그는 그날 들판에서 그린 습작과 스케치들을 모사했다. 아버지 테오도루스가 가만히 보니, 빈센트는 한 인물을 열두 번이나 베끼면서 그때마다 번번히 불만스러운 얼굴로 그 완성된 그림을 던져버리고 있었다. 이쯤 되니 목사는 더 이상 견딜 수가 없었다.

"빈센트." 넓고 큰 테이블 너머로 몸을 기울이며 그가 말했다. "그걸 영 제대로 못 그리겠니?"

"네." 빈센트가 대답했다.

"그럼 혹시 네가 실수를 저지른 게 아니냐?"

"실수야 상당히 많이 저지르고 있죠. 하지만 어떤 실수를 말씀하시는 거예요?"

"내가 보기엔 말이다, 네게 재능이 있다거나 정말 화가가 될 타고난 소질이 있다면 그런 스케치쯤이야 처음 한 번에 척 제대로 그렸을 것 같은데."

그는 한 농부가 감자 자루 앞에 무릎을 구부리고서 감자를 집어넣고 있는 자신의 스케치를 내려다보았다. 그는 그 농부의 팔의 선(線)을 잘 그릴 수 있을 것 같지가 않았다.

"어쩌면 그럴지도 모르죠, 아버지."

"내 말은, 도대체 똑바로 그리지도 못하면서 그런 것들을 백 번이나 그릴 필요가 있겠느냐는 얘기다. 타고난 재능이 있다면 그런 수고하지 않아도 그림이 나왔을 게 아니냐."

"자연이란 언제나 화가에게 저항하면서부터 말을 시작하는 거예요." 연필을 놓지도 않은 채 빈센트가 말했다. "하지만 정말 내가 내 작품을 진지하게 생각한다면 그런 저항 때문에 길을 잃지 않도록 해야겠죠. 그 반대로 그건 오히려 승리를 얻기 위해 싸우는 데 자극제가 될 거예요."

"무슨 말인지 난 모르겠다." 테오도루스가 말했다. "선이 악으로부터 생겨날 수는 없고, 좋은 작품이 나쁜 것으로부터 생겨날 수도 없다."

"신학에선 아마 그럴 수 없겠죠. 하지만 예술에선 그게 가능합니다. 사실상 그렇게 되어야만 하고요."

"네 말이 틀린 거다, 애야. 한 예술가의 작품은 좋든가 나쁘든가 둘 중의 하나야. 그리고 그 작품이 나쁘다면 그 사람은 예술가도 아니다.

그걸 처음 시작할 때에 스스로 발견했어야만 했어. 그 시간과 노력을 헛되이 낭비하지 말아야 된단 말이다."

"하지만 그런 나쁜 작품이라도 만들어내는 생활에서 행복을 느낀다면요? 그렇다면 어떻습니까?"

테오도루스는 신학적인 교훈을 찾아내려 고심했지만 그 물음에 대해서는 아무런 대답도 찾아낼 수가 없었다.

"그렇지 않아요." 감자 자루를 지우면서 빈센트가 말했다. 그대로 남겨놓은 농부의 왼쪽 팔이 허공에 거북스럽게 걸려 있었다. "근본적으로 자연과 진정한 예술가는 서로 화합합니다. 하지만 몇 년이 걸리더라도 필사적으로 싸우고 씨름을 해야만 비로소 자연은 유순해지고 순종하게 됩니다. 그리고 그때 가서야 마침내 나쁜, 아주 나쁜 작품도 좋은 작품으로 변해 그 옳음이 증명되는 거죠."

"결국에 가서도 그 작품이 여전히 초라한 상태라면? 네가 무릎을 굽히고 있는 농부를 며칠 동안이나 그려왔지만 아직도 그 그림은 틀렸지 않느냐. 그 그림을 몇 년이고 몇 년이고 그려나가도 계속 잘못된 상태라면 어떻게 하겠느냐?"

빈센트가 어깨를 으쓱했다. "예술가란 바로 거기에 도박을 거는 거예요, 아버지."

"도박을 걸 만한 보답이 나오니?"

"보답요? 무슨 보답이요?"

"벌어들이는 돈. 그리고 사회적 지위."

빈센트는 비로소 종이 위에서 고개를 들고서 마치 처음 보는 낯선 사람을 쳐다보기라도 하듯 아버지의 얼굴을 하나씩 하나씩 뜯어보았다.

"전 우리가 좋은 작품과 나쁜 작품에 관해서 얘길 주고받는 줄 알았어요." 그가 말했다.

3

그는 밤낮으로 그림에 매달려 자신의 기법을 공부했다. 그가 장래를 조금이라도 생각하여, 언젠가 자신이 더 이상 테오의 짐이 되지 않고 자신이 완성한 그림이 완벽에 가까워질 날이 더 빨리 오기를 상상 속에서나마 그려보기 위해서였다. 너무 피곤해서 그릴 수 없을 때에는 책을 읽었다. 그것도 할 수 없을 만큼 피곤하면 잠을 잤다.

테오가 앵그르 종이와 수의(獸醫) 학교에서 나온 말, 소, 양의 해부도,『대화가들의 모델집』에 나오는 홀바인(한스 홀바인, 1497-1543, 독일에서 태어난 화가로, 뒤에 영국으로 건너가 헨리 8세의 궁정화가가 되었음/옮긴이)의 작품 몇 개, 그림 연필들, 깃펜, 인체 골격의 모형, 세피아 그림물감, 그리고 절약하여 쓸 수 있을 만큼의 돈을 보내왔다. 거기에 덧붙여 열심히 노력하고 절대 평범한 화가는 되지 말라는 훈계까지 보냈다. 그 충고에 대해 빈센트는 이렇게 답장을 보냈다. "나 자신이 할 수 있는 데까지 나는 할 것이다. 그러나 소박한 의미에서의 평범을 나는 결코 경멸하지 않는다. 더구나 평범을 경멸한다고 해서 그 수준 이상으로 올라설 수 있는 것도 아니다. 하지만 열심히 노력하라는 너의 말은 전적으로 옳다. 가바르니(1804-1866, 프랑스 화가. 비참한 하층민의 생활을 즐겨 묘사했음/옮긴이)가 경고했듯이 '반드시 하루에 선(線) 하나라도!'이다."

인물을 그리는 게 좋은 일이며 또 그것이 풍경을 그리는 데에도 간접적으로나마 좋은 영향을 미친다는 느낌이 날이 갈수록 커졌다. 한 그루의 버드나무를 살아 있는 것—물론 따지고 보면 버드나무는 실제로 살아 있지만—처럼 그린다면, 그 주위의 것들은 당연히 따라오게 되어 있었다. 그 버드나무에다 온 관심을 집중시켜 마침내 거기에 어떤 생명을 불어넣을 때까지 포기하지만 않는다면 말이다. 그는 풍경화를 무척 좋아했지만 그보다 열 배나 더 좋아한 것은 사람들의 생활을 그린, 때로는 놀랄 만한 리얼리즘의 기법으로 그린 그림들이었다. 말하자면 가바르니, 도미에(1808-1879, 프랑스 화가. 처음에는 신문 석판화, 그 뒤에는 수채화와 유화를 주로 했는데, 조각적인 기법으로 서민 생활을 묘사하여 당대의 미켈란젤로라는 평을 받았음/옮긴이), 도레(1832-1883, 프랑스 화가/옮긴이), 드 그루(1825-1870, 벨기에 화가. 사실주의적 수법으로 가난한 사람들을 그림/옮긴이), 펠리시앵 롭스(1833-1898, 벨기에 태생의 화가. 파리에서 악마주의 화가로 평판을 얻음/옮긴이) 등이 썩 잘 그려낸 그림들이었다. 갖가지 유형의 노동자들을 그리면서 그는 어느 날엔가는 잡지나 신문의 삽화를 그릴 수 있게 되기를 바랐다. 자신의 기교를 완벽하게 하고 나아가 더 우수한 표현 방식을 터득할 때까지의 멀고 험한 세월 동안 완전히 자립해서 살고 싶기 때문이었다.

한번은 그의 아버지가, 그가 심심풀이로 책을 읽는 줄 알았던지, 이렇게 말했다. "빈센트, 넌 열심히 노력해야만 합네 하고 늘 말하더니, 어째서 그런 쓸데없는 프랑스 책에다 시간을 허비하는 거냐?"

발자크의 소설 『고리오 영감』을 보고 있던 빈센트는 읽던 부분을 손가락 끝으로 누르고서 고개를 들었다. 그는 자신이 진지한 얘기들을 하면 아버지도 언젠가는 자신을 이해해줄 거라는 희망을 계속 품고 있었다.

"아시겠지만," 그가 느릿느릿 말했다. "인물이나 풍경을 실물대로 그리기 위해서는 그림 기법의 지식이 필요할 뿐 아니라, 문학에 대한 깊은 연구도 필요하거든요."

"솔직히, 난 그 말을 못 알아듣겠구나. 내가 훌륭한 설교를 하고 싶다고 해서 부엌에서 네 어머니가 혓바닥 고기를 절이는 걸 지켜보느라 시간을 허비할 필요는 없지 않느냐."

"혓바닥 고기 얘기가 나왔으니 말인데," 안나 코르넬리아가 말했다. "그 신선한 혓바닥 고기를 내일 아침 식사 때까지는 마련해둬야겠어요."

빈센트는 그 비유적인 얘기에는 맞서지도 않았다.

"한 인물을 그리려면," 그가 말했다. "그 안에 있는 골격과 근육과 힘줄 등을 모두 알아야만 돼요. 마찬가지로, 그 사람의 뇌나 영혼 속에서 무슨 일이 진행되고 있는지 알지 못하면 그 사람의 머리통도 그릴 수가 없어요. 살아 있는 사람들을 그리려면 그 사람의 골격뿐만 아니라, 그들이 세상에 대해 어떻게 느끼고 어떻게 생각하는지 알아야만 하는 거예요. 자신의 기법만 알고 다른 무엇도 모르는 화가는 결국 천박한 예술가로 드러나기 마련이지요."

"아, 빈센트." 아버지가 깊은 한숨을 내쉬며 말했다. "넌 아마 이론가가 될 것 같구나."

빈센트는 『고리오 영감』으로 다시 눈을 돌렸다.

한번은 그가 크게 흥분한 적이 있었는데, 테오가 그의 병폐인 원근법을 바로잡으라고 보낸 카사뉴의 책 몇 권이 도착했을 때였다. 빈센트는 그 책들을 사랑스럽게 죽 훑어보고서 빌레민에게 보여줬다.

"내 고질병에 이보다 더 나은 치료약은 없을 것 같구나." 그가 빌레민에게 말했다. "내가 만일 그 병폐를 고치게 된다면, 이 책들한테 감사해야 될 거야."

빌레민은 어머니를 닮은 맑은 눈으로 그에게 미소를 보냈다.

"미술에 관해 책에 써 있는 생각들을 읽으면, 정확하게 그림 그리는 법을 배울 수라도 있다는 말이냐?" 아버지가 물었다. 그는 파리에서 오는 것이라면 무엇이든 불신했다.

"예."

"거참 이상하군."

"말하자면 그 안에 든 이론을 실제로 실습하면 그렇게 된다는 거죠. 하지만 그래도 실습은 책으로 살 수 없는 거예요. 그럴 수만 있다면 책이 무지무지하게 잘 팔리게요."

나날이 분주하고 행복하게 흘러 어느덧 여름으로 접어들었다. 이젠 비가 아니라 열기 때문에 히스 들판으로 나갈 수가 없었다. 그는 재봉틀 앞에 앉은 누이동생 빌레민을 스케치하고, 바르그의『목탄화 실습』을 세 번째로 모사했으며, 밀레의「삽질하는 사람」에서 삽을 든 남자를 서로 다른 포즈로 다섯 번, 씨 뿌리는 사람을 두 번, 그리고 빗자루를 든 처녀를 두 번 그렸다. 그 다음엔 흰 머릿수건을 쓴 한 아낙네가 감자를 벗기는 모습, 지팡이에 몸을 기대고 선 양치기, 그리고 한 늙고 병든 농부가 팔꿈치를 무릎에 얹고 두 손으로는 턱을 받친 채 벽난로 곁의 의자에 앉아 있는 모습을 그렸다. 땅 파는 사람들, 씨 뿌리는 사람들, 밭 가는 사람들, 그러한 남자와 여자들을 계속해서 그려야겠다고 그는 생각했다. 시골 생활에 속한 모든 것을 자세히 관찰하여 그림으로 옮겨야겠다고 느꼈다. 이제 그는 이전처럼 자연 앞에 무력하지 않았다. 바로 그것이, 이전에 맛보았던 그 어느 것과도 비교할 수 없는 환희를 그에게 안겨주었다.

그곳 사람들은 여전히 그를 괴상한 녀석이라 생각하여 가까이 하지 않았다. 어머니와 빌레민―그리고 아버지도 그 나름대로―이 그에게 따뜻함과 애정을 듬뿍 주었지만, 에텐이나 목사관에 사는 그 어느 누구도 결코 뚫고 들어갈 수 없는 내부 가장 깊숙한 곳에서는 그는 무서우리만큼 외로웠다.

그러한 가운데 어느덧 농부들도 차츰 그를 좋아하게 되었다. 빈센트는 그들의 소박함 속에서 뭐랄까, 그들이 호미질도 하고 파내기도 하는 흙과 흡사한 어떤 것을 느꼈다. 그는 그것을 스케치 안에 옮겨놓으려고 애썼다. 식구들은 그의 스케치를 보면서 대체 농부가 어디서 끝나고 흙이 어디서 시작하는지 분간하지 못하는 일이 허다했다. 빈센트도 자신의 그림들이 어째서 그런 모양으로 나오는지 알 수 없었지만, 그는 그것이 옳다고, 바로 그렇다고 느꼈다.

그 점에 대해서 어느 날 저녁 어머니가 묻자 그는 말했다. "그 둘 사이엔 엄격한 경계선이 없어요. 그 둘은 사실상 두 종류의 흙이거든요.

서로가 서로에게 흘러들어가 서로에게 소속되는 겁니다. 똑같은 한 물질에서 나온 두 가지 형태예요. 본질상으로는 구별할 수 없죠."

그의 어머니는 빈센트에게 아직 아내가 없으므로 자신이 그를 다루면서 그가 성공하도록 도와주는 게 좋겠다고 판단했다.

"빈센트." 어느 날 아침 그녀가 말했다. "두 시까지 집으로 돌아와줬으면 좋겠다. 그래 주겠니?"

"네, 어머니. 그런데 뭘 하시려고요?"

"널 어느 티 파티에 데리고 가려고 그런다."

빈센트는 질겁했다. "하지만 어머니, 난 그런 식으로 내 시간을 허비할 수 없어요."

"어째서 그게 시간을 허비하는 거냐?"

"티 파티에선 그럴 만한 게 아무것도 없잖아요."

"바로 그 점이 넌 틀렸다. 에텐에서 내노라 하는 여자들이 거기에 모두 온단 말이다."

빈센트의 두 눈이 부엌 문간으로 향했다. 자칫하면 그대로 뺑소니칠 뻔했다. 가까스로 자신을 억누르고서 그는 애써 자기 입장을 설명하려 했다. 그의 말은 느릿느릿 그리고 힘들게 나왔다.

"내 얘긴, 어머니." 그가 말했다. "그 티 파티에 오는 여자들에겐 성격이 없다는 거예요."

"무슨 소리! 모두 다 훌륭한 성격들을 가지고 있다. 모두 단 한 군데도 흠잡을 데 없는 사람들이다."

"그렇겠죠, 어머니." 그가 말했다. "물론 그렇겠죠. 하지만 제 뜻은 그 여자들이 하나같이 비슷비슷한 모습이라는 거예요. 그들의 생활 형태가 그들 전체를 틀에 박힌 어떤 일정한 꼴로 만들어버린 거라구요."

"그건 그래도 난 분명, 힘 안 들이고 그 처녀들을 하나하나 분간할 수 있다."

"예, 어머니. 하지만 너무 편안한 생활을 하니까 그 사람들 얼굴엔

13세 무렵의 빈센트 반 고흐(1866년경).

18세 무렵의 빈센트 반 고흐(1871년경).

아버지 테오도루스 반 고흐.

동생 테오 반 고흐(1888-1890년경).

테오의 아내 요한나와 그들의 아들
아기 빈센트(1890년).

빈센트의 사촌인 케이와 그녀의
아들(1880년경).

고흐가 태어난 집.

뉘넌에서 아틀리에로 사
용했던 집.

빈센트가 입원했던 생 레미의 정신병원.

코르망의 아틀리에. 왼쪽 끝 의자에 앉은 사람이 툴루즈-로트레크(1886년경).

센 강변에서 에밀 베르나르와 이야기하는 빈센트(등이 보이는 사람, 1886년).

아를의 노란 집. 그림엽서(1940년경).

카페 라부. 왼쪽 끝에 앉아 있는 사람이 라부(1890년).

폴 시냐크에게 보낸, 두 장의 과수원 스케치가 있는 편지(1889년 4월 5일경).

빈센트가 숨을 거둔 방.

テオが友人들에게 빈센트의 죽음을 알린 부고장.

エミール・ベルナール가 그린 고흐의 장례식(1893년 작).

테오가 친구들에게 빈센트의 죽음을 알린 부고장.

에밀 베르나르가 그린 고흐의 장례식(1893년 작).

뭐 조금이라도 흥미를 끄는 것이 전혀 새겨져 있지 않아요."

"난 도통 모르겠다, 얘야. 넌 들판에 보이는 일꾼들이나 농부들은 모조리 그리지 않느냐."

"예, 그렸죠."

"그런데 그게 대체 너한테 무슨 소용이 있겠니? 모두 가난한 사람들이다. 네 그림을 하나도 살 수 없어. 하지만 읍내 여자들은 자기들의 초상화를 그려주면 돈을 지불할 수 있는 사람들이야."

빈센트는 어머니에게 양팔을 두르고서 한쪽 손으로 어머니의 뺨을 어루만졌다. 그 푸른 두 눈은 너무도 맑고 깊고 따뜻하고 사랑스러웠다. 사람들은 왜 이해하지 못하는 걸까?

"어머니." 그가 나직하게 말했다. "부탁하지만, 날 조금이라도 믿어주세요. 난 내가 하는 이 일을 어떻게 해야만 하는지 알고 있어요. 시간만 좀 주세요. 그럼 난 성공할 거예요. 지금 어머니 눈엔 쓸모없는 것으로 보이시겠지만 그 일들을 꾸준히 해나가면 마침내 난 내 그림들을 팔면서 잘살 수 있을 거예요."

안나 코르넬리아가 그를 이해하고 싶어하는 마음은 그가 이해받고 싶어하는 마음만큼이나 절실했다. 그녀는 아들의 불그스름한 거친 턱수염에다 입술을 비볐다. 그녀의 마음은, 지금 자신의 품 안에 안긴 이 튼튼하고 단단한 아들 녀석의 몸뚱아리가 준데르트 목사관에서 자신의 몸을 뚫고 나오던 바로 그 공포와 불안의 날로 되돌아갔다. 그녀의 첫 번째 아이는 사산이었고 그래서 빈센트가 길고 기운차게 고고(呱呱)의 성(聲)을 울렸을 때 그녀의 감사하는 마음과 기쁨은 헤아릴 길이 없었다. 그를 사랑하는 그녀의 마음속엔 항시, 눈도 뜨지 못하고 죽은 첫 번째 아이에 대한 아련한 슬픔과 그 뒤로 잇따라 나온 다른 자식들에 대한 감사의 마음이 뒤섞여 있었다.

"넌 참 착한 아이다, 빈센트." 그녀가 말했다. "네 자신의 길을 가렴, 최상의 길은 네가 잘 알고 있겠지. 난 그저 돕고 싶었을 뿐이다."

그날은 들판에 나가 일하지 않고 대신 정원사인 피에트 카우프만에게 모델을 부탁했다. 얼마간 설득을 한 후에야 카우프만이 겨우 승낙했다.

"식사 후에," 그가 승낙했다. "정원에서."

나중에 빈센트가 나와보니 피에트는 빳빳한 나들이 옷을 공들여 차려입은 데다 손과 얼굴도 깨끗하게 씻고 나와 있었다. "잠깐," 흥분한 피에트가 소리쳤다. "의자를 가지고 올 때까지 기다리시우. 그럼 준비가 다 끝날 거요."

자그마한 의자를 내다놓고 그 위에 막대처럼 딱딱하게 앉은 품이 흡사 은판 사진을 찍기 위해 마련된 것 같았다. 피에트가 앞에 있는 데도 불구하고 빈센트는 웃음을 터뜨리지 않을 수 없었다.

"하지만 피에트," 그가 말했다. "그런 옷을 입고 있으니 당신을 그릴 수가 없잖아요."

피에트는 깜짝 놀라 자기 옷을 내려다보았다. "옷이 뭐가 잘못됐다고 그러슈!" 그가 따져물었다. "이건 새 옷이라우. 일요일 아침 예배 때나 몇 번 입고 갔을 뿐인데."

"알아요." 빈센트가 말했다. "바로 그렇기 때문에 그래요. 난 당신이 일할 때 입는 그 낡은 옷을 입고 갈퀴질하는 걸 그리고 싶거든요. 그래야 당신 몸의 선이 밖으로 드러나잖아요. 당신의 팔꿈치와 무릎과 갈비뼈를 보고 싶다구요."

갈비뼈라는 말에 피에트의 마음은 완전히 굳어버렸다.

"그 낡은 옷은 더러운 데다 누덕누덕 기웠수다. 날 모델로 해서 그리고 싶다면, 지금 이 모습대로 그리지 않으면 안 되겠수다."

하는 수 없이 빈센트는 들판으로 나가, 몸을 굽히고서 흙을 파는 사람들을 그렸다. 여름이 지나갔다. 혼자서 할 수 있는 공부는 적어도 그 시점에서는 완전히 끝나버렸음을 그는 깨달았다. 다시 한번 그는 다른 예술가와 관련을 맺고 좋은 작업실에서 공부를 계속하고 싶은 강렬한 욕망에 시달렸다. 잘 그려진 그림들과 접하고, 또 화가들의 작업하는 모습을 직접 관찰하는 것이 무엇보다도 절대적으로 필요한 일이라는 기분이 차츰 들기 시작했다. 그래야만 자신에게 모자라는 점을 알 수 있게 되고, 또 어떻게 하면 더 나아질 수 있을까를 배울 수 있기 때문이었다.

테오가 파리로 오라는 초대의 편지를 써 보냈지만 빈센트는 그런 커다란 모험을 하기엔 자신이 아직도 성숙지 못했음을 알고 있었다. 그의 그림은 아직도 너무 미숙하고 어색하고 아마추어적이었다. 덴하흐가 불과 몇 시간 걸리는 거리에 떨어져 있었다. 그리고 거기서라면, 구필 화랑의 지배인이자 그와 친한 테르스테이흐 씨와, 이종 사촌의 남편인 안톤 마우베로부터 도움을 얻을 수 있을 것이었다. 그의 느려터진 수련 기간 중 다음 단계 동안에는 아마도 덴하흐에 자리를 잡는 편이 나을 것 같았다. 그는 테오에게 편지를 보내 그의 조언을 구했고, 동생은 답신과 함께 기차 요금을 보내왔다.

거처를 완전히 옮기기 전에 그는 테르스테이흐와 마우베가 자신에게 친절하게 도와줄 것인가를 알아보고 싶었다. 만일 그렇지 못하다면 어디 다른 곳으로 갈 수밖에 없었다. 그는 자신의 스케치 전부를 세심하게 싸들고서 ─ 이번엔 갈아입을 속옷도 함께 ─ 지방의 모든 젊은 예술가들이 하는 관례대로 그 나라의 수도를 향해 출발했다.

4

헤르만 기스베르트 테르스테이흐 씨는 덴하흐 회화파의 창시자이며, 네덜란드에서 최고의 권위를 가진 화상이었다. 전국 곳곳의 사람들이 그에게 와서 무슨 그림을 사야 할지 조언을 구하곤 했다. 테르스테이흐 씨가 좋은 그림이라고 말하면 사람들은 모두 그의 의견을 결정적인 것으로 받아들였다.

테르스테이흐 씨가 아저씨 빈센트 반 고흐의 뒤를 이어 구필 화랑의 지배인이 되었을 무렵엔, 네덜란드의 젊은 신진 화가들이 전국 방방곡곡에 뿔뿔이 흩어져 있었다. 안톤 마우베와 요제프는 암스테르담에서 살았고, 야콥 마리스와 빌렘 마리스는 지방에 있었으며, 요제프 이스라엘스(1824-1911, 네덜란드의 대표적인 유대계 화가/옮긴이), 요하네스 보스봄, 블로메르스(1845-?, 덴하흐 출신의 화가로서 이스라엘스에게서 강한 영향을 받음/옮긴이) 등은 일정한 본거지가 없이 이 도시에서 저 도시로 떠돌아다니고 있었다. 테르스테이흐 씨는 그들에게 차례로 편지를 보내어 얘기했다.

"모두 이곳 덴하흐에서 힘을 합하여 이곳을 네덜란드 미술의 수도로 만들지 않겠습니까? 우린 서로를 돕고, 서로에게서 배울 수 있으며, 우리 모두가 한결같이 노력하면, 프란스 할스(1580-1660, 17세기 네덜란드의 대표적 화가/옮긴이)와 렘브란트의 시대에 네덜란드 회화가 누렸던 세계적 명성을 되찾을 수 있습니다."

화가들의 반응은 느렸지만 해가 지남에 따라, 테르스테이흐가 재능이 있다고 점찍은 젊은 화가들이 모두 덴하흐에 정착하게 되었다. 그 시절엔 그 화가들의 작품을 찾는 수요가 단 하나도 없었다. 테르스테이흐가 그들을 선택한 것은 그들의 작품이 팔리기 때문이 아니라, 그들의 작품에서 미래의 위대한 가능성을 보았기 때문이었다. 그의 설득으로 대중이 그들의 작품에 눈을 돌리기 육 년 전부터 이미 그는 이스라엘스와 마우베와 야콥 마리스 등의 작품을 사들였다.

해마다 그는 보스봄, 마리스, 뇌하위스(알베르트 뇌하위스, 1844-1914, 네덜란드 화가/옮긴이) 등의 작품을 꾸준히 사들여 화랑 맨 뒤쪽에 있는 벽에다 집중적으로 걸어놓았다. 그는 그들이 완숙함을 얻기 위해 분투하는 동안 그 작품들을 보관해두어야만 한다는 것을 알고 있었다. 네덜란드 대중이 눈이 멀어서 바로 자기네 나라에서 태어난 천재들을 알아보지 못한다면, 비평가이며 화상인 그 자신이 훌륭한 젊은 화가들이 가난과 경시와 낙담 때문에 세상에서 영영 사라지지 않도록 봐주어야 했다. 그는 그들의 작품을 사고 비평하고 그들을 동료 화가들과 만나게 해주고 그 힘든 세월 내내 그들의 용기를 북돋아주었다. 네덜란드 대중을 교육시키기 위해, 자기 나라 화가들이 그린 작품의 아름다움과 그 표현을 볼 수 있도록 대중의 눈을 틔워주기 위해, 그는 날마다 싸웠다.

빈센트가 그를 찾아 덴하흐로 갔을 그 무렵에 그는 이미 성공해 있었다. 마우베, 뇌하위스, 이스라엘스, 야콥 마리스, 빌렘 마리스, 보스봄, 블로메르스 등이 그린 것이면 무엇이든 구필 화랑을 통해 높은 가격으로 팔려나갔고, 그뿐 아니라 그들이 정평난 대예술가가 될 가능성이 컸다.

테르스테이흐 씨는 전형적인 네덜란드형(型)의, 아주 잘생긴 사람이었다. 강인하고 빼어난 생김새에다, 높직한 이마, 뒤로 곧장 빗어넘긴 갈색 머리칼, 아름답고 소담한 둥근 턱수염, 네덜란드의 호수 같은, 하늘만큼이나 맑은 두 눈의 소유자였다. 그는 앨버트 공(영국 빅토리아 여왕의 남편/옮긴이) 스타일의 품이 넉넉한 검은색 웃옷과, 구두까지 덮는 느슨한 줄무늬 바지와, 높직한 싱글 칼라와, 아내가 아침마다 매주는 검은 나비넥타이를 하고 있었다.

테르스테이흐는 늘 빈센트를 좋아했고, 그래서 빈센트가 구필 화랑 런던 지점으로 전근을 갔을 때에는, 런던 지점 지배인에게 빈센트에 대한 따뜻한 칭찬의 편지를 써 보내기도 했다. 빈센트를 위해 보리나주로 『목탄화 실습』을 보내면서 바르그의 『데생 강의』도 도움이 될 것 같아 그 책까지 함께 끼워보낸 사람도 다름 아닌 바로 그였다. 그러므로 빈센트로서는, 덴하흐의 구필 화랑이 아저씨 빈센트 반 고흐의 소유이기는 했지만, 그런 사실과 상관없이 테르스테이흐가 자기 자신 자체를 좋아한다고 믿는 것도 일리 있는 일이었다. 테르스테이흐는 남에게 알랑거릴 위인이 아니었기 때문이다.

구필 화랑은 덴하흐 전체에서 가장 귀족적이고 고급스러운 지역인 플라츠 20번지에 위치해 있었다. 그 지척에, 이 도시가 생겨난 애초의 기원인 하우스텐보스 궁전이 있었는데, 거기에는 중세풍의 궁정과 그 옛날의 해자(垓字)를 개조해 만든 아름다운 호수와, 그리고 멀리 저 끝으로 루벤스, 할스, 렘브란트, 게다가 네덜란드의 이류급 화가들의 그림이 모두 걸려 있는 마우리츠하위스 미술관이 있었다.

그는 기차역을 나서, 사람들로 붐비는 좁고 구불구불한 바겐스트라트를 따라 걷다가 하우스텐보스 궁전의 플라인과 빈넨호프를 가로질러 플라츠에 이르렀다. 구필 화랑에서 마지막으로 걸어나온 것이 팔 년 전의 일이었다. 그 짧은 기간 동안 겪었던 고통의 물결이 그의 몸뚱이와 정신 위로 넘쳐올라 그를 삼켜버렸다.

팔 년 전. 그때는 누구나 다 그를 좋아했고 만족스러워했다. 그는 아저씨 빈센트가 가장 사랑하는 조카였다. 그가 아저씨 빈센트의 후임자일 뿐 아니라 유산 상속자가 될 거라고 누구나 다 그렇게 믿고 있었다. 그는 지금쯤엔 부유하고 권세 있는 사람이 되어 누구에게서든 존경과 찬탄을 받았을 수도 있었다. 그리하여 유럽에서 가장 커다란 화랑 체인을 소유했을 것이다.

그런데 그가 어떻게 되었던가?

그 물음에 대답할 틈도 없이 그는 플라츠를 건너 구필 화랑으로 들어섰다. 그곳은 아름답게 꾸며진 화랑이었다. 그 사실을 깜박 잊고 있었다. 그는 갑자기 자신이 입은 투박한 검은 벨벳의 작업복이 값싸고 초라하게 느껴졌다. 화랑의 일층은 베이지색의 값진 휘장이 드리워진 긴 전시실이었고, 거기서 세 계단 위에는 유리 지붕이 덮인 그보다 작은 전시실이 있고, 그 맨 끝으로 몇 계단 더 올라가면 신진 화가들을 위한 자그마한 전시실이 있었다. 테르스테이흐의 사무실과 응접실이 있는 이층으로 이어지는 널찍한 층계가 있었는데, 올라가는 층계의 양측 벽에는 그림들이 잔뜩 걸려 있었다.

화랑에서는 굉장한 부(富)와 문화의 냄새가 풍겼다. 점원들은 훌륭한 차림새에다 몸가짐도 세련되었다. 사방 벽에는 값비싼 벽지를 배경으로, 호화로운 액자에 담긴 그림들이 걸려 있었다. 두툼하고 부드러운 양탄자는 발 밑에서 푹신거렸고, 구석에 점잖게 놓인 의자들은, 그의 기억에 의하면, 무척이나 값나가는 골동품들이었다. 그는 누더기를 입은 광부들이 탄광에서 나오는 모습, 그들의 아내가 몸을 구부리고서 테리를 줍는 모습, 그리고 땅을 갈고 씨를 뿌리는 브라반트의 사람들을 그린 그림을 생각해보았다. 가난하고 비참한 사람들을 그린 그 단순한 그림들이 이 위대한 미술의 궁전에서 행여 팔리게 될까 하고 생각해보았다.

그런 일은 거의 있을 것 같지도 않았다.

그는 꼴불견일 정도로 감탄하는 모습으로 선 채, 마우베가 그린 양(羊)머리의 그림을 응시했다. 에칭 테이블 뒤에서 낮은 목소리로 잡담을 주고받던 점원들이 그의 차림새와 거동을 한번 힐끗 쳐다보고는, 무슨 그림을 찾느냐고 물어볼 생각도 하지 않았다. 테르스테이흐는 부속 전시실에서 전시회 준비를 하고 있다가, 주 전시실을 향해 층계를 내려오고 있었다. 빈센트는 그를 보지 못했다.

테르스테이흐는 몇 계단 되지 않는 층계의 맨 아래 계단에 멈춰선 채, 이전에 자기 밑에서 일하던 점원인 빈센트를 꼼꼼히 뜯어보았다. 그의 눈에 비친 것은 빈센트의 짧게 자른 머리, 얼굴에 덥수룩하게 난 붉은 수염, 농부들이 신는 장화, 속에 넥타이 따윈 매지도 않은 채 목까지 단추를 잠근 작업복 윗도리, 그리고 한쪽 겨드랑이에 어색하게 끼고 있는 보따리였다. 빈센트의 모습엔, 뭐랄까, 너무도 어색한 면이 있었다. 그것이 이 우아한 화랑 안에서 잔인하리만큼 크게 부각되었다.

"여, 빈센트." 테르스테이흐가 부드러운 양탄자 위로 소리 없이 건너오면서 말했다. "자네, 우리 그림에 경탄하고 있구만."

빈센트가 몸을 돌렸다. "네. 그림들이 좋군요, 그렇죠? 어떻게 지내세요, 테르스테이흐 씨? 어머니와 아버지께서 안부 전해달라고 하시던데요."

팔 년이라는 건너뛸 수 없는 간격을 가로질러 두 사람은 악수를 나누었다.

"건강이 무척 좋아 보이십니다. 마지막 뵈었던 때보다 한결 더 좋아 보이는데요."

"응, 그래. 이 생활이 내 성격에 맞거든. 계속 젊은 기분을 만들어준다네. 내 사무실로 올라가지 않겠나?"

빈센트는 그를 따라 널찍한 층계를 올라갔다. 층계 양쪽 벽에 걸린 그림들에서 눈을 떼지 못하고 그는 연신 뒤뚱거리며 올라갔다. 테오와 함께 브뤼셀에서 머물렀던 그 짧은 시간 이후 처음으로 좋은 그림을 보는 셈이었다. 그림들 때문에 눈이 부셨다. 테르스테이흐가 자기 사무실 문을 열고 그를 안으로 데리고 들어갔다.

"앉지, 빈센트?" 그가 말했다.

빈센트는 그로서는 처음 보는 화가인 베이센브뤼흐의 그림을 멍청히 쳐다보고 있는 중이었다. 그는 의자에 앉아 보따리를 내려놓았다가 다시 집어들고는 이윽고 무척이나 깨끗하게 닦인 테르스테이흐의 책상 쪽으로 건너갔다.

"고맙게도 제게 빌려주셨던 그 책들을 가지고 왔습니다, 테르스테이흐 씨."

그는 보따리를 풀었다. 셔츠 하나와 양말 한 켤레를 옆으로 밀치고서 『목탄화 실습』을 꺼내 책상 위에 놓았다.

"전 아주 열심히 소묘를 했습니다. 이 책을 빌려주셔서 제겐 정말 큰 도움이 되었습니다."

"어디, 자네가 모사한 스케치를 보여주게." 곧바로 용건으로 넘어가며 테르스테이흐가 말했다.

빈센트는 한 무더기 쌓인 종이들을 급히 뒤적거리다가 맨 처음 보리나주에서 베꼈던 일련의 스케치들을 빼냈다. 테르스테이흐는 돌 같은 침묵을 유지했다. 그러자 빈센트는 재빨리 에텐에 정착해서 베낀 두 번째 것들을 그에게 보여주었다. 이 두 번째 그림들을 볼 때엔 테르스테이흐의 입에서 "흐음" 하는 소리가 간신히 새어나왔지만 그러나 그뿐이었다. 이윽고 빈센트는 세 번째 복사한 것들을 보여줬다. 그것은 덴하흐로 떠나오기 바로 전에 완성한 것들이었다. 테르스테이흐가 관심을 보였다.

"이 선(線)은 좋군." 그가 일단 입을 열었다. "이 명암은 마음에 드는데." 또 다음번엔 그렇게 말했다. "잘하면 되겠어!"

"제 느낌에도 그렇게 형편없지는 않은 것 같습니다." 빈센트가 말했다.

그는 그 한 무더기의 그림을 추스려놓고서, 테르스테이흐의 심판을 받기 위해 그에게로 몸을 돌렸다.

"그래, 빈센트." 연장자인 테르스테이흐가 말했다. 그는 손가락 끝이 가느다란 길고 야윈 손을 책상 위에 반듯하게 올려놓고 있었다. "조금 향상됐군. 많이는 아니고 조금. 첫 번째 베낀 그림을 볼 땐 염려가 되었네. 그런데 자네 작품을 보니, 최소한 고군분투했다는 건 나타나더군."

"그게 전부입니까? 고군분투뿐인가요? 재능은 없습니까?"

그런 질문은 하지 말아야 했다는 걸 알았지만 빈센트는 그걸 억누를 수가 없었다.

"그런 얘기를 하기엔 너무 이르지 않을까, 빈센트?"

"아마, 그렇겠죠. 그런데 베낀 게 아닌, 내 스스로 보고 그린 스케치들을 함께 가지고 왔는데요. 그걸 보시겠습니까?"

"그거 좋겠군."

빈센트는 광부들과 농부들을 그린 자신의 스케치를 조금 꺼내놓았다. 당장 무시무시한 침묵이 떨어졌다. 네덜란드 전국에서, 수백 명의 젊은 화가들에게 그들의 작품이 나쁘다는 결정적인 홍보를 전해준 것으로 유명한 그 침묵이었다. 그 그림들 전체를 일일이 훑어보는 테르스테이흐의 입에선 "흐음" 소리조차 새어나오지 않았다. 빈센트는 진저리를 쳤다. 테르스테이흐는 의자에 깊숙이 앉은 채, 창 밖 플라츠 너머로 백조들이 떠 있는 호수를 내려다보았다. 빈센트는 자신이 먼저 말을 꺼내지 않으면 이 침묵이 영원히 계속되리라는 걸 경험으로 알고 있었다.

"전혀, 개선된 점이 안 보이나요?" 그가 물었다. "보리나주에서 나온 것들보다 브라반트에서 얻은 스케치들이 한결 낫다고 생각지 않으세요?"

"글쎄." 밖으로부터 시선을 돌리며 테르스테이흐가 대답했다. "좀 나아지긴 했군. 그러나 원체 좋은 그림들이 아니야. 뭔가 근본적으로 잘못된 게 있어. 그게 뭔지, 나도 당장은 모르겠지만. 자넨, 한동안은 복사하는 일만 하는 게 낫겠네. 자넨 아직 창작품을 할 준비가 안 되어 있어. 실물 사생을 시작하기 전에 기본적인 것을 먼저 잘 이해해야만 되네."

"전 덴하흐에 공부하러 오고 싶습니다. 괜찮은 생각인 것 같습니까?"

테르스테이흐는 빈센트에 대하여 어떠한 의무도 떠맡고 싶지 않았다. 이 모든 상태가 그에겐 괴이하게 보였다.

"덴하흐는 좋은 곳이지." 그가 말했다. "좋은 화랑들이 있고 젊은 화가들이 많아. 하지만 덴하흐가 안트베르펜이나 파리나 혹은 브뤼셀보다 나을지 어떨지는 난 확실히 모르겠네."

빈센트는 완전히 낙심하지만은 않은 채 그곳을 나왔다. 테르스테이흐가 그의 작품에서 약간 진보된 점을 보았던 것이다. 네덜란드에서 가장 혹독한 테르스테이흐의 눈이 말이다. 빈센트가 최소한 정체하고 있지는 않은 셈이었다. 그는 자신의 실물 스케치가 마땅히 그려졌어야만 하는 그대로 그려진 것이 아님을 익히 알고 있었지만, 열심히 그리고 오랫동안 노력하면 결국엔 올바른 그림이 나오리라는 자신감을 가지게 되었다.

5

덴하흐는 아마 유럽 전체에서 가장 깨끗하고 품위 있는 도시일 것이다. 네덜란드풍에 알맞게, 그곳은 소박하고 간소하고 아름다웠다. 먼지 한 점 없는 거리엔 꽃을 활짝 피운 나무들이 줄지어 서 있고, 집들은 산뜻하고 깔끔한 벽돌로 지어진 데다가, 집 앞마다 장미와 제라늄을 아름답게 가꾸어놓은 자그마한 화단이 있었다. 빈민가도, 가난에 찌든 구역도, 제멋대로 눈살을 찌푸리게 만드는 광경도 없었다. 모든 것이 네덜란드인 특유의 그 뛰어난 절제로 보존되어 있었다.

오래 전에, 덴하흐는 황새(황새는 잉태를 상징함/옮긴이)를 그 공식 문장(紋章)으로 채택했다. 그 이후로 덴하흐의 인구는 급속도로 증가했다.

빈센트는 다음날 아침까지 기다렸다가, 우일레보멘 198번지의 자택으로 마우베를 방문했다. 마우베의 장모는 카르벤투스 가문의 사람으로서 바로 어머니 안나 코르넬리아와 자매지간이었다. 이들 사이엔 가족에 대한 유대감이 강했던 터라 마우베는 빈센트를 따뜻하게 맞아들였다.

마우베는 약간 굽었지만 굉장히 큰 어깨와 널찍한 가슴을 가진 아주 다부진 몸집의 사내였다. 그의 머리통은, 테르스테이흐나 대부분의 반 고흐 가문 식구들의 머리통과 마찬가지로, 그의 모습에서 볼 때 얼굴의 생김생김보다 더 중요한 비율을 차지했다. 그는 반짝이는 그러나 뭐랄까 약간 센티멘털해 보이는 두 눈, 이마로부터 굵은 뼈만 돌출하여 경사짐 없이 곧고 강하게 내려온 콧날, 높고 널찍한 이마, 편편한 두 귀, 완벽한 타원형 얼굴을 가린 은회색 수염의 소유자였다. 머리의 오른쪽 맨 끝으로 가로로 큼직하게 빗어넘긴 머리칼이 앞 이마와 평행선을 이루고 있었다.

마우베는 다 처치하지 못할 만큼의 에너지로 넘쳐나는 사람이었다. 그는 그림을 그리다가 그것에 지쳤을 때에도 계속 그려나갔고, 거기에

다시 완전히 지쳤을 때에도 좀더 그랬다. 그렇게 하다 보면 새 기운이 돌아와서 다시 그림을 그릴 수 있었다.

"예트는 지금 집에 없네, 빈센트." 마우베가 말했다. "아틀리에로 갈까? 거기가 한결 더 편안할 것 같군."

"예, 그러죠." 정말이지 그는 마우베의 작업실이 몹시도 보고 싶었다.

그는 밖으로 나가 정원에 있는 큼직한 목조 아틀리에로 빈센트를 안내했다. 아틀리에 입구는 안채와 가까운 쪽으로 나 있었지만 그래도 안채까지는 얼마간의 거리가 있었다. 정원은 울타리가 둘러쳐져 있었으므로 마우베는 작업하기 알맞도록 완전히 고립되어 있었다.

안으로 들어서자, 담배 연기와 오래된 파이프와 니스의 상쾌한 냄새가 빈센트를 맞았다. 아틀리에는 꽤 넓었다. 두툼한 데벤터산(産) 양탄자 위에 여기저기 늘어선 이젤들마다 그림이 얹혀 있었다. 사방 벽은 습작품들로 빽빽했고, 한쪽 구석엔 고풍스러운 테이블, 그 앞엔 자그마한 책들이 여기저기 흩어져 있었으며, 조금이라도 남은 공간이라면 어디나 그림 도구들이 널려 있었다. 작업실의 활기찬 충만감에도 불구하고 빈센트는 마우베의 성격에서 풍겨나오는 어떤 명확한 질서 정연함이 그곳 전체를 다스리고 있음을 느낄 수 있었다.

가족간의 안부를 묻는 형식적인 인사는 불과 몇 초 만에 끝났다. 그들은 둘 다 이 세상에서 가장 관심을 쏟는 화제로 당장 뛰어들었다. 마우베는 얼마 전부터 다른 화가들을 애써 피해오면서―그의 평소의 지론에 의하면 그림을 그리든가 아니면 그림 그리기에 대한 이야기를 하든가이지 그 둘을 동시에 할 수는 없었다―서글픈 여명 속의 안개 자욱한 풍경을 그리는 새로운 계획에 열중했다. 그 새 계획에 대해 그는 빈센트와 의논을 하는 게 아니라, 단순히 일방적으로 그 얘길 쏟아놓는 것이었다.

마우베 부인이 돌아왔다. 그녀는 빈센트에게 저녁을 먹고 가라고 우겼다. 즐겁게 식사를 끝낸 뒤 벽난로 앞에 앉아 아이들과 얘기를 나누면서 빈센트는 자기 자신의 아담한 가정을 꾸릴 수 있다면 얼마나 좋을까 하고 생각했다. 자신을 사랑하고 믿어주는 아내와, 아버지라는 단순한 이름으로 그 자신을 황제나 영주처럼 떠받드는 아이들이 있는 가정을 가질 수 있다면. 그런 행복한 날이 그에겐 결코 오지 않을 것인가?

얼마 뒤에 두 사람은 다시 작업실로 돌아가, 느긋하게 파이프를 빨고 있었다. 빈센트는 베낀 스케치들을 꺼냈다. 마우베는 전문가다운 날카로운 눈으로 재빨리 그것들을 훑어보았다.

"나쁘진 않군." 그가 말했다. "연습치고는 말이야. 하지만 그것들이 무슨 소용이 있나?"

"소용이라뇨? 전 무슨……."

"자넨 여지껏 베끼기만 하고 있잖나, 중학생처럼 말일세. 진짜 창조는 다른 사람들이 벌써 다 해놓았어."

"전 그것들을 통해 사물에 대한 감정을 얻을 수 있을 것 같아서……."

"말도 안 되는 소리. 진짜 창조를 하고 싶다면, 실물을 그리게. 복사하지 말라구. 베낀 게 아닌, 자신이 직접 보고 그린 스케치는 없나?"

빈센트는 자신이 실제로 그린 스케치에 대해서 테르스테이흐가 한 말을 떠올렸다. 그는 그것들을 마우베한테 보일까 말까 고심했다. 그가 덴하흐에 온 것은 마우베에게 스승이 되어달라고 부탁하기 위해서였다. 그런데 만일 그나마 보여줄 수 있는 작품들이 전부 형편없는 것이라면…….

"아뇨." 그가 대답했다. "전 인물 스케치도 줄곧 함께 해왔죠."

"잘했어!"

"보리나주의 광부들과 브라반트의 농부들을 그린 스케치들이 조금 있는데요. 썩 잘되지는 않았지만……."

"그런 건 전혀 염려 말게." 마우베가 말했다. "그걸 좀 보여주게. 자넨 틀림없이, 거기서 진짜 영혼을 포착했을 거야."

격렬한 심장의 고동과 함께 그는 스케치들을 마우베 앞에 내놓았다. 마우베는 의자에 앉았다. 그는 한쪽으로 길게 빗어붙인 머리칼을 왼손으로 훑으면서 쉼 없이 머릿결을 어루만졌다. 그의 은회색 수염 뒤로부터 부드러운 만족의 미소가 새어나왔다. 그는 머릿결이 길게 흘러내린 반대 방향으로 손을 한 번 쑤셔넣더니 그대로 손길을 멈춘 채, 못마땅하다는 듯한 시선으로 빈센트를 재빨리 쳐다보았다. 다음 순간 마우베는 한 일꾼을 그린 빈센트의 스케치를 들고 일어나더니, 자신의 새로운 캔버스 위에 밑그림으로 대강 그려놓은 한 인물 옆에다 그것을 나란히 놓았다.

"내 그림의 어디가 잘못이었는지 이제 알겠어." 마우베가 탄성을 질렀다.

연필을 집어들고 불빛을 조정한 그는 빈센트의 그림에서 내내 눈을 떼지 않고서 자기 캔버스 위에다 몇 번 재빠르게 선을 그려넣었다.

"이러니까 한결 낫군." 그가 뒤로 물러서면서 말했다. "이제야 저 치가 대지의 사람처럼 보인단 말이야."

그가 빈센트 곁으로 걸어오더니 그의 어깨 위에 손을 얹었다.

"괜찮아." 그가 말했다. "자넨 이미 출발한 거야. 스케치가 좀 서툴긴 하지만, 그러나 진실해. 흔히 볼 수 없는 어떤 생명력과 리듬이 있어. 책들을 복사하는 일은 집어치우게. 그리고 유화 물감을 사게. 그림 물감으로 작업을 하는 일이 빠를수록 자네에겐 더 좋을 테니까. 자네 그림은 지금 반쯤밖에 나쁘지 않아. 그러니까 그림을 계속하면서 개선할 수 있네."

빈센트는 그 순간 행운이 트였다고 생각했다.

"전 덴하흐로 옮겨올 작정입니다." 그가 말했다. "그리고 여기서 작업을 계속하고 싶습니다. 제게 가끔씩 도움을 주셨으면 고맙겠습니다만, 그래주실 수 있겠습니까? 전 당신과 같은 사람의 도움이 필요합니다. 그저 자그마한 것, 이를테면 오늘 오후에 당신의 스케치들을 두고 제게 보여주신 것 같은 것 말입니다. 젊은 화가들에겐 언제나 스승이 필요합니다. 당신 밑에서 일할 수 있게 해준다면 정말 고맙겠습니다."

마우베는 작업실 안에 아직 미완성인 채로 남아 있는 자신의 작품들을 조심스럽게 훑어보았다. 그는 자신의 작업실에서 그나마 조금이라도 남는 시간은 가족들과 함께 지내길 좋아했다. 빈센트를 감쌌던 그 따뜻한 찬사의 분위기는 갑자기 걷혀버렸다. 그 대신 움츠림이 찾아들었음을, 언제나 다른 사람의 태도의 변화에 지극히 민감한 빈센트는 금방 알아챘다.

"난 바쁜 사람이야, 빈센트." 마우베가 말했다. "다른 사람을 도와줄 여유가 별로 없네. 예술가란 이기적이어야 해. 작업 시간을 단 일 초라도 뺏기지 말아야 해. 자네에게 많은 걸 가르쳐줄 수는 없을 것 같네."

"전 많은 것을 원하는 게 아닙니다." 빈센트가 말했다. "그저 때때로 이곳에서 당신과 함께 작업하면서 당신이 그림을 완성해가는 걸 지켜보게 해주십시오. 오늘 오후에 한 것처럼 당신의 작품에 대해서 얘길 해주십시오. 그러면 전 한 그림 전체가 어떻게 완성되는지를 알 수 있을 겁니다. 그리고 이따금씩 쉬실 때만, 제 그림들을 훑어보면서 실수를 지적해주시면 됩니다. 제가 부탁하는 건 그뿐입니다."

"자넨 그게 자그마한 부탁에 지나지 않는다고 생각하나? 하지만 정말 그건 심각한 문제야. 제자를 받아들인다는 것 말이야."

"전 절대 짐이 되지 않을 겁니다. 그건 약속 드릴 수 있습니다."

마우베는 오래 생각에 잠겼다. 그는 결코 제자 따위는 원치 않았다. 그는 작업할 때 사람들이 옆에 있는 걸 싫어했다. 대개는 자신이 창조한 작품에 관해 전혀 말하고 싶지 않은 기분이 들거니와, 또한 초심자에겐 조언을 해줘봤자 욕만 들을 뿐 얻는 것이 아무것도 없었기 때문이었다. 그렇긴 하지만, 빈센트는 아내의 이종사촌이고 그의 아저씨 빈센트 반 고흐와 구필 화랑이 자신의 그림을 사주는 데다가, 이 녀석에겐 뭐랄까, 거칠고 격렬한 열정이 있었다. 그것은 그의 그림에서도 느껴지는 바로 그 거칠고 격렬한 열정이었다. 바로 그것이 마우베의 마음을 끌었다.

"좋아, 빈센트," 마우베가 말했다. "우리 한번 해보세."

"아, 마우베!"

"내가 자네에게 뭘 약속하는 건 아니네, 그 점 명심하게. 결과는 아주 지독하게 나쁠 수도 있어. 하지만 덴하흐에 정착하게 되면 내 작업실에 오게. 그리고 서로 도울 수 있는지 생각해보기로 하지. 난 가을 동안 드렌터에 가 있을 예정이야. 그러니 겨울이 시작될 때 오면 어떻겠나."

"제가 오고 싶은 때도 바로 그 무렵입니다. 아직 몇 달간 더 브라반트에서 작업을 해야 되거든요."

"그럼 그 문제는 해결됐구만."

기차를 타고 집으로 돌아오는 도중 내내 빈센트의 내부에선 나직한 노랫소리가 흘러나오고 있었다. "내겐, 스승이 있어, 스승이 있어. 몇 달만 지나면 난 위대한 화가와 함께 공부를 하는 거야. 그러면 또한 유화를 배우게 될 테지. 작업을 해야지. 아! 다음 몇 달 동안엔 어떻게 작업을 해야 할까? 다음엔 내가 얼만큼 진보했는지를 그가 알아보겠지."

그가 에텐의 집으로 돌아와보니 케이가 그곳에 와 있었다.

6

케이는 크나큰 슬픔을 통해 숭고한 여인으로 변해 있었다. 그녀는 온 마음을 쏟아 남편을 사랑했고, 그의 죽음이 그녀의 내부에서 무엇인가를 파멸시켰다. 그녀가 가지고 있던 거대한 생명력, 큰 활력, 열정, 힘 따위는 완전히 사라졌다. 그녀의 따스하고 생생하던 머리칼조차 그 윤기를 잃어버린 것 같았다. 내려오면서 점차 가늘어지는 그녀의 얼굴은 금욕적인 타원형을 이루었고, 푸른 두 눈엔 수심에 잠긴 검고 깊은 웅덩이가 들어 있었다. 암스테르담에서 알고 지내던 때보다 활력이 줄

어들긴 했지만 지금 그녀에게는 보다 원숙한 아름다움, 그녀에게 깊이
와 실체감을 더해주는 부드러운 슬픔이 있었다.

"드디어 이곳엘 왔군요! 기쁩니다, 케이." 빈센트가 말했다.

"고마워, 빈센트."

그들이 "사촌"이란 말을 붙이지 않고 그냥 이름만으로 서로를 부른
것은 처음 있는 일이었다. 어떻게 하다 그렇게 되었는지 그들은 알지
못했고 또 그 문제에 관해선 생각조차 하지 않았다.

"물론 얀도 데리고 왔겠죠?"

"응, 정원에 있어."

"브라반트에 온 게 처음이죠. 이곳 브라반트를 보여드리게 되다니
정말 흐뭇합니다. 함께 히스 들판을 오랫동안 산책하기로 하죠."

"그거 좋겠네, 빈센트."

그녀는 다정하게 말했지만 거기엔 열의가 없었다. 그녀의 목소리는
전보다 더 깊게 가라앉았고 좀더 떨리고 있었다. 빈센트는 카이저스그
라흐트의 집에서 그녀가 따스하게 대해주었던 일들을 떠올렸다. 그녀
에게 남편의 죽음을 이야기하면서 위로의 말을 해주어야 될까? 뭐라
도 말을 해주는 게 자신의 도리라는 건 알았지만 그는 그녀의 얼굴에
또다시 슬픔을 끼었지 않는 편이 좋겠다고 느꼈다.

케이는 그의 눈치 있는 거동이 내심 고마웠다. 남편은 그녀에겐 너
무도 신성한 존재였으므로 그에 대해선 누구와도 얘길 나눌 수가 없었
다. 그녀 역시 카이저스그라흐트에서의 그 즐거웠던 겨울 저녁들을 머
리에 떠올렸다. 그녀는 난로가에서 남편과 부모님과 함께 카드놀이를
하고, 그동안 빈센트는 멀리 떨어진 구석의 램프 불 아래에 앉아 있던
그 겨울 저녁들을. 소리 없는 고통이 그녀의 내부에서 솟아올랐고, 촉
촉한 물기가 이제는 검게 변한 그녀의 두 눈을 뒤덮었다. 빈센트는 자
기 손을 그녀의 손 위에 가만히 올려놓았고, 그는 고통이 그녀를 얼마
나 우아하게 만들었는지 알 수 있었다. 이전의 그녀는 다만 행복한 여

자에 불과했다. 그런데 지금 그녀는 정서적 불행이 가져다줄 수 있는 갖가지 생생한 고통에 사무친 여인이었다. 다시 한번 옛말이 마음에 번개처럼 떠올랐다. "고뇌로부터 아름다움이 나온다."

"케이, 여기가 마음에 들 거예요." 그는 부드럽게 말했다. "난 밖에 들판으로 나가서 하루 온종일 스케치를 하며 보냅니다. 당신도 얀을 데리고 나와 함께 가요."

"난 방해만 될 텐데, 뭘."

"아, 아뇨! 난 누구랑 같이 있는 게 즐거워요. 산책하면서 재미있는 것들을 많이 보여드릴게요."

"그럼 이곳에 오길 잘한 것 같은데."

"얀에게도 좋을 겁니다. 신선한 공기 덕분에 그 애도 튼튼해질 거예요."

그녀는 아주 가볍게 그의 손을 눌렀다.

"그리고 우린 친구가 되는 거지. 그렇지, 빈센트?"

"그럼요, 케이."

그녀는 그의 손을 놓고서 신작로 건너에 있는 프로테스탄트 교회를 응시하고 있었지만, 실제로 그것을 보고 있는 것은 아니었다.

빈센트는 정원 안으로 들어가 케이를 위해 긴 의자를 근처에 가져다놓고서, 얀이 조그만 모래집을 만드는 것을 거들어주었다. 그는 덴 하흐에서 가지고 온 굉장한 뉴스를 그 순간만큼은 잊고 있었다.

저녁 식탁에서 그는 마우베가 자신을 제자로 받아들였다는 얘기를 식구들에게 털어놓았다. 평상시라면 테르스테이흐나 마우베가 무슨 칭찬을 했더라도 그 얘길 되풀이하지는 않았을 테지만, 식탁에 케이가 함께 있었으므로 그는 자신의 모습이 훌륭하게 돋보이도록 만들고 싶었던 것이다. 그의 어머니는 대단히 기뻐했다.

"넌 뭐든 마우베가 말하는 대로 해야 한다." 그녀가 말했다. "그 사람은 성공한 사람이잖니."

다음 날 아침 아주 일찍이 얀과 케이와 빈센트는 리스보슈를 향해 출발했다. 빈센트가 그곳에서 스케치를 하고 싶어했기 때문이었다. 빈센트는 점심 때 먹을 걸 싸가지고 가는 일 따위는 전혀 염두에 두지도 않았는데 어머니가 그 셋을 위해 근사한 점심을 싸주었다. 어머니는 무슨 소풍이라도 가는 줄로 생각한 것이었다. 도중에 교회 구내에서 까치 둥지가 얹힌 커다란 아카시아 나무를 지나쳤다. 까치 둥지를 보고 아이가 흥분하자 빈센트는 새 알을 하나 꼭 찾아주마고 약속했다. 그들은 바닥에 바삭바삭한 소나무 잎이 깔린 소나무 숲을 뚫고 황색, 백색, 회색의 모래로 뒤덮인 히스 들판을 건너갔다. 얼마쯤 가니까 버려진 쟁기와 짐마차가 들판에 서 있는 게 보였다. 그는 소형 이젤을 세우고 얀을 들어 그 짐마차 안에 올려놓고서 재빨리 스케치했다. 케이는 한쪽으로 조금 떨어져 선 채, 좋아하며 뛰어노는 얀을 쳐다보았다. 그녀는 한마디 말도 없었다. 빈센트는 그녀를 방해하고 싶지 않았다. 그녀가 따라와준 것만으로도 기뻤다. 여인을 곁에 두고 작업을 한다는 게 이렇게 즐거운 일인 줄은 미처 몰랐다.

지붕에 이엉을 얹은 오두막집들을 수없이 지나친 뒤 이윽고 그들은 로센달로 가는 신작로로 나섰다. 드디어 케이가 입을 열었다.

"빈센트." 그녀가 말했다. "빈센트가 이젤 앞에 서 있는 걸 보니까, 전에 암스테르담에서 내가 빈센트를 두고 생각했던 것들이 떠올랐어."

"그게 뭔데요, 케이?"

"분명, 기분 나빠지진 않겠지?"

"전혀."

"그럼, 솔직히 말하겠는데, 전에 난 빈센트가 성직자가 되기 위해 태어난 사람은 아니라고 생각했어. 난 빈센트가 시간만 계속 허비하리라는 걸 알고 있었어."

"그런데 왜 내게 말하지 않았죠?"

"내게 그럴 권리가 있었을까, 빈센트?"

그녀는 삐져나온 불그스름한 금빛 머리칼 서너 올을 챙 없는 모자

속으로 밀어넣었다. 그때 길 가운데의 도랑이 구부러지는 바람에 그녀의 몸이 빈센트의 어깨에 쓰러졌다. 몸의 균형을 잡도록 한 손으로 그녀의 팔을 받쳐주고 나서 그는 손을 도로 떼는 것을 잊어버렸다.

"난 그 문제를 결국 빈센트가 자기 힘으로 풀어야만 한다고 생각했어." 그녀가 말했다. "그때엔 누가 아무리 얘기해도 소용없었을 거야."

"아, 이제 생각나요." 빈센트가 말했다. "언젠가 편협한 마음의 성직자가 되지 말라고 내게 충고했죠. 목사님의 딸이 그런 말을 하다니, 이상한 일이었죠."

그는 그녀에게 열렬한 미소를 보냈지만, 그녀는 서글픈 눈이 되었다.

"알아. 하지만 내 남편 보스가, 달리는 이해할 수 없었을지도 모를 많은 것들을 내게 가르쳐주었거든."

빈센트는 그녀에게서 손을 떼어놓았다. 보스라는 이름이 나오자마자 그들 사이엔 보이지 않는 기묘한 장벽이 생겼다.

한 시간쯤 걸은 뒤 리스보슈에 다다르자 빈센트는 다시 이젤을 세웠다. 그리고 싶은 습지가 좀 있었던 것이다. 얀은 모래밭에서 놀고, 케이는 그 뒤에서 그가 가지고 온 접는 의자에 앉아 있었다. 그녀는 손에 책을 쥐고 있었지만 읽지는 않았다. 빈센트는 어떤 열정을 가지고 재빠른 손놀림으로 그려나갔다. 일찍이 체험했던 것보다 더 큰 활력과 함께 그의 손 밑에서 그림이 단숨에 용솟음쳐 올라왔다. 그게 마우베의 찬사 때문인지 아니면 케이의 존재 때문인지는 알 수 없었지만 그의 연필의 터치는 정확했다. 그는 잇달아 서너 개의 스케치를 만들었다. 그는 케이를 뒤돌아보지도 않았고 그녀 역시 그에게 말을 걸어 방해하지는 않았지만, 그녀가 옆에 있음으로 해서 그는 행복스러운 만족감을 맛볼 수 있었다. 케이의 청찬을 받을 수 있도록 오늘은 유달리 좋은 그림이 나왔으면 하고 그는 바랐다.

점심 때가 되자 그들은 잠깐 걸어서 오크 나무 숲으로 갔다. 서늘한 나무 밑에서 케이가 바구니에 든 것들을 펼쳐놓았다. 허공엔 소리 한 점 없었다. 습지의 수련꽃 냄새와 오크 나무의 어렴풋한 향기가 서로 뒤섞였다. 바구니를 사이에 두고 얀과 케이가 한쪽에, 그리고 빈센트가 다른 한쪽에 앉았다. 케이가 빈센트 앞으로 음식을 내놓았다. 마우베와 그의 가족들이 집 안에서 저녁 식탁에 둘러앉은 광경이 눈앞에 떠올랐다.

케이를 바라보면서 빈센트는 이렇게 아름다운 사람은 결코 보지 못했다고 생각했다. 두꺼운 노란 치즈는 아주 맛있었고, 어머니가 만든 빵은 언제나처럼 그 특이한 달콤한 맛을 내고 있었지만 빈센트는 먹을 수가 없었다. 어떤 새로운, 걷잡을 수 없는 굶주림이 그의 내부에서 깨어나고 있었다. 그는 케이의 보드라운 살결, 끌로 다듬은 듯한 타원형 얼굴, 밤의 연못 같은 수심에 잠긴 눈, 두텁고 부드러운 입술에서 눈을 뗄 수가 없었다. 그녀의 입술이 잠시 그 무르익음을 빼앗기긴 했지만, 그는 그 입술이 다시 활짝 꽃필 것임을 알고 있었다.

점심 후에 얀은 제 어머니의 무릎을 베개 삼아 잠들어버렸다. 빈센트는 그녀가 아이의 밝은 머리카락을 쓰다듬으며 무엇을 찾으려는 듯 그 천진한 얼굴을 뚫어져라 내려다보는 것을 지켜보았다. 그녀가 아이의 모습에 나타난 남편의 얼굴을 보고 있음을, 또한 카이저스그라흐트에서 자신이 사랑하던 남자와 함께 있음을 알 수 있었다. 그녀는 이곳 브라반트에서 사촌 빈센트와 함께 있는 것이 아니었다.

빈센트는 오후 내내, 때로는 얀을 무릎 위에 앉힌 채, 그림을 그렸다. 사내애는 빈센트가 마음에 드는 모양이었다. 빈센트는 꼬마가 검은 얼룩으로 앵그르 종이를 더럽히는데도 그냥 내버려두었다. 꼬마는 누런 모래밭 위에서 웃고 고함치면서 뛰어 돌아다니다가 줄곧 다시 빈센트에게로 돌아와서 여러 가지를 묻고 또 주워온 것들을 보여주기도 하면서 자기를 재미있게 해달라고 졸라댔다. 빈센트는 귀찮아하지 않았다. 살아 있는 조그맣고 따뜻한 짐승이 자기에게 다정히 기어오르는 것이 즐거웠다.

가을이 오고 있는지 해가 무척 일찍 기울었다. 집으로 돌아오는 도중에 그들은 늘 지나치는 못가에 멈추어 일몰을 지켜보곤 했다. 기우는 해의 붉은 색조가 나비 날개처럼 수면 위에 앉았다가 서서히 어두워지며 땅거미 속으로 사라졌다. 빈센트는 그림을 케이에게 보여주었다. 그녀는 그저 슬쩍 보았고 자기가 본 그 그림들이 상당히 조잡하고 서툴다고 생각했다. 하지만 빈센트가 안에게 잘 대해줬고, 또 그녀는 고통의 본질을, 유감스럽지만 너무도 익히 잘 알고 있었다.

"그 그림이 마음에 드는데, 빈센트."

"정말요, 케이?"

그녀의 찬사가 그의 내부에 닫혀져 있던 봇물을 터뜨렸다. 암스테르담에서도 그녀는 그렇게 인정이 깊었다. 그녀라면 그가 하려는 일들을 이해해줄 것이다. 어찌된 일인지, 이 세상에서 그래 줄 만한 사람은 그녀밖에 없을 것 같았다. 식구들에게는 그들이 단어조차 알지 못하므로 자신의 계획들을 얘기할 수 없었다. 마우베나 테르스테이흐의 경우엔, 내심으로는 늘 그렇게 느끼지 않으면서도 그는 항상 초보자의 겸손한 자세를 취해야만 했다.

그는 조리도 서지 않는 말로 황급히 자신의 마음을 쏟아놓았다. 그가 점점 열을 올림에 따라 그의 발걸음도 빨라져서 케이가 따라 걷기가 힘들 정도였다. 그가 뭔가 깊은 감정에 빠질 때면, 안정된 몸가짐은 달아나버리고 그 대신 이전의 그 격하고 초조한 태도가 찾아오는 것이었다. 그날 오후에 보았던 예의 바른 신사는 사라져버리고, 갑자기 나타난 시골 촌뜨기의 모습에 그녀는 깜짝 놀랐다. 그의 그런 감정의 분출을 그녀는 너무도 교양 없고 어른스럽지 못하다고 느꼈다. 빈센트가 지금 한 남자가 한 여인에게 할 수 있는 가장 귀하고 값진 찬사를 바치고 있다는 사실을 그녀는 알지 못했다.

그는 테오가 파리로 떠난 이후에 자신의 내부에 억누르고 억눌러두었던 그 모든 감정들을 그녀에게 쏟았다. 그는 자신의 목표와 야망과, 또한 자신의 작품 안에 불어넣고자 하는 그 정신에 대해 털어놓았다. 케이는 그가 왜 그렇게 흥분하는 걸까 하고 의아하게 생각했다. 그녀는 빈센트의 말을 막지도 않았지만 그러나 듣지도 않았다. 그녀는 과거에, 언제나 과거에 살고 있었고, 그래서 누구든 그렇게 많은 기쁨과 활력을 가지고 미래에 산다는 것이 슬그머니 못마땅해지는 것이었다. 빈센트는 자신의 끓어오르는 감정에 너무도 열중한 나머지 그녀의 움츠러든 기색을 알아채지 못했다. 그가 손짓 몸짓 섞어가며 얘기를 계속하는데 그의 입에서 나온 이름 하나가 그녀의 관심을 사로잡았다.

"뇌하위스? 암스테르담에 사는 그 화가 말이야?"

"전엔 그랬죠. 지금은 덴하흐에서 삽니다."

"맞아. 내 남편 보스가 그 사람 친구였거든. 남편이 그 사람을 서너 번 집에 데리고 왔어."

빈센트는 그녀의 말을 가로막아버렸다.

보스! 언제나 보스야! 어째서? 그는 죽었어. 죽은 지 일 년도 넘었어. 이젠 그 사람을 잊을 때도 됐는데. 그는 과거에 속한 사람이야. 어설라와 꼭 마찬가지로. 그녀는 왜 늘 이야기에 보스를 끌어다 붙이는 걸까? 암스테르담 시절에도 케이의 남편이 영 마음에 들지 않았어.

가을이 깊어갔다. 숲속에 깔린 소나뭇잎 카펫은 파삭거리는 녹슨 갈색으로 변했다. 날마다 빈센트는 케이와 얀을 데리고 들판으로 나가 작업했다. 히스 들판을 가로질러 오래 걷노라면 한줄기 어렴풋한 홍조가 그녀의 뺨에 솟아올랐고, 발걸음은 더욱 꿋꿋하고 자신감에 차게 되었다. 그녀는 이젠 바느질 바구니를 가지고 나와 빈센트만큼이나 분주하게 손가락을 놀렸다. 이야기도 자유롭게 마음대로 하기 시작했다. 그녀의 어린 시절이나 읽었던 책이나 암스테르담에서 알았던 재미있는 사람들에 관한 얘기들이었다.

가족들은 잘됐구나 하는 마음으로 바라보았다. 빈센트와 함께 있는 것이 케이에겐 삶에 대한 관심을 불러일으켰고, 또한 집 안에서의 그녀의 존재가 빈센트를 좀더 붙임성 있는 사람으로 만든 것이었다. 안나 코르넬리아와 테오도루스는 이렇게 마침 알맞은 기회를 마련해주신 하느님께 감사했고 그 젊은 두 사람이 함께 시간을 보낼 수 있도록 백방으로 노력했다.

빈센트는 케이의 모든 걸 사랑했다. 기다란 검은 드레스에 그토록 단호하게 가리워진 그녀의 날씬하고 가녀린 몸매, 들판에 나갈 때 쓰는 챙 없는 모자, 그 앞으로 몸을 구부릴 때 코끝에 닿는 그 육체의 자연스러운 향내, 입을 오므리고서 재빠르게 말할 때의 모습, 진한 푸른빛 두 눈의 캐묻는 듯한 시선, 그에게서 얀을 데려갈 때 그의 어깨나 팔에 닿는 떨리는 손의 감촉, 그의 본질 저 깊숙한 곳까지 흔들어 깨우는 낮은 목소리, 잠자리에 든 뒤에도 그의 머릿속에서 노래 부르는 그 목소리, 생생하게 빛나는 살결, 그의 굶주린 입술을 못내 파묻고 싶은 그 살결.

이제서야 그는 알 수 있었다. 몇 년간을 자신은 외곬으로만 살아왔고, 애정과 부드러움의 커다란 물줄기는 메말라붙어, 바싹 타들어가는 입 안엔 맑고 차가운 물 한 모금도 허락하지 않았던 것이었다. 그녀가 곁에 있을 때만이 행복했다. 그녀의 전 존재가 뻗어나와 가만히 부드럽게 그를 껴안는 것 같았다. 그녀와 함께 들판으로 나올 때면 작업은 예민한 감수성과 함께 아주 신속하게 이루어졌다. 그녀가 집 안에서 나오지 않을 때면 선 하나 긋기도 지겹고 힘들었다. 저녁엔 모두들, 거실에 있는 나무로 만든 커다란 테이블 주위에 모여 앉곤 했는데, 그는 케이의 맞은편에 자리 잡고 앉아 낮에 그린 그림들을 복사했지만 종이와 그의 눈 사이엔 언제나 케이의 섬세한 얼굴이 가로놓여 있었다. 그녀가 커다란 노란 램프의 창백한 불빛 속에 앉아 있는 모습을 보려고 이따금씩 고개를 쳐들다가 그녀의 시선과 맞부딪칠 때면 그녀는 부드럽게 가라앉은 우수와 함께 그에게 미소를 보내곤 했다. 다시는 단 한

순간도 그녀와 떨어질 수 없을 것 같은 느낌이, 온 식구들이 보는 앞에서 벌떡 일어나 그녀를 으스러져라 꼭 껴안고서 자신의 뜨겁고 메마른 입술을 그녀의 차가운 입술의 우물 안에 파묻어야만 될 것 같은 감정이 너무도 자주 엄습해왔다.

그가 사랑한 건 그녀의 아름다움뿐만이 아니었다. 그녀의 전 존재와 태도까지 사랑했다. 조용한 걸음걸이, 완벽한 자세와 거동, 조그만 몸짓 하나하나에도 드러나는 훌륭한 교양.

어설라를 잃어버린 후 칠 년이라는 긴 세월 동안 자신이 얼마나 외로움에 시달려왔는가를 그는 짐작조차 하지 못했다. 지금껏 살아오는 동안에 그에게 한마디 사랑의 말을 해준 여자는 단 한 명도 없었다. 물기 어린 애정의 눈으로 그를 그윽이 바라보며 손가락으로 가볍게 얼굴을 쓰다듬고 그 손가락이 스친 자리마다 키스로 뒤덮어준 여자는 단 한 명도 없었다.

어느 여인도 그를 사랑하지 않았다. 그것은 산 것이 아니라 죽은 것이었다. 어설라를 사랑했던 때엔 그래도 괜찮았다. 왜냐하면 그 당시에 그가 품었던 연모의 마음은 오직 주고자 하는 마음뿐이었고, 그리고 거절당한 것은 바로 그 주려는 마음이었기 때문이다. 그러나 지금 그의 성숙한 사랑에는 똑같이 주고받고 싶은 마음뿐이었다. 이 새로운 굶주림이 케이의 열렬한 반응으로 채워지지 않는 한, 앞으로의 삶은 불가능하다는 것을 그는 깨달았다.

어느날 밤 미슐레의 책을 읽다가 우연히 한 구절과 부딪쳤다. "남자가 되기 위해서는 여자의 숨결이 필요하다."

미슐레의 말은 언제나 옳았다. 빈센트 그 자신은 여지껏 남자가 아니었다. 스물여덟 살이나 되었지만 그는 아직 태어나지도 않은 것이었다. 케이의 향기로운 아름다움과 사랑이 그에게 숨결을 불어넣었고 그는 마침내 한 남자가 되었다.

한 사내로서 그는 케이를 원했다. 필사적으로 격렬하게 그녀를 원했다. 그는 얀도 역시 사랑했다. 얀은 그가 사랑하는 여인의 한 부분이기 때문이었다. 그러나 그는 보스를 증오했다. 온 힘을 다해 증오했다. 그가 아무리 발버둥쳐도 케이의 마음 밑바닥으로부터 그 죽은 남자를 몰아낼 수 없을 것 같기 때문이었다. 어설라를 향한 사랑이 안겨준 그 고통의 세월을 한탄하지 않았던 만큼, 그는 그녀의 이전의 사랑이나 결혼에 대해서도 안타까워하지 않았다. 빈센트와 케이, 그 둘 다 이미 고뇌의 용광로 속에서 시련을 겪었으며, 그 때문에 그들의 사랑은 더욱 순수해질 수 있을 것 같았다.

그는 자신이 케이가 과거의 그 남자를 잊게 만들 수 있다고 생각했다. 현재의 불타오르는 뜨거운 사랑으로 그녀의 과거를 말끔히 씻어낼 수 있을 것 같았다. 머지않아 그는 덴하흐로 가서 마우베 밑에서 공부할 것이다. 케이도 데리고 가서 우일레보멘의 마우베의 집에서 보았던 것과 같은 가정을 꾸리리라. 그는 케이를 아내로 맞아 곁에 앉혀두고 싶었다. 찍어낸 듯 자신의 특징들을 얼굴에 지닌 아이들, 그런 아이들이 있는 가정을 가지고 싶었다. 이젠 그도 어엿한 남자였고, 방황을 그쳐야 할 때였다. 그의 삶에는 사랑이 필요했다. 사랑이 그의 작품에서 거칠음을 거두어가고, 울퉁불퉁한 테두리를 둥글게 갈아, 지금까지는 결여되었던 현실 의식으로 작품에 활기를 불어넣어줄 것이다. 그는 자신이 얼마나 많이 사랑도 맛보지 못한 채 죽어 지내왔는지 전에는 알지 못했다. 그걸 알았더라면 우연히 맞부딪친 맨 처음 여자라도 열렬히 사랑했으리라. 사랑은 삶의 소금이었다. 이 세상의 맛을 내려면 사랑이 필요했다.

어설라가 그를 사랑하지 않았던 것이 이제는 오히려 다행이었다. 그 시절, 그의 사랑은 얼마나 피상적이었던가. 그리고 지금의 사랑은 얼마나 깊고 풍요로운가. 어설라와 결혼했더라면 진정한 사랑의 의미는 결코 알지 못했을 것이다. 그랬다면 케이를 결코 사랑하지 못했을 것 아닌가. 이제야 비로소 깨달을 수 있었다. 어설라는 고상함도 뛰어난 자질도 가지지 못한, 머리가 텅 빈 천박한 어린아이에 불과했다는 것을. 그런 어린애 때문에 몇 년간을 고통에 시달리며 지냈다니! 케이와의 한 시간이 어설라와 함께 보내는 일생과 맞먹었다. 길은 험했지만 그 길은 마침내 그를 케이에게로 데려다주었고 그리하여 그것으로써 그 길이 옳은 길이었음이 증명된 셈이었다. 이제부터는 훌륭한 삶을 이루리라. 일하고 사랑하고 자신의 그림들을 팔게 되리라. 그리고 둘이 함께 행복하리라. 사람의 인생엔 제각기 그 나름대로의 틀이 있는 법이고, 그 틀을 최후의 끝맺음까지 서서히 완성해가야만 하는 것이었다.

그의 충동적인 기질이나, 열정에 휩싸인 마음 상태에도 불구하고 그는 가까스로 자신을 억제할 수 있었다. 케이와 단 둘이 들판에 나가, 전혀 쓸데없는 이야기들을 주고받을 때면 그녀에게 커다랗게 외치고 싶은 적이 한두 번이 아니었다. "이봐요, 케이. 우리 이따위 가식과 허세는 모두 떨쳐버립시다. 난 당신을 내 품에 안고 거듭거듭 키스하고 싶어요. 당신이 내 아내가 되어 내 곁에 영원히 머물도록 하고 싶습니다. 당신은 내 사람이고 난 당신 사람이에요. 우리들 각자의 이 외로움이 서로를 끔찍하게 필요로 하고 있어요!"

그가 간신히 자신을 억누를 수 있는 것이 기적 같았다. 청천 하늘에 날벼락처럼 불쑥 사랑이란 말을 꺼낼 수는 없었던 것이다. 그건 너무도 유치한 일이었다. 그런데 케이는 눈꼽만큼의 기회도 주지 않았다. 그녀는 사랑이니 결혼이니 하는 얘기들을 늘 피했다. 언제 어떻게 말을 꺼내야 할까? 머지않아 곧 얘길 해야겠다고 그는 생각했다. 겨울이 다가오고 있었고 덴하흐로 가야 했기 때문이다.

더 이상 견딜 수 없는 순간이 마침내 왔다. 그의 의지가 무너져버린 것이었다. 그들은 브레다로 가기 위해 길을 나섰다. 빈센트는 아침 나절엔 밭을 갈고 있는 사람들을 그렸다. 자그마한 개울가 느릅나무 그늘 아래서 그들은 점심을 먹었다. 얀은 풀밭에서 자고 있었다. 케이는 점심 바구니 옆에 앉아 있었다. 빈센트는 무릎을 굽히고서 그녀에게 그림을 보여주고 있었다. 무슨 말을 하는지조차 모르면서 재빠르게 지껄이는 동안 그는 케이의 따스한 어깨가 그의 옆구리 속으로 타들어오는 듯한 감촉을 느꼈다. 그를 걷잡을 수 없이 불타오르게 한 건 바로 그 살의 맞닿음이었다. 그림이 손에서 떨어졌다. 갑자기 그는 케이를 난폭하게 끌어안았다. 거칠고 열띤 말들이 성난 파도처럼 그의 입에서 터져나왔다.

"케이, 난 더 이상 못 참겠어. 당신에게 말해야겠어요. 케이, 당신을 사랑한다는 걸, 내 자신보다 더 사랑한다는 걸 알아줘요. 늘 사랑했어요. 암스테르담에서 처음 보았던 때부터. 당신이 늘 내 곁에 있어줘야만 해요. 케이, 조금이라도 날 사랑한다고 말해줘요. 우리 함께 덴하흐로 가서 삽시다. 우리끼리만. 가정을 꾸리고 행복하게 살아요. 당신도 날 사랑하지요? 그렇지요, 케이? 나와 결혼한다고 말해줘요, 오, 케이."

케이는 몸을 빼내려 안간힘을 쓰지조차 못했다. 갑작스러운 변화와 공포감으로 그녀의 입은 일그러져 있었다. 그의 말이 들리지도 않았지만, 그 속뜻을 알아차리자 커다란 공포가 그녀의 내부에서 밀려왔다. 그녀의 검푸른 두 눈이 잔혹하게 그를 노려보았다. 그녀는 한 손을 가져다가 자기의 입에서 터져나오려는 고함소리를 막았다.

"안 돼, 절대, 절대!"그녀가 사납게 숨을 헐떡였다.

그녀는 잡힌 몸을 비틀어 빼냈다. 그녀는 잠자는 아이를 획 들쳐 안더니 들판 가운데로 미친 듯이 달리기 시작했다. 빈센트는 그녀를 쫓아갔다. 공포심으로 인해, 그녀의 뛰는 속도는 더욱 빨라졌다. 저 앞에서 그녀는 달아나고 있었다. 그는 도대체 어떻게 된 일인지 알 수가 없었다.

"케이! 케이!"그가 외쳤다. "달아나지 말아요!"

그의 음성이 그녀를 더 급히 몰아쳤다. 미친 듯이 팔을 휘두르고 머리를 위아래로 흔들면서 빈센트는 뛰어갔다. 케이가 들판 가운데의 푹

신푹신한 밭고랑에 걸려 비틀거리다가 넘어졌다. 얀이 칭얼거렸다. 빈센트는 그녀 앞의 흙바닥에 풀썩 무릎을 꿇고 그녀의 손을 부여잡았다.

"케이, 그토록 사랑한다는데 왜 내게서 달아나는 거요? 모르겠단 말이요? 난 당신이 있어야 돼요. 당신도 날 사랑하잖아, 케이. 겁내지 말아요. 그저 사랑한다는 말을 하고 있을 뿐인데. 케이, 우리 함께 과거를 잊고 새 삶을 시작하는 거요."

케이의 두 눈에서 공포의 시선이 증오로 바뀌었다. 그녀는 빈센트에게서 손을 잡아뺐다. 얀이 이젠 완전히 깨어났다. 꼬마는 열정에 사로잡힌 빈센트의 격한 표정에 깜짝 놀랐고, 이 낯선 남자의 입에서 쏟아져 나오는 격렬한 말들로 인해 공포에 휩싸였다. 꼬마는 어머니의 목을 두 팔로 꼭 끌어안고서 울기 시작했다.

"케이, 날 조금이라도 사랑한다고 말해줄 수 없나요?"

"안 돼, 절대, 절대!"

또다시 그녀는 신작로를 향해 들판 가운데를 달리기 시작했다. 빈센트는 넋 빠진 모습으로 부드러운 흙바닥에 그대로 주저앉아 있었다. 신작로에 들어선 케이의 모습이 가뭇없이 사라졌다. 겨우 몸을 일으킨 빈센트는 목이 터져라 그녀의 이름을 부르면서 그녀를 쫓아 내닫기 시작했다. 신작로로 들어서자 저 한참 밑으로, 아이를 가슴에 꼭 껴안고 여전히 뛰어가고 있는 케이의 모습이 보였다. 그는 멈춰 섰다. 그는 케이가 꼬부랑길을 돌아 사라지는 걸 지켜보았다. 그는 그 자리에 꼼짝하지 않고 오래 서 있었다. 얼마 뒤 그는 지나쳐온 들판을 도로 건너갔다. 그는 땅바닥에 흩어진 스케치들을 주워모았다. 스케치들은 조금씩 더럽혀져 있었다. 그는 점심 그릇들을 바구니에 담고, 이젤을 등에 묶어 매고서, 지친 몸을 이끌고 터덜터덜 집으로 돌아갔다.

목사관은 무거운 긴장으로 뒤덮여 있었다. 빈센트는 문을 들어선 순간 그걸 느꼈다. 케이는 자기 방의 문을 잠그고 얀과 함께 틀어박혀 있었다. 그의 어머니와 아버지 둘만이 거실에 있었다. 그들은 얘길 주고받다가 빈센트가 들어서자 말을 뚝 끊어버렸다. 그 끊겨진 반 토막의 말이 허공에 걸려 있음을 빈센트는 느낄 수 있었다. 빈센트는 문을 닫았다. 그는 아버지가 끔찍이도 화가 났다는 걸 알았다. 아버지의 오른쪽 눈의 눈꺼풀이 거의 감겨져 있었던 것이다.

"빈센트, 네가 어떻게?" 그의 어머니가 흐느꼈다.

"내가 뭘 어쨌는데요?" 뭘 가지고 꾸짖는 건지 빈센트는 정확히 알 수 없었다.

"네 사촌을 그런 식으로 욕보이다니!"

빈센트는 그 말엔 대답을 생각해낼 수가 없었다. 그는 등에서 이젤을 풀고 그걸 한쪽 구석에다 놓았다. 아버지는 아직도 흥분 때문에 입을 열지 못했다.

"케이가 무슨 일이 있었는지 정확히 얘기하던가요?" 그가 물었다.

아버지는 불그스름한 목 살갗에 꼭 끼인 하이 칼라를 느슨하게 풀었다. 아버지의 오른손이 테이블 모서리를 꽉 잡고 있었다.

"케이가 그러던데, 네가 미친놈처럼 그 앨 꼭 껴안고서 헛소릴 했다면서."

"헛소리가 아니라 사랑한다고 말했습니다." 빈센트가 침착하게 말했다. "그게 어째서 욕을 보였다는 건지 난 정말 모르겠군요."

"그 애한테 그 말만 했니?" 아버지의 말투는 얼음처럼 차가웠다.

"아뇨. 내 아내가 돼 달라고 청했습니다."

"네 아내라고!"

"네. 그게 뭐 그리 놀라울 게 있습니까?"

"아, 빈센트, 빈센트." 어머니가 말했다. "네가 어찌 그런 생각을 할 수 있니?"

"틀림없이 어머니, 아버지도 그렇게 생각하셨을 텐데요……."

"하지만 얘야, 네가 그 애를 사랑하게 될 줄이야 누가 꿈이나 꾸었겠니?"

"빈센트." 아버지가 말했다. "케이가 네 이종사촌이란 걸 모르니?"

"압니다. 그게 어떻다는 겁니까?"

"이종사촌과는 결혼할 수 없어. 그건…… 그건……."

목사는 그다음 말을 감히 입에 올릴 수조차 없었다. 빈센트는 창가로 가 정원을 내다보았다.

"그게 뭐가 어떻다는 거죠?"

"근친상간이다!"

빈센트는 자신을 억제하느라 안간힘을 썼다. 어떻게 감히, 그따위 낡아빠진 말로 자신의 사랑을 모독할 수 있을까.

"그건 단연코 말도 안 됩니다. 정말로 아버지답지가 않으신 말씀입니다."

"그건 근친상간이란 말이다!" 테오도루스가 버럭 외쳤다. "우리 반고흐 가문 내에 그런 죄받을 관계를 허락할 순 없다."

"설마, 성경에 그렇게 쓰여 있다고 생각하시는 건 아니겠죠, 아버지? 사촌 간의 결혼은 언제나 허락됐습니다."

"아, 빈센트, 애야." 어머니가 말했다. "네가 그 앨 사랑한다면, 왜 기다리질 못했니? 그 애 남편이 죽은 지 겨우 일 년이다. 그 앤 아직도 제 남편을 열렬히 사랑하고 있어. 그런데다 네 스스로도 알다시피 네겐 아내를 먹여살릴 돈도 없잖니."

"내 생각엔, 네가 한 짓은," 아버지가 말했다. "두말할 것도 없이 유치하고 점잖치 못한 짓이다."

빈센트가 뒤로 물러섰다. 그는 파이프를 더듬어 찾았다. 그것을 한동안 손에 들고 있다가 도로 집어넣었다.

"아버지, 단호하게 분명히 부탁드립니다만, 또다시 그런 표현일랑 쓰지 말아주십시오. 케이를 향한 내 사랑은 여지껏 내게 있었던 일 중에서 가장 소중한 일입니다. 그걸 점잖치 못하다느니 유치하다느니 하고 말씀하시는 것은 참을 수 없습니다."

그는 이젤을 거칠게 집어들고 자기 방으로 갔다. 그는 침대에 걸터앉아 스스로에게 물었다. 무슨 일이 일어났단 말인가? 내가 무슨 짓을 했기에? 사랑한다고 말하자 그녀는 달아나버렸어. 왜? 날 원치 않는 걸까?

"안 돼, 절대, 절대!"

아까의 광경이 거듭거듭 떠올라 그날 밤은 괴로움으로 지샜다. 그 끝은 언제나 똑같은 장면에서 끝났다. 그 짧은 몇 마디가 그의 죽음을 알리는 운명의 종소리처럼 그의 귓속에서 울리고 있었다.

다음날 아침 늦게서야 그는 용기를 내어 아래층으로 내려갈 수 있었다. 긴장의 분위기는 말끔히 씻겨 있었다. 어머니는 부엌에 있었다. 부엌에 들어서는 그에게 어머니는 키스를 하면서 가엾다는 듯 그의 볼을 잠시 쓰다듬었다.

"잠은 잤니?" 그녀가 물었다.

"케이는 어디 있어요?"

"아버지가 마차에 태워 브레다로 데리고 가셨다."

"왜요?"

"기차를 타려구. 케이가 집으로 가겠단다."

"암스테르담으로요?"

"그래."

"그랬군요."

"케이로선 그 편이 낫겠다고 생각한 것 같다."

"나한테 무슨 말을 남기진 않았나요?"

"없구나. 앉아서 아침 들지 않겠니?"

"단 한마디도 없었어요? 어제 일에 대해서도요? 케이가 나 때문에 화났던가요?"

"아니, 그냥 부모 곁으로 돌아가야겠다고 생각한 모양이다."

안나 코르넬리아는 케이가 한 말들을 또다시 되풀이하지 않는 게 좋겠다고 생각했다. 그 얘기는 하지 않고 그녀는 달걀을 스토브 위에 올려놓았다.

"기차가 몇 시에 브레다를 출발하나요?"

"열 시 이십 분."

빈센트는 파란색의 부엌 시계를 바라보았다.

"그럼, 지금 이 시각이군요."

"그래."

"이젠 어쩔 도리가 없네요."

"얘야, 이리 와서 앉아라. 오늘 아침엔 아주 신선한 혓바닥 고기가 있단다."

그녀는 부엌 테이블 한 귀퉁이를 치우고 냅킨을 놓고 그에게 아침을 차려주었다. 그녀는 빈센트 위로 몸을 굽히고서 막무가내로 먹으라고 했다. 그녀는 빈센트가 배만 든든히 채우고 나면 만사가 평온해질 거라는 기분이 들었던 것이다.

빈센트 역시 그렇게 해야 어머니가 만족하시리라는 걸 알고 있었으므로 그녀가 식탁에 내놓는 것을 모두 꿀꺽꿀꺽 삼켰다. 그러나 "안 돼, 절대, 절대"의 쓴맛 때문에 아무리 맛난 음식을 먹어도 입맛이 썼다.

7

그는 자신이 케이보다는 그림 그리는 일을 한결 더 사랑한다는 걸 알고 있었다. 둘 중에서 하나를 택해야만 한다면 마음의 망설임은 눈꼽만큼도 있을 수 없었다. 그럼에도 불구하고 그의 그림은 갑자기 단조로워졌다. 이젠 작업하는 데도 흥미를 잃었다. 브라반트 사람들을 그린 스케치들을 건너다보고 있노라니, 케이에 대한 사랑을 자각하고 난 이후부터 자신의 그림이 많이 좋아졌음을 알 수 있었다. 자기 그림에 뭔가 거칠고 투박한 면이 있지만, 케이를 향한 사랑이 그걸 삭여줄 수 있을 것 같았다. 그의 사랑은 진지하고 열렬한 것이었으므로, 그 숱한 "안 돼, 절대, 절대!"라는 말로도 꺾일 수 없었다. 그는 그녀의 거부를 싸늘한 얼음 덩어리로 생각했으며 그 얼음 덩어리를 가슴에 꼭 껴안아 녹여버릴 셈이었다.

마음에 싹트는 자그마한 의혹 때문에 제대로 작업을 할 수가 없었다. 만일 그녀의 결심을 바꾸지 못한다면? 그녀는 어쩌면 새로이 사랑할 수도 있다는 생각 그 자체에도 양심의 가책을 느끼는지도 몰랐다. 빈센트는 과거에 너무도 깊숙이 자신을 파묻어버리는 그녀의 운명적인 질병을 고쳐주고 싶었다. 그는 화가로서의 자신의 손과 아내로서의 그녀의 손을 합하여, 나날의 빵과 행복을 위해 일하고 싶었다.

그는 자기 방에서 시간을 보내면서 케이에게 애원으로 가득 찬 열렬한 말들을 편지에 적어 보냈다. 서너 주일 뒤에 가서야 그는 그녀가 편지들을 읽지도 않는다는 것을 알았다. 그는 자신의 둘도 없는 친구 테오에게 거의 날마다 편지를 써보냄으로써, 자신의 마음의 의혹과 부모님과 스트리커 목사의 일치된 공격에 대항해서 싸울 힘을 모았다. 빈센트는 처절할 만큼 괴롭고 또 괴로웠던지라 그 마음을 늘 감출 수는 없었다. 그것을 알고 어머니가 가엾은 마음을 가득 담은 얼굴로 그에게로 와서 갖가지 위로의 말들을 들려주었다.

"빈센트." 그녀가 말했다. "넌 돌 벽에다 네 가엾은 머리통을 짓찧고만 있는 거다. 스트리커 목사가 그러던데, 케이의 '안 돼!'는 완전히 결정적인 거란다."

"천만금을 준대도 그 사람 말은 믿지 않겠어요."

"하지만 케이가 목사한테 말했다잖니, 얘야."

"날 사랑하지 않는다고 말예요?"

"그래. 절대 마음을 바꾸지 않겠다고 하더란다."

"두고 보면 알겠죠."

"그 일은 어쩔 도리가 없겠구나. 스트리커 목사 말은 설사 케이가 널 사랑한다 하더라도 네가 일 년에 천 프랑 이상 벌지 못하는 이상 자기도 그 결혼을 허락치 않겠단다. 그런데 너도 알다시피, 넌 그런 것하곤 거리가 멀잖느냐."

"하지만 어머니, 사랑하는 사람은 살고, 사는 사람은 일을 하고, 일을 하는 사람은 빵을 얻습니다."

"아주 훌륭하구나, 얘야. 하지만 케이는 호사스럽게 자라난 애다. 그 앤 언제나 근사한 물건들을 가지고 있었지."

"근사한 것들이 지금의 그녀를 행복하게 해주진 못하잖아요."

"너희들 둘이 일시적인 감정에 쏠려 결혼했다간 커다란 불행이 닥칠 거다. 가난, 굶주림, 추위, 병 같은 것들 말이다. 왜냐하면 너도 알다시피, 그 가족들은 단 일 프랑의 도움도 안 줄 거야."

"어머니, 그런 건 전에 이미 다 겪었어요. 그런 건 겁나지 않아요. 그렇다 해도 우리 둘이 함께 있는 게 좋아요. 함께 있지 못하는 것보다야."

"하지만 얘야, 케이가 널 사랑하지 않는다면!"

"내가 암스테르담으로 갈 수만 있다면 오죽 좋을까! 그럼 그 '안 돼!'를 '그래!'로 바꿔놓을 수 있을 텐데."

기차 요금 단 일 프랑을 벌지 못해 자신이 사랑하는 여인을 보러 갈 수도 없는 처지를 "인생의 제일 지독한 비참함" 중의 하나라고 그는 생각했다. 그는 자신의 무능력 때문에 화가 머리끝까지 치솟았다. 그는 스물여덟 살이었다. 근근이 살아갈 수 있는 필수품말고는 그 모든 것을 거부하면서 십이 년간을 열심히 일해왔는데, 그런데도 세상에, 암스테르담행 기차표 한 장 끊을 만한 그 몇 푼 안 되는 돈도 모을 길이 없었던 것이다.

암스테르담까지 백 킬로미터를 걸어갈까 하는 생각도 해보았지만, 그렇게 되면 더럽고 굶주리고 지쳐빠진 꼴로 도착하게 될 터였다. 그 고생이야 상관없지만, 만일 피터센 목사의 집에 들어서던 그 꼴로 스트리커 목사의 집에 들어선다면……! 아침에 테오에게 긴 편지를 보낸 뒤에, 빈센트는 또다시 앉아서 편지를 쓰기 시작했다.

　　사랑하는 테오에게,
　　암스테르담 여행 건 때문에 돈이 절실하게 필요하다. 그만한 돈
만 있다면 당장 갈 텐데.
　　그림을 몇 장 함께 보낸다. 왜 내 그림들이 안 팔리는지, 어떻게
만들면 팔릴 수 있는지 좀 가르쳐다오. 왜냐하면 그 "안 돼, 절대, 절
대"의 깊이를 헤아려보기 위해 암스테르담으로 가려면 기차 삯을
벌어야만 하기 때문이다.

　　나날이 흘러감에 따라 그는 건강한 힘이 새로이 솟아나는 것을 느
꼈다. 사랑이 그를 굳건한 사람으로 만들었다. 그는 의혹의 씨앗을 떨
쳐버렸다. 케이를 만나서, 자신이 진실로 어떠한 종류의 인간인지 이
해시킬 수 있다면 케이의 "안 돼, 절대, 절대"를 "응! 영원히, 영원히!"
로 바꿀 수 있다고 내심 생각하고 있었던 것이다. 그는 새로운 활력을
가지고 작업에 다시 달라붙었다. 자신의 화가로서의 솜씨가 아직도 거
부감을 보인다는 것을 알긴 했지만 그는 그 거부감을 케이의 거절과
꼭 마찬가지로 시간이 말끔히 씻어줄 것이라는 강한 확신을 가지게 되
었다.
　　다음날 저녁 그는 스트리커 목사에게 편지를 보내어 자신의 입장을
분명하게 밝혔다. 그는 꾸밈없이 솔직하게 썼다. 그리고는 스트리커
목사의 입에서 새어나올 저주의 푸념을 떠올린 듯 싱긋 웃었다. 아버
지는 빈센트에게 편지를 쓰지 말라고 했다. 목사관에서는 진짜 전쟁이
마련되고 있었던 것이다. 아버지 테오도루스는 인생을 오직 엄격한 복
종과 엄격한 행실의 면에서만 보았다. 그는 인간 기질의 변화무쌍함에
대해선 전혀 알지 못했다. 자기 아들이 일정한 틀에 맞지 않는다면, 잘
못된 것은 그 틀이 아니라 자기 아들 쪽이었다.

"이런 잘못들은 모두, 네가 그따위 프랑스 책들을 읽었기 때문이다." 저녁을 먹은 뒤 모여앉은 테이블 너머로 테오도루스가 말했다. "도둑놈과 살인자들하고 사귀는데 네가 고분고분한 아들처럼, 신사처럼 행동하길 어떻게 바랄 수 있겠느냐?"

빈센트는 미슐레의 책을 읽다가 가볍게 놀란 얼굴로 고개를 쳐들었다.

"도둑놈과 살인자들요? 빅토르 위고와 미슐레가 도둑놈이라는 말씀이십니까?"

"그게 아니라, 그 사람들이 써놓은 게 그렇다는 거지. 그 사람들의 책은 죄악으로 가득 차 있어."

"무슨 말씀이세요, 아버지. 미슐레는 성경 그 자체만큼이나 순수합니다."

"여기서 그따위 신성모독은 용납 못 한다, 이 녀석아!" 의분을 참지 못한 테오도루스가 버럭 소리쳤다. "그 책들은 부도덕해. 널 망쳐놓은 게 바로 그 잘난 프랑스 사상이야."

빈센트는 일어나 테이블을 돌아갔다. 그리고 『사랑과 여성』이라는 책을 아버지 앞에 놓았다.

"아버지가 납득하실 수 있는 유일한 길이 있습니다." 그가 말했다. "그냥 두세 페이지라도 직접 읽어보세요. 감명받으실 겁니다. 미슐레는 오직, 인간의 여러 문제와 작은 불행들을 해결할 수 있도록 도와주고자 할 따름이니까요."

테오도루스는 흡사 선량한 사람이 죄악을 떨쳐버리는 듯한 몸짓으로 『사랑과 여성』을 바닥에다 휙 쓸어버렸다.

"읽을 필요 없다." 테오도루스가 버럭 성을 냈다. "반 고흐 가문 중에 한 종조부가 계셨는데, 그 할아버진 프랑스 사상에 물이 들어 음주에 빠지셨다."

"천만 번 죄송합니다, 미슐레 신부님." 떨어진 책을 주워들며 빈센트가 중얼거렸다.

"그런데 좀 물어보자. 어째서 미슐레 신부님이라는 거냐?" 테오도루스가 싸늘하게 물었다. "너 날 모욕하려는 거냐?"

"그런 건 생각해보지도 않았습니다." 빈센트가 말했다. "하지만 솔직히 말씀드리는데, 제게 조언이 필요하다면 아버지보다는 차라리 미슐레에게 가겠습니다. 그게 더 나을 법하니까요."

"아, 빈센트." 어머니가 애원했다. "왜 꼭 그렇게 얘기를 하니? 어째서 가족 간의 의를 끊어놓으려 하니?"

"맞아, 네가 바로 그런 짓을 하고 있는 거다." 테오도루스가 고함을 쳤다. "식구 간의 의를 끊어놓고 있단 말이다. 네 행동은 용납할 수 없어. 네가 이 집에서 나가 어디 다른 데 가서 사는 게 차라리 낫겠구나."

빈센트는 작업실을 겸한 자기의 방으로 올라갔다. 그는 침대가에 앉았다. 엄청난 충격을 받을 때마다 왜 난 의자에 앉는 대신 침대에 앉는 걸까 하고 그는 멍청하게 생각했다. 그는 사방 벽에 걸린 흙 파는 사람, 씨 뿌리는 사람, 일꾼들, 바느질하는 여자, 청소하는 여자들의 스케치와, 헤이케를 모사한 그림들을 둘러보았다. 그렇다, 자신의 그림은 진보했다. 그는 전진하고 있었다. 하지만 이곳에서의 작업은 아직 끝나지 않았다. 마우베는 지금 드렌터에 있고 다음 한 달 안엔 덴하흐로 돌아오지 않을 터였다. 빈센트는 에텐을 떠나고 싶지 않았다. 이곳이 편안했고, 다른 곳에서 살자면 돈이 많이 들었다. 그에겐 이곳을 영원히 떠나기 이전에, 자신의 그림의 어색한 표현을 분쇄해버리고 브라반트 인물들의 진실한 영혼을 포착하기 위해서 시간이 필요했다. 아버지는 그에게 이 집에서 나가라고 말했고 실제로 그에게 악담을 했다. 하지만 그건 모두 화가 나서 한 말들이었다. 만일 정말로 "나가!"라고 말했고 그게 진심이었다면…… 자기 아버지의 집에서 쫓겨날 만큼 자신이 정말 그토록 나쁜 인간이란 말인가?

다음날 아침 그는 두 통의 편지를 받았다. 첫 번째 편지는 스트리커 목사한테서 온 것이었는데, 그가 등기로 부친 편지에 대한 답장이었다. 거기에는 또한 목사 부인이 보낸 짤막한 메모가 동봉되어 있었다. 그들은 노골적인 표현으로 빈센트의 과거 행적을 요약하여 들추면서, 케이는 다른 사람을 사랑하고 있다, 그 남자는 부자이다, 그러므로 바라건대 자기들의 딸에 대한 그 괴상한 공격을 당장 멈춰달라고 써 보냈다.

"세상에 이만큼 의심 많고 냉혹하고 속물적인 인간들은 성직자들 말곤 또다시 없을 거야." 빈센트는 혼자 짧게 말하면서, 암스테르담에서 온 편지가 마치 스트리커라는 인물 자체인 양, 잔인한 쾌감을 느끼며 그 편지를 짓구겨버렸다.

두 번째 편지는 테오에게서 온 것이었다.

"보내온 그림들은 표현이 아주 잘됐더군요. 그 그림들을 팔기 위해 최선을 다할게요. 그리고 여기, 형의 암스테르담행을 위해 이십 프랑을 보냅니다. 행운을 빌어요, 형."

8

빈센트가 암스테르담 중앙역을 나올 무렵엔 바야흐로 밤이 다가오고 있었다. 그는 빠른 걸음으로 담라크 거리로 올라가 댐으로 갔다. 왕궁과 우체국을 지나 카이저스그라흐트로 곧장 질러갔다. 점원과 사무원들이 모두 빠져나가서 상점과 사무실들이 텅 비는 시각이었다.

그는 싱겔 운하를 건넜다. 헤렌그라흐트 다리 위에 잠시 멈춰선 채그는 여러 명의 남자들이 꽃을 운반하는 거룻배 위에서 상을 펴놓고 빵과 청어로 저녁을 먹는 모습을 지켜보았다. 카이저스그라흐트에서 왼쪽으로 돌아, 기다랗게 늘어선 플랑드르식의 좁다른 주택들을 지나, 어느새 그는 스트리커 목사 저택의 검은 울타리와 낮은 돌계단 앞에 와 있었다. 그는 자신이 최초로 암스테르담행을 감행했던 시절, 맨 처음 그 돌계단 앞에 서 있었던 때를 떠올리면서, 한 인간이 영원히 불운에 시달리게 되는 도시들이 있구나 하는 것을 실감했다.

담라크 거리를 곧장 달려올라가 시내 중심부를 전속력으로 가로질러 왔건만 이제 이곳에 다다르고 보니 들어가기가 두렵고 망설여졌다. 그는 고개를 들고 올려다보았다. 끝에 기다란 쇠고리가 달린 들보가 고미다락방 창문 위로 돌출한 것이 보였다. 목매달아 죽기에 딱 알맞게 만들어진 들보라는 생각이 들었다.

그는 붉은 벽돌로 포장된 넓은 거리를 횡단하여, 거리 가장자리 돌 위에 선 채 운하를 내려다보았다. 다음 시각이면 그의 외적인 인생의 모든 흐름이 결정되리라. 케이만 볼 수 있다면, 그녀에게 얘기를 해서 납득시킬 수만 있다면, 만사가 순조로워지리라. 하지만 그 관문으로 들어가는 열쇠는 여인의 아버지가 쥐고 있었다. 만일 스트리커 목사가 그를 받아들이지 않는다면?

모래를 실어나르는 짐배가 밤의 정박지를 향해서 천천히 상류로 올라가고 있었다. 배 밑바닥에서부터 삽으로 모래를 퍼올렸던 검은 뱃전 위로 그 축축한 누런 모래의 흔적이 아직 남아 있었다. 빈센트는 그 배의 이물에서 고물까지 빨래가 하나도 널려 있지 않은 것을 보고 왜 그럴까 하고 멍청하게 생각했다. 야위고 뼈대가 굵은 한 남자가 삿대를 가슴 옆에 꼭 붙인 채 거기에다 힘을 주고서 운하의 좁은 수로 아래로 몸을 무겁게 기울이면 맵시 없게 생긴 듯한 배는 그의 발 밑에서 상류로 미끄러져 올라가는 것이었다. 더러운 앞치마를 두른 여인이 마치 물결에 침식되어 조각된 석상 같은 모습으로 고물에 앉아, 등 뒤로 돌린 손으로 키 손잡이를 조정하고 있었다. 조그만 사내애 하나, 계집애 하나, 그리고 지저분한 흰 강아지 한 마리가 선실 맨 앞에 서서 카이저 스그라흐트 연변에 늘어서 있는 집들을 동경에 찬 눈으로 응시하고 있었다.

빈센트는 다섯 개의 돌 계단을 올라가서 벨을 울렸다. 잠시 뒤에 하녀가 나왔다. 하녀는 희미한 어둠 속에 서 있는 빈센트를 자세히 쳐다보더니 그를 알아보고서는 그 알맞은 체구로 문간을 딱 막아서는 것이 었다.

"스트리커 목사님 집에 계십니까?" 빈센트가 물었다.

"아뇨, 나가셨어요." 하녀는 미리 명령을 받은 모양이었다.

집 안으로부터 여러 목소리가 들려왔다. 그는 하녀를 거칠게 밀어붙였다.

"비켜요." 그가 말했다.

하녀가 그를 따라오면서 못 들어가게 하려고 했다.

"식구들이 저녁 식사 중이세요." 그녀가 대들었다. "못 들어가요."

빈센트는 기다란 복도를 걸어내려가 식당 안으로 들어섰다. 들어서면서 그는 낯익은 검은 드레스가 반대편 문으로 빠져나가는 것을 보았다. 스트리커 목사와 이모 빌헬미나, 그리고 두 아이가 식탁에 앉아 있었다. 다섯 사람 분의 자리가 놓여져 있었다. 사람은 없고 빈 의자만 비스듬하게 뒤로 물려진 그 자리엔 삶은 송아지 고기, 통감자, 완두콩으로 만든 음식이 놓여 있었다.

"이분을 막을 수가 없었습니다, 어른." 하녀가 말했다. "그냥 밀고 들어오던걸요."

두 개의 은촛대가 식탁 위에 놓여 있었다. 불빛이라고는 그 촛대에 꽂힌 커다란 하얀 초에서 흘러나오는 불빛밖에 없었다. 벽에 걸린 칼뱅의 초상이 노란 불빛 속에 으스스해 보였다. 조각이 새겨진 찬장 속의 은식기들이 희미한 어둠 속에서 반짝거렸다. 빈센트는 전에 보았던 그 높다란 작은 창을 알아보았다. 그 창 아래서 그가 맨 처음 케이와 얘길 나누었던 것이다.

"이런, 빈센트." 스트리커 목사가 말했다. "나날이 더 버릇이 없어져가는군."

"케이와 얘기하고 싶습니다."

"그 앤 여기 없어. 친구들을 찾아갔어."

"내가 벨을 울릴 때 케이가 여기 앉아 있었지요. 식사도 이미 시작했고요."

스트리커가 자기 아내에게로 향했다. "이 아이를 밖으로 데리고 나가구려."

"이것 봐, 빈센트." 그가 말했다. "넌 엄청난 말썽을 일으키고 있어. 나쁜 아니라 온 집안 식구들이 너한테서 정나미가 뚝 떨어졌어. 넌 건달, 게으름뱅이, 촌뜨기인 데다, 내가 보는 한 아주 배은망덕하고 사악한 인물이야. 버릇없이 감히, 어떻게 내 딸을 사랑한다고 그래? 그건 나에 대한 모욕이야."

"케이를 만나게 해주십시오. 그녀와 얘기하고 싶습니다."

"그 앤 너와 얘기하길 원치 않는다. 다시는 네게 눈길조차 주기 싫어해."

"케이가 그렇게 말하던가요?"

"그래."

"그건 믿을 수 없어요."

스트리커는 대경실색했다. 성직자의 자리에 앉은 이후로, 자신이 거짓을 말한다는 비난을 받은 것은 이번이 처음이었다.

"네가 어찌 감히, 나더러 사실대로 얘기하지 않는다고 말할 수 있느냐?"

"케이의 입으로 직접 그 말을 들을 때까지 전 믿지 않을 겁니다. 아니, 케이가 말한대도 믿지 않아요."

"내가 암스테르담에서 네게 헛되이 써버린 그 소중한 시간과 돈을 생각하면……."

빈센트는 방금 케이가 비운 의자에 지친 듯 털썩 앉아 두 팔을 식탁 위에 올려놓았다.

"잠깐 제 말을 들어주십시오. 성직자도 그 세 겹의 철갑 옷 밑에 인간의 심장을 가지고 있다는 걸 보여주세요. 난 아저씨의 딸을 사랑합니다. 온 목숨을 걸고 사랑합니다. 밤이고 낮이고 그녀를 갈망합니다. 신을 위해 일하신다니 말씀입니다만, 제발 그 신을 위해서라도 내게 자그마한 자비를 보여주십시오. 그렇게 잔인하게 굴지 마십시오. 난 아직은 성공하지 못했지만, 시간만 조금 준다면 성공할 겁니다. 그녀에게 내 사랑을 보여줄 기회를 주십시오. 케이가 왜 날 꼭 사랑해야 하는지 납득시킬 수 있도록 해주십시오. 분명히 아저씨도 한때는 사랑에 빠졌겠죠. 남자가 얼마만 한 고뇌에 시달리게 되는지 아시지 않습니까. 난 시달릴 만큼 충분히 시달렸습니다. 한번만이라도 작은 행복을 찾을 수 있게 해주십시오. 그녀의 사랑을 얻어낼 기회를 주십시오. 부탁은 그것뿐입니다. 난 이 외로움과 비참함을 단 하루도 더 견딜 수가 없습니다."

스트리커 목사는 그를 잠시 내려다보다가 이윽고 입을 열었다. "작은 고통도 참지 못하는 그런 약골이고 겁쟁이인가? 그것 때문에 영원히 낑낑대며 울겠군?"

빈센트가 난폭하게 벌떡 일어섰다. 이젠 빈센트에게서 부드러움은 모두 사라졌다. 커다란 촛불이 꽂힌 두 개의 은촛대를 사이에 두고 두 사람이 식탁 양편에 각기 떨어져 있지 않았더라면 빈센트가 목사를 치고도 남았을 것이었다. 찌르는 듯한 침묵이 방 안을 휩싼 가운데 두 사람은 날카롭게 불꽃이 튀는 서로의 눈을 노려보며 서 있었다.

시간이 얼마나 흘렀는지 빈센트는 알 수 없었다. 그는 한 손을 들어 올려 촛불 가까이 가져다 댔다.

"케이에게 얘기할 수 있게 해주십시오." 그가 말했다. "내가 이 손을 불꽃 속에 넣고 견딜 수 있는 만큼의 시간 동안만이라도."

그는 손바닥을 뒤집어 촛불 불꽃 속에다 손등을 들이밀었다. 방 안에 불빛이 흐려졌다. 촛불에서 나오는 그을음에 그의 살갗이 금방 새까매졌다. 몇 초 지나지 않아 살갗은 타오르는 듯한 생생한 붉은색으로 변했다. 빈센트는 움찔거리지도 스트리커 목사에게서 눈을 떼지도 않았다. 오 초가 지났다. 십 초. 손등의 살갗이 부풀어오르기 시작했다. 스트리커 목사의 두 눈이 공포로 뚱그래졌다. 목사는 온몸이 마비된 것 같았다. 서너 번 목사는 뭔가 말하려고, 움직이려고 했지만 할 수가 없었다. 그는 빈센트의 뭔가 시험하는 듯한 잔인한 눈빛에 사로잡혀 있었다. 십오 초가 지났다. 부풀어오른 살갗이 갈라져 터졌지만 빈센트의 팔은 미동도 하지 않았다. 마침내 목사는 갑자기 몸을 심하게 비틀며 제정신으로 돌아왔다.

"이 미친 녀석!" 그가 목청을 다해 소리쳤다. "이 정신 나간 놈."

갑자기 테이블 너머로 몸을 쑥 내민 목사가 빈센트의 손 바로 밑에서 초를 휙 집어들고 주먹으로 눌러 불꽃을 꺼버렸다. 그러고 나서 그는 가까이에 있는 나머지 또 하나의 초를 훅 불어 꺼버렸다.

방 안은 완전한 암흑이었다. 두 사람은 각기 식탁 양편에서 손바닥으로 식탁을 짚고 선 채 어둠 속을 노려보고 있었다. 볼 수는 없었지만 그럼에도 불구하고 유감스럽게도 상대방의 모습이 너무도 또렷이 보였다.

"너 미쳤구나!" 목사가 외쳤다 "그러나 케이는 널 진심으로 경멸하고 있어. 이 집에서 썩 나가! 그리고 다신 오지 마."

빈센트가 어두운 길을 따라 조심스럽게 천천히 나아가다 보니 어느새 암스테르담 변두리로 나와 있었다. 소금기를 품은 말 없는 운하를 내려다보며 서 있자니, 움직이지 않는 수면으로부터 시큼털털하면서도 기분 좋은 그 익숙한 냄새가 사정없이 콧구멍으로 스며들어왔다. 모퉁이의 가스램프가 그의 왼손—무슨 깊은 본능에서인지 그는 그림 그리는 쪽의 손을 옆구리에 꼭 붙이고 있었다—에 불빛을 던졌다. 그 왼손 살갗에 움푹 팬 검은 구멍이 나 있는 게 보였다. 오랫동안 잊고 지냈던 바다 냄새가 살짝 풍기는 작은 수로 몇 개를 연달아 건넜다. 드디어 그는 멘데스 다 코스타 선생의 집 부근에 다다랐다. 그는 한 운하의 둑에 웅크리고 앉았다. 그는 두꺼운 녹색 이끼층 위에 돌멩이를 하나 던졌다. 돌멩이는 둑 아래로 물이 흐르고 있다는 기미 하나 보이지 않고 그대로 폭 가라앉아버렸다.

그의 인생에서 케이는 사라져버렸다. "안 돼, 절대, 절대"는 그녀의 영혼의 심연에서 새어나온 절규였다. 그 절규가 이제는 뒤바뀌어져 빈센트 자신의 것이 되어버렸다. 그 절규가 그의 머릿속을 난타하면서 거듭 울리고 있었다. "안 돼, 절대, 절대, 넌 다시는 그녀를 보지 못할 거야. 그녀가 낮은 목소리로 경쾌하게 노래 부르는 그 음성을 다신 절대 듣지 못할 거야. 그 깊숙한 푸른 눈의 미소도, 네 뺨에 닿는 그녀의 따스한 살결의 감촉도, 결코, 넌 이제 다시는 사랑을 알지 못할 거야. 사랑을 누릴 수 없기에. 그래, 타오르는 고통의 도가니 속에 네 몸뚱아리를 집어넣고 견딜 수 있는 만큼의 시간 동안이라도 사랑을 누릴 수 없기에."

형언할 수 없는 슬픔의 물결이 복받쳐 올라왔다. 그는 왼손을 입에다 가져갔다. 자신이 심판을 받고 무가치한 사람으로 평가되어버렸다는 걸 암스테르담도, 이 온 세상도 모를 거라고 터져나올 것만 같은 고함을 막기 위해서였다. 그의 입술에선 채워지지 못한 욕망의 쓴, 쓰디쓴 재 맛이 풍겼다.

3

창녀 크리스틴, 그리고 "슬픔"
덴하흐

1

마우베는 아직 드렌터에서 돌아오지 않았다. 빈센트는 우일레보멘 부근을 뒤진 끝에, 라인 역 뒤에서 한 달에 십사 프랑짜리의 수수한 집을 발견했다. 그 작업실—빈센트가 세들기 전까지는 그냥 방에 지나지 않았지만—은 상당히 널찍했고, 취사 장소로 쓸 만한 골방과 남쪽으로 향한 창이 있었다. 한쪽 구석엔 낮은 스토브가 하나 있었는데, 거기서 나온 검은색의 긴 연통이 천장 근처까지 쭉 올라가다가 벽 바깥으로 사라졌다. 회색의 벽지는 깨끗했다. 창밖으로는 그 집주인의 소유인 목재를 쌓아놓는 마당과 푸른 풀밭과 그 너머 드넓게 펼쳐진 모래언덕이 보였다. 그 집은 스헨크베흐에 위치해 있었다. 스헨크베흐는 덴하흐 시와 남동부 초원 지대 사이에 가로놓인 마지막 거리였다. 그곳은 라인 역에서 쿵쾅거리며 나가고 들어오는 기차가 끊임없이 내뿜는 검은 매연으로 뒤덮여 있었다.

빈센트는 튼튼한 식탁과 식탁용 의자 두 개와 바닥에서 잘 때 덮을 담요를 하나 사들였다. 그 비용 때문에 몇 푼 안 되는 돈마저 다 바닥이 났다. 하지만 다음 달 첫날이 머지않았으니, 그날이 되면 테오가 다

달이 보내주기로 한 백 프랑을 부쳐올 것이었다. 일월의 차가운 날씨 때문에 야외로 나가 작업을 할 수는 없었다. 모델을 쓸 돈도 없었으므로 그는 그냥 멍청히 앉아 마우베가 돌아오기를 기다릴 수밖에 없었다.

마우베가 우일레보멘에 돌아왔다. 빈센트는 당장 그 사촌의 작업실로 달려갔다. 마우베는 앞이마와 평행으로 쓸어넘겼던 예의 그 머리칼이 눈까지 흘러내리도록 그냥 놔둔 채, 흥분된 모습으로 커다란 캔버스를 세우는 중이었다. 그는 이제 살롱에 작품을 출품하는 그해의 커다란 행사를 막 시작하려고 하는 참이었다. 작품의 소재로 그는 말[馬]들이 작은 어선들을 백사장으로 끌어올리는 스헤베닝언 해안의 풍경을 택했다. 마우베와 그의 아내 예트는, 빈센트가 정말 덴하흐로 옮겨올 리는 만무하다고 생각했다. 거의 모든 사람들이 살아가면서 가끔씩은 화가가 되고 싶다는 막연한 희망을 품는다고 생각했기 때문이다.

"그래, 결국 덴하흐로 오고야 말았군. 잘했어, 빈센트. 어디 우리 함께 자넬 화가로 만들어보자구. 살 곳은 찾아냈나?"

"예. 스헨크베흐 138번지입니다. 라인 역 바로 뒤쪽이죠."

"그럼 가깝구만. 돈은 어떻게 마련했나?"

"뭐, 대단한 것을 살 만한 돈은 없어서, 그저 식탁 하나와 의자 두 개를 샀습니다."

"그리고 침대도 하나 샀겠군." 예트가 말했다.

"아뇨. 잠은 그냥 바닥에서 잤습니다."

마우베가 뭔가 나지막하게 말하자 예트는 안채로 들어갔다가 잠시 후에 지갑을 가지고 나왔다. 마우베가 백 길더짜리 지폐 한 장을 꺼냈다. "빌려주는 걸로 하고, 이걸 받게." 그가 말했다. "침대를 하나 사지. 밤엔 휴식을 잘 취해야만 해. 집세는 냈나?"

"아니, 아직."

"그럼, 마음 쓰지 말고, 이걸 받게. 햇빛은 어떤가?"

"햇빛은 많이 들어옵니다. 딱 하나 있는 창문이 남쪽으로 나 있어서요."

"그건 좋지 않아. 그걸 어떻게든 손보는 게 좋겠군. 밖에서 햇빛이 비쳐 들어오면 모델이 십 분마다 변한다니까. 커튼을 사서 걸게."

"돈을 빌리고 싶지 않은데요. 절 기꺼이 가르쳐주시겠다는 것만으로도 족합니다."

"말도 안 되는 소리. 사람이 살아가노라면, 집안 살림살이를 갖춰야 할 때가 한 번씩은 있는 법이야. 그리고 장기적인 안목으로 볼 때에도, 자기 소유의 물건들을 가진다는 게 더 싸게 먹히거든."

"네, 그렇지요. 머잖아 곧 내 그림을 팔 수 있게 되었으면 좋겠군요. 그럼 그때 지금 빌린 돈을 돌려드리겠어요."

"테르스테이흐가 자넬 도와줄 걸세. 내가 지금보다 젊어서 그림을 배우기 시작할 때에도 그 사람이 내 그림들을 사주었지. 하지만 자넨 수채화나 유화부터 시작해야 돼. 어수룩한 연필 스케치는 전혀 팔리질 않아."

마우베는 그 거구의 몸집에도 불구하고, 이리저리 빠른 속도로 내닫는 신경질적인 면을 가지고 있었다. 무엇이든 찾고 있던 것에 눈빛이 닿기만 하면, 한쪽 어깨를 내민 채 곧장 그 방향으로 잽싸게 달려가는 것이었다.

"이것 봐, 빈센트," 그가 말했다. "여기 이 상자에 수채화 그림물감, 붓, 팔레트, 팔레트 나이프, 유화 그림물감, 테레빈 유(油)가 들어 있네. 자, 팔레트를 쥐고 이젤 앞에 서는 법을 내가 가르쳐주지."

그는 빈센트에게 아주 초보적인 기술을 몇 가지 가르쳐주었다. 빈센트는 그 요령을 단박에 알아챘다.

"좋아." 마우베가 말했다. "난 전엔 자네가 멍텅구리일 거라고 생각했는데, 지금 보니 그렇지도 않군. 아침엔 이곳으로 와서 수채화 공부를 해도 괜찮네. 자넬 필크리 클럽의 임시 회원으로 추천해주겠네. 그러면 자넨 일주일에 서너 번, 저녁 때 그곳으로 가서 모델을 보고 그릴 수 있을 거야. 더군다나 거기 있으면 다른 화가들과 사귈 기회가 생길 테고. 자네 그림이 팔리기 시작하면 그곳의 정식 회원 자격을 얻을 수가 있을 걸세."

"예, 나도 모델을 놓고 그리고 싶습니다. 모델을 하나 채용해서 매일 매일 오도록 해볼까 합니다. 일단 인물 묘사만 완벽해지면 다른 것이야 저절로 따라올 테니까요."

"그렇지." 마우베도 똑같은 생각이었다. "인물 묘사가 제일 힘들지. 하지만 일단 거기에 도달하면, 나무나 소, 일몰의 풍경 따위를 그리는 것은 쉬운 일이야. 인물화를 무시하는 사람들은, 실은 그게 자기들로 서는 너무 힘드니까 무시해버리는 걸세."

빈센트는 침대와 유리창을 가릴 커튼을 사고, 집세를 내고, 그러고 나서 브라반트 스케치들을 벽에다 붙여놓았다. 그 그림들이 아직은 팔릴 수 없음을 스스로 알고 있었고 또 그 결점들이 금방 눈에 띄긴 했지만, 그 브라반트 스케치에는, 뭐랄까, 어떤 한 가지 본연의 힘이 있었다. 그 그림들 모두가 어떤 열정으로 이루어진 것들이었다. 그 열정이 어느 부분에 나타나 있는지 그리고 그 열정이 어떻게 해서 거기에 표현된 것인지 그로서는 꼭 집어 말할 수 없었고, 또 데 보크(1851-1904, 네덜란드 태생의 화가. 풍경화를 즐겨 그렸음/옮긴이)와 사귀기 전까지는 그 완전한 가치조차 깨닫지 못했다.

데 보크는 즐거운 사내였다. 훌륭한 교육을 받은 그는 유쾌한 거동의 소유자였고 또 그에겐 고정 수입원이 있었다. 그는 영국에서 교육을 받았는데, 빈센트는 구필 화랑에서 그를 만났다. 어느 모로 보나 데 보크는 빈센트와 정반대되는 사람이었다. 그는 인생을 되는 대로 무심하게 받아들였고 무슨 일에도 분개하거나 흥분하지 않았고 전체적인 체질이 연약했다. 그의 입술 길이는 꼭 두 콧구멍의 폭밖에 되지 않았다.

"우리 집에 가서 차 한잔 하지 않겠나?" 그가 빈센트에게 물었다. "자네에게 내 최근의 작품들을 좀 보여주고 싶군. 테르스테이흐가 내 그림을 팔아준 뒤부터 내 그림에 어떤 새로운 경향이 생긴 것 같거든."

데 보크의 아틀리에는 덴하흐 시의 고급 주택가인 빌렘스파크에 위치해 있었다. 그의 아틀리에에는 회색의 벨벳 커튼이 사방 벽에 드리워져 있었다. 호사스러운 쿠션이 딸린, 누울 수도 있는 긴 소파가 구석구석 놓여 있었다. 흡연용 테이블도 있었고, 책이 꽉 들어찬 책장과 오리엔트풍의 융단도 있었다. 자신의 작업실에 생각이 미치자, 빈센트는 자기가 암자에서 수도하는 수도승 같다는 기분이 들었다.

데 보크는 사모바르(러시아 전래의 주전자/옮긴이) 밑의 가스를 켜고, 가정부에게 과자를 사오라고 시켰다. 그러고 나서 그는 작은 방에서 캔버스를 하나 꺼내 이젤 위에 세워놓았다.

"이게 가장 최근의 작품일세." 그가 말했다 "시가 한 대 피우면서 보지 않겠나? 그러면 그림이 더 낫게 보일지도 모르는 일이니까."

그는 가볍고 기분 좋은 어조로 이야기했다. 테르스테이흐가 그를 발굴해낸 뒤부터 그의 자만심은 하늘 높은 줄 몰랐다. 그는 빈센트가 그 그림을 좋아할 줄로 알았다. 그는 기다란 러시아산 시가—그 시가 덕분에 그는 덴하흐에서 유명한 존재가 되었다—를 꺼내 들고서, 빈센트의 얼굴에 순간적으로 어떤 반응이 나타나는지를 자세히 쳐다보았다.

빈센트는 데 보크의 값비싼 시가가 내뿜는 푸르스름한 연기 속에서 캔버스를 꼼꼼히 들여다보았다. 그는 데 보크의 거동에서 예술가가 자기 작품을 낯선 사람의 눈앞에 맨 처음 내놓는 순간의 그 몹시도 가슴 두근거리는 불안한 마음을 느낄 수 있었다. 뭐라고 말해야 할까? 데 보크의 풍경화는 나쁘진 않았지만 좋지도 않았다. 데 보크의 그림은 그의 성격과 너무도 흡사했다. 너무나 안일했던 것이다. 빈센트는 어떤 건방진 젊은 녀석이 자기 작품을 놓고 마치 은혜라도 베푸는 듯 감히 우월감을 가지고 대했을 때, 자신이 얼마나 화가 났고 기분이 나빴던가 하는 기억을 떠올렸다. 그래서 빈센트는 데 보크의 그림이 한 번만 척 봐도 그 전체를 훤히 알 수 있는 종류의 그림임에도 불구하고 계속 찬찬히 바라보고 있었다.

"데 보크, 당신에겐 풍경화에 대한 감수성이 있군요. 그리고 분명 거기에다 매력을 불어넣는 법도 알고 있고요." 그가 말했다.

"아, 고맙군." 그것이 찬사라고 생각한 데 보크가 즐거워하며 말했다. "차 한잔 하지 않겠나?"

빈센트는 행여나 그 값비싼 융단에 차를 쏟을세라 찻잔을 두 손으로 꼭 움켜잡았다. 데 보크는 사모바르가 있는 곳으로 가서 자기 잔에다 차를 따랐다. 빈센트는 데 보크의 작품을 두고 귀에 거슬리는 말은 정말 죽도록 하기 싫었다. 그는 데 보크라는 인물이 마음에 들었고 그를 친구로 사귀고 싶었다. 그러나 그의 객관적인 장인(匠人) 의식이 마음속에서 솟아올라와 비평의 말을 그냥 삼켜버릴 수가 없었다.

"그런데 이 그림에서 확실히 내 마음에 꼭 들지 않는 점이 딱 한 가지 있군요."

데 보크가 가정부한테서 쟁반을 받아들며 말했다. "이보게, 과자 좀 들게."

빈센트는 싫다고 말했다. 무릎 위에 받쳐놓은 찻잔을 꼭 쥔 채 어떻게 동시에 과자를 먹어야 할지 그로서는 알 수가 없었기 때문이다.

"마음에 들지 않는 그게 뭔가?" 데 보크가 가볍게 물었다.

"풍경 속의 인물 말이죠. 진짜 사람 같아 보이질 않거든요."

"사실은," 편안한 소파 위에 느긋하게 몸을 뻗으면서 데 보크가 털어놓았다. "나도 가끔 인물에 끈덕지게 달라붙어보려고는 했지만, 하지만 난 잘 안 되더란 말이야. 모델을 하나 정해서 며칠간은 작업을 하지. 그러다간 갑자기 이런저런 풍경에 흥미가 쏠려버리는 걸세. 결국 풍경화가 나의 결정적인 매체인 셈이야. 그러니 내가 인물에 그토록 신경을 쓸 필요가 있겠나, 안 그래?"

"난 풍경을 그릴 때에도," 빈센트가 말했다. "그 속에다 어떤 인물을 집어넣고 싶습니다. 당신의 작품은 내 것보다 수년은 앞서 있죠. 게다가 당신은 인정받은 화가이기도 하구요. 그런데 내가 딱 한마디, 우정의 비평을 해도 되겠습니까?"

"좋지!"

"글쎄, 그렇다니 하는 말이지만, 당신의 그림엔 열정이 결핍되어 있군요."

"열정?" 사모바르 위로 몸을 굽히던 데 보크가 그를 힐끗 쳐다보면서 물었다. "그 수많은 열정 중에 어떤 열정을 말하는 건가?"

"그건 좀 설명하기 힘든 문제죠. 하지만 어쨌든 당신의 정서가 조금은 막연해요. 내 생각엔, 좀더 강렬해도 괜찮을 것 같은데 말입니다."

"하지만 이것 봐, 여길 보라구." 데 보크는 몸을 곧바로 세우고 자신의 유화를 자세히 들여다보면서 말했다. "사람들이 그러라고 말한다 해서 내 그림 곳곳에다 감정을 토해낼 순 없네. 안 그런가? 난 내가 본 대로 느낀 대로 그릴 수밖에 없어. 내가 그린 피 끓는 열정을 못 느끼는 데에야 어떻게 내 붓으로 그걸 표현해낼 수가 있겠나? 열정이란 게 채소가게에서 한 파운드씩 살 수 있는 것도 아닌데, 어떻게 하겠나?"

데 보크의 아틀리에에 있다 온 뒤라, 빈센트의 작업실은 초라하고 지저분해 보였다. 그러나 그러한 검소함에 대한 보상이 있다는 것을 빈센트 스스로 알고 있었다. 그는 침대를 한쪽 구석에다 밀어붙이고, 취사 도구들을 눈에 띄지 않는 곳에다 숨겼다. 그는 그곳을 살림살이 하는 곳이 아닌, 한 화가의 작업실로 만들고 싶었던 것이다. 테오가 다달이 보내주는 돈은 아직 도착하지 않았지만, 마우베한테서 빌린 돈 중에서 몇 프랑이 아직 남아 있었다. 그는 그 돈을 모델을 고용하는 데 썼다. 그가 자신의 작업실에 들어온 지 얼마 되지도 않았을 때 마우베가 그를 찾아왔다.

"건너오는 데 십 분밖에 안 걸리던데." 이리저리 둘러보며 마우베가 말했다. "그래, 이것도 괜찮군. 북쪽에서 햇빛이 들어오면 좋겠지만, 이것도 괜찮아. 이만하면 아마추어가 아닐까, 게으르지나 않을까 하고 자네를 의심하는 사람들한테 좋은 인상을 줄 걸세. 그러고 보니 자네 오늘 모델을 두고 일했나?"

"네, 매일 그랬는걸요. 하지만 비용이 너무 많이 들어서."

"그래도 결국은 그게 제일 싼 방법일세. 빈센트, 돈이 딸리나?"

"괜찮아요, 마우베. 그럭저럭 꾸려나갈 수 있습니다."

마우베에게 재정적인 부담을 주는 건 현명치 못한 짓이라고 빈센트는 생각했다. 호주머니에는 딱 하루 먹고살기에 알맞은 일 프랑의 돈밖에 남아 있지 않았지만 그는 마우베가 아무런 부담감 없이 자유로운 마음으로 지도해주길 원했다. 돈 문제는 정말로 중요치 않았다.

마우베는 수채화 그림물감을 칠하는 법과 그것을 다시 씻어내는 법을 가르쳐주며 한 시간 가량 머물렀다. 빈센트는 뭐가 뭔지 혼란스러워서 그림을 좀 망쳤다.

"그것 때문에 신경쓸 것 없어." 마우베가 활기차게 말했다. "어쨌든 그림을 최소한 열 장은 망쳐봐야 붓을 제대로 다룰 줄 알게 될 테니까 말이야. 자네가 브라반트에서 가장 최근에 그렸던 스케치들을 좀 보여주겠나?"

빈센트가 스케치들을 꺼내왔다. 마우베는 기교의 대가였으므로 한 작품이 가진 그 본질적인 약점까지도 몇 마디 안 되는 말로 꿰뚫어냈다. 그는 "이 그림은 좋지 않군" 하는 말로 그냥 끝내는 법이 없었다. 거기에다 언제나 덧붙여서 "이렇게 한번 해보면 어떨까" 하고 말하는 것이었다. 빈센트는 그의 말을 꼼꼼하게 귀담아들었다. 마우베가 자기 자신의 그림을 그리다가 잘못되었을 때에도 꼭 그대로 말하리라는 것을 알고 있었기 때문이다.

"자넨 그릴 수 있어." 마우베가 말했다. "자네가 여태껏 그림 연필로 스케치해왔던 그 시절이 자네에게 대단한 가치가 있는 재산이 될 걸세. 테르스테이흐가 아주 빠른 시간 안에 자네의 수채화를 사게 된다 하더라도 이상할 게 없지."

이 놀라운 위안도, 이틀 뒤 호주머니에 일 상팀도 남지 않게 되었을 때에는 빈센트에겐 아무런 소용도 없었다. 테오가 매달 첫날에 보내주기로 했던 그 첫날이 벌써 며칠 지났는데도, 테오로부터 백 프랑의 돈이 오지 않았던 것이다. 뭐가 잘못됐을까? 테오가 그에게 화를 내고 있는 것일까? 이제 그가 화가로서의 경력을 시작하는 문턱에 들어선 이 순간에, 테오가 그로부터 등을 돌린다는 일이 있을 수 있을까? 그는 외투 호주머니에서 우표 한 장을 찾아냈다. 그 우표 덕분에 그는 동생에게 편지를 띄울 수 있었다. 끼니를 때우고 때때로 모델을 고용할 수 있도록, 약속한 금액 중에서 최소한 일부분만이라도 좀 보내달라고 그는 동생에게 간청했다.

꼬박 사흘 동안 그는 빵 한 조각도 입에 대지 못한 채, 아침에는 마우베의 아틀리에에서 수채화 작업을 하고, 오후에는 삼등 대합실이나 무료 식당에서 스케치를 했으며, 밤에는 펄크리 클럽으로 가거나 아니면 다시 마우베의 아틀리에로 가서 그림을 그렸다. 빈센트는 마우베가 자기 사정을 알아채고서 자신에게 낙담할까 봐 겁이 났다. 비록 마우베가 자신에게 호의를 가지게 되긴 했지만 만일 자신의 괴로운 처지 때문에 그가 그림 그리는 데 조금이라도 영향을 받게 된다면 두 번 생각할 것도 없이 자신을 떨쳐버릴 것임을 빈센트는 알고 있었다. 그래서 마우베의 아내 예트가 그를 저녁 식사에 초대했을 때에도 빈센트는 거절했다.

명치 끝에 희미하고 둔한 통증이 느껴지자 그의 마음속에서 보리나주의 시절이 되살아났다. 그는 평생토록 굶주림에 시달려야만 하는 걸까? 그 어느 곳에서도 그에겐 편안하고 안락한 순간이 결코 존재하지 않는 것일까?

그다음 날 그는 자존심을 꿀꺽 삼켜버리고서 테르스테이흐를 만나러 갔다. 덴하흐의 화가들을 반이나 먹여살리고 있는 사람이니만큼 그에게서라면 어쩌면 십 프랑쯤은 빌릴 수 있을 것 같았다.

테르스테이흐는 사업차 파리에 가고 없었다.

빈센트는 온몸에 신열이 나기 시작했고, 이젠 그림 연필을 손에 쥘 힘조차 없었다. 그는 침대에 누웠다. 다음날 그가 아픈 몸을 이끌고 플라츠 거리의 구필 화랑으로 다시 가보니, 마침 테르스테이흐가 돌아와 있었다. 테르스테이흐는 자기가 빈센트를 돌봐주겠노라고 테오에게 약속한 바 있었다. 그가 빈센트에게 이십오 프랑을 빌려주었다. "언젠가 자네의 작업실을 구경하러 들러야겠다고 생각했지." 그가 말했다. "내 조만간에 자네 작업실을 방문해보겠네, 빈센트."

빈센트에겐 고작, 정중하게 대답할 힘밖에 남아 있지 않았다. 빈센트는 어서 그곳에서 나와 식사를 하고 싶었다. 그는 구필 화랑으로 오는 길에 "돈을 좀 구할 수만 있다면 다시 괜찮아질 텐데"라고 생각했었다. 그러나 이제 돈이 생기고 보니까, 그 어느 때보다도 더 비참한 기분이 들었다. 그는 철저하게 버림받은 것 같은 외로움을 느꼈다.

"식사를 하면 이 모든 게 나아지겠지." 그는 혼자 중얼거렸다.

음식이 위장의 통증은 없애주었지만, 그의 몸속 어딘가 만져볼 수 없는 곳에 기숙하고 있는 외로움의 통증은 제거해주지 못했다. 그는 싸구려 담배를 조금 사들고 집으로 돌아가 침대 위에 길게 뻗은 채 담배를 피웠다. 케이에 대한 굶주림이 무서울 정도의 위력으로 그의 몸속에서 되살아났다. 그는 숨쉬기조차 힘든 절망적인 비참함을 느꼈다. 그는 침대에서 뛰어내려 창문을 열고, 눈 덮인 일월의 밤 속으로 고개를 내밀었다. 그는 스트리커 목사를 생각했다. 흡사 교회의 싸늘한 돌담에 너무도 오랫동안 기대고 있었던 양 차가운 전율이 그의 몸속을 뚫고 달렸다. 그는 창문을 닫고 모자와 외투를 획 집어들고서, 라인 역 앞에서 보았던 와인 카페를 향해 달려나갔다.

2

와인 카페에는 석유램프가 입구에 하나, 그리고 바 위에 하나 달려 있었다. 카페 한가운데는 어둠침침했다. 기다란 의자 몇 개가 벽에 기대어져 있고 그 앞에는 표면에 돌로 알록달록한 무늬를 넣은 테이블들이 놓여 있었다. 그곳은 다 낡은 벽과 시멘트 바닥의 노동자들이 드나드는 카페였고, 향락보다는 도피를 위한 장소였다. 빈센트는 한 테이블에 자리를 잡고 앉았다. 그는 지친 듯 벽에다 등을 기댔다. 작업을 하고 있다거나 음식과 모델을 위한 돈이 수중에 있을 때에는 그래도 처지가 그토록 나쁘진 않았다. 그러나 가볍고 다정하게 일상적인 말을 주고받을 소박한 만남을 누구에게서 기대할 수 있을 것인가? 마우베는 그의 스승이었고, 테르스테이흐는 일에 쫓기는 관록 있는 화상(畫商)이었고, 또 데 보크는 부유한 사교계 사람이었다. 아마도 와인 한 잔이면 그러한 언짢은 심사를 이겨낼 수 있으리라. 내일은 일을 할 수 있을 것이고 그러면 사정이 좀 나아지리라. 그는 시큼한 붉은 포도주를 한 모금씩 천천히 마셨다. 카페 안에는 사람들이 별로 많지 않았다. 그의 맞은편에는 노동자 부류의 한 사내가 앉아 있었고, 바 근처의 구석엔 남녀 한 쌍이 앉아 있었는데 그중 여자 쪽은 요란스러운 옷차림을 하고 있었다. 그 옆의 테이블엔 한 여인이 홀로 앉아 있었다. 그는 그 여인을 쳐다보지 않았다.

웨이터가 곁에 와서 그녀에게 거칠게 말했다. "술 더 마시겠소?"

"난 한 푼도 없는데." 여인이 대답했다.

빈센트가 고개를 돌렸다. "나하고 한잔하지 않겠소?" 그가 물었다.

한순간 여인은 그를 바라보았다. "하고말고요."

웨이터가 포도주 한 잔을 가져온 뒤 이십 상팀을 가지고 가버렸다. 두 개의 테이블이 하나로 붙었다.

"고마워요." 여인이 말했다.

빈센트는 그 여인을 자세히 훑어보았다. 여인은 젊지도 예쁘지도 않은, 인생이 한물 지나가버린 좀 시든 여자였다. 그녀의 몸매는 가냘팠지만 균형이 잘 잡혀 있었다. 그는 포도주 잔을 움켜잡는 그녀의 한쪽 손을 유심히 보았다. 그것은 케이와 같은 귀부인의 손이 아니라 막일을 많이 한 여자의 손이었다. 희미한 불빛 속에서 여인의 모습은 그에게 샤르댕(1699-1779, 프랑스 화가. 당시로서는 드물게도 일상적인 소재를 택하여 풍부한 색조로 묘사/옮긴이)이나 얀 스테인(1629-1679, 네덜란드 화가. 서민들의 모습을 유머러스하게 묘사/옮긴이)이 그린 기묘한 인물들을 연상시켰다. 그녀는 한가운데가 부풀어오른 굽은 콧날을 가지고 있었고, 윗입술 위로는 솜털이 옅게 나 있었다. 그녀의 두 눈은 우울해 보였지만, 그러나 오히려 거기에선 어떤 생기가 엿보였다.

"천만에." 빈센트가 말했다. "난 오히려 자리를 같이 해준 게 고마운데요."

"내 이름은 크리스틴, 당신 이름은?" 그녀가 말했다.

"빈센트."

"여기 덴하흐에서 일해요?"

"그렇소."

"무슨 일을 하죠?"

"난 화가요."

"아, 그것 역시 지겨운 생활이겠군. 안 그래요?"

"때로는 그렇소."

"난 세탁 일을 해요. 일할 만한 힘이 있을 때 그렇다는 얘기죠. 항상 힘이 있는 건 아니니까."

"그럼 그런 땐 뭘 하오?"

"난 오랫동안 거리의 여자 노릇을 했죠. 몸이 너무 아파서 일을 할 수 없을 때엔 또다시 거리로 나서곤 하죠."

"세탁 일을 하기가 어렵소?"

"그렇죠. 열두 시간 동안 일을 시키니까. 그러고도 돈을 주질 않으니. 때로는 하루 종일 빨래를 한 뒤에도, 어린것들에게 먹일 것을 벌기 위해 사내를 찾아야만 해요."

"아이가 몇이오, 크리스틴?"

"다섯. 지금 또 하나 배 속에 들어 있고요."

"당신 남편은 죽었소?"

"애들 다섯 모두 서로 다른 낯선 사내들한테서 낳았으니까, 뭐."

"그 때문에 사정이 참 곤란하겠군, 안 그래요?"

그녀가 어깨를 으쓱했다. "젠장, 광부가 죽을지도 모른다고 해서 탄광으로 내려가지 않겠다고 거부할 수 있나요. 그럴 수 있어요?"

"없지요. 그런데 그 아이들의 아버지들이 누군지는 알고 있소?"

"그 맨 첫 번째 개새끼밖에 몰라요. 나머진 이름조차 몰라요."

"지금 가진 아이는 어떻소?"

"글쎄, 확실치 않아요. 그즈음에 난 너무도 몸이 아파서 세탁 일을 할 수 없었죠. 그래서 툭 하면 거리로 나섰거든요. 하지만 그 따윈 상관없어요."

"포도주 한 잔 더 하겠소?"

"독한 술로 한 잔 주세요." 그녀는 지갑 속에서 변변찮은 시커먼 시가 꽁초를 꺼내 불을 붙였다. "당신은 부유해 보이진 않는데." 그녀가 말했다. "당신 그림이 팔리나요?"

"아니, 난 이제 막 시작한 사람이오."

"이제 시작하기엔 당신은 너무 늙어 보이는데."

"서른이요."

"마흔 살쯤으로 보이는데. 그럼 어떻게 먹고살죠?"

"내 동생이 돈을 조금씩 보내주죠."

"그렇다면 제기랄, 세탁부보다 나쁘진 않겠군."

"누구하고 같이 살고 있소, 크리스틴?"

"우리 어머니 집에서 모두 함께 살죠."

"어머니가 당신이 거리로 나서는 걸 알고 있소?"

여인은 소리 높여 요란스럽게 웃어댔지만, 즐거운 빛은 하나도 보이지 않았다. "젠장, 알다마다요! 어머니가 날 거리에 내보내는걸요. 그리고 어머니 자신이 평생토록 그 짓을 했고. 그렇게 해서 나와 내 남동생이 태어나게 되었으니까."

"당신 동생은 무슨 일을 하오?"

"여자 하나를 끌고 와 집에서 함께 살아요. 그러면서 그 여자에게 손님을 끌어다주는 뚜쟁이 노릇을 하죠."

"그건 당신의 다섯 자식들한테 무척 좋지 않을 텐데."

"상관없어요. 그것들도 모두 어느 날엔가 바로 그 짓을 하며 먹고살 테니까."

"거참 난감한 처지로군, 크리스틴."

"그걸 가지고 울고불고해봐야 소용없어요. 독한 술을 한 잔 더 마셔도 될까요? 아니, 당신 한쪽 손이 왜 그렇게 됐죠? 검게 탄 상처가 커다랗게 나 있잖아요."

"불에 데었소."

"아, 끔찍이도 아팠겠군요." 그녀가 빈센트의 한쪽 손을 조심스럽게 들어올렸다.

"아니, 크리스틴, 괜찮소. 내가 하고자 해서 그렇게 한 거니까."

그녀가 그의 손을 떨어뜨렸다. "도대체 왜 여기에 혼자 와 있죠? 친구도 없어요?"

"없소. 내 동생이 있지만, 그 앤 파리에 있으니까."

"그 때문에 젊은 남자가 외롭겠군요, 안 그래요?"

"그래요, 크리스틴. 몹시도."

"나도 비슷해요. 집에 아이들이 모두 있고, 어머니와 동생도 있고, 그리고 우연히 알게 된 사내들도 많긴 하지만. 그런데 어쨌든 당신은 혼자 외롭게 살잖아요. 안 그래요? 문제는 그냥 사람들이 있는 게 아니라 정말로 좋아하는 사람들이 곁에 있는가 하는 거죠."

"당신을 사랑해준 사람이 여지껏 아무도 없었소?"

"첫 번째 남자죠. 그때 난 열여섯 살이었고. 그 남잔 부자였어요. 처자 때문에 나와 결혼할 수는 없었죠. 하지만 아이 양육비는 대주었어요. 그런데 그 사내가 죽었어요. 그리고 난 무일푼으로 남겨지고."

"크리스틴, 몇 살이오?"

"서른둘. 아이를 갖기엔 너무 늙었지. 무료 의료원의 의사가 날더러 이번 아이를 낳으려 하다간 죽을 거라고 말하더군요."

"제대로 의사의 도움만 받는다면 그렇지 않을 거요."

"젠장, 어디 가서 그런 도움을 얻겠어요? 모아놓은 돈도 한 푼 없는데. 무료 의료원 의사들은 눈 하나 까딱 안 해요. 병든 여자가 한둘이 아니니까요."

"돈을 조금이라도 얻을 방법이 전혀 없소?"

"물어보나마나죠. 두 달 동안 꼬박 밤거리로 나선다면 얻을 수 있을지도 모르죠. 하지만 그러다간 아이보다 내가 먼저 죽게 될 거예요."

그들은 한동안 침묵했다. "여기서 나가면 어디로 갈 작정이오, 크리스틴?"

"난 하루 종일 빨래통에 매달려 있었어요. 그래서 죽을 것같이 피곤해서 한잔하러 여기에 들어온 거죠. 내게 일 프랑 반을 주기로 했는데, 그 사람들이 토요일에 주겠다고 미루잖아요. 먹을 것을 마련하려면 이 프랑을 벌어야만 해요. 그래서 여기서 좀 쉬었다가 사내를 찾아야겠다고 생각했죠."

"내가 당신과 함께 가도 되겠소, 크리스틴? 난 너무도 외로워요. 함께 있고 싶소."

"물론. 그러면 내 수고도 덜어지구요. 게다가 당신은 친절한 사람 같으니까."

"나도 당신이 좋아요, 크리스틴. 당신이 불에 데인 나의 손을 들어올렸을 때…… 한 여인에게서 언제 들어봤는지 기억조차 할 수 없을 만큼 아주 오랜 세월 만에 들어보는 친절한 말이었소."

"그것 참 이상하군요. 당신은 흉해 보이진 않는데. 게다가 좋은 사람 같고."

"난 사랑에선 정말 운이 없었죠."

"네. 그래서 그랬군요. 내가 독한 술을 한 잔 더 마셔도 되겠어요?"

"들어봐요. 당신과 내가 서로에게서 뭔가를 느끼기 위해서 일부러 꼭 술에 취할 필요는 없어요. 내 호주머니에서 떼어낼 수 있는 돈을 당신 호주머니에다 그냥 집어넣어요. 돈을 더 못 주는 게 유감스럽긴 하지만."

"나보다는 당신에게 그 돈이 더욱 필요할 것 같아 보이는데요. 어쨌든 나와 함께 가요. 당신 다음에 이 프랑을 받고 다른 사내를 구하면 되니까."

"그러지 말아요. 자, 돈을 받아요. 그만큼은 여분으로 떼낼 수 있어요. 아는 사람한테서 이십오 프랑을 빌렸거든."

"좋아요. 여기서 나가죠."

어두운 거리들을 이리저리 빠져나와 그녀의 집으로 가는 길에 그들은 오래 사귄 친구처럼 마음 편하게 얘길 주고받았다. 그녀는 자신이 살아온 인생을, 스스로에 대한 아무런 연민도, 불평도 없이 그에게 모두 다 털어놓았다.

"모델로 나서본 적 있소?" 빈센트가 물었다.

"어렸을 때."

"그럼 날 위해서 포즈를 취해줄 수도 있겠군? 난 당신에게 많은 대가를 줄 능력은 없어요. 하루에 일 프랑 정도. 하지만 내 그림이 팔리기 시작하면 당신에게 하루에 이 프랑씩 주기로 하지. 그게 빨래하는 일보단 나을거요."

"글쎄, 그게 괜찮겠군요. 내 아들 녀석을 데려다줄게요. 그 앤 공짜로 그려도 돼요. 나한테 지치면 우리 어머니를 모델로 삼아요. 가끔씩 별도로 일 프랑씩 벌게 된다면 어머니도 좋아할 거예요. 어머닌 청소부죠."

드디어 그들은 그녀의 집에 다다랐다. 뜨락이 딸린, 날림으로 지은 단층의 석조 가옥이었다. "아무하고도 마주치지 않을 거예요. 내 방은 앞에 있거든요." 크리스틴이 말했다.

그녀가 사는 방은 수수하고 소박했다. 무늬 없는 벽지가 방 안에다 차분한 회색의 색조를 더해주는 품이 마치 샤르댕의 그림과 같다고 빈센트는 생각했다. 마룻바닥에는 매트 하나와 낡은 진홍빛 카펫이 한 장 깔려 있었다. 한 구석엔 흔한 취사용 스토브, 다른 한쪽 구석엔 서랍장 하나, 그리고 중앙엔 커다란 침대가 놓여 있었다. 그것이야말로 진짜 노동하는 여자가 사는 집의 내부였다.

아침에 일어나, 자기 혼자 있는 게 아니라 희미한 새벽 빛 속에 같은 한 인간이 자기 곁에 누워 있는 걸 보자 빈센트는 세상이 전보다 훨씬 더 다정해 보였다. 고통과 외로움은 사라지고 그 대신 깊은 안도의 감정이 찾아들었다.

3

아침 우편으로 그는 테오로부터 짤막한 편지와 거기에 동봉된 백 프랑의 돈을 받았다. 테오는 여지껏 그 돈을 부치지 못하고 있다가, 약속한 첫날이 며칠 지난 뒤에야 비로소 부칠 수가 있었다. 빈센트는 돈을 받자마자 그 근방으로 달려나가, 자기 집 앞뜰에서 김을 매고 있던 한 늙은 여인을 발견하고서, 오십 상팀에 포즈를 취해주지 않겠느냐고 물어보았다. 노파는 기꺼이 응했다.

작업실로 온 빈센트는, 졸음이 올 듯한 나른한 원경(遠景)을 배경으로 하여 한쪽에 찻주전자가 놓인 스토브의 연통 가까이에다 노파를 앉혀 놓았다. 그는 색조를 찾고 있었다. 노파의 머리는 그 안에 빛과 생기를 듬뿍 간직하고 있었던 것이다. 그는 수채화 물감의 사분의 삼을 풀어 녹색 비누 상태로 만들었다. 여인이 앉아 있는 쪽의 구석을 여리고 부드럽게, 그리고 정취 있게 처리했다. 전에 얼마 동안은 그의 작품이 딱딱하고 메마르고 푸석푸석한 것 같았는데, 이제는 작품이 막힘없이 술술 흘러나왔다. 그는 화면에다 열심히 스케치를 해넣고 자신의 이미지를 썩 훌륭하게 표현했다. 그는 크리스틴이 자신에게 해준 일이 고마웠다. 살아오면서 사랑의 결핍이 그에게 무한한 고통을 불러일으킬 수는 있었지만, 하지만 그것은 그에게 아무런 해도 끼칠 수 없었다. 그러나 섹스의 결핍은 그 자신의 예술의 샘을 고갈시켜 그를 죽여버릴 수도 있었던 것이다.

"섹스가 윤활유군." 그는 막힘없이 거뜬거뜬히 작업을 하면서 혼자 중얼거렸다. "미슐레 신부님이 왜 그 점에 관해선 언급하지 않았는지 이상하군."

문을 두드리는 소리가 났다. 빈센트는 테르스테이흐 씨를 맞아들였다. 그의 줄무늬 바지는 정성껏 주름이 잡혀 있었다. 그의 둥그스름한 갈색 가죽구두는 거울처럼 반짝거렸다. 턱수염은 공들여 다듬었고 머리칼은 말끔하게 옆 가르마를 타고, 칼라는 티 한 점 없이 새하얀 빛깔이었다.

테르스테이흐 씨는 빈센트가 진짜 작업실을 가지고서 열심히 일에 매달려 있는 것을 보고 진심으로 기뻐했다. 그는 젊은 화가들이 성공을 향해 나아가는 모습을 보길 원했다. 그것이 그의 취미이자 직업이었다. 그러나 그는 그 성공이 정석대로의 체계적인 코스를 밟아 이루어지길 바랐다. 그는 모든 규칙을 한꺼번에 깨뜨리고 성공하는 것보다는 차라리 전통적인 방법으로 작업하다가 실패해버리는 쪽이 한결 더 낫다고 생각했다. 그에게는 승리 그 자체보다는 게임의 규칙이 더욱 중요한 것이었다. 테르스테이흐는 선량하고 지조 있는 인물이었고, 다른 사람들도 그와 똑같이 선량하고 지조 있는 사람이길 기대했다. 그는 어떠한 상황에서도 악이 선으로 변하거나 죄가 구원으로 변할 수는 없다고 믿었다. 구필 화랑에서 그림을 파는 화가들은 그의 그러한 철칙에 복종해야만 한다는 것을 알고 있었다. 그러한 점잖은 행동 기준을 어겼다가는 테르스테이흐가 그들의 작품을, 그것이 제아무리 걸작이라 할지라도, 매매해주길 거부할 것이기 때문이었다.

"이런, 빈센트." 그가 말했다. "작업 중인 자네를 급습하게 돼서 기쁘군. 난 나의 화가들한테 이런 식으로 들르길 좋아하네."

"이렇게 절 보러 와주셔서 고맙습니다. 테르스테이흐 씨."

"천만에. 자네가 이곳으로 이사온 뒤로, 내 마음은 늘 자네 작업실을 둘러봐야겠다고 생각했네만."

빈센트는 침대, 테이블, 의자들, 스토브, 이젤 등을 둘러보았다.

"볼 만한 게 별로 없습니다."

"염려 말게. 자네 일이나 분발해. 그러면 곧 좀더 나은 것들을 살 수 있게 될 거야. 마우베의 말로는, 자네가 수채화를 시작했다고 하던데. 수채화는 잘 팔리지. 내가 자네 그림을 좀 팔아줄 수 있을 거야. 자네 동생 테오도 그럴 거고."

"저도 그걸 위해 일하고 있습니다."

"어제 만났을 때보다 자네 훨씬 활기가 있어 보이는군."

"예, 어제는 아팠어요. 그런데 지난밤에 회복이 되었습니다."

그는 포도주와 독한 진과 크리스틴을 생각했다. 테르스테이흐가 그 모든 걸 알았더라면 뭐라고 말했을까? 그는 오금이 저렸다. "제 그림을 좀 봐주시겠습니까? 느끼신 바를 말씀해주신다면 제겐 큰 도움이 될 거예요."

테르스테이흐는 비누를 풀어놓은 것 같은 녹색의 배경 가운데 흰 에이프런을 두른 노파가 부각된 그림 앞에 섰다. 그의 침묵은 전에 구필 화랑에서 그랬던 것처럼 웅변적인 것은 아니었다. 그는 잠시 단장에 몸을 의지하여 서 있다가 단장을 팔에다 걸쳤다.

"됐어, 됐어." 그가 말했다. "자넨 잘해나가고 있어. 마우베가 자넬 수채화가로 만들어놓겠군. 그 점이 눈에 보여. 서둘러야 하네, 빈센트. 자기 생활을 스스로 꾸려나갈 수 있도록 말이야. 한 달에 백 프랑씩 보내야 한다는 건 테오에겐 정말 부담이야. 지난번 내가 파리에 갔을 때 그걸 내 눈으로 봤다네. 가능하면 빠른 시일 내에 자기 힘으로 생활해야만 돼. 이제 곧 내가, 자네의 작은 그림들을 얼마간 사줄 수 있게 될 걸세."

"감사합니다. 관심을 가져주시니 고맙군요."

"빈센트, 난 자넬 성공하도록 만들고 싶네. 그건 구필 화랑으로선 장사를 뜻하는 거지. 내 손을 통해 자네 그림이 팔리기 시작하면 곧 좀더 나은 작업실을 얻고, 좋은 옷도 좀 사고, 사교계에도 조금씩 드나들 수 있을 거야. 이다음에 자네 유화들을 팔기 원한다면, 사교계 출입은 필수적이야. 자, 이제 난 마우베의 작업실로 달려가봐야겠군. 그가 살롱에 출품하려고 지금 만드는 그 스헤베닝언 그림을 좀 보고 싶거든."

"또다시 들르시겠지요, 테르스테이흐 씨?"

"그럼, 물론이지. 한두 주일 지나서. 자넨 작업에 힘을 쓰게. 그래서 향상된 것이 내 눈에 보이도록 말이야. 나의 방문에 보답을 해줘야 되네. 안 그런가?"

그는 손을 흔들고 떠났다. 빈센트는 다시 한번 작품에 덤벼들었다. 자신의 작품으로 생계를, 지극히 수수하게나마 생계를 꾸려나갈 수 있다면 오죽 좋을까. 그는 그것 이상 더 바라지도 않았다. 그렇게 되면 그는 독립할 수 있었다. 그리고 그 누구에게도 짐이 되지 않을 것이었다. 또한 그렇게 되면, 그 무엇보다도 좋은 것은 서두를 필요가 없을 것이라는 점이었다. 자신이 찾고 있는 성숙한 표현을 향해 서서히 그리고 확고하게 자신의 길을 더듬어 나갈 수 있을 것이었다.

오후 우편 배달물에 분홍빛 편지지에 쓴 데 보크의 짤막한 편지가 들어 있었다.

이보게, 반 고흐.
내일 아침 아르츠의 모델을 데리고 자네 작업실로 갈 참이네. 자네와 내가 함께 그릴 수 있도록 말이야.

데 보크

아르츠에게 고용된 모델은 대단히 아름다운 젊은 여자였는데, 한 번 포즈를 취하는 데에 일 프랑 반을 지불해야 했다. 빈센트는 기뻤다. 왜냐하면 그로서는 그녀를 고용할 경제적 능력이 없었기 때문이었다. 작은 스토브에서는 불길이 활활 타오르고 있었고, 모델은 몸을 덥히기 위해서 그 곁에서 옷을 벗었다. 덴하흐에서 누드 포즈를 취해주는 사람은 직업 모델밖에 없었다. 그러나 그 점에 빈센트는 약이 올랐다. 그가 그리고 싶은 것은 늙은 여자와 남자들의 몸, 어떤 굳어진 기질과 특성을 가진 몸뚱아리였다.

"내 담배주머니도 함께 가지고 왔지." 데 보크가 말했다. "가정부가 싸준 간단한 도시락도 가지고 말일세. 부산을 떨면서까지 점심을 먹으러 나가고 싶지 않을 것 같아서."

"당신 담배 좀 피워봐야겠군요. 내 담배는 아침결에 피우기엔 약간 독한 것이라서."

"준비됐는데요." 모델이 말했다. "제 위치를 잡아주시겠어요?"

"좌상으로 할까요, 입상으로 할까요, 데 보크?"

"우선 서 있는 걸 그리기로 하지. 내가 새로 그리는 풍경화 안에 똑바로 선 인물들을 그려넣어야 하거든." 그들이 한 시간 반쯤 그리자 모델도 이젠 지쳤다.

"이번엔 모델을 앉혀놓고 그리죠." 빈센트가 말했다. "그러면 인물 자체에서 뻣뻣한 힘이 좀 사라질 테니까."

그들은 각자 자기 화판에 몸을 굽히고서 정오가 될 때까지 일만 했다. 밖에서 들어오는 광선이 어떻고 어떻다는 짧은 중얼거림이나 아니면 담배를 가끔씩 주고받았을 뿐이었다. 이윽고 데 보크가 점심을 풀었고 세 사람 모두 난로가에 모여앉아 먹기 시작했다. 그들은 얇게 썬 빵과 차가운 고기 조각과 치즈를 우적우적 씹으면서 아침나절에 그려놓은 것들을 훑어보았다.

"참 이상하지. 일단 뭐가 배 속에 들어가기 시작하면 자기 작품을 객관적으로 볼 수 있게 되거든."

"당신이 그린 것 좀 봐도 될까요?"

"물론."

데 보크는 모델의 얼굴은 상당히 비슷하게 그렸지만, 그러나 그녀의 육체만이 가지고 있는 독특한 성질은 조금도 드러내지 못했다. 그것은 단지 하나의 완벽한 육체일 따름이었다.

"이봐." 데 보크는 빈센트가 그려놓은 것을 바라보며 외쳤다. "자넨 모델의 얼굴 대신에 뭘 그려놓은 건가? 이게 바로, 자네가 말하는 그 열정을 집어넣었다는 건가?"

"우리가 뭐 초상화를 그리는 건 아니잖아요." 빈센트가 응수했다. "인물을 그리고 있는 중이에요."

"얼굴이 인물화에 속하지 않는다는 얘긴 난생처음 듣는걸."

"당신이 그린 그 배 좀 한번 봐요." 빈센트가 말했다.

"그게 어떻다는 건가?"

"꼭 뜨거운 공기로 가득 차 있는 것 같거든요. 창자는 조금도 보이질 않고."

"왜 꼭 창자가 보여야 되지? 저 가련한 여인의 창자가 내 눈엔 하나도 안 비치는 데 말이야."

모델은 웃는 법도 없이 그저 계속 먹기만 했다. 그녀는 화가들이란 어쨌든 모두 미친 사람들이라고 생각했다. 빈센트는 자기가 그린 스케치를 데 보크의 것과 나란히 놓았다.

"유심히 보면 알겠지만," 그가 말했다. "내가 그린 배는 내장으로 가득 차 있죠. 그것만 보더라도, 엄청난 양의 음식물이 그 내장의 미로를 뚫고 힘겹게 나아갔다는 게 훤히 보이죠."

"그게 그림과 무슨 관계가 있단 말인가?" 데 보크가 힐문했다. "우린 내장 전문 의사가 아니야. 안 그런가? 사람들이 내 그림을 볼 때 난 그들이 숲속에 서린 안개나, 구름 뒤로 붉게 저무는 해를 봐주길 바라네. 내장을 봐주길 원치 않는단 말이야."

날마다 환한 이른 아침에 빈센트는 그날의 모델을 구하러 밖으로 나갔다. 대장간집 꼬마 아들, 게스트의 정신병원에 있는 노파, 석탄 시장에서 일하는 남자, 유대인 구역인 파데뫼스에 사는 할머니와 손자 등, 그날그날 모델이 바뀌었다. 모델들을 쓰자면 상당히 많은 돈이 들었다. 사실 그달 말일까지 먹을 양식값을 남겨놔야 한다는 걸 번연히 알고 있었다. 그러나 그림 실력이 전속력으로 향상될 수 없다면, 덴하흐에서 머물며 마우베 밑에서 공부하는 게 무슨 소용인가? 먹는 것은 나중에 일단 자기 위치를 확립하고 난 뒤에도 얼마든지 먹을 수 있었다.

마우베는 계속 참을성 있게 그를 지도해주었다. 저녁마다 빈센트는 우일레보멘으로 건너가 분주하고 따뜻한 마우베의 작업실에서 일했다. 자신이 그린 수채화가 탁하고 흐리터분하고 침침했기 때문에 낙심한 적도 가끔 있었다.

"물론, 자네 수채화는 아직 바람직한 상태는 아니야." 그가 말했다. "자네 작품이 지금 당장 투명한 상태라면, 그건 아마 어떤 멋만 부린 셈일 거야. 그리고 나중엔 아마도 도로 흐리터분하게 변하겠지. 자네가 지금 당장은 아무리 고심해서 작업해도 칙칙한 빛깔이 되겠지만, 그러나 얼마쯤 지나면 그건 곧 사라지고 자네 수채화도 밝게 변할 걸세."

"그건 그렇지요. 하지만 자기가 그린 그림으로 먹고살아야만 하는 경우, 대체 어떻게 해야 되겠습니까?"

"내 말을 믿게, 빈센트. 너무 일찍 성공하려 하면 자신의 화가로서의 생명을 죽여버리게 될 걸세. 당대에 인정받는 인물은 대개 예술가로서는 하루살이 목숨에 지나지 않아. 예술에 관한 한 옛날 말씀이 진실이야. '정직이 가장 수지맞는 장사다!' 대중에게 아첨하는 일종의 멋 부린 스타일을 만드는 것보다는 좀더 고생을 해가며 진지한 작업을 하는 것이 나아."

"나도 내 자신에게 충실하고 싶습니다, 마우베. 그래서 투박한 스타일로나마 빌어먹고 살아야만 할 경우엔…… 그런데 내가 몇 개 그린 것들이 있는데, 내 생각엔 그것들이 테르스테이흐 씨의 마음에 들기는 하겠…… 물론 내 개인적으로 느끼기에는……."

"어디 그걸 한번 보여주게." 마우베가 말했다.

그는 빈센트가 그린 수채화들을 한번 힐끗 쳐다보더니 조각조각 찢어버렸다. "자네의 그 투박함을 고수하게, 빈센트." 그가 말했다. "그림 애호가나 화상 꽁무니를 쫓아다니며 빌붙지 말라구. 자넬 좋아하는 사람만 자네 곁에 오도록 만들어. 그러다가 때가 되면 자넨 큰 수확을 거둬들이게 될 걸세."

빈센트는 조각조각 찢겨나간 자기 그림들을 내려다보았다. "고맙습니다, 마우베. 내겐 그런 질책이 정말 필요해요."

마우베는 그날 밤 작은 파티를 열었는데, 많은 화가들이 몰려들었다. 다른 사람들의 작품에 대한 혹평을 일삼기 때문에 "무자비한 검(劍)"으로 알려진 베이센브뤼흐, 브레이트너르, 데 보크, 쥘 바크하위전, 그리고 케이의 죽은 남편인 보스의 친구 뇌하위스 등이 왔다.

베이센브뤼흐는 몸집은 작았지만 굉장한 기백을 가진 사람이었다. 어떤 것으로도 그를 막을 수가 없었다. 자기 마음에 안 드는 것 ─물론 만사가 거의 다 마음에 들지 않았지만─ 은 그의 혓바닥으로 단칼에 부숴버리는 것이었다. 그는 자기가 좋아하는 것들을 자기가 좋아하는 방법으로 그렸고, 그걸 대중으로 하여금 좋아하도록 만들었다. 테르스테이흐 씨가 언젠가 그의 어떤 그림에서 어떤 점이 좋지 않다고 못마땅해하자, 그는 그다음부터는 아무것도 구필 화랑을 통해 팔고자 하지 않았다. 그런데도 그가 그린 그림들은 모두 팔렸다. 누구에게 파는지 어떻게 파는지 아무도 알지 못했다. 그의 얼굴은 그의 혓바닥만큼이나 날카로웠다. 머리와 코와 턱이 베일듯이 날카로웠다. 누구나 그를 두려워하면서 한편으로는 그의 동조를 얻길 원했다. 그는 모든 걸 헐뜯고 경멸하는 손쉬운 수단 하나만으로 전국적으로 유명해진 인물이었다. 그는 빈센트를 구석에 있는 불 곁으로 데리고 갔다. 쉭쉭거리는 기분 좋은 소리를 듣기 위해서인 듯 그는 불 속에다 자주 침을 뱉으며 석고상의 한쪽 발을 어루만졌다.

"자네도 반 고흐 가문의 식구라는 얘길 들었는데." 그가 말했다. "그래, 자네 삼촌들이 팔아줄 정도로 자네 그림들이 성공적인가?"

"전혀, 아무것도 성공적으로 그려내지 못했습니다."

"그건 자네에게 무지무지 잘된 일이야. 무릇, 예순 살까지 굶주려야만 해. 그러고 나면 아마 서너 점의 좋은 작품을 만들 수 있을 거야."

"허튼소리 말아요. 당신은 사십 고개도 채 안 넘었는데 지금 좋은 작품을 그리고 있잖습니까."

베이센브뤼흐는 그 "허튼소리"라는 말이 마음에 들었다. 그에게 용기 있게 그런 말을 한 사람은 몇 년 만에 빈센트가 처음이었다. 그러자 베이센브뤼흐는 빈센트에게 공격을 가함으로써 독설가로서의 자기의 진가를 유감없이 발휘했다.

"자네가 내 그림들을 좋다고 생각한다면, 자넨 그림을 포기하고 차라리 문지기가 되는 게 나아. 내가 왜 내 그림들을 어리석은 대중들에게 팔고 있는 줄 아나? 그건 내 그림이 쓰레기에 불과하니까 그런 거야. 내 그림이 조금이라도 훌륭하다면, 그건 내 스스로가 간직할 거야, 파는 대신에. 이봐, 자네 말은 틀렸어. 난 지금 단지 실습을 하고 있을 뿐이야. 예순 살이 되면 난 그때 진짜로 그림을 시작할 걸세. 그리고 그 이후로 그린 작품들은 모두 내 곁에 놓아둘 거야. 내가 죽으면 그것들도 나와 함께 묻힐 걸세. 화가란 자기 생각에 좋은 작품이라면 그걸 풀어놓으면 안 돼. 다만 쓰레기 같은 작품만을 대중에게 팔아야 하는 거야."

방 저 끝에 있던 데 보크가 빈센트에게 살짝 눈짓을 던졌다. 그래서 빈센트가 말했다. "당신은 아무래도 직업을 잘못 택하셨군요. 미술 평론가가 되어야 할 걸 그랬어요."

베이센브뤼흐가 웃음을 터뜨리며 외쳤다. "마우베, 자네의 사촌이란 이 작자는 겉보기만큼 그렇게 형편없는 사람은 아니구만. 머릿속에 뭐가 좀 들었어." 그는 다시 빈센트에게 몸을 돌리고서 잔인하게 말했다. "자넨 도대체 어째서 이런 넝마 같은 옷을 입고 돌아다니는 거지? 왜 좀 점잖은 옷들을 못 사 입는 건가?"

빈센트는 테오의 낡은 옷을 자기 품에 맞게 고쳐서 입고 있었던 것이다. 그런데 옷이 잘 고쳐지지 않은 데다가, 날마다 그 옷을 입었기 때문에 수채화 물감이 얼룩덜룩 묻어 있었다.

"자네 아저씨들은 네덜란드 전 국민에게 옷을 입혀줄 만큼 많은 돈을 가지고 있을 텐데, 자네에겐 한 푼도 안 주던가?"

"왜 주겠어요? 그분들은 화가란 무릇 굶고 지내야만 한다는 당신의 의견과 똑같은 생각들을 가지고 있는데 말예요."

"자네 아저씨들이 자네를 신뢰하지 않는다면, 그 사람들 생각이 옳은 거야. 반 고흐 가문의 화상들이야말로 백 킬로미터 바깥에서도 진짜 화가의 냄새를 맡을 줄 아는 사람들이거든. 그러니까 아마 자넨 쓸모없는 썩은 인간일 거야."

"이런, 우라질!"

빈센트가 화가 나서 그에게서 몸을 돌렸다. 그러자 베이센브뤼흐가 그의 팔을 붙잡았다. 그는 만면에 활짝 미소를 띠고 있었다.

"그게 바로 기백이야!" 베이센브뤼흐가 소리쳤다. "난 자네가 내 악담을 어느 정도까지 받아들이는가 보고 싶었을 따름이네. 자, 용기를 내라구. 자네에겐 소질이 있어."

마우베는 파티 손님들을 위해 즐겁게 설교를 흉내 내고 있었다. 그는 원래 성직자의 아들이긴 했지만, 그에겐 단 한 가지의 종교에 빠질 여지밖에 없었다. 그것은 그림이라는 종교였다. 예트가 차와 과자와 치즈 볼을 손님들에게 돌리는 동안 마우베는 베드로의 고깃배에 관해 설교하고 있었다. 베드로는 그 고깃배를 누구에게서 선물로 받은 것일 까요? 아니면 상속받은 것일까요? 혹은 그것을 월부로 사들였을까요? 그것도 아니면, 아, 끔찍한 생각이긴 하지만, 그 고깃배를 훔쳤던 것일 까요? 화가들은 방 안을 자욱한 담배연기와 웃음으로 가득 채우며, 놀 랄 만한 속도로 치즈 볼과 차를 꿀꺽꿀꺽 삼켰다.

"마우베가 변했군." 빈센트는 속으로 생각했다.

그는 마우베가 창조적 예술가로서의 변신을 겪고 있음을 알지 못했 다. 마우베는 대개 활기 없는 상태에서 시작하여 거의 아무런 흥미도 없이 일을 해나갔다. 그러다가 구상이 마음속에 살며시 떠올라 완전히 굳어지면서부터 그의 에너지도 서서히 충만해져갔다. 그때부터 그는 날마다 좀더 오래, 좀더 열심히 일했다. 대상이 그의 캔버스 위에 분명 한 모습으로 나타나게 되면 자기 자신에 대한 요구는 점점 더 가혹해 지곤 했다. 그의 마음은 가족이나 친구, 그리고 다른 관심들로부터 완 전히 달아나버리는 것이었다. 식욕도 완전히 없어지고 수많은 밤을 잠 못 들고 뒤척거리면서 해야만 할 일들을 생각했다. 체력이 줄어듦에 따라 흥분은 더욱 고조되곤 했다. 그러면 곧 그는 신경의 에너지 하나 만으로 살아가는 것이었다. 그 우람한 체격의 몸뚱이는 쪼그라들고 센 티멘털한 두 눈동자는 흐릿한 안개 속에 가라앉아 보이지 않았다. 피 곤해지면 피곤해질수록 그는 더욱 필사적으로 일했다. 그를 사로잡은 초조한 열정은 더욱 커져만 갔다. 그림을 완성하는 데 얼마나 걸릴 것 인지 그는 마음속으로 알고 있었고, 그리고 완성되는 바로 그날까지 그 의지가 꺾이지 않도록 마음을 굳혀놓는 것이었다. 그는 마치 수천 명의 귀신에 씌운 사람 같았다. 그림을 완성할 만한 충분한 시간이 있는 데도, 하루 스물네 시간 순간순간을 무엇인가에 쫓기면서 자신을 괴롭히는 것이었다. 결국엔 그가 격심한 열정과 신경질적인 흥분에 휩싸이기 때문에 누가 자칫 그를 방해하기라도 하면 무시무시한 장면이 벌어지곤 했다. 젖 먹던 힘까지 끌어모아 자기 캔버스에다 자기 몸을 내동댕이치는 것이었다. 완성을 보기까지 얼마만큼 오랜 시간이 걸린다 할지라도, 그에겐 언제나 최후의 한 점까지 버틸 의지가 있었다. 그가 완전히 작품을 끝내기까지는 그 어느 것도 그를 죽일 수 없을 것이었다.

그러한 진통을 거쳐 일단 그 작품이 태어나면 그는 푹 쓰러져버렸다. 몸이 허약해지고 병들어 헛소릴 하기도 했다. 예트가 그를 간호하여 건강한 몸, 맑은 정신으로 되돌리자면 수많은 날들이 걸렸다. 탈진 상태가 너무도 극심해서 그림물감을 보거나 냄새만 맡아도 구역질을 했다. 그러고 나서 천천히 아주 천천히 그는 기력을 되찾곤 했다. 기력을 되찾음에 따라 관심도 되돌아왔다. 그러면 작업실을 느릿느릿 돌아다니면서 물건들을 깨끗이 치우기 시작했다. 들판으로 나가 산책도 하는데, 처음엔 아무것도 보이지 않지만 마침내 어떤 풍경이 그의 눈을 이끄는 것이었다. 그리고 그에 따라 그 과정 전체가 다시 시작되곤 했다.

빈센트가 덴하흐에 처음 도착했을 때 마우베는 스헤베닝언을 그리기 시작하던 참이었다. 그러나 그의 흥분 상태는 하루하루 더해가고 있었다. 그리고 작품이 마무리되어 나올 때쯤에는 곧 미칠 정도가 되어 극도로 심신을 파괴하는 착란 상태에 빠져드는 것 같았다.

4

며칠 밤 뒤에 크리스틴이 빈센트의 방문을 두드렸다. 그녀는 검은 페티코트와 푸른 캐미솔을 걸치고 머리에는 새까만 모자를 쓴 차림이었다. 하루 종일 빨래통에 매달려 있었던 것이다. 극도의 피곤에 시달릴 때면 그녀의 입은 언제나 약간 벌어져 있었다. 그녀의 얼굴에 난 얽은 자국이 전에 보았을 때보다도 더 넓고 깊게 패어 있는 것 같았다.

"안녕, 빈센트." 그녀가 말했다. "당신이 사는 곳을 한번 들러봐야겠다고 생각했죠."

"당신이 날 찾아준 첫 번째 여인이군. 잘 와줬어요. 숄을 벗겨줄까?"

그녀는 불 곁에 앉아 몸을 덥혔다. 잠시 그녀는 방을 두리번거리며 둘러보았다.

"이것도 나쁘진 않군요." 그녀가 말했다. "텅 비었다는 것 외에는요."

"그래요. 가구를 살 돈이 없으니까."

"글쎄요, 이것만으로도 당신에겐 충분한 것 같은데요."

"난 지금 막 저녁 준비를 하는 중이었소, 크리스틴. 함께 먹겠소?"

"왜 날 신이라고 부르지 않죠? 모두들 그렇게 부르는데."

"좋소, 신."

"저녁은 뭘로 할 건데요?"

"감자에다 차."

"난 오늘 이 프랑을 벌었는데. 나가서 쇠고기를 좀 사와야겠군요."

"여기, 내 돈이 있어요. 동생이 좀 보내줬거든. 얼마만큼이나 사겠소?"

"오십 상팀이면 먹고도 남을 거예요."

잠시 후에 그녀는 고기를 종이에 싸들고 돌아왔다. 빈센트는 그걸 그녀에게 받아들고 저녁 준비를 하려고 했다.

"이봐요, 앉아요. 당신이 무슨 요리를 할 줄 안다고 그래요. 난 그래도 여자잖아요."

그녀가 스토브 위로 몸을 굽히자 그 열기로 그녀의 볼에 따스한 홍조가 어렸다. 그녀의 모습이 다소 아름다워 보였다. 그녀가 냄비에 감자를 썰어넣고 거기에 고기를 섞어서 뭉근한 물에 얹어 보글보글 끓이고 있는 모습은 자기 집에서 하는 것처럼 자연스러워 보였다. 의자를 벽에다 비스듬히 기대고 앉은 채로, 그녀의 움직임을 지켜보는 빈센트의 가슴에 따뜻한 감정이 솟아올랐다. 그곳은 그의 가정이었고, 거기에 한 여인이 그 다정스러운 손으로 그를 위해 음식을 마련하고 있었다. 인생의 반려자로서 케이와 함께 사는 이러한 광경을 얼마나 오랫동안 꿈꿔왔던가! 크리스틴이 그를 힐끗 쳐다보았다. 그녀는 빈센트가 앉은 의자가 위태위태한 각도로 벽에 기대어져 있는 것을 보았다.

"이봐요, 이런 바보 같으니." 그녀가 말했다. "똑바로 앉아요. 모가지가 부러지고 싶어요?"

빈센트가 이빨을 드러내며 싱긋 웃었다. 그와 한집에서 살았던 여자들—그의 어머니, 누이동생들, 이모들, 사촌—치고 "빈센트, 의자를 똑바로 하고 앉아. 목 부러질라"라고 말하지 않은 여자는 단 하나도 없었다.

"좋아, 신," 그가 말했다. "내 얌전하게 있을게."

그녀가 등을 돌리자마자 그는 또다시 의자를 벽에다 비스듬히 기댄 채 흡족스럽게 담배를 피웠다. 신이 테이블에다 저녁을 차렸다. 그녀는 아까 밖에 나갔을 때 롤빵도 두 개 함께 사왔다. 고기와 감자를 다 건져 먹은 뒤 그들은 롤빵으로 남은 고깃국물을 깨끗이 훔쳐 먹었다.

"거봐요." 신이 말했다. "내 장담하지만, 당신이라면 이렇게 요리하진 못했을 거예요."

"물론이요, 신. 내가 요리를 하면 내 입에 들어가는 게 생선인지 고기인지 아니면 악마인지 분간 못 할 지경이니까."

차를 마시다가 그녀는 자신이 가지고 온 블랙 시가를 피웠다. 그들은 쾌활하게 얘기를 주고받았다. 빈센트는 마우베나 데 보크와 함께 있을 때보다 그녀와 함께 있을 때에 한결 더 편안한 기분을 느꼈다. 그가 아는 척하지는 않았지만, 그들 사이에는 어떤 친근감이 흐르고 있었다. 서로 겨루거나 가식을 부리지 않고서 그들은 평범한 얘기들만을 나누었다. 빈센트가 얘기할 때면 그녀는 가만히 귀를 기울였고, 빈센트가 그녀를 철저하게 이해해주길 애타게 바라지도 않았으므로 그녀도 자신에 대한 얘기를 자유로이 꺼낼 수가 있었다. 그녀에게는 내세워 주장하고 싶은 자아라는 것도 없었다. 두 사람 다 서로에게 깊은 인상을 주려고 애쓰지도 않았다. 신이 자기가 살아온 얘기와 그 고난과 불행을 얘기할 때에, 그녀가 하는 말들 중에 불과 몇 마디만 다른 말로 바꾸면 완전히 빈센트 자신이 살아온 얘기가 되어버리는 것이었다. 그들의 얘기에는 상대방의 관심을 끌려는 노력도 없었고 침묵할 때에도 아무런 가식이 섞이지 않았다. 그것은 계급 장벽과 의도적인 속셈과 신분 차별을 모두 떨쳐버린, 발가벗은 두 영혼의 만남이었다.

빈센트가 일어섰다. "뭘 하려는 거죠?" 그녀가 물었다.

"접시들을……."

"앉아요. 당신, 접시 닦을 줄이나 알아요? 난 여자잖아요."

그가 의자를 벽에다 비스듬히 기대고 앉아 파이프에 담배를 채워넣고 느긋하게 연기를 내뿜는 동안, 그녀는 개수통에 몸을 굽히고 접시를 닦고 있었다. 비눗물이 묻은 그녀의 두 손은 튼튼했다. 튀어나온 핏줄, 뒤얽힌 주름살들이, 그 손이 얼마만한 노동을 겪었나 말해주고 있었다. 빈센트는 연필과 종이를 들고 그녀의 두 손을 그리기 시작했다.

"여기 참 좋군요." 접시를 다 닦고서 그녀가 말했다. "다만, 독한 술이 조금만 있다면 안성맞춤일 텐데……."

그들은 독주를 한 모금씩 마시며 저녁을 함께 보내면서, 한편으로 그는 신을 스케치했다. 그녀는 따뜻한 난롯가에서 무릎에 두 손을 얹고 가만히 앉아 쉬는 것이 만족스러운 모양이었다. 불그스름한 난로의 열기와, 누군가 이해해주는 사람과 얘기하고 있다는 것 덕분에 그녀에겐 활력과 기민함이 찾아들었다.

"당신 세탁일이 언제 끝나오?" 그가 물었다.

"내일. 잘됐죠. 나도 그 이상은 견딜 수 없을 테니까."

"몸이 몹시 안 좋은가 보군?"

"아니, 하지만 다가오고 있어요. 다가온다구요. 빌어먹을 애가 벌써부터 배 속에서 가끔 꿈틀거린다고요."

"그럼, 다음 주부터 내게 포즈를 취해주기 시작하겠소?"

"그냥 앉아 있는 게 다예요?"

"그뿐이오. 가끔가다 일어서서 있거나 누드 포즈를 취해야 하겠지만."

"별로 나쁠 것도 없군요. 당신은 일을 하고 나는 돈을 벌고." 그녀는 창밖을 내다보았다. 눈이 내리고 있었다.

"지금 집에 있는 거라면 좋을 텐데." 그녀가 말했다. "날씨는 차갑고 내겐 숄밖에 없으니. 게다가 갈 길은 멀고."

"내일 아침에 다시 이웃집에 빨래하러 가야만 하지 않소?"

"여섯 시에. 그땐 아직 어둑어둑할 때죠."

"신, 원한다면, 여기 있어요. 당신이 함께 있어줬으면 좋겠어."

"당신한테 방해가 되지 않을까요?"

"조금도. 침대도 넓으니까."

"저기서 두 사람이 잘 수 있을까?"

"물론."

"그럼, 여기 있기로 하지요."

"좋아."

"있어달라고 해서 고마워요, 빈센트."

"당신이 함께 있어줘서 고마워."

새벽에 그녀는 그에게 커피를 끓여주고, 잠자리를 손보고, 작업실을 쓸었다. 그러고 나서 그녀는 세탁 일을 가기 위해 그를 떠났다. 그녀가 가버리자 갑자기 그곳이 텅 비어버린 것 같았다.

5

그날 오후에 테르스테이흐가 다시 들렀다. 그의 두 눈은 반짝반짝

빛났고, 얼얼한 추위 속을 걸어온지라 양 뺨은 빨개져 있었다.

"어떻게 되어가나, 빈센트?"

"썩 잘되어갑니다, 테르스테이흐 씨. 다시 와주시다니 감사하군요."

"뭔가 내게 보여줄 만한 재미있는 작품이 있겠지? 그 때문에 내가 왔다네."

"예. 새로 그린 게 몇 개 있죠. 앉지 않으시겠습니까?"

의자를 쳐다본 테르스테이흐는 거기 얹힌 먼지를 털어내리려고 손수 건을 찾다가 그건 예의상 좋지 않은 짓이겠다고 판단했다. 그는 그냥 의자에 앉았다. 빈센트가 서너 점의 수채화를 가지고 왔다. 테르스테이흐는 긴 편지를 건너뛰어가며 읽듯이 그 그림 모두를 한꺼번에 급히 훑어보고는 다시 맨 처음 것을 들고 꼼꼼히 쳐다보았다.

"잘해나가고 있군." 얼마 뒤에 그가 말했다. "아직 만족스럽지는 않고, 약간 거칠긴 하지만, 향상된 게 좀 보이는군. 내가 곧 살 수 있을 만한 것들을 그려야 해, 빈센트."

"예, 테르스테이흐 씨."

"스스로 생계를 꾸려나가야겠다는 생각을 해야만 돼. 다른 사람의 돈으로 살아간다는 건 옳지 못한 것이니까."

빈센트는 자기가 그린 수채화를 받아들고 바라보았다. 그 그림들이 미숙하겠거니 하고 생각은 했지만, 그러나 예술가들이 다 그러하듯 그 역시 자신의 작품의 흠을 볼 수 없었다.

"자립만 한다면 그것 이상 좋을 게 없습니다."

"그렇다면 더 열심히 노력해야지. 속도를 높여야 해. 내가 살 수 있을 만한 것들을 빨리 만들어내길 바라겠네."

"예, 테르스테이흐 씨."

"어쨌거나, 자네가 즐겁게 일하고 있는 것을 보니 기쁘군. 테오가 나더러 자넬 좀 감시해달라고 부탁했거든. 좋은 작품을 그리게, 빈센트. 난 자넬 이 플라츠에서 확실한 위치에 앉혀놓고 싶네."

"좋은 작품을 그리기 위해 노력하고 있습니다. 그런데 제 손이 언제나 제 뜻대로 따라주지는 않는군요. 그렇긴 하지만 이 그림들 중 하나를 보고 마우베가 칭찬해주던 걸요."

"마우베가 뭐라고 말하던가?"

"'제법 수채화답게 보이기 시작하는군'이라고 말하던데요."

테르스테이흐가 낄낄 웃으면서 모직 스카프를 목에 감았다. "끈질기게 계속해, 빈센트, 끈질기게. 바로 그렇게 해서 위대한 작품이 탄생하는 걸세." 그리고 그는 가버렸다.

빈센트는 삼촌인 코르넬리우스 아저씨에게, 자기가 이제 덴하흐에 자리 잡았노라는 편지를 보내면서, 덴하흐에 오면 한번 들러달라고 아저씨를 초대했다. 암스테르담에서 가장 이름 있는 화상 겸 화구상을 경영하는 코르 아저씨는 자기 상점에서 팔 그림 재료와 그림들을 사러 덴하흐에 자주 오곤 했다. 어느 일요일 오후에 그는 친하게 사귀게 된 꼬마 아이들을 위해 자그마한 파티를 열어주었다. 아이들은 스케치하는 동안 계속 즐겁게 해주어야만 했기 때문에 단것들을 한 자루 사다놓고서, 화판에 몸을 굽히고 그리면서 한편으로는 아이들에게 얘기를 들려주고 있었다. 그때 문을 두드리는 날카로운 소리와 함께 깊숙하고 우렁찬 목소리가 들려왔고, 그는 코르 아저씨가 도착했다는 것을 알았다.

코르넬리우스 마리누스 반 고흐는 성공을 거둔 잘 알려진 부자였다. 그럼에도 불구하고 크게 열린 그의 검은 두 눈에는 가벼운 우수가 어려 있었다. 그의 입술은 반 고흐 가문 내의 다른 사람들보다 약간 덜 불룩했다. 그는 전형적인 반 고흐 가문의 두상(頭相)을 하고 있었다. 넓고 높은 이마와 강한 턱, 각이 진 정사각형의 얼굴, 커다랗고 둥근 아래턱, 그리고 힘차게 생긴 코가 그것이었다.

코르넬리우스 마리누스는 힐끗도 쳐다보지 않는 듯한 인상을 풍기면서도 빈센트의 작업실을 한 군데도 빠짐없이 살펴보고 있었다. 네덜란드 전국에서 코르넬리우스만큼, 많은 화가들의 작업실 내부를 본 사람도 아마 없을 것이었다.

빈센트는 남아 있던 단것들을 아이들에게 나눠주고서 집으로 돌려보냈다. "함께 차 한잔 하시겠습니까? 바깥 날씨가 무척 추웠을 텐데."

"그럴까, 빈센트."

빈센트가 그에게 차를 대접했다. 빈센트는 최근의 소식에 대해 가볍게 얘기하는 동안 아저씨가 어떻게 그렇게도 태연하게 무릎 위에 얹어놓은 찻잔의 균형을 잡을 수 있는지 감탄할 지경이었다.

"그래, 빈센트, 네가 화가가 되겠단 말이지." 그가 말했다. "이제 우리 반 고흐 가문에 화가가 한 명 생길 때가 되었나 보구나. 지난 삼십 년간 하인 아저씨와 빈센트 아저씨와 난 낯도 모르는 남의 작품만 사들였는데, 이젠 그 돈 중에 조금이나마 우리 가족의 손에 돌아갈 수 있게 되었구나."

빈센트가 미소 지었다. "저로서는 유리한 출발을 한 셈이죠." 그가 말했다. "세 아저씨와 동생이 그림을 파는 사업에 종사하고 있으니 말예요. 코르 아저씨, 치즈와 빵을 좀 드시겠습니까? 아마도 시장하실 텐데요?"

코르넬리우스가 알기로는, 가난한 예술가를 가장 손쉽게 모욕 주는 길은 그의 음식을 거절하는 것이었다. "그래, 고맙다." 그가 말했다. "아침을 너무 일찍 먹었더니."

빈센트는 두꺼운 흑빵 서너 조각을 이 빠진 접시에 놓고, 종이 봉지에서 보잘것없는 치즈를 조금 꺼내놓았다. 코르넬리우스는 그것을 힘겹게 억지로 약간 먹었다.

"테르스테이흐 씨가 내게 한 말로는, 테오가 네게 매달 백 프랑씩 보내준다던데?"

"예."

"테오는 젊어. 그리고 자기 몫으로 돈을 모아야만 해. 그러니까 네 밥값은 네 손으로 마련하지 않으면 안 된다."

테르스테이흐에게서 그런 얘기를 들은 게 바로 어제였던지라, 빈센트는 아직 기분이 몹시 언짢은 상태였다. 그는 생각해볼 것도 없이 재빨리 응수했다.

"밥값을 벌어야 한다고요, 코르 아저씨? 어떤 의미로 그런 말씀을 하시는 건가요? 밥값을 벌어야 한다고요…… 아니면 응당 밥값만 한 가치가 있는 그림을 그려야 한다는 얘긴가요? 밥값도 못할 경우, 말하자면 그런 가치가 없다면, 분명 그건 죄악이겠죠. 정직한 인간이라면야 누구든지 마땅히 밥값을 하니까 말예요. 하지만 불행하게도, 마땅히 밥값을 할 만한 데도 자기 밥값을 할 수가 없다면, 그건 불운이죠. 그것도 커다란 불운이죠."

빈센트는 자기 앞에 있는 흑빵 조각을 가지고 손장난을 하고 있었다. 가운데서 빵을 좀 떼내어 굴리면서 딱딱하고 둥근 조그만 공을 만들고 있었다.

"그러니까 코르 아저씨가 제게 '넌 밥값만 한 가치도 없어'라고 말씀하시는 거라면, 그건 모욕입니다. 그러나 제가 언제나 제 밥벌이를 하지 못하고 있다는, 충분히 근거가 있는 말씀을 하신 거라면, 그거야 분명 그렇지요. 하지만 그런 말씀을 하신들 무슨 소용이 있습니까? 오직 그 점만을 두고 말씀하신 것이라면, 확실히 저로서는 이제 더는 그 문제에 골치를 썩이지 않습니다."

코르넬리우스는 밥벌이에 관해선 더 이상 얘기하지 않았다. 두 사람의 대화는 즐겁게 이어졌다. 그러다가 아주 우연히도 표현에 관한 얘기를 나누다가 빈센트가 드 그루의 이름을 입에 올렸다.

"하지만 넌 그 점을 모르는구나, 빈센트." 코르넬리우스가 말했다. "사생활에서는 드 그루가 좋지 못한 평판을 받았지 않느냐?"

빈센트는 훌륭한 드 그루 스승에 대해 그렇게 말하는 소릴 그냥 가만히 앉아서 들을 수 없었다. "맞습니다"라고 말하는 쪽이 한결 더 낫다는 것을 알고 있었지만, 빈센트는 어쩐지 반 고흐 가문의 사람들과 함께 있을 때면 그 말이 옳다는 대답을 내놓는다는 것이 완전히 불가능해 보였다.

"코르 아저씨, 언제나 느껴온 것이지만, 예술가가 자기 작품을 대중 앞에 보일 때에, 자신의 사생활의 내적 몸부림은 남에게 보이지 않고 자기 마음속에 간직해둘 권리가 있을 것 같습니다. 개인 생활의 내적 몸부림이란 어쩔 수 없이, 한 예술 작품의 창조에 부수되는 나름대로의 특이한 어려움과 직접적인 그리고 운명적인 관련을 맺고 있는 거거든요."

"마찬가지야." 빈센트가 설탕도 빼먹고 내놓은 차를 한 모금씩 마시면서 코르넬리우스가 말했다. "단순히 쟁기나 세일즈북 대신에 그림 붓을 가지고 일한다고 해서 그 사람한테 방탕하게 살 권리가 주어지는 것은 아니다. 난 올바르게 처신하지 못하는 화가들의 그림을 꼭 사줘야 한다고는 생각지 않는다."

"화가의 작품 자체가 비난의 여지가 없는데도 그 화가의 사생활을 캔다는 것은 한층 더 부당한 일입니다. 한 예술가의 작품과 그 사생활과의 관계는 아이를 분만하는 한 여자와 거기서 태어난 아이와의 관계와도 같습니다. 태어난 아이는 살펴봐도 좋지만, 그 여자의 치맛자락을 들추고서 피가 묻었나 보는 일은 하지 말아야 됩니다. 그건 몹시도 야비한 짓이니까요."

빵과 치즈 약간을 입 안에 막 집어넣은 코르넬리우스가 손에 들고 있던 찻잔에 그걸 황급히 뱉더니 벌떡 일어나 스토브 속에다 집어던졌다.

"이런 세상에." 그가 한마디했다. "이것 참, 이거 원."

빈센트는 코르넬리우스가 화를 낼까 봐 겁이 났지만, 오히려 다행스럽게도 좀더 나은 방향으로 얘기가 바뀌었다. 빈센트는 보통 것보다 좀 작은 크기의 스케치들과 습작화들이 들어 있는 종이첩을 가지고 왔다. 그는 아저씨를 위해 밝은 곳에다 의자를 가져다 놓았다. 코르넬리우스는 처음엔 아무 말도 없다가, 석탄 시장에서 건너다보이는 파데뫼스 유대인 구역의 풍경을 그린 자그마한 그림—그건 빈센트가 어느 날 밤 브레이트너르와 함께 거닐다 밤 열두 시경에 그린 것이었다—에 이르자 눈길을 멈추었다.

"이건 꽤 좋은데." 그가 말했다. "이 도시의 이런 풍경들을 내게 좀더 그려줄 수 있겠니?"

"네. 가끔 기분 전환으로 그런 그림들을 그리죠. 모델을 놓고 작업하는 데 싫증이 날 땐 말예요. 그런 그림들이 좀더 있어요. 보고 싶으세요?"

그는 아저씨의 어깨 위로 몸을 굽히고서 우툴두툴한 종이들을 넘기며 찾았다. "이건 블레르테흐이고……이건 게스트를 그린 거죠. 이건 어시장(魚市場)입니다."

"이런 것들을 내게 열두 장쯤 그려주겠니?"

"예. 하지만 이건 장사잖아요. 그러니까 가격을 정해야 해요."

"좋아, 넌 얼마를 바라니?"

"연필이나 펜으로 그린 이만한 크기의 자그마한 그림들을 저는 이 프랑 반으로 정해놓았어요. 값이 터무니없는 것 같습니까?"

코르넬리우스는 혼자서 미소 짓지 않을 수 없었다. 너무나도 보잘것없는 금액이었다.

"아냐. 이것들의 반응이 좋으면, 암스테르담을 열두 장 그려달라고 네게 부탁하마. 그리고 나서 가격은 내 쪽에서 정하지. 네게 좀더 많이 돌아가도록 말이다."

"코르 아저씨, 이건 제가 받은 첫 주문이에요! 얼마나 기쁜지 말할 수 없을 정도예요."

"우리 모두가 널 도와주고 싶어한다, 빈센트. 네 작품을 일정한 수준까지 끌어올리기만 해라. 그러면 우리가 네가 그리는 것이면 뭐든 다 사들일 테니까."

그는 모자와 장갑을 집어들었다. "테오에게 편지 쓸 때 나에게도 안부를 전해주렴."

성공에 도취한 빈센트는 새로 그려놓았던 수채화를 휙 집어들고서 곧장 우일레보멘으로 달려갔다. 예트가 문간에 나와 그를 맞았다. 그녀는 다소 근심어린 듯한 모습이었다.

"내가 빈센트라면 난 안 들어가겠어. 남편은 지금 흥분 상태거든."

"무슨 걱정거리가 있나요? 마우베가 아픕니까?"

예트가 한숨지었다. "언제나 있는 일인걸, 뭐."

"그럼, 날 만나고 싶어하지 않겠군요."

"상태가 바뀔 때까지 기다리는 게 나을 거야, 빈센트. 네가 여기 왔다고 나중에 남편한테 얘기해줄게. 남편이 조금 가라앉으면 아마 빈센트를 보러 들를 거야."

"마우베한테 꼭 얘기해주는 거죠?"

"응, 잊지 않을게."

빈센트는 많은 날들을 기다렸지만 마우베는 오지 않았다. 그 대신에 테르스테이흐가 왔다. 한 번도 아니고 두 번씩이나, 매번 그의 말은 똑같았다.

"그래, 그래. 조금 향상됐구만. 하지만 아직은 제대로 된 상태가 아니야. 전과 마찬가지로 난 이런 그림들은 이 플라츠에서 팔 수가 없네. 자넨 작업을 아주 열심히 하지 않거나 아니면 그 속도가 빠르지 않은 것 같군."

"테르스테이흐 씨, 저는 새벽 다섯 시에 일어나서 밤 열한 시, 열두 시까지 일합니다. 일손을 멈출 때는 간간이 배를 채워야 할 때뿐이죠."

테르스테이흐는 도대체 납득이 안 간다는 듯 고개를 가로저었다. 그는 수채화를 다시 바라보았다. "난 그 점을 이해할 수가 없네. 자네가 플라츠의 내 사무실로 왔었을 때 처음 보았던 그 투박함과 미숙함이 아직도 자네 작품에서 사라지질 않고 있거든. 지금쯤이면 응당 그걸 다 극복했어야 될 텐데 말이야. 조금이라도 재능이 있을 경우엔, 열심히 노력만 하면 대개는 모두 극복이 되기 마련인데."

"열심히 노력하면이라고요!" 빈센트가 말했다.

"신에게 맹세코 나는 자네 작품을 살 수 있게 되길 바란다네. 난 자네가 차츰, 스스로 생계를 꾸려나가는 걸 보고 싶네. 내 생각엔 그건 옳지 못한 일인 것 같아, 테오가 매달 자네에게…… 하지만 자네 작품이 작품다운 작품이 되기 전까지는 내가 자네 작품을 사줄 수 없는 노릇 아닌가, 안 그런가? 자네가 동냥을 바라고 있는 건 아닐 테니까 말이야."

"물론 아니죠."

"서두르게. 그것뿐이야. 서둘러야만 해. 자넨 그림을 팔아서 그걸로 먹고살 수 있어야 돼."

테르스테이흐가 그 판에 박힌 말을 네 번째로 되풀이하자, 빈센트는 그가 자기를 놓고 무슨 장난을 치는 게 아닌가 하는 생각이 들었다. "네 손으로 생계를 꾸려야만 한다…… 그러나 아직은 네 작품을 하나도 사줄 수가 없다"라니! 아무도 사주려고 하지 않는다면, 도대체 어떻게 스스로 생계를 꾸려가란 말인가?

어느날 거리에서 그는 마우베와 마주쳤다. 마우베는 딱히 어디를 향해 가는 것도 아니었는데, 고개를 푹 숙이고 오른쪽 어깨를 앞으로 쑥 내민 채 화난 듯한 빠른 걸음걸이로 걸어가고 있었다. 그는 빈센트를 거의 못 알아보는 것 같았다.

"오랫동안 못 뵈었군요."

"바빴어." 마우베의 목소리가 차갑고 냉담했다.

"알아요. 그 새 그림 때문이겠죠. 그건 어떻게 되어갑니까?"

"아……" 그는 그냥 막연한 몸짓을 취했다.

"가끔 아주 잠시 동안만 당신 작업실에 들러도 될까요? 제 수채화가 나아지질 않는 것 같아서요."

"지금은 안 돼. 난 바쁘다고 말했잖아. 내 시간을 다른 데 허비할 수는 없어."

"그럼, 산책 나오실 때 가끔 절 보러 와주시지 않겠습니까? 당신한테서 그냥 몇 마디 말만 들어도 제가 좀 바로잡힐 것 같은데."

"어쩌면, 어쩌면 그럴지도. 하지만 난 지금 바빠. 이젠 가야겠군."

그는 몸을 앞으로 쑥 내밀고서 휭하니 앞으로 내달았다. 그러고는 신경질적인 걸음걸이로 거리를 걸어내려갔다. 빈센트는 그 자리에 선 채로 그의 뒷모습을 뚫어지게 바라보았다.

세상에 무슨 일이 있었단 말인가? 자기가 마우베에게 어떤 모욕을 주었던 것일까? 어쩌다가 자기가 그와 소원해졌을까?

며칠 뒤에 베이센브뤼흐가 작업실 안으로 걸어들어왔을 때 빈센트는 정말로 깜짝 놀랐다. 베이센브뤼흐는 젊은 화가들한테 마음을 써주는 사람이 아니었고, 그런 일에 관한 한 인정받은 화가에 대해서도 마찬가지였다. 그들 작품에 대해서 기운차게 욕설을 퍼붓기 위해서라면 또 몰라도.

"흠, 흐음." 그가 입을 열었다. "이 사람 작업실은 확실히 대궐인걸. 자넨 이제 곧 여기서 왕과 왕비의 초상화를 그리게 되겠구먼."

"당신 마음에 들지 않는다면," 빈센트가 투덜거렸다. "여기서 나가시죠."

"자넨 왜 그림을 포기하지 않나, 반 고흐? 화가의 생활이란 게 개 같은 생활인데 말이야."

"당신은 그런 속에서도 잘해나가고 있는 것 같은데요."

"그럼, 나야 물론 성공한 화가니까. 하지만 자넨 결코 성공하지 못할걸."

"어쩌면 못 할지도 모르죠. 하지만 난 당신이 그리는 것보다 한층 더 훌륭한 그림들을 그릴 건데요."

베이센브뤼흐가 웃었다. "그러진 못할걸. 하지만 자넨 아마도, 덴하흐에 있는 그 어느 누구보다도 거기에 필적할 만한 그림들을 그릴 수 있을 거야. 자네 작품이 자네의 인물 됨됨이와 비슷하다면 말이야."

"아까는 왜 그렇게 말하지 않았죠?" 빈센트가 힐문하면서 자기의 화첩을 꺼냈다. "앉지 않으시겠습니까?"

"앉아서는 자네 그림을 볼 수 없잖나."

베이센브뤼흐는 수채화들을 한편으로 밀어붙이며 말했다. "이건 자네 매체가 아니야. 자네가 말해야 될 것들을 표현하는 데에 수채화는 너무 김빠진 매체야." 그러고서 그는 보리나주 사람들과 브라반트 사람들, 그리고 덴하흐에 온 이래 그렸던 늙은 사람들이 담겨 있는 연필 스케치들에 관심을 보였다. 그는 그 인물들을 차례차례 응시하면서 혼자 즐겁게 킬킬거렸다. 빈센트는 한바탕 맹렬하게 쏟아질 욕설에 대비하고 있던 차였다.

"자네, 아주 빌어먹게도 잘 그렸구먼." 날카로운 눈을 반짝거리며 베이센브뤼흐가 말했다. "자네가 그린 것을 보고 나 혼자서라도 그릴 수 있겠는걸."

빈센트는 아까부터 애써 온몸에 무거운 힘을 주면서 각오하고 있었는데 베이센브뤼흐의 말이 하도 관대했던 바람에 오히려 등 뒤에서 찔린 셈이 되었다. 빈센트가 돌연 푹 주저앉았다.

"당신은 '무자비한 검'으로 불리는 걸로 알고 있는데요."

"그야 그렇지. 자네의 이 습작화에 조금이라도 훌륭한 점이 없었더라면, 내가 무자비한 검처럼 지껄였을 거야."

"테르스테이흐 씨는 그것들을 보고 날 꾸짖던데요. 너무 거칠고 투박하다고."

"말도 안 되는 소리! 그게 바로 그 그림들이 가진 장점이라구."

"난 이런 펜 스케치를 계속하고 싶은데 테르스테이흐 씨는 날더러, 사물을 수채화로 보는 법을 배워야 한다고 말하던데요."

"그러면 팔린다 이거지, 엉? 안 돼. 이보게, 자네에게 펜화로 보이는 것은 반드시 펜화로 표현해야 돼. 그리고 우선 무엇보다도, 남의 말 따위에는 절대 귀 기울이지 말라고, 내 말조차 귀담아 들을 거 없어. 자네

하고 싶은 대로 하게."

"그래야만 될 것 같군요."

"마우베가 자네는 타고난 화가라고 말하니까 테르스테이흐는 아니라고 말하더군. 그러자 마우베가 자네 편을 들어 그에게 대항했지. 나도 그 자리에 있었지만. 또다시 그런 일이 생긴다면 나 역시 자네 편을 들겠네. 이제 자네 작품을 내 눈으로 직접 보았으니까 말이야."

"마우베가 날보고 타고난 화가라고 말했다고요?"

"이봐, 그런 것에 우쭐거리면 못써. 타고난 화가로서 죽는다면 다행인 셈이야."

"그런데 어째서 그가 나를 그렇게 차갑게 대했을까요?"

"빈센트, 그 사람은 그림을 하나 완성해가는 중일 때에는 누구에게든 다 똑같이 그렇게 해. 그것 때문에 걱정할 필요 없어. 스헤베닝언 그림이 다 완성되면 제정신으로 돌아올 거야. 그동안엔, 무슨 도움이 필요하면 내 작업실로 찾아오게."

"한 가지 물어도 될까요, 베이센브뤼흐 씨?"

"그러게."

"마우베가 당신을 이곳으로 보낸 거지요?"

"맞아."

"왜 그랬을까요?"

"자네 작품에 대한 내 의견을 들어보고 싶어서 그런 것 아닐까?"

"하지만, 그건 또 왜 그럴까요? 그는 내가 타고난 화가라고 생각한다면서……."

"나도 몰라. 어쩌면, 테르스테이흐가 그 사람 마음에다 자네에 관해 의혹을 심어놨는지도 모르지."

6

테르스테이흐는 그에 대한 신뢰감을 잃어가고, 마우베는 날이 갈수록 더욱더 냉담해지고 있었지만, 그러나 그들 대신 크리스틴이 그 자리를 채우고, 그가 갈망하는 소박한 관계를 그의 삶에 가져다주고 있었다. 그녀는 날마다 아침 일찍 작업실로 왔고 그리고 그의 손놀림과 손을 맞추기 위해 언제나 바느질 바구니를 가지고 왔다. 그녀의 음성은 거칠고, 골라 쓰는 말들도 사회의 낙오자들이나 쓰는 말들이긴 했지만, 나직하게 조용조용 말했기 때문에 빈센트로서는 그림에 정신을 집중하고자 할 때에는 언제든지 쉽게 그녀의 말을 듣지 않을 수가 있었다. 거의 언제나 그녀는 흡족한 마음으로 스토브 곁에 앉은 채 가만히 창밖을 바라보거나 새로 태어날 아이한테 입힐 자질구레한 것들을 꿰매곤 했다. 그녀는 서투른 모델이었고 배우는 속도도 느렸지만, 그를 기쁘게 해주려고 애를 썼다. 얼마 가지 않아, 그녀에겐 집에 돌아가기 전에 그의 저녁 식사를 마련해주는 버릇이 생겼다.

"그런 것에 신경 쓸 필요 없어, 신." 그가 말했다.

"신경 쓰는 게 아니에요. 내가 당신보다 더 잘할 수 있잖아요."

"그럼, 나와 함께 먹는 거지?"

"물론, 아이들은 어머니가 돌볼 테니까. 나도 여기 있는 게 좋아요."

빈센트는 날마다 그녀에게 일 프랑씩 주었다. 그 돈이 자신의 경제적 여력에 비하면 많은 돈이라는 걸 알고 있었지만, 그는 그녀와 함께 있는 편이 좋았다. 그리고 자기가 그녀를 빨래통으로부터 구원해주고 있다는 생각이 그를 기쁘게 했다. 가끔 그가 오후에 밖에 나가야 할 일이 있을 때는 돌아와서 밤늦도록까지 그녀를 그렸고, 그러면 그녀는 집에 돌아가려고 일부러 애쓸 필요가 전혀 없었다. 갓 끓인 커피 냄새를 맡으며, 그리고 한 다정한 여인이 스토브 위에 몸을 굽히고 있는 모습을 보면서 깨어난다는 것은 참으로 기분 좋은 일이었다. 난생 처음 그는 자기 가정이란 것을 가지게 되었고, 그 가정이 그에게는 몹시도 안락한 곳이었다.

가끔씩 크리스틴은 아무 까닭도 없이 집에 가지 않으려고 했다. "나, 오늘 밤은 여기서 잘까 봐, 빈센트." 그녀가 말하곤 했다. "그래도 되지?"

"물론이지, 신. 당신 맘대로 얼마든지 여기 있어도 돼. 내가 당신과 함께 있는 걸 좋아하는 줄 알잖아."

그가 그녀에게 뭘 해달라고 부탁한 적은 없지만, 이제 그녀에겐 그의 속옷을 빨고 그의 옷들을 손질하고 그를 대신해서 보잘것없는 것이나마 시장을 보곤 하는 습관이 몸에 배었다.

"이봐요, 당신네 남자들은 자기 몸 하나 돌볼 줄 모르잖아요. 당신은 옆에 여자가 하나 있어야 돼. 시장에서도 당신은 분명 사람들한테 속을 거야."

그녀는 어느 모로 보나 결코 훌륭한 주부는 못 되었다. 햇수로도 오랫동안 어머니 옆에서 게으르게 살아온 터라, 청결히 하고 정돈하고자 하는 의지 같은 것은 대부분 이미 망가진 뒤였다. 그러다가 이따금씩 갑자기 힘이 넘칠 때면 결심을 하고서 살림살이를 돌보는 것이었다. 그녀는 이제 처음으로 자기가 좋아하는 사람을 위해 집안일을 돌보고 있었고, 그래서 그녀는 매우 즐겁게 그런 일들을 해나가고 있었다. 물론 그건, 해야 할 그런 일들에 생각이 미칠 경우이긴 하지만. 빈센트는 그녀가 무엇이든 조금이라도 하고 싶어하는 것을 보면 기뻤다. 그는 그녀를 꾸짖는다는 것은 생각조차 해보지 않았다. 이젠 밤이고 낮이고 죽도록 피곤에 젖는 일은 없었으므로, 그녀의 목소리에서는 그 거칠음이 조금씩 사라졌고, 그녀가 하는 말들 중에서 천한 말들도 하나씩 사라졌다. 그렇지만 그녀는 자기 감정을 억제하는 훈련을 익히지 않은 까닭에 뭔가 자기에게 못마땅한 것이 있으면, 갑자기 발끈 성을 내면서 우악스러운 음성으로 되돌아가 빈센트로서는 학교 다니던 소년 시절 이후엔 들어보지도 못했던 추잡한 말들을 퍼부어대는 것이었다.

그런 순간에도 크리스틴의 모습이 빈센트에게는 자기 자신의 캐리커처로 보였고, 그래서 그는 그냥 가만히 앉아서 그 폭풍이 가라앉을 때까지 기다릴 수밖에 없었다. 크리스틴 역시 그와 똑같이 관대했다. 빈센트는 자기 그림이 모두 엉망진창으로 잘못되거나, 크리스틴이 그가 가르쳐준 것들을 다 까먹고서 서투르게 포즈를 취할 때면, 사방 네 벽이 흔들릴 정도의 격분을 한바탕 터뜨리곤 했다. 크리스틴은 그가 지껄이도록 그냥 놔두었다. 그러면 그는 몇 분 뒤 침착함을 되찾았다. 그런데 아주 다행히도, 그들이 똑같은 순간에 화를 터뜨리는 법은 절대 없었다.

그녀의 몸의 곡선 하나하나까지 익숙해지도록 충분히 스케치한 뒤에 그들은 진짜 작업을 하기로 결심했다. 그의 그런 결심을 본격적인 궤도에 올려놓은 것은 미슐레가 말한 한마디 말이었다. "어찌하여, 이 땅 위에 다만 혼자서 절망에 빠져 있는 여인이 있는 것일까?" 그는 스토브 곁의 야트막한 나무토막 위에다 크리스틴을 나체로 앉혔다. 그는 그 나무토막을 나무그루터기로 변형시키고 거기에 푸른 풀들을 조금 집어넣어 그 장면 전체를 야외 풍경으로 바꾸어놓았다. 그러고 나서 그는 크리스틴을 그렸다. 무릎 위에 놓인 마디진 손, 말라빠진 두 팔에 푹 파묻은 얼굴, 등뼈 조금 아래까지 내려온 숱 적은 머리칼, 야윈 정강이에까지 닿도록 축 늘어진 다알리아 뿌리 같은 젖가슴, 바닥에 불안정하게 놓인 밋밋한 두 발. 그는 그것을 "슬픔"이라고 이름했다. 그것은 인생의 단맛이 모두 빠져나간 한 여인의 그림이었다. 그 그림 밑에다 그는 미슐레의 말, "어찌하여, 이 땅 위에 다만 혼자서 절망에 빠져 있는 여인이 있는 것일까?"를 적어넣었다.

그 누드 데생에 일주일이 걸렸고, 그동안에 남아 있던 돈도 모두 바닥이 났다. 삼월 첫날까지는 아직도 열흘이나 남아 있었다. 집 안에는 이틀이나 사흘 정도 연명할 만한 흑빵이 남아 있었다. 모델을 써서 작업하는 일은 완전히 포기해야 했고 그 때문에 그는 좀더 퇴보하게 될 것이었다.

"신." 그가 말했다. "이젠 다음 달 첫날까진 당신과 함께 있을 수 없을 것 같은데."

"무슨 일예요?"

"돈이 다 떨어졌어."

"나에게 줄 돈 말인가요?"

"응."

"달리 할 일도 없는데, 어쨌거나 난 오겠어요."

"하지만, 신, 당신에겐 돈이 있어야 하잖아."

"돈이야 조금 생길 수도 있어요."

"당신이 하루 종일 여기 머문다면 세탁 일도 할 수 없을 텐데 어떻게……."

"……글쎄…… 걱정 말아요…… 돈이 좀 생길 테니까."

그는 흑빵이 다 떨어질 때까지 사흘간 더, 그녀가 오도록 그냥 놔두었다. 다음 달 첫날까지는 아직도 일주일이 더 남아 있었다. 그는 신에게 아저씨를 방문하러 암스테르담으로 갈 텐데, 다시 돌아오면 그때 그녀의 집으로 찾아가겠노라고 말하고서 그녀를 집으로 돌려보냈다. 그는 사흘간 물만 먹으면서 작업실에서 남의 그림을 보고 베꼈지만 고통을 느끼지는 않았다. 사흘째 되는 날 그는 차와 과자라도 대접받지 않을까 은근히 기대하면서 데 보크의 아틀리에로 갔다.

"오랜만이군." 이젤 앞에 서 있던 데 보크가 말했다. "편히 하고 있게. 난 저녁 식사를 함께 하기로 한 약속 시간까지 줄곧 작업할 참이니까. 테이블에 잡지들이 있으니까, 그거나 열심히 들여다보게."

그리고 차 얘기는 나오지도 않았다.

마우베가 자신을 보러 오지 않을 것임을 그는 확실히 알고 있었고, 예트에게 돈을 구걸하기는 창피스러웠다. 테르스테이흐가 자기에게 불리한 얘기를 마우베한테 했다는데, 이제 와서 테르스테이흐에게 뭐든 부탁하느니 차라리 굶어죽는 게 나았다. 그러나 아무리 절망적인 처지에 빠진다 하더라도, 자기의 그림 그리는 재주가 아닌 다른 기술로 다만 몇 프랑의 돈이라도 벌 수 있지 않을까 하는 생각은 그에겐 떠오르지도 않았다. 그의 오랜 숙적인 열병이 또다시 덮쳐왔고, 무릎엔 구루병이 생겨서 그는 자리에 누워 지냈다. 불가능하다는 것을 알면서도 그는 테오가 며칠 더 일찍 백 프랑을 보내줄지도 모른다는 기적과 같은 일을 바라고 있었다. 그러나 테오는 첫날 전에는 돈을 보내주지 않았다.

다섯째 날 오후에 크리스틴이 노크도 없이 걸어 들어왔다. 빈센트는 잠들어 있었다. 크리스틴은 누워 있는 빈센트 곁에 선 채 그의 얼굴에 패인 주름살과 붉은 수염 밑에 가리워진 창백한 살갗, 양피지처럼 갈라터진 입술을 바라보았다. 그녀가 그의 이마에 가볍게 한 손을 얹자 신열이 느껴졌다. 그녀는 식량이 언제나 놓여 있던 선반을 뒤져보았다. 선반에는 먹을 것이라고는 마른 흑빵 한 조각이나 커피콩 한 알도 남아 있지 않았다. 그녀는 바깥으로 나갔다.

한 시간쯤 뒤에 그는, 자기 고향 에텐에서 어머니가 부엌에 서서 그를 위해 언제나 만들어주곤 하시던 콩 요리를 만들고 있는 꿈을 꾸었다. 깨어나 보니 크리스틴이 먹을 것들을 냄비에 넣어 스토브 위에 올려놓고 있었다.

"신." 그가 말했다.

침대 곁으로 건너간 그녀는 차가운 손을 그의 뺨에 대었다. 붉은 턱수염은 불타는 듯 뜨거웠다. "이젠 잘난 체하지 말아요. 그리고 내게 거짓말도 하지 말고. 우리가 가난하다고 해도 그건 우리 잘못이 아니잖아요. 우린 서로를 도와야 해요, 빈센트. 우리가 술집에서 처음 만났던 그날 밤에도 당신이 날 도와주지 않았어요?"

"신." 그가 말했다.

"자, 그냥 누워 있어요. 아까 집에 가서 감자와 콩을 조금 가지고 왔는데, 이제 다 되어가요."

　그녀는 감자를 으깨 접시에다 올려놓고 그 곁에다 나란히 콩도 조금 얹고서 침대 위에 앉아 그에게 떠먹였다. "당신 쓸 돈도 없으면서 뭣하러 내게 매일 돈을 준 거죠? 당신 굶어봤자 좋을 것 하나 없는데."

　테오의 돈이 올 때까지, 그것이 수 주일이 걸린다 하더라도, 그는 궁핍한 생활을 견딜 수 있었다. 그러나 그의 마음을 꺾어놓은 것은 언제나 이런 뜻하지 않은 자그마한 인정이었다. 그는 테르스테이흐를 만나기로 결심했다. 크리스틴이 셔츠를 빨아주었지만, 다림질할 다리미가 없었다. 다음 날 아침 그녀는 빵과 커피로 된 간단한 아침 식사를 내놓았다. 그는 플라츠를 향해서 걷기 시작했다. 진흙이 묻은 장화 중 한쪽은 굽이 떨어져나갔고 바지는 여기저기 꿰맨 데다 더러웠다. 원래 테오가 입었던 코트는 그에게는 너무 작았다. 낡은 넥타이는 목 왼편으로 비뚤어지게 매여 있었다. 머리에는 촌스러운 모자를 하나 쓰고 있었는데, 어디서 줍는지는 몰라도 그는 그런 모자들을 주워들이는 데 귀신 같은 재주가 있었다.

　그는 라인 철길을 따라 걷다가, 증기기관차들이 스헤베닝언으로 떠나는 라인 역과 숲 가장자리를 돌아 시내로 향했다. 흐릿한 태양 때문에 그는 심한 빈혈증을 느꼈다. 플라인 거리에서 그는 한 상점 유리창에 비친 자기 모습과 마주쳤다. 가끔 아주 드물게 정신이 맑아지는 순간에는 그에게도 자기 모습이, 덴하흐 사람들 눈에 비치는 대로 보였다. 그건 지저분하고 텁수룩한 부랑자, 그 어디에도 어울리지 않으며 그 누구도 좋아하지 않을 병들고 허약하고 촌스러운 빈털터리의 모습이었다.

　플라츠는 성(城)과 나란히 붙은 궁정 연못과 만나는 삼각형의 광장을 향해 놓여 있었다. 제일 돈 많은 상점들이나 거기에서 장사를 할 수 있었다. 빈센트는 그 신성한 삼각형의 광장 안으로 감히 들어서기가 두려웠다. 그는 자신과 플라츠 사이에 얼마나 멀고 먼 신분상의 거리가 벌어져 있는지 전에는 미처 깨닫지 못했다.

구필 화랑의 점원들은 먼지를 털고 있었다. 그들은 호기심을 노골적으로 드러낸 얼굴로 그를 빤히 쳐다보았다. 이 사내의 가문이 유럽 미술계를 지배하고 있다. 그런데도 어째서 이 사내는 이토록 추한 꼬락서니로 돌아다니는 것일까?

테르스테이흐는 위층 사무실 책상에 앉아 있었다. 그는 비취 손잡이가 달린 종이 자르는 칼로 우편물을 열고 있었다. 눈썹 선(線) 끝에 있는 동그란 작은 귀와, 입 부분을 거쳐 밑으로 내려갈수록 점점 가늘어지다가 네모난 턱에 이르러 판판해지는 타원형의 얼굴과, 왼쪽 눈 위로는 머리칼이 붙어 있지 않은 머리와, 그토록 캐묻는 듯이 그러면서도 한마디 언급도 없이 뚫어질 듯 자신을 쳐다보는 두 눈, 콧수염과 턱수염 속에 놓인 까닭에 더욱 붉게 보이는 불룩한 붉은 입을 가진 빈센트를 테르스테이흐는 유심히 보았다. 그는 빈센트의 얼굴과 머리를 아름답다고 해야 할지 추하다고 해야 하지 갈피를 잡을 수 없었다.

"오늘 아침엔 자네가 우리 가게의 첫 손님이군." 그가 말했다. "자, 뭘 드릴까요?"

빈센트는 자신의 곤란한 처지를 설명했다.

"정기적으로 받는 돈은 다 어쨌나?"

"써버렸습니다."

"자네가 그렇게 앞일을 생각지 않는 사람이라면, 나한테서 무슨 격려를 기대할 수 있겠나. 한 달에는 서른 날이 있어. 하루에 정해진 일정액 이상의 돈을 쓰면 안 돼."

"제가 앞일을 생각지 않는 게 아니었습니다. 돈은 거의 다 모델들을 쓰는 데에 나갔으니까요."

"그렇다면, 모델을 고용하지 말아야 해. 자네 혼자서 돈을 좀더 적게 들이고 그릴 수 있잖나."

"모델 없이 일한다는 건 인물을 그리는 화가에게는 파멸을 의미합니다."

"인물을 그리지 말라니까. 소나 양을 그리게. 그것들한테는 돈을 지불할 필요가 없으니까."

"테르스테이흐 씨, 저는 소나 양을 그릴 수 없습니다. 제 자신이 소나 양을 느끼지 못할 바에야."

"좌우지간, 자넨 인물들을 그리면 안 돼. 그건 팔 수가 없어. 수채화를 해야만 해. 그밖에 다른 것은 아무것도 안 돼."

"수채화는 나의 매체가 못 됩니다."

"내 생각에는, 자네가 그리는 그 그림들은, 자신이 수채화를 그리지 못한다는 고통을 외면하기 위해서 먹는 일종의 마취제인 것 같군."

침묵이 흘렀다. 그 말에 대해서 빈센트는 아무런 답변도 생각해낼 수 없었다. "데 보크는 모델을 쓰지 않아, 부유하지만. 그런데도 그의 그림이 굉장하다는 내 의견에 자네도 동감하겠지. 그 가격이 꾸준히 올라가고 있어. 난 그가 가지고 있는 매력을 자네가 얼마간이라도 자네 작품 안에 받아들이기를 기다렸네. 그런데 대체 어찌된 일인지 그렇게 되지 않았지. 난 정말 실망했네, 빈센트. 자네 그림은 여전히 거칠고 아마추어적이야. 단 한 가지 확실한 점은, 자넨 화가가 아니라는 사실이야."

지난 닷새 동안 견뎌온 도려내는 듯한 배고픔이 갑자기 그의 무릎의 힘줄을 끊어놓았다. 그는 손으로 다듬어 만든 한 이탈리아제 의자에 힘없이 앉았다. 텅 빈 배 속 어디엔가 목소리가 파묻혀버린 듯 자신의 목소리를 되찾을 수가 없었다.

"제게 왜 그런 말씀을 하시는 거죠?" 한동안의 침묵 끝에 빈센트가 물었다.

테르스테이흐는 티 한 점 묻지 않은 손수건을 꺼내 코와 입가와 턱수염을 문질렀다. "내겐, 자네와 자네 가족을 위해 그래야 할 의무가 있어. 자넨 사실의 진상을 알아야 해. 자네가 자네 자신을 구할 시간은 아직 있어, 빈센트. 신속히 행동을 바꾸기만 한다면 말이야. 자넨 화가가 되기엔 적당치 않아. 자넨 자신에게 딱 알맞은 일자리를 찾아야만 된단 말이야. 난 화가들에 관한 한 절대 실수하는 법이 없는 사람이야."

"압니다." 빈센트가 말했다.

"내가 반대하는 가장 큰 이유는 자네가 너무 늦게 시작했다는 점이야. 자네가 소년 시절부터 시작했다면 지금쯤엔 아마 자네 작품에 어떤 우수한 특질이 생겨났을지도 모르지. 하지만 자넨 지금 서른 살이야. 그리고 자넨 지금 성공하지 않으면 안 돼. 난 자네만 한 나이에 이미 성공했어. 자네에게 재능이 없는데 어떻게 성공하길 바랄 수가 있겠나? 더욱이 좋지 않은 것은, 테오로부터 적선을 받는 자네의 입장을 어떻게 옳다고 할 수 있겠나?"

"마우베는 언젠가 제게 '빈센트, 자네가 그림을 그리기만 한다면 자넨 화가야'라고 말했죠."

"마우베는 자네의 친척이야. 그러니까 자네에게 친절을 베푸는 거지. 하지만 난 자네의 친구야. 내 말을 믿게. 나의 친절이 한결 더 나은 것일세. 그림을 포기하게. 자네의 전 인생이 사라져버렸다는 걸 뒤늦게 깨닫기 전에. 언젠가, 자네가 자신이 진짜 할 일을 찾아내어 거기에서 성공하면 자넨 나한테 와서 고맙다고 말할 걸세."

"테르스테이흐 씨, 지난 닷새 동안 저는 주머니에 단돈 일 상팀도 없어 빵 한 조각 사 먹지 못했습니다. 그런데 나 혼자만의 사정이라면 당신한테 돈 부탁을 하지는 않았을 겁니다. 제가 고용한 모델이 하나 있는데, 가련한 병든 여자죠. 그 여자에게 줘야 할 돈을 주지 못했습니다. 그 여자에겐 돈이 필요하죠. 부탁입니다. 십 길더만 빌려주십시오. 테오에게서 돈이 오면 갚겠습니다."

테르스테이흐는 의자에서 일어나 연못 위의 백조들을 창밖으로 내다보았다. 궁성에 원래 있던 인공 연못 중에서 아직 남아 있는 것은 그 연못뿐이었다. 자기 삼촌들이 암스테르담, 로테르담, 브뤼셀과 파리에서 화랑을 운영하고 있는데 도대체 무엇 때문에 빈센트는 이곳 덴하흐로 와서 자리 잡은 것일까 하고 테르스테이흐는 의아한 마음이 들었다.

"내가 십 길더를 빌려준다면 자넨 그걸 호의라고 생각하겠지만," 그는 프록 코트 뒤로 뒷짐을 진 채 고개로 돌리지 않고서 말했다. "그러나 난 자네의 그런 부탁을 거절하는 편이 오히려 더 큰 호의가 아닐까 생각하네."

빈센트는 신이 자기에게 먹여준 그 감자와 콩을 어떻게 해서 얻었는지 알고 있었다. 그녀가 계속 그를 먹여 살리도록 그냥 둘 수는 없었다.

"테르스테이흐 씨, 틀림없이 당신 말씀이 옳습니다. 난 화가도 아니고 화가가 될 소질도 없습니다. 당신이 제게 돈으로 격려를 한다면 그건 현명하지 못한 일이겠죠. 전 지금부터 당장이라도 스스로 생계를 꾸려가야만 할 겁니다. 하지만 그동안 오래 사귀어온 정을 생각해서라도, 제발 부탁입니다만 십 길더만 빌려주십시오."

테르스테이흐는 프록 코트 안쪽에서 지갑을 꺼냈다. 그는 십 길더짜리 지폐를 한 장 찾아 한마디 말도 없이 빈센트에게 건네주었다.

"고맙습니다." 빈센트가 말했다. "정말 고맙습니다."

말끔한 작은 벽돌집들이 그곳에 사는 사람들의 마음 든든함과 안락함과 평안함을 웅변적으로 말해주고 있는, 잘 가꾸어진 거리를 따라 집으로 걸어가면서 그는 혼자 중얼거렸다. "사람들이란 언제나 친구지간일 수는 없는 법이야. 가끔씩 싸우지 않으면 안 될 때도 있거든. 어쨌든 난 앞으로 여섯 달 동안은 테르스테이흐를 또다시 만나지 않겠어. 그에게 얘기를 걸거나 내 그림을 보여주지도 않겠어."

그 팔릴 수 있는 그림이란 것이 어떤 것인지, 자신은 가지고 있지 못하지만 데 보크는 가지고 있다는 그 매력이 무엇인지 알아내기 위하여 빈센트는 돌아가는 길에 데 보크에게 들렀다. 데 보크는 의자 위에 두 발을 올려놓고 앉은 채 영국 소설을 읽고 있었다.

"오랜만이군." 그가 말했다. "난 슬럼프에 빠졌어. 선 하나 그을 수가 없다네. 이리 의자를 끌고 와서 날 즐겁게 해주게나. 시가를 피우기엔 너무 이른 아침인가? 자네 무슨 좋은 얘기 들은 거 없나?"

"당신 그림 좀 다시 보여주겠소, 데 보크? 왜 당신 작품은 팔리고 내 작품은 안 팔리는지 알아내고 싶군요."

"재능이지, 이 친구야, 재능이라니까." 느릿느릿 몸을 일으키며 데 보크가 말했다. "그건 천부의 재능에 달린 거야. 그 재능을 자네가 가지고 있거나 아니면 가지고 있지 않거나 둘 중의 하나겠지. 그 재능이란 게 무엇인지 나 자신도 알 수 없네. 다만 우라질 그림들을 그리고 있을 따름이지."

데 보크는 아직 틀에 고정된 채로인 여섯 개의 캔버스를 가지고 왔고, 그 그림들에 관해 그가 가벼운 얘기들을 늘어놓는 동안 빈센트는 타오르는 듯한 두 눈으로, 그 연한 물감과 얄팍한 정서로 이루어진 그림들을 뚫어지게 바라보고 있었다.

'내 것이 한결 낫군.' 그가 속으로 중얼거렸다. '내 것이 더 진실하고 더 깊이가 있어. 그가 그림물감 한 박스를 통채로 다 써가면서 말할 수 있는 것보다 더 많은 말들을 난 목수의 연필 토막 하나로도 말할 수 있어. 그가 표현하고 있는 건 너무도 뻔해. 그림을 다 끝마친 후에도 실제로 한 말은 아무것도 없어. 사람들은 왜 그한테는 찬사와 돈을 안겨주면서 나한테는 흑빵과 커피값도 주지 않으려는 걸까?'

데 보크에게서 달아나듯 빠져나오면서 빈센트는 혼자 중얼거렸다. "저 집 안엔 어떤 허황스러운 기운이 감돌고 있어. 데 보크에겐 나를 답답하게 짓누르는, 뭔가 환락에 지친 듯한 진지하지 않은 점이 있거든. 밀레의 말이 옳아. '나 자신을 어줍잖게 표현하느니 아무것도 말하지 않는 것이 더 낫다.'

데 보크는 자기의 매력과 돈을 간직하고 있으라지. 난 진심과 고난의 인생을 택하겠어. 그 길로 간다고 해서 인간이 멸망한다는 법은 없으니까."

집에 돌아가 보니 크리스틴이 젖은 걸레로 마룻바닥을 훔치고 있었다. 그녀는 검은색의 머릿수건으로 머리칼을 묶고 있었고, 얼굴에 난 마마자국에 땀방울이 희미하게 반짝거리고 있었다.

"돈 빌렸어?" 바닥에서 고개를 쳐들고 그녀가 물었다.

"응, 십 프랑."

"부자 친구들이 있다는 건 근사한 일인데?"

"그렇군. 자, 당신에게 빚진 돈, 육 프랑이오."

그녀가 몸을 일으키고는 검은 앞치마에다 얼굴을 닦았다.

"지금 당신은 나한테 아무것도 줄 수가 없어요, 당신 동생에게서 돈이 올 때까지는. 사 프랑으론 당신한테 별 도움이 안 될 테니까."

"난 그럭저럭 지낼 수 있어, 신. 당신에겐 이 돈이 필요할 거요."

"당신도 마찬가지인데, 뭘. 우리가 어떻게 해야 될지 말해볼까? 당신 동생한테서 편지가 올 때까지 내가 여기서 당신과 함께 지내는 거야. 그게 우리 두 사람 공동의 돈이라 치고서 그 돈으로 먹을 것을 해결하자구요. 당신보다는 내가 그 돈을 더 오래 쓸 수 있을 테니까."

"모델 노릇하는 건 어떻게 하고? 난 당신한테 아무것도 줄 수 없을 텐데."

"먹여주고 재워주면 돼요. 그걸로 족하지 않을까? 여기 따뜻한 곳에 있다는 것만으로도 난 고맙고, 또 괜히 몸만 아프게 일하러 나갈 필요도 없을 테고."

빈센트는 그녀를 두 팔로 껴안고 그녀의 앞이마에 흘러내린 숱이 적고 까칠까칠한 머리칼을 부드럽게 뒤로 쓸어넘겼다.

"신, 당신은 가끔 기적과도 같은 일을 해낸단 말이야. 당신 때문에 이 세상에 하느님이 존재한다는 게 거의 믿어질 정도라니까."

일주일 뒤에 그는 마우베를 방문하러 갔다. 그는 작업실 안으로 빈센트를 들어오게는 했지만, 빈센트가 미처 보기도 전에 자기의 스헤베닝언 캔버스 위에다 허겁지겁 천을 획 뒤집어씌웠다.

"뭣 때문에 왔나?" 그가 물었다.

"수채화를 몇 점 가지고 왔습니다. 당신이 시간을 좀 내줄 수 있지 않을까 해서."

마우베는 뭔가에 골몰한 듯한 신경질적인 움직임으로 한 묶음의 붓들을 씻고 있었다. 그는 사흘간 잠자리에 들지 못했다. 그냥 작업실 소파에서 간간이 잠깐씩 잠드는 것만으로는 거의 기운을 회복할 수 없었다.

"빈센트, 내게 자넬 가르쳐주고 싶은 마음이 언제나 있는 건 아닐세. 가끔 내가 너무 지칠 때가 있지. 그럴 땐 제발 부탁하네만, 내가 나아질 때까지 자넨 기다려야만 해."

"죄송하군요." 문간으로 가면서 빈센트가 말했다. "방해할 생각은 없었습니다. 혹시 내일 저녁쯤엔 들러도 될까요."

이젤에서 벌써 천을 벗겨낸 마우베에게는 그의 말이 들리지 않았다.

다음날 저녁 빈센트가 다시 와보니 베이센브뤼흐가 거기 와 있었다. 마우베는 완전히 기진맥진하여 히스테리를 일으키기 일보 직전의 상태였다. 그는 친구인 베이센브뤼흐를 즐겁게 해주기 위해, 막 들어서는 빈센트의 모습을 물고 늘어졌다.

"베이센브뤼흐." 그가 외쳤다. "이게 바로 빈센트의 모습이야."

그는 예의 그 능란한 솜씨로 사람 흉내를 내기 시작했다. 그가 거친 주름살이 잡히도록 얼굴을 일그러뜨리고 턱을 진지하게 앞으로 쑥 내밀자 정말 빈센트의 모습 같았다. 훌륭한 캐리커처였다. 그 모습 그대로 그는 베이센브뤼흐에게로 건너가 반쯤 감긴 눈으로 그를 빤히 쳐다보면서 말했다. "저 사람은 이런 식으로 얘기하지." 그리고 그는 빈센트가 자주 그러는 것처럼 거친 목소리로 성급하게 말들을 주워섬기기 시작했다. 베이센브뤼흐가 배꼽을 잡고 웃었다.

"아, 완벽해, 완벽해. 정말 그대로라니까." 그가 외쳤다. "이봐, 반 고흐, 다른 사람들 눈에 비친 자네의 모습이 꼭 저렇단 말이야. 자넨 자네가 저렇게 근사한 짐승이란 걸 알고 있었나? 이봐, 마우베, 턱을 그렇게 다시 쑥 내밀고서 턱수염을 긁어보게. 이거 정말 사람 죽여주는구만."

빈센트는 당황했다. 그는 한구석으로 물러났다. 자기 것이라고 여겨지지 않는 한 목소리가 그의 입에서 튀어나왔다. "당신들도 런던 거리에서 비 내리는 수많은 밤들을 보내거나, 보리나주의 허허벌판에서 집도 없이 굶주림과 열병에 떨며 수많은 추운 밤을 보낸다면, 당신들 얼굴에도 역시 추한 주름살이 생길 것이고 쉰 목소리가 될 겁니다!"

잠시 뒤에 베이센브뤼흐는 돌아갔다. 그가 문간에서 사라지자마자 마우베는 의자 있는 곳으로 비틀비틀 걸어갔다. 조금 흥겨운 소란을 떨고난 반작용으로 그는 몹시도 지쳐버렸던 것이다. 빈센트는 구석에서 그냥 그대로 꼼짝 않고 서 있었다. 마우베도 마침내 빈센트가 거기 있다는 것을 알아차렸다.

"아, 자네 아직도 여기 있었나?" 그가 말했다.

"마우베." 빈센트는 마우베가 바로 아까 흉내 냈던 것과 똑같이 얼굴을 일그러뜨리며 성급하게 말했다. "우리 사이에 대체 무슨 일이 있었던 겁니까? 내가 무슨 짓을 했는지 말이나 좀 해주십시오. 왜 날 이런 식으로 대하는 거죠?"

마우베는 지친 몸을 일으키며 흘러내린 머리칼을 위로 곧게 쓸어넘겼다.

"빈센트, 난 자네가 못마땅해. 자넨 자네 손으로 생계를 꾸려나가야 해. 그리고 아무한테나 돈을 구걸하러 다니면서 반 고흐 가문에 먹칠을 하는 말아야지."

빈센트는 한순간 생각해보았다. 그리고 입을 열었다. "테르스테이흐 씨가 당신을 보러 왔군요?"

"아니야."

"그럼, 이젠 날 가르쳐주기 싫으시단 말이군요?"

"맞아."

"좋습니다. 그럼 서로 손을 끊고 서로에 대해 심한 증오감은 갖지 않기로 하죠. 무슨 일이 있어도 당신을 향한 나의 감사와 은혜에 보답하고자 하는 마음은 변치 않을 겁니다."

마우베는 오랫동안 묵묵부답이었다. 이윽고 그가 말했다. "그 말을 진심으로 받아들이진 말게, 빈센트. 난 지치고 병들었어. 내 힘이 돌아오는 대로 자넬 도와주겠네. 그림을 좀 가지고 왔나?"

"네. 하지만 이런 때에 어떻게……."

"어디, 내게 보여주게."

그는 충혈된 눈으로 빈센트의 그림들을 자세히 들여다보면서 말했다. "자네의 그림은 틀렸어. 틀려도 몹시 틀렸어. 전에는 왜 내가 그걸 발견하지 못했는지 이상하단 말이야."

"전엔 내게 이렇게 말했잖습니까, 자넨 그림을 그리기만 한다면 바로 화가라고."

"그땐 내가 자네의 미숙함을 장점으로 잘못 생각했던 거야. 자네가 정말로 그림을 배우고 싶다면 맨 처음 단계부터 전부 다시 시작해야만 해. 저기 석탄통 옆 구석에 석고 모형들이 좀 있으니까, 원한다면 지금부터라도 저걸 보고 공부하게."

빈센트는 한 대 얻어맞은 듯한 멍한 기분으로 구석으로 걸어갔다. 그는 한 석고 발[足] 앞에 앉았다. 오랫동안 그는 무엇을 생각할 수도, 움직일 수도 없었다. 그는 주머니에서 스케치 용지를 꺼냈다. 그러나 단 한 줄의 선도 그을 수 없었다. 그는 고개를 돌리고서 마우베가 자기 이젤 앞에 서 있는 모습을 쳐다보았다.

"당신의 그 그림은 어떻게 되어갑니까?"

마우베는 자그마한 소파에 풀썩 몸을 던지고서 그 핏발 선 눈을 금방 감아버렸다. "테르스테이흐가 오늘 하는 말이, 내가 그린 것들 중에서 이 그림이 가장 우수하다고 그러더군."

잠깐의 시간이 흐른 뒤에 갑자기 빈센트가 커다란 소리로 외쳤다. "그렇다면 아까 그 말은 테르스테이흐가 한 말이었군요!"

마우베는 벌써 가볍게 코를 골고 있었으므로 그의 말은 듣지도 못했다.

얼마 지나자 그 고통도 조금은 가라앉았다. 그는 석고 발을 스케치하기 시작했다. 몇 시간 뒤에 마우베가 깨어났을 때에는 빈센트가 일곱 장의 스케치를 완성한 뒤였다. 마우베는 전혀 잠든 적도 없었다는 듯, 고양이처럼 발딱 일어나 빈센트에게로 급히 다가왔다.

"어디 보세," 그가 말했다. "어디 보자구."

마우베는 일곱 장의 스케치를 바라보며 연신 뇌까렸다. "틀렸어! 틀렸어! 틀렸다구!"

그는 그것들을 모두 조각조각 찢어 바닥에다 던져버렸다. "언제나 똑같은 미숙함, 똑같은 서투름! 자넨 저 석고 모형을 눈에 보이는 그대로 그릴 수 없나? 자넨 단 한 줄의 선도 확실하게 표현할 수 없나? 자네 일생 중 단 한 번만이라도 정확하게 복사할 수는 없어?"

"당신 말은 꼭 미술학교 선생님 말처럼 들리는군요."

"자네가 차라리 미술학교라도 좀더 다녔더라면 지금쯤엔 그림 그리는 법을 알았을 텐데. 그 발을 다시 그리게. 그다음 자네가 정말 발이 되게 그리는지 한번 보자구."

마우베는 정원을 지나 부엌으로 가서 먹을 것을 가지고 돌아왔다. 그리고는 램프 불 곁에서 다시 캔버스에 매달렸다. 밤 시간이 지나가고 있었다. 빈센트는 석고 발을 그리고 또 그렸다. 그러면 그릴수록, 그는 자기 앞에 놓인 못마땅한 석고 모형에 대해 점점 더 혐오감이 솟아올랐다. 북쪽 유리창으로 새벽이 어렴풋이 스며들 무렵엔 그가 베낀 스케치들이 수북히 그 앞에 쌓여 있었다. 온몸에 쥐가 나고 가슴이 메스꺼워져 그만 그는 일어나버렸다. 다시 한번 마우베는 그의 스케치들을 보더니 한 손으로 구겨버렸다.

"좋지 않아." 그가 말했다. "전혀 돼먹질 않았어. 자넨 그림의 기본 규칙을 몽땅 어기고 있어. 이것 봐. 이 석고 발을 가지고 집으로 돌아가게. 가서 그걸 그리고 또 그리게. 그리고 그게 똑바로 그려질 때까진 나한테 오지도 말게."

"빌어먹을, 그 짓은 못 하겠어요." 빈센트가 외쳤다.

그는 그 석고 발을 석탄통에 휙 집어던져 박살을 내버렸다. "내게 또다시 석고 모형 얘길랑 꺼내지도 말아요. 난 더 이상 견딜 수 없으니까. 살아 있는 사람들의 손과 발이 모두 없어져 내가 보고 그릴 게 없으면 그때는 석고 모형을 그리기로 하죠."

"자네가 석고 모형에 대해서 그런 식의 감정을 가지고 있다면, 할 수 없지." 마우베가 얼음처럼 싸늘하게 말했다.

"난 당신의 것이든 다른 그 누구의 것이든 간에 냉혹한 규칙이라는 것에 좌우되지 않을 겁니다. 난 내 자신의 체질과 성질에 따라 모든 걸 표현할 겁니다. 난 당신들이 보는 방식대로가 아니라 내가 보는 방식대로 그릴 수밖에 없는 거죠!"

"난 이제 더 이상 자네와 관계를 맺고 싶지 않네." 마우베가 말했다. 마치 의사가 시체에게 말하는 듯한 어조였다.

빈센트가 정오에 깨어나 보니, 크리스틴이 그녀의 맏아들 헤르만과 함께 작업실에 와 있었다.

헤르만은 얼굴이 창백한 열 살짜리 사내애였는데, 물고기처럼 파란색의 겁에 질린 듯한 두 눈과 있으나 마나 한 보잘것없는 턱을 가지고 있었다. 크리스틴은 아이가 가만히 놀도록 종이 한 장과 연필을 주었다. 아이는 읽고 쓰는 법을 배우지 못했다. 몹시도 낯을 가리는 헤르만은 수줍은 듯 머뭇거리며 빈센트에게로 다가왔다. 빈센트는 아이에게 연필을 잡고 소를 그리는 법을 가르쳐주었다. 아이는 즐거워했고 곧 그와 친해졌다. 크리스틴이 빵과 치즈를 조금 꺼내놓았다. 그들 셋은 테이블에서 함께 점심을 먹었다.

빈센트에겐 문득 케이와 그녀의 예쁜 아들 꼬마 얀이 떠올랐다. 목이 꽉 메었다.

"오늘은 몸이 별로 좋지가 않아요. 그러니까 나 대신 헤르만을 그리도록 해요."

"무슨 일이야, 신?"

"몰라, 배 속이 온통 뒤틀리고."

"다른 아이들을 가졌을 때에도 그랬소?"

"아프기야 아팠지만, 이런 정도까진 아니었는데. 이건 더 지독해요."

"당신, 의사한테 가봐야겠어."

"무료 의료원 의사들한테 가봐야 소용도 없는걸, 뭘. 거기선 약밖에 주지 않는데. 약은 아무 소용도 없어요."

"그럼, 레이던에 있는 국립병원으로 가야겠군."

"……그래야 되긴 하겠지만."

"기차로 가면 짧은 거리야. 내가 내일 아침에 그곳에 데려다줄게. 네덜란드 방방곡곡에서 모두 그 병원을 찾는다지."

"거기가 좋다고들 말은 하던데."

크리스틴은 하루 종일 침대에서 지냈다. 빈센트는 사내애를 스케치했다. 저녁 시간에 그는 헤르만을 집에 데려다주고 크리스틴의 어머니에게 맡겼다. 다음 날 아침 일찍이 빈센트와 크리스틴은 기차를 타고 레이던으로 향했다.

"당연히 아팠을 수밖에." 크리스틴을 진찰한 뒤 의사는 그렇게 말하면서 그녀에게 숱한 질문들을 던졌다. "태아의 위치가 정상적이지 않군요."

"어떻게든 손쓸 수 없을까요, 의사 선생님?" 빈센트가 물었다.

"아, 있지요. 수술을 할 수 있습니다."

"그건 좀 위험하겠지요?"

"이만한 시기엔 위험하지 않습니다. 태아를 겸자로 간단하게 제 위치로 돌려놓을 수 있어요. 그런데 그러려면 돈이 좀 들죠. 수술료가 아니고 입원료 말입니다." 의사가 크리스틴에게로 향했다. "돈 좀 모아놓은 게 있어요?"

"일 프랑도 없어요."

의사가 한숨을 내쉴 지경이었다. "항상 이 모양이라니까." 그가 말했다.

"비용이 얼마나 들겠습니까, 의사 선생님?" 빈센트가 말했다.

"오십 프랑 정도."

"그런데 만일 그녀가 수술을 받지 않는다면?"

"그렇다면 난국을 모면할 가능성은 없죠."

빈센트는 한순간 생각해보았다. 코르넬리우스 아저씨에게 줄 열두 장의 수채화가 거의 다 완성되었다. 그러면 삼십 프랑은 될 터였다. 나머지 이십 프랑은 테오가 사월에 보낼 돈에서 떼낼 참이었다.

"돈은 제가 마련하겠습니다, 의사 선생님." 그가 말했다.

"좋습니다. 부인을 토요일에 다시 데리고 오시죠. 그럼 내가 직접 수술하도록 하겠어요. 이제 딱 한 가지만 더 말하지요. 난 당신들 두 사람의 관계를 알지도 못하려니와 듣고 싶지도 않습니다. 그런 건 의사의 직무에 속한 게 아니니까요. 하지만 당신들한테 분명히 알려줘야 할 것 같아 말하는 건데, 이 조그만 여자가 행여나 또다시 밤거리에 나섰다가는 여섯 달 안에 죽고 말 겁니다."

"그녀는 절대로 그런 생활로 되돌아가지 않을 겁니다. 그건 제가 약속드리지요."

"좋습니다. 그럼 토요일 아침에 다시 만나기로 하죠."

며칠 뒤 테르스테이흐가 작업실로 들어섰다. "이제 보니 자네 아직도 계속하고 있군." 그가 말했다.

"예, 작업하고 있죠."

"자네가 우편으로 부쳐준 십 프랑은 잘 받았네. 적어도 자네가 직접 찾아와서, 돈을 빌려줘서 고마웠다고 말할 수도 있었을 텐데."

"걸어가기엔 너무 멀어서요. 게다가 날씨도 좋지 않고."

"자네에게 돈이 필요했을 때엔 그렇게 먼 거리는 아니었겠지, 응?"

빈센트는 대답하지 않았다.

"바로 그런 예의 없는 행동이 나를 몰아세우는 거네. 자넬 싫어하도록 말이야. 바로 그런 점 때문에 난 자네를 신뢰하지 못하고 자네의 작품을 살 수도 없는 걸세."

빈센트는 테이블 모서리에 걸터앉아 또 한번 싸울 태세를 갖추었다. "난 당신이 누구의 그림을 산다는 것은 사적인 다툼이나 개인적인 차이점과는 전혀 별개의 문제라고 생각하는데요. 그건 나라는 사람이 아니라 나의 작품에 달린 게 아닐까요. 개인적인 반감이 당신의 판단에 큰 영향력을 행사한다는 게 꼭 정당한 것만은 아닙니다."

"물론 아니지. 자네가 얼마간이라도 매력적인, 뭔가 팔릴 만한 것을 그리기만 한다면, 나로서는 유감스럽긴 하지만 그 그림을 플라츠에서 팔아줄 걸세."

"테르스테이흐 씨, 사람이 고심고심해가며 어떤 특성과 정서를 담아낸 작품이라면 매력적이지 못할 것도 없고 팔리지 못할 것도 없습니다. 나는 내 작품이 첫눈에 모든 사람의 마음에 들지 않는 편이 어쩌면 차라리 더 낫지 않을까 생각합니다."

테르스테이흐는 스프링 코트의 단추도 풀지 않고 장갑도 벗지 않은 채 그냥 앉았다. 그는 지팡이 손잡이 위에 두 손을 얹고 앉아 있었다.

"이보게, 빈센트. 난 때때로, 자넨 자네의 그림이 팔리지 않는 편을 더 좋아하는 게 아닐까, 다른 사람한테 의존해서 살아가는 걸 한결 더 좋아하는 게 아닐까 하는 생각을 했네."

"그림이 팔린다면 몹시도 행복하겠지요. 하지만 당신이 팔릴 수 없다고 말하는 작품을 보고 베이센브뤼흐 같은 진짜 화가가 '이건 사실과 똑같이 생생하군, 이걸 보고 나도 따라 그릴 수 있겠는걸' 이렇게 말할 때가 한층 더 행복합니다. 물론 돈이란 게 나한테 큰 가치가 있고, 더구나 지금과 같은 처지엔 더욱 그러하지만, 그러나 내게 가장 중요한 것은 뭔가 진지한 작품을 만드는 겁니다."

"그건 데 보크와 같은 부유한 사람에게는 해당될지도 모르지만, 분명 자네에겐 해당되지 않는 말이네."

"그림의 본질이란, 존경하는 테르스테이흐 씨, 한 인간의 수입과는 별로 관계가 없습니다."

테르스테이흐는 지팡이를 무릎 위에 가로놓고서 의자에 등을 기댔다. "자네 양친이 내게 편지를 보내면서 자네에게 도움을 줄 수 있는 일을 좀 해달라고 부탁하더군. 그래, 좋아. 내가 온전한 정신으로 자네 그림을 살 수는 없다 하더라도 자네에게 실질적인 조그만 충고는 해줄 수 있지. 자넨 옷이라고 할 수도 없는 그런 넝마 같은 것을 입고 다니면서 자네 자신을 망치고 있어. 자넨 새옷을 좀 사 입고 애써 모양을 가꾸어야만 해. 자넨 자신이 반 고흐 가문의 사람이라는 걸 잊고 있어. 또한 덴하흐에서 보다 나은 사람들과 교제해야만 해. 그렇게 언제나 막일하는 사람들, 미천한 계급의 사람들과 돌아다니면 못쓴단 말일세. 어찌된 일인지 자네에겐 더럽고 추한 것을 좋아하는 취향이 있는 것 같군. 자네가 가장 의심스러운 장소에서 가장 의심스러운 사람들과 함께 있는 것을 본 사람들이 있어. 자네가 그런 처신을 하면서 어떻게 성공하길 바라겠나?"

테이블 가장자리에서 걸터앉았던 빈센트는 내려서서 테르스테이흐를 마주 바라보았다.

이 사내의 우정을 되찾을 기회가 있다면 지금이 그때요, 장소였다. 그는 부드럽고 호소력 있는 목소리를 내려고 속으로 더듬거려 보았다.

"테르스테이흐 씨, 저를 도와주시려 하시다니 고맙습니다. 그리고 저는 거기에 대해 제가 할 수 있는 한 진지하고 성실하게 보답하려 합니다. 그런데 제겐 옷을 사 입을 단돈 일 프랑의 여유도 없고 돈을 벌 방법도 없는데 어떻게 옷을 잘 입고 다닐 수 있겠습니까?

부둣가, 뒷골목, 시장, 대합실, 술집을 어슬렁거리는 건, 분명 즐거운 소일거리는 아닐 것입니다. 화가의 경우가 아니라면 말입니다. 화가란 그 나름대로 매력적인 숙녀들이 있는 파티보다는 오히려 가장 더러운 곳에 가고 싶어하는 사람들이죠. 그런 곳에는 그릴 것들이 많이 있으니까요. 소재를 찾아다니고 막일하는 사람들 가운데 살면서 현장에서 실물을 보고 그리는 것은 거친 작업이고 때로는 더러운 작업일 수도 있습니다. 그러니 세일즈맨 같은 거동이나 복장은 내겐 어울리지 않아요. 아니, 비싼 물건을 팔아 돈을 벌기 위해 점잖은 숙녀나 부유한 신사들과 대화할 필요가 있는 사람이 아니라면 그 어떤 사람들한테도 그런 건 어울리지 않습니다.

게스트 거리에서 구덩이의 흙을 파는 사람들을 그리는 게 내겐 제격입니다. 요즘도 하루 종일 그렇게 합니다. 그런 곳에서는 나의 추한 얼굴과 더러운 옷이 주위 환경과 아주 딱 들어맞게 어울리고 또 즐거운 마음으로 일할 수 있으니까요. 근사한 코트를 입었다면 내가 그리고 싶은 그런 막일하는 사람들은 날 두려워하고 불신했을 겁니다. 내가 그림을 그리는 목적은 사람들로 하여금, 볼 만한 가치가 있는 것들을 그러나 모든 사람이 다 알고 있지는 않은 것들을 보게 만드는 것입니다. 나의 작품을 만들기 위해 때로 사교적인 예절을 희생시킨다고 해서 내가 옳지 못한 것일까요? 내 그림의 대상이 되는 사람들과 함께 생활한다고 해서 내 자신이 천해집니까? 내가 노동자나 가난한 사람들의 집 안에 들어가거나 그런 사람들을 내 작업실 안으로 끌어들인다고 해서 내 자신이 천해질까요? 난 내 직업상 그런 일이 반드시 필요하다고 생각합니다. 그걸 당신은 스스로를 망치는 것이라고 말합니까?"

"자넨 몹시도 고집불통이군, 빈센트. 자네한테 도움을 줄 수도 있는 연장자의 말을 귀담아듣지 않으려 하니. 자넨 이전에도 실패했고 이제 또다시 실패하게 될 걸세. 언제나 전부 똑같은 얘기가 되겠지."

"나는 그림 그리는 사람의 손을 가지고 있습니다, 테르스테이흐 씨. 내게 아무리 충고를 주신다 하더라도 난 그림 그리는 걸 그만둘 수 없습니다. 한마디 묻겠습니다. 내가 그림을 시작한 이래로 내 스스로 의구심을 품거나 주저하거나 동요하는 것을 보신 적이 있습니까? 내가 계속 향상됐고 이 싸움에서 조금씩 조금씩 힘을 얻어가고 있다는 사실을 당신도 잘 아시리라 생각됩니다만."

"그럴지도 모르지. 하지만 자넨 승산이 없는 싸움을 하고 있어."

그는 장갑 손목의 단추를 채우고 높직한 실크해트를 머리에 썼다. "마우베와 내가 손을 써서 자네가 더 이상 테오로부터 돈을 받지 못하도록 만들 걸세. 자네를 제정신으로 돌아오게 만드는 건 그 길뿐이야."

빈센트는 가슴속에서 뭔가 와르르 무너지는 것을 느꼈다. 마우베와 테르스테이흐가 테오를 내세워 그를 공격해온다면 그는 질 수밖에 없었다.

"이런 세상에!" 그가 외쳤다. "어째서 내게 그런 짓을 하는 겁니까? 내가 당신한테 무슨 짓을 했기에 나를 파멸시키려고 합니까? 당신 의견과 다르다고 해서 다른 사람을 죽이려 하다니, 그게 온당한 일입니까? 내가 내 길을 가도록 그냥 놔둘 수는 없나요? 내 동생은 이 세상에서 내게 남은 유일한 사람입니다. 그런데 어떻게 당신이 나한테서 그 애를 빼앗아가려 할 수 있단 말입니까?"

"자네 자신을 위해서야, 빈센트." 테르스테이흐가 말했다. 그리고 그는 나가버렸다.

빈센트는 지갑을 움켜쥐고서, 석고 발을 사려고 곧장 시내로 달려나갔다. 우일레보멘에 가니 예트가 문간에 나와 있었다. 그녀는 빈센트를 보고 깜짝 놀랐다.

"마우베는 지금 집에 없어." 그녀가 말했다. "그 사람은 무서우리만큼 빈센트한테 화를 내고 있던걸. 다시는 빈센트를 만나고 싶지도 않다는데. 아, 빈센트, 도대체 이런 일이 생기다니 내 마음이 얼마나 언짢은지 몰라."

빈센트는 석고 발을 그녀 손에 쥐어주면서 말했다. "이걸 마우베한테 줘요. 그리고 내가 깊이 후회한다고 전해줘요."

그가 몸을 돌리고 막 계단을 내려가려는데 예트가 그의 어깨에 인정 어린 손을 얹었다.

"스헤베닝언 그림이 다 끝났어. 보고 싶지 않아?"

그는 마우베의 그림 앞에 말없이 서 있었다. 그것은 말들이 고기잡이 배를 해변가 백사장 위로 끌어올리는 광경을 그린 대작이었다. 그는 자신이 지금 바라보고 있는 그 그림이 훌륭한 걸작이라는 사실을 알아챘다. 말들은 조랑말들이었다. 학대받고 살아온 보잘것없는 검은색, 흰색, 갈색의 늙은 조랑말들이었다. 말들이 거기 있었다. 참을성 있고, 복종적이며, 기꺼이, 그러나 체념한 모습으로 조용히. 말들은 아직 조금 남은 마지막 지점까지 그 무거운 어선을 끌어올려야 했다. 그 일은 거의 다 끝나가고 있었다. 말들은 온몸에 땀을 뒤집어쓰고 헉헉거리고 있었지만 불평하지 않았다. 그런 것은 오래전에, 햇수로도 오래전에 이미 극복한 터였다. 그들은 얼마간 더 오래 살면서 더 많은 일을 해야 했지만, 그러나 바로 내일 백정한테로 끌려가야만 한다면, 글쎄, 그렇다 하더라도 그들은 각오가 되어 있었다.

빈센트는 그 그림 속에서 심오하면서도 실제적인 철학을 발견했다. 그 그림이 그에게 말하고 있었다. "불평 없이 고통을 견디는 법을 배워라. 그것이 위대한 지혜요, 깨우쳐야 할 교훈이며, 인생의 문제를 해결하는 법이다."

그는 마우베의 집에서 걸어나왔다. 그는 새로운 기운을 얻었고, 또한 아이러니컬하게도, 갖가지 타격 중에서 가장 혹독한 타격을 안겨준 사람이 바로 그 타격을 체념으로써 참는 법을 가르쳐준 장본인이라는 사실에 즐거웠다.

8

크리스틴의 수술은 성공적이었지만 수술비를 치르지 않으면 안 되었다. 빈센트는 열두 장의 스케치를 코르넬리우스 아저씨에게 보내고서 삼십 프랑의 돈이 오기만을 기다렸다. 그는 많은 날들을 기다리고 또 기다렸다. 코르넬리우스는 자기 편할 때에 그 돈을 보냈다. 레이던 국립병원에서 크리스틴을 진찰하고 수술했던 바로 그 의사가 그녀를 분만시킬 예정이었으므로 그들은 그 의사에게 잘 보이고 싶었다. 다음 달 첫날이 되려면 아직도 많이 남았지만 그는 마지막 남은 이십 프랑을 그 의사한테 보냈다. 그러자 또다시 전과 똑같은 일이 시작되었다. 처음엔 커피와 흑빵, 그 다음엔 맹물, 마침내 열병과 탈진, 그리고 착란 상태. 크리스틴은 자기 집에서 밥은 먹고 지냈지만 조금이라도 떼내어 빈센트에게 가져다주려 해도 남는 것이 아무것도 없었다. 막다른 궁지에 다다르자 빈센트는 침대에서 기어나와 심한 안개 속을 뚫고 어느덧 베이센브뤼흐의 작업실로 발길을 옮기고 있었다.

베이센브뤼흐는 상당한 돈을 가지고 있었지만 검소한 생활을 신봉하는 사람이었다. 사층에 있는 그의 아틀리에에는 북쪽 천장에 큼직한 채광창이 있었다. 그의 작업실 안에는 주의력을 흩뜨리는 것은 아무것도 없었다. 책이나 잡지, 소파나 편안한 의자도 없었고, 벽에는 그림들도 붙어 있지 않았으며, 내다볼 창문 하나 없었다. 그의 작업에 필요한 도구들 외에는 아무것도 없었다. 심지어는 손님이 앉을 여분의 의자하나 없었다. 그래야 사람들이 접근하지 못하기 때문이었다.

"아, 자네군, 그래?" 그는 투덜거리면서, 붓을 내려놓지도 않았다. 자기는 거리낌 없이 다른 사람의 작업실로 찾아가 일을 방해하면서도,

누군가 자기를 귀찮게 굴 때에는 함정에 빠진 사자처럼 적의를 드러내는 것이었다.

빈센트는 자기가 찾아온 까닭을 설명했다.

"아, 안 되겠는걸." 베이센브뤼흐가 외쳤다. "자넨 사람을 잘못 찾아왔어. 세상에서 가장 마땅치 않은 사람한테 왔단 말이야. 난 자네한테 일 상팀도 빌려주지 않을 걸세."

"그만한 돈의 여유가 없습니까?"

"물론 여유야 있지! 자넨 내가 우라질, 자네처럼 그림도 팔리지 않는 아마추어인 줄 아나? 내겐 인생을 세 번 더 산다 해도 쓰고 남을 만한 돈이 지금도 은행에 있지."

"그런데 어째서 이십오 프랑도 못 빌려주겠다는 거지요? 난 지금 죽을 지경입니다. 집 안엔 말라빠진 빵 한 조각 없어요."

베이센브뤼흐는 희희낙락 두 손을 비벼대면서 외쳤다. "좋은 거야! 좋은 거라구! 자네한테는 바로 그런 게 필요해. 자네에겐 굉장히 좋은 일이야. 언젠가는 자네도 화가가 될 수 있을 거야."

빈센트는 맨 벽에다 등을 기댔다. 어디에 기대지 않고는 제대로 서 있을 힘도 없었다. "굶고 지낸다는 게 뭐가 그리 굉장히 좋은 일입니까?"

"반 고흐, 자네한테 그게 세상에서 제일 좋은 거라구. 그게 자네한테 고통을 줄 테니까 말이야."

"왜 당신은 내가 고생을 겪는 꼴을 그렇게 흥미 있게 보는 거지요?"

베이센브뤼흐는 딱 하나 있는 걸상에 다리를 포개고 앉은 채 끝에 붉은 물감이 묻은 붓을 빈센트의 턱 쪽으로 겨누었다.

"왜냐하면 그게 자네를 진짜 화가로 만들어주기 때문이지. 고통이 크면 클수록 자넨 그 고통에 대해 더욱 감사해야 돼. 바로 그런 것들로부터 일급의 화가들이 만들어지는 걸세. 텅 빈 배 속이 꽉 찬 배 속보다 낫고, 상심하는 가슴이 행복보다 훌륭한 걸세. 반 고흐, 그 점을 절대 잊지 말라구."

"그건 괜한 허튼소리일 뿐, 베이센브뤼흐. 당신도 그걸 알 텐데."

베이센브뤼흐는 빈센트 쪽에다 대고 붓으로 몇 번 찌르는 시늉을 했다. "불행을 겪지 못한 인간에겐 아무것도 그릴 게 없지. 행복이란 소처럼 아둔한 거야. 그런 건 소나 장사꾼한테나 어울리는 거지. 화가란 고통을 먹고 성장하는 거라구. 자네가 굶주림과 낙심과 비참함에 시달린다면 감사한 마음을 가져야 해. 신이 자네한테 호의를 베풀고 있는 거니까."

"가난은 사람을 망쳐놓습니다."

"물론 약한 자는 망쳐놓지. 하지만 강한 자는 파멸시키지 못해! 가난이 자네를 망쳐놓을 수 있다면, 그건 자네가 약골이라는 뜻이니까 자넨 마땅히 꺾일 수밖에."

"그럼 당신은 날 돕기 위해 손가락 하나 까딱하지 않겠단 말입니까?"

"자네가 고금을 통해 가장 위대한 화가라고 생각된다 할지라도 난 도와주지 않겠네. 굶주림과 고통에 의해 죽음을 당할 만한 인간이라면 애초에 구해줄 가치도 없겠지. 이 세상에서 살아남는 화가들이란 오직, 자기가 하고자 하는 말을 다 마칠 때까지는 신(神)도 귀신도 죽일 수 없는 사람들뿐일 걸세."

"하지만 난 몇 년째 굶주려왔습니다. 머리를 덮을 지붕 하나 없이 거의 맨몸뚱이로 비와 눈 속을 헤매고 다녔지요. 병과 신열에 시달리면서, 버림받은 채. 난 이제 그런 것들로부터 더 배울 게 없습니다."

"자넨 아직 고통의 표면만을 스쳤을 뿐이야. 자넨 이제 비로소 시작하는 사람이야. 내 말을 잘 들으라구. 이 세상에서 무한한 것은 오직 고통밖에 없어. 자, 이제 집으로 달려가서 연필을 잡으라구. 배고픔과 불행이 닥치면 닥칠수록 자넨 더 좋은 작품을 그리게 될 거야."

"그리고 그러면 그럴수록 더 빠르게 내 그림들이 거절당하겠죠."

베이센브뤼흐는 실컷 웃었다. "물론 거절당하겠지. 마땅히 그래야 돼. 그것 역시 자네한테 이로울 테니까. 자네는 한층 더 비참해질 것이고, 그러면 이번엔 자네의 다음 그림이 바로 전 것보다 한결 더 나아질 걸세. 자네가 굶주리고 고생하고, 자네의 작품이 충분히 긴 세월 동안 푸대접받고 무시당한다면, 결국에 이르러서는 자넨 '어쩌면'—꼭 그렇다는 게 아니고 어쩌면이라는 것을 명심하게—대가들과 나란히 걸릴 만한 작품을 하나 정도 만들게 될지도 모르지. 이를테면 얀 스테인 같은 대가나……"

"……아니면 베이센브뤼흐와 같은 대가와 나란히 말이죠."

"바로 맞혔어. 베이센브뤼흐 같은 대가와 나란히. 그러니까 내가 지금 자네한테 돈을 빌려준다면, 자네한테서 불멸의 명성을 얻을 기회를 강탈하는 셈이지."

"개떡 같은 불멸의 명성! 난 지금 단지 그림을 그리고 싶다는 마음밖에 없어요. 그런데 텅 빈 배로는 그림을 그릴 수 없단 말입니다."

"헛소리, 지금까지 그려진 가치 있는 그림들은 모두 텅 빈 배로 그려진 것들이야. 배 속이 든든하게 채워져 있으면 자네의 창조력은 처음부터 잘못된 방향으로 들어서게끔 되어 있는 거야."

"당신이 커다란 고통을 겪는다는 얘긴 못 들어본 것 같은데요."

"내겐 창조적 상상력이 있으니까. 난 고통을 체험하지 않고도 그 고통을 이해할 수 있거든."

"이 능구렁이 같은 사기꾼!"

"전혀 그렇지 않아. 내 그림이 데 보크의 그림처럼 김빠지게 비쳤다면 난 내 돈 따위는 내던져버리고 부랑자처럼 살았을 거야. 그런데 마침 요행히도 내겐, 정확한 고통의 기억 없이도 정확한 고통의 환상을 창조할 수 있는 능력이 있거든. 바로 그런 것 때문에 내가 위대한 화가인 걸세……"

"그게 아니라, 바로 그런 것 때문에 당신은 허풍선이인 겁니다. 자, 베이센브뤼흐, 당신은 좋은 친구잖아요. 내게 이십오 프랑만 빌려줘요."

"이십오 상팀도 못 빌려주겠네. 이건 농담이 아니라니까. 난 자네를 높이 평가하기 때문에, 괜히 자네한테 돈을 빌려줘서 자네의 재능을 약화시켜놓을 수는 없단 말이야. 자넨 어느 날엔가는 뛰어난 작품을 만들게 될 거야. 자네 자신의 운명을 작품으로 새겨놓기만 한다면 말일세. 마우베의 작업실 쓰레기통에서 나온 자네의 석고 발 스케치를 보고 난 그런 확신을 얻었어. 자, 뛰어가게. 그리고 무료 식당에 들러서 무료로 멀건 고깃국이나 한 사발 마시라구."

빈센트는 한순간 베이센브뤼흐를 노려보았다. 그리고 돌아서서 문을 열었다.

"잠깐만!"

"갑자기 겁쟁이가 돼서 마음이 약해졌다고 말하려는 건 아니겠죠?" 빈센트가 사납게 물었다.

"이것 보라구, 반 고흐. 난 절대 노랑이가 아니야. 난 단지 원칙에 따라 행동하고 있을 따름이라구. 내가 자넬 멍텅구리로 생각했다면 자넬 제거해버리기 위해서라도 이십오 프랑을 주었을 거야. 하지만 난 자넬 같은 동료 화가로서 대접하고 있단 말일세. 자, 이 세상에서 돈 주고도 못 살 것을 내가 자네한테 주겠네. 이 덴하흐 전체에서 마우베와 지네 말고는 다른 그 어느 누구한테도 보여주지 않았던 거야. 저 채광창의 커튼을 조절하라구. 그러니까 한결 낫군. 이 습작을 한번 보게. 자, 난 내 소재의 구도와 분할을 바로 이런 식으로 해나가고 있네. 이봐, 젠장! 그렇게 빛 속에 서 있으면서 어떻게 이 그림을 보겠다는 건가?"

한 시간 뒤에 빈센트는 날아갈 듯한 기분으로 그곳을 나왔다. 그 짧은 시간 안에, 미술학교에서 일 년간 배울 수 있는 것보다 더 많은 것을 배웠던 것이다. 얼마 걸어가지 않아, 그는 곧 자신이 굶주리고 열에 들떠 있고 아프다는 사실이, 그리고 땡전 한 푼 가지고 있지 않다는 사실이 떠올랐다.

9

며칠 뒤에 그는 해변가 모래언덕에서 마우베와 마주쳤다. 그에게 화해하고자 하는 희망이 있었다 하더라도 결과는 실망이었다.

"마우베, 당신의 작업실에서 일어났던 일에 대해 용서를 빌고 싶습니다. 내가 어리석은 짓을 저질렀어요. 어쨌든 날 깨끗이 용서해줄 수 없겠습니까? 가끔씩 와서 내 작품을 보면서 여러 가지 얘기를 해주지 않겠습니까?"

마우베는 딱 잘라 거절했다. "두말할 것 없이 자넬 보러 가진 않겠네. 모두 끝났어."

"나에 대한 신뢰감이 그렇게 완전히 사라졌습니까?"

"맞아. 자넨 부도덕한 성격을 가지고 있어."

"내가 한 어떤 짓이 부도덕한 건지 말씀해주신다면 내 버릇을 고치려고 노력하겠습니다."

"자네가 무슨 짓을 하든 난 이젠 관심 없어."

"난 오직 먹고 자고 화가로서 일한 것밖에 없는데, 그게 부도덕하다는 말입니까?"

"자넨 자신을 화가라고 부르나?"

"예."

"웃기는군. 자넨 이제껏 살아오면서 단 한 점의 작품도 팔지 못했어."

"그게 화가임을 뜻하는 건가요? 그림을 판다는 게? 나는 화가란 언제나 무엇인가를 찾으면서도 끝끝내 발견하지 못하는 그런 사람들을 뜻한다고 생각했죠. 나는 그건 '나는 알고 있다, 나는 찾아냈다'와는 정반대되는 것이라고 생각했습니다. 내가 '나는 화가이다'라고 말할 때, 그건 단지 '나는 무엇인가를 찾고 있고 노력하고 있으며 심혈을 기울여 몰두하고 있다'는 의미일 따름이죠."

"어쨌거나 자넨 나쁜 성격을 지녔어."

"당신은 뭔가 나를 의심하고 있군요. 그런 기미가 보입니다. 내가 뭔가 뒤에 감추고 있다고 생각하시는군요. '빈센트가 뭔가 떳떳이 밝힐 수 없는 것을 숨기고 있구나' 하고 말이죠. 그게 뭐죠, 마우베? 내게 솔직하게 말해주십시오."

마우베는 자기 이젤로 되돌아가 물감을 칠하기 시작했다. 빈센트는 돌아서서 느릿느릿 모래언덕을 넘었다.

그가 옳았다. 무엇인가 퍼져 있었다. 덴하흐 사람들 전체가 빈센트와 크리스틴과의 관계를 알게 된 것이다. 그 소식을 불쑥 꺼낸 것은 바로 데 보크였다. 꽃봉우리처럼 작은 입에 엉큼한 미소를 띠고 데 보크가 들이닥쳤다. 크리스틴이 포즈를 취하고 있었으므로 데 보크는 영어로 말했다.

"그런데 말이야, 반 고흐." 무거운 검은 코트를 벗어던지고 기다란 시가에 불을 붙이며 데 보크가 말을 꺼냈다. "자네가 정부를 두었다는 소문이 온 시내에 쫙 퍼졌더구만. 베이센브뤼흐, 마우베, 테르스테이흐한테서도 그 얘길 들었네. 덴하흐 사람들은 모두 거기에 대해 못마땅해하고 있어."

"아." 빈센트가 말했다. "모든 게 그것 때문이었군."

"이 사람아, 좀 분별 있게 굴어야지. 그런데 그 여자는 이 덴하흐 시내의 모델들 중 어떤 모델인가? 쓸 만한 모델들이라면 내가 다 알고 있을 텐데."

빈센트는 불 곁에서 뜨개질을 하고 있는 크리스틴을 힐끗 건너다보았다. 메리노 양털로 된 옷과 앞치마를 걸친 크리스틴이 거기 앉아 자기가 만들고 있는 어린아이 웃옷에 눈을 고정시킨 채 열심히 뜨개질만 하고 있는 모습에는 가정적이라고도 말할 수 있는 어떤 아름다움이 있었다. 데 보크가 시가를 바닥에 툭 떨어뜨리면서 후다닥 일어났다.

"하느님 맙소사!" 그가 외쳤다. "설마 저게 자네의 정부라는 건 아니겠지?"

"내게 정부 따윈 없소, 데 보크. 하지만 아마도 추측컨데, 사람들이 떠들어대는 건 저 여자를 두고 하는 말일 거요."

데 보크는 이마에서 나오지도 않는 땀을 닦아내는 시늉을 하면서 그녀를 자세히 쳐다보았다. "도대체 자넨 어떻게 저런 여자와 잘 수가 있단 말인가?"

"왜 그렇게 묻죠?"

"이봐, 이봐, 저 여잔 할망구잖아. 그것도 제일 천하게 생긴 할망구야. 자네 도대체 무슨 생각으로 그러나? 테르스테이흐가 충격을 받은 것도 무리가 아니지. 정부가 필요하다면 왜, 그 시내에 있는 말쑥한 모델들 중에서 하날 고르지 않고? 모델들이 사방에 얼마나 많은데."

"아까 말한 대로 데 보크, 저 여자는 나의 정부가 아니요."

"그렇다면 대체 저 여잔?"

"내 아내요!"

데 보크가 단춧구멍에 단추라도 채운 듯한 모양으로 이빨이 보이지 않도록 그 작은 입을 꼭 다물었다.

"자네 아내라고?"

"예, 난 저 여자와 결혼할 작정이죠."

"원, 세상에!"

데 보크는 공포와 혐오감이 뒤섞인 시선으로 다시 한번 마지막으로 크리스틴을 힐끗 쳐다보고는 모자도 쓰지 않은 채 달아나버렸다.

"당신들, 날 두고 무슨 얘기들을 한 거예요?" 크리스틴이 물었다.

빈센트는 그녀에게로 건너가 그녀를 잠시 내려다보았다. "데 보크한테 당신이 내 아내가 될 거라고 말했소."

크리스틴은 오랫동안 아무 말도 없이 두 손만 부지런히 놀리고 있었다. 그네의 입은 약간 벌어져 있었고, 혀가 마치 뱀의 혓바닥처럼 날름 나와 금방금방 말라버리는 입술을 축이곤 했다.

"정말로 나와 결혼할 셈인가요, 빈센트? 어째서?"

"이제 와서 내가 당신과 결혼하지 않는다면, 애초부터 당신을 혼자 내버려두는 편이 더 나았을 거요. 난 가정 생활의 고락을 겪고 싶고, 그래서 그 실제의 체험을 그림으로 그리고 싶소. 난 전에 한 여자를 사랑한 적이 있소, 크리스틴. 내가 그 여자의 집으로 찾아갔더니만 그 집 사람들이 하는 말이, 그녀가 내게 넌더리를 내고 있다고 하더군. 내 사랑은 진실하고 정직하고 강렬했소. 그런데 그 집을 나오면서 난 내 사랑이 살해당했다는 걸 알았지. 하지만 죽음 다음에는 부활이 있거든. 그리고 당신이 그 부활이오."

"하지만 당신은 나와 결혼하면 안 돼. 내 아이들은 어떻게 하고? 그리고 당신 동생이 부쳐주던 돈을 끊을지도 몰라요."

"나는 어머니인 여자를 존경하오. 새로 태어날 아이와 헤르만은 여기서 우리와 함께 지내고 다른 아이들은 당신 어머니와 함께 지내면 되지 않을까. 테오에 관해서는…… 그래…… 그 애가 내 모가지를 자를지도 모르지. 그러나 내가 사실대로 자초지종을 적어 보내면 그 앤 날 버리지 않을 거요."

그는 그녀의 발치께의 바닥에 앉았다. 그녀는 처음 만났을 때보다 한결 나아진 모습이었다. 그녀의 암울한 갈색 눈에는 행복이 조금 어려 있었다. 그녀의 거동 전체에 삶의 새로운 활기가 찾아들었다. 모델 노릇을 한다는 게 그녀로선 쉬운 일이 아니었지만 그녀는 열심히, 그리고 참을성 있게 해냈다. 처음 만났을 때에는 그녀는 거칠고 병들고 비참한 모습이었지만 지금 그녀의 거동은 훨씬 평온해 보였다. 이제 건강과 생기를 되찾은 것이었다. 풋풋한 밝은 색조가 찾아든 그녀의 투박한 얽은 얼굴을 올려다보면서 빈센트는 다시 한번 미슐레의 말을 떠올렸다. "어찌하여, 이 땅 위에 다만 혼자서 절망에 빠져 있는 여인이 있는 것일까?"

"신, 될 수 있는 대로 절약하고 저축해야 돼. 정말 속수무책인 경우가 내게 닥쳐올지도 몰라. 당신이 레이던 국립병원에 갈 때까지는 당신을 도울 수 있겠지만, 당신이 거기서 돌아올 때쯤이면 내 처지가 어떻게 되어 있을진 나도 몰라, 먹을거리가 있을지 없을지도. 어쨌든 내게 있는 것은 뭐든 당신과 아이와 함께 나눌 거요."

크리스틴은 의자에서 바닥의 그의 곁으로 살며시 내려앉아 두 팔로 그의 목을 감고서 어깨에다 고개를 묻었다.

"그냥 함께 있게만 해줘요, 빈센트. 난 많은 것을 바라지 않아. 커피와 빵밖에 없다 하더라도 난 불평하지 않겠어. 사랑해요, 빈센트. 내게 잘해준 남자는 당신이 처음인걸. 원치 않는다면 나와 결혼할 필요 없어요. 난 그저 모델 노릇을 하고 열심히 일하고 당신이 시키는 대로 할거야. 그냥 당신과 함께 있게 해주면 돼. 내가 행복을 느껴보긴 정말 처음이야. 난 아무것도 바라지 않아. 지금 당신이 가지고 있는 것들을 함께 나누는 것만으로도 난 행복할 거야."

그는 그녀의 배 속에 든, 그 따스하게 살아 숨쉬는 부풀어오른 태아가 그의 몸에 닿는 것을 느꼈다. 그는 손끝으로 그녀의 평범한 얼굴을 쓰다듬으면서 그 얽은 자국의 하나하나에다 키스했다. 그는 크리스틴의 뒷머리칼을 내려뜨리고서 부드럽게 어루만지는 손길로 그녀의 숱적은 머릿단을 매만졌다. 그녀는 그의 까끌까끌한 턱수염에다 발그스름해진 행복한 뺨을 대고서 부드럽게 비볐다.

"날 정말 사랑하지, 크리스틴?"

"응, 빈센트, 사랑해."

"사랑받는다는 건 좋은 일이야. 세상 사람들이 그걸 자기 멋대로 잘못이라 부르려면 부르라지."

"세상 사람들은 지옥으로나 가라지." 크리스틴이 우직하게 말했다.

"난 일꾼으로서 살아갈 것이오. 그게 나한테 딱 알맞아. 당신과 나는 서로를 이해하니까, 다른 사람들이 뭐라 말하든 상관할 것 없어. 그리고 우리가 무슨 사회적인 신분이 있는 양 허식을 부릴 필요도 없고. 나는 내 자신이 속한 계급으로부터 이미 오래 전에 쫓겨난 사람이오. 당신과 결혼하지 않고 사는 것보다는, 아무리 가난하고 먹을 게 변변치 못하다 하더라도 당신과 함께 내 자신의 가정을 이루고 사는 게 낫소."

빨갛게 타오르는 스토브의 열기로 몸을 덥히며 그들은 서로의 팔에 안기어 바닥에 앉아 있었다. 그 마법의 순간을 깨뜨린 것은 우체부였다. 우체부가 암스테르담으로부터 온 편지를 빈센트에게 건네주었다. 편지는 이러했다.

> 빈센트,
> 너의 점잖치 못한 행동에 대한 이야기를 지금 막 들었다. 네게 청했던 여섯 개의 그림 주문을 주저 없이 취소한다. 나는 이제 너의 그림에 털끝만큼의 관심도 갖지 않을 것이다.
>
> C. M. 반 고흐

그의 온 운명이 이젠 테오에게 달려 있었다. 그가 자신과 크리스틴과의 관계의 완전한 속 내용을 테오에게 납득시키지 못하는 한, 테오 역시 당연히 매월 백 프랑의 돈을 끊어버릴 터였다. 스승인 마우베가 없어도 살 수 있었다. 화상인 테르스테이흐가 없어도 살 수 있었다. 그에게 작업과 크리스틴이 남아 있는 한 가족과 친구들과 지인들 없이도 살 수 있었다. 그러나 테오로부터 오는 그 백 프랑의 돈이 없다면 그는 살 수 없었다.

그는 테오에게 길고 열렬한 편지를 써 보냈다. 테오에게 자초지종을 설명하면서 이해해달라고, 그를 버리지 말아달라고 애원했다. 그는 최악의 결과만을 예상하며 하루하루를 캄캄한 두려움과 함께 살았다. 이젠 자신의 지불 능력을 넘어서는 화구들을 감히 더 주문할 수도 없었고, 새로운 수채화에 착수하거나 현재 하고 있는 것들을 계속 추진시킬 수도 없었다.

테오는 여러 가지 반대 이유들을 들고 나왔지만, 그러나 비난은 하지 않았다. 또한 충고도 늘어놓았지만, 자기의 충고가 받아들여지지 않으면 송금을 중단하겠다는 암시는 단 한 군데에도 없었다. 그리고 결국에 가선, 자기로서는 찬성하지는 않지만, 전처럼 그대로 계속 도와줄 것이라고 빈센트를 안심시켰다.

이제 오월 초였다. 레이던 국립병원의 의사는 크리스틴이 유월 중 어느 날에 해산할 것이라고 말했다. 빈센트는 그녀가 그와 함께 다른 곳으로 이사하는 것은 병원에 입원하여 해산한 다음이 좋겠다고 결정하고, 그때 가서는 같은 스헨크베흐 거리의 바로 이웃에 있는 빈집을 빌리고 싶었다. 크리스틴은 그의 작업실에서 대부분의 시간을 보냈지만, 그녀의 물건들은 아직 그녀의 어머니 집에 그대로 있었다. 그들은 그녀의 산후 몸조리가 끝나면 정식으로 결혼할 예정이었다.

그는 크리스틴의 해산을 위해 레이던으로 갔다. 저녁 아홉 시부터 밤 한 시 반이 되어도 진통이 없었다. 할 수 없이 겸자로 아이를 꺼내야 했지만, 아이는 무사했다. 크리스틴은 커다란 고통을 겪었지만 빈센트의 얼굴을 보자 고통은 씻은 듯이 사라졌다.

"우린 이제 다시 그림을 시작하게 될 거예요." 그녀가 말했다.

빈센트는 눈에 눈물을 담고 그녀를 내려다보았다. 그 아이가 다른 사내의 자식이면 어쩌랴. 그 둘은, 그의 아내였고 그의 아이였다. 그는 가슴속에 팽팽한 고통과 함께 행복을 느꼈다.

그가 스헨크베흐로 와보니, 집주인이자 그 집 앞에 있는 목재 하치장의 소유주인 남자가 와 있었다.

"반 고흐 씨. 저쪽 다른 집을 빌리겠다는 건 어떻게 되었습니까? 일주일에 팔 프랑에 지나지 않아요. 제가 저쪽 집에 모두 페인트 칠을 하고 벽에도 칠을 해놓을 참입니다. 당신 마음에 드는 벽지만 골라준다면 도배까지 해드리지요."

"아뇨, 그렇게 급하지 않아요." 빈센트가 말했다. "내 아내가 돌아올 때를 위해 새 집을 빌렸으면 좋겠지만 우선은 내 동생한테 먼저 편지를 보내봐야 됩니다."

"글쎄, 어쨌거나 무슨 벽지를 바르긴 발라야 하니까 가장 당신 마음에 드는 걸로 골라보십시오. 그리고 당신이 저 집을 빌리지 않는다 하더라도 괜찮습니다."

테오는 서너 달 전부터, 이웃에 있다는 그 집에 대해서 얘기를 들어오던 터였다. 지금 있는 집보다는 훨씬 넓어서, 작업실에다 거실, 부엌으로 쓸 골방, 그리고 침실로 쓸 다락방이 있었다. 지금 있는 집보다 일주일에 사 프랑이 더 들지만, 크리스틴, 헤르만, 갓난아이가 모두 올 것이므로 새로운 장소가 필요했던 것이다. 테오는 자기 봉급이 또다시 올랐으므로 현재로서는 빈센트에게 매월 백오십 프랑을 줄 수 있을 것으로 기대된다고 답장을 보내왔다. 빈센트는 당장 그 새 집을 빌렸다. 크리스틴이 일주일 뒤에 올 예정이었으므로 그는 크리스틴이 도착하자마자 따뜻한 보금자리를 가지게 해주고 싶었다. 집주인이 목재 하치장에서 일하는 인부 둘을 보내 빈센트의 살림살이를 새 집으로 옮겨주었다. 크리스틴의 어머니가 그곳에 와서 물건들을 정돈했다.

10

새 작업실은 정말 진짜 작업실다워 보였다. 무늬 없는 회갈색 벽지, 말끔하게 닦아낸 마룻바닥, 벽에 붙은 습작화들, 벽 끄트머리마다 하나씩 세워진 이젤들, 그리고 전나무로 만들어진 하얀색의 큼직한 작업대. 크리스틴의 어머니가 창문에다 하얀 모슬린 커튼을 달았다. 작업실과 이웃해 있는 골방에다 빈센트는 화판들과 종이첩, 목판화들을 모두 보관해두었다. 한구석에 있는 벽장에는 갖가지 병, 항아리, 책들을 두었다. 거실에는 테이블 하나, 식탁용 의자 몇 개, 오일 스토브 하나가 있었고, 크리스틴이 앉을, 버들가지로 엮어 만든 큼직한 의자가 창문 앞에 놓여 있었다. 그는 그 의자 옆에 녹색 덮개가 씌워진 자그마한 철제 요람을 가져다 놓고 그 위에다 렘브란트의 에칭을 걸어놓았다. 그것은 두 여자가 요람 옆에 앉아 있고 그중 한 여자는 촛불에 비추어가며 성경을 읽고 있는 모습을 그린 것이었다.

그는 부엌에 꼭 있어야 될 것들을 모두 갖추어놓았다. 그래서 이제 크리스틴이 돌아오면 그녀가 십 분 안에 저녁을 만들어낼 수도 있을 것이었다. 그는 테오가 자기들을 방문할 때에 대비하여 여분의 나이프와 포크와 스푼, 접시를 사놓았다. 다락방에는 그와 그의 아내가 쓸 커다란 침대를 들여놓고, 이제껏 사용해온 아직 상태가 괜찮은 헌 침대와 침구도 들여놓아 헤르만이 사용하도록 했다. 그는 크리스틴의 어머니와 함께 짚과 해초와 천을 사다가 다락방에서 둘이서 직접 매트리스를 만들었다.

크리스틴이 퇴원할 때, 그녀를 치료했던 의사와 병동 간호원과 수간호원이 모두 그녀에게 작별 인사를 하러 왔다. 빈센트는 크리스틴이 진지한 사람들에게서는 동정과 사랑을 받을 수 있는 여자라는 사실을 전보다 더욱 확실하게 깨달았다. "그녀가 좋은 대접을 한 번도 받아보지 못했으니, 어떻게 그녀가 좋은 여자가 될 수 있었겠는가?" 그는 속으로 중얼거렸다.

크리스틴의 어머니와 헤르만이 그녀를 맞으러 스헨크베흐로 와 있었다. 그것은 기쁨에 넘친 귀가였다. 빈센트는 그녀에게 새로운 보금자리에 대해 한마디도 알리지 않았던 것이다. 그녀는 뛰어다니면서 여러 가지 물건들을 만져보았다. 아기 요람과 안락의자와 창밖으로 난 창턱에 빈센트가 얹어놓은 화분들을. 그녀는 생기에 차 있었다.

"그 의사 선생, 무척 재미있는 사람이던걸." 그녀가 외쳤다.

"글쎄, 나더러 '당신 독한 술을 좋아하지요? 담배도 피울 줄 알고'라고 묻잖아. 그래서 내가 그렇다고 대답하니까, '내가 왜 물어봤느냐 하면, 그런 걸 끊을 필요가 없다는 걸 알려주기 위해서요. 하지만 식초나 후추, 겨자 등은 음식에 넣어 먹지 말아야 합니다. 그리고 적어도 일주일에 한 번은 고기를 먹어야 하고'라고 말하는 게 아니겠어요."

그들의 침실은 벽에 굽도리널을 댄 까닭에 흡사 배의 화물창을 방불케 했다. 날마다 빈센트는 철제 요람을 밤에는 다락방에다 올려놓고 아침에는 다시 거실에 내려놓았다. 크리스틴의 몸이 아직 너무 약한 탓에 빈센트가 집안일을 도맡아 해야 했다. 침대를 손보고 불을 피우고 무거운 물건들을 들어 옮기고 청소를 해야 했다. 그는 크리스틴과 두 아이들과 더불어 오래 전부터 함께 살아온 듯한, 그리고 자신이 적소에 있는 듯한 기분이었다. 수술의 고통이 아직 가시지는 않았지만 그녀에겐 새로운 활기와 새로운 원기가 찾아들고 있었다.

빈센트는 처음 느끼는 마음의 평온과 함께 다시 작업을 시작했다. 자신의 가정을 가진다는 것, 그리고 주위에서 한 가족의 부산스러움과 단란함을 느낄 수 있다는 것은 참으로 좋은 일이었다. 크리스틴과 함께 사는 생활이 그에게 작업을 계속할 용기와 힘을 주었다. 테오가 자신을 버리지만 않는다면 이제 자신은 훌륭한 화가로 발돋움할 수 있다는 확신이 생겼다.

보리나주에서 그는 신을 위한 노예 생활을 했다. 그러나 이곳에는 새롭고 좀더 현실적인 종류의 신, 단 한 문장으로 표현될 수 있는 종교가 있었다. 노동자의 모습, 일구어진 들판의 밭고랑, 모래, 바다와 하늘 등은 종교적이라고 할 만큼 진지한 소재들이었으며, 또한 그 뒤에 숨겨진 시(詩)들을 표현하는 일에 자신의 온 삶을 바칠 가치가 있을 만큼 아주 어려운, 그러나 동시에 지극히 아름다운 소재들이었다.

어느날 오후 모래언덕에서 집으로 돌아오다가 그는 집 앞에서 테르스테이흐와 마주쳤다.

"다시 만나게 되어 반갑군." 테르스테이흐가 말했다. "자네가 어떻게 지내고 있는지 한번 와서 물어봐야겠다고 생각했지."

빈센트는 테르스테이흐가 일단 집 안으로 들어서기만 하면 분명 터지고야 말 폭풍우가 두려웠다. 그는 힘을 내기 위해 거리에 그냥 선 채 몇 분 동안 테르스테이흐와 가벼운 얘기들을 주고받았다. 테르스테이흐는 다정하고 쾌활했다. 빈센트는 몸이 떨렸다.

두 사람이 집 안으로 들어섰을 때, 크리스틴은 버들가지로 엮은 의자에 앉아 아이에게 젖을 먹이고 있었다. 헤르만은 스토브 옆에서 놀고 있었다. 테르스테이흐는 오래, 아주 오랫동안 그들을 우두커니 바라보았다. 이윽고 입을 연 그는 영어로 이야기했다.

"저 여인과 아이는 대체 뭔가?"

"크리스틴은 내 아내이고 저 아이는 우리들의 아이입니다."

"저 여자와 실제로 결혼했나?"

"아직 결혼식은 치르지 않았죠, 그걸 물어보시는 거라면."

"자넨 도대체 어떻게 저런 여자…… 저 아이들…… 함께 살 생각을 할 수 있단 말인가?"

"남자란 으레 결혼하는 거 아닙니까?"

"하지만 자넨 돈이 없잖나. 자넨 동생의 돈으로 먹고살고 있잖는가 말일세."

"천만에요. 테오가 내게 월급을 주는 셈이죠. 내가 그리는 작품은 뭐든 그 애의 소유가 될 테니까요. 언젠가는 그 돈이 그 애한테로 되돌아갈 겁니다."

"자네, 미쳤군! 이건 분명히 병적인 마음과 병적인 기질 때문에 생기는 일이야."

"인간의 행동이란, 테르스테이흐 씨, 그림 그리는 일과 상당히 흡사하지요. 눈의 위치를 옮김에 따라 조망 전체가 변화합니다. 그러니까 그건 대상에 달린 게 아니라 그 대상을 바라보는 사람의 눈에 달린 겁니다."

"내가 자네 부친한테 편지를 해야겠군. 편지로 이 사건을 처음부터 끝까지 다 알려야겠어."

"제 양친이 당신으로부터 분개에 찬 편지를 받고, 곧이어 저로부터 비용은 제가 댈 테니까 이곳에 한번 오시라는 부탁의 편지를 받는다면, 일이 좀 우스꽝스럽지 않겠습니까?"

"자네가 직접 편지를 쓸 심산이란 말인가?"

"어떻게 그렇게 물어보실 수 있습니까? 저는 당연히 그럴 겁니다. 하지만 지금은 시간적으로 몹시 적절치 않다는 사실을 당신도 인정하셔야만 합니다. 아버님이 뉘넌에 있는 목사관으로 옮겨가는 중이니까요. 또 내 아내도 지금은 조금만 불안하거나 긴장해도 곧 죽어버릴지도 모를 상태입니다."

"그렇다면 물론 내가 편지를 쓰진 않겠네. 이보게, 자넨 스스로 물에 빠져죽고 싶어하는 사람만큼이나 어리석은 사람이야. 난 단지 거기서 자네를 구해주고 싶은 마음뿐이네."

"당신의 뜻을 의심하는 게 아닙니다. 그리고 바로 그 때문에 당신의 말에 애써 화를 내지 않는 거죠. 하지만 이런 식의 대화는 제게는 몹시도 불쾌합니다."

테르스테이흐는 낭패스러운 얼굴 표정으로 가버렸다. 바깥 세상으로부터 그들에게 처음으로 진짜 한 방을 먹인 것은 베이센브뤼흐였다. 어느날 오후 그는 빈센트가 아직 살아 있는지 보려고 예사롭게 찾아들었다.

"이봐." 그가 말했다. "이제 보니 자네 그 이십오 프랑 없이도 그럭저럭 잘 살아가고 있구만."

"물론."

"어때, 내가 자네의 응석을 받아주지 않았던 게 오히려 다행스럽지 않나?"

"마우베의 집에서 파티가 있었던 그날 밤에 내가 당신에게 처음 했던 말이 아마도 '빌어먹을'이었던 것 같은데, 당신에게 다시 한번 그 말을 되풀이해야겠군."

"계속 그런 식으로 버티면 자넨 제2의 베이센브뤼흐가 될 거야. 자넌 진짜 남자다운 남자가 될 소질이 있어. 그런데 어째서 나를 자네 정부에게 소개해주지 않는 건가? 아직 그런 영광을 얻지 못했는데."

"괴롭히려면 마음대로 날 괴롭혀요, 베이센브뤼흐. 하지만 그녀는 건드리지 마십시오."

크리스틴은 푸른 덮개가 씌워진 아기 요람을 흔들어주고 있었다. 자신이 웃음거리가 되고 있다는 사실을 눈치챈 그녀가 고통스러운 얼굴로 빈센트를 올려다보았다. 빈센트는 크리스틴과 아이한테로 건너가 보호하려는 듯 그들 곁에 서 있었다. 베이센브뤼흐는 그 세 사람을, 그 다음에는 요람 위에 걸린 렘브란트의 그림을 바라보았다.

"야아." 그가 탄성을 질렀다. "당신들 세 사람은 아주 놀라운 모티브가 되겠는걸. 당신들 세 사람을 그리고 싶군. 그러고서 거기에다 '성(聖) 가족'이라는 이름을 붙이겠어!"

빈센트는 욕설을 퍼부으며 베이센브뤼흐를 뒤쫓아 내달았지만 베이센브뤼흐는 이미 무사히 문간을 빠져나갔다. 빈센트는 식구들한테로 되돌아왔다. 렘브란트의 그림 옆으로 작은 거울이 벽에 걸려 있었다. 힐끗 거울을 쳐다본 그의 눈에 거기에 비친 세 사람의 모습이 들어왔다. 끔찍하고도 싸늘하게 얼어붙은 듯한 그 명징한 한순간에 그는 베이센브뤼흐의 눈을 통해 볼 수 있었다…… 한 사생아와 한 매춘부와 그리고 한 자선꾼의 모습을.

"그 사람이 우릴 보고 뭐라고 부른 거예요?" 크리스틴이 물었다.

"성 가족."

"그게 뭔데?"

"마리아와 예수와 요셉을 그린 그림이지."

그녀의 두 눈에 눈물이 솟구쳐 올라왔다. 그녀는 갓난아이의 옷에 얼굴을 묻었다. 그는 아기 요람 옆에 무릎을 꿇고서 그녀를 위로해주었다. 북쪽 창문으로부터 땅거미가 스며들면서 방 안에 적막한 그림자를 던지고 있었다. 그들 세 사람 중의 하나가 아닌 듯 그는 다시 한번 초연한 눈으로 그들 세 사람의 모습을 바라볼 수 있었다. 그리고 이번에는 그 자신의 마음의 눈으로 그것을 바라볼 수 있었다.

"울지 마, 신." 그가 말했다. "울지 마. 자, 고개를 들고 눈물을 닦아요. 베이센브뤼흐의 말이 옳았어!"

11

빈센트는 스헤베닝언을 알게 되면서 동시에 유화를 알게 되었다. 북해(北海)에 면한 스헤베닝언은 방벽처럼 둘러싸인 두 사구(砂丘) 사이에 놓인 자그마한 어촌이었다. 스헤베닝언 해변에는, 돛대 하나와 비바람에 시달린 짙은 빛깔의 돛들을 단 장방형의 어선들이 몇 줄로 늘어서 있었다. 배들은 하나같이 거칠게 다듬어진 네모꼴의 키가 뒤에 달렸고, 언제라도 바다로 나아갈 태세로 어망이 펼쳐져 있고, 그리고 녹슨 붉은 빛깔의 혹은 푸른 바다 빛깔의 작은 삼각 깃발이 높이 달려 있었다. 또한 잡은 고기들을 마을로 운반하는, 붉은 바퀴를 단 푸른 짐마차들이 있었다. 앞을 두 개의 둥근 금핀으로 고정시킨 방수두건을 쓴 어부의 아내들, 고깃배를 맞으러 물가에 몰려든 어부의 식구들, 현란한 깃발을 날리는 쿠르찰. 쿠르찰은 목이 막히는 법 없이 입에 닿는 소금맛을 아주 즐기는 외래인들을 위한 유흥장이었다. 해안의 바다빛은 흰 물결이 이는 회색이었는데, 점점 녹색이 되다가, 이윽고 군청색으로 짙게 변했다. 하늘은 맑은 회색, 거기에 갖가지 모양의 구름이 떠 있고, 가끔씩 생기는 푸른 하늘의 무늬가 네덜란드 전체에 여전히 태양이 비치고 있음을 어부들에게 일깨워주었다. 스헤베닝언은 일하는 사람들, 그리고 흙과 바다에 뿌리박은 사람들이 사는 곳이었다.

빈센트는 거리 풍경을 수채화로 상당히 많이 그려왔다. 수채화라는 매체가 재빨리 스쳐가는 인상을 표현하는 데에는 흡족스러운 매체라는 것도 알았다. 그러나 거기에는 자신이 말해야만 하는 것들을 표현하기 위한 깊이와 농밀함과 개성이 결여되어 있었다. 그는 몹시도 유화를 그리고 싶었지만, 수많은 화가들이 그림 그리는 법을 완전히 터득하기도 전에 유화에 손을 댔다가 끝장나버렸다는 얘기를 들었던 까닭에 그는 감히 유화에 덤벼들기가 두려웠다. 그럴 때 테오가 덴하흐에 왔다.

이제 테오는 스물여섯이었고 유능한 화상이었다. 그는 사업차 자주 여행을 했는데 어디를 가나 그 분야에서 가장 실력 있는 청년의 하나로 손꼽혔다. 파리의 구필 화랑은 그 경영권을 부소와 발라동―이 두 사람은 "레 메슈(므슈의 복수/옮긴이)"로 알려졌다―에게 팔아넘겼고, 그들은 테오를 전과 똑같은 지위에 그대로 두었지만 이제 미술 사업은 구필과 빈센트 아저씨의 시절과는 달랐다. 이제 그림들은 그 가치에 상관없이 가장 비싼 가격으로 팔려나갔고 성공한 화가들만이 후원을 받았다. 빈센트 아저씨, 테르스테이흐, 구필 같은 사람들은 화상의 최우선적인 의무는 바로 젊고 새로운 화가들을 발굴하여 격려하는 것이라고 생각해왔다. 그러나 지금은 늙고 이미 인정받은 화가들에게만 작품 주문이 들어왔다. 이 분야의 신참자들인 마네, 모네, 피사로, 시슬레, 르누아르, 베르트 모리조, 세잔, 드가, 기요맹, 그리고 그보다 한층 더 젊은 툴루즈-로트레크, 고갱, 쇠라, 시냐크 등은 부그로(1825-1905, 파리 미술학원 출신의 화가로 주로 초상화를 많이 그렸음/옮긴이)나 아카데미파들이 구태의연하게 되풀이하는 것과는 다른 방식으로 표현하려 애쓰고 있었으나, 사람들은 거기에 주의를 기울이지 않으려 했다. 이런 혁명아들의 작품을 레 메슈 미술점은 단 한 점도 전시한 적이 없으며 또한 팔려고 내놓은 적도 없었다. 테오는 부그로나 아카데미파들의 그림에 이미 지독하게 싫증을 느끼고 있었다. 그는 혁신적인 젊은 화가들한테 전적으로 동조했다. 날마다 그는 이런 새로운 화가들의 그림을 진열하고 대중을 교육시켜 그것들을 사도록 만들자고 레 메슈를 설득시키기 위해 안간힘을 썼지만, 그들은 이 혁신적인 화가들을 기교도 전혀 없는 유치한 미친 사람들이라고 생각했다. 그러나 테오는 그들을 미래의 대가들로 생각하고 있었다.

크리스틴이 그냥 위층 다락방 침실에 남아 있는 동안 두 형제는 작업실에서 만났다. 두 형제 사이에 첫인사가 끝나자 테오가 말했다. "어쩔 수 없이 사업차 온 것이기는 하지만, 그러나 형, 내가 덴하흐에 온 일차적인 목적은 형을 말리기 위해서야. 저 여인과 영원히 끊지 못할 관계를 맺지 말도록 말이야. 그런데 우선, 어떤 여자지?"

"준데르트에서 함께 있었던 렌 베르만이란 늙은 유모 생각나니?"

"응."

"신은 그런 종류의 여자야. 그냥 평범한 여자지. 그렇긴 하지만 그 여잔 내게 어떤 숭고한 의미가 있어. 누구든 평범한 일상적인 사람을 사랑하고 또한 그 평범한 상대로부터 사랑받게 된 사람이라면 인생에 아무리 어두운 면이 있다 하더라도 이미 행복을 얻은 거야. 이렇게 다시금 내 정신을 차리게 하고 새로운 힘을 솟게 한 것은 바로, 나 자신이 뭔가에 쓸모가 있는 인간이라는 감정이었지. 그런 감정을 내가 애써 찾아낸 게 아니라, 그게 나를 찾아온 거야. 신은 화가와 함께 사는 생활의 그 모든 걱정 근심을 잘 견뎌내고 있어. 그리고 모델 역할을 하는 데도 아주 열성적이어서, 그렇게 될 리도 없었겠지만 케이와 결혼하는 것보다는 신과 함께 있어야 내가 더 훌륭한 화가가 될 것 같은 생각이 든다."

작업실 안을 이리저리 걸어다니던 테오가 수채화 하나를 열심히 들여다보다가 이윽고 말했다. "단 한 가지 정말 납득할 수 없는 것은, 형이 케이를 그토록 맹렬하게 사랑했으면서 어떻게 저 여인과 갑자기 사랑에 빠질 수 있었나 하는 점이야."

"빠진 게 아니야, 테오. 보자마자 당장 그렇게 된 게 아니야. 케이가 나를 거절했다고 해서 나한테서 모든 인간적인 감정이 소멸되었겠니? 네가 이곳에 왔을 때 내 모습이 의기소침하거나 우울해 보이진 않았을 거다. 넌 새로운 작업실, 한창 단란한 한 가정에 와 있는 거야. 하나도 신기한 것이 없는 작업실, 그러나 아기 요람과 아이의 높은 의자가 있는, 실제 생활에 뿌리박고 있는 작업실이지. 여기엔 침체란 것이 없어. 모든 것이 움직임을 향해서 밀고 들쑤시고 꿈틀거리지. 자기가 그리는 것을 먼저 마음으로 느껴야만 한다는 것, 가정 생활을 깊이 있게 그리고 싶다면 실제로 가정 속에서 살아야만 한다는 것은 내겐 너무도 자명한 사실이야."

"형, 형도 알겠지만 난 계급 차별을 하는 사람은 아니야. 하지만 형 생각엔 이게 현명한……?"

"난 내 자신이 비하되거나, 명예가 더럽혀졌다고는 생각지 않는다." 빈센트가 말을 가로챘다. "왜냐하면 내 스스로가 나의 작업은 평범한 사람들 한가운데 놓여 있는 것이라고 느끼기 때문이지. 그리고 이 대지에 꼭 발 붙이고, 삶을 그 골수까지 파악하고, 수많은 근심과 고민을 헤치고 나아가지 않으면 안 된다고 느끼기 때문이지."

"난 그걸 문제 삼는 게 아니야, 형." 테오가 재빨리 건너와 선 채 자기 형을 내려다보고 있었다. "그렇지만, 어째서 거기에 꼭 결혼이 필요한 것일까?"

"그녀와 나 사이에 결혼 약속이 되어 있으니까 그렇단다. 난 네가 저 여인을 나의 정부라거나 혹은 결과에 상관도 하지 않고 은밀한 관계만을 맺고 있는 사람으로 생각하지 않기를 바란다. 그 결혼 약속이란 두 가지 의미를 가지고 있지. 우선 첫째는 사정이 허락하는 대로 곧 법률상의 결혼 신고를 하겠다는 약속이고, 두 번째로는 그렇게 될 때까지 이미 결혼한 것과 마찬가지로 서로를 돕고 소중하게 여기며 모든 것을 함께 나누겠다는 약속이야."

"하지만 형, 법률상의 결혼을 하기 전에 분명 좀 시간을 두고 기다려주겠지?"

"물론, 네가 부탁한다면, 내가 내 작품을 팔아 한 달에 백오십 프랑을 벌게 될 때까지, 그래서 네 도움이 더 이상 필요치 않을 때까지 결혼을 연기하겠다. 내 그림이 크게 나아져 자립을 하게 될 때까지 결혼은 하지 않겠다고 네게 약속하마. 내 그림이 팔리기 시작하면 너는 점차적으로 액수를 줄여서 보낼 수 있을 테고 그러다가 마침내는 너의 돈이 전혀 필요 없게 되겠지. 그때 가서 법률상의 결혼 얘기를 꺼내도록 하자."

"그게 제일 현명할 것 같군."

"자, 크리스틴이 오는구나. 테오, 제발 나를 위해서라도, 그녀를 한 아내와 어머니로서 생각하도록 해라. 아닌 게 아니라 실제로 그렇기도 하니까."

작업실 뒤쪽에 있는 계단을 밟고 크리스틴이 내려왔다. 그녀는 산뜻한 검은 드레스를 입고 머리칼을 꼼꼼하게 뒤로 빗어넘겼다. 얼굴엔 어렴풋한 홍조가 감돌고 있어서 얽은 자국이 거의 감춰진 것 같았다. 그녀는 이제 평범하나마 아름다웠다. 빈센트의 사랑이 후광처럼 그녀를 자신감과 안락함으로 감싸고 있었던 것이다. 그녀는 테오와 조용히 악수를 하고는, 차 한잔 들지 않겠냐고 물었다. 그러고는 테오에게 저녁때까지 있다가 저녁을 같이 들어야 한다고 우겼다. 그녀는 창 곁의 자기 안락의자에 앉아 바느질을 하면서 아기 요람을 가끔씩 흔들어주기도 했다. 빈센트는 흥분한 모습으로 작업실을 왔다 갔다 하면서 목탄으로 그린 인물화, 거리 풍경을 그린 수채화들, 그리고 목수용 연필로 열심히 그려놓은 군상(群像) 습작화들을 보여주었다. 그는 자신의 작품이 성장한 것을 테오에게 보여주고 싶었다.

테오는 빈센트가 언젠가는 위대한 화가가 될 것이라는 믿음을 가지고 있긴 했지만, 빈센트가 그린 작품들이 정말 자기 마음에 드는 것인지 확신이 서지 않았다. 테오는 식별력을 갖춘 아마추어였고 미술품 감정의 꼼꼼한 훈련을 거친 사람이긴 했지만, 자기 형의 작품을 어떻게 생각해야 할지 도대체 마음을 정할 수가 없었다. 그가 볼 때 빈센트는 언제나 이미 도달한 상태가 아니라, 끊임없이 형성되는 과정에 있었다.

"유화를 하고 싶은 마음이 들기 시작했다면," 빈센트가 습작화들을 모두 보여주고 나서 자신의 간절한 마음을 얘기하자 테오가 말했다. "왜 유화를 시작하지 않지? 뭘 기다리는 거야, 형?"

"내 그림이 충분히 괜찮다는 확신이 들 때까지 기다리는 거야. 마우베와 테르스테이흐는 내가 그림 그리는 법도 모른다고 말하……."

"……하지만 베이센브뤼흐는 그렇지 않다고 말하잖아. 그리고 무엇보다도 최후의 결정을 내릴 사람은 바로 형 자신이야. 이제 더 깊이 있는 색조로 표현해야겠다는 느낌이 든다면, 바야흐로 그럴 때가 이미 온 거야. 후딱 뛰어드는 거예요."

"하지만 그 비용을! 그 빌어먹을 물감이란 게 금값과 맞먹을 정도라니까."

"내일 아침 열 시에 내가 묵는 호텔에서 만나요. 형이 내게 유화를 빨리 보내게 될수록 나 또한 여기에 투자한 돈을 빨리 회수하게 될 테니까."

저녁을 먹는 동안 테오와 크리스틴은 화기애애하게 얘기를 나누었다. 테오가 떠날 때 계단에서 빈센트에게 몸을 돌리더니 프랑스 말로 말했다.

"좋은 여자야, 정말 좋은 여자야. 난 그런 줄도 몰랐지."

다음날 아침 바겐스트라트를 걸어올라가는 두 사내의 모습은 기묘한 대조를 이루고 있었다. 동생은 세심한 옷차림을 하고 있었는데, 반짝반짝 윤이 나는 장화, 빳빳하게 풀 먹인 와이셔츠, 잘 다려진 양복, 그에 걸맞은 산뜻한 넥타이, 단정한 각도로 쓰고 있는 검은 중산모, 깔끔하게 손질된 옅은 갈색의 턱수염에다, 잘 균형 잡힌 고른 걸음걸이로 걸어가고 있었고, 형은 다 낡은 장화, 꼭 끼는 코트에 어울리지도 않는 기운 바지에다 넥타이는 아예 매지도 않고, 머리 위에 얹힌 우스꽝스러운 농부 모자, 격한 붉은색의 소용돌이 모양으로 제멋대로 뻗친 턱수염에다, 두 팔을 내두르며 고르지 않은 걸음걸이로 휙휙 걸어가면서 흥분된 몸짓을 섞어가며 얘기하고 있었다. 그들은 자기들이 어떤 광경을 이루고 있는지 의식하지 못하고 있었다.

테오는 유화물감과 붓과 캔버스를 사주기 위해서 빈센트를 구필 화랑으로 데리고 갔다. 테르스테이흐는 테오에겐 존경과 감탄을 품고 있었고 빈센트에 대해서는 좋아하고 이해하고자 하는 마음을 가지고 있었다. 그는 그들이 온 목적을 듣고는 군이 직접 나서서 재료들을 골라주면서 각양각색의 그림물감의 장점에 대해 얘기를 해주었다.

테오와 빈센트는 모래언덕을 가로질러 스헤베닝언까지 육 킬로미터를 터벅터벅 걸어갔다. 고깃배 한 척이 막 들어오고 있었다. 기념탑 근처에 한 사내가 앉아서 망을 보는, 나무로 만든 자그마한 오두막이 있었다. 고깃배가 시야에 들어오자마자 망을 보던 그 사내가 깃발을 들고 나타났다. 그 뒤를 이어 한 무리의 아이들이 뒤따라왔다. 사내가 들고 있던 깃발을 흔들고 난 몇 분 뒤에, 배의 닻을 끌어올리기 위해 한 남자가 늙은 말을 타고 도착했다. 이 사람들 외에도, 어부들을 맞기 위해 수많은 사내들과 아낙네들이 모래언덕을 넘어 쏟아져나왔다. 고깃배가 충분히 가까이 오자 늙은 말을 탄 남자가 물속으로 들어가 닻을 끌고 돌아왔다. 이윽고 어부들은 높직한 고무 장화를 신은 사내들의 등에 업혀 해변가로 나왔다. 어부가 한 명씩 도착할 때마다 굉장한 환영의 갈채가 쏟아졌다. 어부들이 모두 뭍으로 나오고 고깃배를 여러 마리의 말들이 모래밭으로 끌어올리자 이 대열 전체가 사막의 카라반 모양으로 모래언덕을 넘어 마을을 향해 나아가고 그 가운데에 말 탄 사내의 모습만이 키 큰 유령처럼 불쑥 솟아 있었다.

"바로 이런 것들을 난 유화로 그려내고 싶다." 빈센트가 말했다.

"형 자신에게 만족스러운 작업이 이루어지는 대로 내게 곧 그림들을 보내줘. 내가 파리에서 구매자들을 찾아볼 수도 있을지 모르니까."

"아, 테오! 꼭 그래야 한다. 네가 꼭 내 그림을 팔아줘야만 해."

12

테오가 떠나자 빈센트는 유화물감을 가지고 실험 삼아 그리기 시작했다. 그는 세 점의 유화 습작을 그렸다. 하나는 게스트 다리 뒤쪽으로 가지 잘린 버드나무들이 한 줄로 늘어선 풍경이었고, 또 하나는 석탄재를 깔고 다져서 만든 경주로(競走路)였고, 세 번째는 푸른색 겉옷을 입은 한 사내가 감자를 캐내고 있는 메르데르보르트 채소밭 풍경이었다. 세 번째 그림의 채소밭 들판은 흰 모래로 이루어졌는데 일부는 파헤쳐진 채 아직 고랑마다 늘어선 마른 줄기와 그 사이의 푸른 잡초로 뒤덮여 있었다. 저 멀리로는 짙푸른 나무들과 서너 집의 지붕들이 보였다. 작업실로 돌아와 그 그림을 다시 보았을 때 그는 의기양양한 기분이 들었다. 이게 그가 처음 시도한 작품이라고 믿을 사람은 아무도 없을 것이라는 자신감이 섰던 것이다. 그림의 주축, 그 나머지를 받치고 있는 골격 등, 묘사는 정확하고 대상에 충실했다. 그는 자신의 첫 번째 작품은 분명 실패일 거라고 생각했으므로 이건 그로서도 조금 놀라운 일이었다.

그는 숲속에서 썩고 메마른 너도밤나무 이파리들로 뒤덮인 한 비탈을 그리고 있었다. 그 지면은 밝은 적갈색과 어두운 적갈색으로 이루어졌는데, 그것은 나무 그림자들이 거기에 그늘진 줄무늬를 늘어뜨리거나 때로는 지면을 아예 반쯤 가려버렸기 때문에 더 그렇게 된 것이었다. 문제는 그 빛깔의 깊이와 지면 자체가 가지고 있는 크나큰 힘과 단단함을 표현하는 일이었다. 유화를 그리면서 그는 처음으로, 어둠 가운데에도 얼마나 많은 빛이 있는가를 파악하게 되었다. 그 빛을 살리면서 동시에 그 풍부한 빛깔의 깊이를 살려야만 했다.

나무들 사이를 뚫고 들어오는 가을 저녁 햇살의 반짝임 속에서 지면은 짙은 적갈색의 카펫이었다. 갓 싹이 터 올라온 어린 자작나무들의 줄기는 한편으로 햇빛을 받아서 반짝거리는 녹색이었고, 그늘진 다른 편의 줄기는 따스한 느낌을 주는 짙은 암갈색을 띠었다. 그 어린 자작나무들 뒤로, 그리고 불그스름한 갈색의 지면 뒤편으로, 푸르스름한 회색의 아주 고운 하늘이, 거의 푸른색이라고 할 수 없을 정도로 강렬하게, 온통 빛을 뿜고 있었다. 그 하늘을 배경으로, 자작나무는 녹색의 흐릿한 윤곽으로 서 있었고 나뭇가지들과 가느다란 줄기들과 노란 색조의 잎들이 그물처럼 얽혀 있었다. 나무를 줍는 몇 사람들의 모습이 마치 신비로운 검은 그림자의 덩어리처럼 주위를 거닐고 있었다. 마른 나뭇가지를 주우려고 막 몸을 굽히는 한 여자의 흰 모자가 짙은 적갈색의 지면과 투박스러운 대조를 이루었다. 한 사내의 검은 실루엣이 덤불 위로 나타났다. 하늘을 등지고 형상화된 커다란 검은 실루엣의 모습에는 시적(詩的) 분위기가 넘쳤다.

그런 풍경을 그리면서 그는 혼자 중얼거렸다. "뭔가 가을 저녁다운 느낌이, 뭔가 신비롭고 심각한 느낌이 이 안에 나타나기 전엔 절대 돌아가지 말아야지." 그러나 빛이 이미 기울고 있었다. 시둘리 작업을 해야 했다. 나무 줍는 인물들을 그는 두세 번의 단호하고 힘찬 붓놀림으로 단번에 그렸다. 어린 나무줄기들이 참 단단히도 땅에 뿌리박고 있구나 하는 생각이 문득 떠올랐다. 그는 그것들을 그려 넣으려고 애썼지만, 이미 지면을 너무 두껍게 진득진득 칠해놓은 탓에 거기에다 붓칠을 한 번 더 해봐도 흔적도 나타나지 않았다. 날이 점점 어두워지고 있었으므로 그는 아주 절망적인 기분으로 또다시 또다시 칠해보곤 했다. 결국 그는 실패했다는 것을 알았다. 붓으로는 그 풍요로운 갈색 흙 속의 어떤 것도 나타낼 수가 없었다. 그는 자기도 모르게 직감적으로 들고 있던 붓을 던져버렸다. 그러고서 그는 그 어린 나무들의 밑동과 줄기 모양대로 캔버스 위에다 튜브에서 직접 물감을 짜내고는, 다른 붓을 집어들어 두껍게 짜여져 나온 유화 물감을 붓 자루로 매만졌다.

"됐어." 마침내 숲속에 밤이 내릴 무렵 그에게서 외침이 터져나왔다. "이제 나무들이 저기 서 있군. 땅 위로 솟아올라 있어. 땅속에다 튼튼하게 뿌리를 박고서. 내가 표현하고자 한 것을 난 이제 표현한 거야."

그날 밤 베이센브뤼흐가 들렀다. "나와 함께 펄크리 클럽으로 가세. 오늘 활인화(活人畵)와 판토마임이 있을 거야."

빈센트는 베이센브뤼흐가 지난번 방문했을 때를 잊지 않고 있었다. "고맙지만 싫습니다. 내 아내 곁을 떠나고 싶지 않아서요."

베이센브뤼흐는 크리스틴에게로 건너가 그녀의 손에다 키스했다. 그는 크리스틴에게 건강을 묻고는 갓난아이와 정말 즐겁게 놀았다. 베이센브뤼흐는 지난 번 방문했을 때 자신이 그들에게 했던 말을 기억하지 못하는 게 분명했다.

"어디, 자네의 새 스케치들을 좀 보여주게나."

빈센트는 더할 나위 없이 즐거운 마음으로 그의 말에 따랐다. 베이센브뤼흐가 맨 처음 집어든 습작화는 노점들이 문을 닫고 있는 월요일 장의 풍경이었고, 두 번째 것은 무료 식당 앞에 한 줄로 늘어서 있는 사람들, 세 번째 것은 정신병원의 세 노인, 네 번째 것은 닻을 끌어올린 채 스헤베닝언 해변에 정박해 있는 고깃배 한 척, 그리고 다섯 번째 것은 폭풍우가 휘몰아치는 가운데 질척질척한 사구(砂丘)에서 무릎을 꿇고 그린 것이었다.

"이거 팔 건가? 내가 사고 싶은데."

"그 말 역시 당신의 그 보잘것없는 농담 중의 하나인가요, 베이센브뤼흐?"

"난 그림에 대해선 절대 농담하지 않는 사람이야. 이 스케치들은 썩 훌륭해. 얼마나 받을 생각인가?"

"당신이 가격을 불러보시죠." 언제 또다시 조롱당할지 모른다는 생각에 그는 애써 무감각하게 말했다.

"좋아, 한 점에 오 프랑씩 어떤가? 전부 합해서 이십오 프랑."

빈센트의 눈이 갑자기 둥그래졌다. "그건 너무 많습니다. 코르 아저씨는 이 프랑 반 씩밖에 주지 않았는데."

"이봐, 자네 아저씨가 자넬 속인 거야. 장사꾼이란 전부 자네를 속이는 사람들이야. 어느 날엔가는 그들도 자네 그림을 오천 프랑에 팔게 될 텐데 말이야. 그걸 거래라고 할 수 있겠나?"

"베이센브뤼흐, 가끔씩 당신은 천사일 때도 있고 또 가끔씩 마귀가 될 때도 있군요!"

"그건 다양함 때문이지. 그래서 내 친구들은 나한테서 절대 싫증을 느끼지 않을 걸세."

그는 지갑을 꺼내어 빈센트에게 이십오 프랑을 건네주었다. "자, 이 젠 나를 따라 펄크리 클럽으로 가지. 자네한텐 오락이라는 게 좀 필요해. 오늘 밤엔 토니 오퍼만스의 소극(笑劇)도 있을 텐데, 한번 웃어보는 것도 자네한텐 좋은 일일 거야."

그래서 빈센트는 따라갔다. 펄크리 클럽의 홀은 너 나 할 것 없이 값싼 독한 담배를 피우는 사내들로 가득 차 있었다. 첫 번째 활인화는 니콜라스 마스의 「베들레헴의 마굿간」에서 따온 것이었는데, 색조와 빛깔은 썩 훌륭했지만 그 표현은 원래의 그림에서 단연코 빗나간 것이었다. 다음 것은 렘브란트의 「야곱을 축복하는 이삭」이었는데, 자기의 계략이 성공할 것인지 보려고 옆에서 구경하고 있는 레베카의 모습이 썩 볼 만했다. 홀 안의 후덥지근한 공기 때문에 그는 머리가 지끈지끈 아팠다. 그는 베이센브뤼흐가 아까 말했던 소극이 시작하기 전에 그곳을 나와 집을 향해 걸어가면서 마음속에서 편지 문구들을 짓고 있었다.

그는 적당하다고 생각되는 만큼만 크리스틴의 이야기를 아버지한테 써 보내면서, 거기에다 베이센브뤼흐가 준 이십오 프랑을 동봉한 다음, 아버지한테 그의 손님으로서 한번 덴하흐에 오시라고 부탁했다.

일주일 뒤에 아버지 테오도루스가 도착했다. 그의 두 눈은 점점 흐려지고 발걸음도 예전보다 느려지고 있었다. 지난번 마지막으로 그들이 함께 있었을 때에 아버지는 자신의 맏아들에게 집에서 나가라고 명령했다. 그러나 그동안 아버지와 아들은 다정한 편지를 주고받았다. 테오도루스와 안나 코르넬리아는 서너 꾸러미의 속옷과 겉옷, 담배와 집에서 만든 과자, 그리고 가끔 십 프랑짜리 지폐 한 장씩을 보내왔다. 빈센트는 아버지가 크리스틴에게 어떻게 대할는지는 알 수 없었다. 사람들이란 이해와 아량을 베풀 때도 있지만 무조건 심술궂게 굴 때도 있기 때문이었다.

그는 아버지가 적어도 아기 요람이 곁에 있는 한 계속 냉담하거나 반대를 하리라고는 생각지 않았다. 아기 요람이란 다른 그 어느 것과도 달랐다. 아기 요람을 놀림감으로 만든다는 건 있을 수 없는 일이었다. 그의 아버지는 크리스틴의 과거에 무슨 일이 있었든지 간에 용서할 수밖에 없었다.

테오도루스는 커다란 보따리를 팔에 끼고 있었다. 빈센트는 그걸 풀고 크리스틴에게 줄 따뜻한 코트를 꺼내면서 모든 게 탈 없이 잘되었다는 것을 알았다. 크리스틴이 위층의 다락방 침실로 올라간 뒤 아버지와 아들은 작업실에 함께 앉아 있었다.

"빈센트." 아버지가 말했다. "네 편지에서 얘기하지 않은 게 하나 있구나. 저 갓난아이는 네 아이냐?"

"아닙니다. 그녀를 만났을 때 이미 그 아이를 임신하고 있었습니다."

"그 애 애비는 누구냐?"

"그 남자는 크리스틴을 버리고 도망쳤죠." 그는 그 아이가, 애비가 누군지도 모르는 자식이라는 얘기를 굳이 털어놓을 필요는 없다고 생각했다.

"그런데 너, 저 여자와 결혼하겠지, 그렇지? 이런 식으로 사는 건 옳지 않다."

"저도 동감입니다. 가능한 한 빨리 법적 결혼식을 치르고 싶어요. 하지만 테오와 저는, 제가 제 그림을 팔아 한 달에 백오십 프랑을 벌 때까지 기다리는 게 낫겠다는 판단을 내렸습니다.”

테오도루스가 한숨을 지었다. “그래, 어쩌면 그게 제일 낫겠지. 빈센트, 네 어머니가 가끔씩이라도 네가 집에 좀 왔으면 하고 바란단다. 나 또한 그렇고. 뉘넌이 네 마음에 들 거다. 브라반트 전체에서 가장 아름다운 마을 중의 하나지. 자그마한 교회는 정말 너무도 작아서 꼭 에스키모의 이글루같이 보인단다. 불과 백 사람도 채 다 못 앉을 자리이니, 상상해보렴! 목사관 둘레엔 산사나무 울타리가 둘러쳐져 있고, 교회 뒤편으로는 모래 둔덕과 오래된 나무 십자가들과 함께 꽃들이 가득 들어차 있는 커다란 뜰이 있지.”

“나무 십자가들이 있다고요?” 빈센트가 말했다. “하얀 것들인가요?”

“물론, 이름들은 검은 글씨로 쓰여 있었지만, 비에 씻겨 다 지워져가고 있다.”

“교회엔 굉장히 높다란 첨탑이 달려 있겠죠?”

“아주 섬세하고 가냘픈 첨탑이지. 하지만 하늘 위로 높이높이 솟아 있단다. 그래서 가끔, 그 첨탑이 하느님한테까지 닿아 있는 게 아닌가 하는 생각이 들 정도란다.”

“그럼, 교회의 구내 묘지가 있는 뜰에다 가느다란 그림자를 던지고 있겠군요.” 빈센트의 두 눈이 반짝였다. “그걸 그려보고 싶어요.”

“가까운 곳에 넓디넓은 히스 들판과 소나무 숲이 있지. 밭에선 농부들이 땅을 갈고. 얘야, 집에 꼭 한번 찾아와야 한다.”

“예, 꼭 뉘넌을 봐야겠어요. 자그마한 나무 십자가들, 교회의 첨탑, 밭에서 땅을 갈고 있는 농부들. 나에겐 언제나 어딘가 브라반트 사람다운 면이 있는 것 같아요.”

아버지는 집으로 돌아가, 빈센트가 상상했던 것만큼 그렇게 나쁜 처지에 있지는 않더라고 아내를 안심시켰다. 빈센트는 전보다 더 큰 열정을 가지고 다시 작업에 뛰어들었다. 그는 자신이 밀레의 말에 점점 더 가까이 다가가고 있음을 발견했다. “예술 그것은 하나의 전투이다. 예술 그 속에 자신의 목숨을 걸어야만 하는 것이다." 테오는 그를 신뢰했고, 그의 어머니와 아버지는 크리스틴을 인정했고, 덴하흐 사람들은 이젠 아무도 그의 마음을 어지럽히지 못했다. 이제 그는 완전히 자유로워진 마음으로 작업을 계속할 수 있었다.

목재 하치장 주인은, 일거리를 찾아나왔다가 일거리를 구하지 못한 사람들을 모두 모델로 쓰라고 그에게 보냈다. 그래서 그의 호주머니가 비어감에 따라 그의 화첩은 가득가득 채워져갔다. 그는 스토브 곁에서 요람 안에 누워 있는 갓난아이를 그리고 또 그렸다. 가을 장마철이 오자 그는 야외로 나가 토션 기름종이에다 그림을 그리면서 자신이 노린 효과를 얻었다. 그는 색채에 능한 화가란, 자연 가운데에 나타난 한 빛깔을 보고 그 자리에서 그걸 분석할 줄 알며 "저 회색빛이 도는 녹색은 노란색에다 검은색을 합한 것이군, 푸른색은 거의 하나도 섞이지 않았어"라고 말할 줄 아는 사람이란 것을 금방 배웠다.

인물을 그리든 풍경을 그리든 간에 그는 감상적인 우수가 아니라 진지한 슬픔을 표현하고 싶었다. 그는 사람들이 자기 작품을 보고 "이 사람은 참 깊은 감정과 예민한 감수성을 가지고 있군"이라고 말하게 되는 높은 경지에까지 도달하고 싶었다. 그는 세상 사람들 눈으로 볼 때, 자신은 아무런 쓸모도 없는 괴상하고 못마땅한 인간이며 아무런 사회적 지위도 가지지 못한 인간이라는 것을 알고 있었다. 그러나 그는 그토록 괴상한 사람, 그토록 하잘것없는 사람의 가슴에 무엇이 들어 있는가를 자신의 작품을 통해 보여주고 싶었다. 더할 나위 없이 초라한 오두막집에서, 더할 나위 없이 더러운 길 모퉁이에서, 그는 무수한 그림과 영상을 보았다. 그림을 그리면 그릴수록, 이외의 다른 활동들은 점점 더 그의 관심 밖으로 사라졌다. 그런 다른 일들을 제거하면 제거할수록 그의 눈은 점점 더 쉽사리 삶의 회화적 특질을 포착할 수 있었다. 예술은 끈질긴 작업, 그 모든 것을 무릅쓰고 감행하는 작업, 그리고 끊임없는 관찰을 필요로 했다.

단 한 가지 곤란한 점은, 유화물감이 놀랄 정도로 비싼 데다가 자신이 물감을 너무 두껍게 입힌다는 사실이었다. 캔버스 위에다 짙고 두껍게 튜브에서 물감을 뭉텅뭉텅 짜낼 때면 자위더르 해(海)에 돈을 쏟아넣는 것 같았다. 게다가 그리는 속도가 너무도 빨랐기 때문에 캔버스 대금만도 엄청났다. 마우베라면 두 달쯤 걸릴 유화를 그는 한 번 앉은 자리에서 해치워버리는 것이었다. 그러나 어쨌든 간에 그로서는 그림을 옅게 그릴 수도 없었고 또한 속력을 늦추어 그릴 수도 없었다. 그래서 돈은 연기처럼 사라지고 그의 작업실에는 그림만 꽉꽉 들어차게 되는 것이었다. 테오로부터 약속된 금액이 도착하자마자—테오는 매월 1일, 10일 그리고 20일 이렇게 삼 회에 걸쳐 돈을 보내기로 정해놓았다—그는 화구 상점으로 달려가 커다란 튜브에 든 황갈색, 코발트색, 감청색 물감과, 작은 튜브에 든 네이플즈 옐로, 황토색, 군청색, 자황색의 물감을 사곤 했다. 파리에서 돈이 온 후 대개 대엿새가 지날 때까지 행복한 마음으로 작업을 하다 보면 어느새 물감과 돈은 완전히 바닥이 나버리고, 또다시 괴로움이 시작되는 것이었다.

그는 갓난아이 때문에 그렇게 많은 물건들을 사들여야 한다는 것을 알고서 깜짝 놀랐다. 또한 크리스틴에게는 끊임없이 약이 필요했고 새 옷과 특별한 음식도 필요했으며, 헤르만은 학교에 보냈으므로 책과 학용품들을 사줘야 했고, 그리고 집안 살림은 램프, 냄비, 담요, 석탄과 나무, 커튼, 융단, 촛대, 매트, 은식기, 접시, 가구, 그리고 끝없는 음식의 물줄기를 쏟아부어도 영원히 채워지지 않는 밑 빠진 독이었다. 그는 그의 그림과 그에게 매달린 세 식구 사이에서 오십 프랑의 돈을 어떻게 쪼개 써야 좋을지 모를 지경이었다.

"당신은 꼭 임금을 받자마자 술집으로 돌진하는 막일꾼 같아." 한번은 빈센트가 테오로부터 온 봉투 안에서 오십 프랑을 휙 낚아채 들고서 빈 물감 튜브들을 끌어모으기 시작했을 때 크리스틴이 불쑥 그렇게 말한 적도 있었다.

그는 사구의 모래 속에서 설 수 있도록 기다란 다리가 두 개인, 원근을 잡는 데 도움이 되는 새 기구를 만들고 그것을 대장간에 맡겨 사각틀의 네 귀퉁이에 쇠를 씌웠다. 스헤베닝언의 그 바다와 모래언덕과 어부들과 고깃배들과 고깃배를 끌어올리는 말들과 그물이 그를 가장 매혹시키는 것들이었다. 그는 그곳 바다와 하늘이 시시각각 변화하는 자연을 포착하기 위해 무거운 이젤과 새로 만든 기구를 등에 짊어지고서 날마다 모래언덕을 넘어 터벅터벅 걸어나갔다. 가을이 깊어짐에 따라 다른 화가들은 작업실의 불 곁에 들러붙기 시작했지만 그는 날마다 바람과 비와 안개와 폭풍 속으로 나아가 그림을 그렸다. 말할 수 없이 거친 날씨일 때엔 가끔, 물감이 채 마르지도 않은 캔버스가, 바람에 날려온 모래나 짠 바닷물로 뒤덮여 버릴 때도 있었다. 비에 흠씬 젖고, 안개와 바람에 몸을 떨고, 모래가 눈과 코에 들어오고…… 그러나 그는 그런 것을 남김없이 사랑하고 있었다. 이제 죽음 외엔 그를 막을 게 아무것도 없었다.

　어느 날 밤 그는 크리스틴에게 새로 그린 그림을 보여주었다. "그런데 빈센트." 그녀가 탄성을 질렀다. "어떻게 당신은 이렇게 정말 진짜처럼 보이게 그릴 수가 있어요?"

　빈센트는 자신이 얘기하고 있는 상대가 글을 모르는 무식한 여자라는 사실을 잊고 있었다. 어쩌면 그는 베이센브뤼흐나 마우베와 얘기하는 것일지도 몰랐다.

　"나 자신도 모르겠어." 그가 말했다. "아직 그려지지 않은 새하얀 캔버스를 들고, 내 마음이 끌리는 곳 앞에 앉으면서 나는 '이 하얀 캔버스가 꼭 뭔가 근사한 것이 되어야만 할 텐데'라고 중얼거리지. 그러고서 오랫동안 작업을 하고 난 뒤 만족스럽지 못한 기분으로 집에 돌아와 그걸 골방에다 처넣어버리는 거야. 조금 쉬고 나서 나는 그 굉장한 원래의 풍경이 내 마음속에 너무도 강렬하게 새겨진 탓에 그걸 보고 그린 작품이 원래의 풍경보다 더 마음에 들 수는 없을 터이므로, 내 그림이 별로 만족스럽지는 못할 거라는 일종의 두려움을 가지고 다시 골방으로 가서 처박아뒀던 그 그림을 보는 거야. 어쨌거나 결국 나는 나를 감동시켰던 것들의 메아리를 그 작품 안에서 발견하게 돼. 그리고 자연이 내게 말을 걸고 뭔가를 얘기했으며 내가 그것을 속기술(速記術)로 표현해냈다는 사실을 알게 되는 거야. 물론 나의 속기에는 해독될 수 없는 낱말들이 있을지도 모르고, 오자(誤字)나 탈자(脫字)가 있을지도 모르지만, 그러나 거기엔 숲이나 해변가나 혹은 인물들이 뭔가 내게 얘기해준 것들이 들어 있어. 이젠 알겠어?"

"아뇨."

13

크리스틴은 그가 하는 일에 대해 거의 아무것도 이해하지 못했다. 그녀는 그림을 그리고자 하는 그의 갈망을 돈이 많이 들어가는 일종의 망상이라고 생각했다. 그러나 그러한 망상이라는 암석 위에 빈센트의 생활이 세워져 있다는 것을 알고 있었으므로 그녀는 그에게 반기를 드는 태도는 취하지 않았다. 그의 작업의 목적이라든가 느린 향상이라든가 고통스러운 표현 따위는 그녀의 이해를 완전히 벗어난 일들이었다. 그녀는 평범한 가정 생활을 하기에는 괜찮은 동반자였지만, 그러나 빈센트의 생활 중에서 가정적인 몫은 아주 조금에 지나지 않았다. 자신을 말로 표현하고 싶을 때에는 그는 어쩔 수 없이 테오에게 편지를 쓸 수밖에 없었다. 그는 거의 매일 밤마다 테오에게 길고 열정에 찬 편지를 써내려갔다. 그러면서 그날 낮 동안 자신이 보고 그리고 생각했던 모든 것들을 테오에게 털어놓았다. 다른 사람들이 표현해놓은 것들을 즐기고 싶을 때에는 소설에 마음을 붙이고서 프랑스, 영국, 독일, 네덜란드의 소설들을 읽었다. 크리스틴은 빈센트의 생활 중에서 아주 작은 부분만을 그와 공유하고 있었다. 그러나 빈센트는 만족스러웠다. 그는 그녀를 아내로 맞아들이기로 한 결심을 후회하지도 않았고 또한 그녀에게 자질이 없는 게 분명한 지적(知的)인 일을 억지로 시켜보려는 시도도 하지 않았다.

　여름, 가을, 늦가을의 그 길고 긴 몇 달 동안에는 만사가 썩 순조로웠다. 그동안 그는 아침 일찍이 다섯 시나 여섯 시에 집을 나가 밖에서 일하다가 날이 완전히 저물면 하는 수 없이 차가운 황혼녘의 모래언덕을 가로질러 터벅터벅 집으로 돌아오곤 했던 것이다. 그러나 라인 역 맞은편 술집에서 그들이 처음 만났던 때로부터 일주년을 맞을 무렵, 그것을 축하하기라도 하듯 심한 눈보라가 날렸고, 그래서 어쩔 수 없이 빈센트가 아침부터 밤까지 집에서 작업해야만 했을 때, 둘 사이에 원만한 관계를 유지하기란 몹시 어려웠다.

　그는 다시 스케치를 시작했고, 그래서 유화에 드는 돈을 절약할 수는 있었지만 모델 비용이 그의 집과 가정을 파먹어 들어갔다. 거의 공짜에 가까운 돈을 받고도 감지덕지하며 그렇게 힘든 막일을 하던 사람들이 단지 그의 작업실에 와서 앉아 있는 데에 큰돈을 요구하곤 했다. 정신병원에서 스케치할 수 있도록 허가를 요청했지만 병원 당국은 그런 전례가 없을 뿐더러, 새로 마루를 놓는 중이므로 스케치를 하려면 면회 날에나 와서 하라고 잘라 말했다.

　그의 유일한 희망은 크리스틴이었다. 크리스틴의 몸이 회복되고 튼튼해지자 그는 그녀가 모델 노릇을 하리라고, 아기를 낳기 전처럼 열심히 거들어주리라고 기대했던 것이다. 그러나 크리스틴의 생각은 달랐다. 우선 그녀는 이렇게 말하곤 했다. "아직 몸이 완전히 건강하지 않아. 조금만 더 기다려요. 급하진 않잖아." 그러고 나서 몸이 완전히 다 회복되자 그녀는 자신이 너무도 바쁜 몸이라고 생각했다.

　"사정이 전과 똑같지 않잖아, 빈센트." 그녀는 이렇게 말하기 일쑤였다. "아기 보살피랴, 온 집 안 청소하랴, 게다가 네 사람이 먹을 음식 만들랴."

빈센트가 아침 다섯 시에 일어나 집안일을 했으므로 그녀가 낮 동안엔 마음 놓고 포즈를 취할 수 있을 터였다. "하지만 난 이젠 모델이 아니라구." 그녀가 딴청을 부렸다. "난 당신 아내야."

"신, 날 위해 포즈를 취해줘야 해. 매일 모델을 쓸 만한 돈이 없잖소. 당신이 여기서 함께 사는 이유 중엔 그런 이유도 포함되어 있어."

그녀는 빈센트를 처음 만났을 때 자주 그랬던 것처럼 욱하는 성미를 참지 못하고 발끈 화를 냈다. "오직 그것 때문에 날 받아들였군! 그럼 내 덕분에 돈을 많이 모을 수 있었겠는걸. 당신한텐 나라는 인간이 빌어먹을 하인에 지나지 않겠지. 내가 모델이 되지 않는다면 당신은 날 도로 내쫓아보낼 참이지!"

빈센트는 한순간 생각에 잠겼다가 이윽고 입을 열었다. "그런 얘기들은 당신 어머니 입에서 나왔겠군. 당신 스스로 그런 것들을 생각해내진 못했을 거야."

"글쎄, 그래서 어쨌다는 거예요? 어쨌든 그게 사실인데, 안 그래?"

"신. 당신 이제부턴 거기 가지 말아야 해."

"어째서? 난 내 어머니를 사랑하고 있는데."

"하지만 그들이 우리 사이를 망쳐놓고 있잖소. 우선 당신이 알아야 할 건, 그들이 그들 생각하는 식대로 당신을 과거로 되돌려놓을 것이라는 점이오. 그렇게 되면 우리들 결혼은 어떻게 되는 거지?"

"집 안에 먹을 게 하나도 없었을 때, 날더러 그곳에 가 있으라고 말한 사람이 바로 당신 아니던가? 돈을 좀 벌어봐요. 그럼 내가 그곳에 다시 갈 필요도 없을 테니까."

마침내 간신히 그녀가 포즈를 취하도록 만들었을 때에는 그녀는 완전히 무용지물이었다. 그녀는 일 년 전에 그가 그토록 힘들여 고쳐주었던 실수들을 또다시 범했다. 그로 하여금 정나미가 떨어져 다시는 귀찮게 모델 노릇을 시키지 않도록 하기 위해서 크리스틴이 일부러 몸을 꿈틀거리거나 어색한 포즈를 취하는 게 아닌가 하는 의혹이 가끔씩 빈센트의 마음에 일었다. 결국엔 그는 크리스틴을 포기하지 않을 수 없었다. 외부의 모델에게 들어가는 비용이 점점 더 커졌다. 그와 더불어 먹을 것을 마련할 돈 한 푼 없이 지내야 하는 날들도 늘어났고 따라서 크리스틴이 어쩔 수 없이 자기 어머니의 집에서 지내야 하는 시간도 점점 늘어났다. 그녀가 그곳에서 다시 집으로 돌아올 때마다 빈센트는 그녀의 거동과 태도에 나타나는 조그만 변화들을 알아차릴 수 있었다. 그는 딜레마에 빠졌다. 테오에게서 오는 정해진 돈을 모두 생활에 쓴다면 크리스틴과의 관계를 건전하게 유지할 수 있었다. 그러나 그렇게 한다면 그는 그림을 단념할 수밖에 없었다. 그는 자기 자신을 죽이기 위해 그녀의 목숨을 구해주었단 말인가? 한 달에 서너 번 그녀를 그녀의 어머니 집에 보내지 않는다면 그녀와 아이들은 굶을 것이다. 그러나 그녀를 보낸다면 결국엔 그녀가 가정을 망쳐놓게 될 터였다. 어떻게 해야 한단 말인가?

　병들고 아기를 배고 있을 때의 크리스틴, 병원에 입원해 있을 때의 크리스틴, 해산하고 나서 몸을 회복할 무렵의 크리스틴은 말하자면 똑같은 종류의 여자였다. 곧 세상에서 버림받고 절망에 빠진 채 바야흐로 비참한 죽음의 위험에 직면해 있는, 그래서 단 한 마디의 말, 단 한 번의 도움의 손길에도 몹시 고마워하던 여자였으며, 세상의 모든 고통을 다 알고 그 고통을 단 한 순간이라도 멈추게 하기 위해서라면 무슨 일이든 가리지 않고 하며 자신의 인생을 걸고서 온갖 열렬하고 굳은 약속을 할 여자였다. 그러나 좋은 음식과 약과 보살핌으로 몸과 얼굴에 살이 붙고 다시 건강해진 크리스틴은 또다른 종류의 여자였다. 자신이 겪은 고통의 기억은 점차 사라졌고 좋은 가정주부, 좋은 엄마가 되겠다는 결심도 약해졌다. 예전의 사고방식과 습관들이 서서히 되돌아오고 있었다. 그녀는 밤거리에서 술과 블랙 시가와 상스러운 말들과 거친 사내들 사이에서 십사 년 동안 허랑방탕한 생활을 해왔던 것이다. 체력을 회복하자 그 십사 년간의 나태함이 일 년간의 보살핌과 온

화한 사랑을 압도하고 있었다. 방심할 수 없는 어떤 변화가 그녀에게 스며들고 있었다. 빈센트는 처음엔 그것을 알 수 없었지만 이윽고 무슨 일이 진행되고 있는지 서서히 의식하게 되었다.

바로 그 무렵, 새해가 시작되던 시간에 그는 테오로부터 기묘한 편지를 받았다. 테오가 파리의 길거리에서 병들고 절망에 빠진 한 여자를 만났다는 것이었다. 발에 생긴 병이 심해서 일도 할 수 없는 처지여서 이미 스스로 목숨을 끊기로 결심한 여자였다. 빈센트로부터 그런 경우를 배웠던 터라 테오는 자신의 스승인 형을 본받았다. 테오는 오래 사귄 어떤 친구의 집에다 그녀의 거처를 마련해주었다. 그는 그녀를 의사에게 진찰받도록 했다. 그녀의 생명을 구하기 위해 모든 비용을 지불했다. 편지 속에서 그는 그 여인을 그의 환자라고 불렀다.

"형, 나의 환자와 결혼해야 될까? 그게 그녀의 목숨을 구해줄 수 있는 최상의 방법일까? 법적 결혼식을 치러야 될까? 형, 그녀는 몹시도 고통을 겪고 있고 불행해. 자신이 사랑했던 단 하나의 남자로부터 버림받았으니까. 형, 그녀의 생명을 구하기 위해 난 어떻게 해야만 할까?"

빈센트는 깊은 감동을 받고 자신도 동정을 보낸다는 편지를 썼다. 그러나 날이 갈수록 크리스틴은 점점 더 함께 있기 어려워졌다. 집안에 먹을 게 빵과 커피밖에 없을 때에는 불평을 일삼았고, 모델을 쓰는 일을 집어치우고 그 돈을 집안을 위해 써야 한다고 고집을 피웠다. 새 옷을 사 입을 수 없는 처지인데도 입던 옷들을 함부로 굴리고 음식물과 때가 잔뜩 묻어도 그냥 놔두었다. 빈센트의 겉옷과 속옷을 고쳐줄 생각도 하지 않았다. 그녀는 또다시 어머니의 영향에 휘둘렸다. 그녀의 어머니는 빈센트가 결국 도망가버리거나 그녀를 내쫓을 거라고 그녀를 설복시켰던 것이다. 영구적인 관계가 불가능한 이상, 일시적인 관계를 위해서 고생하는 게 무슨 소용이 있겠느냐는 얘기였다.

그가 테오에게 그의 환자와 결혼하라고 권할 수 있을까? 법적 결혼이 그런 여자들을 구원하는 최상의 방법일까? 그런 여인들에게 살 집을 마련해주고 그들을 건강하게 해줄 좋은 음식들과 그들로 하여금 다시금 삶을 사랑하도록 만들어줄 친절함을 주는 것이 정말 가장 중요한 것일까?

"기다려." 그는 동생에게 경고했다. "그 여인을 위해 할 수 있는 대로 다해라. 그것은 고상한 행위이지. 그러나 결혼식 그 자체는 너에게 하등의 도움도 되지 않을 것이다. 너희 두 사람 사이에 사랑이 성숙하면 그때 비로소 결혼도 싹틀 것이다. 하지만 우선은 네가 그녀를 구할 수 있을지부터 먼저 알아보도록 해라."

그즈음 테오는 매달 세 번에 걸쳐 각기 오십 프랑씩 송금해주었는데 이제 크리스틴은 살림살이에 점점 더 신경을 안 썼으므로 돈은 전보다 더 빨리 바닥이 나곤 했다. 빈센트는 본격적인 진짜 유화에 대비하여 충분한 스케치들을 모아놓기 위해서 모델을 쓰는 데에는 대단한 욕심을 부렸다. 그는 단돈 일 프랑이라도 자기 그림에서 떼내어 집안 살림에 처넣어야 한다는 게 아까웠고, 그녀는 단돈 일 프랑이라도 살림에서 떼내어 그림에 처넣어야 한다는 게 영 못마땅했다. 그것은 서로의 생활을 위한 싸움이었다. 사실 매월 백오십 프랑의 돈은 빈센트 딱 한 사람의 식비와 주거비와 그림 재료값을 충당하기에 알맞는 금액이었다. 그것으로 네 사람을 먹여살리겠다는 시도는 갸륵하지만 그러나 불가능한 일이었다. 집주인, 구두장이, 식료품 상인, 빵집 주인, 그림물감 장수한테 그는 차츰 빚을 지기 시작했다. 설상가상으로 테오 자신도 자금이 딸리기 시작했다.

빈센트는 그에게 애원하는 편지를 써 보냈다. "이십 일 전에 며칠이라도 더 일찍 돈을 보내준다면, 아니 적어도 그 날짜보다 늦게 보내지는 말았으면 좋겠다. 집 안에 남아 있는 것이라고는 두 장의 종이와 부스러진 마지막 크레용 한 토막밖에 없다. 모델이나 먹을 것에 쓸 돈 일 프랑도 없다." 한 달에 세 번씩 그는 그런 내용의 편지를 써 보냈다. 그러다가 약속된 오십 프랑이 도착할 때엔 이미 상인들한테 그만한 액수의 빚을 진 상태였기 때문에 다음 열흘 동안 생활해야 할 돈이 한 푼도 남지 않았다.

테오의 "환자"는 발에 난 종양 때문에 수술을 받아야 했다. 테오는 그녀를 좋은 병원에 입원시켰다. 게다가 테오는 뉘넌의 집에도 돈을 부쳐주고 있었다. 아버지 테오도루스가 새로 옮겨간 교회에는 교구민이 적었으므로 그의 수입이 가계를 잘 꾸려가기에는 넉넉하지 않았던 것이다. 테오는 자기 자신과 그의 환자와 빈센트와 크리스틴과 헤르만과 갓난아이 안톤과 뉘넌의 가족들을 동시에 부양하고 있었다. 봉급의 마지막 일 상팀까지 다 집어넣어야 했으므로 그는 빈센트에게 달리 일 프랑도 더 보낼 여유가 없었다.

마침내 삼월 초에 또다시 빈센트는 딱 일 프랑밖에 남지 않은 처지에 이르게 되었다. 그러나 그나마 그 일 프랑도 이미 한 상인이 받지 않겠다고 거절한 찢어진 지폐였다. 집 안에 단 한 입의 먹을 것도 남지 않았다. 테오로부터 다음 돈이 올 때까지는 적어도 아홉 날을 기다려야 했다. 그 긴 시간 동안 크리스틴을 그녀의 어머니 곁에 두어야 한다는 게 빈센트는 몹시도 두려웠다.

"신." 그가 말했다. "아이들을 굶길 순 없겠지. 테오의 편지가 올 때까지 당신이 아이들을 데리고 어머니 집에 가 있는 게 낫겠어."

그들은 똑같은 생각에 잠긴 채, 그러나 감히 그것을 입 밖으로 낼 용기도 없이 잠시 서로를 바라보았다.

"그래." 그녀가 말했다. "그래야겠군요."

식료품 상인이 그 찢어진 일 프랑짜리 지폐를 받고 흑빵 한 덩어리와 커피를 조금 주었다. 그는 돈을 나중에 주기로 하고 모델들을 집 안에 끌어들였다. 그는 점점 더 초조해졌다. 작품은 메마르고 딱딱해졌다. 그의 육체는 굶주림에 허덕이고 있었다. 끊임없는 돈 걱정이 그의 몸에 타격을 가해왔다. 이젠 그림을 그리지 않고 살아갈 수는 없었지만, 그러나 매시간 작업한 것을 보면 자신이 퇴보하고 있음을 알 수 있었다.

기다리던 아흐레가 끝나던 날, 그러니까 삼십 일에 테오로부터 오십 프랑과 함께 편지가 왔다. 테오의 환자는 수술 뒤에 곧 회복되었고 테오는 그녀를 어느 개인 집에 보내어 거기서 살도록 했다. 테오 역시 재정적인 어려움에 처해 있었으므로 점점 더 의기소침해졌다. 그는 편지에 썼다. "형, 난 장래의 일에 대해선 형한테 아무것도 장담할 수가 없을 것 같아."

그 말에 빈센트는 거의 제정신이 아니었다. 테오가 단지 앞으로는 돈을 보낼 수 없을 거라는 뜻일까? 그거라면 그토록 나쁠 것까지는 없었다. 아니면, 그동안 자신이 향상되었음을 보이기 위해서 거의 매일 보냈던 그의 스케치들을 놓고 볼 때, 그에게는 재능도 없으며 아무런 미래의 희망도 없다는 결론에 도달했다는 뜻일까?

그 걱정을 하느라 밤새 눈도 붙이지 못한 채, 그는 테오에게 도대체 무슨 얘기인지 설명해달라고 쉬지 않고 편지를 쓰며 사정하면서, 한편으로는 자신이 스스로 생계를 꾸려갈 방도를 애써 궁리해보았다. 그러나 아무런 방법도 없었다.

14

그가 크리스틴을 데리러 가보니 그녀는 어머니와 남동생과 그의 애인과 그리고 한 낯선 사내와 함께 있었다. 그녀는 블랙 시가를 피우며 진을 마시고 있었다. 그녀는 스헨크베흐로 다시 돌아가야 한다는 생각이 영 달갑지 않은 눈치였다.

어머니 집에서 지내는 아흐레 동안 옛날 버릇이 되살아나 그녀의 행실을 망쳐놓았던 것이다.

"담배를 피우고 싶은데 못 피울 게 뭐야." 그녀가 외쳤다. "담배는 내가 내 돈으로 사 피우는 거니까 당신이 날 막을 권리는 없어. 그 병원 의사도 원한다면 독한 술도 마셔도 된다고 말했고."

"맞아, 약 덕분에…… 당신 식욕이 좋아졌으니까."

그녀가 요란스럽게 웃음을 터뜨렸다. "약이라고! 이런 ××같으니!" 그것은 맨 처음 사귀기 시작하던 시절 이후론 쓰지 않던 말이었다.

빈센트는 감정이 몹시 격한 상태였다. 그 말을 듣고 그는 자신도 걷잡을 수 없이 발끈 화를 냈다. 크리스틴도 마찬가지로 받아쳤다. "이젠 당신은 날 돌봐주지도 않아!" 그녀가 악을 썼다. "먹을 것조차 주질 않으면서! 당신은 왜 돈을 더 많이 못 벌지? 도대체 당신이란 인간은 어떤 인간이야?"

힘겨운 겨울이 어느덧 지나고 원수 같은 봄이 올 무렵 빈센트의 처지는 한층 더 나빠졌다. 빚은 늘어났다. 음식다운 음식을 먹지 못한 탓에, 위장이 완전히 뒤틀려 있었다. 한 입도 삼킬 수가 없었다. 아픔이 치아로 옮겨갔다. 이의 통증 때문에 뜬눈으로 밤을 지새웠다. 치통이 오른쪽 귀로 옮겨가 하루 종일 귀가 경련을 일으키듯이 씰룩거렸다.

크리스틴의 어머니가 집으로 찾아와 딸과 함께 담배를 피우고 술을 마시기 시작했다. 그녀는 이제 크리스틴과의 결혼을 다행스러운 일로 생각지 않았다. 한번은 빈센트가 집에 돌아와보니 크리스틴의 남동생이 와 있었는데, 그는 빈센트가 들어오자마자 잽싸게 문간을 빠져나갔다.

"당신 동생이 왜 여기 왔지?" 빈센트가 캐물었다. "당신한테서 뭘 바라는 거야?"

"어머니와 동생이 그러는데 당신이 날 쫓아낼 거라더군."

"신, 내가 절대 그런 짓을 하지 않으리란 걸 잘 알잖아. 당신이 내 곁에 머물고 싶어하는 한은."

"어머닌 내가 이 집에서 나오는 게 낫겠대요. 어머니 말은, 먹을 것도 없이 이대로 지내는 건 좋지 않다는 거지."

"그럼 당신은 어디로 가겠소?"

"물론 집으로."

"그럼 두 아이도 그 집으로 데리고 가겠단 말인가?"

"여기에서 굶는 것보단 낫겠지. 내가 일을 하면 먹고살 수는 있을 테니까."

"당신이 무슨 일을 하겠다는 얘기요?"

"글쎄…… 뭐든."

"날품팔이? 잡역부? 세탁부?"

"……아마 그렇겠지."

그는 그녀가 거짓말을 하고 있음을 금방 알아챘다.

"그러니까 바로 그런 일을 하라고 그 사람들이 당신을 설득하고 있단 말이지."

"글쎄…… 그것도 그렇게 나쁘진 않아요…… 밥벌이는 되니까."

"내 말 들어봐, 신. 당신 그 집에 돌아가면 끝장나는 거야. 당신 어머니가 또다시 당신을 밤거리에 내보낼 걸 알면서 그래. 레이던 병원의 그 의사가 한 말을 잊지 말라구. 또다시 그런 생활로 되돌아간다면 당신은 죽게 될 거야."

"그것 때문에 죽진 않아요. 난 이젠 몸이 썩 좋아요."

"당신 몸이 괜찮은 건, 그동안 조심스럽게 살아왔기 때문이야. 하지만 또다시 그런 생활로 되돌아……."

"맙소사, 돌아가긴 누가 돌아간대요? 당신이 날 보내지 않는 한."

그는 안락의자 팔걸이 위에 걸터앉아 그녀의 어깨 위에 손을 얹었다. 그녀의 머리칼은 빗질도 되어 있지 않았다. "그렇다면 신, 내 말을 믿어. 난 절대 당신을 버리지 않을 거야. 당신이 즐거운 마음으로 내가 가진 것만큼 나와 함께 나누며 살고자 한다면, 당신을 내 곁에 놔두겠어. 하지만 당신 어머니나 동생과는 상대하지 말아야 해. 그들은 당신을 망쳐버릴 거야. 자, 약속해. 당신 자신을 위해서라도, 다시는 그들을 만나지 않겠다고."

"약속해요."

이틀 뒤, 양로원에서 스케치를 하고 돌아와보니 집 안이 텅 비어 있었다. 저녁밥을 만든 흔적도 보이지 않았다. 그는 그녀의 어머니 집에서 술을 마시고 있는 크리스틴을 발견했다.

"난 내 어머니를 사랑한다고 말했잖아." 집에 돌아오자 그녀가 투덜거렸다. "보고 싶다면 얼마든지 어머니를 만날 수 있어. 내가 당신의 물건은 아니잖아. 나도 내가 하고 싶은 대로 할 권리가 있다고."

그녀는 또다시 예전의 그 인이 박힌 구질구질한 생활 습관에 빠져들었다. 빈센트가 애써 그것들을 고쳐주려고 하면서, 그녀 스스로가 그들 사이를 서먹서먹하게 만들고 있다고 얘기할 때면, 그녀는 이렇게 대답하곤 했다. "그래, 나도 아주 잘 알고 있어. 당신은 나와 같이 살고 싶지 않은 거지." 그가 집 안이 얼마나 더럽고 얼마나 제멋대로인가를 꼬집어 보여주면 그녀는 또 이렇게 대답하는 것이었다. "글쎄, 난 게으르고 쓸모없는 여자야. 난 언제나 그랬으니까 그건 어쩔 수가 없다구요." 게으름이 결국엔 어떤 끝을 가져다줄 것인가를 그녀에게 설명할 때면 그녀의 대꾸는 "난 의지할 곳 없이 쫓겨난 사람일 따름이야, 정말이라구. 그러니까 난 강물에 몸을 던져 끝장내고 말 거야"였다.

이젠 거의 날마다 거침없이 작업실에 드나드는 그녀의 어머니가, 그가 그렇게도 소중히 여겼던 크리스틴과의 관계를 빼앗아가버렸다. 집안은 뒤죽박죽이 되었다. 식사 시간도 제멋대로 바뀌었다. 헤르만이 더러운 옷을 걸친 채 여기저기 쏘다니며 학교에 결석을 해도 그냥 놔두었다. 크리스틴은 잘못되어갈수록 더 많은 담배를 피우고 더 많은 술을 마셨다. 그녀는 그 술과 담배를 사는 돈이 어디서 생겼는지 끝내 말하려고 하지 않았다.

여름이 왔다. 빈센트는 다시 유화를 시작하기 위해 야외로 나갔다. 그것은 그림물감과 붓과 캔버스와 액자와 전보다 더 큰 이젤들을 사기 위해 또다시 돈이 필요하다는 것을 의미했다. 테오는 "환자"의 상태가 나아졌지만 그녀와의 관계에 심각한 문제가 생겼다는 소식을 보내왔다. 이제 그녀가 다 회복되었으니 그녀를 어떻게 해야 할 것인가?

빈센트는 일신상의 생활에 대해서는 무슨 일에든 두 눈을 꽉 감아버리고서 그림만 계속했다. 가정이 그의 귓전에서 와르르 무너져내리고 있으며, 크리스틴을 또다시 사로잡은 그 한량없는 게으름의 늪에 자신이 말려들고 있음을 그는 알고 있었다. 그는 자신의 절망감을 그림 그리는 일에 파묻어버리고자 했다. 아침마다 새로운 계획을 시작하면서 그는 그 그림이 아름답고 완벽하게 그려져 당장 팔리고 또한 자기 자신의 위치를 확립시켜주면 좋겠다고 생각했다. 그러나 밤마다 그는 자신이 그토록 갈망하는 대가가 되려면 아직도 수많은 햇수를 기다려야 한다는 서글픈 깨달음을 안고 집으로 돌아와야 했다.

그의 유일한 위안은 어린 아기 안톤이었다. 안톤은 놀랄 만한 생명력을 가진 꼬마였는데 끝없이 웃고 웅얼거리면서 먹을 수 있는 것이면 뭐든 죄다 삼켜버렸다. 꼬마는 가끔 빈센트와 함께 작업실 한구석의 바닥에 앉아, 빈센트의 그림을 보고 좋아라 소리를 지르기도 하고 그러다가는 벽에 걸린 스케치들을 쳐다보며 가만히 앉아 있곤 했다. 안톤은 예쁘고 또릿또릿한 생기 있는 아이로 자라나고 있었다. 크리스틴이 그 아이에게 관심을 기울이지 않을수록 그는 아이를 점점 더 사랑하게 되었다. 안톤에게서 그는 지난겨울 자신이 행한 일들의 진짜 목적과 그 보답을 찾을 수 있었다.

베이센브뤼흐는 아주 가끔가다 한 번씩 들를 따름이었다. 빈센트는 그에게 지난해에 그린 스케치들을 보여주었다. 그는 그 스케치들에 대해 놀라울 정도의 불만을 표시했다.

"이런 식의 감각은 좋지 않아." 베이센브뤼흐가 말했다. "세월이 한참 흐른 뒤에 자넨 자네의 초기 작품들을 되돌아보게 될 거야. 그러면 그 작품들이 진지하고 명징했다는 걸 깨닫게 될 걸세. 자, 계속 열심히 물고 늘어지게. 무슨 일이 있어도 멈추면 안 돼."

그런데 마침내 그를 멈추게 한 것은 얼굴을 세게 얻어맞은 사건이었다. 봄철에 그가 램프 하나를 고쳐달라고 옹기그릇 장수한테 가져다준 일이 있었다. 그때 그릇 장수는 새 접시들을 사가라고 끈질기게 권했다.

"하지만 난 지금 그것을 살 만한 돈이 없는데요."

"돈은 괜찮수. 급할 것 없어요. 우선 그 접시들을 가져다 쓰고 돈이 생기면 그때 주시구려."

두 달 뒤 그 상인이 빈센트의 작업실 문을 쾅쾅 두드렸다. 그는 머리통만큼이나 굵직한 목을 가진 억센 사내였다.

"날 속이는 속셈이 뭐요?" 사내가 따져 물었다. "뭣 때문에 내 물건을 가져가고서 돈이 생겨도 번번이 갚질 않는 거냐구?"

"지금은 한 푼도 없어요. 돈을 받으면 곧 갚으리다."

"그것도 거짓말이야! 당신, 우리 옆집 구두장이한테는 바로 아까 돈을 줬잖아."

"난 지금 일하는 중이오." 빈센트가 말했다. "난 방해받고 싶지 않아요. 돈이 생기면 곧 갚겠소. 그러니까 제발 나가줘요."

"돈을 주면 그때 나가지. 그 전엔 어림도 없어."

경솔하게도 빈센트가 그 사내를 문간으로 밀어붙였다. "내 집에서 나가라구." 그가 명령했다.

상인이 기다리던 게 바로 그거였다. 사내의 몸에 빈센트의 손이 닿자마자 그는 오른쪽 주먹으로 빈센트의 얼굴을 세게 쳐서 벽에다 쾅 처박아버렸다. 사내는 다시 빈센트를 쳐서 마룻바닥에 쓰러뜨리고는 한마디 말도 없이 가버렸다.

크리스틴은 그녀의 어머니 집에 가 있었다. 안톤이 엉금엉금 바닥을 기어오더니 빈센트의 얼굴을 어루만지면서 울었다. 몇 분 뒤에 의식을 되찾은 빈센트는 몸을 질질 끌며 올라가 다락방의 침대 위에 쓰러져 누웠다.

「보리나주의 코크 공장」, 1879년. 종이에 연필, 수채화, 26.4×37.5cm. 네덜란드 암스테르담 반 고흐 미술관(Vincent van Gogh Foundation).

「에텐의 길」, 1881년. 종이에 분필, 연필, 파스텔, 수채화, 39.4×57.8cm. 미국 뉴욕 메트로폴리탄 미술관.

「폭풍우 치는 날씨의 스헤베닝언 해변」, 1882년. 캔버스에 유화, 34.5×51cm. 네덜란드 암스테르담 반 고흐 미술관(Vincent van Gogh Foundation).

「슬픔」, 1882년경. 석판화, 44.5×27cm. 잉글랜드 월솔 뉴 아트 갤러리.

「우는 여인」, 1883년. 흑연, 검은색과 흰색 석판화, 50.2×31.4cm. 미국 일리노이 시카고 미술관.

「지친 사람」, 1882년. 종이에 연필, 50.4× 31.6cm. 네덜란드 암스테르담 반 고흐 미술관(Vincent van Gogh Foundation).

「잡초 태우는 농부」, 1883년. 종이에 석판화, 15.5×26.5cm. 네덜란드 암스테르담 반 고흐 미술관(Vincent van Gogh Foundation).

「사과나무 옆의 정원사」, 1883년. 펜과 잉크의 석판화, 23.5×32.3cm. 미국 뉴욕 메트로폴리탄 미술관.

「테타드」, 1884년. 판지에 펜화, 33.7×43.8cm. 미국 일리노이 시카고 미술관.

「네덜란드의 화단」, 1883년경. 캔버스에 유화, 48.9×66cm. 미국 워싱턴 D.C. 국립미술관.

「직공의 집」, 1884년. 캔버스에 유화, 47.5×61cm. 네덜란드 로테르담 보이만스 판 뵈닝언 미술관.

「농부의 초상」, 1884년. 캔버스에 유화, 39.4×30.2cm. 오스트레일리아 시드니 뉴 사우스 웨일스 주립미술관.

「뉘넌 근처의 포플러나무들」, 1885–1886년. 캔버스에 유화, 78×98cm. 네덜란드 로테르담 보이 만스 판 뵈닝언 미술관.

「벽난로 옆에서 요리하는 시골 여자」, 1885년. 캔버스에 유화, 44.1×38.1cm. 미국 뉴욕 메트로폴리탄 미술관.

「감자 먹는 사람들」, 1885년. 캔버스에 유화, 82×114cm. 네덜란드 암스테르담 반 고흐 미술관(Vincent van Gogh Foundation).

맞은 것 때문에 얼굴을 다치지는 않았다. 아픔도 없었다. 바닥에 무겁게 쓰러질 때 몸을 다친 것도 아니었다. 그러나 그 두 번의 강타가 그의 내부의 어떤 것을 꺾어버렸고 그를 패배시켰다. 그것을 그는 알고 있었다.

크리스틴이 돌아왔다. 그녀는 다락방으로 올라왔다. 집 안엔 돈도 저녁거리도 없었다. 그녀는 가끔 빈센트가 어떻게 용케 계속 살아 있는지 궁금할 때가 있었다. 그녀는 머리와 두 팔을 침대의 한쪽 옆구리에, 두 발을 반대편 옆구리에 건들건들 늘어뜨린 채 침대에 가로누워 있는 빈센트를 보았다.

"무슨 일이죠?" 그녀가 물었다.

한참 뒤에 힘을 낸 그가 몸을 비틀어 바른 위치로 누우며 베개에 머리를 얹었다. "신, 난 텐하흐를 떠나야겠어."

"……그래…… 알아요."

"여기를 빠져나가야만 해. 어디든 시골로. 아마도 드렌터가 좋겠지. 거기서라면 우린 생활비를 얼마 들이지 않고도 살 수 있을 거야."

"내가 함께 가길 원해요? 거기 드렌터는 형편없는 벽촌인데. 당신한테 돈도 생기지 않고 그래서 먹지도 못할 때엔 난 어떻게 하구?"

"나도 모르겠어, 신. 아마 굶어야겠지."

"그럼, 그 매월 백오십 프랑의 돈을 먹고사는 데에만 쓰겠다고 약속하겠어요? 모델이나 그림물감에 쓰지 말고."

"그럴 순 없어, 신. 그것들이 우선이야."

"그래, 당신한텐 그렇겠지."

"하지만 당신한테는 그렇지 않단 얘기군. 어째서 그럴까?"

"나도 먹고살아야 하니까. 난 먹지 않고는 살 수 없어."

"그리고 난 그리지 않곤 살 수 없고."

"그래, 그건 당신 돈이니까…… 당신 생각이 우선이겠지…… 이해해요. 돈 좀 몇 상팀 가지고 있어요? 라인 역 맞은편에 있는 그 술집으로 가요."

술집에서는 시큼한 포도주 냄새가 풍기고 있었다. 오후 늦은 시각이었지만 아직 램프 불은 켜지지 않았다. 그들이 맨 처음 서로 가까이에 앉아 있었던 그 두 개의 테이블은 비어 있었다. 크리스틴이 그 테이블들이 있는 곳으로 갔다. 그들은 각자 신 포도주를 한 잔씩 시켰다. 그녀는 자신의 포도주 잔 허리를 만지작거리고 있었다. 빈센트는 거의 이 년 전 바로 그 테이블에서 크리스틴이 바로 지금과 똑같은 손놀림을 하고 있었을 때에 자신이 그녀의 막일꾼과도 같은 손에 얼마나 경탄을 했던가 하는 생각을 떠올렸다.

"당신이 내 곁을 떠날 거라고 식구들이 늘 내게 말했고," 그녀가 낮은 목소리로 말했다. "나 또한 그걸 알고 있었지."

"신, 난 당신을 버리고 싶지 않아."

"그건 버리는 게 아니에요. 당신은 나한테 좋은 일만 해줬는데."

"당신이 그래도 나와 함께 살고 싶다면 당신을 드렌터로 데려가겠소."

그녀는 아무런 감정 없이 머리를 가로저었다. "우리 두 사람 먹고살기가 충분치 않을걸."

"알지, 신? 만일 내가 좀더 많이 가지고 있었더라면 뭐든 당신한테 주었을 거라는 걸 말이야. 하지만 당신을 먹여살리는 일과 내 그림을 먹여살리는 일 사이에서 하나만 선택해야 할 때에는……."

그녀가 그의 손 위에 자기 손을 얹었다. 그녀의 갈라터진 거친 살결이 느껴졌다. "괜찮아요. 그렇게 언짢은 마음을 가질 필요 없다니까. 당신은 날 위해서 할 수 있는 데까지 한껏 해주었어요. 다만 이젠 끝장이 날 때가 온 것 같다는 얘기지…… 그뿐이야."

"당신이 원한다면, 신? 그 덕분에 당신이 행복해지기만 한다면 난 당신과 결혼해서 당신을 데리고 가고 싶소."

"아니, 난 우리 어머니한테나 어울리는 사람인걸. 모두 자기 나름대로 인생을 살아가야 하니까. 이젠 다 잘될 거야. 내 동생이 자기 애인과 나를 위해 새 집을 하나 빌릴 참이거든."

빈센트는 잔을 쭉 비우고 밑바닥에 남은 씁쓰름한 앙금까지 맛보았다.

"신, 난 당신을 도우려고 노력했어. 난 당신을 사랑했고 내가 간직하고 있는 온 정을 당신한테 주었어. 그 보답으로 당신이 한 가지만, 딱 한 가지만 해주었으면 좋겠어."

"그게 뭔데?" 그녀가 멍청하게 물었다.

"다시는 밤거리로 나서지 마. 그러다간 당신 죽을 거야. 안톤을 위해서라도 그런 생활로 되돌아가지 마."

"포도주 한 잔 더 마실 돈이 남아 있을까?"

"있어."

그녀는 반 잔의 술을 한 모금에 꿀꺽 삼키고서 입을 열었다.

"단 한 가지 확실한 얘기는 내 벌이로는 충분치 못할 거라는 얘기야. 더군다나 그 아이들 모두를 먹여살리려면. 그러니까 내가 또다시 밤거리에 나선다 하더라도 그건 내가 좋아서가 아니라 어쩔 수 없기 때문이겠지."

"그럼 일거리만 충분히 얻는다면, 내게 약속해, 신, 다시 그런 생활로 되돌아가진 않겠지?"

"물론, 약속해."

"신, 내가 매달 돈을 보내줄게. 갓난아이 양육비는 언제나 내가 대기로 하지. 그 꼬마 녀석한테 당신도 어떤 가능성을 마련해주면 좋겠어."

"그 애도 괜찮을 텐데, 뭘…… 나머지 아이들이나 똑같이."

빈센트는 테오에게, 크리스틴과의 관계를 끊고 시골로 내려가야겠다는 자신의 의향을 편지로 적어 보냈다. 거기에 답하여 테오는 강한 찬성의 말과 함께, 빚을 갚도록 백 프랑짜리 지폐 한 장을 추가로 동봉한 답장을 보내왔다. "나의 환자가 요전 날 밤에 자취를 감추고 말았어." 테오는 그렇게 써 보냈다. "그녀는 이젠 완전히 다 나았지만, 우린 우리에게 적합한 관계를 찾아내지 못한 것 같아. 그녀는 모든 걸 다 가지고 가버렸어. 내게 주소 하나 남기지 않고. 그렇게 된 게 차라리 다행이야. 자, 이제 형과 나는 똑같이 아무런 방해도 받지 않게 된 거야."

빈센트는 가구들을 전부 다락방 안에 쌓아놓았다. 언젠가는 덴하흐로 다시 돌아오고 싶었던 것이다. 드렌터로 떠나기 하루 전에 그는 뉘넌으로부터 편지와 소포를 받았다. 소포 안에는 담배가 조금 들어 있었고 기름종이로 싼, 어머니가 만든 치즈 과자가 들어 있었다.

"언제 이곳 집에 와서 교회 묘지에 있는 그 나무 십자가들을 그릴 참이냐?"

편지 속에서 그의 아버지가 묻고 있었다.

그는 자신이 고향에 가고 싶어한다는 것을 금방 깨달았다. 그는 아프고 굶주리고 몹시도 초조하고 피곤하고 그리고 낙심에 빠져 있었다. 몇 주일 동안 고향 집 어머니 곁에 가 있으면서 건강과 원기를 회복해야겠다고 그는 생각했다. 그 브라반트의 전원, 산울타리와 모래언덕과 들에서 흙을 파는 사람들을 머리에 떠올리자 몇 달간 가져보지 못했던 평화로운 감성이 밀려왔다.

크리스틴과 두 아이가 철도역까지 그를 배웅했다. 그들은 말도 하지 못하고 그냥 플랫폼에 서 있었다. 기차가 들어오고 빈센트는 올라탔다. 크리스틴은 갓난아이를 품에 안고 헤르만의 손을 붙잡은 채 그 자리에 서 있었다. 빈센트는 기차가 눈부신 햇빛 속으로 빠져나갈 때까지 그들을 지켜보았고 이윽고 그 여인의 모습은 매연에 그을은 기차역의 어둠 속에 영원히 사라져버렸다.

4

감자 먹는 사람들
뉘넌

1

뉘넌에 있는 목사관은 하얀 석회 도료를 칠한 이층 석조 건물인데 뒤쪽으로 굉장히 넓은 정원이 딸려 있었다. 거기에는 느릅나무들, 산울타리, 꽃밭, 연못, 가지를 잘라낸 떡갈나무 세 그루가 있었다. 뉘넌의 인구는 이천육백 명가량 되었는데 그중 겨우 백 명 정도만이 프로테스탄트였다. 테오도루스의 교회는 자그마했다. 뉘넌은 장이 서는 부유한 소읍 에텐보다 한 발자국 뒤쳐진 곳이었다.

뉘넌은 실은 이 지역의 중심지인 에인트호벤으로부터 이어져 내려오는 도로 양쪽에 늘어선 집들의 자그마한 집합체에 불과했다. 대부분의 사람들은 피륙을 짜서 먹고사는 사람들이거나 농부들이었는데, 그들의 오두막집은 들판에 점점이 흩어져 있었다. 그들은 그들 조상의 풍습과 예의범절에 맞추어서 사는, 하느님을 두려워하고 열심히 일하는 근면한 사람들이었다.

목사관의 정면, 문보다 높은 위치에 A˚1764라는 검은 쇠로 만든 문자 도형이 걸려 있었다. 도로에서 곧게 꺾여 들어온 곳에 있는 출입문은 널찍한 현관 홀로 통했고 이 홀이 집 안을 둘로 갈라놓았다. 왼쪽은 식당과 부엌으로 나뉘고 거기에서부터 투박한 계단을 거쳐 침실들로 올라가도록 되어 있었다. 빈센트는 거실 바로 위에 있는 침실을 동생 코르와 같이 썼다. 아침에 눈을 뜨면 아버지 교회의 가녀린 첨탑 너머로 해가 떠올라 연못 위에 파스텔 색조를 가만히 펼쳐놓는 것을 볼 수 있었다. 저물 무렵, 그 색조가 여명 때보다 한결 더 짙어질 때면 그는 창 옆 의자에 앉아 그 빛깔이 마치 두껍게 덮인 기름막처럼 연못 위에 펼쳐졌다가 이윽고 서서히 저녁 어스름 속으로 사라지는 것을 지켜보곤 했다.

빈센트는 부모를 사랑했고 부모는 빈센트를 사랑했다. 그 세 사람은 그들의 관계를 어떻게든 다정하고 기분 좋은 관계로 만들어야 한다고 결사적으로 마음먹고 있었다. 빈센트는 몹시도 많이 먹고 몹시도 많이 자고 그리고 가끔씩 히스 들판을 걸었다. 그는 전혀 말도 하지 않았고, 그림도 그리지 않았고, 책도 읽지 않았다. 식구들은 모두 그에게애써 친절하게 대했고 그 역시 식구들에게 그랬다. 그것은 의식적인 관계였다. 입을 열기 전에 모두들 속으로 이렇게 중얼거리는 것이었다. "내가 조심해야만 해. 이 하모니를 깨뜨리고 싶진 않으니까."

그러나 그 하모니는 빈센트의 몸이 아픈 동안만 계속되었다. 그는 자신의 생각과 다른 생각을 가지고 있는 사람들과 한곳에 있으면 마음이 편치 않았다. 그의 아버지가, "괴테의 『파우스트』를 읽어봐야겠군. 텐 케이트 목사가 번역했으니까 그렇게 부도덕한 책은 아니겠지"라고 말했을 때 빈센트는 구역질이 올라올 것만 같았다.

애초에는 단지 두 주일 동안만 쉬려고 왔지만 그는 브라반트를 사랑했고 그곳에 계속 머무르고 싶었다. 그는 실제의 자연을 보고 소박하고 수수하게 그리면서, 자신의 눈에 비친 것만을 이야기하고 싶었다. 그에게는 전원의 깊숙한 한가운데에 살면서 시골 생활을 그리고 싶다는 욕망밖에 없었다. 훌륭한 스승 밀레처럼 농부들과 함께 생활하면서 그들을 이해하고 그들을 그리고 싶었다. 빈센트는, 이 세상에는 도회로 이끌려나가 거기 묶여 살면서도 아직도 퇴색하지 않는 전원생활의 느낌을 간직하고 평생토록 그 들판과 농부들을 그리워하는 사람들도 더러 있다는 굳은 확신을 가지고 있었다.

그는 언제나 자신이 어느 날엔가는 브라반트로 돌아와서 거기서 영원히 살 것임을 알고 있었다. 그러나 양친이 그를 원치 않는다면 이곳 브라반트의 뉘넨에 머물 수는 없었다.

"문이란 열려 있든가 아니면 닫혀 있든가 할 수밖에 없습니다. 부모님과 제가 함께 의사가 통하도록 노력해야죠." 빈센트가 그의 아버지에게 말했다.

"그래, 빈센트, 나도 무척 그러고 싶다. 네 그림도 결국엔 뭔가가 되리라는 걸 알았고, 그래서 난 즐겁구나."

"좋습니다. 우리가 이곳에서 함께 화평하게 살 수 있으리라고 생각하시는지 솔직히 말씀해주세요. 제가 이곳에서 지내길 원하세요?"

"물론."

"얼마 동안이나?"

"네가 원하는 대로. 여긴 네 집이야. 넌 우리와 함께 있어야 한다."

"서로의 의견이 맞지 않으면 어떡하죠?"

"그럼 거기에 당황하지 말아야지. 조용히 살면서 서로의 의견을 지켜주려고 노력해야지."

"하지만 제 작업실은 어떻게? 제가 집 안에서 작업하는 건 원치 않으실 텐데요."

"나도 그 문제를 생각하고 있었다. 바깥 정원에 있는, 가축을 키우던 방을 쓴다면 안 될 것 없잖느냐? 그곳 전부를 너 혼자 쓸 수 있다. 그러면 아무도 너를 방해하지 않을 거다."

축사는 부엌과 조금 사이를 두고 떨어져 있었는데 그 사이에 연결된 문은 없었다. 그것은 칸막이가 된 방이었는데 높다랗게 달린 작은 창문 하나가 뜰을 내다보고 있었다. 바닥은 겨울에는 언제나 축축하게 젖어 있는 진흙 바닥이었다.

"여기에다 큰 불을 지펴서 이곳을 바짝 말리자. 그러고서 바닥에다 판자를 깔면 그럴듯하게 편해질 거다. 어떠냐?"

빈센트는 주위를 둘러보았다. 그것은 히스 들판 가운데에 서 있는 농부들의 오두막집과 거의 비슷한 아주 초라한 방이었다. 그는 그곳을 진짜 전원의 아틀리에로 바꾸어놓을 수 있었다.

"저 창문이 너무 작다면," 테오도루스가 말했다. "지금 돈이 좀 여유가 있으니까 좀더 크게 만들 수도 있다."

"아니, 아니, 그대로가 아주 좋아요. 저만한 크기라면, 여기서 모델을 놓고 그리더라도 그 모델의 진짜 오두막집에서 그릴 때와 똑같은 양의 빛이 들어올 수 있을 거예요."

그들은 구멍 난 나무통을 들여다놓고 큰 불을 피웠다. 벽과 지붕의 축축한 습기가 다 마르고 흙바닥이 굳어지자 그 위에다 나무 판자를 깔았다. 빈센트는 자신의 작은 침대와 의자와 이젤들을 옮겨놓았다. 자신의 스케치들을 벽에다 붙여놓고, 부엌과 가까이 마주보고 있는 쪽의 흰 석회 벽에다 "고흐"라고 붓으로 투박하게 써넣고서는, 네덜란드의 밀레가 되기 위해서 그곳에 자리를 잡았다.

2

뉘넌 일대에서 가장 흥미를 끄는 사람들은 피륙을 짜서 먹고사는 사람들이었다. 그들은 짚으로 지붕을 얹고 진흙과 짚을 섞어 만든, 보통 방 두 개짜리의 작은 오두막집에서 살았다. 그중 손바닥만 한 창을 통해 한 움큼의 햇빛이 겨우 들어오는 방에서 가족들이 살았다. 그 방의 벽에는 바닥에서 일 미터 정도의 높이에 벽감처럼 우묵 들어간 네모진 곳이 있었는데, 거기가 말하자면 그들의 침대로 사용되는 곳이었다. 그리고 그 방에는 테이블 하나, 의자 몇 개, 이탄 스토브 하나, 그리고 접시와 냄비들을 담아놓는 투박한 찬장이 놓여 있었다. 바닥은 평탄하지 않은 진흙으로, 벽 역시 흙으로 만들어졌다. 바로 옆에 딸린 방은 살림방의 삼분의 일 정도의 크기에다, 경사진 처마에 잘려 높이는 살림방의 반 정도밖에 되지 않는데, 거기에 베틀이 놓여 있었다.

꾸준히 일하는 사람들이라면 일주일에 오 미터 반 정도의 피륙을 짤 수 있었다. 남자가 피륙을 짜는 동안 여자는 실패에 실을 감아주어야 했다. 그렇게 해서 짠 천으로 일주일에 사 프랑 반의 순이익이 나왔다. 일주일간 짠 천을 공장에 가져다주면, 때로는 공장으로부터 일이주일 안에는 새로 짠 천을 또 가지고 오면 안 된다는 언질을 받기도 했다. 빈센트는 그들이 보리나주의 광부들과는 다른 기질을 가지고 있음을 발견했다. 그들은 얌전한 사람들이어서, 그 어디에서도 반항심이 깃든 말 같은 것은 들어볼 수도 없었다. 그들은 역마차를 끄는 말처럼 혹은 기선에 실려 영국으로 운반되는 양떼들처럼 유순해 보였다.

빈센트는 그들과 금방 사귀었다. 그들은 자기들이 먹고사는 감자와 커피, 그리고 가끔씩 베이컨을 살 수 있을 만큼 일하는 것으로 만족할 따름인 단순한 사람들 같았다. 그들은 자기들이 일하는 동안 빈센트가 와서 그림을 그려도 개의치 않았다. 빈센트는 언제나 그 집 아이들에게 줄 사탕이나 늙은 할아버지들에게 줄 담배 쌈지를 들고 갔던 것이다.

어느 날 그는 오크 나무로 만들어진 푸르스름한 갈색의 낡은 베틀을 하나 발견했는데, 거기에 1730이라는 연대가 새겨져 있었다. 그 베틀 옆에는 쬐끄만 채소밭이 내다보이는 작은 창문이 있었고, 또 베틀 앞에는 아기 의자가 하나 놓여 있었다. 아기는 그 의자에 앉은 채 살같이 획획 움직이는 베틀 북을 몇 시간이고 쳐다보고 있었다. 그것은 형편없이 초라한 작은 방이었지만 빈센트는 그 가운데에서 자신이 그림 속에 사로잡아 담으려고 했던 어떤 평온함과 아름다움을 발견했다.

그는 아침에 일찌감치 일어나, 들판 혹은 베 짜는 사람이나 농부들의 오두막집에서 온종일을 보냈다. 그는 밭에서 일하는 사람들이나 베틀 앞에서 일하는 사람들과 함께 있으면 편안함을 느꼈다. 광부들, 이탄 캐는 사람들, 농부들과 더불어, 불가에서 곰곰이 생각하면서 그 숱한 밤들을 보냈던 것이 결코 헛된 일은 아니었다. 그리고 하루 온종일 농부들의 생활을 끊임없이 목격하며 살고 있는 지금, 그는 그 속에 너무도 깊이 빠져들어 다른 것은 안중에도 없었다. 그는 덧없이 사라지는 것들 가운데에서 사라지지 않는 것들을 찾고 있었다.

그는 예의 인물화와의 사랑을 또다시 시작했다. 그러나 이번에는 그와 더불어 또다른 사랑, 즉 색채와의 사랑도 뒤따랐다. 반쯤 익은 곡식 들판은 검은 황금빛 색조, 금빛 어린 불그스름한 구릿빛이었고, 그것은 하늘의 일렁이는 코발트 빛과 대조되어 최대의 효과를 낳았다. 그 배경에서는 매우 투박하고 몹시도 힘찬 아낙네들의 모습이 보였다. 햇빛에 탄 얼굴과 팔뚝, 먼지 묻은 거친 쪽빛의 옷들, 짧막한 머리칼 위에다 베레모 모양으로 뒤집어쓴 검은 보닛.

등에다 이젤을 메고 한 팔에는 채 마르지 않은 캔버스를 끼고 그가 큰길을 따라 온몸으로 기운차게 걸어나가노라면 모든 집들의 창문 가리개가 밑에서부터 아주 조금씩 살짝 열리고, 그러면 그는 어리둥절한 여인들의 호기심에 찬 시선으로부터 호된 신문을 받아야 했다. 그러다가 집에 돌아가보면, "문이란 열려 있든가 아니면 닫혀 있든가 할 수밖에 없다"는 옛말은 적어도 그의 가족 관계에 관한 한 전혀 맞는 말이 아니었다. 목사관에서의 가정의 행복이라는 문은 언제나처럼 딱히 열린 것도 닫힌 것도 아닌 이상한 위치에 머물러 있었다. 그의 누이동생 엘리자베트는 그를 몹시도 싫어했다. 그녀는 오빠의 괴벽 때문에 뉘넌에서 결혼할 기회를 놓쳐버리지나 않을까 걱정하고 있었다. 더 나이 어린 여동생 빌레민은 그를 좋아했지만 좀 따분한 사람이라고 생각했다. 어린 남동생 코르와 친해진 것은 훨씬 뒤의 일이었다.

저녁을 먹을 때에도 그는 온 가족이 둘러앉은 식탁에서가 아니라 한쪽 구석에서 무릎 위에 접시를 올려놓고 먹으면서, 낮에 그렸던 것들을 앞쪽 의자에 기대어 세워놓고 꿰뚫을 듯한 눈으로 찬찬히 훑어보다가는 가치도 없는 불완전한 그림이라는 생각이 들면 그림을 박박 찢어버리는 것이었다. 그는 가족한테 절대 말을 걸지 않았다. 식구들 역시 그에게 말을 거는 법이 거의 없었다. 그는 좋은 것만 찾는 버릇이 생길까 봐 아무것도 바르지 않은 맨빵만을 먹었다. 가끔씩 자신이 좋아하는 작가의 이름이 식탁의 이야깃거리로 등장하면 그는 그들을 향하여 잠시 몇 마디 이야기하곤 했다. 그러나 대체로 그들 서로서로가 말을 덜 할수록 탈없이 더 잘 지낼 수 있다는 사실을 발견했다.

3

약 한 달가량 들판에서 쭉 그림을 그려오던 그에게 어느 날 갑자기 누군가가 자신을 지켜보고 있다는 이상한 느낌이 들기 시작했다. 물론 뉘넌 사람들이 자기에게 못마땅한 시선을 보내고 들판에서 농부들이 괭이질을 하다 말고 이따금씩 쉬면서 이상하다는 눈으로 자신을 바라본다는 것쯤은 알고 있었다. 그러나 이것은 그런 일과는 달랐다. 누군가 감시를 할 뿐만 아니라 미행까지 하고 있다는 느낌이 들었던 것이다. 처음 며칠 동안에는 그런 느낌을 떨쳐버리려고 안간힘을 썼지만 두 개의 눈동자가 자신의 뒷모습을 뚫어지게 응시하고 있다는 기분을 없앨 수 없었다. 여러 차례 그는 주의의 들판을 눈으로 힐끗힐끗 살펴보았지만 아무것도 보이지 않았다. 한 번은 그가 갑자기 몸을 돌렸을 때, 한 여인의 하얀 치맛자락이 나무 뒤로 숨어버리는 것을 본 것 같은 생각이 들었다. 또 한 번은 어느 베 짜는 사람의 집에서 그가 막 나오려는데 한 사람의 모습이 갑자기 후다닥 길 저 아래로 달려 내려가버렸다. 그리고 세 번째는 숲속에서 그림을 그리는 중이었는데, 목이 말라 물을 마시려고 이젤을 남겨둔 채 샘에 갔다 돌아와보니 아직 마르지 않은 물감 위에 손가락 자국이 나 있었다.

그 여인의 모습을 붙잡는 데 거의 이 주일이 걸렸다. 히스 들판에서 그는 밭 가는 사람들을 그리고 있었다. 그로부터 멀리 떨어지지 않은 곳에 낡은 마차가 한 대 버려져 있었다. 그가 일을 하는 동안 여인은 그 마차 뒤에 서 있었다. 갑자기 캔버스와 이젤을 집어들고서 그는 집으로 돌아가는 체했다. 여자가 그것을 보고 앞질러 달려나갔다. 그녀의 의심을 받지 않고 뒤따라가던 그는 여인이 목사관 바로 옆집으로 돌아들어가는 것을 보았다.

"왼쪽 옆집엔 누가 삽니까, 어머니?"

"베게만 씨 가족들이 살고 있지."

"뭘 하는 사람들이지요?"

"그 사람들에 관해선 우리도 많이 모른다. 딸이 다섯이고 어머니가 있지. 아버지는 이미 죽은 게 분명해."

"어떤 사람들이지요?"

"그건 종잡기 힘들다. 좀 잘 숨기는 사람들이라서 말이야."

"가톨릭입니까?"

"아니, 프로테스턴트야. 아버지가 프로테스탄트 목사였단다."

"그 딸들 중에 아무도 결혼하지 않았습니까?"

"그래, 다섯 전부가. 그런데 그건 왜 묻니?"

"그냥 궁금해서요. 가족은 누가 부양합니까?"

"아무도 하지 않아. 그 사람들은 부유한 것 같더라."

"그 딸들 이름은 하나도 모르시겠죠?"

어머니가 이상한 눈으로 그를 쳐다보았다. "모르지."

다음 날 그는 어제와 똑같은 지점의 들판으로 나갔다. 잘 익은 밭 곡식 가운데 혹은 잎이 시든 너도밤나무의 울타리를 배경으로 나타나는 푸른색의 농부들 모습을 잡고 싶었기 때문이다. 농부들이 입은 아마포의 옷들은 날줄에는 검은 실을, 씨줄에는 푸른 실을 짜넣어 그들이 직접 만든, 따라서 푸른색과 검은색의 격자 무늬가 있는 옷들이었다. 그 옷들이 비바람에 바래고 변색되면, 꼭 살빛을 띤 한없이 은근하고 아름다운 색조로 변했다.

아침도 한참 지났을 무렵 그는 여인이 또다시 뒤에 와 있음을 느꼈다. 곁눈질로 슬쩍 보니 버려진 마차 저 뒤편으로 난 수풀 속에 서 있는 그녀의 드레스가 눈에 들어왔다.

"오늘은 저 여자를 꼭 붙잡아야지." 그가 혼자 중얼거렸다. "이걸 그리다 말고 중간에 멈추는 한이 있더라도."

한 가지 일을 단숨에 해치워버리는 그의 버릇이 차츰차츰 되돌아오고 있었고 그는 한순간에 커다랗게 분출하는 열정적인 힘으로 앞에 펼쳐진 풍경의 인상을 그려냈다. 네덜란드의 옛 그림들을 볼 때 그의 마음을 가장 크게 사로잡는 점은 그것들이 단번에 그려졌다는 것, 말하자면 위대한 대가들은 맨 처음에 단 한 번의 붓놀림으로 단숨에 그리고 다시는 거기에 손도 대지 않았다는 점이었다. 모티브를 낳은 그 분위기와 첫인상의 순수함을 고스란히 보전하기 위해 위대한 일순의 돌격으로 그려낸다는 점이었다.

그는 창조적 열정의 열기에 휩싸여 여인을 까맣게 잊어버렸다. 한 시간쯤 뒤에 우연히 눈길을 돌리다 보니 그녀가 벌써 수풀 속에서 나와 그 버려진 마차 바로 뒤에 서 있는 게 눈에 띄었다. 그는 벌떡 일어나 그녀를 붙잡고서 왜 줄곧 뒤를 따라다녔느냐고 묻고 싶었지만, 자기 그림에서 눈을 뗄 수가 없었다. 얼마 뒤에 다시 그가 몸을 돌려보니 놀랍게도 그녀가 마차 앞으로 나와 선 채 그를 찬찬히 응시하고 있었다. 처음으로 여인이 자기 모습을 드러낸 것이다.

한창 열을 올려가며 그는 작업을 계속했다. 그가 더욱 열심히 작업할수록 여인이 더 가까이 다가오는 듯싶었다. 그가 캔버스 위에 열정을 쏟으면 쏟을수록 그의 등을 뚫을 듯이 응시하는 여인의 두 눈은 더욱 뜨거워졌다. 햇빛이 비치도록 이젤을 아주 조금 돌리자 여인이 그와 마차 사이의 중간 지점인 들판 가운데에 서 있는 것이 보였다. 그녀는 최면술에 걸린 여인 같았고 잠자면서 걷는 듯 보였다. 한 걸음 한 걸음, 가까이 더 가까이, 여인이 다가왔다. 매번 멈추어 돌아가려고 하면서도, 누를 길 없는 어떤 힘에 의해 꾸준히 앞으로 그를 향해서 이끌려오고 있었다. 그는 여인이 자기 등 뒤에 와 있음을 느꼈다. 그가 몸을 빙 돌리고서 여인의 눈 속을 들여다보았다. 그녀의 얼굴에는 놀란 듯한, 열에 들뜬 듯한 표정이 어려 있었다. 그녀는 스스로 다스릴 길 없는 곤혹스러운 감정에 사로잡혀 있는 듯했다. 여인은 빈센트를 쳐다보는 것이 아니라 그의 캔버스를 쳐다보고 있었다. 그는 그녀가 입을 열기를 기다렸다. 그녀는 침묵을 지켰다. 그는 다시 캔버스로 몸을 돌리고서 분출하는 최후의 힘으로 그림을 끝마쳤다. 여인은 꼼짝하지 않았다. 빈센트는 여인의 드레스가 자신의 웃옷에 스치는 것을 느낄 수 있었다.

늦은 오후였다. 여인이 그 들판에 서 있는 것도 벌써 몇 시간째였다. 빈센트는 기진맥진했고 창조의 흥분 때문에 신경은 칼날처럼 날카로워졌다. 그가 몸을 일으키고 여인에게로 돌아섰다.

그녀의 입은 메말라 있었다. 여인이 혀로 윗입술을 축이고 그다음에는 윗입술로 아랫입술을 축였다. 얼마 안 되는 그 물기도 금방 사라지고 그녀의 입술은 또다시 바싹 타들어갔다. 목에 한 손을 얹는 모습이 숨 쉬기가 어려운 것 같았다.

"난 당신 옆집에 사는 빈센트 반 고흐요." 그가 말했다. "물론 당신은 이미 알고 있었을 테지만."

"맞아요." 몹시도 가냘픈 낮은 목소리였으므로 빈센트는 거의 알아들을 수도 없었다.

"베게만 따님들 중에서 당신은 몇째 따님입니까?"

몸이 조금 비틀거리자 그녀는 그의 옷소매를 붙잡고 몸을 바로잡았다. 다시금 그녀는 마른 혀로 입술을 축이려 애쓰면서 몇 번인가 어렵사리 입을 열려고 해보다가 겨우 소리 내어 말했다.

"마르호트."

"그런데 여지껏 왜 날 따라다녔습니까, 마르호트 베게만? 난 서너 주일 전부터 그걸 알고 있었는데."

소리 없는 비명이 그녀의 입에서 새어나왔다. 그녀는 몸을 지탱하느라 손톱이 살에 박히도록 그의 팔을 꼭 붙잡았고 그러다가 결국 실신하여 땅바닥에 쓰러졌다.

빈센트는 무릎을 꿇고 앉아 한 팔로 그녀의 머리를 받치고 나서 그녀의 이마에 흘러내린 머리칼을 뒤로 쓸어넘겼다. 들판 너머로 막 해가 붉게 저물고 있었고 농부들은 지친 몸을 이끌고 터벅터벅 집으로 돌아가고 있었다. 빈센트와 마르호트 둘뿐이었다. 그는 여인을 자세히 쳐다보았다. 그녀는 아름답지 않았다. 나이가 서른 살을 넘어도 훨씬 넘은 것이 분명했다. 그녀의 입은 왼쪽은 생각지도 않은 곳에서 돌연 끝나고 오른쪽은 한 가닥의 가느다란 선이 거의 턱까지 이어져 있었다. 눈 밑에는 반점들과 함께 작은 주근깨들이 나 있었다. 피부는 이제 주름이 잡히려는 듯싶었다.

빈센트의 물통에 물이 조금 남아 있었다. 빈센트는 그림물감을 닦는 데 쓰는 헝겊 조각을 물에 적셔 마르호트의 얼굴을 축였다. 그녀의 두 눈이 갑자기 딱 뜨였다. 그것은 아름다운 눈이었다. 짙은 갈색의 부드러운, 신비롭기까지 한 눈이었다. 그는 손가락 끝에 물에 적셔 마르호트의 얼굴을 문질렀다. 그녀는 빈센트의 팔에 기댄 채 몸을 떨었다.

"좀 괜찮아졌어요, 마르호트?" 그가 물었다.

그녀는 짧은 한순간 그냥 누운 채 그의 청록색 눈을, 그토록 인정 어린, 그토록 꿰뚫어보는 듯한, 그토록 이해심 있는 두 눈을 올려다보았다. 이윽고 마음속 가장 깊은 곳으로부터 짜내는 듯한 거친 흐느낌과 함께 그녀는 그의 목을 두 팔로 휘감고서 그의 턱수염에 입술을 묻었다.

4

다음날 아침 그들은 마을에서 얼마간 떨어진 약속 장소에서 만났다. 마르호트는 하얀 삼베로 만든, 목깃을 높이 단 아름다운 드레스를 입고 여름 모자를 손에 들고 있었다. 그녀는 그와 함께 있는 것에 여전히 긴장하기는 했지만, 어제보다는 한결 침착해 보였다. 그녀가 오자 그는 팔레트를 내려놓았다. 그녀는 케이의 우아한 아름다움과 같은 것은 손톱만큼도 가지고 있지 않았지만, 그러나 크리스틴에 비하면 매우 매력적인 여인이었다.

그는 어쩔 줄 몰라 하며 삼각 걸상에서 몸을 일으켰다. 대개 그는 드레스를 입은 여인들을 괜히 싫어했다. 그의 분야는 오히려 그냥 짧은 웃옷에다 치마를 걸쳐 입는 여자들 쪽이었다. 네덜란드의 소위 품위 있는 계급의 여자들은, 그림으로 그리거나 혹은 쳐다보기에 딱히 매력적이라고는 할 수 없었다. 그는 차라리 평범한 하녀들을 더 좋아했다. 그들은 대개가 샤르댕의 그림과 매우 흡사해 보였기 때문이다.

마르호트는 몸을 기울이고서, 마치 오래 전부터 사귀어온 연인 사이인 양, 그래서 빈센트가 자신의 사람인 양 꾸밈없이 그에게 키스했다. 그러고서 그녀는 빈센트에게 꼭 달라붙은 채 한순간 몸을 떨었다. 빈센트가 자기 웃옷을 벗어 땅바닥에 깔아주었다. 그는 삼각 걸상에 앉았다. 마르호트는 그의 무릎에 기대어, 빈센트가 여지껏 어느 여자의 눈에서도 본 적이 없는 표정으로 그를 올려다보았다.

"빈센트." 단지 그의 이름을 자기 입으로 말한다는 순수한 기쁨만으로 그녀가 말했다.

"예, 마르호트." 그는 어떻게 해야 될지 혹은 어떻게 말해야 될지 알 수 없었다.

"어제저녁 내가 한 일을 언짢게 생각하고 있겠지?"

"언짢게? 아뇨. 내가 그럴 이유가 어디 있습니까?"

"믿기 어려울지도 모르지만, 그러나 빈센트, 어제 당신한테 키스했을 때, 난 난생 처음으로 남자와 키스한 거였어."

"어떻게? 한 번도 사랑해본 적이 없군요?"

"없어."

"안됐군요."

"그렇지?" 그녀가 잠시 침묵했다. "당신은 여러 여자들을 사랑했겠지, 그렇지?"

"예."

"여자가 많았군?"

"아니, 그저…… 셋."

"그리고 그 여자들도 당신을 사랑했고?"

"아뇨, 마르호트. 그 여자들은 날 사랑하지 않았죠."

"그럴 리가 없을 텐데."

"난 사랑에서는 언제나 운이 없는 사람이니까."

마르호트가 더 가까이 달라붙어 그의 무릎에 한 팔을 얹었다. 다른 한쪽 손의 손가락으로 그녀는 빈센트의 얼굴을 장난스레 쓰다듬으면서 콧마루가 높은 튼튼한 코와 벌어진 두툼한 입술과 단단하고 둥근 턱을 만졌다. 이상한 전율이 그녀의 몸을 스쳐갔다. 그녀는 손을 거두었다.

"무척 늠름해." 그녀가 중얼거렸다. "당신의 모든 것이. 이 팔뚝과 턱과 턱수염까지. 당신 같은 남자는 처음 봤어."

빈센트는 두 손으로 그녀의 얼굴을 거칠게 감쌌다. 파닥거리는 사랑의 감정과 흥분 덕분에 그녀의 얼굴은 매력적으로 보였다.

"날 조금이라도 좋아해?" 그녀가 초조하게 물었다.

"예."

"그럼 키스해주겠어?"

그가 키스했다.

"날 나쁜 여자라고 생각지 말아줘, 빈센트. 나 자신도 어쩔 수가 없어. 난 당신을…… 사랑하게 되었어…… 막을 도리가 없어."

"날 사랑하게 되었다고요? 정말 날 사랑한다고요? 아니, 어떻게?"

그녀가 몸을 기울이고 그의 입가에 키스했다. "이게 이유야." 그녀가 말했다.

그들은 말없이 앉아 있었다. 조금 떨어진 곳에 농민 묘지가 있었다. 수많은 세월 동안 농민들은 자신들이 살아 있을 때 일구었던 바로 그 들판에 누워 고이 잠들어왔다. 빈센트는 죽음이란 얼마나 단순한 것인가를 캔버스 위에 표현하려고 애쓰고 있었다. 가을 낙엽이 떨어지는 것만큼이나 단순한 것, 그저 한 움큼의 파헤쳐진 흙, 하나의 나무 십자가에 불과하다는 것을. 묘지의 풀밭이 야트막한 울타리 너머에서 끝나는 주위의 들판은 마치 바다의 수평선처럼 하늘과 잇닿은 최후의 선을 이루고 있었다.

"나에 관해 좀 알지, 빈센트?" 그녀가 나지막하게 물었다.

"거의 전혀."

"사람들한테서…… 아무 한테서도 얘길 못 들었어…… 내 나이를?"

"아니."

"으음, 난 서른아홉이야, 몇 달만 더 있으면 마흔이지. 지난 오 년 동안 나는, 삼십 대가 끝나기 전에 누군가를 사랑하지 못한다면 내 자신의 목숨을 끊어야만 한다고 스스로에게 다짐해왔어."

"사랑한다는 거야 쉬운 일인데, 마르호트."

"아, 당신은 그렇게 생각해?"

"그렇죠. 진짜 어려운 건 상대방에게서 사랑의 응답을 받는 거죠."

"아니야, 뉘넌에선 너무도 어려운 일이야. 이십여 년 동안 난 몹시도 누군가를 사랑하고 싶었어. 그런데 단 한 번도 사랑할 수가 없었지."

"단 한 번도?"

그녀가 시선을 돌렸다. "딱 한 번…… 소녀였을 때…… 한 소년을 좋아했어."

"그런데?"

"그 사람은 가톨릭이었어. 사람들이 그를 쫓아버렸지."

"사람들이라니?"

"내 어머니와 언니 동생들이."

그녀가 두툼하게 쌓인 흙 속에서 무릎으로 섰다. 그녀의 하얀 드레스에 흙이 묻었다. 그녀는 양쪽 팔꿈치를 그의 허벅지 위에 올려놓고 자신의 얼굴을 그의 두 손 안에 뉘었다. 그의 무릎이 그녀의 양쪽 옆구리 살에 닿았다.

"여자의 인생이란, 그것을 채울 사랑을 얻지 못할 때엔 공허한 거야, 빈센트."

"그렇겠죠."

"아침에 눈을 뜰 때마다 나는 자신에게 말했어. 기필코 오늘은 누군가 사랑할 사람을 찾아내야지, 다른 여자들은 다 하는데 왜 나만 못 해라고 말이야. 그러다가 밤이 되면 난 역시 외롭고 비참해져. 끝없이 늘어선 헛된 나날들. 난 집에서 하는 일도 없어―우리 집엔 하인들이 있으니까. 그래서 시간이란 시간은 모두 사랑하고픈 갈망으로 채워져 있어. 밤이면 밤마다 나는 자신에게 말하지. 오늘도 네가 살긴 살았다만, 죽어 있었다고 말하는 게 차라리 옳다고 말이야. 난, 무슨 일이 있어도 언젠가는 내가 사랑할 수 있는 사람이 나타나리라는 생각으로 내 자신을 겨우 지탱해왔어. 나이는 자꾸 먹어 서른여덟이 지나 서른아홉이 되었지. 난 누군가를 사랑해보지도 못하고 마흔을 맞을 수는 없었어. 그때 당신이 나타났지, 빈센트. 그리고 이제 마침내 나도 사랑을 하게 된 거야."

그것은 흡사 대성공이라도 거둔 듯한 의기양양한 외침이었다. 그녀는 몸을 기울이고서 키스해달라고 입술을 내밀었다. 빈센트는 귓가에 늘어진 그녀의 부드러운 머리칼을 뒤로 쓸어넘겼다. 그녀가 두 팔로 그의 목을 와락 껴안고서 이곳저곳을 수없이 자근자근 물어뜯으며 그의 입술에 키스했다. 팔레트는 옆에 놓아두고, 자그마한 삼각 걸상에 걸터앉아 농민 묘지를 바로 앞에 펼쳐두고서, 무릎 꿇고 있는 여인을 곁에 끌어당긴 채, 그녀의 솟아오르는 열정의 물살에 휘말린 빈센트는 난생 처음으로, 한 여인이 뿜어내는 사랑의 향기, 사람 마음을 치료해주는 그 달콤한 사랑의 향기를 느꼈다. 그는 몸을 떨었다. 자신이 신성한 제단 위에 바쳐졌음을 스스로 알고 있었기 때문이다.

마르호트는 빈센트의 벌려진 두 사리 사이의 흙 바닥에 앉아 그의 무릎 위에 뒷머리를 올려놓았다. 그녀의 볼에는 홍조가, 두 눈에는 광채가 감돌았다. 그녀는 깊숙하게 그리고 힘겹게 숨을 들이쉬고 있었다. 한꺼번에 샘솟는 사랑의 감정으로 그녀는 서른 살 정도로 보였다. 아무런 감정도 도통 느낄 수 없는 빈센트는 그저 그녀 얼굴의 부드러운 살결을 손가락으로 쓰다듬고만 있었는데 마르호트가 그의 손을 꽉 움켜쥐고 거기에 키스하고는 타는 듯한 자신의 뺨에다 그의 손바닥을 꼭 눌렀다. 얼마 뒤에 그녀가 입을 열었다.

"나도 알아, 낭신이 날 사랑하지 않는다는 것을." 그녀가 조용히 말했다. "그것까지 바란다면 너무 과분한 요구일 테지. 난 오직 나 자신이 사랑에 빠질 수 있기만을 기원했어. 누군가 날 사랑하는 일이 있을 수 있으리라고는 꿈도 꾸지 않았어. 중요한 것은 사랑받는다는 게 아니라 사랑한다는 일이야. 안 그래, 빈센트?"

빈센트는 어설라와 케이를 떠올렸다. "그렇죠." 그가 대답했다.

그녀는 뒷머리를 그의 무릎에다 가볍게 비비면서 푸른 하늘을 올려다보았다. "그러니까 내가 당신과 함께 있게 해주겠어? 당신이 얘길 하고 싶지 않다면 난 그저 옆에 가만히 앉아만 있고 한마디도 하지 않을게. 그냥 당신 가까이에만 있게 해줘. 당신 마음을 어지럽히거나 당신 일을 방해하지 않겠다고 약속할게."

"물론 같이 있을 수는 있지만, 하지만 마르호트, 뉘년에 사랑할 수 있는 남자가 없다면 왜 다른 곳으로 가지 않는지 말해봐요. 유람 삼아서라도 갈 수 있을 텐데? 그럴 만한 돈이 없어서?"

"아, 아니. 난 돈은 많이 가지고 있어. 할아버지가 내게 상당한 수입원을 남겨놓으셨으니까."

"그렇다면 왜 암스테르담이나 덴하흐 같은 데로 가지 않지요? 그런 곳에서라면 흥미를 끄는 남자들을 만났을 텐데."

"식구들이 원치 않아."

"당신 자매들은 아무도 결혼하지 않았죠, 그렇지요?"

"그래, 내 사랑, 다섯 모두가 미혼이야."

한순간 통증과도 같은 것이 그의 몸을 뚫고 달렸다. 난생 처음으로, 한 여인이 그를 내 사랑이라고 불렀던 것이다. 스스로 사랑하기만 할 뿐, 그 사랑의 응답을 받지 못한다는 것이 얼마나 비참한 일인가를 그는 이전부터 알고 있었지만, 그러나 온 가슴으로 자신을 사랑하는 한 여인을 가진다는 것이 얼마나 달콤한 일인가를 그는 생각조차 해보지 못했다. 자신에 대한 마르호트의 사랑을 그는, 자신과는 직접적인 관계가 없는, 일종의 기묘하고 우연한 사건으로 간주했다. 그런데 마르호트가 그토록 다정하고 나직하게 말한 내 사랑이라는 단 한마디의 단순한 말이 그의 마음을 완전히 뒤바꾸어놓았다. 그는 마르호트를 끌어당겨 그녀의 떨고 있는 몸을 자기 몸에 꼭 껴안았다.

"빈센트, 빈센트." 그녀가 중얼거렸다. "너무나 사랑해."

"참 이상하게 들리는군요. 당신이 날 그토록 사랑한다는 말이."

"그 숱한 세월 동안 사랑 없이 지내야만 했다는 것도 이젠 괜찮아. 당신은 기다릴 만한 가치가 있었어. 내가 기다리던 바로 그 사람이야. 지나간 온갖 사랑의 꿈속에서도, 난 지금 당신에 대해 가지고 있는 이런 감정을 그 누구에게서 느낄 수 있으리라곤 생각지도 못했어."

"나도 당신을 사랑해요, 마르호트." 그가 말했다.

그녀가 빈센트로부터 몸을 약간 빼냈다. "빈센트, 그렇게 말할 필요 없어. 어쩌면 시간이 좀 지난 뒤엔 나를 조금이라도 좋아하게 되는지는 모르지만, 그러나 지금 내가 원하는 건 단지 내가 당신을 사랑할 수 있도록 해달라는 것뿐이야."

그녀는 그의 팔에서 빠져나와, 그가 벗어놓은 겉옷을 한쪽으로 밀어놓고서 그 위에 앉았다. "자, 일을 시작해, 당신." 그녀가 말했다. "내가 당신한테 방해가 되면 안 되니까. 그리고 난 당신이 그림 그리는 모습을 지켜보고 싶거든."

5

거의 날마다 그가 그림을 그리러 바깥으로 나갈 때면 그녀가 따라왔다. 가끔씩 그가 꼭 그리고 싶은 바로 그 지점의 들판까지 가기 위해서 십여 킬로미터를 걷곤 했는데, 그러다 보면 더위 때문에 둘 다 지치고 기진맥진한 몸으로 도착하기가 일쑤였다. 그러나 마르호트는 한 번도 불평하지 않았다. 여인에겐 벌써 깜짝 놀랄 만큼 대단한 변화가 찾아왔다. 회색빛 도는 갈색이었던 머리칼이 이젠 생생한 황금빛으로 바뀌었다. 가늘고 바싹 말랐던 입술이 풍만하고 붉게 변했다. 메마르고 주름진 것 같던 살결이 매끄럽고 부드럽고 따스해졌다. 그녀의 두 눈은 점점 더 커지는 듯싶었고, 가슴은 봉긋 부풀어오르고, 음성은 새로운 쾌활한 음조를 띠고, 발걸음은 힘차고 기운차졌다. 사랑이 그녀의 내부 어딘가에 알 수 없는 샘물을 파놓았고 그녀는 그 사랑의 묘약 속에 언제나 담뿍 잠겨 있었다. 그녀는 몰래 점심을 싸가지고 와서 그를 기쁘게 해주었고, 그가 경탄하는 마음으로 이야기했던 복제화들을 구해오도록 파리로 사람을 보내기도 했지만, 그의 작업은 절대 방해하지 않았다. 그가 그림을 그릴 때면, 그녀는 그가 캔버스에 몰입해 들어가는 바로 그 열정에 함께 사로잡힌 채 곁에서 꼼짝 않고 잠자코 앉아 있었다.

마르호트는 그림에 대해서는 아무것도 아는 바가 없었지만, 재빠르고 예민한 이해력을 가지고 있었고, 적절한 순간에 적절한 말을 할 줄 아는 능력도 가지고 있었다. 빈센트는 그녀가 인식하지 않고서도 이해할 줄 안다는 것을 알았다. 그녀는, 서투른 수선가가 고친다고 손보다가 완전히 망쳐놓은 크레모나제(製) 바이올린과 같은 느낌을 주었다.

'내가 이 여자를 십 년 전에만 만났더라도.' 그가 속으로 말했다.

어느 날 새로운 캔버스에 덤벼들려고 준비 중인 그에게 그녀가 물었다. "당신은 자신이 택한 장소가 캔버스 위에 그대로 나타나리라고 어떻게 확신할 수가 있지?"

빈센트는 한순간 생각을 더듬다가 이윽고 대답했다. "내가 적극적이고자 한다면 실패를 겁내지 말아야 하니까. 난 아무것도 그려지지 않은 텅 빈 캔버스가 멍청하게 나를 쳐다볼 때, 그냥 거기에 달려들어 뭔가 단숨에 그려버릴 따름이오."

"달려들어 단숨에 해치운다는 말이 정말 맞아. 당신 캔버스만큼 그렇게 빨리빨리 자라나는 걸 난 본 적이 없으니까."

"글쎄, 나로선 그럴 수밖에 없으니. 내게 '넌 아무것도 모르지'라고 말하는 듯한 텅 빈 캔버스의 시선을 바라보면 난 온몸이 저려오거든."

"일종의 도전이라는 말인가?"

"바로 그거요. 텅 빈 캔버스가 날 천치처럼 노려보긴 하지만 난 그 텅 빈 캔버스가, 과감히 덤벼들어 '너는 못 한다'는 그 주문을 단 한 번에 깨뜨려버리는 정열적인 화가들을 두려워한다는 사실을 알고 있으니까. 인생이란 것 자체가 한 인간에게, 맥 풀리게 하는 한없는 여백의 페이지를 보여주지 않소. 아무것도 쓰여 있지 않은 절망적으로 텅 빈 페이지를, 그리고 마르호트, 그건 바로 텅 빈 이 캔버스와 다름없는 것이오."

"맞아, 그렇지."

"하지만 신념과 정열을 가진 인간은 그런 텅 빈 상태를 겁내지 않지. 거기에 끼어들고, 행동하고, 건축하고, 창조하는 거요. 그러면 결국 캔버스는 텅 비어 있는 게 아니라 풍부한 삶의 무늬로 뒤덮이게 되는 거지."

빈센트는 자신을 사랑하는 마르호트의 존재가 즐거웠다. 그녀는 결코 비판적인 눈으로 그를 바라보지 않았다. 그가 하는 일이면 무엇이든 옳다고 그녀는 생각했다. 그녀는 그의 행동거지가 투박하다거나 음성이 거칠다거나 얼굴에 거친 주름살이 있다는 이야기를 하지 않았다. 그가 돈을 벌지 못한다고 비난하지도 않았고, 그림이 아닌 다른 일을 해야 한다는 뜻도 비치지 않았다. 고요한 황혼녘에 그녀의 허리에 한 팔을 두르고 집으로 돌아오면서 그는 그녀로부터 공감을 얻어 부드러워진 목소리로 자신이 했던 갖가지 일들을 들려주었다. 어째서 시장(市長)보다는 상복을 입은 농부를 더 좋아하는지, 어째서 먼지 묻고 누덕누덕 기운 푸른 치마에다 꼭 끼는 웃옷을 입은 시골 처녀가 귀부인보다 아름답게 생각되는지를 그는 그녀에게 이야기해주었다. 그녀는 아무런 의문도 품지 않았고 모든 것을 그대로 다 받아들였다. 그는 있는 그대로의 그였고, 그런 그를 그녀는 하나부터 열까지 모두 사랑했다.

빈센트는 자신의 새로운 처지에 익숙해질 수 없었다. 날마다 그는 이 관계가 깨져버리기를 바랐고, 마르호트가 쌀쌀해지고 매정해져서 과거에 그가 실패했던 이야기들을 그의 코앞에 들이대기를 바랐다. 그러나 무르익어가는 여름과 함께 그녀의 사랑도 더욱 굳어졌다. 그녀는 완숙한 여인만이 줄 수 있는 충만한 공감과 열애를 그에게 바쳤다. 그녀 편에서 자발적으로 그에게 등을 돌리지 않는 것이 불편했던 그는 자신의 실패담을 한껏 흉측하게 묘사함으로써 그녀가 자신을 비난하도록 유도했지만, 그녀는 그것들을 실패로 보지 않고, 그가 한 일들을 그렇게 할 수밖에 없었던 이유에 대한 단순한 설명으로 여겼다.

그는 암스테르담과 보리나주에서의 대실패담을 그녀에게 들려주었다. "분명코 그건 실패였소." 그가 말했다. "내가 거기서 한 일들은 뭐든 잘못이었소, 그렇지 않아?"

그녀는 그를 올려다보며 그에게 너그러운 미소를 보냈다. "왕께서 하시는 일에는 오류가 있을 수 없습니다."

그는 그녀에게 키스했다.

다른 어느 날엔가 그녀가 그에게 말했다. "우리 어머니가 내게 당신은 사악한 남자라고 말하던걸. 당신이 덴하흐에서 행실이 좋지 않은 여자와 함께 살았다는 얘길 들었다잖아. 그래서 내가 그건 악랄한 중상이라고 말했지."

빈센트는 크리스틴의 이야기를 했다. 마르호트는 뭔가 생각에 잠긴 듯한 우수 어린 눈길로 이야기에 귀 기울였다. 그것은 전에 그의 사랑에 의해서 말끔히 지워지기 이전의 바로 그 우수가 담긴 눈길이었다.

"빈센트, 당신한테는 뭔가 예수 같은 면이 있어. 분명 우리 아버지도 그렇게 생각하셨을 거야."

"내가 그런 창녀와 이 년간 살았다는 이야기를 했는데도 당신이 할 말은 겨우 그것뿐이오?"

"그 여자는 창녀가 아니야. 당신의 아내였어. 그 여자를 구하는 데 실패한 것은 당신 잘못이 아니야, 보리나주 사람들을 구하려다 실패한 것과 마찬가지로. 한 인간이 한 문명 전체에 대항해서 할 수 있는 일이란 거의 아무것도 없으니까."

"사실, 크리스틴은 내 아내였오. 지금보다 더 젊었을 적에 난 내 동생 테오에게 말했지. '난 좋은 아내를 얻지 못한다면 나쁜 아내라도 맞겠다. 전혀 없는 것보다야 나쁜 아내라도 있는 게 나으니까.'"

조금 부자연스러운 침묵이 흘렀다. 둘 사이에 처음으로 결혼이라는 화제가 등장했던 것이다. "크리스틴과의 일에서 딱 한 가지 유감스러운 게 있는데," 마르호트가 말했다. "당신의 사랑을 준 그 이 년간의 생활이 바로 내 몫일 수 있었더라면 얼마나 좋았을까 하는 점이야."

그는 그녀의 사랑을 끊어버리려는 노력을 포기하고 그 사랑을 받아들였다. "난 지금보다 젊었을 적엔, 마르호트," 그가 말했다. "세상 모든 일이 우연이나 뜻밖의 작은 일이나 근거도 없는 오해에 좌우된다고 생각했소. 그런데 나이 들수록 더 깊은 동기가 있다는 걸 알기 시작했지. 대부분의 사람들의 곤경은, 그들이 일종의 어떤 숙명에 의해 오랫동안 빛을 갈구해야만 한다는 점에서 비롯하오."

"내가 당신을 갈구했듯이."

그들은 어느 베 짜는 집의 야트막한 문간에 다다랐다. 빈센트는 그녀의 손을 따스하게 꼭 쥐었다. 거기에 답하여 보내는 그녀의 미소가 녹아날 듯 달콤했으므로 그는 불현듯, 운명의 신이 어째서 그토록 오랜 세월 동안 자신에게 사랑을 주지 않는 것이 옳다고 생각했을까 하는 의문이 떠올랐다. 그들은 짚으로 지붕을 이은 그 오두막집으로 들어갔다. 여름에서 가을로 접어듦에 따라 날이 조금씩 더 음침해졌다. 공중에 매달아놓는 램프가 베틀 위로 늘어뜨려져 있었다. 한 조각의 붉은 천이 짜이고 있었다. 베 짜는 남자와 그의 아내는 실을 가지런히 정돈하고 있었다. 빛을 등진 채 몸을 굽힌 거무스름한 두 모습이 천 빛깔과 뚜렷한 대비를 이루면서 베틀의 아윈 나무 틀과 실감개에 커다란 그림자를 던지고 있었다. 빈센트와 마르호트는 서로의 뜻이 일치하는 미소를 주고받았다. 그의 가르침 덕분에 그녀는 누추한 장소에서도 숨겨진 아름다움을 발견할 수 있었던 것이다.

낙엽의 십일월, 나무에 남아 있던 나뭇잎들이 며칠 사이에 몽땅 떨어져 내릴 무렵, 뉘넌 전체에 빈센트와 마르호트의 이야기가 퍼졌다. 마을 사람들은 마르호트를 좋아했지만, 빈센트에게는 의혹과 두려움을 품고 있었다. 마르호트의 어머니와 다른 네 자매는 그 관계를 깨뜨리려고 했지만, 마르호트는 그건 단지 친구 관계일 뿐이며, 함께 들판을 걷는다고 해서 무슨 해를 입을 수 있단 말인가 하고 우겼다. 베게만 가족은 빈센트가 떠돌이인 줄 알고 있었고, 그래서 그가 어느 날이든 떠나리라는 확신에 찬 예측을 하고 있었다. 따라서 베게만 가족은 거기에 대해 크게 걱정하지는 않았다. 그러나 마을 사람들은 좀 달랐다. 저 괴상한 반 고흐라는 사람에게 결코 좋은 것이 나올 수 없으니 베게만 가족이 그의 손아귀로부터 딸을 안전하게 보호하지 않으면 뒤에 후회할 날이 올 거라는 이야기가 거듭거듭 나돌았다.

뉘넌 읍내 사람들이 왜 자신을 그토록 싫어하는지 빈센트는 납득할 수 없었다. 그는 그 누구를 방해한 일도, 누구에게 해를 끼친 일도 없는데 말이다. 수백 년 동안 말 한 마디, 풍습 한 가지 변한 것 없이 생활해온 이 적적한 고을에서 자신이 얼마나 기이한 광경을 자아내는지 그는 깨닫지 못했던 것이다. 마을 사람들이 자신을 쓸모없는 게으름뱅이로 생각한다는 것을 알아채고서야 마침내 그는 그들의 마음에 들어야 겠다는 희망을 포기해버렸다. 어느 날 그가 거리를 지나가고 있는데 자그마한 가게의 주인인 딘 반 덴 베크가 큰 소리로 그를 부르며 온 마을을 대신해서 도전을 걸어왔다.

"이젠 완전히 가을이 되었으니 좋은 날씨도 끝장났군, 엉?" 딘이 물었다.

"그렇죠."

"당신도 곧 일을 시작하겠군, 엉?"

빈센트는 등에 멘 이젤을 좀더 편안한 위치로 바꾸었다. "예, 지금도 일하러 들판으로 나가는 중입니다."

"아니, 일 말일세. 일 년 내내 하는 진짜 일 말이야." 딘이 말했다.

"그럼 그리는 게 제 일인걸요." 빈센트가 조용히 말했다.

"이보게, 일이란 돈을 버는 것, 그러니까 직업을 뜻하는 걸세."

"지금 보시다시피 들판으로 나가는 게 제 직업입니다, 반 덴 베크 씨, 물건을 파는 게 당신의 직업이듯 말입니다."

"맞아, 하지만 난 물건을 팔지. 당신도 당신이 만든 것을 팔고 있나?"

이 마을에서 그와 이야기해본 사람이면 누구나 빠짐없이 그와 똑같은 물음을 던졌다. 그는 거기에 잔뜩 역겨움을 느끼고 있었다.

"가끔씩은 팔기도 하죠. 내 동생이 그림 상인이니까 그 애가 사줍니다."

"이 양반아, 당신도 일을 해야만 해요. 이런 식으로 빈둥거리는 건 좋지 않다구. 사람은 자꾸 늙어가는데 모은 건 한푼도 없을 거 아니야."

"빈둥거리다니! 내가 일을 하는 시간이 당신이 가게 문을 열어놓는 시간의 두 배는 될걸요."

"그걸 일이라고 부르다니! 가만히 앉아서 물감이나 바르는 것을? 그건 어린애 장난에 지나지 않아. 가게를 차려요, 아니면 밭을 갈던가. 그게 진짜 사내의 일이지. 시간을 빈둥빈둥 헛되이 보내기엔 당신은 나이를 너무 먹었다구."

빈센트는 딘 반 덴 베크가 그저 온 마을 사람들의 생각을 대변하고 있을 따름이며, 시골 사람들의 마음에는 예술가라는 말과 일하는 사람이라는 말이 서로 완전히 다르게 들린다는 사실을 알게 되었다. 그는 사람들이 어떻게 생각할까 하는 염려를 집어치워버렸고 이젠 지나가다 길거리에서 사람들을 만나도 쳐다보지도 않았다. 그에 대한 마을 사람들의 의혹이 완전히 정점에 달했을 때, 요행히도 한 뜻밖의 사건 덕분에 그는 마을 사람들의 호의를 다시 얻게 되었다.

안나 코르넬리아가 헬몬트 역에 도착하여 기차에서 내리다가 한쪽 다리가 부러졌던 것이다. 그녀는 황급히 집으로 실려왔다. 의사가 가족들에게 말하지는 않았지만 의사는 그녀가 죽을까 봐 염려하고 있었다. 빈센트는 두 번 생각할 것도 없이 자신의 작업을 팽개쳐버렸다. 보리나주에서의 경험 덕분에 그는 우수한 간호사가 되었다. 의사는 반 시간가량 그를 지켜보다가 이윽고 말했다. "당신이 여자보다 낫군. 당신 어머니께선 훌륭한 간호사의 시중을 받겠는걸."

뉘넌 사람들은 별일 없는 따분한 때에 매정해질 수 있는 만큼이나 위험한 고비에는 친절해질 수 있는 사람들이었으므로, 위로하는 마음 씀씀이와 함께 맛있는 음식들과 책을 가지고 목사관으로 왔다. 사람들은 진정한 경탄의 눈길로 그를 지켜보았다. 빈센트는 어머니의 몸을 조금도 움직이지 않고서도 이부자리를 갈고, 어머니를 목욕시키고, 음식을 먹어드리고, 다리 깁스를 손보았다. 두 주일이 다 되어갈 무렵 마을 사람들은 그에 대한 생각을 완전히 고쳤다. 빈센트는 마을 사람들이 찾아오면 그들이 쓰는 시골 사투리로 함께 이야기를 나누었고, 환자에게 욕창이 생기지 않게 하려면 어떻게 해야 가장 좋은가, 환자에게는 어떤 음식을 먹여야 하는가, 방은 어느 정도로 따뜻하게 유지해야 하는가 하는 것들을 함께 상의했다. 이런 식으로 그와 함께 대화를 해서 그를 이해하게 되자 사람들은 그도 결국 한 인간이라는 쪽으로 판정을 내렸다. 어머니가 조금 나아져서 날마다 잠깐 동안 그가 그림을 그리러 바깥으로 나갈 때면 사람들이 미소를 띠고 그를 성이 아닌 이름으로 부르면서 말을 걸어왔다. 이젠 그가 거리를 뚫고 걸어갈 때에 모든 창문 가리개들이 차례로 밑에서부터 아주 조금씩 올라가는 것을 느낄 수 없었다.

　마르호트가 항시 그의 곁에 있었다. 그의 온순함을 보고 의외라는 듯 깜짝 놀라지 않은 사람은 그녀밖에 없었다. 어느 날 그들이 환자의 방에서 나직한 소리로 이야기를 주고받다가 우연히 빈센트가 이런 말을 했다. "인체에 관한 완전한 지식이 있으면 많은 것을 얻을 수 있을 텐데. 그걸 배우려면 돈이 들 게 분명하거든. 마샬이 쓴 『화가를 위한 해부학』이라는 무척 훌륭한 책이 있는데 값이 너무 비싸서."

　"그만한 돈의 여유도 없어?"

　"없소. 내 그림이 좀 팔릴 때까지는 여유가 없을 거요."

　"내가 당신한테 돈을 조금 빌려줘도 괜찮다면 정말 기쁠텐데. 알다시피 내겐 고정 수입이 있는데, 그걸 어디다 써보지도 못했거든."

　"마르호트, 고마운 말이지만 그렇게 할 순 없소."

　그녀는 자기 주장을 고집하지는 않았다. 그런데 이 주일 뒤에 그녀가 덴하흐에서 온 소포를 그에게 건네주었다.

　"이게 뭐지?" 그가 물었다.

"열어봐."

소포를 묶은 끈에 작은 쪽지가 매여 있고 꾸러미 안에는 마샬의 책이 들어 있었다. 그리고 쪽지에는 "그 모든 생일 중에 가장 행복한 생일을 축하하며"라고 쓰여 있었다.

"하지만 오늘은 내 생일이 아닌데." 그가 외쳤다.

"아닐 테지." 마르호트가 웃었다. "내 생일이야! 나의 마흔 번째 생일이야, 빈센트. 당신이 나한테 인생을 선물해줬잖아. 자, 착하지. 그걸받아요, 당신. 난 오늘 너무 행복해. 그래서 당신도 행복했으면 좋겠어."

그들은 정원에 있는 그의 작업실에 있었다. 근처에는 아무도 없었다. 단 한 사람 빌레민만이 안채에서 어머니와 함께 앉아 있었다. 늦은 오후였고 기울어가는 태양이 하얀 석회 벽에다 가느다란 빛 이랑을 던져놓았다. 빈센트는 그 책을 손가락으로 가만가만 만지작거렸다. 테오가 아닌 다른 누군가가 그토록 기쁜 마음으로 자신을 도와준 것은 처음 있는 일이었다. 그는 책을 침대에 던져버리고 그녀를 두 팔로 껴안았다. 그녀의 두 눈에는 그에 대한 사랑으로 가벼운 물기가 어려 있었다. 지난 몇 달 동안 그들은 들판에서 별로 포옹하지 않았다. 누군가의 눈에 뜨일까 두려웠던 것이다. 마르호트는 언제나 온 마음으로 그리고 아낌없이 몸을 내맡기며 그의 포옹에 빨려들었다. 그가 크리스틴을 떠난 지 이제 다섯 달이 되었다. 그는 자기 자신을 정말 믿을 수 있을까 하고 조금 걱정스러웠다. 그는 마르호트에게 혹은 그녀의 사랑에 상처를 주는 일은 조금도 하고 싶지 않았다.

그녀에게 키스하면서 그는 그녀의 다정한 갈색 눈 속을 내려다보았다. 그에게 미소를 지어 보인 그녀가 이윽고 두 눈을 꼭 감고서, 그의 입술을 받아들이기 위해 입술을 조금 벌렸다. 서로 꼭 끌어안은 그들의 몸이 입술에서 발끝까지 하나로 밀착되었다. 바로 한 발자국 떨어진 곳에 침대가 놓여 있었다. 한 몸이 되어 그들은 앉았다. 꼭 끌어안은 그 포옹 속에서 그들은 그들의 삶을 그토록 메마르게 만든 지나간 사랑 없는 세월을 모두 잊어버렸다.

해가 가라앉았고 네모난 벽에 어렸던 빛도 사라졌다. 작업실은 부드러운 황혼에 잠겼다. 한 손으로 그의 얼굴을 쓰다듬는 마르호트의 목에서 사랑의 말을 대신하는 알 수 없는 소리들이 새어나왔다. 빈센트는 자신이 심연으로 떨어지는 것을 느꼈다. 거기서 황급히 되돌아오는 길은 단 한 가지밖에 없었다. 그는 마르호트의 팔에서 몸을 휙 잡아빼며 벌떡 일어섰다. 그는 이젤이 있는 곳으로 가서 그리던 그림을 와락 뭉개버렸다. 아카시아 나무에 올라앉은 까치의 울음소리와 집으로 돌아오는 소들의 짤랑거리는 방울소리뿐, 그 외에는 아무 소리도 들리지 않았다. 한순간 뒤에 마르호트가 조용하고 꾸밈없이 말했다.

"당신이 원한다면 해도 돼." 그녀가 말했다.

"어째서?" 몸을 돌리지도 않고 그가 물었다.

"내가 당신을 사랑하니까."

"그건 옳지 않아."

"전에도 말했지만, 빈센트, 왕께서 하시는 일에는 오류가 있을 수 없어요."

그는 한쪽 무릎을 털썩 꿇었다. 그녀의 머리가 베개 위에 놓여 있었다. 그녀의 입 오른쪽 언저리로부터 턱 아래까지 이어지는 그 한 가닥의 선에 또다시 눈이 이끌린 그는 거기에 키스했다. 그는 너무도 좁다란 그녀의 콧마루와 벌려진 두 개의 콧구멍에 키스하고 십 년은 더 젊어진 그녀의 얼굴을 입술로 더듬었다. 어둑어둑해지는 가운데, 그의 목에 양팔을 두르고 그를 받아들이려는 듯 누워 있는 그녀는 분명 스무 살 적에 그랬을 아름다운 처녀의 모습을 보여주었다.

"나도 당신을 사랑해, 마르호트." 그가 말했다. "전엔 그걸 몰랐지만, 이젠 알겠어."

"내 사랑, 그렇게 말해주다니 당신은 정말 다정해." 그녀의 음성은 부드럽고 꿈꾸는 것 같았다. "당신이 날 조금은 좋아하는 줄 알아, 난 온 마음으로 당신을 사랑해. 그리고 그걸로 난 만족해."

그는 어설라와 케이를 사랑했던 것만큼 그녀를 사랑하지는 않았다. 크리스틴을 사랑했던 것만큼도 그녀를 사랑하지 않았다. 그러나 그는 그토록 온순하게 자신의 팔에 안겨 누워 있는 이 여인에 대해 무엇인가 몹시도 다정한 마음을 가지고 있었다. 사랑에는 거의 모든 종류의 인간관계가 포함되어 있다는 것을 그는 깨달았다. 이 세상에서 자신을 무한히 사랑하는 단 한 여인에 대해 자신은 그렇게 거의 아무것도 느끼지 못한다는 생각에 그의 마음속의 어디엔가가 저려왔고, 그리고 어설라와 케이가 자신의 사랑에 응하지 않았기 때문에 겪은 그 고뇌를 떠올렸다. 그는 마르호트의 넘쳐흐르는 사랑을 존중했지만, 그럼에도 불구하고 설명할 수 없는 어떤 이유에서인지 그는 그녀의 사랑이 조금은 역겨웠다. 자신이 어설라와 케이를 사랑했던 바로 그만큼이나 자신을 사랑하는 한 여인의 머리를 두 팔로 받친 채 어두워진 작업실의 널빤지 바닥에 무릎 꿇고 앉아 있던 그는, 어설라와 케이가 자신으로부터 달아났던 이유를 마침내 깨달았다.

"마르호트." 그가 말했다. "내 생활은 가난한 생활이오. 하지만 당신이 그 생활을 나와 함께 나누겠다면 난 몹시도 기쁘겠소."

"당신과 함께 나누고 싶어."

"함께 바로 여기 뉘넌에서 지낼 수도 있소. 아니면 당신은 우리가 결혼한 뒤에 차라리 여길 떠나길 바라오?"

그녀는 그의 팔에 애무하듯 머리를 비비면서 말했다. "성경에서 룻이 뭐라고 말했지? '당신이 어디로 가시든 나도 따라가오리다.'"

6

다음날 아침 그들이 그 소식을 각자의 가족에게 털어놓았을 때 일어난 풍파에 대해서 그들은 미처 아무런 대책도 없었다. 반 고흐 가족의 경우에는 문제는 단지 돈이었다. 테오가 그를 부양하는 판국에 그가 아내를 맞아들인다는 것은 가당치도 않은 일이었다.

"넌 우선 돈을 벌어 네 생활을 착실히 이루어나가야만 한다. 그러고 나서야 결혼도 할 수 있어." 그의 아버지가 말했다.

"내가 내 그림 기술의 가식 없는 진실과 싸움하며 착실히 생활해나가다 보면," 빈센트가 대답했다. "때가 되면 돈벌이도 될 겁니다."

"그럼, 역시 그때가 되면 결혼해야 하겠지. 그렇지만 지금은 안 돼."

목사관에서의 소동은 모두 여자들만 사는 옆집에서 벌어진 일에 비하면 자그마한 돌개바람에 불과했다. 모두 결혼하지 않은 다섯 명의 자매들이 있는 베게만 가족은, 튼튼한 연합 전선을 펴서 세상 전체와도 맞설 수 있는 사람들이었다. 마르호트의 결혼은 마을 사람들의 눈에는 다른 네 자매의 실패를 보여주는 살아 있는 증거가 될 터였다. 그래서 베게만 부인은 다섯 명 중에 한 명의 딸이 행복해지는 것보다는 다른 네 명의 딸을 더 큰 불행으로부터 보호하는 편이 낫다고 생각했다.

그날 마르호트는 빈센트가 베 짜는 사람들의 집으로 가는 데 따라가지 않았다. 오후 늦게 그녀가 작업실로 왔다. 그녀의 두 눈이 퉁퉁 부어 있었다. 전에 없이 마흔 살 먹은 여인의 모습 그대로였다. 그녀는 절망적인 포옹의 몸짓으로 한순간 그를 꼭 껴안았다.

"식구들이 하루 종일 놀라울 정도로 당신 욕을 해댔어." 그녀가 말했다. "식구들 말대로라면 당신이 그렇게 많은 나쁜 짓을 저지르고 여태껏 살아 있다는 게 말이 안 돼."

"당신도 그런 것쯤은 예측했을 텐데."

"그렇긴 했지. 하지만 식구들이 그 정도로 악랄하게 당신을 공격할 줄은 몰랐어."

그는 부드럽게 한 팔을 두르고 그녀의 뺨에 키스했다. "식구들은 그냥 나한테 맡겨줘요." 그가 말했다. "오늘 밤 저녁 식사 뒤에 내가 가볼 테니까. 내가 그렇게 끔찍한 인간은 아니라는 걸 아마도 납득시킬 수 있을 거요, 마르호트."

베게만의 집에 발 하나를 들여놓자마자 그는 자신이 이상하고 낯선 나라에 들어섰다는 것을 알아차렸다. 여섯 여자들이 만들어내는 분위기에는 뭔가 불길한 기운이 서려 있었다. 남자 한 명쯤의 목소리와 발자국 소리로는 도저히 깨뜨릴 수 없는 그런 분위기였다.

그들은 빈센트를 응접실로 안내했다. 그곳은 춥고 곰팡내가 났다. 몇 달 동안 아무도 드나들지 않았던 곳이었다. 그 네 자매의 이름들을 알고 있었지만 그는 구태여 그 이름들을 얼굴 하나하나와 연결시키려고 애쓰지 않았다. 네 명 모두가 마르호트를 우스꽝스럽게 그려놓은 그림들 같았다. 가사를 도맡고 있는 맏언니가 심문을 맡고 나섰다.

"마르호트 이야기로는 당신이 그 애와의 결혼을 원한다고 하던데요. 실례지만 한 가지 물어보겠는데, 텐하흐에 있던 당신의 아내는 어떻게 되었습니까?"

빈센트는 크리스틴에 대해 설명했다. 응접실의 분위기는 삼사 도쯤 더 차가워졌다.

"나이가 몇이지요, 반 고흐 씨?"

"서른하나입니다."

"마르호트가 이야기하던가요? 자기가……."

"마르호트의 나이는 알고 있습니다."

"실례지만 한 가지 물어보겠는데 돈은 얼마나 버시나요?"

"매월 백오십 프랑이오."

"그 수입원은 무엇인가요?"

"제 동생이 송금해줍니다."

"당신 동생이 당신을 부양한다는 말이군요?"

"아닙니다. 다달이 월급을 지불해주는 거죠. 그 대가로 내가 그리는 것은 뭐든 그 애가 가집니다."

"그중 몇 개가 팔릴까요?"

"그건 실은 저도 잘 모릅니다."

"그래요, 난 알고 있는데요. 당신 아버님이 내게 말씀하시더군요. 동생분께선 당신 그림들을 아직 하나도 팔지 못했다고 말이지요."

"나중에 팔겠죠. 그러면 그 그림들이, 지금 팔 수 있는 것보다 몇 배 더 많은 돈을 제 동생에게 가져다줄 겁니다."

"아무리 크게 봐준다 해도 거기엔 문제가 있군요. 그런 실제적인 일들에 대해 서로 이야기해봐야겠군요."

빈센트는 그 맏언니의 딱딱하고 아름답지 못한 얼굴을 찬찬히 뜯어보았다. 그런 사람에게서는 아무런 인정미도 기대할 수 없었다.

"당신이 돈을 벌지 못한다면," 그녀가 말을 이었다. "실례지만 한마디 묻겠는데 대체 어떻게 아내를 부양할 수 있으리라 생각하죠?"

"내 동생은 내게 매달 백오십 프랑을 보내는 도박을 하기로 선택했습니다. 그건 내 동생의 일입니다. 당신들의 일이 아닙니다. 내 경우 그것은 월급입니다. 나는 그 월급을 벌기 위해 아주 열심히 일합니다. 함께 잘해나간다면 마르호트와 난 그 월급으로 충분히 먹고살 수 있겠죠."

"하지만 꼭 그렇게 할 필요는 없어!" 마르호트가 외쳤다. "내가 가진 돈만으로도 내 몸은 충분히 건사할 수 있잖아."

"닥쳐, 마르호트!" 큰언니가 명령했다.

"명심해, 마르호트." 그녀의 어머니가 말했다. "네가 우리 가문의 이름을 더럽힐 경우 네 수입을 정지시킬 권한이 내게 있다."

빈센트가 싱긋 웃었다. "나와 결혼한다면 그게 가문을 더럽히는 일이 될까요?" 그가 물었다.

"우린 당신에 관해서 아주 조금밖에 알지 못해요, 반 고흐 씨. 그리고 그 조금이라는 것도 유감스러운 이야기들뿐이지요. 화가 생활을 한지는 얼마나 되었죠?"

"삼 년."

"그런데 아직도 성공하지 못했군요. 당신이 성공하기까지 얼마의 시간이 더 걸릴까요?"

"알 수 없습니다."

"그림을 시작하기 전엔 뭘 하셨나요?"

"그림 상인, 교사, 책 판매원, 그리고 신학교에 다니다가 전도사가 되었죠."

"그런데 그 모든 것에 다 실패했군요?"

"제가 단념했지요."

"어째서?"

"그런 일들이 내게 맞지 않았으니까요."

"얼마만큼 시간이 지나면 당신이 그림을 단념하게 될까요?"

"그 사람은 절대 그러지 않아요!" 마르호트가 외쳤다.

"제가 보기엔, 반 고흐 씨." 큰언니가 말했다. "당신이 마르호트와 결혼하려 한다는 게 주제넘은 생각인 것 같군요. 당신은 가망 없는 낙오자예요. 자기 몫의 돈이라곤 단돈 일 프랑도 없고 또 벌 수 있는 방법조차 없어요. 당신은 한 가지 일에 선념하지 못하고 게으름뱅이나 부랑자처럼 떠돌아다니죠. 그러니 우리가 어떻게 마르호트를 당신과 결혼시킬 수 있겠습니까?"

빈센트는 더듬더듬 파이프를 찾아냈다가 도로 집어넣었다. "마르호트는 나를 사랑하고 나는 마르호트를 사랑합니다. 그녀를 행복하게 해줄 수 있습니다. 결혼하면 우린 한 일 년가량 여기에서 살다가 그다음엔 외국으로 나갈 생각입니다. 그녀는 나한테서 오직 애정과 사랑만을 받을 겁니다."

"당신은 마르호트를 버릴 거예요!" 그녀의 자매들 중 유달리 더 날카로운 목소리를 가진 여인이 외쳤다. "당신은 마르호트한테 싫증이 나서, 텐하흐에 있던 그 여자 같은 어느 나쁜 여자한테 끌려 마르호트를 버릴 거라구요."

"당신은 단지 돈 때문에 마르호트와 결혼하려는 거지!" 다른 여인이 말했다.

 "하지만 그 돈을 얻진 못할걸." 세 번째 여인이 말했다. "어머니가 그 돈을 도로 가문의 재산에다 넣어버릴 테니까."

 마르호트의 두 눈에서 눈물이 솟구쳤다. 빈센트가 몸을 일으켰다. 이렇게 으르렁대는 여자들에게 시간을 허비해봐야 소용없음을 깨달았던 것이다. 그냥 에인트호벤에서 그녀와 결혼하고, 금방 파리로 떠나버리면 그만이었다. 그는 브라반트에서의 작업이 다 끝나지 않았으므로 아직은 이곳을 떠나고 싶지 않았다. 그러나 마르호트를 메마른 여자들만 사는 그 집에다 혼자 남겨둔다는 생각을 하면 그는 온몸이 저려왔다.

 그후부터 여러 나날 동안 마르호트는 괴로움에 시달렸다. 첫눈이 내리고 그래서 어쩔 수 없이 빈센트는 작업실에서 일해야 했다. 베게만 가족은 마르호트가 그를 찾아가지 못하도록 만들었다. 아침에 잠자리에서 나와서부터 그나마 겨우 잠든 체할 수 있는 시각까지 그녀는 빈센트를 헐뜯는 장광설에 강제로 귀 기울여야 했다. 그녀는 사십 년간 가족과 함께 살아왔다. 그리고 빈센트를 알고 지낸 것은 겨우 몇 달에 불과했다. 자신의 자매들이 자신의 인생을 망쳐놓았음을 알고 있기에 그녀는 그들을 증오했지만, 그러나 증오 또한 좀더 분명치 않은 형태의 사랑이었고, 때로는 보다 강한 어떤 의무감을 불러일으키는 감정이었다.

 "당신이 왜 나와 함께 떠나버리려 하지 않는지 난 이해할 수 없소." 빈센트가 그녀에게 말했다. "아니면 적어도 그들의 승낙 없이라도 여기서 결혼할 생각을 왜 하지 않는지."

 "식구들이 날 그러도록 가만 놔두지 않을 텐데."

 "당신 어머니가?"

 "언니들이. 어머니는 그냥 물러앉아서 그들 의견에 따를 뿐이야."

 "당신 언니들이 하는 말이 문제요?"

"내가 어렸을 때 한 소년과 사랑에 빠질 뻔했다는 이야기 생각나?"

"생각나는군."

"그때도 언니들이 그걸 막았어. 나의 언니들이. 왜 그런지 알 수 없어. 줄곧 내가 하고 싶어하는 것들을 방해했거든. 내가 도회지에 있는 친척을 방문해야겠다고 결심했을 때에도 그들이 날 보내주지 않았어. 책을 읽고 싶어할 때에도 집 안에 있는 좀더 좋은 책들을 읽도록 허락하지 않았어. 내가 남자를 집에 초대할 때마다 그 사람이 돌아가고 나면 그 사람을 호되게 헐뜯어서 두 번 다시 그를 만날 수 없도록 만들었지. 나도 일생을 바쳐서 하고 싶은 것들이 있었어. 간호원이 된다든가, 음악을 공부한다든가. 하지만 안 돼, 난 그들이 생각하는 것과 똑같이 생각하고, 그들이 살아가는 그대로 살아가지 않으면 안 되었어."

"그런데 지금은?"

"지금도 내가 당신과 결혼하도록 그들이 날 가만두지 않겠지."

새로이 얻은 활력들이 그녀의 음성과 모습에서 대부분 사라졌다. 그녀의 입술은 바싹 타들어갔고 눈 밑의 작은 주근깨들이 도드라져 나왔다.

"그 사람들 걱정은 하지 마, 마르호트. 우리가 결혼하면 그 문제는 끝이야. 내 동생이 나더러 파리로 오라고 가끔 제안을 했는데 둘이 거기 가서 살면 되지 않소."

그녀는 대답하지 않았다. 그녀는 침대가에 앉아 바닥 널빤지를 빤히 내려다보았다. 그녀의 양 어깨가 초승달 모양으로 굽어 있었다. 빈센트가 그녀 곁에 앉아 그녀의 손을 잡았다.

"그들의 승낙을 받지 않고 나와 결혼하기가 두렵소?"

"아니." 그녀의 음성에는 힘도 확신도 없었다. "내 목숨을 끊어버릴 거야, 빈센트, 그들이 날 당신한테서 떼어놓는다면. 그건 견딜 수 없어. 당신을 그렇게 사랑하는데 그럴 순 없어. 목숨을 끊어버릴 거야. 그럼 끝이야."

"그들한테 알릴 필요 없어. 먼저 해치우고 나서 그다음에 이야기하면 되지 않소."

"난 대항할 수가 없어. 나에겐 너무 많은 숫자야. 난 그들 전부와 싸울 수가 없어."

"글쎄, 애써 일부러 싸울 필요 없어. 그냥 나와 결혼하면 그것으로 그 문제는 끝날 테니까."

"그걸로 끝나지 않아. 거기서부터가 시작일 거야. 당신은 내 자매들을 잘 몰라."

"알고 싶지도 않소! 하지만 내가 오늘 밤에 다시 한번 그들과 만나보겠소."

그러나 그는 그것도 헛일이라는 것을 그 집 응접실에 들어서는 순간 깨달았다. 그곳의 싸늘한 분위기를 깜박 잊고 있었던 것이다.

"그 얘긴 전에 이미 다 들었습니다, 반 고흐 씨." 큰언니가 말했다. "그리고 그 이야기는 우리에게 확신도, 감동도 주지 못합니다. 그 문제에 관해선 우린 이미 마음을 결정했죠. 우린 마르호트가 행복해지길 바라지, 자기 인생을 내팽개쳐버리길 바라지 않아요. 우리 쪽에선 이렇게 결정했습니다. 만일 앞으로 이 년 후에도 당신이 마르호트와 결혼하고 싶어한다면 그땐 우리도 반대하지 않겠어요."

"이 년 뒤에!" 빈센트가 말했다.

"이 년 뒤엔 나 여기 없을 거야." 마르호트가 나직하게 말했다.

"그럼, 어디에 있을 거라는 이야기냐?"

"죽어 있을 거야. 저 사람과 결혼하지 못하도록 막는다면 목숨을 끊어버릴 테니까."

"네가 어찌 감히 그런 말을 입에 올리느냐", "보라구, 저 사람이 마르호트한테 저 따위 영향을 끼쳤다구" 하는 말들이 홍수처럼 쏟아지는 와중에 빈센트는 그곳에서 도망쳐 나와버렸다. 그의 힘으로 할 수 있는 것은 더 이상 아무것도 없었다.

오랜 세월에 걸쳐서 환경에 적응하지 못하고 살아온 생활로부터 그녀는 이미 심한 타격을 받은 여자였다. 신경도 튼튼하지 못했을 뿐더러 신체적인 건강도 좋은 상태가 아니었다. 그런 마르호트가 단호한 다섯 여자의 전면공격을 받자 하루가 다르게 사기가 떨어져갔다. 스무 살의 처녀라면 상처받지 않고 자기의 길로 나아갈 수 있었겠지만, 그러나 마르호트는 이미 저항력과 의지를 모두 빼앗겨버린 상태였다. 주름살이 그녀의 얼굴에 나타났고 예전의 우수가 두 눈에 되살아났다. 살결도 누르스름해지고 거칠어졌다. 오른쪽 입꼬리에 난 선도 더욱 깊이 팼다.

빈센트가 마르호트에게 그나마 품었던 정도 그녀의 아름다움과 함께 사라져버렸다. 그는 결코 그녀를 진실로 사랑하지도 않았고, 진실로 그녀와 결혼하기를 바라지도 않았다. 그리고 이제 그런 마음이 더 커졌다. 그는 자신의 그러한 냉담한 마음이 부끄러웠다. 그래서 반대로 구애에 더욱 열을 올리는 것이었다. 자신의 진짜 감정을 마르호트가 눈치챘는지 어쩐지 그는 알 수 없었다.

"당신은 나보다도 언니들을 더 사랑하지, 마르호트?" 어느 날 그녀가 몇 분 동안 집에서 용케도 빠져나와 작업실에 왔을 때 그가 물었다.

그녀는 놀라움과 비난이 섞인 눈길로 그를 쏘아보았다. "오, 빈센트!"

"그럼, 왜 당신 스스로 날 포기하려고 하지?"

그녀가 지친 아이처럼 그의 품속에 파고들었다. 그녀의 음성은 낮고 쇠잔한 목소리였다. "내가 당신을 사랑하는 만큼 당신도 날 사랑한다는 생각이 들었다면 난 온 세상 사람들하고라도 맞섰을 거야. 그리고 당신한테는 별것 아닌 것이…… 언니들한테는 너무도 큰 의미를 가진……."

"마르호트, 그건 당신이 오해한 거야. 난 당신을 사랑하고 있소……."

그녀는 한 손가락을 그의 입술에 가볍게 올려놓았다. "아냐, 당신은 그렇지 않아. 당신은 날 사랑하고 싶어하지만…… 사랑하지는 않아.

그렇다고 거기에 대해서 미안한 마음을 품으면 안 돼. 난 그저 가장 열렬히 사랑하는 사람이 되고 싶을 따름이야."

"왜 그들과 절연하고 스스로 당신 자신의 주인이 되지 못하는 거요?"

"당신은 쉽게 그렇게 말할 수 있지. 당신은 강하니까, 세상 누구하고든 싸울 수 있어. 하지만 난 마흔 살이야…… 뉘넌에서 태어나서…… 한 번도 에인트호벤 이상을 벗어나본 적이 없어. 당신은 모를 거야, 내 사랑, 난 살아오면서 그 누구하고도 그 어느 것하고도 관계를 끊어본 적이 없어."

"아니, 알겠소."

"그게, 뭐랄까, 당신이 진실로 원하는 일이라면 난 당신 편에 서서 온 힘을 다해 싸웠을 거야. 하지만 그건 단지 내 쪽에서만 원하는 일이었어. 그리고 어쨌거나 결국 너무 늦었어…… 내 인생은 이젠 이미 다 흘러가버렸어……."

그녀의 음성은 중얼거림처럼 낮게 가라앉아 있었다. 그는 집게손가락으로 그녀의 턱을 들어올리고 집게손가락과 엄지로 그녀의 턱을 꼭 쥐었다. 그녀의 두 눈에 흐르지 않는 눈물이 고여 있었다.

"내 사랑." 그가 말했다. "내 사랑하는 마르호트. 우린 평생토록 함께 살 수 있소. 당신은 그저 그러자고 대답만 하면 되는 거요. 그러고서 오늘 밤 식구들이 잠들었을 때 짐을 싸서 창밖으로 나한테 넘겨줘요. 그리고 함께 에인트호벤까지 걸어가서 거기서 이른 새벽 열차를 타고 파리로 가면 되지 않소."

"소용없는 일이야. 난 그 사람들의 것이고 그들은 나의 것이야. 최후엔 나도 내 길을 가기는 할 테지만."

"마르호트, 당신이 이렇게 불행에 시달리는 걸 난 차마 볼 수가 없소."

그녀가 빈센트에게 얼굴을 돌렸다. 그녀의 두 눈에서 눈물은 사라졌다. 그녀가 미소 지었다. "아니야, 빈센트, 난 행복해. 내가 원했던 것을 얻었으니까. 당신을 사랑한다는 건 굉장한 일이었어."

그는 그녀에게 키스했다. 그녀의 뺨을 타고 흘러내린 눈물의 짠맛이 느껴졌다.

"눈이 그쳤네." 조금 뒤에 그녀가 말했다. "내일 들판으로 나가서 일할 거지?"

"그래, 그럴 것 같소."

"어디로 나갈 건데? 오후에 내가 당신 있는 곳으로 갈게."

다음 날 털모자를 쓰고 무명 작업복의 목 주위를 단단히 치켜올린 채 그는 늦도록 작업을 하고 있었다. 불그스름한 빛깔의 잡목이 밀집한 숲 사이사이로 보이는 검은 실루엣의 오두막집들 너머, 저무는 저녁 하늘이 황금빛 감도는 라일락 빛을 띠고 있었다. 머리 위로는 거무스름한 여윈 미루나무들이 서 있었다. 전경(前景)은 시들어 허옇게 바래가는 녹색이었고, 개울가를 따라 서 있는 누르스름한 마른 갈대들과 그 사이사이로 가느다랗게 드러난 땅의 검은 흙이 거기에 변화를 주었다.

마르호트가 재빠른 걸음걸이로 들판을 건너왔다. 그녀는 처음 만났을 때 입었던 그 하얀 드레스를 입고, 어깨에는 스카프를 두른 차림이었다. 그녀의 양 볼에 어린 어렴풋한 홍조가 그의 눈에 띄었다. 그녀는 불과 몇 주일 전에 사랑의 힘으로 그토록 아름답게 꽃피었던 그때 그 여인의 모습이었다. 그녀의 손에 바느질 바구니가 들려 있었다.

그녀는 두 팔로 와락 그의 목을 끌어안았다. 그녀의 심장이 거칠게 뛰는 것을 그는 느낄 수 있었다. 그는 그녀의 고개를 뒤로 젖히고 그녀의 갈색 눈 속을 들여다보았다. 눈 속에서 서글픈 우수는 사라지고 없었다.

"왜 그래?" 그가 물었다. "무슨 일이 있었소?"

"아니, 아니!" 그녀가 외쳤다. "그냥…… 그냥 행복해서 그래…… 당신과 다시 함께 있게 되어서 말이야."

"그런데 왜 이렇게 얇은 드레스 차림으로 나왔지?"

그녀는 한순간 침묵에 잠겼다가 이윽고 입을 열었다. "빈센트, 당신이 아무리 먼 곳으로 간다고 해도 나에 대해 언제나 딱 한 가지만은 기억해주었으면 좋겠어."

"뭔데, 마르호트?"

"내가 당신을 사랑했다는 사실을! 당신의 일생 중 다른 그 어느 여인보다도 더 깊이 당신을 사랑했다는 사실을, 빈센트, 언제나 기억해줘."

"당신, 왜 그렇게 몸을 떨지?"

"아무것도 아니야. 난 갇혀 있었어. 그래서 이렇게 늦게 온 거야. 그림은 거의 끝나가?"

"조금만 더 있으면."

"그럼 전에 하던 대로 난 당신 일하는 동안 뒤에서 가만히 앉아 있을게. 당신도 알겠지만, 난 당신 일에 거치적거리거나 방해하고 싶지 않아. 내가 바라는 건 단지 당신을 사랑할 수 있도록 해달라는 것뿐이야."

"물론이지, 마르호트." 그는 그밖에 달리 할 말이 생각나지 않았다.

"자, 이젠 다시 일을 시작해, 당신…… 그래서 다 끝내고 함께 집으로 돌아갈 수 있도록." 그녀의 몸이 조금 떨리고 있었다. 그녀는 스카프를 끌어당기면서 말했다. "시작하기 전에 빈센트, 한 번만 더 키스해줘. 그때…… 당신 작업실에서 해줬던 것과 똑같이…… 우린 그때 서로의 팔에 안겨 무척 행복했는데."

그가 다정히 키스했다. 그녀는 드레스 자락을 끌어당기고서 그의 뒤편에 앉았다. 태양이 사라지고 평평한 들판 위로 짧은 겨울날의 황혼이 내리고 있었다. 전원에 깔리는 석양의 정적이 그들을 삼켰다.

병이 딸그랑 하는 소리가 났다. 마르호트가 반쯤 숨죽인 비명과 함께 무릎으로 몸을 세우더니, 이윽고 격렬한 경련을 일으키며 땅에 푹 쓰러졌다. 빈센트가 벌떡 일어나 그녀에게로 휙 몸을 날렸다. 그녀의 두 눈은 감긴 채 얼굴 전체에 냉소적인 미소가 퍼져 있었다. 그녀는 연이어 짧은 경련을 일으켰다. 그녀의 몸뚱이가 빳빳해지면서 활처럼 뒤로 휘었고 양 팔이 뒤틀렸다. 빈센트는 눈 속에 있는 병 위로 몸을 굽혔다. 병의 입구 바로 안쪽에 하얀 결정체의 찌꺼기가 남아 있었다. 거기에서는 아무런 냄새도 나지 않았다.

그는 마르호트를 두 팔에 들쳐안고 미친 듯이 들판을 달리기 시작했다. 뉘넌까지는 일 킬로미터의 거리였다. 마을에 데려가기 전에 그녀가 죽을까 봐 겁이 났다. 막 저녁을 먹을 시간이었다. 사람들이 자기집 문 앞에 나와 앉아 있었다. 빈센트는 한쪽 끝으로 해서 마을에 들어오기는 했지만 반대편 끝까지 마르호트를 팔에 안은 채 달려가야만 했다. 베게만 가족의 집에 다다른 빈센트는 장화로 문을 꽝 차서 열고 마르호트를 응접실 소파에 내려놓았다. 그녀의 어머니와 자매들이 뛰어들어왔다.

"마르호트가 독약을 먹었습니다." 그가 외쳤다. "의사를 데려오지요!"

마을 의사를 부르러 뛰어간 그는 저녁을 먹고 있던 의사를 끌어냈다. "스트리크닌이라는 것이 확실한가?" 의사가 물었다.

"그런 것 같아 보였습니다."

"그런데 집까지 데려오는 시간이 있었는데도 아직 살아 있단 말인가?"

"예."

그들이 마르호트의 집에 다다랐을 때 그녀는 소파 위에서 고통으로 몸부림치고 있었다. 의사가 그녀에게 몸을 굽혔다.

"그렇군. 스트리크닌이었어." 의사가 말했다. "그런데 고통을 덜기위해 다른 것을 함께 섞어서 먹었군. 냄새로 보아하니 아편 같아. 그게 해독제로 작용할 줄은 미처 알지 못했던 거야."

"그럼, 살아날까요?" 그녀의 어머니가 다급하게 물었다.

"가능성이 있습니다. 당장 위트레흐트로 옮겨야만 해요. 각별한 보살핌을 받지 않으면 안 됩니다."

"위트레흐트에 있는 병원을 하나 추천해주시겠어요?"

"병원은 권할 만하다고 생각되지 않는군요. 한동안은 요양소에 데려다놓는 게 좋겠습니다. 내가 아는 좋은 요양소가 하나 있는데. 어서 마차를 준비하세요. 어떻게 해서든 에인트호벤을 지나는 막차 시간에 맞춰야 하니까."

빈센트는 어두컴컴한 구석에 말없이 서 있었다. 마차가 집 앞으로 끌려나왔다. 의사가 마르호트를 담요에 싸들고 나왔다. 그녀의 어머니와 자매들이 뒤따랐다. 빈센트는 맨 뒤에 나왔다. 바로 옆집인 목사관의 현관에 그의 가족들이 서 있었다. 온 마을 사람들이 베게만 가족의 집 앞에 모여 서 있었다. 의사가 마르호트를 팔에 안고 나왔을 때 무서운 침묵에 휩싸였다. 의사가 마르호트를 마차 안에 들여놓았다. 베게만 가족의 여인들이 올라탔다. 의사가 말 고삐를 잡았다. 마르호트의 어머니가 고개를 돌리다가 빈센트를 보자 째지는 듯 소리쳤다.

"당신이 한 짓이야. 당신이 내 딸을 죽였어!"

모여 선 사람들이 일제히 빈센트를 쳐다보았다. 의사가 말에 채찍을 가했다. 마차가 길 아래편으로 사라졌다.

7

그의 어머니가 다리를 다치기 전에 마을 사람들이 그를 불친절하게 대했던 것은, 그들이 빈센트라는 사람에 대해서 의구심을 품었고 또한 그의 생활 방식을 납득할 수 없었기 때문이었다. 그러나 그들이 빈센트를 줄기차게 혐오했던 것은 아니었다. 그런데 이제 그들은 빈센트에게 심한 적대감을 품었다. 그는 사방에서 증오감이 자신을 에워싸는 것을 느낄 수 있었다. 그가 다가가면 사람들은 모두 등을 돌렸다. 아무도 말을 걸지 않았고 아무도 그를 쳐다보지 않았다. 이제 그는 버림받은 사람이 되었다.

그는 자기 자신을 위해서는 아무래도 상관없었지만—오두막집에 사는 베 짜는 사람들이나 농부들은 아직도 그를 친구로 받아들였다—

사람들이 자신의 부모를 보려고 목사관으로 오곤 하던 발길을 딱 끊어버리자 자신이 떠나야만 한다는 사실을 깨달았다.

자신이 취할 수 있는 최상의 선택은, 부모님이 편안히 지내도록 브라반트에서 완전히 사라져버리는 길임을 그는 스스로 알고 있었다. 하지만 어디로 간단 말인가? 브라반트가 그의 집이었다. 언제까지나 거기서 살고 싶었다. 그는 농부들과 베 짜는 사람들을 그리고 싶었다. 그들을 그림으로 묘사하는 일에서 그는 자기 작업의 유일한 의로움을 찾을 수 있었다. 겨울에는 눈에 깊이 파묻히고, 가을에는 누런 낙엽으로 푹 뒤덮여서, 여름에는 무르익은 곡식들 사이에서, 봄에는 푸른 풀들에 에워싸여 산다는 것이 얼마나 근사한지 그는 알고 있었다. 언제나 풀 베는 사람들이나 농가의 처녀들과 더불어, 여름에는 머리 위로 드넓은 하늘을 이고 겨울에는 화롯가에 앉아, 지금까지도 언제나 그래 왔고 앞으로도 그럴 것이라는 기분 속에 산다는 것이 얼마나 근사한지를 알고 있었다.

인간이 뭔가 신성한 것을 창조했다면 그 신성함에 가장 가까운 것이 빈센트에게는 밀레의 「만종」이었다. 꾸밈없는 농부의 생활 속에서 그는 진실하고 영원한, 단 하나의 현실을 발견했던 것이다. 그는 야외에 나가서 현장 그 자체에서 그리고 싶었다. 거기서 그는 수많은 날벌레들을 처치하고 먼지와 모래와 싸워야 했다. 히스 들판과 히스 울타리를 넘어 몇 시간이나 걸려 돌아올 때면 캔버스 여기저기가 긁히곤했다. 그래도 집으로 돌아와서 보면, 자신이 현실을 똑바로 직시했음을, 그리고 그 현실의 근본적인 단순함 속에서 뭔가를 사로잡았음을 알게 되는 것이었다. 자신이 그린 농부들의 그림 속에서 베이컨과 연기와 감자 찌는 냄새가 풍긴다 하더라도 그것은 결코 해로운 것이 아니었다. 마굿간은 말똥 냄새를 풍겨야 제격인 것이다. 들판에서 잘 익은 곡식이나 비료나 거름 냄새가 난다면 그것 또한 좋은 것이다―더욱이 도시에서 온 사람에게는.

그는 자신이 처한 문제를 아주 간단한 방법으로 해결했다. 신작로를 조금 내려가면 가톨릭 교회가 있었고 바로 그 옆에 교회를 관리하는 관리인의 집이 있었다. 요하누스 스하프라트는 재봉사였는데, 교회 일이 없을 때에는 장사를 했다. 그의 아내 아드리아나는 착한 여자였다. 그녀는 온 마을로부터 따돌림당한 사람에게 자신이 뭔가 해줄 수 있다는 것이 기쁜 듯, 일종의 즐거운 마음으로 그에게 방 두 개를 빌려주었다.

스하프라트의 집은 가운데의 넓은 복도를 사이에 두고 둘로 나뉘어 있었다. 안에 들어서면 오른쪽은 그 집 식구들의 살림방이었다. 왼쪽에는 길이 내다보이는 커다란 거실과 그 뒤에 딸린 그보다 작은 방이 있었다. 그 거실이 빈센트의 작업실이 되었고 그 뒤에 딸린 방이 그림을 쌓아두는 창고가 되었다. 잠은 위층의 대들보가 있는 다락방에서 잤는데, 그 다락방의 한쪽 반은 스하프라트 집안의 빨래를 말리는 곳으로 사용되었다. 나머지 반에는 높직한 침대와 의자가 하나 있었다. 밤이 되면 빈센트는 의자에다 옷을 던져놓고 침대에 뛰어들어 담배를 피우면서 불그스름한 빛이 어둠 속으로 잠겨가는 것을 지켜보다가 잠들곤 했다.

그 작업실에다 그는 자신이 수채화 물감과 크레용으로 그린 그림들을 걸어놓았다. 그것은 남정네와 아낙네들의 얼굴 모습을, 흑인처럼 위로 향한 코와 튀어나온 턱뼈와 큰 귀를 힘차게 강조해서 그린 그림들이었다. 거기에는 베를 짜는 사람들과, 베틀과, 베틀의 북을 놀리는 여인네들과, 감자를 심는 농부들을 그린 것들도 있었다. 그는 동생 코르와 친해졌다. 둘이서 함께 작은 찬장도 만들고, 적어도 서른 종류는 됨직한 갖가지 새의 둥지와, 히스 들판에서 온갖 종류의 이끼와 식물들을 채집하고, 베틀의 북, 물레, 침대 보온기, 농기구, 낡은 모자들, 나막신, 접시 등 시골 사람들의 생활과 관련된 온갖 것들을 모아들였다. 코르와 함께 뒤뜰 한구석에다 작은 나무 한 그루를 심기도 했다.

그는 자리 잡고 일하기 시작했다. 그는 대부분의 화가들이 피하는 암갈색이 자신의 채색 방법에 성숙하고 원숙한 맛을 더해준다는 사실을 발견했다. 또한 노란색을 짙은 보라나 혹은 연보라 옆에 놓을 경우에는 노란색을 적게 칠해야만이 더욱 노랗게 보인다는 것도 알아냈다.

그리고 그가 또 한 가지 알게 된 것은, 고독이란 하나의 감옥이라는 사실이었다.

삼월, 히스 들판을 넘어 굉장히 먼 거리를 걸어가서 한 병든 교구민을 방문하고 돌아오던 그의 아버지가 목사관 뒷계단 위에서 갑자기 쓰러졌다. 어머니 안나가 달려갔을 때 그는 이미 죽어 있었다. 그는 오래된 교회당 곁에 있는 정원에 묻혔다. 테오가 장례식에 왔다. 그날 밤 그들은 빈센트의 작업실에 앉아 처음에는 집안 일들을 이야기하다가 이윽고 자기들 각자의 일에 대한 이야기에까지 이르렀다.

"구필 화랑을 그만두고 매월 천 프랑의 월급으로 다른 새 화랑에서 일해주지 않겠느냐는 제안이 들어왔어." 테오가 말했다.

"받아들일 작정이냐?"

"그러지 말아야 할 것 같아. 그 새 화랑의 영업 방침이란 게 순전히 상업적이거든."

"하지만 네가 보냈던 편지에 의하면 구필 화랑도……."

"물론 지금 있는 곳의 주인들도 역시 큰 이득만을 쫓는다는 걸 알고 있어. 하지만 거기선 십이 년간을 같이 있었잖아. 몇 프랑 더 준다고 해서 다른 곳으로 옮길 필요가 있을까? 어느 날엔가는 여러 지점 중의 하나를 나한테 맡기겠지. 그렇게 되면, 난 인상파 작품들을 차츰 팔기 시작할 거야."

"인상파? 어디에선가 신문에서 그런 이름을 봤던 것 같은데? 인상파들이란 누구냐?"

"아, 그냥 파리를 중심으로 한 일단의 젊은 화가들을 말하는 거야. 에두아르 마네, 드가, 르누아르, 클로드 모네, 시슬레, 쿠르베, 로트레크, 고갱, 세잔, 쇠라 등이지."

"어디에서 그런 이름이 붙여졌지?"

"1874년에 열린 나다의 전람회에서. 클로드 모네가 거기에다 「인상 ; 해돋이」라는 제목의 유화를 출품했거든. 그걸 보고 루이 르루아라는 한 비평가가 신문에서 인상파 전람회라고 불렀는데 그 이후로 그런 이름이 붙어버린 거야."

"그 사람들 작품은 밝은 빛깔이냐, 아니면 어두운 빛깔이냐?"

"아, 밝지! 그 사람들은 어두운 색채를 경멸해."

"그럼 난 그 사람들과 함께 일할 수 없겠구나. 나도 색채를 바꿀 셈이긴 하지만, 지금보다 더 밝은 빛깔이 아니라 더 어두운 빛깔로 바꾸려고 하거든."

"형이 파리로 오면 어쩌면 생각이 달라질지도 모르지."

"글쎄, 그럴지도 모르지. 그런데 그 사람들 중에 그림이 팔리는 사람들이 있니?"

"뒤랑-뤼엘이 가끔 마네의 그림을 팔아주지. 하지만 고작 그뿐이야."

"그럼, 그 사람들은 어떻게 살아가지?"

"누가 알아. 대부분 그럭저럭 임시변통으로 살아가지, 뭐. 루소는 아이들한테 바이올린을 가르치고, 고갱은 전에 다녔던 증권거래소의 친구들한테서 돈을 빌려 쓰고, 쇠라는 어머니가, 세잔은 아버지가 버텨주고, 나머지 사람들은 어디서 돈을 구하는지 나도 모르겠어."

"넌 그 사람들을 전부 알고 있구나, 테오?"

"그럼. 서서히 친해지는 중이야. 구필 화랑에다 자그마한 구석 자리를 주어 그들의 그림을 전시하자고 주인들을 설득했지만, 그 사람들은 인상파의 그림에는 눈도 돌리려고 하지 않는걸."

"그 인상파란 작자들 내가 꼭 만나봐야 할 사람들 같은데. 이봐, 테오. 넌 내게, 다른 화가들과 만나 뭔가 새로운 기분을 얻게끔 해준 적이 전혀 없잖냐."

테오는 작업실의 앞 창문으로 가서, 관리인의 집과 에인트호벤으로 가는 도로 사이에 가로놓인 자그마한 채소밭을 내다보고 있었다.

"그렇다면 파리로 와서 나와 함께 살아." 그가 말했다. "형도 분명히 언젠가는 결국 파리로 와야 될 테니까."

"난 아직 준비가 덜 되었어. 여기서 먼저 끝마쳐야 할 게 있거든."

"글쎄, 형이 계속 지방에 머문다면 형과 같은 부류의 사람들과 사귀길 바랄 수야 없지."

"사실이 그럴지도 모르지. 그런데 한 가지 납득할 수 없는 게 있다. 넌 지금까지 내가 그린 것들을 단 한 점도 팔지 못했어. 아니, 실은 그런 시도조차 하지 않았지. 자, 안 그래?"

"맞아."

"어째서 그렇지?"

"형 작품을 감정가들한테 보여줬지. 그들 말이……."

"아, 감정가들이라구!" 빈센트가 어깨를 으쓱해 보였다. "그런 감정가들이라는 사람들이 즐겨 쓰는 진부한 말들은 나도 익히 잘 알고 있지. 하지만, 테오, 그런 사람들의 의견이런 한 작품이 지니고 있는 고유한 특질과는 아무런 관계도 없다는 것을 넌 알아야만 해."

"이런, 내가 그런 뜻으로 말한 건 아닌데. 형 작품은 잘하면 팔릴 수 있어. 하지만……."

"테오, 테오, 그건 에텐에서 그린 나의 초기 스케치들을 보고 써보낸 것과 똑같은 말이잖아."

"그건 사실이야, 형. 형의 그림은 언제나 훌륭한 성숙기로 막 접어들려는 듯이 보여. 이젠 드디어 접어들었겠지 기대하는 초조한 마음으로 난 형의 새로운 스케치들을 하나씩 집어들곤 했지. 그러나 여태까지는……."

"팔릴 수 있다느니 없다느니 하는 말은," 파이프로 스토브를 두드리며 빈센트가 테오의 말을 잘랐다. "낡아빠진 판단이야. 난 그런 것에 마음 약해지지 않기로 작정했다."

"형 말로는 여기서 할 일이 있다는데, 그렇다면 당장 달려들어 해치워버려요. 파리로 빨리 올수록 형한테는 더 좋을 테니까. 그리고 그동안 형 그림을 팔기 원한다면, 습작화를 보내지 말고 본격적인 회화 작품을 보내줘요. 습작화를 원하는 사람은 아무도 없거든……."

"글쎄, 어디까지가 습작화이고 어디서부터가 본격적인 회화인지 그렇게 딱 잘라 말하기는 어려워. 우린 그저 할 수 있는 대로 한껏 많이 그리고, 테오, 결점도 가지고 우수함도 가진, 있는 그대로의 우리 자신이 되기로 하자. 내가 '우리'라고 말하는 까닭은, 네가 돈을 보내주고 있으므로 그 작품들의 반은 네 것으로 여길 권리가 너한테 있기 때문이다. 물론 돈을 마련하느라 고생이 많다는 것은 알고 있다."

"아, 그것에 관해선……." 테오는 방 뒤편으로 걸어가, 나무 옷걸이에 걸린 챙 없는 낡은 모자를 손으로 만지작거리고 있었다.

8

아버지가 돌아가시기 전에 빈센트는, 저녁을 먹거나 한 시간 가량 함께 지내기 위해서 아주 이따금씩 목사관에 갔었다. 그러나 장례식 이후에 동생 엘리자베트는 그를 완전히 달갑지 않은 인간이라고 분명하게 못박았고, 가족들도 어느 만큼의 입장을 지키고 싶어했다. 어머니는 빈센트의 생활은 빈센트 자신이 책임져야 하며 자신으로서는 딸들 편에 서는 것이 도리라고 생각했다.

이제 뉘넌에서 그는 완전히 혼자였다. 사람들 대신에 그는 자연을 연구하게 되었다. 그는 처음에는 절망적인 몸부림으로 자연을 따르려고 했지만 그러나 모든 것이 빗나갔다. 결국에는 그는 자신의 팔레트로 침착하게 창조했고, 그러자 자연이 거기에 동조해서 따라왔다. 비참한 외로움에 젖을 때면 그는 전에 베이센브뤼흐의 작업실에서 베이센브뤼흐가 고통의 존재를 그토록 열렬히 찬양하던 광경을 떠올렸다. 자신이 충실히 신봉하는 밀레에게서 그는 베이센브뤼흐의 철학이 좀 더 설득력 있게 표현되었음을 발견했다. "나는 결코 고통이 진정되기를 원치 않는다. 흔히 바로 그 고통을 통해서 예술가는 가장 힘찬 자기표현을 얻을 수 있는 까닭에"라는 밀레의 말에서.

그는 데 그로트라는 이름의 한 농사꾼 가족과 친구가 되었다. 가족은 어머니, 아버지, 아들 하나, 딸 둘이었는데 모두가 밭에 나가 일을 했다. 브라반트의 농부들 대부분이 다 그렇기는 하지만 데 그로트의 가족들 역시 보리나주의 광부들처럼 "검은 아가리"라고 불러도 무방했다. 벌어진 넓은 콧구멍과 툭 불거진 코와 두툼하고 큼직한 입술과 길고 모난 귀를 가진 그들의 얼굴은 흑인과 비슷했다. 얼굴 아래 부분이 앞이마보다 훨씬 앞으로 튀어나왔고 머리통은 작고 뾰족했다. 데 그로트 가족은 방 한 칸짜리 오두막집에서 살았는데, 그 방 벽에는 잠자리로 사용하는 우묵한 곳이 여러 군데 뚫려 있었다. 방 한가운데에 테이블이 있었고 거기에 의자 두 개, 몇 개의 상자가 있었다. 그리고 대들보로 받친 투박한 천장에서 램프가 내려뜨려져 있었다.

데 그로트 가족은 감자를 주식으로 먹고 사는 사람들이었다. 저녁에는 감자와 함께 블랙 커피 한 잔, 그리고 간혹 일주일에 한 번쯤은 베이컨 한 조각을 먹었다. 그들은 감자를 심고 감자를 캐내고 감자를 먹었다. 그것이 그들의 삶이었다.

스틴 데 그로트는 열일곱 살가량 된 귀여운 아이였다. 그녀는 일할 때 쓰는 흰색의 챙 없는 넓은 모자를 쓰고 흰 깃이 달린 짧은 검은 윗도리를 입었다. 빈센트에게는 저녁마다 그들의 집에 찾아가는 버릇이 생겼다. 그와 스틴은 둘이서 무척 많이 웃었다.

"봐!" 그녀가 고함치곤 했다. "난 근사한 숙녀야. 내가 이렇게 그림으로 그려지고 있잖아. 반 고흐 씨, 당신을 위해서 새 모자를 쓸까요?"

"아냐, 스틴. 넌 지금 그대로가 아름다워."

"내가, 아름답다고요!"

그녀가 까르르 웃음을 터뜨렸다. 그녀는 쾌활한 큰 눈과 아름다운 표정을 가졌다. 그리고 그녀의 얼굴에는 타고난 생기가 있었다. 그녀가 들판에서 몸을 굽히고 감자를 캐낼 때면 그는 그녀의 굴곡진 몸매에서 케이보다도 더욱 생생한 우아한 아름다움을 보았다. 그는 인물화에서 가장 중요한 점은 움직임이라는 것을, 그리고 옛 대가들의 그림에서 보이는 인물화의 큰 결점은 그 인물에 움직임이 없다는 점임을 깨달았다. 그는 데 그로트의 가족이 들판에서 밭을 일구는 모습, 집에 돌아와 식탁에 앉아 있는 모습, 찐 감자를 먹는 모습을 스케치했고, 그럴 때면 스틴이 언제나 그의 어깨 너머로 기웃기웃거리면서 그와 농담을 주고받았다. 가끔씩 일요일 같은 날에는 그녀는 깨끗한 챙 없는 모자를 쓰고 깨끗한 깃을 달고서 그와 함께 히스 들판을 걸었다. 그것은 농부들이 가질 수 있는 유일한 즐거움이었다.

"마르호트 베게만이 당신을 좋아했죠?" 그녀가 언젠가 한번 물었다.

"그래."

"그런데 어째서 죽으려고 했을까요?"

"그녀의 가족이 나와의 결혼을 허락하지 않았기 때문이지."

"그 여잔 바보야. 그게 나였다면 난 죽는 대신에 어떻게 했을 것 같아요? 나라면 당신을 사랑했을 거예요."

그녀는 빈센트의 얼굴에 웃음을 뿜어내고서 소나무 숲속으로 달아나버렸다. 하루 종일 그들은 소나무들 사이에서 웃고 놀았다. 산책하고 있던 다른 쌍들이 그들을 보았다. 스틴은 웃는 데 타고난 재주가 있었다. 빈센트가 하는 별 의미 없는 말이나 행동에도 그녀의 입에서는 거침없는 웃음소리가 튀어나왔다. 그녀는 그와 씨름을 하면서 그를 땅바닥에 내던지려고 애를 쓰기도 했다. 그가 그녀의 집에서 그리는 것들이 자기 마음에 들지 않으면 그녀는 그 그림에다 커피를 마구 쏟아붓거나 그것을 아예 불 속에 던져버리곤 했다. 그녀는 자주 작업실로 와서 포즈를 취해주곤 했는데 그녀가 갈 때쯤이면 그곳은 엉망진창이 되어 있었다.

그렇게 해서 여름과 가을이 지나고 또다시 겨울이 왔다. 빈센트는 눈 때문에 하는 수 없이 작업실 안에서 종일 일해야 했다. 뉘넌 사람들은 모델 노릇을 좋아하지 않았으므로 돈 때문이 아니었더라면 그에게 아무도 오지 않았을 것이다. 덴하흐에서 그는 세 명의 인물로 된 군상화를 그리기 위해서 여자 재봉사들을 아흔 명 가까이 그렸다. 그는 데 그로트 가족들이 감자와 커피로 된 저녁을 먹는 광경을 그리고 싶었지만, 그것을 올바로 그리기 위해서는 우선 근처에 사는 모든 농부들을 하나하나 다 그려야만 될 것 같았다.

가톨릭 교회의 사제는 관리인이 그 집의 방을 이교도이며 화가인 남자에게 세놓은 것을 은근히 못마땅하게 여겼지만, 빈센트가 조용하고 예의 발랐기 때문에 그를 쫓아낼 이유를 찾지 못하던 터였다. 그런 어느 날 아드리아나 스하프라트가 온통 흥분한 채 작업실로 들어왔다. "파우벨스 신부님이 지금 당장 당신을 만나보시겠다는군요."

안드레아스 파우벨스 신부는 얼굴이 붉고 풍채가 큰 사람이었다. 신부는 작업실을 재빨리 둘러보고는 이렇게 미친 듯이 뒤죽박죽인 상태는 처음 봤다고 단정을 내렸다.

"제가 무슨 도움이라도, 신부님?" 빈센트가 정중하게 물었다.

"자네가 내게 도움이 될 일은 하나도 없네. 하지만 난 자네를 도울 수 있는 게 있지! 이번 일이 잘 해결되도록 내가 도와주겠네. 내가 하라는 대로만 한다면."

"무슨 일을 두고 말씀하시는 겁니까, 신부님?"

"그 처녀는 가톨릭이고 자넨 프로테스탄트야. 하지만 내가 주교한테서 특별히 허가를 받아내겠네. 며칠 내에 그 처녀와 결혼할 준비를 하게."

창으로 가득 들어오는 빛 가운데서 파우벨스 신부를 잘 쳐다보려고 빈센트가 앞으로 나왔다. "저는 무슨 말씀이신지 통 납득이 안 가는군요." 그가 말했다.

"아, 아냐. 자넨 알고 있어. 이렇게 아닌 척해봐야 아무 소용없어. 스틴데 그로트가 임신했단 말이네. 그 가족의 명예는 반드시 지켜져야 해."

"스틴이, 이런 지랄 같은!"

"지랄 같다는 건 잘한 말이야. 아닌 게 아니라 이건 정말 지랄 같은 짓이니까."

"그게 확실한가요, 신부님? 잘못 알고 계신 건 아닌가요?"

"난 확실한 증거가 있을 때까지는 비난하지 않는 사람이야."

"그러면 스틴이 당신에게 말하…… 스틴이…… 내가 그 사내였다고…… 말했단 말인가요?"

"아니야. 그 사내 이름은 우리한테 말하길 거부했어."

"그런데 어째서 신부님은 그런 영광을 내게 안겨주십니까?"

"둘이서 함께 있는 걸 사람들이 여러 번 보았어. 그녀가 이 작업실에도 자주 오지 않았나?"

"왔죠."

"일요일에 함께 들판을 거닐러 나가지 않았던가?"

"예. 그랬죠."

"그랬다면 더 이상의 무슨 증거가 필요하겠나?"

빈센트는 한순간 침묵했다. 이윽고 그가 차분하게 말했다. "그런 얘길 들으니 내 마음이 좋지 않군요. 더구나 그게 내 친구인 스틴에게 고통을 의미하는 거라면. 하지만 신부님께 장담하지만 나와 그녀와의 관계는 비난받을 성질의 것이 못 됩니다."

"자넨 내가 그 말을 믿으리라고 생각하나?"

"아뇨." 빈센트가 대답했다. "그렇게 생각지 않습니다."

그는 저녁 무렵 스틴이 들에서 돌아왔을 때 그들의 오두막집 디딤돌 위에서 그녀를 기다리고 있었다. 나머지 식구들은 저녁을 먹으러 안으로 들어갔다. 스틴이 그의 곁에 주저앉았다.

"나한테, 누군가 당신의 모델이 될 만한 사람이 곧 생길 거예요."

"그럼, 그게 사실이로구나, 스틴?"

"물론. 만져보고 싶어요?"

그녀는 그의 손을 가져다가 자신의 배 위에 올려놓았다. 그는 점차 부풀어오르는 배를 느낄 수 있었다.

"파우벨스 신부님이 방금, 내가 그 애의 아버지라고 알려주던데."

스틴이 웃었다. "나도 그게 당신이었으면 좋겠어요. 하지만 당신은 그런 걸 결코 원치 않았잖아요, 그렇죠?"

그는 들판에서 흘린 땀이 그녀의 거무스름한 피부와 무겁고 굴곡진 투박한 생김생김과 그 두툼한 코와 입술에 굳어져 있는 것을 보았다.

"나도 역시 그게 나였더라면 좋겠다, 스틴."

"그런데 파우벨스 신부님이 그게 당신이라고 말했다고요? 그거 정말 우습네요."

"그게 뭐가 그리 우습니?"

"내 비밀을 지켜주실래요?"

"약속하지."

"그 신부님 교회의 의식을 관리하는 사람이었어요."

빈센트가 휘파람을 불었다. "네 부모님은 알고 계시니?"

"모르는 게 당연하죠. 그리고 그들한테도 난 절대 말하지 않을 거예요. 하지만 부모님들은 당신이 아니란 것만은 아실 거예요."

빈센트는 안으로 들어갔다. 집안 분위기는 하나도 변한 것이 없었다. 데 그로트 가족은 스틴의 임신을, 암소가 밭에서 송아지를 낳는 경우와 똑같은 마음으로 받아들였다. 그를 대하는 식구들의 태도는 전과 다름없었고 그는 자신의 무고함을 그들이 믿고 있음을 알았다.

그러나 마을 사람들은 그렇지 않았다. 아드리아나 스하프라트가 문간에서 엿듣고 있었던 것이다. 그녀는 그 소식을 재빨리 이웃 사람들에게 전했다. 한 시간도 채 못 되어 뉘넌의 이천 명의 주민들 모두가, 스틴 데 그로트가 빈센트의 아이를 낳을 것이며 그래서 파우벨스 신부가 그들을 강제로 결혼시킬 것이라는 소식을 듣게 되었다.

십일월이 오고 겨울이 왔다. 이제 슬슬 떠나야 할 때였다. 뉘넌에 더 오래 있을 필요도 없었다. 농부들의 생활에 관해서 그릴 만한 것은 다 그렸고 배울 만한 것도 다 배웠다. 더구나 다시 재발된 마을 사람들의 증오 속에서 살아나갈 수가 없을 것 같았다. 분명히 이제 떠나야 할 때가 온 것이다. 그러나 어디로 가야 할 것인가?

"반 고흐 씨." 문을 두드리고 나서 아드리아나가 서글픈 어조로 말했다.

"파우벨스 신부님 말씀이 당신더러 이 집을 당장 비우고 어디 다른 곳에 묵을 곳을 찾아보라시는군요."

"아주 좋습니다. 원하시는 대로 해드리죠."

그는 작업실 안을 이리저리 돌아다니며 자신의 작품을 바라보았다. 꼬박 이 년간의 각고의 세월. 베 짜는 남자들과 그들의 아내, 베틀, 밭에서 일하는 농부들, 목사관 정원의 후미진 곳에 있는 가지 잘린 나무들, 낡은 교회당의 첨탑, 태양의 열기 속에 혹은 차가운 겨울의 황혼 빛 속에 잠긴 히스 들판과 산울타리 등을 그린 수백 점의 습작품들.

막막한 비애가 그를 엄습해왔다. 그의 작품 모두가 너무도 단편적인 것들이었다. 브라반트 농민들의 생활을 요모조모로 묘사한 소품들은 있었지만, 농부들의 오두막집과 김 나는 찐 감자와 그 농부들의 생활을 한눈에 보여주고 그 진수를 사로잡은 작품은 단 한 편도 없었다. 브라반트의 농부들을 그린 그의 "만종"은 어디에 있단 말인가? 그리고 그것을 그리기 전에 어떻게 떠날 수 있단 말인가?

그는 달력을 힐끗 쳐다보았다. 다음 달 첫날까지는 아직 열이틀이 남아 있었다. 그는 아드리아나를 불렀다.

"파우벨스 신부님한테, 내가 다음 달 첫날까지의 돈을 지불했으니까 그때 가서 떠나겠다고 전해주십시오."

그는 이젤과 물감과 캔버스와 붓들을 모아 들고 데 그로트의 오두막집으로 터벅터벅 걸어갔다. 집에는 아무도 없었다. 그는 연필로 방 안 내부를 스케치하기 시작했다. 데 그로트 가족이 밭에서 돌아오자 그는 그 종이를 찢어버렸다. 데 그로트 가족들이 찐 감자와 블랙 커피와 베이컨이 놓인 저녁 식탁에 둘러앉았다. 그는 캔버스를 세우고서 식구들이 잠자리에 들 때까지 끈기 있게 작업했다. 작업실로 돌아온 그는 밤새도록 그 그림에 매달렸다. 그는 낮 동안에 잠을 잤다. 잠에서 깨어난 그는 격심한 혐오감과 함께 그 캔버스를 불태워버렸다. 그리고 또다시 데 그로트의 오두막집을 향해서 나섰다.

네덜란드의 옛 대가들에게서 그는 "소묘와 색채는 하나이다"라는 사실을 배웠다. 데 그로트 가족은 살아오면서 언제나 변하지 않는 똑같은 위치에서 밥상머리에 둘러앉았다. 빈센트는 등불 아래서 감자를 먹는 이 사람들이 접시로 가져가는 바로 그 손으로 대지를 일굼을 분명하게 표현하고 싶었고, 그것을 통해 "손"의 노동에 대해서, 그리고 그들이 얼마나 정직하게 일해서 먹고 살아가는가 하는 것에 대해서 이야기하고 싶었다.

한 캔버스에 맹렬하게 덤벼드는 그의 오래된 버릇이 지금 이 순간에는 무척 쓸모가 있었다. 그는 엄청난 속도와 활력을 가지고 일했다. 자신이 무엇을 하고 있는지 생각할 필요도 없었다. 이제까지 그는 농부들과, 오두막집과, 김이 나는 찐 감자 앞에 모여 앉은 농부들의 가족을 수백 번이나 그렸던 것이다.

"파우벨스 신부가 오늘 여기 왔더군." 스틴의 어머니가 말했다.

"무엇 때문에 왔던가요?" 빈센트가 물었다.

"우리가 당신에게 포즈를 취해주지 않으면 우리한테 돈을 주겠다고 말하던데."

"그래서 그 사람한테 뭐라고 말했습니까?"

"당신은 우리 가족의 친구라고 말했지."

"그 신부님이 이 근처 집집마다 찾아다니던걸." 스틴이 끼어들었다. "하지만 사람들이 신부님한테, 그의 동정을 받으니 차라리 당신의 모델 노릇을 해서 일수라도 받겠다고 말했대요."

다음날 아침 그는 어제 그린 캔버스를 다시 찢어버렸다. 분노와 무력감이 반반씩 섞인 감정이 그를 사로잡았다. 이제 열흘밖에 남지 않았다. 뉘넌에서 빠져나가야만 했다. 점점 더 견딜 수 없어졌던 것이다. 하지만 밀레에 대한 약속을 이행하기 전에는 그곳을 떠날 수 없었다.

밤마다 그는 데 그로트의 오두막집으로 갔다. 그 집 식구들이 더 이상 앉아 있을 수 없을 때까지 그는 일했다. 밤마다 그는 새로운 색 배합과 서로 다른 갖가지 명암과 프로포르시옹을 시도했다. 그리고 날마다 그는 자신이 실패했음을, 자신의 작품이 불완전함을 깨달았다.

그달의 마지막 날이 왔다. 그동안 빈센트는 미친 듯이 자신을 혹사시키며 일했다. 그는 잠도, 대개는 먹는 것도 잊고 지냈다. 그는 정신의 힘 하나만으로 살고 있었다. 실패할수록 흥분은 고조되었다. 데 그로트의 가족이 밭에서 돌아왔을 때 빈센트는 그들의 집 안에서 기다리고 있었다. 그는 이미 이젤을 세워놓고 물감을 혼합하고 캔버스도 펼쳐놓은 채 기다리고 있었다. 이것이 바로 그에게 최후의 기회였다. 내일 아침에는 브라반트를 영원히 떠나야 했다.

그는 몇 시간 동안 작업했다. 데 그로트 가족은 이해심이 많았다. 저녁을 다 먹고도 그들은 식탁에 계속 앉아 농부들의 사투리로 나직하게 이야기를 주고받고 있었다. 빈센트는 자신이 도대체 뭘 그리고 있는지도 알지 못했다. 그는 아무런 생각도, 아무런 의식도 없이 다만 자신의 손과 이젤 사이에 놓인 캔버스에만 맹렬히 덤벼들었다. 열 시가 되었을 무렵에 데 그로트의 가족이 슬슬 잠들기 시작했고 그는 기진맥진했다. 그는 그 캔버스에 매달려 할 수 있는 온 힘을 다했다. 그는 자기 물건들을 모두 주워 모았다. 그는 스틴에게 키스했고 그들 모두에게 작별의 말을 했다. 그는 밤을 헤치며, 자신이 걷고 있다는 의식도 없이 터벅터벅 집으로 돌아왔다.

작업실에서 그는 그 캔버스를 의자 위에 올려놓고 파이프에 불을 붙이고 나서, 자신의 작품을 뜯어보며 서 있었다. 모든 것이 틀렸다. 실패작이었다. 거기에는 영혼이 들어 있지 않았다. 또다시 실패한 것이었다. 브라반트에서 기울인 이 년간의 노고가 물거품이 되었다.

그는 입 끝이 뜨거워지도록 마지막 한 모금까지 파이프를 피웠다. 그는 가방을 챙겼다. 벽과 장에서 자신의 습작품들을 모두 떼어 모아 커다란 상자에다 넣었다. 그는 소파에 몸을 던졌다.

얼마만큼의 시간이 흘렀는지 알 수 없었다. 그는 벌떡 일어나 간밤에 그린 캔버스를 틀에서 떼어내어 한구석에다 획 던져버리고서 새로운 캔버스를 올려놓았다. 그는 물감을 조금 섞고 앉아서 일하기 시작했다.

"사람은 처음엔 절망적인 몸부림으로 자연을 따르려고 하지만 그러나 모든 게 빗나간다. 결국엔 자신의 팔레트로 침착하게 창조하고 그러면 자연이 거기에 동조해서 따라온다."

"사람들은 내가 상상으로 그린다고 생각한다. 그러나 그것은 사실이 아니다―나는 기억으로 그린다."

그것은 브뤼셀에서 피터센 목사가 그에게 들려준 것과 같은 이야기였다. 그는 자신의 모델들과 너무 가까이 있었던 것이다. 그래서 전체를 통찰하는 힘을 얻을 수 없었다. 지금까지 그는 자연의 틀 속에 자신을 쏟아부었지만 이제는 자신의 틀 속에 자연을 쏟아붓게 되었다.

그는 그림 전체를 땅에서 방금 캐낸 듯한, 껍질도 벗기지 않은 흙 묻은 감자의 색깔로 칠했다. 거기에는 더러워진 리넨 식탁보와, 연기에 그을린 벽과, 투박스러운 서까래에서 내려뜨려진 등불이 있었고, 스틴이 아버지에게 찐 감자를 내주고, 어머니가 블랙 커피를 따르고, 오빠가 컵을 입으로 가져가는 모습이 있었고, 그리고 그들 모두의 얼굴에는 만물의 영원한 질서를 조용히 인내하며 받아들이는 표정이 어려 있었다.

해가 솟아오르고 창고의 창문으로 햇빛이 조금 새어들어왔다. 빈센트는 앉아 있던 삼각 걸상에서 몸을 일으켰다. 그는 더할 나위 없이 침착하고 평온한 기분을 느꼈다. 열이틀간의 흥분은 사라졌다. 그는 방금 끝마친 자기 작품을 바라보았다. 거기에서는 베이컨과 연기와 김나는 찐 감자의 냄새가 났다. 그는 싱긋 웃었다. 이제 자신의 "만종"을 그린 것이었다. 사라지는 것들 속에서 영원히 사라지지 않는 것들을 사로잡았던 것이다. 브라반트의 농부들은 이제 영원히 죽지 않을 것이다.

그는 달걀 흰자위로 그 그림을 닦았다. 그는 자신의 소묘와 유화 작품이 들어 있는 상자를 목사관으로 가지고 가서 어머니에게 맡기고 작별을 고했다. 작업실로 다시 돌아온 그는 아까의 그 캔버스 위에다 「감자 먹는 사람들」이라고 써넣고 그것과 함께 그의 가장 훌륭한 습작품들 몇 점을 싸들고 파리로 향했다.

인상파의 물결에
파리

1

"그럼 지난번에 보낸 편지는 받지 못했겠군?" 다음날 아침 둘이 마주 앉아 롤빵과 커피를 들면서 테오가 물었다.

"그런 것 같은데." 빈센트가 대답했다. "그 안에 뭐라고 썼는데?"

"내가 구필 화랑에서 승진했다는 뉴스."

"이런, 테오! 그런데도 넌 어제 거기에 대해서는 내게 일언반구도 비치지 않았잖아."

"형은 어제 너무 흥분해서 들을 수도 없었다구. 내가 몽마르트르 가에 있는 화랑을 맡게 되었어."

"테오, 그거 굉장하구나! 네가 너의 화랑을 가지게 되다니!"

"실제로 내 화랑은 아니지. 구필 화랑의 경영 방침을 아주 엄중히 따라야 해. 하지만 중이 층(일 층과 이 층 사이의 층/옮긴이)에 인상파 그림들을 걸어도 좋다는 허락을 받았어. 그러니까……."

"누구의 작품을 전시할 참이냐?"

"모네, 드가, 피사로, 마네."

"들어보지도 못한 사람들인데."

"그렇다면 화랑에 와서 한번 오랫동안 잘 봐두라구."

"네 얼굴이 엉큼스럽게 빙긋 웃는 건 무슨 뜻이지?"

"아, 아무것도 아니야. 형, 커피 좀더 마시겠어? 몇 분 뒤에 함께 나가야 해. 난 아침마다 화랑까지 걸어가거든."

"고맙다. 아냐, 아냐, 반 컵만. 이런 제기랄. 그런데 테오, 이렇게 다시 테이블에 마주 앉아 너와 함께 아침 식사를 하다니 참 좋구나."

"난 오랫동안 형이 파리에 오기를 기다려왔어. 물론 결국엔 파리로 오게 되어 있었지만. 그런데 형이 유월까지 기다렸더라면 더 나았을 걸 그랬어. 그때쯤 르픽크 로(路)로 이사할 거거든. 거기에는 커다란 방이 세 개 있어. 보다시피 여기서는 형이 일을 할 수가 없잖아."

빈센트는 의자에 앉은 채 몸을 돌리고 주위를 바라보았다. 테오의 아파트는 방 하나와 작은 부엌과 그리고 조그마한 골방 하나로 이루어져 있었다. 한 칸짜리 방은 진짜 루이 필리프 왕조풍의 가구로 보기 좋게 장식되었지만 움직일 공간이 거의 없었다.

"여기다 이젤을 세우려면 너의 이 아름다운 가구들 중 몇 개는 안마당에 내다놓아야 할 판이구나."

"이곳이 비좁다는 걸 알면서도 우연한 기회에 이 가구들을 싼 값으로 사들였지. 새로 얻을 아파트에 바로 이 가구들을 꼭 들여놓고 싶었거든. 자, 나갑시다, 형. 내가 좋아하는 산책 길로 해서 언덕을 내려가 몽마르트르 가로 형을 데려다줄게. 아침 일찍이 그 냄새를 맡아보기 전에는 파리를 안다고 말할 수 없지."

테오는 묵직한 검은 코트를 걸쳤다. 높직하게 양쪽 칼라가 맞닿는 곳 위쪽에다 티 한 점 없이 하얀 나비 넥타이를 매고, 가르마 양편으로 봉긋 솟은, 약한 고수머리 머리칼에 마지막 빗질을 한 다음, 테오는 콧수염과 부드러운 턱수염을 반반하게 매만졌다. 그는 검은 중산모를 쓰고 장갑과 지팡이를 들고 앞문으로 갔다.

"자, 빈센트, 준비 다 됐어? 맙소사, 형은 꼴불견이군! 파리가 아닌 다른 곳에서 그런 옷차림을 했다면 남들이 이상하게 쳐다봤을 거야."

"이게 뭐가 어때서?" 빈센트는 자기 모습을 내려다보았다. "이 년 가까이 이 옷을 입고 다녔지만 아무도 뭐라고 하는 사람 없더라."

테오가 웃었다. "걱정 마, 파리 사람들은 형 같은 사람들한테 익숙하니까. 오늘 밤 화랑이 문을 닫으면 내가 옷을 좀 사줘야겠군."

구불구불한 나선형 계단을 걸어내려온 그들은 관리인의 방을 지나 현관문을 거쳐 라발 거리로 나섰다. 번화하고 볼품 있어 보이는 꽤 넓은 거리였는데 약, 액자, 골동품 등을 파는 커다란 상점들이 있었다.

"우리 아파트 건물 삼 층에 있는 저 아름다운 귀부인들을 좀 봐." 테오가 말했다.

빈센트가 고개를 쳐들자 석고로 만든 세 개의 반신상이 보였다. 첫 번째 반신상 밑에는 조각이라고 쓰여 있고 가운데 반신상 밑에는 건축, 마지막 것 밑에는 회화라고 쓰여 있었다.

"어째서 회화가 저렇게 못생긴 계집이라고 생각했을까?"

"나도 몰라." 테오가 대답했다. "하지만 어쨌거나 형이 제대로 찾아온 거라구."

두 사람은 골동품점인 르 비외 루앵을 지나쳤다. 거기가 바로 테오가 아파트에 있는 루이 필리프 왕조풍의 가구를 샀던 곳이었다. 금세 그들은 몽마르트르 로로 들어섰는데, 거기에서부터 그들이 서 있는 언덕배기 위쪽으로 아름다운 모양을 이루며 꾸불꾸불 올라간 곳에 클리시 가와 뷔트 몽마르트르가 있고, 반대로 아래쪽으로 내려가면 거기가 곧 파리의 심장부였다. 거리에는 아침 햇살과, 잠에서 깨어나는 파리의 냄새와, 카페에서 크루아상과 커피를 먹는 사람들과, 하루의 장사를 시작하기 위해서 문을 열고 있는 채소와 고기와 치즈를 파는 상점들로 가득했다.

그곳은 자그마한 가게들이 빽빽이 들어찬 붐비는 상인 구역이었다. 거리 한복판에 나다니는 노동자들, 상점 앞에서 큰 상자에 들어 있는 물건들을 만지작거리며 상인들과 옥신각신 흥정을 하는 주부들.

빈센트는 숨을 깊이 들이쉬었다. "파리군." 그가 말했다. "그 오랜 세월 뒤에 결국."

"그래, 파리야. 유럽의 수도지. 특히나 화가에게는."

빈센트는 언덕배기를 구불구불 오르락내리락하는 인간 삶의 숨가쁜 물결을 들이마셨다. 붉은색과 검은색의 줄무늬가 서로 교차된 재킷을 입은 급사들, 포장도 하지 않은 기다란 빵 덩어리를 팔에 끼고 다니는 아낙네들, 노상에 놓여 있는 손수레들, 가벼운 슬리퍼를 신은 하녀들, 일하러 나가는 길인 부유한 사업가들. 셀 수도 없이 많은 정육점, 과자집, 빵집, 세탁장, 자그마한 카페들을 지나 몽마르트르 로는 완만한 곡선을 그리며 언덕 맨 아랫부분으로 접어들고 거기서 빙그르르 돌면 샤토됭 광장이 나온다. 그곳은 여섯 개의 거리가 하나로 만나 이루어진, 원형에 가까운 광장이었다. 그들은 그 원형의 광장을 가로지르고, 노트르담 드 로레트를 지나쳤다. 그것은 장방형의 더러워진 검은 석조 교회였는데 그 지붕 위의 세 천사 상은 창공 속을 떠다닐 듯 목가적으로 보였다. 빈센트는 교회 문 위에 쓰여 있는 글자를 자세히 쳐다보았다.

"저게 그 자유-평등-박애라는 뜻이야, 테오?"

"그럴 거야. 제3공화국은 어쩌면 영원히 계속될지도 몰라. 왕당파들은 쥐 죽은 듯 찍소리 못 하고, 사회주의자들이 세력을 잡고 있거든. 요전 날 밤에 에밀 졸라가 내게 말하던데, 다음 혁명은 왕권이 아니라 자본주의와 대항하는 것이 될 거라구."

"졸라! 네가 졸라와 알고 지내다니 굉장하구나, 테오."

"폴 세잔이 날 졸라한테 소개해줬어. 다 함께 카페 바티뇰에서 일주일에 한 번씩 만나거든. 다음 번에 갈 때 형도 데리고 갈게."

샤토됭 광장을 지나면서 몽마르트르 로는 그 중산 계급적인 분위기를 잃고 좀더 위엄 있는 분위기를 띠었다. 상점들도 더 커졌고, 카페들도 좀더 당당했고, 지나다니는 사람들도 좀더 좋은 옷을 입었고, 건물들도 좀더 훌륭해 보였다. 뮤직홀과 레스토랑이 보도에 늘어섰고, 호텔들이 등장했고, 장사꾼 짐수레 자리는 마차가 차지했다.

두 형제는 활달한 걸음걸이로 척척 나아갔다. 차가운 햇살이 상쾌했고, 대기의 향기는 풍유롭고 번거로운 도시 생활을 말해주고 있었다.

"형이 집에서는 작업할 수 없을 테니까," 테오가 말했다. "내가 한 가지 제안을 하겠는데 코르망의 아틀리에에 다니는 게 어때?"

"그건 뭔데?"

"코르망은 대부분의 대가급 화가들처럼 아카데믹한 사람이지. 하지만 형이 그 사람의 비판을 원치 않는다면, 그 사람도 형을 가만 내버려둘 거야."

"비싸?"

테오가 지팡이로 빈센트의 넓적다리를 가볍게 건드렸다. "내가 승진했다고 말하지 않았어? 난 이제, 졸라가 자신의 다음 혁명으로 싹 쓸어버리겠다고 벼르는 부자 나리가 될 거란 말이야!"

드디어 몽마르트르 로는 커다란 백화점과 아케이드와 고급 상품점들이 들어찬 넓고 위풍당당한 몽마르트르 가로 흘러들어갔다. 몇 블록만 더 가면 이탈리아 가로 바뀌면서 오페라 광장으로 이어지는 그곳은 파리에서 가장 중요한 위치를 차지하는 대로였다. 아침의 이런 시각에는 거리가 텅 비어 있었지만 가게 안에서는 점원들이 이제 시작될 바쁜 하루를 위해서 준비하고 있었다.

테오가 맡은 구필 화랑의 지점은 19번지에 위치했는데, 몽마르트르 로 오른쪽의 작은 한 구획이 바로 19번지였다. 빈센트와 테오는 넓직한 가로수 길을 건너가다 한가운데에서 마차가 지나가도록 가스등 곁에 멈춰 섰다가 화랑을 향해서 다시 나아갔다.

테오가 화랑의 살롱을 지나칠 때에 단정한 옷차림의 점원들이 공손하게 허리를 굽혔다. 빈센트는 자신이 점원이었을 때 테르스테이흐와 오바크 씨에게 인사하던 일을 떠올렸다. 허공에는 그때와 똑같이 문화와 세련된 교양의 향기가 떠돌았다. 그것은 그 자신도 잊어버린 줄로 알았던 냄새였다. 살롱 벽에는 부그로, 에네르, 들라로슈 등의 그림들이 걸려 있었다. 메인 살롱보다 조금 높은 위치에 작은 발코니가 있었는데 그곳은 뒤편에 있는 계단을 통해서 연결되어 있었다.

"형이 보고 싶어할 그림들은 중이 층에 걸려 있어." 테오가 빈센트에게 말했다. "다 훑어보고 나면 내려와서 나한테 그 그림들을 본 소감이 어떤지 말해줘."

"테오, 무엇이 그렇게 네 구미를 당기길래 그러지?"

테오의 싱긋 웃는 웃음이 한층 더 넓게 퍼졌다. "형도 조금 뒤엔 곧……" 테오는 그렇게 말하고는 사무실 안으로 사라져버렸다.

2

"내가 정신병원에 온 건가?"

빈센트는 중이 층에 딱 한 개뿐인 의자로 눈먼 듯 비틀비틀 걸어가 몸을 앉히고서 두 눈을 비볐다. 열두 살 때부터 그가 익히 보아왔던 그림들은 어둡고 음침한 빛깔의 그림들이었다. 그런 그림들 속에서는 붓질의 흔적이 눈에 보이지 않고, 캔버스의 세부 전체가 정확하고 완벽했으며, 단조로운 색채들이 점차적으로 서서히 변해서 서로 다른 색채와 만나는 것이었다.

그러나 지금 깔깔거리며 그를 비웃는 듯한, 저 벽에 걸린 그림들은 그가 여태껏 보지도, 꿈꿔보지도 못했던 것들이었다. 밋밋하고 엷은 화면은 사라졌다. 감정의 절제도 사라졌다. 수 세기 동안 유럽의 그림들을 온통 뒤덮었던 육즙과도 같은 갈색도 사라졌다. 여기 있는 이 그림들은 현란하게 태양에 미쳐 있었다. 빛과 대기와 약동하는 활기에 미쳐 있었다. 무대 뒤의 발레하는 소녀들을 묘사한 그림들에는, 원색 그대로의 빨강, 초록, 청색이 서로의 곁에 아무렇게나 척척 던져져 있었다. 그는 그 그림의 사인을 찾아보았다. 드가.

강둑을 따라 펼쳐진 야외 풍경을 그린 그림들이 한 무더기 있었다. 머리 위에 뜨거운 태양이 내리쬐는 한여름의 넘쳐흐를 듯 무르익은 색채로 포착된 것들이었다. 그 이름은 모네였다. 여지껏 수백 점의 그림을 보아왔지만 그중에서 빛을 내뿜고 있는 이 그림들만큼 많은 광휘와 산들바람과 싱그러움을 가지고 있는 것은 보지 못했다. 모네가 쓴 가장 어두운 빛깔도, 네덜란드 전국의 미술관에서 볼 수 있는 가장 밝은 빛깔보다 열두 배쯤 더 밝은 것이었다. 붓의 움직임이 부끄러움도 없이 뚜렷이 드러났고, 하나하나의 붓놀림이 확연히 보이고, 하나하나의 붓놀림이 자연의 리듬에 공명하고 있었다. 그림의 표면은 탐스럽고 풍부한 물감이 동그랗고 묵직하게 덩어리져 있어서 두껍고 깊숙해 보였으며, 또한 그 덩어리진 물감 방울들로 고동치는 것처럼 보였다.

빈센트는 한 남자의 그림 앞에 섰다. 모직 속 셔츠를 걸치고 작은 배의 키를 잡고 있는 그림 속의 사내는 일요일 오후를 즐기는 프랑스인 특유의, 온 마음이 한군데로 쏠린 듯한 열중하는 표정이었다. 그의 아내는 곁에 소극적인 표정으로 앉아 있었다. 빈센트는 그 화가의 이름을 찾았다.

"또 모네야?" 그가 큰 소리로 중얼거렸다. "거, 참 이상하군. 아까의 야외 풍경하고는 조금도 닮은 점이 없는데."

그는 다시 이름을 살펴보고는 자신이 잘못 보았다는 것을 알았다. 그 화가의 이름은 모네가 아니라 마네였다. 그러자 마네의 「풀밭 위의 식사」와 「올랭피아」에 얽힌 이야기가 그의 기억에 떠올랐다. 칼로 베어버리거나 침을 뱉지 못하도록 경찰이 그 작품들 주위에 줄을 매어놓지 않을 수 없었다는 이야기였다.

어떤 이유에선지는 몰라도, 마네의 그림이 그에게는 에밀 졸라의 소설을 연상시켰다. 거기에도 똑같은 맹렬한 진실 추구, 겁을 모르는 똑같은 통찰력, 겉으로는 아무리 추해 보인다 할지라도 인물은 아름답다는 똑같은 감정이 있는 것 같았다. 그 기법을 자세히 조사한 빈센트는 마네가 색을 서서히 변화시켜가며 다른 색으로 바꾸는 것이 아니라 원색들을 서로의 바로 곁에 놓는다는 것을 알았다. 그리고 대부분의 세부 묘사들이 겨우 암시되는 정도에 그치며, 색채와 선과 명암과 음영을 명확하고 정확하게 경계짓는 것이 아니라 어른어른 흔들리면서 서로 만나고 있다는 것을 알았다.

"실제로 자연 속에서 어른어른 흔들리는 게 눈에 보이듯이." 빈센트가 말했다.

마우베의 음성이 그의 귀에 들려왔다. "빈센트, 자넨 그래 선 하나 똑똑하게 그릴 수가 없단 말인가?"

그는 다시 앉아서 그 그림들이 마음속에 새겨지도록 했다. 한참 후에 그는 저토록 완전한 그림의 혁명을 일으킨 간단한 수법 중의 하나를 간파해냈다. 이 화가들은 자기들의 그림을 대기로 단단하게 채워놓은 것이었다. 그리하여 저 살아서 움직이는 충만한 공기가 마침내 저 그림들 속에 나타날 대상에게 무엇인가를 부여하는 셋이었다. 정통주의자들에게 공기란 존재하지도 않는다는 것을 그는 알고 있었다. 그들에게 그것은 다만 빈 공간일 뿐이며 거기에다 그들은 고정된 단단한 물체들을 배열할 따름이었다.

그러나 이 새로운 사람들은! 그들은 공기를 발견했던 것이다! 빛과 산들바람과 대기와 태양을 발견했던 것이다. 그리고 그들은 모든 사물을, 저 흔들려 퍼지는 유동체 속에 깃든 셀 수 없이 많은 힘들로 여과시켜서 보았다. 이제 회화는 지금까지의 회화와 똑같은 것일 수 없다는 사실을 빈센트는 깨달았다. 정확한 복사는 사진기와 정통주의자들이 해주리라. 그러나 화가들은 자신들이 작업하는 곳을 둘러싼, 햇빛이 난무하는 대기와 그들 자신의 자연을 통해서 모든 것을 여과시켜서 보리라. 이 화가들이 어떤 새로운 예술을 창조했다고 해도 과언이 아닐 것 같았다.

그는 비틀거리며 층계를 내려갔다. 테오는 주 전시실에 있었다. 테오가 입술에 미소를 띠고 그에게 몸을 돌리더니 형의 얼굴을 유심히 살폈다.

"어때, 형?" 그가 말했다.

"오, 테오!" 빈센트가 심호흡을 했다.

그는 애써 말을 해보려고 했지만 할 수가 없었다. 그의 두 눈이 날쌔게 중이 층을 올려다보았다. 그는 휙 돌아서서 화랑에서 달려나가버렸다.

널찍한 가로수 길을 걸어올라가자 팔각형의 건물이 나왔고 그는 그것이 오페라 좌(座)임을 알아보았다. 석조 건물들의 협곡 사이로 강에 걸린 다리가 눈에 들어왔다. 그는 강을 향해 나아갔다. 그는 물가로 미끄러져 내려가 센 강에 손가락을 담갔다. 그러고서 청동 기마상에는 눈길도 주지 않고 그대로 다리를 건너 좌안의 미로와도 같은 거리를 헤치고 나아갔다. 그는 계속 위로 위로 올라갔다. 공동묘지를 지나 오른쪽으로 돌자 커다란 철도역이 나왔다. 그는 센 강을 건넜다는 사실을 알고서 한 순경에게 라발 로로 가는 길을 가르쳐달라고 말했다.

"라발 로?" 순경이 말했다. "당신은 그 반대편에 와 있어요. 여긴 몽파르나스입니다. 이 언덕을 내려가 센 강 건너서 다시 몽마르트르로 올라가야 합니다."

수 시간 동안 그는 자신이 어디로 가고 있는지 별로 상관치도 않고 온 파리를 비틀거리며 돌아다녔다. 근사한 상점들이 늘어선 넓고 깨끗한 대로들도 있었고, 지저분하고 더러운 뒷골목도 있었고, 술집이 끝없이 늘어선 중산층의 거리도 있었다. 어쩌다 보니 그는 또다시 개선문이 있는 한 언덕 마루에 서 있었다. 거기서 동쪽으로는 가로수가 줄지어 선 대로가 내려다보였는데, 그 도로 양편은 띠처럼 좁다란 공원지대로 둘러싸여 있고 도로의 끝과 만나는 커다란 광장에서 이집트풍의 오벨리스크가 서 있었다. 서쪽으로는 드넓은 숲이 내려다보였다.

오후 늦게서야 그는 겨우 라발 로를 찾아냈다. 가슴속에 느껴지는 무지근한 아픔도 극도의 피곤 때문에 마비되었다. 아파트로 들어간 그는 곧장, 자신의 유화와 습작품들을 묶어둔 곳으로 갔다. 그는 그것들을 모두 펼쳐놓았다.

그는 자신의 그림들을 뚫어지게 응시했다. 이럴 수가! 너무도 어둡고 삭막했다. 이럴 수가! 너무도 무겁고 생기 없이 죽어 있었다. 그는 오래 전에 지나간 과거의 어느 세기 속에서 그림을 그려왔던 것이며, 그리고 그 사실조차 알지 못했던 것이다.

땅거미가 질 무렵에 테오가 집으로 돌아와보니 빈센트가 바닥에 멍하니 앉아 있었다. 테오가 형 곁에 무릎을 꿇고 앉았다. 방 안에 남아 있던 마지막 잔광마저 사라졌다. 테오는 얼마 동안 침묵을 지켰다.

"형." 그가 말했다. "그 기분 나도 알아. 경악스럽겠지. 무시무시할 거야, 안 그래? 회화가 신성시해왔던 것들을 거의 다 내팽개쳐버린 거야."

빈센트의 상심한 작은 눈이 테오의 시선을 붙잡고 놓아주지 않았다.

"테오, 어째서 나한테 이야기해주지 않았지? 왜 내가 모르고 있었느냐 말이야? 왜 날 더 일찍 이곳으로 데려오지 않았지? 넌 내가 육 년이라는 긴 시간을 허송세월하도록 내버려두었어."

"허송세월이라고? 말도 안 되는 소리. 형은 혼자서 고심하며 자신만의 기교를 이루었던 거야. 형은 빈센트 반 고흐처럼 그리게 되었고, 그리고 세상의 다른 그 누구도 빈센트 반 고흐처럼 그리지 못해. 형만의 독특한 표현이 굳어지기 이전에 파리에 왔더라면 형은 파리에 딱 알맞은 틀에 갇혀버렸을 거야."

"하지만 테오, 난 어쩌란 말이냐? 이 쓰레기들을 봐라!" 그가 어두운 색조의 큰 캔버스 하나를 발로 걷어차자 캔버스가 북 찢어졌다. "모두 죽어 있어. 아무런 가치도 없어."

"어떻게 해야 하느냐고 나한테 물었지? 내가 말해주지. 형은 인상파들한테서 빛과 색채를 배워야 해. 그것만큼은 그들한테 빚을 질 수밖에 없어. 그러나 그 이상은 안 돼. 그 사람들을 모방해서는 안 돼. 휩쓸려 처박히지 말아야 해. 파리의 아가리에 삼켜지지 않도록 해야 한다구."

"하지만 테오, 난 모든 걸 하나부터 열까지 배워야만 하잖느냐. 내가 하는 것은 전부 잘못되었으니."

"형이 보는 건 전부 옳아…… 단지 빛과 색채만이…… 형은 보리나주에서 연필을 잡았던 때부터 인상파였던 거야. 형이 그린 그림을 봐요. 형의 붓 자국을 보라구. 마네 이전에는 어느 누구도 이렇게 그리지 않았어. 형이 그린 선을 봐요. 제대로 정확하게 그린 선이 하나도 없다고 말해도 될 정도야. 형이 그린 얼굴들과 나무와 들판 가운데의 인물들을 봐요. 그게 형이 느낀 인상들이라고. 거칠고 불완전한 것이긴 하지만, 그러나 형의 독자적인 개성을 통해 여과된 것들이야. 그게 바로 인상파라는 의미지. 다른 사람들과 똑같이 그리지 않는 것, 규칙과 규정의 노예가 되지 않는다는 것이. 형은 형 세대의 사람이야. 형도 인상파란 말이야. 형이 그걸 좋아하든 좋아하지 않든 간에."

"아, 테오, 좋아하구 말구."

"형의 작품은 이곳 파리의 중요한 젊은 화가들 사이에 알려져 있어. 아, 물론 그들의 그림이 팔리는 건 아니지만, 중요한 실험을 시도하고 있는 화가들이지. 그 사람들은 형을 알고 싶어해. 형도 그 사람들한테서 뭔가 놀라운 것들을 배우게 될 거야."

"그들이 내 작품을 알고 있다고? 젊은 인상파 화가들이 내 작품을 안단 말이냐?"

빈센트는 테오의 얼굴을 더 똑똑히 보려고 무릎으로 상반신을 일으켰다. 테오는 준데르트에서 그들이 아이들 방의 바닥에 앉아 놀곤 하던 시절이 생각났다.

"당연하지. 형은 그럼 내가 요 몇 년 동안에 파리에서 뭘 하고 지낸 줄로 알았어? 그 젊은 화가들은 형이 통찰력 있는 예민한 눈과 환쟁이의 손을 가졌다고 생각하고 있어. 이제 형은 자신의 색조를 밝게 만들고 빛으로 가득 찬 살아 있는 공기를 그리는 법만 배우면 되는 거야. 형, 그런 중대한 일이 일어나고 있는 시기에 살고 있다는 게 놀랍지 않아?"

"테오, 넌 나쁜 녀석이야, 아주 나쁜 녀석이야."

"자, 벌떡 일어서요. 불을 켜요. 다 같이 옷을 차려입고 저녁을 먹으러 나갑시다. 내가 형을 유니버설 식당으로 안내해드리지. 거기선 파리에서 가장 맛 좋은 샤토브리앙 비프 스테이크가 나오거든. 진짜 향연에 형을 모시고 갈 참이야. 파리와 빈센트 반 고흐가 하나로 결합된 위대한 날을 샴페인으로 축하하는 거야."

3

다음날 아침 빈센트는 그림 도구들을 가지고 코르망의 아틀리에로 갔다. 코르망의 스튜디오는 삼 층에 있는 널찍한 방이었는데, 거리에 면한 북쪽으로부터 강한 광선이 비쳐들고 있었다. 남자 누드 모델 한 명이 얼굴을 문으로 향한 채 한쪽 끝에서 포즈를 취하고 있었다. 학생들이 쓰는 서른 개가량의 의자와 이젤들이 여기저기 흩어져 있었다. 빈센트는 등록을 하고서 이젤을 하나 배당받았다.

한 시간가량 스케치를 계속하고 났을 때 복도로 통하는 문이 열리고 한 여인이 들어섰다. 머리에 붕대를 감은 여인은 한쪽 손으로 턱을 받치고 있었다. 그녀는 벌거벗은 남자 모델을 질겁한 시선으로 바라보더니 "에그머니나" 하는 비명과 함께 달아나버렸다.

빈센트는 곁에 앉아 있는 남자에게 고개를 돌렸다.

"저 여자는 대체 왜 저러는거지?"

"아, 저거야 매일 벌어지는 일이죠. 그 여잔 옆방의 치과의사를 찾아온 거예요. 발가벗은 남자를 본 충격으로 대개는 치통도 다 달아나버리고 맙니다. 저 옆방의 치과의사가 다른 데로 이사가지 않는다면 아마도 파산할 걸요. 아, 당신은 새로 온 사람이군요, 그렇죠?"

"그렇다네. 파리에 온 지 겨우 사흘째고."

"당신 이름은?"

"반 고흐. 자네 이름은?"

"앙리 툴루즈-로트레크. 당신은 테오 반 고흐와 무슨 관계가 있나요?"

"내 동생이지."

"그렇다면 당신이 분명 빈센트겠군요! 이런, 당신을 알게 되어 반갑습니다. 당신 동생은 파리에서 가장 훌륭한 화상이죠. 젊은 화가들한테 기회를 주는 사람은 그 사람밖에 없으니까요. 그뿐만 아니라 우리 같은 사람들을 위해 싸우기도 하죠. 우리가 만일 파리 대중들한테서 인정을 받는다면 그건 테오 반 고흐의 덕분이죠. 우리 모두는 그가 대단히 훌륭한 인물이라고 생각합니다."

"나 역시 그렇다네."

빈센트는 그 남자를 자세히 바라보았다. 로트레크의 머리통은 눌려 짜부러진 듯했다. 코, 입술, 턱 등 얼굴 부분부분이 그 납작한 머리에서 툭 튀어나와 있었다. 몹시도 까만 턱수염이 달려 있었는데 묘하게도 아래로 자라나는 것이 아니라 턱에서 앞으로 뻗쳐 자라나는 것이었다.

"뭣 때문에 코르망의 아틀리에 같은 지긋지긋한 곳으로 왔지요?" 로트레크가 물었다.

"스케치할 장소를 구하지 않으면 안 되니까. 그런데 자네는?"

"우라질, 누가 알아요. 난 지난 달엔 몽마르트르 위에 있는 사창가에서 살았는데, 거기 여자들을 그렸죠. 그게 진짜 일이었지. 아틀리에에서 스케치하는 건 어린애 장난에 지나지 않아요."

"그 여자들을 그린 그 스케치를 보고 싶군."

"정말로 보고 싶습니까?"

"물론. 당연하지 않을까?"

"내가 댄스홀의 여자들이나 광대나 매춘부들을 그린다고 해서 사람들은 대개 내가 미쳤다고들 생각하죠. 하지만 거기서야말로 진짜 인간들을 발견할 수 있어요."

"나도 알지. 나도 덴하흐에서 그런 여자와 살았었거든."

"좋습니다! 역시 이 반 고흐 가문은 그럴 듯하단 말이야! 모델을 그린 스케치들을 좀 보여주겠어요?"

"모두 가져가 보게. 네 장을 그렸지."

로트레크는 얼마 동안 그 스케치들을 바라보다가 이윽고 말했다. "당신과 나는 서로 어울리겠는걸요. 생각하는 게 서로 비슷하니까. 코르망에게 벌써 이걸 보였나요?"

"아니."

"이걸 보이면 당신은 여기서 끝장날 겁니다. 그의 비평에 의하면 그렇다는 이야기죠. 그가 요전 날 나한테 '로트레크, 자넨 과장해. 언제나 과장하고 있단 말이야. 군의 스케치에 보이는 선 하나하나가 모두 캐리커처야'라고 말하잖아요."

"그럼, 자넨 이렇게 대꾸했겠군. '그건, 코르망 선생님, 캐리커처가 아니라 인간입니다.'"

로트레크의 바늘 끝처럼 날가로운 검은 눈에 호기심에 찬 눈빛이 어렸다.

"환락가의 여자들을 그린 내 그림을 아직도 보고 싶습니까?"

"물론, 그렇구 말구."

"그럼 가죠. 이곳은 아무래도 시체실에 지나지 않으니까."

로트레크의 목은 뚱뚱하고 굵었으며, 어깨와 팔은 튼튼해 보였다. 그런데 그가 일어섰을 때 보니 이 새로 사귄 친구는 절름발이였다. 몸을 세운 로트레크의 키는 앉아 있을 때보다 크지 않았다. 앞으로 딱 벌어진 단단한 그의 상체는 허리 부분에 이르러 역삼각형의 꼭지점을 만들고 거기서부터 갑자기 보잘것없이 쪼그라든 두 다리로 푹 주저앉았다.

지팡이에 무겁게 몸을 의지한 로트레크와 함께 둘은 클리시 가를 걸어내려갔다. 아주 조금 걷다가 매번 멈춰 쉬면서 로트레크는 나란히 세워진 두 건물 가운데의 어느 아름다운 선을 가리키곤 했다. 물랭 루주에 딱 한 블록 못 미친 곳에서 그들은 방향을 꺾어 뷔트 몽마르트르로 올라갔다. 언덕배기인지라 로트레크는 더 자주 멈춰 쉬어야만 했다.

　"아마도, 내 다리가 왜 이런가 하고 궁금하겠죠. 누구나 다 그러니까. 내가 이야기해드리지."

　"아, 아냐! 그 얘긴 할 필요 없어."

　"아는 게 나을 걸요." 그는 몸이 둘로 접히도록 지팡이 위로 상체를 굽히고서 어깨로 지팡이에 몸을 의지했다. "난 부서지기 쉬운 뼈를 가지고 태어났죠. 열두 살 때 댄스 플로어에서 미끄러져 오른쪽 넓적다리 뼈가 부러졌고, 이듬해엔 도랑에 빠져 왼쪽 뼈가 부러졌죠. 그때 이후로 내 두 다리는 일 인치도 더 자라지 않은 겁니다."

　"그 때문에 자넨 불행해졌겠군?"

　"아뇨. 내가 정상적인 인간이었더라면 결코 화가가 되진 못했을 테니까. 내 아버지는 툴루즈 백작이죠. 서열상 내가 그 작위를 이어받게 되어 있었죠. 그럴 마음만 있었더라면 난 사령봉(司令棒)을 손에 쥐고 프랑스 왕과 나란히 말을 달릴 수도 있었을 겁니다. 물론, 프랑스 왕이라는 게 있다면 그렇다는 말이지만. 하지만, 제기랄, 화가가 될 수 있는데 뭣하러 백작이 되겠어요?"

　"그래, 백작들의 시대는 끝난 것 같아."

　"이제 또 올라가볼까요? 드가의 아틀리에가 이 골목 바로 아래에 있어요. 드가가 발레하는 여자들을 그리고 내가 물랭 루주의 여자들을 그린다고 해서 사람들은 내가 드가의 작품을 모방한다고 말하지만, 젠장, 좋을 대로 떠들라지. 여기가 내가 사는 곳이죠. 퐁텐 로 19번지의 2. 난 일 층에 살아요, 짐작했겠지만."

　그는 문을 휙 열어젖히고 절을 하는 시늉을 하면서 빈센트를 안으로 맞아들였다.

"난 혼자 살아요." 그가 말했다. "앉죠. 당신이 앉을 만한 자리를 찾을 수 있을까 모르겠지만."

빈센트는 주위를 둘러보았다. 수많은 캔버스 외에 액자에다 이젤에다 삼각 걸상에다 디딤대에다 둘둘 말아놓은 캔버스 덮는 천, 커다란 테이블 두 개가 아틀리에를 꽉 채우고 있었다. 두 개의 테이블 중 하나에는 진귀한 포도주 병과 갖가지 빛깔의 리큐어가 든 유리병들이 놓여 있었다. 다른 테이블에는 댄서들의 덧신과 가발과, 낡은 책과 여자들의 드레스, 장갑, 스타킹, 음란한 사진들, 그리고 귀중한 일본 목판화들이 쌓여 있었다. 이 모든 잡동사니 가운데에 로트레크가 앉아서 그림을 그릴 수 있는 자리는 딱 한 군데밖에 없었다.

"왜 그래요, 반 고흐?" 그가 물었다. "앉을 자리를 못 찾았군. 그 바닥에 있는 잡동사니들을 밀어붙이고 그 의자를 창 쪽으로 가져와요. 집 안엔 스물일곱 명의 여자가 있는데, 난 그 여자들 하나하나와 함께 잤지요. 한 여자를 이해하려면 반드시 그 여자와 자야 한다는 내 의견에 동의하지 않습니까?"

"동의하지."

"여기에 그 스케치들이 있어요. 카푸신 가에 있는 한 화상한테 이것들을 가지고 갔는데, 글쎄 그 화상이 한다는 소리가 '당신은 어째서 추한 것에 그렇게 병적인 집착을 보이는 거요? 왜 언제나 제일 더럽고 부도덕한 것만 그리지요? 이 여자들은 혐오감을 일으켜요. 몹시도 혐오감을 일으킨다구. 방탕과 사악함이 이 여자들 얼굴 전체에 쓰여 있잖소. 이게 바로 모던 아트라는 의미요? 추악함을 만들어내는 게? 당신 같은 화가들은 눈이 멀어서 이 세상의 찌꺼기밖에 볼 게 없나 보지?'라고 하잖소. 그래서 내가 말했죠. '죄송합니다만 그만하시죠. 속이 메슥메슥해지는 것 같아서, 그리고 당신의 이 아름다운 카펫에다 온통 토해놓고 싶진 않으니까요'라고 말이죠. 광선이 충분합니까? 한잔하죠.

뭘 좋아하는지 말해봐요. 당신이 원할 만한 것이라면 내가 다 가지고 있을 테니까."

그는 잽싼 움직임으로 의자와 테이블과 둘둘 말아놓은 휘장 사이를 절뚝절뚝 돌아다니면서 술을 한 잔 따라 그에게 건네주었다.

"추함을 위하여 건배, 반 고흐." 그가 외쳤다. "추함이 아카데미션들에게 절대 감염되지 않기를!"

빈센트는 술을 한 모금씩 마시면서, 몽마르트르의 한 갈보집의 여자들을 그린 로트레크의 스물일곱 개의 스케치들을 바라보았다. 그는 로트레크가 자기 눈에 보이는 대로 묘사해놓았음을 깨달았다. 그것들은 도덕적 자세나 윤리적 해석이 들어 있지 않은 지극히 객관적인 초상들이었다. 그 여자들의 얼굴 위에다 로트레크는 불행과 고통, 무감각한 욕망과 상스러운 환락과 정신적 허탈을 포착해놓았다.

"자네, 농부들의 초상을 좋아하나, 로트레크?" 그가 물었다.

"물론 감상적으로 그려진 게 아니라면."

"나는 농부들을 그리거든. 그런데 이 여자들 역시 농부라는 생각이 문득 떠올랐어. 살(肉)을 가꾸는 사람들이지. 말하자면 흙과 살, 그건 똑같은 한 가지 원료로 이루어진 서로 다른 두 개의 형태일 따름일세, 안 그런가? 그리고 이 여인들은, 생명을 만들어내기 위해 일구어지지 않으면 안 되는 살, 인간의 살을 경작하는 사람들이지. 이건 훌륭한 작품일세. 자넨 말할 가치가 있는 것을 말해놓은 거야."

"그럼, 당신은 그게 추하다고 생각지 않나요?"

"이 그림들은 진실하고 투철한 삶의 기록들일세. 그리고 그게 바로 가장 고귀한 종류의 아름다움이고, 안 그런가? 자네가 이 여인들을 이상화시켰거나 감상적으로 처리했더라면, 거기엔 분명 비열한 거짓이 섞였을 테니까 자네 그림들은 추해 보였을 거야. 하지만 자넨 자네 눈에 비치는 대로의 완전한 진실을 묘사했고, 그게 바로 아름다움이라고 하는 걸세. 그렇게 생각지 않나?"

"오, 하느님! 왜 이 세상엔 당신 같은 사람들이 좀더 많지 않은지 모르겠군. 자, 한 잔 더 마셔요. 그리고 그 스케치들을 마음껏 보고, 가지고 싶은 만큼 가져가요."

빈센트는 캔버스 하나를 햇빛에 비쳐들고 보면서 잠시 동안 마음속으로 곰곰이 생각하더니 이윽고 큰 소리로 외쳤다. "도미에! 이 그림은 도미에를 연상시키는군!"

로트레크의 얼굴이 환해졌다.

"예, 도미에. 가장 위대한 화가죠. 뭔가를 내게 가르쳐준 사람이 있다면, 단 한 사람, 그 사람밖에 없어요. 아아, 그 사람의 증오할 수 있는 능력이란 얼마나 엄청난지!"

"하지만 대상을 증오하는데 뭣하러 그 대상을 그릴까? 내 경우엔 오직 내가 사랑하는 것만을 그리는데."

"모든 위대한 예술은 증오로부터 솟아나는 겁니다. 아, 이제 보니 당신은 고갱의 그림에 그렇게 경탄하고 있군요."

"누구의 그림이라고?"

"폴 고갱. 그 사람 알지요?"

"모르는데."

"그럼, 꼭 알아야 해요. 그 그림은 마르티니크 섬의 원주민 여자를 그린 거죠. 고갱이 얼마 동안 그 섬에 가 있었거든요. 그 사람은 원시적인 것으로 돌아가자는 주제에 완전히 미쳐 있긴 하지만 굉장히 뛰어난 화가죠. 아내와 세 명의 아이들이 있고, 증권거래소에서 일 년에 삼 만 프랑씩 굴러들어오는 자리를 차지하고 있었지요. 그는 만오천 프랑 상당의 그림들을 피사로, 마네, 시슬레한테서 사들였구요. 그 사람은 결혼식 날에 자기 아내의 초상화를 그려줬는데, 그의 아내는 그걸 대단히 흡족스러운 아름다운 행위로 생각했답니다. 고갱은 일요일마다 그림을 그렸죠. 왜 알지요, 증권거래소 미술 클럽이라는 것? 한번은 그가 마네에게 자기가 그린 그림을 하나 보여줬더니, 마네가 썩 좋다고 말했다죠. 그래서 고갱이, '아, 전 아마추어에 불과한걸요' 하고 대답하니까, 마네가 '아, 그렇지 않소. 아마추어라는 건 없어요, 단지 서투른 그림을 그리는 사람들이 있을 따름이지'라고 말했답니다. 그 말 한마디가 마치 물을 타지 않은 화주(火酒)처럼 고갱을 취하게 만들어버렸고 그 이후로 고갱은 그 술에서 절대 깨어나지 못했지요. 그래서 증권거래소의 직장을 그만두고, 저축해놓은 돈으로 루앙에서 일 년가량 가족과 함께 살다가, 결국엔 처자식을 스톡홀름에 있는 아내의 친정집으로 보내버렸죠. 그 이후론 이럭저럭 임시변통으로 간신히 굶지는 않고 지낸답니다."

"재미있는 사람 같군."

"그 사람과 만날 때에는 조심해야 해요. 그 사람은 자기 친구들을 괴롭히길 좋아하니까. 그런데 내가 당신을 물랭 루주와 엘리제─몽마르트르로 안내할까 하는데, 어때요? 거기 여자들은 내가 다 알죠. 여자 좋아해요, 반 고흐? 여자랑 자는 걸 좋아하난 말입니다. 어때요, 조만간에 한번, 술 마시며 하룻밤을 보내볼까요?"

"좋고 말고."

"좋았어. 그런데 이젠 코르망의 아틀리에로 돌아가야 할 것 같군요. 가기 전에 한 잔 더? 그렇죠, 그래. 자, 딱 한 잔만 더. 그러면 병이 마저 다 비워질 테니까. 아, 조심해요, 저 테이블을 쓰러뜨릴 뻔했네. 괜찮아요, 괜찮아. 일하는 여자가 다 치워놓을 테니까. 이 집에서 곧 이사가야겠어요. 난 부자죠. 이 세상에 절름발이로 내놓았다고 내가 자기를 저주할까 봐 내 아버진 내가 해달라는 대로 다 해주거든요. 한 군데서 다른 곳으로 이사갈 때면 난 오직 내 작품말곤 아무것도 안 가지고 갑니다. 빈 아틀리에를 빌리고 나서 모든 걸 다시 하나씩 사들이죠. 그러다가 숨이 막히기 시작할라치면 또다시 옮기고. 아, 참! 그런데 어떤 여자를 좋아해요? 금발? 빨강머리?

아, 그거 일부러 잠글 필요 없어요. 저것 좀 잘 봐요. 철 지붕들이 물결처럼 클리시 가로 내려가는 모양이, 뭐랄까, 검은 대양 같잖아요. 아, 이런 젠장, 당신한테는 내가 이렇게 위선을 부릴 필요가 없겠군요. 내가 이렇게 지팡이에 몸을 기댄 채 아름다운 풍경들을 가리켜보이는 것은 내가 빌어먹을 절름발이라서 한 번에 겨우 몇 발자국씩밖에 걸을 수 없기 때문이죠. 하지만 뭐, 사람들 모두가 어떤 면에선 다 절름발이라고 할 수 있으니까. 자, 이젠 갑시다."

4

너무도 쉬워 보였다. 낡은 팔레트를 던져버리고 밝은 빛깔의 그림 물감들을 사서 인상파들처럼 그리기만 하면 되었다. 그러나 첫날 시험 삼아 해본 끝에 빈센트는 놀라기도 했고 조금 화가 나기도 했다. 둘째 날이 끝났을 때에는 당황했다. 당황이 이번에는 분함과 분노, 그리고 두려움으로 이어졌다. 그 주일이 끝날 무렵에는 치솟는 사나운 격분에 사로잡혀 있었다. 이미 몇 달인지도 모를 세월 동안 힘겹게 유화를 실험해왔는데도 그는 아직도 풋내기였던 것이다. 그의 캔버스는 어둡고 침침하고 끈끈해 보였다. 코르망의 아틀리에에서 빈센트 옆에 앉은 로트레크는, 그가 연신 욕설을 퍼부어대면서 물감을 칠하는 캔버스를 주의 깊게 바라보았지만 조언을 하는 일은 삼갔다.

그 일주일이 빈센트에게 고된 것이었다면, 테오에게는 천 배나 더 지독한 것이었다. 테오는 원래 온화한 몸가짐과 고상한 생활 습관을 가진 온건한 사람이었다. 그는 옷차림에도, 예의범절에도, 집에서도 사업 장소에서도 꽤 까다로운 사람이었다. 그는 빈센트가 가지고 있는 저돌적인 활력과 힘은 아주 조금밖에 가지고 있지 않았다.

라발 로에 있는 그들의 작은 아파트는 허약한 루이 필리프 왕조풍의 가구들과 함께 겨우 테오 혼자 살기에 족한 크기였다. 그런데 그 첫 번째 주일이 끝날 즈음에는 빈센트가 이미 그곳을 완전히 고물상으로 만들어버렸다. 그는 거실을 오락가락하면서 가구들을 발로 차 제자리에서 벗어나게 했고 캔버스와 붓과 다 쓴 물감 튜브들을 바닥 곳곳에 던져버리고, 소파와 테이블에다 물감 묻은 옷가지들을 아무렇게나 걸쳐놓고, 접시를 깨뜨리고 여기저기에다 물감을 튀겨놓는 등, 테오의 꼼꼼한 생활 습관을 완전히 뒤엎어버렸다.

"빈센트, 빈센트!" 테오가 고함쳤다. "제발 좀 사납게 굴지 말라구요."

손가락을 깨물고 혼자 중얼거리면서 빈센트는 그 자그마한 아파트 내부를 아까부터 왔다 갔다 하고 있었다. 빈센트는 약한 의자에 무겁게 몸을 내던졌다.

"허사야." 그가 신음소리를 냈다. "난 너무 늦게 시작했어. 이젠 너무 나이가 들어서 변화시킬 수도 없어. 아아, 테오! 나도 노력해봤다. 이번 주일에 스무 개의 캔버스에 손댔어. 난 내 기교에 틀어박혀 있어서 모든 걸 다시 시작할 수가 없어. 난 끝장났단 말이야. 여기서 그런 그림들을 본 이상 네덜란드로 돌아가서는 양도 그릴 수가 없게 되었어. 이곳에 너무 늦게 온 까닭에 본궤도에 들어설 수가 없단 말이다. 아, 나는 어떻게 해야 되는 거지?"

의자에서 벌떡 일어선 그는 신선한 공기를 마시려고 비틀비틀 문간으로 가서 문을 꽝 닫는 한쪽 창문을 간신히 열고서 잠시 바타유 레스토랑을 빤히 쳐다보다가, 유리가 부서져라 창문을 콩 닫고 이번에는 물을 마시러 터덜터덜 부엌으로 가 물을 바닥에다 반은 엎질러놓고 턱 양편에서 물이 뚝뚝 흘러내리는 채로 다시 거실로 돌아왔다.

"그래, 넌 어떻게 생각하니, 테오? 내가 포기해야 되겠니? 난 끝장난 거지? 그렇게 보이지, 안 그래?"

"형은 꼭 어린애처럼 굴고 있어. 제발 한순간만이라도 좀 진정하고 내 말에 귀 기울이라구. 안 돼, 안 돼. 그렇게 왔다 갔다 하지 말라구. 형이 그러고 있으면 난 형과 이야기 못 해. 그리고 제발 빌겠는데 지나갈 때마다 그 금 도금한 의자를 찰 거라면 그 무거운 장화나 벗고 차라구."

"테오, 넌 육 년이라는 긴 세월 동안 날 부양해왔는데 네가 얻은 게 대체 뭐냐? 육즙과도 같은 갈색의 수많은 그림들과 한 명의 구제 불능한 실패자만이 네 손에 떨어졌을 따름이다."

"내 말 들어봐, 형. 형이 전에 농부들을 그리고자 했을 때, 일주일 만에 그 비결을 완전히 터득했어? 그게 아니고 오 년이 걸렸잖아?"

"그래, 하지만 그때는 그림을 갓 시작했을 무렵이야."

"그렇다면 유화도 이제 갓 시작한 거잖아. 그게 어쩌면 또다시 오 년이 걸릴지도 모르는 일이야."

"테오, 거기엔 도대체 끝이라는 게 없냐? 난 평생토록 훈련만 해야 되니? 내 나이 서른셋이야. 그런데 우라질, 언제 원숙의 경지에 이른단 말이냐?"

"힘겨운 일은 이번이 마지막이야. 유럽에서 현재 그려지고 있는 그림들을 난 전부 보아왔어. 하지만 결국, 내가 맡은 화랑의 중이 층에 자신들의 그림을 걸어놓은 그 사람들이 최고의 화가였어. 그러니까 형이 일단 색채를 밝게 변화시키기만 한다면……."

"아, 테오! 내가 정말 그럴 수 있으리라 생각하니? 내가 실패자라고 생각지 않아?"

"형을 차라리 얼간이라고 생각하고 싶어. 미술사의 가장 위대한 혁명, 그것을 그래, 형은 일주일 만에 정복하겠단 말이야? 뷔트 몽마르트르나 산책하면서 머리를 식힙시다. 이 방에서 형과 오 분만 더 있다가는 내가 아마 폭발하고 말 거야."

다음 날 오후 코르망의 아틀리에에서 늦게까지 그림을 그리다가 빈센트는 구필 화랑으로 테오를 데리러 갔다. 사월 초의 황혼이 내렸고 길게 늘어선 육 층 건물들이 마지막으로 타오르다 꺼져가는 산호빛 분홍색에 온통 잠겨 있었다. 파리의 모든 사람들이 아페리티프를 들고 있을 시각이었다. 몽마르트르 로의 수많은 카페 테라스들은 친구와 이야기를 주고받는 사람들로 붐볐다. 건물 안에 있는 카페 내부에서는 가벼운 음악소리가 흘러나와 하루의 힘든 일을 끝낸 파리지앵들에게 상쾌한 기분을 더해주었다. 가스등에 불이 켜지고, 레스토랑의 점원들은 테이블 보를 펼치고, 백화점 점원들은 보도에 진열된 상자에서 물건들을 치우고 물결 무늬의 철제 셔터를 끌어내리고 있었다.

테오와 빈센트는 한가하게 느릿느릿 걸어갔다. 여섯 개의 거리로부터 쏟아져 나온 마차들이 부리나케 질주하는 샤토됭 광장을 건너, 노트르담 드 로레트를 지나친 그들은, 구불구불한 언덕길을 올라서 라발로로 나섰다.

"아페리티프를 마실까, 형?"

"그래. 이 인파를 잘 볼 수 있는 곳으로 가서 앉자."

"바타유로 올라가야겠군. 데 자베스 로에 있는 거야. 어쩌면 나와 친한 사람들이 몇 명 거기에 우연히 들를지도 모르지."

바타유 레스토랑을 자주 찾는 사람들은 대개가 화가였다. 앞의 보도에 내어놓은 테이블은 겨우 너댓 개였지만, 안쪽의 방 두 개는 기분 좋으리만큼 널찍했다. 마담 바타유는 언제나 화가들을 한쪽 방에다, 보통의 일반 손님들을 나머지 한쪽 방에다 안내했다. 그녀는 척 보고도 어느 부류의 손님인지 금방 알아냈다.

"보이!" 테오가 불렀다. "쿰멜 엑카우 제로제로로 한 잔 갖다줘요."

"난 뭘 마셔야 될까, 테오?"

"쿠앵트로를 한번 마셔봐. 늘 마실 자기 술을 찾으려면 한동안은 이것저것 시음해봐야 해."

웨이터가 고딕체로 가격이 쓰여 있는 접시 받침대에 그들이 청한 술을 얹어 가져다놓았다. 테오는 시가에 불을 붙이고 빈센트는 파이프에 불을 붙였다. 다림질한 옷바구니를 팔에 끼고 세탁부들이 지나갔다. 노동자 한 명이 종이에 싸지도 않은 청어의 꼬리를 달랑달랑 한쪽 손에 매달고서 지나갔다. 채 마르지도 않은 캔버스가 단단히 매인 이젤을 들고 다니는 작업복을 입은 화가들, 검은 중절모자에다 회색 체크 무늬의 코트를 걸친 사업가들, 헝겊으로 만든 덧신을 신고 포도주 병이나 고기를 싼 종이 꾸러미를 들고 다니는 주부들, 머리 앞쪽으로 깃털 달린 작은 모자를 가볍게 쓰고 꼭 졸라맨 허리, 미끈하게 처진 긴 스커트 차림의 아름다운 여자들.

"참 눈부신 행렬이로구나. 그렇지, 테오?"

"맞아. 아페리티프 시각이 되어야 파리가 진짜로 깨어나거든."

"애써 생각해보려고 해도…… 대체, 파리를 이토록 경이롭게 만드는 게 뭘까?"

"솔직히, 나도 몰라. 그건 영원한 미스터리야. 아마도 프랑스 사람들의 성격과 관계가 있는 것 같아. 이곳은 자유와 너그러움의 모델이야. 삶을 여유 있게 받아들이는…… 아, 여기. 형, 형한테 소개해주고 싶던 내 친구가 왔어. 안녕하세요, 폴. 어떻게 지내요?"

"썩 잘 지내지. 고맙군, 테오."

"나의 형, 빈센트 반 고흐를 소개할까요? 형, 폴 고갱이야. 폴, 앉아요. 앉아서 당신이 언제나 마시는 압생트 한 잔 마시죠."

고갱은 압생트 잔을 들고 혀 끝을 술에 가볍게 가져갔다가 그 혀로 입 안을 핥았다. 그가 빈센트에게 고개를 돌렸다.

"파리가 마음에 드시오, 반 고흐 씨?"

"썩 마음에 듭니다."

"거참 이상하군. 하긴, 그런 사람들도 더러 있지. 그런데 나로서는, 내가 본 파리는 거대한 쓰레기통이요. 문명이라는 쓰레기로 꽉 찬."

"난 이 쿠앵트로가 별론데, 테오. 뭔가 다른 거 좋은 것 없겠니?"

"압생트를 한번 마셔보쇼, 반 고흐 씨." 고갱이 끼어들었다. "예술가들이 마실 만한 술은 이것밖에 없으니까."

"어떻게 할까, 테오?"

"왜 나한테 물어? 형 좋을 대로 해. 어이, 보이, 이분한테 압생트 한 잔. 폴, 오늘은 당신 기분이 좀 좋은 모양인데요. 무슨 일이라도 있어요? 그림을 하나 팔았나요?"

"그따위 지저분한 일이 아닐세, 테오. 뭐냐 하면, 오늘 아침에 아주 재미있는 경험을 했거든."

테오가 빈센트에게 눈짓을 보냈다. "그 얘길 들려주시죠. 폴. 보이! 고갱 씨에게 압생트 한 잔 더."

고갱은 새로 나온 압생트에다 혀 끝을 담갔다가 그 혀로 입 안을 축이고 나서 이윽고 이야기를 시작했다.

"자네, 앵파스 프레니에라고 하는 막다른 골목을 알고 있나? 데 포르노 로에 면한 데 말이야. 글쎄, 오늘 새벽 다섯 시에, 마부의 아내인 푸렐 아주머니가 비명을 지르는 소리가 들리지 않겠나. '사람 살려, 남편이 목을 매달았어' 하고 말일세. 잠자리에서 뛰쳐 일어나 바지를 꿰입고(그놈의 예절이란!) 아래층으로 달려내려가 나이프를 움켜잡고 줄을 잘랐지. 그 사내는 죽어 있었어. 하지만 몸은 아직 따뜻하고, 여전히 뜨거웠어. 내가 그 사내를 침대로 옮겨놓으려고 했거든. 그런데 푸렐 아주머니가 '관둬요! 경찰이 올 때까지 기다려야 해요'라고 말하잖겠나.

내가 사는 집 반대편으로 약 십사 미터에 걸쳐, 시장에 내다파는 채소와 과일을 심은 밭이 있는데 그 밭을 가꾸는 사람한테 내가 '캔털로프 있소?' 하고 외치니까, 그 사람이 '물론 있죠, 선생님. 잘 익은 게 있습니다' 그러더군. 나는 아침 식사로 캔털로프 참외를 먹으면서 목매달아 죽은 그 마부 사내에 관해선 눈꼽만큼의 생각도 떠올리지 않았네. 보다시피 살아 있다는 건 좋은 일일세. 독이 있으면 해독제가 있는 법이고. 바깥에서 점심을 하기로 초대를 받았길래 가장 좋은 셔츠를 골라 입으면서 기대에 부풀었지. 함께 점심 할 사람들을 오싹하게 만들어주려고 말이야. 그런데 내가 그 목매달아 죽은 사람 이야기를 하니까 그 사람들 모두가 아주 태연하게 싱글싱글 웃으면서 그 사내가 목매달아 죽은 그 밧줄 한 토막을 좀 달라고 나한테 그러지 않겠나."

빈센트는 폴 고갱을 자세히 쳐다보았다. 고갱의 머리통은 야만인과도 같이 거대하고 검었으며, 왼쪽 눈가로부터 오른쪽 입가로는 뭉뚝한 코가 힘차게 내리뻗었다. 툭 튀어나온 편도 모양의 커다란 두 눈에는 강렬한 우수가 담겨 있었다. 눈 위와 눈 아랫부분에서 불거져나온 뼈대가 길쭉한 뺨으로 이어져내려와 널따란 턱뼈와 만나고 있었다. 고갱은 위압적인 난폭한 활력을 가진 거한이었다.

테오가 어렴풋한 미소를 띠었다.

"폴, 당신이 즐기는 그 사디즘이 조금 지나친 것이라서 전혀 자연스러워 보이지 않는군요. 그런데 이제 가봐야겠네, 저녁 약속이 있어서. 형, 형은 나와 함께 가겠어?"

"자네 형은 나와 함께 있기로 하지, 테오." 고갱이 말했다. "난 자네 형과 사귀고 싶거든."

"좋습니다. 하지만 형에게 압생트를 너무 많이 먹이진 마십시오. 형은 압생트에는 익숙하지 않으니까. 보이, 여기 얼마요?"

"빈센트, 당신 동생은 썩 괜찮은 사람이요." 고갱이 말했다. "아직은 보다 젊은 화가들의 그림을 전시하길 두려워하고 있지만, 하긴 그것도 발라동이 테오를 억누르고 있으니까 그렇겠지만."

"왜요, 테오는 중이 층 발코니에다 모네, 시슬레, 피사로, 마네의 그림을 걸어놓고 있는데."

"그건 사실이지만, 하지만 쇠라의 그림들은 어디 있단 말이요? 그리고 고갱의 그림은? 세잔과 툴루즈-로트레크의 것들은? 그 외의 다른 사람들도 이제 점점 나이 들어가고, 그들의 시대도 지나가고 있소."

"아, 그럼, 툴루즈-로트레크를 알고 있군요?"

"앙리? 물론이요! 누가 그를 모르겠소? 그 사람은 몹시 근사한 화가이긴 하지만, 미친 사람이요. 자기가 오천 명의 여자와 자면 그게 자신이 절름발이가 아니라는 증거가 되는 줄로 생각하지. 성한 다리를 가지지 못한 까닭에 그 사람은 매일 아침 심장을 갉아먹는 듯한 열등감과 함께 깨어나고, 매일 밤 술과 여자의 육체로 그 열등감을 잊으려 하지. 하지만 그다음 날 아침이면 그 열등감이 다시 돌아와 있거든. 그 사람이 그렇게 미치광이 같지만 않다면, 우리 시대의 가장 훌륭한 화가 중의 하나가 될 텐데. 자, 여기서 꺾어 들어갑시다. 내 작업실은 사 층에 있소. 그 계단을 조심해요. 판자쪽이 부서졌으니까."

고갱이 앞서 들어가 등불을 켰다. 그곳은 허름한 다락방이었는데, 이젤과 놋쇠 침대와 테이블과 의자가 각기 하나씩 놓여 있었다. 빈센트는 문간 옆으로 우묵 들어간 곳에 놓인 노골적으로 음란한 사진들을 보았다.

"저 사진들로 보건대, 당신은 사랑이라는 것을 별로 고귀하게 생각지 않는 것 같군요."

"어디에 앉겠소? 침대에 아니면 의자에? 당신, 파이프를 태우겠다면 저 테이블 위에 담배가 있소. 글쎄, 아까의 당신 말에 대답하자면, 난 여자들을 좋아하오, 살찌고 타락한 여자라면. 여자들의 총명함이란 날 몹시도 짜증스럽게 만드니까. 난 언제나 살찐 정부를 원했지만 한 번도 찾아내질 못했소. 나를 조롱거리로 만들 셈인지 살찐 그런 여자들은 늘 임신한 여자들뿐이었거든. 지난달에 발표된, 모파상이라는 젊은 친구의 한 단편소설을 읽어보았소? 모파상은 졸라의 총애를 받는 사람이지. 그 단편소설 속에서, 살찐 여자들을 좋아하는 한 남자가 자기 집에다 두 사람을 위한 크리스마스 만찬을 차려놓고서, 그 저녁을 함께 할 짝을 찾으러 밖으로 나간다오. 자기한테 완벽하게 딱 들어맞는 한 여자를 우연히 만났는데, 그러나 둘의 몸이 한참 달아오르기 시작했을 때, 그만 그 여자가 기운찬 사내아이를 낳아버린 거요."

"하지만 그런 거야 사랑이란 것과는 별 관계가 없지 않을까요, 고갱."

건장한 한쪽 팔뚝을 베개 삼아 침대 위에 길게 누운 고갱은 페인트를 칠하지 않은 천장 서까래에다 자욱한 담배 연기를 뿜어올렸다.

"내가 아름다움에 잘 넘어가지 않는다는 게 아니라, 내 본정신이 그런 걸 조금도 가지려 하지 않는다는 이야기요. 당신도 알아챘겠지만,

난 사랑이라는 것을 몰라요. '당신을 사랑합니다'라고 말하다간 이빨이 모조리 부러질 것만 같소. 하지만 아무런 불만도 없소. 예수식으로 말하자면 '살은 살이고 정신은 정신'일 뿐이지. 그 덕분에 조그만 액수의 돈으로도 내 살을 만족시킬 수 있고 따라서 내 정신은 평온할 수 있는 것이오."

"당신은 분명, 그 문제를 가볍게 넘겨버리고 있군요."

"아니요, 어떤 여자와 잠자리에 드느냐 하는 것은 절대 가벼운 문제가 아니지. 쾌락을 느끼는 여자와 함께라면 난 두 배의 쾌락을 느낄 테니까. 하지만 나로선 차라리 아무런 의미도 없는 외적인 제스처만을 취하겠소. 내 감정이 얽혀들지 않도록 말이오. 난 감정은 그림을 위해서 남겨두고 있소."

"나도 최근엔 그런 견해에 이르게 되었지요. 아니, 고맙습니다. 더 이상의 압생트는 견딜 수 없을 것 같아서. 천만에요. 계속하시지요. 내 동생 테오는 당신 작품을 높이 평가하고 있던데요. 당신의 습작 스케치들을 좀 봐도 될까요?"

고갱이 침대에서 벌떡 일어났다.

"그건 안 되겠소. 나의 습작 스케치들은 개인적이고 은밀한 것들이오, 나의 편지와 마찬가지로. 하지만 내 유화들은 보여줄 수 있지. 그렇긴 해도 이 정도의 빛 속에서는 잘 볼 수 없을 텐데. 글쎄, 좋소, 당신이 그렇게 고집한다면."

고갱은 무릎을 꿇고서 침대 밑에서 한 무더기 쌓아놓은 캔버스들을 꺼냈다. 그는 그것들을 테이블 위의 압생트 병에 기대어 하나씩 차례로 세웠다. 빈센트는 뭔가 비상한 것을 보게 되리라고 대비했는데 그러나 그는 고갱의 작품에서 뭔가 한 대 얻어맞은 듯한 경악의 느낌만을 받았다. 그가 본 것은 태양 빛에 흠뻑 잠긴 혼란스러운 색조의 그림들이었다. 어느 식물학자도 찾아내지 못한 그런 수목들, 퀴비에(1769-1832, 프랑스의 박물학자로서 고생물학을 창시/옮긴이)도 감히 그 존재를 생각해보지 못한 이상한 짐승들, 오직 고갱만이 창조해낼 수 있는 인간들, 화산에서 솟구쳐 흘러나온 것 같은 바다, 그 어느 신도 살 수 없는 하늘, 원시적인 소박한 눈 뒤에 무한한 신비를 간직하고 있는 어색하고 딱딱한 모습의 원주민들, 분홍과 보라와 떨리는 붉은 빛깔로 활활 타오르는 꿈결 같은 캔버스, 야생의 식물과 동물이 태양의 열기와 빛과 더불어 폭발하는 순전히 장식적인 화려한 풍경.

"당신도 로트레크와 같군요." 빈센트가 중얼거렸다. "당신은 증오하고 있어요. 온 힘을 다해 증오하고 있어요."

고갱이 웃었다. "내 그림을 어떻게 생각하오, 빈센트?"

"솔직히 말해서, 난 모르겠군요. 좀 시간을 두고 생각해봐야겠어요. 다시 와서 당신 작품을 봐도 되겠죠?"

"당신 좋을 대로 와서 보시오. 오늘날 파리에서 내 그림만 한 정도의 그림을 그리는 젊은 화가는 딱 하나밖에 없소. 조르주 쇠라지. 그 사람도, 역시, 원시를 좇고 있어. 파리의 나머지 바보들은 죄 문명화되었소."

"조르주 쇠라?" 빈센트가 물었다. "그런 사람에 관해선 못 들어본 것 같은데."

"맞아, 못 들어봤을 거요. 파리에서 그 사람의 그림을 전시하려는 화상은 단 한 명도 없으니까. 하지만 그래도 그 사람은 위대한 화가라오."

"그 사람을 만나보고 싶군요."

"이따가 내가 당신을 데려다드리지. 저녁을 먹고 브뤼앙으로 가는 게 어떻겠소? 돈 좀 가지고 있소? 내겐 겨우 이 프랑 정도밖에 없는데. 이 압생트 병을 가지고 가는 게 좋겠군. 당신 먼저 나가지. 당신이 계단을 반쯤 내려갈 때까지 내가 등불을 들고 있을 테니까. 안 그러면 당신 모가지가 부러질지도 모르니까 말이오."

5

새벽 두 시가 다 되어서야 그들은 쇠라의 집 부근에 다다랐다.

"그 사람을 깨워야 되지 않을까요?" 빈센트가 물었다.

"천만에, 그럴 필요 없소. 그 사람은 밤새도록 작업하니까. 게다가 낮에도 거의 온종일 작업하고. 도대체 잠은 자는 것 같지도 않거든. 여기가 그 집이요. 이건 쇠라의 어머니의 소유지. 언젠가 쇠라의 어머니가 내게 이렇게 말한 적이 있소. '우리 아들 조르주, 그 애는 그림을 하고 싶어하거든. 좋아, 그럼, 그림을 하게 두는 거지, 뭐. 두 사람이 먹고 살 돈은 내게 충분히 있으니까. 그 덕분에 그 애가 행복해지기만 한다면야.' 쇠라는 그의 어머니에겐 아주 모범적인 아들이란 말이요. 술도 담배도 하지 않고, 욕설을 하거나 밤 외출을 하거나 여자들 뒤꽁무니를 쫓아다닌다거나 그림 재료 외에 다른 데에 돈을 낭비하거나 하는 일도 전혀 없으니까. 그 사람한테는 딱 한 가지 악습이 있지. 그림을 그린다는 것 말이오. 그 사람의 정부와 그 아들이 근처에 살고 있다는 얘길 들었는데, 그 사람, 그 얘긴 절대 입 밖에 내지도 않더군."

"집 안에 불이 다 꺼진 것 같은데," 빈센트가 말했다. "온 식구들을 깨우지 않고 어떻게 들어갈 수 있을는지."

"쇠라는 다락방을 쓰고 있소. 집 뒷편으로 돌아가면 아마 불빛이 보일 거요. 그의 방 창문에다 돌멩이를 던져야 하는데. 자, 내가 하는 게 나을거요. 공연히 당신이 던지다가 삼 층 창문에 잘못 맞으면 쇠라의 어머니를 깨울 테니까."

문을 열어주려고 내려온 쇠라는 한 손가락을 입에 가져다 대고 쉿 하는 시늉을 해보이더니 두 사람을 이끌고 계단을 올라갔다. 쇠라가 그의 다락방 문을 닫았다.

"조르주, 테오의 형 빈센트 반 고흐를 만나보게나. 그림은 네덜란드 사람처럼 그리지만 그 점만 빼면 아주 근사한 사람이야."

쇠라의 다락방은 집 안 전체의 길이와 거의 맞먹는 엄청난 크기였다. 사방 벽에는 아직 완성되지 않은 거대한 캔버스들이 걸려 있었고 그 앞에는 발 디딤대가 놓여 있었다. 가스램프 아래에 놓은 높직한 사각형의 테이블 위에는 물감이 채 마르지 않은 캔버스 하나가 납작 누워 있었다.

"알게 돼서 반갑습니다, 반 고흐 씨. 잠깐 몇 분 동안만 실례해도 될까요? 물감이 마르기 전에 작은 네모 칸을 하나 더 칠해야 하거든요."

그는 높직한 삼각 걸상 위에 올라 앉아 캔버스 위로 몸을 구부렸다. 가스 램프가 한결같이 누르스름한 불꽃을 내며 타올랐다. 스무 개가량의 쬐끄만 물감 단지가 테이블 위에 한 줄로 가지런히 늘어서 있었다. 쇠라는 빈센트로서는 처음 보는 가장 가느다란 붓을 들고 그 끝을 한 물감 단지에 살짝 담갔다가 수학적인 정확성을 가지고 캔버스 위에다 물감 점을 찍기 시작했다. 그는 조용히 그리고 감정의 움직임 없이 작업했다. 그의 태도는 무심하고 초연했다. 흡사 기계공과도 같았다. 점, 점, 점, 점. 그는 한 손에 붓을 똑바로 들고서 쬐끄만 단지 안의 물감에 닿는 듯 마는 듯 살짝 붓 끝을 적셨다. 그리고는 캔버스 위에 점, 점, 점, 점, 수백에다 수백을 더한 미세한 점들을 찍었다.

빈센트는 아연한 표정으로 쇠라를 지켜보았다. 이윽고 걸상 위에서 쇠라가 몸을 돌렸다.

"자." 그가 말했다. "이제 저 공간이 다 처리됐군요."

"그걸 빈센트에게 보여주지 않겠나, 조르주?" 고갱이 말했다. "이 사람의 출신지에서는 사람들 모두가 소와 양을 그린다네. 이 사람은 일주일 전까지만 해도 모던 아트라는 게 있다는 것조차 몰랐다는군."

"반 고흐 씨, 이 걸상에 앉아보시죠."

빈센트는 걸상에 앉아 그 앞에 펼쳐진 캔버스를 바라보았다. 그것은 그가 예술 작품 속에서나 실제 생활 속에서나 여태껏 보아왔던 그 어느 것과도 닮지 않은 것이었다. 그 그림은 그랑드자트 섬의 풍경을 그린 것이었는데, 무한히 분할된 색채 점들로 이루어진, 건축물과도 같은 인간의 상(像)들이 흡사 고딕 대성당의 원주처럼 서 있었다. 풀, 강, 작은 배들, 나무들, 그 모두가 점으로 이루어진, 어렴풋하고 추상적인 빛의 집합체였다. 그 캔버스는 색채 중에서 가장 밝은 색조들로 이루어졌으며 마네나 드가 혹은 고갱조차도 용기를 내어 겨우 사용하는 색채들보다도 한결 더 밝았다. 그것은 거의 추상적 조화의 영역으로 물러앉은 것 같은 그림이었다. 그것이 살아 있다 하더라도 그것은 자연의 생명을 가진 살아 있음이 아니었다. 대기는 반짝이는 광휘로 가득 차 있었지만 그 어디에서도 숨결을 찾아볼 수 없었다. 그것은 약동하는 생명 자체를 오브제로 하여 그린 하나의 정물화였으며, 따라서 거기에서 움직임은 영원히 추방되었던 것이다.

빈센트 곁에 서 있던 고갱이 빈센트의 얼굴에 나타난 표정을 보고 껄껄 웃었다.

"괜찮소, 빈센트. 누구든 쇠라의 그림을 처음 봤을 땐 그렇게 한 대 얻어맞은 듯한 기분이 드니까. 자, 실토해보시지! 어떤 생각이 드는지."

빈센트는 변명하듯 쇠라에게 몸을 돌렸다.

"아, 미안하오, 쇠라. 여기 온 지 며칠 안 되는 사이에 너무도 이상한 일들만 일어나는 바람에 지금 내가 제정신을 차릴 수 없는 상태라서. 난 워낙에 네덜란드 전통 속에서 훈련된 사람이기 때문에 전에는 도대체 인상파가 뭘 뜻하는 건지 알지도 못했다네. 그러다가 이제, 내가 신봉하던 것들이 갑자기 한꺼번에 뒤집혀지니까……."

"이해가 갑니다." 쇠라가 조용히 말했다. "제가 쓰는 기법은 회화 예술 전반에 걸쳐서 일종의 혁명을 일으키고 있으니까요. 그러니까 제 그림을 한 번 척 보고서 죄다 이해하리라는 기대는 할 수 없지요. 아시겠지만 반 고흐 씨, 현재까지 회화란 개인적 체험의 문제로만 여겨져 왔습니다. 그러나 그것을 하나의 추상 과학으로 만드는 게 저의 목적이지요. 인간의 감각들을 분류, 정리하는 법을 배워 정신이 가지고 있는 수학적 정확함에 도달해야 합니다. 인간의 감각들은 그 하나하나가, 색채와 선과 명암으로 이루어진 추상적 표현으로 환원될 수 있으며 또 그래야만 합니다. 테이블에 놓여 있는 이 자그마한 물감 단지들을 보셨겠지요?"

"그렇소, 아까부터 유심히 보아왔지만……."

"이 물감 단지들 속엔 반 고흐 씨, 인간의 특정한 감정들이 각기 하나씩 들어 있습니다. 내가 고안한 처방에 따라 이 물감들을 공장에선 만들어내고 약국에선 팔 수가 있습니다. 그렇게 되면 팔레트 위에다 되는 대로 물감을 혼합하는 일은 사라집니다. 그런 방법은 이제 과거지사가 되는 것이죠. 이제부터 화가들은 약국으로 가 자그마한 물감 단지들을 사서 그저 뚜껑을 열기만 하면 됩니다. 지금은 과학의 시대이고, 난 회화로부터 하나의 과학을 만들어낼 작정입니다. 개성이란 사라질 수밖에 없고 대신 회화는 정확해져야 합니다. 건축처럼 말이죠. 내 말 알아들으시겠습니까, 반 고흐 씨?"

"아니." 빈센트가 말했다. "잘 이해할 수 없을 것 같군."

고갱이 빈센트를 쿡 찔렀다.

"이보라구, 조르주. 왜 자넨 그게 꼭 자네의 기법이라고 우기지? 자네가 태어나기도 전에 피사로가 이미 그런 걸 만들었어."

"그건 거짓말입니다."

쇠라의 얼굴이 뻘개졌다. 의자에서 후딱 뛰어내려 창가로 곧장 걸어간 쇠라는 손가락 끝으로 창턱을 두드려대다 말고 몹시 흥분한 걸음걸이로 되돌아왔다.

"나 이전에 피사로가 그 기법을 알아냈다고 대체 누가 그러던가요? 그걸 생각해낸 사람은 내가 처음입니다. 피사로가 내게서 그의 점묘법을 배워간 겁니다. 난 이탈리아 문예부흥기 이전의 작품부터 시작해서, 미술의 역사에 통달한 사람입니다. 정말이지 나 이전에 그런 걸 생각해낸 사람은 아무도 없었어요. 그런데 어떻게 당신이……."

쇠라는 난폭하게 입술을 깨물며, 여러 개 놓인 발디딤대들 중의 하나로 걸어가 빈센트와 고갱을 등진 채 캔버스 위로 몸을 굽혔다.

　빈센트는 쇠라가 돌변한 모습에 정말 깜짝 놀랐다. 테이블 위로 몸을 굽히고 있는 이 사내는 아까까지만 해도 건축물과도 같은, 완벽하고 냉정한 모습이었고, 감정이 깃들지 않은 눈과, 마치 실험실의 과학자와도 같은 차가운 태도를 가지고 있었다. 그리고 음성은 냉정하고 거의 현학적이기까지 했으며, 그의 그림에 드리워놓은 추상의 베일이 그의 두 눈에도 똑같이 드리워져 있었다. 그러나 지금 다락방 한 끝에 서 있는 이 사내는 풍성한 턱수염으로부터 삐져나온 붉고 두꺼운 아랫입술을 깨물었으며, 아까는 단정하게 빗어넘겼던 곱슬곱슬한 갈색 머리칼을 화가 난 듯 마구 헝클어뜨리고 있었다.

　"오, 조르주." 빈센트에게 눈을 깜박거리며 고갱이 말했다. "그게 자네가 만든 기법이란 걸 만인이 다 알고 있네. 자네가 없었다면 어떻게 점묘법이 있을 수 있었겠나."

　마음이 누그러진 쇠라가 테이블로 되돌아왔다. 타오르던 노여움이 그의 두 눈에서 사라졌다.

　"쇠라." 빈센트가 말했다. "그림이란 것은, 그 본질상 중요한 개인적 표현인데, 그걸 어떻게 비인격적인 과학으로 만들 수가 있겠소?"

　"보십시오! 내가 가르쳐드리지요."

　쇠라는 테이블 위에 놓여 있던 크레용 한 갑을 움켜쥐더니, 아무것도 깔지 않은 맨마룻바닥 위에 구부리고 앉았다. 가스 불꽃이 세 사람 위에서 희미하게 타올랐다. 밤은 더할 나위 없이 적요했다. 빈센트가 쇠라의 한쪽 옆에 무릎을 꿇고 앉아 있었고, 다른 한쪽 곁에 고갱이 웅크리고 앉았다. 쇠라는 여전히 흥분에 휩싸인 채 열심히 말했다.

　"내 견해는," 쇠라가 말했다. "회화에 나타나는 효과는 모두 하나의 공식으로 환원될 수 있다는 이야기지요. 서커스 장의 광경을 그리고 싶다고 합시다. 여기에 안장 없는 말에 올라탄 기수가 있고, 여기에 조마사, 그리고 여기에 관객석과 관객이 있습니다. 그런데 흥겨움을 나타내고 싶다고 합시다. 회화의 삼대 요소가 뭡니까? 선, 명암, 색채 아닙니까. 좋습니다. 그렇다면 흥겨움을 나타내기 위해서는 모든 선들을 수평선 위에 놓습니다, 이렇게 말이죠. 그리고 밝은 색채를 주로 쓰고, 이렇게 말이죠. 따뜻한 색조를 주조로 합니다, 이렇게 말이죠. 자, 이만 하면 흥겨움의 추상적 표현이 나타나지 않습니까?"

"글쎄." 빈센트가 대답했다. "흥겨움의 추상적 표현은 나타날지 모르지만 흥겨움 그 자체는 사로잡을 수가 없잖나."

몸을 굽히고 있던 위치에서 쇠라가 고개를 쳐들었다. 그의 얼굴은 어둠에 잠겨 있었다. 빈센트는 그가 무척 수려하게 생긴 남자라는 것을 깨달았다.

"내가 추구하는 건 흥겨움 그 자체가 아닙니다. 흥겨움의 본질을 좇는 거지요. 플라톤을 알고 계시겠죠?"

"물론."

"좋아요, 한 화가가 묘사를 하기 위해 배워야 하는 것은 한 사물이 아니라 그 사물의 본질입니다. 화가가 어떤 말(馬)을 그릴 때, 그 말이 거리에서 알아볼 수 있는 특정한 어느 말이 되어서는 안 된다는 이야기죠. 사진은 카메라가 찍을 수 있습니다. 우리들 화가는 그 이상으로 넘어서야 해요. 우리가 말을 그릴 때에 반드시 포착해야 하는 것은, 반 고흐 씨, 플라톤이 말하는 소위 '말이라는 것', 즉 한 말의 외형에 나타난 정신입니다. 또한 한 인간을 그릴 때 그것은 코끝에 난 사마귀까지 있는 그대로 그린 문지기가 아니라 '인간이라는 것,' 즉 모든 인간의 그 정신과 본질이어야 합니다. 이해하시겠습니까?"

"이해는 가지만," 빈센트가 말했다. "동의하진 못하겠는걸."

"다들 나중에 동의하게 될 겁니다."

이제 엉덩이를 일으킨 쇠라는 입고 있던 작업복을 벗어 그걸로 자신이 방금 마룻바닥 위에 그려놓은 서커스 풍경을 닦아냈다.

"자, 이젠 평온함의 표현으로 넘어갑니다. 난 요즘 그랑드자트 섬의 풍경을 그리는 중인데, 선이란 선은 모두 수평선 위에 갖다 놓습니다, 이렇게. 색조는 따뜻한 색과 차가운 색을 완전히 균등하게 사용하죠, 이렇게. 그리고 색채 역시 어두운 색과 밝은 색을 균등하게 사용합니다, 이렇게 말이죠. 아시겠습니까?"

"계속해, 조르주." 고갱이 말했다. "바보 같은 질문일랑 하지 말고."

"자, 이젠 슬픔으로 넘어갑니다. 이 경우엔 모든 선들을 하강하는 방향으로 그립니다, 이와 같이 말이죠. 그리고 이렇게 차가운 색조를 주조로 하여 어두운 색채를 주로 씁니다, 이렇게 말이죠. 자, 그러면 이게 슬픔의 본질입니다. 어린아이라도 그릴 수 있지요. 캔버스 공간을 분할하는 수학적 공식이 소책자로 쓰여질 것입니다. 그 공식은 내가 이미 만들어놓았죠. 그러니까 화가는 그저 그 책을 읽고 약국에서 정해진 물감 단지들을 사서 그 규칙에 따라 그리기만 하면 됩니다. 그러면 과학적인, 완벽한 화가가 되는 거죠. 햇빛 속에서도 가스 등불 아래에서도 그릴 수 있고, 그리는 사람이 수도승이거나 난봉꾼일 수도 있으며, 일곱 살짜리 꼬마 혹은 일흔 살의 노인일 수도 있습니다. 어쨌든 누가 그리든 간에 그 모든 그림들이 건축과 똑같은 비인격적인 완벽성을 얻게 될 겁니다."

빈센트가 눈을 깜박거렸다. 고갱이 웃었다.

"조르주, 이 사람은 자넬 미쳤다고 생각하는 거야."

쇠라는 마지막으로 그려놓은 것들을 자기 작업복으로 닦아내고는 그 작업복을 컴컴한 구석에다 획 던졌다.

"정말입니까? 반 고흐 씨?" 그가 물었다.

"아니, 아닐세." 빈센트가 잘라 말했다. "나 자신이 미치광이란 말을 하도 여러 번 들은 탓에 난 그 말이 아무렇지도 않지만. 하지만 이 점만은 인정하지 않을 수가 없는데, 내겐 자네의 그런 의견들이 몹시도 괴이하게 여겨지는군."

"말하자면, 이 사람 이야기는 결국 자네가 미쳤다는 뜻이야, 조르주." 고갱이 말했다.

그때 날카롭게 문을 두드리는 소리가 났다.

"이크." 고갱이 투덜거렸다. "우리가 또다시 자네 어머닐 깨웠구먼. 밤에도 여기에서 물러나지 않고 어정거리면 머리빗으로 날 때리겠다고 자네 어머니가 말했는데."

쇠라의 어머니가 들어왔다. 그녀는 묵직한 로브를 걸치고 나이트캡을 쓴 차림이었다.

"조르주, 이젠 밤새도록 작업하지 않겠다고 나한테 약속했잖니. 아니, 자네 아닌가, 폴? 자넨 왜 방세를 치르지 않는 거야? 그러면 밤에 잠잘 곳 하나쯤은 있을 텐데 말이야."

"어머니께서 저를 이 집안에 받아들여주시기만 한다면, 누구에게든 제가 굳이 방세라는 걸 치를 필요가 없을 텐데요."

"아냐, 아냐, 천만에. 이 집안엔 한 사람의 화가만으로도 충분해. 자, 여기 커피와 단 롤빵을 가지고 왔다. 꼭 작업을 해야겠다면 뭘 먹기라도 해야지. 난 내려가서 폴, 자네 몫의 압생트 병을 가져와야겠군."

"어머니께서 그걸 다 마셔버린 게 아니었군요?" 고갱이 말했다.

"폴, 내가 머리빗으로 자넬 어떻게 하겠다고 말한 이야기를 잊지 말라고." 컴컴한 그늘에 가려 있던 빈센트가 앞으로 나왔다.

"어머니." 쇠라가 말했다. "이분은 새 친구, 빈센트 반 고흐 씨입니다." 쇠라의 어머니가 빈센트의 손을 잡았다.

"내 아들의 친구라면 누구든 환영이우, 새벽 네 시라 하더라도. 반 고흐 씨, 당신은 뭘로 마셔야 할까?"

"괜찮다면, 고갱의 압생트를 한 잔 마시고 싶은데요."

"안 돼!" 고갱이 외쳤다. "쇠라 어머니는 내게 정해진 일정량만 주신단 말일세. 한 달에 겨우 한 병이야. 자넨 다른 걸로 마셔야겠어. 자네의 미개한 혀는 압생트 맛과 샤르트뢰즈 존 맛의 차이도 분간 못할 텐데 뭘 그러나."

세 남자와 쇠라의 어머니는 동터오는 태양의 황금빛 빛살이 북쪽 창문에 자그마한 삼각 무늬를 얹어놓을 때까지 커피와 단 롤빵을 놓고 앉아 이야기들을 주고받았다.

"난 이제 옷을 갈아입는 게 낫겠군. 반 고흐 씨, 언제 한번 우리 집으로 와서 조르주와 나와 함께 저녁 식사를 합시다. 당신이 오면 반가울 거야." 쇠라 어머니가 말했다.

앞문에서 쇠라가 빈센트에게 말했다. "내 기법에 대해서 좀 투박하게 설명한 것 같군요. 원하시는 대로 자주 오셔서 나와 함께 작업합시다. 당신이 내 기법을 이해하게 될 때엔, 회화가 이젠 옛날과 같은 것일 수 없다는 점을 아시게 될 겁니다. 자, 난 다시 내 캔버스로 돌아가야겠군요. 자그마한 공간을 또 하나 마저 다 채워넣고 잠자리에 들어야겠습니다. 당신 동생에게 안부 말씀 전해주십시오."

빈센트와 고갱은 인적 없는 푹 팬 돌길을 걸어내려와 다시 몽마르트르 언덕으로 올라가기 시작했다. 파리는 아직 잠에서 깨어나지 않았다. 녹색 셔터들은 단단히 잠겨 있고 상점의 블라인드들도 내려져 있었다. 다만 교외에서 온 손수레들이 싣고 온 야채, 과일, 꽃들을 파리 중앙 시장에 부린 뒤 다시 집으로 돌아가고 있을 뿐이었다.

"언덕 꼭대기까지 올라가서 파리가 잠에서 깨어나는 것을 지켜보기로 하세." 고갱이 말했다.

"나도 그러고 싶소."

클리시 가에 다다른 그들은, 물랭 드 라 갈레트를 거쳐 몽마르트르 언덕 위로 꾸불꾸불 이어져 올라가는 르픽크 로로 들어섰다. 집들이 점점 드문드문 보이면서, 꽃과 나무들이 가득한 탁 트인 평지가 나타났다. 르픽크 로가 갑자기 끝난 것이었다. 두 사람은 덤불 숲을 헤치고 구불구불한 오솔길로 들어섰다.

"솔직히 말해보구려, 고갱." 빈센트가 말했다. "당신은 쇠라를 어떻게 생각하는지."

"조르주 말인가? 자네가 그렇게 물을 줄 알았지. 그 사람은 들라크루아 이후의 그 어느 누구보다도 색채에 관해서 많이 알고 있소. 예술에 대한 지적 이론을 갖추고 있기도 하고. 그런데 그게 잘못이지. 무릇화가란 자신이 하고 있는 일에 관해선 생각지 말아야 하거든. 이론일랑 비평가한테 맡겨두는 거야. 조르주가 색채를 위해 어떤 공헌을 하고 또 그의 고딕적인 구성양식이 고전 시대로의 반동을 촉진시키긴 하겠지만, 그러나 그 사람은 미쳤어. 자네 자신이 봤다시피 완전히 미치광이야."

오르기는 힘겨웠지만 마침내 그들이 꼭대기에 이르렀을 때, 온 파리 시가지가 그들 앞에 펼쳐졌고, 검은 지붕들의 바다와 여기저기 솟은 교회 첨탑들이 새벽 안개를 헤치고 나타났다. 굽이치는 빛의 물살같은 센 강이 파리를 반으로 갈라놓았다. 주택가의 지붕들이 몽마르트르 언덕을 타고 센 강 유역까지 흘러내려갔다가 거기서 다시 몽파르나스를 향해 용트림하듯 기어올라가고 있었다. 이제 뚜렷하게 모습을 나타낸 태양이 저 아래 뱅 산 숲을 환히 비추었다. 반대편 끝에 있는 블로뉴 숲의 푸른 초목들은 아직도 어둠에 잠긴 채 졸고 있었다. 이 도시의 세 개의 랜드마크인, 한가운데의 오페라 좌, 동쪽의 노트르담 대성당, 서쪽의 개선문이 마치 갖가지 빛깔로 채색된 석총(石塚)처럼 허공에 솟아 있었다.

6

라발 로에 있는 그들의 작은 아파트에 평화가 찾아왔다. 테오는 그런 평온한 순간을 마련해준 행운의 별에 감사했다. 그러나 그것도 오래 계속되지는 않았다. 빈센트는 고풍스러운 자신만의 색채로 자기 방식에 따라 서서히 또 꼼꼼하게 작업하는 대신에, 자기 동료들을 흉내

내기 시작했던 것이다. 그는 자신도 인상파가 되겠다는 격렬한 욕망에서, 이제껏 스스로 배워왔던 것들을 모두 무시해버렸다. 그의 캔버스는 쇠라, 툴루즈-로트레크, 고갱의 그림들을 그대로 베껴놓은 끔찍스러운 모조품 같았다. 그러면서도 그는 자신이 굉장히 진보했다고 생각했다.

"이봐, 형." 어느 날 밤 테오가 말했다.

"형 이름이 뭐지?"

"빈센트 반 고흐."

"그 이름이 조르주 쇠라나 폴 고갱이 아니라는 게 확실해?"

"도대체 뭘 말하고 싶은 거냐?"

"형은 자신이 정말로 조르주 쇠라가 될 수 있다고 생각해? 태초 이래 단 한 명의 로트레크가 있을 뿐이라는 사실을 깨닫지 못하는 거야? 그리고 단 한 명의 고갱이 있을 뿐이라는걸…… 맙소사! 그 사람들을 모방하려고 하다니, 어리석은 짓이야."

"난 모방하는 게 아니야. 그들한테서 배우고 있는 거지."

"형은 모방하고 있는 거야. 어디 새 캔버스 하나 아무거나 보여줘봐. 그러면 전날 밤에 형이 누구랑 함께 있었는지 내가 맞혀볼테니까."

"하지만 난 사뭇 향상되고 있는걸. 테오, 봐라. 이 그림들의 색채가 전보다 훨씬 밝아졌잖아."

"형은 나날이 내리막길로 치닫고 있어. 형이 그리는 그림은 하나하나가 점점 더 빈센트 반 고흐답지 않게 변해가고 있다니까. 이봐, 형. 형에게 왕도란 없어. 몇 년간의 힘겨운 노력이 필요할 뿐이야. 다른 사람들을 모방해야만 할 만큼 형이 졸장부야? 다른 사람들이 제시하는 것을 그냥 소화시키는 것만으로 그칠 수 없단 말이야?"

"테오, 내가 그린 이 캔버스들은 썩 괜찮은 것들이라니까."

"하지만 내가 보기엔 끔찍하단 말이야."

그 싸움은 계속되었다.

밤마다 기진맥진하고 신경이 날카로워진 상태로 테오가 화랑에서 돌아와보면 빈센트는 새로 그린 캔버스를 들고 초조하게 그를 기다리고 있었다. 동생이 모자와 코트를 벗을 틈도 없이 빈센트는 그에게 맹렬하게 달려들곤 했다.

"자, 이제 훌륭하지 않다고 말하려면 말해봐라. 나의 색채가 나아지지 않았다고 말해보란 말이야. 이 태양 광선의 효과를 봐라. 이걸 보란 말이야……."

테오는 거짓말을 해서 사근사근해진 형과 유쾌한 하룻저녁을 보내든가, 아니면 사실대로 말해서 새벽녘까지 집 안 여기저기로 사납게 쫓김을 당하든가, 둘 중 하나를 선택하지 않으면 안 되었다. 테오는 끔찍이도 피곤했다. 사실대로 말하면 안 될 형편인데도 테오는 사실대로 말했다.

"최근에 언제 뒤랑-뤼엘 화랑에 갔었지?" 테오가 지친 표정으로 캐물었다.

"그게 무슨 상관이냐?"

"묻는 말에 대답이나 해, 형."

"글쎄, 음." 빈센트가 겁에 질린 듯이 말했다. "어제 오후에."

"빈센트, 기를 쓰고 마네를 모방하려고 하는 작자들이 파리에 오천 명 가까이 있다는 걸 알아? 더구나 그 모방마저 형보다 그 작자들이 월등하게 해내고 있단 말이야."

싸움터라는 곳이 워낙 비좁았기 때문에 둘 중 어느 쪽도 끝까지 버틸 수가 없었다.

빈센트가 새로운 꾀를 냈다. 인상파의 기법들 모두를 단 한 개의 캔버스에다 뭉뚱그려 놓은 것이었다.

"대단히 근사하군." 그날 밤 테오가 말했다. "이걸 '요약파'라고 이름 붙여야겠는걸. 이 캔버스에 있는 것 하나하나에 딱지를 붙일 수 있겠어. 저 나무는 진짜 고갱이고, 저 구석의 처녀는 틀림없이 툴루즈-로트레크야. 강물에 비치는 햇빛은 시슬레, 색채는 모네, 나무 이파리들은 피사로, 대기는 쇠라, 그리고 중앙의 인물은 마네."

빈센트는 고군분투했다. 그는 낮 동안 열심히 작업했지만, 밤이 되어 테오가 돌아오면 그한테서 어린애처럼 꾸지람을 들었다. 테오가 거실에서 자야 했으므로, 빈센트는 밤에는 거기서 그림을 그릴 수가 없었다. 테오와 말씨름을 하다보면 흥분되고 짜증난 상태가 되어 그는 잠도 잘 수가 없었다. 그는 동생에게 열변을 토해내면서 기나긴 시간을 보냈다. 여전히 불빛이 타오르고 빈센트가 흥분된 몸짓으로 이야기하는 가운데에 테오는 완전히 기진맥진해서 곯아떨어질 때까지 그와 싸워야 했다. 그나마 테오가 버틸 수 있었던 것은 머잖아 르픽크 로로 이사갈 것이고, 거기에는 자기 몫의 침실이 있으니까 문에다 아주 튼튼한 자물쇠를 걸어놓으면 될 것이라는 생각 덕분이었다.

자신이 그린 그림에 대한 말씨름에도 지치자 빈센트는 이제 미술, 미술 사업, 그리고 화가가 된다는 일의 비참함에 관한 열띤 토론으로 테오의 밤시간을 차지했다.

"테오, 난 도대체 이해할 수가 없다." 그가 투덜거렸다. "넌 파리에서 관록 있는 축에 끼는 화랑의 지배인이야. 그런데도 넌 화랑에다 네 형의 캔버스 하나 전시하려 들지 않으니 말이야."

"발라동이 허락하지 않아."

"해보려고나 했어?"

"수천 번."

"좋아, 내 그림들이 꽤 훌륭하지는 못하다고 인정하지. 하지만 쇠라는 어떻게 된 거야. 그리고 고갱은? 로트레크는?"

"그 사람들이 내게 새 캔버스를 가지고 올 때마다 난 발라동에게 그걸 중이 층에 걸어놓게 해달라고 애걸했어."

"그 화랑의 주인이 너냐, 아니면 다른 사람이냐?"

"아아, 난 단지 거기에 고용된 사람일 뿐이야."

"그렇다면 거기서 나와야 해. 그건 치욕이야, 순전히 치욕이야. 테오, 나라면 그런 걸 참지 못했을 거야. 난 당장 거길 떠났을 거야."

"그건 내일 아침 식사 때 이야기하지, 형. 난 힘든 하루를 보냈어. 그래서 얼른 잠자리에 들고 싶단 말이야."

"난 아침 식사 때까지 기다리고 싶지 않아. 지금 당장 그 얘길 하고 싶다니까. 테오, 마네와 드가를 걸어놓는 게 무슨 대단한 의미가 있지? 그들은 이미 일반 대중에게 알려져 있는데. 그 사람들의 그림은 벌써 차츰 팔려나가고 있잖아. 네가 정작 편들어 싸워줘야 할 사람들은 그보다 젊은 사람들이야."

"시간을 좀 달라구! 아마도 한 삼 년 지나면……"

"안 돼. 우린 삼 년이나 기다릴 수 없어. 우린 당장 행동을 취해야 해. 아, 테오, 넌 왜 그 직장을 내팽개치고 네 화랑을 열지 않는 거냐? 생각 좀 해봐, 발라동도 없고 부그로도 없고 에네르도 없는 화랑을 말이야."

"그러려면 돈이 필요해, 형. 난 한 푼도 저축해놓은 게 없잖아."

"돈이야 우리가 어떻게든 마련하지."

"그림 장사란 진척이 더뎌, 형도 알다시피."

"더디든 말든. 네 기반이 확실히 다져질 때까지 우리가 밤낮으로 일하면 되잖아."

"그러면 그동안엔 어떻게 하지? 먹고살아야 하잖아."

"내가 내 생계를 못 꾸려간다고 해서 너 지금 날 비난하는 거냐?"

"맙소사! 제발, 형, 잠자리에 들라구. 난 지쳤어."

"잠자지 않을 거야. 난 사실을 알고 싶단 말이다. 넌 오직 그 이유 때문에 구필 화랑을 떠나지 않는 거냐? 나를 부양해야 하기 때문에? 자, 사실대로 말해봐. 내가 네 모가지에 매달린 무거운 짐이겠구나. 내가 너를 짓누르고 있어. 넌 나 때문에 그 직장을 계속 다니고 있단 말이지. 나만 없었더라면 넌 자유로운 몸이 될 텐데."

"내 몸이 조금만 더 크고 힘이 조금만 더 세다면 호되게 한 방 먹여주고 싶군. 그런데 실은 그렇지 못하니. 돈을 주고 고갱을 고용해서, 와서 내 대신 그래 달라고 해야 되겠군. 이봐, 형, 나의 직업은 구필 화랑에서 일하는 거야, 지금도 또 언제나. 형의 직업은 그림을 그리는 거야, 지금도 또 언제나. 내가 구필 화랑에서 하는 일의 반은 형의 몫이고, 형이 그리는 그림의 반은 내 몫이야. 자, 이젠 잠 좀 잘 수 있도록 내 침대에서 내려가줘. 그렇지 않으면 경찰을 부를 거야."

다음 날 저녁, 테오가 봉투 하나를 빈센트에게 건네주며 말했다. "형이 오늘 밤 일하지 않을 거라면, 이 파티에 함께 가도 괜찮을 텐데."

"누가 여는 건데?"

"앙리 루소. 그 초대장을 한번 봐요."

카드에는 간단한 시 구절 두 줄과 손으로 그린 꽃들이 있었다.

"이 사람이 누구지?" 빈센트가 물었다.

"우린 그를 세관원이라고 부르지. 그는 마흔 살까지 지방에서 관세 징수원이었거든. 그 사람도 일요일에만 그림을 그렸더랬어, 고갱이 그랬던 것처럼. 그러다가 몇 년 전에 파리에 와서 바스티유 근방의 노동자 구역에 자리를 잡았지. 살아오면서 단 하루도 교육이나 가르침을 받은 적이 없는데도, 그 사람은 그림을 그리고 시를 쓰고 작곡을 하고 노동자의 아이들한테 바이올린 레슨을 하고 피아노를 치고 두어 명의 노인에게 그림을 가르치거든."

"그는 어떤 걸 주로 그리지?"

"환상적인 동물들인데, 그것도 주로 그보다도 한층 더 환상적인 밀림 안에서 살짝 내다보는 풍경이지. 그런데 그가 여태껏 가본 곳 중에서 밀림 비슷한 곳이라곤 블로뉴 숲의 동물원밖에 없거든. 그 사람은 농민이고 타고난 자연인이야, 비록 폴 고갱이 그를 비웃긴 하지만."

"넌 그 사람의 작품을 어떻게 생각하지, 테오?"

"글쎄, 나도 모르겠어. 모두가 그를 멍청이, 미치광이라고 부르거든."

"정말로 그래?"

"뭔가 어린아이 같은, 원초적인 어린아이 같은 점이 있지. 오늘 밤 함께 그 파티에 가보면 형 스스로 판단할 기회가 있을 거야. 그 사람은 자기 캔버스들을 전부 벽에다 걸어놓았거든."

"파티를 열 수 있을 정도라면 분명 돈을 어느 정도는 가지고 있는 사람이겠구나."

"아니, 아마도 현재 파리에서 가장 가난한 화가일걸. 바이올린 살 돈이 없어서, 레슨에 사용하는 바이올린도 세를 내서 빌려 쓰는 형편이니까. 그리고 그 사람이 이런 파티를 여는 데는 한 가지 목적이 있어. 그게 뭔지 형 자신이 발견하게 될 거야."

루소가 사는 건물은 육체노동자의 가족들이 살고 있었다. 루소는 사 층에 방 하나를 가지고 있었다. 그곳 거리는 어린아이들의 아우성으로 가득 찼다. 복도에는 요리 냄새, 빨래 냄새, 공중변소 냄새가 뒤섞인 고약한 악취가 너무도 심해서 숨이 막힐 지경이었다.

테오가 문을 두드리자 앙리 루소가 문을 열었다. 그는 땅딸막하고 뚱뚱한 남자였는데, 골격 자체는 빈센트와 상당히 흡사했다. 그의 손가락은 작고 뭉툭했으며 머리통은 사각형에 가까웠다. 그는 뭉툭한 코와 턱, 그리고 크고 순진해 보이는 눈을 가진 사내였다.

"와주셔서 영광이군요." 루소가 부드럽고 사근사근한 어조로 말했다.

테오가 빈센트를 소개했다. 루소는 그들에게 의자를 내주었다. 방안은 갖가지 빛깔이 뒤엉켜 흥겨울 정도였다. 루소가 창에다 달아놓은 커텐은 농가에서나 쓸 법한, 붉은색과 흰색의 체크 무늬의 천으로 만들어진 것이었다. 사방 벽은 야생 동물들과 정글과 믿어지지 않는 놀라운 풍경들이 그려진 그림들로 꽉 차 있었다.

네 명의 어린 소년들이 손에 바이올린을 든 초조한 모습으로 한쪽 구석 낡아빠진 구식 피아노 곁에 서 있었다. 벽난로 선반 위에는 루소가 직접 구운, 캐러웨이 열매가 점점이 박힌 수수하고 조그만 과자들이 놓여 있었다. 의자와 벤치들이 방 여기저기 흩어져 있었다.

"반 고흐 씨, 당신이 제일 처음 도착하신 분이군요." 루소가 말했다. "기욤 피유 씨가 영광스럽게도, 손님들 한 패를 데리고 올 겁니다."

거리로부터 시끌시끌한 소리가 올라왔다. 아이들의 고함 소리와 뒤섞여 자갈 깔린 길을 굴러오는 마차 바퀴소리가 들려왔던 것이다. 루소가 문을 획 열어놓았다. 현관으로부터 예쁘장한 여자들 목소리가 떠올라왔다.

"계속 올라가요. 계속 올라가라구." 한 목소리가 우렁차게 말했다. "한 손으로는 난간을 잡고, 한 손으로는 코를 꼭 쥐고서 말이야."

그 익살맞은 말에 이어 깔깔거리는 웃음소리들이 터져 나왔다. 루소 역시 그 말을 분명하게 들은지라, 빈센트에게 고개를 돌리더니 싱긋 웃었다. 빈센트는 악의나 원한은 한 점도 섞이지 않은 저토록 맑고 순진한 눈은 처음 보았다고 생각했다.

열 명 아니면 열두 명으로 이루어진 한 패거리들이 방 안으로 몰려들어왔다. 사내들은 야회복을 입고 있었고, 여자들은 호화로운 긴 웃옷에다, 값비싸고 가벼운 실내화를 신고, 길고 하얀 장갑을 낀 차림들이었다. 그들은 값비싼 향수와 은은한 분과 실크와 오래된 레이스의 냄새를 몰고 들어왔다.

"이봐, 앙리," 거드럭거리는 깊숙한 음성으로 기욤 피유가 소리쳤다. "보다시피 우리가 왔잖나. 하지만 우린 오래 머물 수가 없다네. 브로이 공작 부인의 무도회에 가야 하거든. 그동안이나마 자네, 내 손님들을 즐겁게 해드려야 하네."

"아, 난 정말 이분을 만나보고 싶었어요." 가슴이 드러나도록 낮게 재단된 제정시대풍의 옷을 걸친, 금갈색 머리칼의 호리호리한 여인이 지껄여댔다. "생각해봐요, 이분이 바로 온 파리의 화제가 되고 있는 그 위대한 화가잖아요. 루소 씨, 제 손에 키스해주시겠어요?"

"조심해요, 블랑슈." 누군가가 말했다. "아시겠지만…… 이 화가들이란……."

　루소가 미소지으며 그녀의 손에 입맞추었다. 빈센트는 한구석으로 물러나 있었다. 피유와 테오는 잠시 이야기를 주고받았다. 나머지 무리들은 짝지어 방 안을 거닐면서 각양각색의 캔버스들을 보고 촌평을 해대며 웃음을 터뜨리기도 했다. 그들은 루소의 커텐과 장식품들을 손가락질하면서 또다른 새로운 웃음거리를 찾으려고 방 안 구석구석을 훑었다.

　"신사 숙녀 여러분, 이제 앉으시면," 루소가 말했다. "저의 오케스트라가 제가 작곡한 것 중의 하나를 연주하겠습니다. 저는 그 곡을 므슈 피유에게 헌정했습니다. 곡명은 「상송 라발」입니다."

　"자, 자, 여러분!" 피유가 외쳤다. "루소가 우리를 즐겁게 해주겠다는군. 자, 자니, 블랑슈, 자크! 와서들 앉지. 이건 아주 귀중한 걸세."

　떨고 있는 네 소년은 단 한 개뿐인 악보대 앞에 서서 바이올린 가락을 골랐다. 루소는 피아노 앞에 앉아 두 눈을 감았다. 잠시 후 그가 말했다. "준비!" 그리고 연주가 시작되었다. 그것은 소박한 목가적인 곡이었다. 빈센트는 애써 귀 기울였지만 숨죽여 킬킬거리는 사람들의 웃음소리에 음악 소리가 파묻혀버렸다. 연주가 끝나자 모두들 열렬하게 박수를 쳐댔다. 블랑슈가 피아노 있는 곳으로 가서 루소의 어깨에 그녀의 두 손을 얹으며 말했다. "아름다운 곡이었어요, 정말 아름다워요. 이토록 크게 가슴 설렌 적은 처음이에요."

　"칭찬이 과하시는군요, 부인."

　블랑슈가 웃음을 터뜨리면 소리쳤다.

　"기욤, 들었어요? 글쎄, 내가 과장하는 줄로 아시나봐요?"

　"자, 한 곡 더 연주해드리겠습니다." 루소가 말했다.

　"그 곡에 맞추어 자네의 시를 하나 노래해주게, 앙리. 자넨 무척 많은 시를 지었잖나."

　루소가 어린아이처럼 이를 드러내며 싱긋 웃었다.

"좋습니다, 피유 씨. 곡에 맞추어서 시를 한 편 읊조려보죠, 원하신 다면."

그는 테이블로 가서 시 원고 뭉치를 꺼내어 뒤적뒤적 훑어보더니 그중에서 하나를 골랐다. 그는 피아노에 앉아 연주하기 시작했다. 빈 센트는 그 음악이 꽤 훌륭하다고 생각했다. 그리고 몇 구절 겨우 알아 들을 수 있는 시도 역시 근사하다는 생각이 들었다. 그러나 그 시와 곡 을 하나로 합해놓은 효과는 정말 우스꽝스러운 것이었다. 사람들이 크 게 웃었다. 그들은 피유의 등을 찰싹찰싹 치면서 웃었다.

"오, 기욤, 당신은 망나니예요. 당신 정말 얼마나 엉큼한 사람인지."

음악이 끝나자 부엌으로 간 루소는 두껍고 투박한 커피 잔들을 가 지고 돌아와 손님들에게 돌렸다. 그들은 과자에 점점이 박힌 캐러웨이 열매를 떼내 상대방의 커피 잔에다 던져넣었다. 빈센트는 구석에서 파 이프를 피우고 있었다.

"자, 앙리, 자네의 최근의 그림들을 보여주게. 그것 때문에 우리가 왔잖나. 자네의 그 그림들이 루브르 박물관에 팔려나가기 전에 이곳 자네의 아틀리에에서 직접 봐야겠어."

"새로 그린 아름다운 것들이 있지." 루소가 말했다. "당신을 위해 벽 에서 떼어가지고 오죠."

테이블 주위로 몰려든 무리들이 행여 남에게 뒤질세라 저마다 터무 니없는 찬사를 늘어놓았다.

"이건 썩 훌륭하군요, 정말 훌륭해요." 블랑슈가 탄성을 발했다. "나 의 내실에다 걸어놓으려면 꼭 이 그림이 필요하겠는데요. 이것 없이는 단 하루도 더 살 수 없을 거예요. 오, 나의 선생님, 이 불후의 걸작품은 값이 얼마인가요?"

"이십오 프랑입니다."

"이십오 프랑이라고요! 원, 이럴 수가! 위대한 미술 작품 하나에 이 십오 프랑이라니. 여기에다가 제게 헌사를 써주실 수 있겠어요?"

"영광입니다."

"난 프랑수아즈에게 하나 가져다주겠다가 약속했다네." 피유가 말했다.

"앙리, 그건 나의 피앙세를 위한 것이니까, 자네가 그린 것들 중에서 가장 훌륭한 작품이어야만 하네."

"바로 피유 씨 당신을 위한 게 꼭 하나 있지요." 루소는 기이하게 생긴 짐승이 동화 나라에나 있을 것 같은 밀림에서 살짝 내다보고 있는 그림을 떼어냈다. 사람들이 전부 피유를 보고 큰 소리로 떠들어댔다.

"이게 뭐지요?"

"사자야."

"아니야, 호랑이인데."

"장담하지만, 이건 우리 집 세탁부야. 우리 집 세탁부라는 걸 난 알아볼 수 있겠는데."

"이 그림은 다른 것들보다 좀 큰 편이라서 피유 씨," 루소가 싹싹하게 말했다. "삼십 프랑을 내셔야 되겠는데요."

"그만한 값어치가 있지, 있고 말고. 어느 날엔가는 나의 손자들이 이 더할 나위 없이 훌륭한 캔버스를 삼만 프랑에 팔게 될 텐데!"

"나도 하나, 나도 하나." 다른 사람들 서너 명이 일시에 소리쳤다. "나도 내 친구에게 하나 사다줘야겠군. 사교철엔 이게 그래도 보여줄 만한 가장 그럴 듯한 것이거든."

"자, 여러분." 피유가 외쳤다. "무도회에 늦겠소. 그리고 여러분들이 산 그림들을 가지고 갑시다. 이거 브로이 공작 부인의 무도회에서 그 그림들 때문에 우리가 소동을 일으키겠는걸. 자, 다시 만나세, 앙리. 그지없이 멋진 시간을 보냈소. 다시 한번 곧 파티를 열어주게나."

"안녕, 존경하는 선생님." 블랑슈가 향수 냄새 나는 손수건을 루소의 코 밑에다 휙 내두르며 말했다. "당신을 결코 잊지 못할 거예요. 당신은 내 기억 속에 영원히 살아계실 겁니다."

"블랑슈, 그 사람을 좀 그만 내버려두어요." 한 남자가 외쳤다. "저 불쌍한 양반이 오늘 밤 잠 한숨 못 잘라."

큰소리로 서로 농담을 주고받으며 그들은 떼지어 소란스럽게 층계를 내려갔고, 그들이 뒷전에 남기고 간 값비싼 향수 냄새가 그 건물의 고약한 냄새와 한데 뒤섞였다.

테오와 빈센트는 문간으로 걸어갔다. 루소는 테이블 앞에 선 채 그 위에 쌓인 동전 무더기를 내려다보고 있었다.

"너 혼자 집에 가도 괜찮겠지, 테오?" 빈센트가 나직하게 물었다. "난 좀 남아 있다가 저 사람과 사귀고 싶구나."

테오가 나갔다. 루소는 빈센트가 문을 닫고서 그 문에 기대어 선 것을 알아채지 못했다. 루소는 여전히 테이블 위에 놓인 돈을 세고 있었다.

"팔십 프랑, 구십 프랑, 백, 백오."

그는 문득 고개를 들고서 빈센트가 자신을 유심히 바라보고 있음을 보았다. 어린아이 같은 소박한 표정이 그의 두 눈에 다시 돌아왔다. 그는 돈을 옆으로 치우고서 그대로 선 채 바보처럼 히죽 웃었다.

"그 가면을 벗어버려요, 루소." 빈센트가 말했다. "나 역시 일개 농부이며 화가요."

테이블을 떠나 빈센트에게로 건너온 루소가 빈센트의 손을 따뜻하게 움켜잡았다.

"당신 동생이 네덜란드의 농부들을 그린 당신의 그림들을 보여줬지요. 훌륭한 그림들입니다. 밀레의 것들보다 훌륭해요. 난 그림들을 여러 번 들여다보았지요. 난 당신의 그림에 감탄했습니다."

"나도 당신의 그림들을 봤지요, 그 사람들이…… 당신을 조롱거리로 만들고 있던 동안에. 나 또한 당신의 그림에 경탄하고 있습니다."

"고맙군요. 앉지 않겠어요? 내 연초로 파이프를 피우지 않겠어요? 이 돈이 백오 프랑입니다. 이걸로 담배와 먹을 것과 그림을 그릴 캔버스를 살 수 있지요."

그들은 테이블을 사이에 두고 마주 앉아 생각에 잠긴 듯한 다정한 침묵 속에서 함께 담배를 피웠다.

"사람들이 당신을 미친 사람이라고 부른다는 걸 알고 있겠죠, 루소?"

"물론, 알고 있지요. 그런데 덴하흐 사람들도 당신을 미치광이로 여긴다는 얘길 들었는데."

"맞아요, 그렇죠."

"사람들 좋을 대로 생각하라지, 뭐. 언젠가는 내 그림들이 뤽상부르에 걸릴 텐데."

"그리고 내 그림들은," 빈센트가 말했다. "루브르에 걸릴 텐데."

그들은 상대방의 두 눈에서 같은 생각을 읽고 자연스럽게 마음에서 우러난 웃음을 터뜨렸다.

"사람들 말이 맞군요, 앙리." 빈센트가 말했다. "우리들은 미친 사람들이라구요!"

"그럼, 그걸 축하하기 위해서 한 잔 더 할까요?" 루소가 말했다.

7

수요일인 다음날, 저녁 식사 시간 무렵에 고갱이 아파트 문을 두드렸다.

"자네 동생이 나더러 오늘 저녁 자넬 카페 바티뇰로 데리고 와달라고 하더군. 동생은 화랑에서 늦게까지 일해야 한다던데. 아, 이거 아주 재미있는 캔버스들이구만. 봐도 되겠소?"

"물론. 그중 어떤 것은 브라반트에서 그린 것들이고 또 어떤 것은 덴하흐에서 그린 것들이요."

고갱은 오랫동안 그 그림들을 응시했다. 서너 번 그가 손을 들어올리고서 입을 열고 뭔가 말하려는 듯했다. 그러나 그는 자기 생각을 조리 있게 말할 수 없는 모양이었다.

"물어서 미안하네만 빈센트," 그가 마침내 말을 꺼냈다. "자네, 아마 간질병 환자지?"

빈센트는 자신이 중고품 가게에서 사다가 막무가내로 입겠다고 고집을 피워 테오를 아연케 했던 그 양가죽 코트를 막 꿰어입는 중이었다. 그가 몸을 돌리고서 고갱을 노려보았다.

"내가 뭐라고?" 그가 따졌다.

"간질병 환자. 신경 발작을 일으키는 작자들 말일세."

"고갱, 난 그런 건 알지도 못해요. 그런데 왜 묻는지?"

"글쎄……자네의 이 그림들은……꼭 캔버스 밖으로 곧장 튀어나올 것처럼 보이거든. 난 자네 작품을 볼 때마다……그리고 이게 처음이 아니지만 공교롭게도 난…… 거의 참을 수 없는 신경 흥분을 느낀단 말일세. 자네 그림이 폭발하지 않으면 내가 꼭 폭발해버릴 것 같은 느낌이라구. 자네의 그림들이 나의 어느 부분을 가장 많이 다치게 하는 줄 아나?"

"모르겠소, 어딘데?"

"창자야. 내 속이 온통 꿈틀대기 시작하는 걸세. 내 감정이 너무도 흥분되고 혼란스러워지기 때문에 나 자신을 억누를 수 없을 정도야."

"그렇다면 아마도 내 그림을 변이 나오게 하는 완하제로 팔면 되겠구만. 말하자면, 내 그림을 화장실에 걸어놓고서 매일 일정한 시각에 바라보면 되잖겠소?"

"이건 진지한 이야기네만 빈센트, 난 자네 그림을 곁에 두고 살 수 없을 것 같아. 일주일 안에 날 미치게 만들고 말 걸세."

"갈까요?"

그들은 클리시 가를 향해 몽마르트르 로를 걸어올라갔다.

"저녁 먹었나?" 고갱이 물었다.

"아니, 당신은?"

"나도. 바타유로 올라가볼까?"

"좋은 생각이요. 돈 좀 있어요?"

"한 푼도 없는데. 자넨, 어때?"

"난 빈털터리에요, 언제나처럼. 테오가 날 밖으로 데리고 나가주길 기다리는 중이었거든."

"쯧쯧! 우린 먹지도 못하겠군."

"아무튼 올라가서 '오늘의 특별 요리'가 뭔지 보기나 합시다."

그들은 르픽크 로로 들어서 언덕을 올라가다가 오른쪽으로 돌아서 데 자베스 로로 나섰다. 마담 바타유의 레스토랑에는 잉크로 휘갈겨쓴 메뉴가, 정문 앞에 늘어선 모조 분재(盆栽)들 중 하나에 꽂혀 있었다.

"으음, 송아지 고기 요리군. 내가 좋아하는 요리요."

"난 송아지 고기를 싫어하는데." 고갱이 말했다. "먹지 않아도 되니 오히려 다행이군."

"순 허풍!"

그들은 어슬렁어슬렁 거리를 내려가 언덕 발치에 있는 자그마한 삼각 공원 지대로 들어갔다.

"야아, 저기 폴 세잔이 있군. 벤치에 누워 자고 있잖아. 저 바보는 도대체 뭣 때문에 자기 구두를 베개로 사용하는지 알 수가 없단 말이야. 자, 저 사람을 깨워보세."

바지에서 벨트를 끌러낸 고갱은 그걸 두 겹으로 겹쳐 잠자는 사내의 양말을 신은 발을 한 대 세게 갈겼다. 아픔의 비명을 내지르며 세잔이 벤치에서 벌떡 일어섰다.

"고갱, 이 무도한 사디스트! 이게 자네의 농담이야? 조만간에 난 어쩔 수 없이 자네 골통을 바수게 될 거야."

"발을 그대로 드러내놓고 있으니까 거기에 대한 마땅한 대접을 해준 것뿐인데, 뭘. 뭣 때문에 당신은 그 더러운 프로방스의 부츠를 머리에 베는 거요? 차라리 베개가 없는 게 아예 나을 텐데."

세잔은 양쪽 발바닥을 번갈아 문지르고는 투덜거리면서 급히 부츠를 신었다.

"베개로 사용하는 게 아니야. 내가 자는 동안 아무도 내 부츠를 훔쳐가지 못하도록 머리 밑에 받쳐두는 거지."

고갱이 빈센트에게로 고개를 돌렸다. "자넨 이 양반이 말하는 투로 보아 아마 이 사람은 배를 쫄쫄 굶는 화가구나 하고 생각했겠지. 하지만 이 양반 아버지는 은행가인 데다 엑상프로방스의 반을 소유하고 있는 분이거든. 세잔, 이 사람은 빈센트 반 고흐, 테오의 형이요."

세잔과 빈센트는 서로 악수했다.

"세잔, 반 시간 전에 당신을 만나지 못한 게 유감인데요." 고갱이 말했다. "그랬더라면 당신도 우리와 함께 저녁을 먹을 수 있었을 텐데. 오늘 바타유 레스토랑엔 내가 먹어본 것 중에서 정말 최고로 맛 좋은 송아지 고기 요리가 나오던걸."

"그거 정말 괜찮던가, 그래?" 세잔이 물었다.

"괜찮더냐구요? 기막히게 맛있었죠. 안 그런가, 빈센트?"

"그렇구 말구요."

"그럼, 나도 가서 좀 먹어야겠군. 자네들도 가서 함께 먹지 않으려나?"

"글쎄, 난 또 한 접시를 더 먹을 수 있을는지 의문이오만. 빈센트 자넨 어때, 한 접시 더 먹을 수 있겠나?"

"난 못 먹을 것 같은데. 하지만 세잔 씨가 저렇게 우기는 데에야……"

"자, 고갱, 착하지, 응? 자넨 내가 혼자 식사하기 싫어하는 줄 알잖아. 자네, 그 송아지 고기가 지겹다면 뭐 다른 걸로 먹으면 어때."

"글쎄, 그럼 당신의 소원을 들어주기 위해 하는 수 없이…… 자, 가세, 빈센트."

그들은 바타유 레스토랑을 향해서 데 자베스 로를 다시 올라갔다.

"안녕하십니까, 신사분들." 웨이터가 말했다. "정하셨습니까?"

"그래, 여기 오늘의 특별 요리를 삼 인분 가져다 주게." 고갱이 말했다.

"좋습니다. 그런데 와인은 뭘로?"

"와인은, 세잔, 당신이 고르지. 그런 건 나보다 당신이 더 잘 알잖소."

"보자, 생테스테프, 보르도, 소테른, 본이 있군……."

"이 집의 포마르를 마셔봤소?" 고갱이 어린아이 같은 숨김없는 태도로 끼어들었다. "난 그게 이 집에 있는 최고 좋은 술이라는 생각이 더러 들던데."

"포마르 한 병 갖다 주게." 세잔이 웨이터에게 말했다.

고갱은 자기 몫의 송아지 고기와 푸른 완두콩을 금방 허겁지겁 삼키고는, 이제 겨우 반쯤 먹은 세잔에게로 고개를 돌렸다.

"그런데 말이요, 세잔." 고갱이 말했다. "듣자 하니, 졸라의 『작품(L'Oeuvre)』이 수천 부씩 팔린다고 하더군요."

세잔은 그에게 암담하고 씁쓸한 시선을 내쏘면서 밥맛 떨어졌다는 듯 접시를 밀어붙였다. 그가 빈센트에게로 향했다.

"자네, 그 책을 읽어봤나?"

"아니요, 아직. 난 이제 막 『제르미날』을 읽고 난 참입니다."

"『작품』은 몹쓸 책이야." 세잔이 말했다. "그리고 거짓부렁 책이고. 게다가 그건 우정의 이름으로 저지른 배신의 가장 악질적인 작품일세. 반 고흐, 그 책은 한 화가에 관해 쓴 것이라네. 나에 대해서! 에밀 졸라는 나의 가장 오래된 친구지. 엑상프로방스에서 함께 자랐으니까. 학교도 함께 다녔고. 내가 파리로 온 건 오직 그가 이곳 파리에 있기 때문이었어. 우리는 형제보다 더 가까웠지, 에밀과 나 말이야. 젊었을 적엔 줄곧 어떻게 우리 둘 다 나란히 위대한 예술가가 될 것인가 하고 계획을 짜곤 했지. 그런데 이제 그가 나에게 그런 짓을 하다니."

"당신에게 무슨 짓을 했단 말입니까?" 빈센트가 물었다.

"날 비웃었어. 조롱했다구. 온 파리에다 대고 날 우스갯감으로 만들어버린 걸세. 전에 난, 날이면 날마다, 나 자신의 빛 이론과, 표면의 외형 밑에 숨겨진 실체의 묘사 이론, 나의 혁명적 팔레트 개념 등에 관해 그에게 이야기했지. 그는 내 말에 귀 기울이고 날 북돋아주고 내게서 얘길 끌어냈지. 그런데 실은 자기 책을 쓰기 위해 나한테서 사뭇 자료들을 끌어모으고 있었던 걸세. 내가 얼마나 바보인가를 보여주려고 말이야."

와인 잔을 쭉 비운 그는 다시 빈센트에게 고개를 돌리고서 이야기를 계속했다. 작고 시무룩한 그의 두 눈에는 격렬한 혐오가 서려 있었다.

"졸라는 그 책에서 우리들 세 사람을 합해놨다네, 반 고흐. 나와 바질과, 거기다 또 하나, 전에 마네의 아틀리에에서 청소를 해주던 불쌍하고 비참한 젊은 녀석을 합해놓았단 말일세. 그 젊은 아이는 화가가 되겠다는 야망을 품고 있었지만 결국엔 절망한 나머지 목매달아 죽었지. 졸라는 나를 망상에 빠져 길을 잘못 든 또 하나의 비참한 녀석으로 묘사했다네. 말하자면 자신이 미술의 혁명을 일으키고 있다고 생각하지만, 전통적인 수법으로 그리지 않는 건 다만 그림에 재능이 아예 없기 때문에 그럴 뿐이라는 식으로 묘사했단 말일세. 그러고서 그 소설속에서 에밀 졸라는, 내가 단지 미친 사람처럼 그림물감을 더덕더덕바른 것을 가지고 자신이 천재라고 잘못 생각했다는 것을 마침내 스스로 깨달았기 때문에 나의 대작(大作)의 비계에다 목매달아 죽도록 만들어놓았지. 게다가 졸라는 나와 대립되는 인물로서 엑상프로방스 출신의 또다른 한 미술가를 설정해놓는데, 그는 가장 진부하고 인습적인 허섭스레기 같은 작품만 만들어내는 감상적인 조각가임에도 불구하고 졸라는 그를 위대한 예술가로 그려놓고 있네."

"그거 참 재미있군요." 고갱이 말했다. "에두아르 마네의 회화 혁명을 맨 처음 옹호해준 사람이 바로 졸라였다는 사실을 상기할 때 말이요. 사실 졸라야말로 인상파 회화를 위해 살아 있는 그 누구보다도 더 많은 일을 해준 사람 아니오."

"맞아, 졸라는 마네를 숭배했지. 마네가 전통파를 뒤엎어버렸기 때문에 말이야. 그런데 내가 인상파를 뛰어넘으려고 하자 졸라는 날 바보, 멍청이라고 부르거든. 졸라에 관해서 말하자면, 그는 진부한 지식인인 데다 친구로서도 몹시 지겨운 사람이야. 아주 오래 전에 그 사람 집에 출입하는 걸 난 관두지 않을 수 없었어. 그 사람은 빌어먹을 부르주아처럼 살고 있다네. 바닥에는 값진 융단, 벽난로, 선반에는 화병, 하인들, 그리고 그 걸작이라는 것을 쓰기 위한, 조각이 새겨진 목제 책상. 흥! 그는 마네가 뱃심 좋게 그랬던 것 이상의 부르주아 형제였어. 그 때문에 둘이 그렇게 죽이 잘 맞았던 거지. 내가 자기와 같은 도시 출신이며, 어릴 적부터 날 알고 지냈다는 바로 그것 때문에, 졸라는 나라는 인간은 어떤 중요한 작품도 만들 수 없을 거라고 생각하고 있거든."

"몇 년 전에, 낙선전에 출품된 당신의 작품들을 위해 졸라가 조그만 책자를 썼다는 얘길 들었는데, 그건 어떻게 됐소?"

"고갱, 졸라는 그걸 찢어버렸다네. 인쇄소에 넘기기 직전에 말일세."

"그런데 어째서?" 빈센트가 물었다.

"졸라는, 자기가 날 옹호해주는 게 단지 나와 오랜 친구지간이기 때문이라고 평론가들이 생각할까 봐 겁이 났던 걸세. 그때 졸라가 그 조그만 책자만 출판했더라면 화가로서의 내 지위가 굳어졌을 거야. 그런데 그 대신에 『작품』을 출판하다니. 우정이란 게 고작 그거야. 낙선전에 출품된 내 그림들은 백 명 중 아흔아홉 명의 비웃음을 샀지. 뒤랑-뤼엘은 드가, 모네, 그리고 나의 친구인 기요맹의 그림은 전시하면서 내겐 이 인치의 공간도 내주지 않거든. 반 고흐, 자네의 동생조차도 그 화랑 중이 층에 내 그림을 걸어놓길 꺼려한단 말일세. 온 파리에서 내 그림을 창에 전시하겠다는 화상은 오직 탕기 영감 하나뿐이야. 그러나 그는 배고픈 백만장자에게조차 빵 하나 제대로 팔 줄 모르는 사람인걸."

"그 병에 포마르가 좀 남아 있소?" 고갱이 물었다. "아, 고마워요. 내가 졸라에게 반감을 가지는 것은, 그가 세탁부들이 대화하는 걸 진짜 세탁부답게 묘사하긴 하지만 그 장면을 떠나 다른 것을 묘사할 때에도 깜박 잊고서 그 문체를 바꾸지 않는다는 점이요."

"그런데 난 이젠 파리가 지겨워졌어. 난 엑상프로방스로 돌아가 거기서 여생을 보낼 생각이야. 그곳 골짜기로부터 위로 올라가는 언덕이 하나 있는데 거기선 시골 풍경 전체가 한눈에 굽어보이지. 프로방스엔 맑고 밝은 햇빛, 그리고 색채가 있다네. 그 색채! 그 언덕 꼭대기 근처에 누군가 팔려고 내놓은 자그마한 터를 알고 있지. 소나무가 뒤덮인 곳이야. 난 거기에다 내 작업실을 짓고 사과나무 과수원을 만들 걸세. 담장 맨 꼭대기에 깨진 유리병 조각을 시멘트에 섞어 발라놓아서 세상이 접근하지 못하도록 막을 거야. 그러고서 다시는 절대 프로방스를 떠나지 않겠네."

"은자군요, 응?" 포마르 잔을 입에 댄 채 고갱이 중얼거렸다.

"맞아, 은자지."

"엑상프로방스의 은자. 멋있는 제목인걸. 자, 이젠 카페 바티뇰로 가는 게 낫겠소. 지금쯤엔 모두들 와 있을 테니까."

8

거의 모두가 와 있었다. 로트레크는 자기 앞에다 한 무더기의 받침 접시들을 높다랗게 쌓아놓아 턱을 받쳐도 될 정도였다. 조르주 쇠라는 앙크텡과 나직하게 이야기를 주고받고 있었다. 앙크텡은 인상파의 기법을 일본 판화의 기법과 조화시키려고 시도하는 야위고 수척한 화가였다. 앙리 루소는 자기 호주머니에서 과자를 꺼내어 밀크 커피에 살짝 담그고 있었고, 한편 테오는 보다 근대적인 비평가인 두 명의 파리 지앵과 열띤 토론을 벌이고 있었다.

바티뇰은 원래 클리시 가 초입의 변두리에 있었는데, 바로 여기서 에두아르 마네가 파리의 정신적 혈족들을 자기 주위에 끌어모았다. 그래서 마네가 죽기 전까지 에콜 데 바티뇰은 이 카페에서 일주일에 두 번씩 모이곤 했다. 르그로, 팡탱-라투르, 쿠르베, 르누아르 등이 모두 여기에서 만나 자기들의 미술 이론을 만들어냈고, 이젠 그 에콜의 자리를 그보다 젊은 화가들이 물려받은 것이었다.

세잔의 눈에 에밀 졸라가 보였다. 세잔은 먼 테이블로 가 커피를 주문하고는 무리들과는 떨어져 앉아 있었다. 고갱은 졸라에게 빈센트를 소개해준 다음 자기는 툴루즈-로트레크 곁에 있는 의자에 털썩 앉았다. 그들 테이블에는 졸라와 빈센트 둘만이 남게 되었다.

"아까 보니까 자네가 세잔과 함께 들어오던데, 반 고흐. 분명 나에 관해 그가 무슨 얘길 했겠지?"

"예."

"그게 뭐였소?"

"당신의 책이 그에게 몹시 깊은 상처를 준 것 같더군요."

졸라는 한숨을 쉬면서, 거대한 배가 꽉 끼는지 자리를 좀 넓히려고 가죽 쿠션이 달린 긴 의자로부터 테이블을 바깥으로 밀어냈다.

"자네 슈바이닝거 요법에 관해 들어본 적 있나?" 그가 물었다. "식사를 할 때 음료수를 전혀 마시지 않으면 석 달 뒤에 가서는 삼십 파운드를 뺄 수 있다는 요법 말일세."

"그 얘긴 못 들어봤습니다."

"폴 세잔에 관해 그 소설을 쓰자니까 나도 몹시 가슴이 아팠지만, 그러나 그 말 하나하나가 모두 사실일세. 자넨 화가지. 그럼 자네라면, 한 친구의 초상을, 그게 그를 불행하게 만든다고 해서 거짓으로 그리겠나? 당연히 자넨 그러지 않을 걸세. 세잔은 멋진 놈이야. 몇 십 년 동안 그는 나의 소중한 친구였지. 하지만 그의 작품은 한마디로 우스꽝스러울 뿐이야. 우리 집 식구들이야 상당히 너그러운 편이지만. 그러나 밖에서 내 친구들이 우리 집에 올 때면 난 세잔의 그림들을 벽장 속에다 단단히 처박아둬야만 했다네. 세잔이 그들에게서 비웃음을 받지 않도록 하기 위해서 말일세."

"하지만 분명 그의 작품들이 당신의 그 모든 말처럼 그렇게 나쁠 리가 없을 텐데요."

"나쁜 게 아니라 그보다 더 지독해, 반 고흐, 더 지독하다구. 자넨 그 작품들을 하나도 못 보았군? 그러니까 그렇게 내 말을 못 미더워하는 게지. 그는 다섯 살 난 꼬마 아이처럼 그런다네. 내 맹세하지만, 그 사람 완전히 미친 것 같아."

"고갱은 그를 존경하는데요."

"난 사실 세잔이 이렇게 우스꽝스러운 모양으로," 졸라가 말을 이었다. "자기 삶을 낭비하고 있는 걸 지켜보기가 정말 가슴 아프다네. 그는 엑상프로방스로 돌아가서, 자기 아버지 은행의 직책을 이어받아야만 해. 이렇게 살다간 그는 자기 인생에서 아무것도 만들어내지 못할 거야. 현재 돌아가는 꼴로 보자면…… 어느 날엔가 그는 목매달아 죽고 말 걸세…… 내가 『작품』에서 예측한 바로 그대로. 자네, 그 책을 읽어봤나?"

"아뇨, 아직. 『제르미날』을 겨우 얼마 전에 다 읽었죠."

"그런가? 그 책을 어떻게 생각하나?"

"발자크 이후의 가장 훌륭한 소설이라고 생각되더군요."

"맞아, 그건 나의 걸작일세. 그건 지난해, 『질 블라(Gil Blas)』의 문예란에 게재되었던 것이네. 그것 덕분에 돈을 꽤 벌었지. 그리고 이젠 그게 단행본으로 나오자 지금까지 육만 부가 팔렸다네. 내 수입이 요새처럼 그렇게 많았던 적이 없었어. 난 메당에 있는 집을 새로 늘려 지을 작정이야. 그 책이 벌써 프랑스 탄광 지대에서 네 번의 파업과 폭동을 야기시켰다네. 『제르미날』은 거대한 폭동을 야기시킬 걸세. 두고 보라구, 그렇게 되면 자본주의여, 안녕! 자넨 어떤 종류의 그림을 그리나, 므슈…… 가만 있자, 고갱이 자네의 이름이 뭐라고 했더라?"

"빈센트. 빈센트 반 고흐. 테오 반 고흐가 내 동생이죠."

졸라는 테이블의 석조 표면에다 여태껏 낙서를 하던 연필을 갑자기 놓고서 빈센트를 빤히 응시했다.

"그것 참 이상하군." 그가 말했다.

"뭐가요?"

"자네 이름. 그 이름을 전에 어디선가 들었는데."

"아마도 내 동생 테오가 당신에게 이야기했겠죠."

"테오가 그러긴 했지. 그러나 그게 아니야. 잠깐만 기다려보게. 그건…… 그건……『제르미날』이었어! 자네 탄광 지대에 간 적이 있었지."

"예. 벨기에 보리나주에서 이 년간 살았죠."

"보리나주! 프티 밤! 마르카스!"

졸라의 커다란 두 눈이 수염 달린 살찐 얼굴에서 툭 튀어나올 것만 같았다.

"그러니까, 바로 자네가 예수 그리스도의 재림이군!"

빈센트의 얼굴이 빨개졌다. "그게 무슨 말씀입니까?"

"전에 난 보리나주에서 오 주일을 지내면서『제르미날』의 자료를 모으고 있었다네. 그런데 '시커먼 아가리들'이 자기들 사이에서 전도사로 일했던 한 예수 같은 사람에 관해서 이야기해주더군."

"목소리를 낮춰요, 제발 부탁입니다."

졸라는 살찐 배 위에 겹쳐 모은 두 손으로 배를 꾹 눌렀다.

"부끄러워할 것 없네, 빈센트." 그가 말했다. "자네가 성취하려고 했던 것은 그만한 가치가 있는 것이었네. 단지 자네가 잘못된 매체를 선택했을 따름이지. 종교란 민중들에겐 아무런 쓸모도 없는 것일세. 오직 정신이 미천한 자들만이 약속된 내세의 지복을 위해 현세의 불행을 받아들일 뿐이지."

"난 그걸 너무 늦게서야 깨달았죠."

"자넨 보리나주에서 이 년을 보냈다구. 자네 몫의 음식과 돈과 옷들을 나눠주면서. 자넨 죽을 지경에 이를 때까지 일했어. 그런데 그 보답으로 자넨 무얼 얻었나. 아무것도 없어. 세상 사람들은 자넬 미치광이라고 불렀고 교회에서 추방시켰어. 그리고 자네가 떠날 때의 그곳 형편은 자네가 처음 갔을 때보다 조금도 나아지지 않았단 말일세."

"형편이 더 나빠졌지요."

"그러나 나의 매체는 성공할 걸세. 쓰인 문자가 혁명을 일으킬 거야. 벨기에와 프랑스에서, 글을 읽을 줄 아는 광부는 모두 내 책을 읽었다네. 그 전 지역의 어느 카페, 어느 초라한 오두막집치고, 손가락 때가 잔뜩 묻은 『제르미날』 한 권을 가지고 있지 않은 곳이 없다네. 글을 읽을 줄 모르는 사람들은 그걸 다른 사람들에게 읽어달라고해서 몇 번이고 되풀이하며 듣는 걸세. 벌써 네 번의 파업. 그리고 이제 열두 번도 더 일어날 거야. 전국이 일어나고 있어. 『제르미날』이 새로운 사회를 창조해낼 걸세. 자네의 종교로는 얻을 수 없었던 새로운 사회를. 그러면 그 보답으로서 나는 무엇을 얻는가?"

"뭔가요?"

"돈. 수천 프랑에다 또다시 수천 프랑. 자네, 한잔 함께 하겠나?"

로트레크의 테이블을 둘러싸고 토론이 한창 활발했다. 모든 사람들의 관심이 그쪽으로 쏠렸다.

"당신의 그 '나의 기법'이란 건 어떻게 됐습니까, 쇠라?" 손가락 마디를 차례로 꺾으며 로트레크가 물었다.

쇠라는 그 비꼬는 말을 무시했다. 그의 더할 나위 없이 정교한 얼굴 생김과 가면과도 같은 냉정한 표정은 한 남자의 얼굴이 아니라 남성의 아름다움의 본질을 나타내고 있었다.

"오그던 루드라고 하는 한 미국인이 색채의 굴절에 관해 쓴 새로운 책이 있지요. 내 생각엔 그 책은 헬름홀츠나 슈브뢸보다 한걸음 앞선 것 같아요. 물론 그렇다고 드 쉬페르빌의 저서만큼 정말 그렇게 흥미를 돋우는 책은 아니지만. 여러분들 모두 그 책을 읽는다면 덕을 볼 수 있을 겁니다."

"난 회화에 관한 책 따위는 읽지 않죠." 로트레크가 말했다. "그런 건 난 문외한들에게나 맡겨버리니까."

쇠라는 흑백 체크 무늬 코트의 단추를 풀고는 물방울 무늬가 점점이 박힌 큼직한 푸른 넥타이를 곧게 폈다.

"당신 자신이 문외한이오." 쇠라가 말했다. "당신이 색채를 짐작으로 알아맞혀 사용하는 한은."

"짐작으로 알아맞히는 게 아니요. 난 본능으로 안단 말이요."

"쇠라, 과학은 하나의 방법이야." 고갱이 끼어들었다. "몇 해에 걸친 힘든 노력과 실험으로 얻은 우리의 색채 사용법도 이미 과학적인 것이 되었단 이야기야."

"그걸로 충분치 않습니다. 우리 시대의 경향은 객관적인 제작 쪽으로 기울고 있어요. 영감의 시대, 시행착오의 시대는 영원히 사라졌습니다."

"난 그런 책들을 읽질 못해요." 루소가 말했다. "두통만 생기니까 말입니다. 그러면 난 그 두통을 없애기 위해 하루 종일 그림을 그려야만 하는 거지요."

모두들 웃음을 터뜨렸다. 앙크탱이 졸라를 향하여 말했다. "오늘 저녁 신문에 『제르미날』에 대한 공격 기사가 실린 것을 보셨습니까?"

"아니, 뭐라고 써 있었소?"

"평론가들이 당신을 19세기의 가장 부도덕한 작가라고 칭했더군요."

"만날 지껄이는 닳고 닳은 비난이군. 달리 공격할 말을 그렇게도 찾을 수가 없나?"

"그 평론가들 말이 옳아요, 졸라." 로트레크가 말했다. "내가 보니까 당신 책들은 음탕하고 외설적이던데요."

"자네의 그 두 눈으로 봤을 때에야 분명 음탕함을 못 알아볼래야 못 알아볼 수 없겠지."

"자네, 그걸 즐겼군. 로트레크?"

"보이!" 졸라가 외쳤다. "여기 이 사람들한테 술을 쫙 돌려."

"이젠 꼼짝없이 치러야 되겠군." 세잔이 앙크탱에게 중얼거렸다. "졸라가 술을 사면, 그건 한 시간 동안 그의 강의를 들어야만 된다는 뜻이거든."

웨이터가 술을 내왔다. 파이프에 불을 붙여 입에 문 화가들은 친근하게 바싹바싹 다가서 둥그렇게 모여들었다. 나선형으로 퍼지는 가스램프의 불빛이 실내를 밝히고 있었다. 다른 테이블에서 주고받는 이야기 소리는 낮은 화음처럼 들렸다.

"사람들은 내 작품을 부도덕하다고 말하지." 졸라가 말했다. "로트레크 자네의 그림을 부도덕하다고 여기는 것과 똑같은 이유에서 말이야. 대중은 예술에 있어서 도덕적 판단이 끼어들 여지가 없다는 사실을 납득하지 못한단 말일세. 예술은 도덕을 초월한 것이거든. 인생도 마찬가지지. 적어도 내게 있어서 외설적인 그림이나 책이란 것은 없네. 단지 보잘것없는 착상으로 보잘것없이 만들어진 것들이 있을 뿐이지. 툴루즈-로트레크가 그린 창부는, 그가 그 창부의 겉모습 밑에 숨겨진 아름다움을 표출해냈기 때문에 도덕적인 것이 된단 말일세. 그러나 부그로가 그린 청순한 시골 처녀는 감상적으로 또 쳐다보기만 해도 토하고 싶을 만큼 지긋지긋하게 달착지근하게 그려졌기 때문에 부도덕한 것일세."

"맞아요. 그렇지요." 테오가 고개를 끄덕였다.

빈센트는 그들 화가들이 졸라를 존경하고 있지만 그것은 그가 성공한―그들은 보통 사람들이 뜻하는 성공이라는 것을 경멸했다―사람이기 때문이 아니라 그가 그들 화가에게는 신비롭고 어려워 보이는 매체로 일하기 때문이라는 사실을 깨달았다. 화가들은 졸라의 말에 바싹 귀 기울이고 있었다.

"보통 사람들의 두뇌는 모든 걸 이원적인 면에서 생각하거든. 빛과 그림자, 쓴맛과 단맛, 선과 악. 그러나 그런 이원성은 본래 존재하지 않는 걸세. 세상엔 선도 악도 없어. 다만 존재와 행위가 있을 뿐이지. 우리가 어떤 한 행동을 묘사할 때, 우리가 묘사하는 것은 삶 그 자체란 말일세. 그 행동을 어떤 이름으로 명명할 때―이를테면 타락이라거나 외설로―우린 개인적 편견의 영역으로 빠져드는 거야."

"하지만, 에밀," 테오가 말했다. "도덕적 규범이 없다면 대중은 어떻게 합니까?"

"도덕이란 종교와 같은 것이죠." 툴루즈-로트레크가 말을 이었다. "대중으로 하여금 그들 삶의 추한 면에 대해 눈을 감도록 만들기 위한 마취제란 말입니다."

"졸라, 당신의 초도덕성은 아나키즘에 불과해요." 쇠라가 말했다. "그것도 허무주의적인 아나키즘이죠. 그런 건 이미 시도되었지만 아무 효과도 없습니다."

"물론 어떤 일정한 규칙은 있어야만 하겠지." 졸라가 동의했다. "그러나 대중 복지라는 게 개인의 희생을 요구하거든. 난 도덕에 반기를 든 게 아니라, 마네의 「올랭피아」에 침을 뱉고 모파상의 책들이 출판 금지당하기를 바라는 점잔 빼는 태도에 대해서 반기를 든 걸세. 오늘날 프랑스 도덕은 전적으로 섹스의 측면에서만 국한되어 있네. 사람들로 하여금 자기가 좋아하는 사람들과 자게 하라, 그거지. 난 적어도 그보다는 고상한 도덕을 알고 있네."

"그 얘길 들으니 내가 몇 년 전에 연 한 만찬회가 생각나는군." 고갱이 말했다. "내가 초대한 사람들 중의 하나가, '당신도 잘 알겠지만, 당신의 정부(情婦)가 참석하는 만찬회에는 난 내 아내를 데리고 나갈 수가 없어요'라고 말하는 걸세. 그래서 내가 '잘 알았습니다. 저녁 만찬회 동안에는 그녀를 바깥으로 내보내겠습니다'라고 대답했지. 한데 만찬회가 끝나 모두들 돌아갈 때, 그동안 저녁 내내 하품만 하던 우리의 그 정숙한 마담께서 하품을 그치고는 자기 남편에게 말하더군. '여보, 우리 그거하기 전에 좀 근사한 음담패설들을 이야기합시다' 하고 말이지. 그러자 그 남편이 '이야기만 하기로 하지. 오늘 저녁엔 내가 너무 많이 먹어놔서'라고 말하더군."

"그거야말로 모든 걸 한꺼번에 설명해주는군." 터지는 웃음소리 못지않게 큰 소리로 졸라가 외쳤다.

"윤리 이야기는 잠깐 치워두고서 예술에서의 부도덕성 이야기로 돌아갑시다." 빈센트가 말했다. "내 그림들을 보고 외설스럽다고 말한 사람은 아무도 없지만, 그러나 난 그보다 한결 더 큰 부도덕, 즉 추함이라는 것 때문에 한결같은 비난을 받고 있습니다."

"오, 당신이 그걸 용케 딱 꼬집어냈군요, 빈센트." 툴루즈-로트레크가 말했다.

"맞아, 그게 바로 대중에게는 새로운 부도덕의 핵심이거든." 고갱이 맞장구쳤다. "이번 달의 『메르퀴르 드 프랑스』지가 우릴 뭐라고 부른 줄 알아? 추악의 예찬자들이란 거지."

"그와 똑같은 비판이 내게도 떨어졌네." 졸라가 말했다. "요전 날 어느 공작 부인께서 말하길, '졸라 씨, 비상한 재능을 가진 당신 같은 분이 어째서 고작, 돌멩이들 밑에 무슨 종류의 더러운 벌레들이 꿈틀거리고 있나 보려고 여기저기 돌멩이들을 뒤집어보며 다니는 거예요?'라고 하잖겠나."

로트레크가 오려낸 낡은 신문지 조각을 호주머니에서 꺼냈다.

"지난번 앵데팡당전(展)에 출품했던 내 작품들을 두고 비평가가 뭐라고 말했는지 한번 들어봐요. '툴루즈-로트레크는 경박한 흥취, 저속한 환락 그리고 비천한 주제를 묘사하는 것을 낙으로 삼는다는 점에서 아마도 비난을 받아야 할 것이다. 그는 아름다운 용모, 품위 있는 자태, 우아한 동작 등에 대한 감각을 지니지 못한 것 같다. 그가 그 추악함으로 혐오감을 일으키는 땅딸막한 형태의 인간들을 사랑스러운 붓놀림으로 그려내고 있는 것은 사실이지만, 그러나 그러한 도착(倒錯)이 무슨 소용이 있겠는가?'"

"프란스 할스(1580?-1666, 네덜란드 화가/옮긴이)의 망령이로군." 빈센트가 중얼거렸다.

"글쎄, 그 비평가 말이 옳습니다." 쇠라가 말했다. "여러분들이 도착된 것이 아니라면, 어쨌든 적어도 길을 잘못 든 셈입니다. 예술이란 컬러, 디자인, 톤 같은 추상적인 것과 관련됩니다. 예술이 사회 조건을 개선하거나 추악함을 추구하는 데에 사용되어서는 안 되죠. 회화는 음악처럼, 일상생활로부터 분리되어야 합니다."

"빅토르 위고는 작년에 죽었지." 졸라가 말했다. "그리고 그와 더불어 한 문명 전체가 죽은 걸세. 아름다운 제스처와 로맨스와 기교적인 허구와 교묘한 둔사로 이루어진 한 문명 전체가. 그리고 이제 내 책들이 새로운 문명, 20세기의 초도덕적 문명을 대변하게 된 거야. 자네들의 그림도 마찬가지이고. 부그로가 파리 근방에서 여전히 위고의 유해를 들먹이지만 실은, 위고는 에두아르 마네가 「풀밭 위의 식사」를 전시하던 날에 병들어 누워, 마네가 「올랭피아」를 완성한 날에 죽었어. 그래, 마네도 이젠 사라졌고, 도미에도 마찬가지고, 그러나 아직도 우리에겐 그들의 작업을 이어갈 드가와 로트레크와 고갱이 있거든."

"그 리스트에 빈센트 반 고흐를 끼워넣어요." 툴루즈-로트레크가 말했다.

"그 이름을 맨 앞머리에다 끼워넣으시죠." 루소가 말했다.

"좋았어." 졸라가 미소를 띠며 말했다. "빈센트, 자넨 추악 예찬자로 지명된 걸세. 그 지명을 수락하겠나?"

"아아." 빈센트가 말했다. "난 그렇게 되도록 태어난걸요, 뭘."

"그럼 여러분, 우리의 선언문을 작성합시다." 졸라가 말했다. "우선, 우리는 모든 진실이란 그 겉모습이 아무리 끔찍스러워 보인다 할지라도 아름다운 것이라고 생각한다. 우리는 자연의 모든 것을 아무것도 거부하지 않고 다 받아들인다. 우리는 아름다운 허위보다는 가혹한 현실 속에 더 많은 아름다움이 있다고 믿으며, 파리의 그 모든 살롱보다는 세속스러움에 더 많은 시(詩)가 존재한다고 믿는다. 고통이야말로 인간의 감정 중에서 가장 심원한 것이기에 우리는 고통이 훌륭한 것이라고 생각한다. 우리는 창녀나 뚜쟁이가 연출한 것이라고 할지라도 섹스는 아름답다고 생각한다. 우리는 추악함보다는 인간성을, 아름다움보다는 고뇌를, 프랑스의 모든 부보다는 딱딱하고 거친 현실을 상위에 둔다. 우리는 도덕적 판단을 가함이 없이, 삶을 그 총체로서 받아들인다. 우리는 창녀가 공작 부인과 똑같이, 문지기가 장군과 똑같이, 농부가 장관과 똑같이 훌륭하다고 생각한다. 그들 모두가 자연의 틀에 맞추어 인생이라는 구도에 짜여져 들어가는 것이다."

"잔을 듭시다, 여러분." 툴루즈-로트레크가 외쳤다. "초도덕을 위해, 그리고 추악 예찬을 위해 건배. 그것으로 세상이 아름답게 재창조되기를!"

"허튼소리!" 세잔이 말했다.

"또 다시 한번 '허튼소리!'" 조르주 쇠라가 말했다.

9

유월 초에 테오와 빈센트는 몽마르트르의 르픽 로 54번지에 있는 새 아파트로 이사했다. 그 집은 라발 로에서 아주 조금 떨어진 곳에 있었다. 클리시 가 쪽을 향해 몽마르트르 로를 몇 블록 올라가다가 구불구불한 르픽 로로 들어서 물랭 드 라 갈레트를 지나 외진 언덕 꼭대기 지역 안으로 거의 들어설락 말락한 지점까지 올라가면 되었다.

그들의 아파트는 삼 층에 있었다. 방 세 개, 작은 내실 하나, 그리고 부엌으로 이루어진 아파트였다. 거실에는 테오의 아름다운 오래된 장과 루이 필리프 왕조풍의 가구와, 파리의 추위를 막아줄 커다란 스토브가 있어서 꽤 안락해 보였다. 테오는 집 안을 꾸미는 재주가 있었다. 모든 것을 제자리에 정리하기를 좋아했다. 테오의 침실은 거실 옆에 붙어 있었다. 빈센트는 작은 내실에서 잠을 잤다. 그 뒤쪽이 바로 그의 작업실이었는데, 창문이 하나 달린 보통 크기의 방이었다.

"형, 이젠 코르망의 아틀리에에 더 다닐 필요가 없을 거야." 테오가 말했다. 두 사람은 거실에서 가구들을 이렇게 놓았다 저렇게 놓았다

해보는 중이었다.

"그렇지, 고맙게도 말이야. 그렇긴 하지만, 여자 나체화를 몇 개 그려야만 하는데."

테오는 장 맞은편에 소파를 놓고서, 잘못된 것이 없나 방 안을 찬찬히 훑어보았다. "요즘 얼마 동안엔 유화 캔버스를 하나도 완성하지 못했지, 형?" 테오가 물었다.

"그래."

"어째서?"

"그린들 무슨 소용이 있겠니? 내가 색 배합을 제대로 할 수 있을 때까지는…… 이 안락의자는 어디에다 놓을 거냐, 테오? 램프 아래에다, 아니면 창문 옆에다? 하지만 이젠 내 작업실이 생겼으니까……."

다음 날 아침 해와 함께 일어난 빈센트는 그의 새 작업실에다 이젤을 배치해놓고, 틀에 캔버스를 얹고, 테오가 사다준 반짝거리는 새 팔레트를 펼쳐놓고는 붓들을 부드럽게 손질했다. 테오가 일어날 시각이 되자 그는 커피를 얹어놓고서, 바삭바삭하게 갓 구운 크루아상을 사러 빵집으로 내려갔다.

아침 식탁에 마주 앉자 테오는 빈센트의 열에 들뜬 흥분을 느낄 수가 있었다.

"그런데 빈센트." 테오가 말했다. "형은 이제 석 달간 학교에 다녔어. 아아, 코르망의 아틀리에를 말하는 게 아니야. 파리라는 학교를 말하는 거라구! 형은 삼백 년 사이에 유럽에서 이룩된 가장 중요한 회화를 보았어. 그러니까 이젠 형도 준비를 하고……."

빈센트는 반밖에 먹지 않은 아침 식사를 밀어붙이고는 벌떡 일어섰다. "나도 이젠 시작해야 될 것 같아……."

"앉아요. 식사를 마저 다 끝내라니까. 시간은 많아. 걱정할 게 없어. 형에게 물감과 캔버스를 도매로 사다줄게, 언제나 수중에 잔뜩 가지고 있도록 말이야. 그리고 또, 형의 이빨도 수술을 받는 게 좋겠어. 난 형을 완전히 건강한 상태로 만들어주고 싶거든. 그리고 제발 부탁인데, 형, 작업을 천천히, 그리고 꼼꼼하게 하라구."

"말도 안 되는 소리하지 마라, 테오. 내가 언제, 뭣이든 천천히 꼼꼼하게 한 적이 있었니?"

그날 밤 테오가 집에 돌아와보니 빈센트는 몹시도 화가 나 있었다. 지난 육 년간 가슴 아픈 처지에서도 그의 작업은 솜씨 면에서 계속 진보해왔는데 이제 모든 것이 그를 위해서 편안하게 마련된 지금 그는 굴욕적인 무능력에 직면해 있었던 것이다.

열 시가 되어서야 테오는 겨우 빈센트를 진정시킬 수 있었다. 저녁을 먹으러 나왔을 때에는 빈센트의 자신감도 얼마간 돌아와 있었다. 테오는 창백하고 지친 모습이었다.

그 뒤를 이은 몇 주일간은 두 사람 모두에게 고문이었다. 테오가 화랑에서 돌아와보면, 빈센트가 떠는 소란이야 백 가지도 넘을 테지만, 어쨌든 언제나 그는 한 가지 무슨 소란을 벌이고 있곤 했다. 문에 걸린 튼튼한 자물쇠도 전혀 아무 소용이 없었다. 빈센트는 새벽 이른 시각까지 그의 침대에 걸터앉아 그와 말씨름을 하는 것이었다. 테오가 잠에 곯아떨어지면 빈센트는 어깨를 흔들어 깨워 일으켰다.

"그렇게 뚜벅뚜벅 걸어다니지 말고 잠깐 가만히 앉아 있어봐요." 어느 날 밤엔가는 테오가 애원을 했다. "그리고 그 빌어먹을 압생트는 그만 마시라구. 압생트 많이 마신 덕분에 고갱이 자기 색채를 개발해낸 건 아니니까. 자, 내 말 좀 들어봐, 형, 이 지긋지긋한 바보! 형은 자신의 작품을 비평적인 눈으로 보기까지 자신에게 적어도 일 년이라는 시간 여유를 주어야 해. 그렇게 자신을 속상하게 만든들 무슨 소용이 있겠어? 형은 점점 말라가고 신경질적으로 변해가고 있거든. 그런 상태로는 최선의 작업을 할 수 없다는 걸 형도 알 텐데."

뜨거운 파리의 여름이 왔다. 태양이 온 거리를 불태웠다. 파리지앵들은 새벽 한두 시까지, 자기들이 좋아하는 카페 테라스에 앉아 차가운 음료수를 홀짝거렸다. 몽마르트르 언덕에는 갖가지 꽃들이 요란한 빛깔로 피어났다. 숲과 둑과 서늘한 푸른 풀밭을 헤치며, 온 파리 시가지를 가로질러, 센 강은 반짝이며 구불구불 흘러갔다.

아침마다 빈센트는 이젤을 등에 메고 그림 그릴 만한 곳을 찾아나섰다. 네덜란드에서는 이렇게 끊임없이 내리쬐는 뜨거운 태양을 보지도 못했거니와, 이렇게 강렬한 원색을 보지도 못했다. 저녁이면 거의 언제나 그는 때맞추어 돌아와서는 구필 화랑 중이 층을 둘러싼 뜨거운 토론에 합세했다.

어느 날 고갱이 찾아와 그에게 색 배합하는 방법을 보여주었다.

"자넨 이 물감들을 누구한테서 사나?" 그가 물었다.

"테오가 도매로 사다주는데."

"자넨 탕기 영감의 고객이 되어야 해. 그 영감의 가격이 파리에서 제일 싸거든. 게다가 그는 한 푼도 없는 사람한테도 외상을 준단 말일세."

"그 탕기 영감이란 사람이 누구지? 전에도 당신이 그 사람 얘길 하는 걸 들었는데."

"아직도 못 만나봤단 말인가? 이런, 한시바삐 만나보라구. 내가 여지껏 만난 사람들 중에서, 진짜 가슴에서 우러나오는 코뮤니즘을 신봉하는 사람은 자네와 그 영감 딱 둘밖에 없었다네. 자네의 그 멋진 토끼 털 장식 모자를 쓰고 함께 클로젤 로로 내려가보세."

르픽크 로를 구불구불 내려가면서 고갱은 탕기 영감의 이야기를 들려줬다. "그는 파리에 오기 전엔 석고 일을 했다네. 에두아르의 집에서 물감 가루를 빻는 사람으로 일하다가 그 다음엔 뷔트의 어느 집엔가에서 문지기 일을 맡았지. 그의 마누라가 그 집을 관리하고 탕기 영감은 그 지역에서 물감 행상을 시작한 걸세. 그는 피사로, 모네, 세잔을 만나게 되었는데, 그들 모두가 그 영감을 좋아하는 까닭에 우리들도 전부 그 영감한테서 물감을 사기 시작한 거야. 그가 지난 폭동 때에 코뮤니스트에 가담했다네. 어느 날 잠이 오락가락하는 가운데에 보초 근무를 서고 있었는데 베르사유의 병사들 일단이 그의 초소를 덮쳤거든. 그런데 워낙이 불쌍한 이 양반은 다른 사람에게 총을 쏘지도 못하는 사람이란 말일세. 그래서 그는 가지고 있던 보병 소총을 내동댕이쳐버렸다네. 반역죄로 그는 브레스트에 있는 전함에서 이 년간 복역하라는 형을 받았지만, 우리가 그를 꺼내주었지.

그러고 나서는 몇 프랑 저축을 해서 클로젤 로에 있는 지금의 그 자그마한 가게를 열었지. 로트레크가 그 가게 정면을 푸른색으로 칠해줬다네. 그 영감이 바로 파리에서 최초로 세잔의 캔버스를 전시해준 사람일세. 그 이후로 우리는 우리의 작품을 거기다 가져다준다네. 그렇다고 그가 행여나 그 그림을 다른 사람들한테 팔아주는 건 아닐세. 아니지, 암! 자네도 알게 되겠지만 탕기 영감은 대단한 미술 애호가라네. 하지만 가난한 까닭에 우리의 그림을 살 능력이 없거든. 그래서 그는 그 그림들을 보잘것없는 자기 가게에 전시해놓는 거라네. 그러면 하루 종일 그 그림들과 더불어 살 수 있을 테니까 말이야."

"상당한 가격을 쳐준다 해도 그 영감이 그림을 팔지 않는단 말이오?"

"단연코 팔지 않지. 그는 꼭 자기가 좋아하는 그림만 받아들이는데, 그가 일단 한 그림에 마음이 끌리면 아무도 그걸 그의 가게에서 빼올 수가 없지. 어느 날 내가 그의 가게에 가 있었을 때인데 잘 차려입은 남자가 들어와 세잔의 그림에 경탄하면서 가격이 얼마냐고 물었다네. 파리의 다른 그림 장사들이라면 아마 얼싸 좋다 하고 육십 프랑에 팔았을 거야. 그런데 탕기 영감은 그 캔버스를 오래도록 바라보다가 이윽고 하는 말이, '아, 예, 이 그림 말이죠, 이건 세잔의 그림 중에서도 특별히 훌륭한 거니까 육백 프랑 이하로는 드릴 수가 없습니다'라고 하잖겠나. 그 남자가 휙 나가버리자 탕기 영감은 눈물을 흘리면서 그 캔버스를 벽에서 떼내어 손에 꼭 들고 있더란 말일세."

"그렇다면 그 영감이 당신들의 그림을 전시한들 무슨 소용이 있겠소?"

"글쎄. 탕기 영감은 묘한 양반이란 말이야. 그가 미술에 관해 알고 있는 것이라곤 물감 가루를 빻는 법 정도가 고작이거든. 그런데도 진짜를 꼭 집어내는 틀림없는 감식안을 가지고 있단 말일세. 그 영감이 자네의 캔버스를 달라고 청하면 그에게 주게. 그러면 자넨 파리 미술계에 정식으로 가입하는 셈이지. 여기가 클로젤 로야. 자, 꺾어 들어가 볼까."

클로젤 로는 데 마르티르 로와 앙리 모니에 로를 연결하는, 한 블록으로 이루어진 거리였다. 작은 상점들이 가득 들어서 있었는데, 상점 위층으로는 하얀 덧문들이 달린 이삼 층의 살림집들이 붙어 있었다. 탕기 영감의 가게는 바로 그 거리를 사이에 두고 여학교와 마주보고 있었다. 탕기 영감은 이제 막 파리에서 유행하기 시작한 일본 판화를 내려다보고 있었다.

"영감, 내가 친구를 하나 데려왔어요. 빈센트 반 고흐라고, 이 사람도 열렬한 코뮤니스트랍니다."

"내 가게에 와주다니 반갑구려." 탕기 영감이 마치 여자와도 같은 부드러운 목소리로 말했다.

탕기 영감은 펑퍼짐한 얼굴에다 다정한 개처럼 뭔가 호소하는 듯한 눈을 가진 작은 사내였다. 그는 챙 넓은 밀짚모자를 이마까지 눌러쓰고 있었다. 그의 팔은 짧고 손은 뭉툭하고 수염은 텁수룩했다. 그의 오른쪽 눈은 왼쪽 눈의 반 정도밖에 열려 있지 않았다.

"당신 정말 코뮤니스트요, 므슈 반 고흐?" 그가 소심하게 물었다.

"탕기 영감님, 당신이 뜻하는 코뮤니즘이란 게 어떤 건지 난 잘 모르겠군요. 난 그저, 모든 사람들이 자기가 제일 좋아하는 직업을 가지고, 자신이 할 수 있는 만큼 일하고, 그리고 그 대가로서 그에게 필요한 것을 빠짐없이 얻을 수 있어야만 된다고 생각할 뿐이죠."

"바로 그렇게 간단한 거라구." 고갱이 웃었다.

"오, 폴." 탕기 영감이 말했다. "자넨 주식거래소에서 일했지. 돈이 바로 인간을 짐승으로 만드는 걸세. 안 그런가?"

"맞아요, 그거죠. 그리고 돈이 없는 것도 그렇고."

"아냐, 돈이 없다고 그렇게 되는 건 아닐세. 단지 먹을 것과 생활필수품이 없을 때 그렇게 되는 거지."

"정말 그래요, 탕기 영감님." 빈센트가 말했다.

"우리의 이 친구 폴은," 탕기 영감이 말했다. "돈을 버는 사람들을 경멸하면서, 한편으론 돈을 벌지 못한다고 해서 우릴 경멸한다네. 하지만 난 그래도 돈을 벌지 못하는 축에 끼는 게 차라리 나아. 누구든 하루 오십 상팀 이상의 돈으로 사는 사람들은 죄다 악당들이야."

"그렇다면 나의 궁핍한 처지 덕분에 내게 은혜를 베푼 거군요. 탕기 영감님, 내게 외상으로 물감을 좀더 주겠수? 외상 빚이 많은 줄은 알지만 그림을 그리려면 어쩔 수 없이……."

"좋아, 폴, 외상을 주지. 내가 사람들을 조금만 덜 믿고, 자네가 사람들을 조금만 더 믿는다면, 우리 둘 다 잘 살게 될 텐데. 자네가 내게 약속한 새 그림은 어떻게 되었나? 아마도 그 그림을 팔면 내 물감 값을 받을 수 있을 텐데."

고갱이 빈센트에게 눈짓을 해보였다.

"영감님, 내가 두 점을 가져다드리지요, 나란히 걸어놓도록. 자. 그러면, 검은색 튜브 한 개, 노란색 한 개를 주시……."

"돈을 내라구, 그러면 물감을 더 줄 테니까!"

세 사람은 동시에 몸을 돌렸다. 탕기 부인이 살림집으로 통하는 문을 쾅 닫고 가게 안으로 들어섰다. 그녀는 매서운 눈과 야윈 얼굴의, 몸집이 작고 깐깐한 여자였다. 그녀가 기세등등하게 고갱에게 다가왔다.

"당신은 우리가 자선사업을 하는 줄로 아는군? 우리가 탕기의 코뮤니즘으로 먹고살 수 있으리라고 생각해? 그 외상값을 갚으라구. 안 그러면 경찰에 넘길 거야."

고갱은 지극히 애교 있는 태도로 미소를 지으면서 탕기 부인의 손을 잡고 당당하게 키스했다.

"오, 크산티페(소크라테스의 아내, 악처의 전형/옮긴이)여, 오늘 아침 부인의 모습은 어찌나 매혹적인지요."

탕기 부인은 어째서 이 잘생긴 놈팡이가 자기를 언제나 크산티페라고 부르는지 알 수 없었지만, 그 소리가 듣기 좋았고 은근히 즐겁기도 했다.

"날 속일 수 있으리라고 생각하지 마. 이 게으름뱅이. 난 이 더러운 물감 가루를 빻느라 일생을 노예처럼 보냈다구. 그런데 당신이 와서 이 물감을 슬쩍 후려가다니."

"나의 소중한 크산티페여, 내게 그렇게 심하게 굴지 마십시오. 당신은 예술가적 기질을 가지고 있어요. 그게 당신의 그 아름다운 얼굴에 훤히 퍼져 있는 걸 난 볼 수 있답니다."

탕기 부인은 자기 얼굴에서 예술가적 기질을 닦아내야겠다는 듯 앞치마를 들어올렸다. "흥!" 그녀가 소리쳤다. "한 집에 예술가 한 명이면 충분해. 우리 저 양반이 당신한테 하루 오십 상팀으로만 살고 싶다고 말했겠지. 그나마 그 오십 상팀도 내가 대신 벌지 않으면 저 양반이 도대체 어디서 그만한 돈을 벌 것 같아?"

"온 파리 시내에 당신의 아름다움과 능력에 관한 이야기가 자자합니다, 마담."

고갱은 몸을 굽히고서 그녀의 마디진 손에 다시 한번 입술을 가져다댔다. 그녀가 누그러졌다.

"좋아, 당신이 악당이고 아첨꾼이긴 하지만 이번만큼은 물감을 좀 주지. 하지만 틀림없이 외상값을 갚으라구."

"이런 친절을 베풀어주시다니 나의 아름다운 크산티페여, 내가 당신의 초상화를 그려드리겠습니다. 어느 날엔가는 그 그림이 루브르 박물관에 걸려, 우리 두 사람의 이름을 길이길이 남겨줄 것입니다."

앞문에 달린 작은 종이 딸랑거렸다. 낯선 사람이 하나 걸어 들어왔다.

"유리창에 전시된 저 그림, 저 정물화 말이에요. 누구의 그림이지요?" 그가 말했다.

"폴 세잔이죠."

"세잔? 처음 듣는 이름인걸. 팔려고 내놓은 겁니까?"

"아, 아닙니다. 유감스럽게도 그건 이미……."

탕기 부인은 앞치마를 획 내려뜨리고는 탕기 영감을 밀어붙이면서 부리나케 그 사내에게 달려갔다.

"물론 팔려고 내놓은 거지요. 아름다운 정물화예요. 안 그래요? 저런 사과들을 전에 보신 적이 있나요? 그 그림에 경탄하시니까 말인데, 당신에겐 싸게 드리지요."

"얼마요?"

"탕기, 얼마예요?" 위협적인 목소리로 그녀가 물었다.

탕기 영감이 힘들게 침을 삼켰다. "삼백……."

"탕기!"

"이백……."

"탕기!"

"저어, 백 프랑입니다."

"백 프랑?" 손님이 말했다. "이름도 없는 화가인데? 그건 너무 비싼 것 같군요. 난 그저 이십오 프랑 정도 쓸 생각이었는데."

탕기 부인이 창에서 캔버스를 떼어냈다.

"이보세요, 손님, 이건 큰 그림입니다. 네 개의 사과가 그려져 있어요. 사과 네 개에 백 프랑. 그런데 당신은 이십오 프랑만 쓰고 싶단 말이지요. 그러면 사과 하나만 가져가면 되잖겠어요?"

남자는 그 캔버스를 잠시 꼼꼼히 쳐다보다가 이윽고 말했다. "좋아요, 그렇게 하면 되겠군요. 그 사과를 캔버스에서 세로로 잘라내주세요, 그러면 가져가지요."

살림집으로 다시 달려가 가위를 가지고 나온 탕기 부인은 맨 끝에 있는 사과를 잘라냈다. 그녀는 그것을 종이에 싸서 남자에게 건네주고는 이십오 프랑을 받았다. 남자는 종이 꾸러미를 팔에 끼고 걸어나갔다.

"아, 내가 좋아하는 세잔이." 탕기 영감이 신음하듯 말했다. "난 거리를 지나가는 사람들이 잠깐 동안이라도 그 그림을 보고 즐거운 기분이 될 수 있도록 그걸 유리창에다 걸어놓았던 것인데."

탕기 부인은 불구가 된 그 캔버스를 카운터 위에 올려놓았다.

"다음 번에 누군가 세잔의 그림을 찾는 사람이 있는데 돈이 조금밖에 없다고 하면, 그 사과를 하나 파세요. 얼마를 주든 주는 대로 받아요. 어차피 아무런 쓸모도 없으니까. 세잔이야 사과를 부지기수로 그리는걸. 그리고 고갱 당신도 웃을 필요 없어. 당신 그림도 마찬가지니까. 벽에 걸린 당신 캔버스들을 떼어내어, 저 발가벗은 이교도 여자들을 오 프랑씩 받고 하나씩 잘라 팔 테니까."

"오, 나의 사랑 크산티페여." 고갱이 말했다. "우린 너무 늦게 만났군요. 주식거래소에서 당신이 나의 동료였더라면, 지금쯤엔 우리 두 사람이 프랑스 은행의 소유주가 되었을 텐데."

탕기 부인이 뒤쪽에 있는 살림집으로 물러나자 탕기 영감이 빈센트에게 말했다. "당신은 화가 아니오? 당신도 우리 집에서 물감을 사갔으면 좋겠수. 그리고 아마도 당신 그림들을 내게 좀 보여주시겠지?"

"즐겁게 그렇게 하지요. 이건 참 아름다운 일본 판화군요. 파실 겁니까?"

"그렇소. 공쿠르 형제가 일본 판화를 수집하기 시작한 이래로 파리에서 그게 대유행을 하게 되었지. 그게 우리의 젊은 화가들한테 상당한 영향을 주고 있어요."

"이 두 장 가지고 싶군요. 이걸 연구하고 싶어서. 얼만가요?"

"하나에 삼 프랑씩."

"주세요. 아, 참, 깜박 잊었군. 오늘 아침 마지막 일 프랑마저 다 써버렸는데. 고갱, 육 프랑 가지고 있소?"

"웃기는 소리 하고 있군."

빈센트는 안타까운 표정으로 일본 판화를 카운터에 내려놓았다.

"그냥 두고 가야 할 것 같군요, 탕기 영감님."

영감은 두 장의 판화를 빈센트의 손에 꼭 쥐어주면서, 그 평범한 얼굴에 사려 깊은 내성적인 미소를 띤 채 그를 올려다보았다.

"당신 작업에 이게 꼭 필요할 거야. 자, 가져가구려. 돈은 다음번에 주면 되니까."

10

테오는 빈센트의 화가 친구들을 위해서 파티를 열어주기로 마음먹었다. 그들은 네 다스의 완숙 달걀을 내놓았고, 맥주를 작은 나무통으로 들여왔으며, 수없이 많은 쟁반에다 브리오슈와 페이스트리를 담았다. 거실에는 담배 연기가 자욱해서, 고갱이 방 이 끝에서 저 끝으로 그 엄청난 체구를 옮길 때면 그의 모습이 마치 대양에서 바다 안개를 헤치고 나아가는 여객선 같았다. 한구석에 걸터앉은 로트레크는 테오가 사랑하는 안락의자의 팔걸이에다 달걀을 부딪쳐 깨뜨리고는 그 껍질을 양탄자 위에 흐뜨려놓았다. 루소는 자기를 만나고 싶어하는 열렬한 숭배자인 한 귀부인으로부터 그날 향수 뿌린 편지 한 통을 받은 일을 두고 온통 흥분해 있었다. 놀랍다는 듯 둥그래진 눈으로 그는 그 이야기를 몇 번이고 되풀이했다. 쇠라는 새로운 이론을 펼치고 있었는데, 세잔을 움쭉 못 하게 창가에 밀어붙이고서 그에게 설명하고 있었다. 빈센트는 맥주통에서 맥주를 따르고, 고갱의 음탕한 이야기에 웃기도 하고, 루소의 그 귀부인이 대체 누구일까 하고 루소와 함께 궁금증을 나누기도 하고, 인상을 포착하는 데 색채의 선과 점 중 어느 편이 제일 효과적인가를 놓고 로트레크와 논쟁을 벌이기도 하다가 마지막에는 쇠라의 손아귀에 사로잡힌 세잔을 구해주기도 했다.

방 안은 흥분으로 어지간히 과열되어 있었다. 방 안의 남자들 모두가 강렬한 개성을 가진 사람들이었고, 심한 에고이스트들이었으며, 힘찬 인습타파주의자들이었다. 테오는 그들을 편집광들이라고 불렀다. 그들은 논쟁하고 싸우고 욕하기를 좋아했으며, 자기 자신들의 이론은 옹호하고 그 외의 모든 것에는 저주를 퍼부었다. 그들의 음성은 힘차고 억셌다. 그들이 세상에서 혐오하는 일들은 부지기수로 많았다. 테오의 아파트 거실의 스무 배가 되는 홀이라고 할지라도, 빽빽거리며 싸우는 이 화가들의 역동적인 힘을 수용하기에는 너무도 좁았으리라.

방 안의 떠들썩한 활기가 빈센트에게는 손짓 몸짓 섞어가며 말하는 열광에 찬 웅변을 터뜨리게 했지만, 테오에게는 머리가 빠개질 듯한 두통만 주었을 뿐이었다. 이 모든 귀에 거슬리는 소란은 테오의 천성과는 무관한 것이었다. 물론 방 안에 있는 이 남자들을 무지무지 좋아하기는 했다. 그가 구필 화랑과 조용한 그러나 끝없는 싸움을 치르는 것은 바로 이 사람들을 위한 것이 아니었던가? 그러나 그는 이 개성 있는 인물들의 거칠고 억척스러운 소란이 자신의 천성과는 동떨어진 것임을 발견했다. 테오에게는 상당히 여성스러운 점이 있었다. 툴루즈-로트레크는 평소의 그 신랄한 농담으로, 언젠가 이렇게 말한 적이 있었다.

"테오가 빈센트의 형제인 게 너무나 유감이란 말이야. 여자였더라면 굉장히 근사한 마누라가 되었을 텐데."

빈센트더러 부그로식 그림을 그리라고 하면 싫어했을 것과 꼭 마찬가지로 테오 역시 부그로의 그림들을 팔기가 싫었다. 그렇기는 하지만 그가 부그로의 그림을 팔지 않는다면, 구필 화랑의 주인은 그에게 드가의 그림을 전시하지 못하게 할 것이다. 어느 날엔가는 그는 구필 화랑의 주인을 설득하여 세잔을, 다음에는 고갱이나 로트레크를, 그리고 마지막으로 어느 먼 훗날에는 빈센트 반 고흐의 그림을 전시할 생각이었다.

테오는 담배 연기가 꽉 찬 시끌시끌하고 떠들썩한 방 안을 마지막으로 한번 훑어보고는 아무도 눈치채지 못하도록 살짝 앞문으로 빠져 나와 언덕 꼭대기로 올라갔다. 거기서 그는 홀로 선 채, 그 앞에 펼쳐진 파리의 불빛을 응시하고 있었다.

고갱은 세잔과 입씨름을 하고 있었다. 그는 삶은 달걀 한 개와 브리오슈가 들린 한쪽 손과 맥주 잔이 들린 다른 한쪽 손을 휘저어댔다. 입 안에 파이프를 물고서 맥주를 마실 수 있는 사람은 파리 전체에서 자기뿐이라는 것이 고갱의 자랑거리였다.

"당신의 그림들은 차갑다구요, 세잔." 그가 외쳤다. "얼음처럼 차가워. 보기만 해도 난 얼어붙을 것 같소. 당신이 여태껏 물감을 쏟아부은 캔버스들을 통틀어봐도 거기에선 한 움큼의 감정도 보이지 않는단 말이요."

"난 감정을 그리려고 하지 않거든." 세잔이 응수했다. "그런 거야 소설가들 몫이지. 난 사과들이나 풍경을 그린단 말일세."

"당신이 감정을 그리지 않는 건, 그릴 능력이 없기 때문이오. 당신은 눈으로만 그림을 그리죠, 눈으로 그린다구요."

"다른 사람들은 뭘로 그리는데?"

"온갖 것이 다 있죠." 고갱은 재빨리 방 안을 한번 훑어보았다. "저기 있는 로트레크는 자기 쓸개로 그리고, 빈센트는 가슴으로, 쇠라는 정신으로, 물론 그건 당신이 눈으로 그리는 것만큼이나 몹쓸 것이긴 하지만, 그리고 루소는 자신의 상상력으로 그리지."

"그럼 고갱, 자네는 뭘로 그리지?"

"누구, 나 말이오? 모르겠소. 그런 건 생각해보지도 않았으니까."

"내가 가르쳐주지요." 로트레크가 말했다. "고갱, 당신은 당신의 생식기로 그린다구요."

고갱에게 퍼부어지던 웃음이 사그러들자, 쇠라가 긴 의자의 팔걸이에 걸터앉으며 외쳤다. "당신들이 정신으로 그림을 그리는 사람을 비웃을 수 있을는지는 몰라도, 그러나 난 바로 그것 덕분에 우리의 그림에 두 배의 효과를 줄 수 있는 방법을 발견했소."

"내가 저 허풍을 또다시 들어야 한단 말인가?" 세잔이 신음하듯 말했다.

"입 다물어요, 세잔! 고갱, 온 방 안을 쿵쿵거리며 뛰어다니지 말고 어디 좀 앉으라구요. 루소, 당신을 숭배한다는 그 지긋지긋한 귀부인 이야기는 그만 집어치워요. 로트레크, 내게 달걀 하나 던져주게. 빈센트, 브리오슈를 좀 주겠어요? 자, 여러분 이제 귀 기울이십시오!"

"쇠라, 무슨 일이야? 낙선전에서 그 녀석이 자네 그림에 침을 뱉은 이후로 자네가 이토록 흥분한 걸 처음 보는데."

"조용! 오늘날의 회화란 무엇인가? 빛입니다. 어떤 빛인가? 차츰 다른 색으로 변해가는 빛입니다. 서로가 서로에게 흘러들어가 뒤섞이는 색점(色點)들입니다……."

"그건 회화가 아니야, 그건 점묘법이라구!"

"제발, 쇠라, 우리에게 또다시 설교를 늘어놓을 참인가?"

"입 다물어요! 캔버스를 하나 끝마칩니다. 그러고 나서 우리는 어떻게 합니까? 그걸 어떤 바보한테 넘겨주고, 그 바보는 캔버스를 끔찍한 금틀에 끼워넣어 우리가 노린 최상의 효과를 모두 죽여버리는 겁니다. 자, 이제 내가 제안하는 것은, 한 그림을 완성하여 그걸 틀에 넣고 그 틀이 그림 자체의 한 구성 요소가 되도록 틀에 색칠을 할 때까지 그 그림을 우리 수중에서 내보내지 말아야 한다는 것입니다."

"하지만, 쇠라, 자넨 멀리까지 내다보지 못하는군. 그림이란 방 안에 걸려 있는 거야. 그런데 그 방의 빛깔과 서로 맞지 않는 빛깔이라면, 그 그림도 그림틀도 똑같이 죽고 말 걸세."

"맞아, 그럼 액자 빛깔에 맞도록 방을 칠하지 못할 것도 없잖아?"

"좋은 생각이오." 쇠라가 말했다.

"그럼, 그 방이 들어 있는 집 자체는 어떡하지?"

"그 집이 있는 도시는?"

"오, 쇠라, 쇠라, 자넨 정말 어처구니없는 생각을 하고 있군."

"자네가 두뇌로 그림을 그린다는 게 바로 그런 것이로구먼."

"당신들 같은 멍청이들이 두뇌로 그림을 그리지 않는 까닭은 두뇌를 가지고 있지 못하기 때문이오."

"여러분들, 저 조르주 쇠라의 얼굴을 보십시오. 빨리! 우린 저 과학자가 분통을 터뜨리는 모습을 잘 볼 수 있게 되었습니다."

"당신들은 왜 항상 자기네들끼리 싸우는 거요?" 빈센트가 힐책했다. "왜 함께 협력해서 일하지 않으려는 거요?"

"자넨 이 패거리들 중의 유일한 코뮤니스트로군." 고갱이 말했다. "함께 협력해서 일하면 우리가 뭘 얻을 수 있을지 말해주겠나?"

"좋소." 딱딱하고 동그란 계란 노른자를 입 안에 던져 넣으며 빈센트가 말했다. "말해드리지. 난 한 가지 계획을 짜고 있소. 우리들 대부분이 무명의 화가요. 마네, 드가, 시슬레, 피사로가 우리들을 위해 길을 닦아놓았소. 그들은 이미 알려져 인정을 받았고 그들의 작품은 커다란 화랑에 진열되어 있지요. 그래, 좋아요, 그들을 그랑 불바르(大路)의 화가들이라고 합시다. 하지만 우린 옆 골목으로 들어가야만 하는 거요. 우린 프티 불바르(小路)의 화가들입니다. 우리들의 그림을 노동자들의 식당인 옆 골목의 자그마한 레스토랑들 안에 전시하지 말란 법 없어요. 우리들 각자가 이를테면 다섯 개의 캔버스를 내놓는다고 합시다. 그 그림들을 매일 오후 새로운 장소에다 걸어놓는 거예요. 그리고 노동자들이 살 수 있는 가격이 얼마건 그 가격에 그림들을 파는 겁니다. 그러면 우리들의 그림을 늘 대중 앞에 선보일 수 있다는 의미 외에도, 파리의 가난한 사람들이 훌륭한 예술을 구경하고 아름다운 그림들을 무일푼에 가까운 돈으로 사도록 만들 수 있다는 이야기지요."

"그것참," 흥분으로 눈을 크게 뜬 루소가 거칠게 말했다. "그거 멋진 생각인데."

"내 경우엔 캔버스 하나를 완성하려면 일 년이 걸리는데," 쇠라가 투덜거렸다. "내가 그걸 어느 지저분한 목수들한테 오 수에 팔 것 같소?"

"자넨 소품의 습작화를 내면 되잖나."

"맞아, 하지만 레스토랑들이 우리의 그림을 받지 않는다면?"

"당연히 받아들일 걸세."

"안 받아들일 게 뭐야? 자기네들은 돈 한 푼 안 들이고, 더구나 그 장소를 멋지게 만들어주는 데 말이야."

"그런데 그 일을 어떻게 관리하지? 누가 그런 레스토랑을 찾아낸다는 이야기야?"

"그것도 모두 계산해놓았소." 빈센트가 외쳤다. "탕기 영감을 우리의 감독으로 만드는 거예요. 그 영감이 레스토랑을 찾아내고, 그림을 걸고, 돈을 받아낼 겁니다."

"그렇고 말고. 그 영감이 딱 알맞은 인물일세."

"루소, 자, 착하신 분, 탕기 영감한테 달려가서, 중요한 일로 찾고 있다고 말해줘요."

"그 계획에서 날 빼주면 좋겠어." 세잔이 말했다.

"뭣 때문에?" 고갱이 물었다. "당신의 아름다운 그림들이 노동자들의 눈에 의해 더럽혀질까 봐 두렵소?"

"그게 아니야. 이달 말쯤 난 엑상프로방스로 돌아갈 예정이거든."

"딱 한 번만 해보시죠." 빈센트가 우겨댔다. "그게 아무 소용없다 하더라도, 밑져야 본전이니까."

"아, 좋아."

"레스토랑 전시가 끝나면," 로트레크가 말했다. "유곽에서 시작해도 괜찮을 겁니다. 몽마르트르의 마담들은 내가 거의 다 알고 있으니까. 그들에겐 좀더 돈 많은 단골 손님들이 있거든. 더 높은 가격으로 팔 수 있을 거요."

탕기 영감이 몹시 흥분한 모습으로 헐레벌떡 뛰어들어왔다. 루소는 탕기 영감에게, 무슨 일이 일어나고 있는지 자신도 자세히 잘 모르는 채 설명해줄 수밖에 없었던 것이다. 탕기 영감의 둥그런 밀짚모자는 한쪽으로 삐딱하게 비뚤어졌고 그의 뭉툭한 작은 얼굴은 열성적인 열의로 환히 빛나고 있었다.

그 계획을 다 듣고 난 그가 탄성을 질렀다. "그럼, 그럼, 내가 바로 딱 알맞은 곳을 알고 있지. 노르뱅 레스토랑. 그곳 주인이 내 친구요. 그곳 벽들엔 아무 장식도 없으니까, 그 주인이 좋아할 거요. 그곳이 끝나면, 피에르 로에 내가 아는 레스토랑이 또 하나 있지. 아, 파리엔 수천 개의 레스토랑이 있는걸, 뭐."

"프티 불바르 클럽의 제1회 전시회가 언제 열릴 예정인가?" 고갱이 물었다.

"연기할 필요가 있겠소?" 빈센트가 물었다. "내일 시작해서 안 될 것 없지 않겠소?"

탕기 영감은 한쪽 발로 뛰어다니다가, 모자를 벗었다가, 그러고는 도로 머리에 뒤집어썼다.

"그럼, 그럼, 내일! 아침에 당신들 캔버스를 나한테 가지고 오구려. 오후에 내가 그것들을 노르뱅 레스토랑에다 걸어놓을 테니까. 그러고 나서 사람들이 저녁 식사를 하러 오면, 일대 센세이션이 일어날 거요. 부활제에 미사용 양초 팔리듯이 우리 그림들이 팔릴 테니까. 지금 내게 뭘 주는 거요? 맥주 한 잔이군? 좋아요, 여러분, 프티 불바르 코뮤니스트 미술 클럽을 위해 건배합시다. 제1회 전시회가 성공하기를!"

11

다음날 정오, 탕기 영감이 빈센트의 아파트 방문을 두드렸다.

"다른 사람들한테 모두 알리느라고 여태껏 돌아다녔다네." 그가 말했다. "저녁을 그곳에서 사먹는다는 조건으로, 노르뱅 레스토랑 단 한 군데에서만 겨우 전시할 수 있게 되었다네."

"괜찮군요."

"좋아, 다른 사람들도 다 동의했지. 그런데 네 시 반이 되어야 그림을 걸 수 있다네. 네 시에 내 가게로 와주겠나? 모여서 함께 그 레스토랑으로 갈 예정이니까."

"그러지요."

그가 클로젤 로에 있는 푸른 칠을 한 가게에 도착했을 때, 탕기 영감은 벌써 캔버스들을 손수레에 싣는 중이었다. 다른 사람들은 가게 안에서 담배를 피우며 일본 판화를 놓고 토론을 벌이고 있었다.

"자, 이젠," 영감이 외쳤다. "다 준비됐네."

"수레 미는 걸 도와드릴까요, 영감님?" 빈센트가 물었다.

"아냐, 아닐세. 내가 감독이잖나."

그는 거리 한복판에서 수레를 밀며 먼 오르막길을 올라가기 시작했다. 그 뒤를 따라 화가들이 둘씩 짝을 지어 걸어갔다. 앞쪽의 두 사람은 고갱과 로트레크였다. 그들 두 사람은 자신들이 우스꽝스러운 풍경을 이룬다는 것을 알기 때문에 즐겨 한짝이 되곤 했다. 쇠라는 루소와 함께 걸어가면서 그의 말을 듣고 있었는데 루소는 그날 오후 두 번째로 받은 향수 뿌린 편지 때문에 몹시 들떠 있었다. 빈센트는 시무룩한 모습으로 체면이니 예의니 하는 말들을 연신 지껄여대는 세잔과 함께 맨 뒤에서 따라왔다.

"이것 봐요, 탕기 영감." 구불구불한 오르막길을 얼마쯤 올라간 뒤, 고갱이 말했다. "손수레가 무거울 텐데, 불멸의 대작들이 잔뜩 실렸으니. 잠시 내가 밀기로 하지요."

"아냐, 아닐세." 탕기 영감이 앞쪽으로 소리쳤다. "난 이 혁명의 기수야. 최초의 총성이 터지면, 내가 쓰러져야 할 걸세."

어울리지도 않는 괴상한 옷을 걸친 한 무리의 사내들이 평범하게 생긴 미는 손수레를 따라 도로 한복판을 걸어가는 모습은 우스꽝스러운 진풍경을 이루었다. 지나가는 사람들이 재미있어 하며 쳐다보는 시선에도 그들은 아랑곳하지 않았다. 그들은 몹시 유쾌한 기분으로 웃고 떠들며 이야기를 주고받았다.

"빈센트." 루소가 외쳤다. "내가 오늘 오후에 편지를 받았다는 얘길 했던가? 전처럼 향수 뿌린 편지를, 바로 그 귀부인한테서 말일세."

루소는 빈센트 옆에서 졸졸 달음질로 따라가면서 두 팔을 저어대며 그 지겨운 이야기를 다시 새로 지껄이기 시작했다. 그가 그 이야기를 다 털어놓고서 뒤에 처져 쇠라와 한짝이 되었을 때, 로트레크가 빈센트를 불렀다.

"루소의 그 귀부인이 누구인지 아쇼?" 로트레크가 물었다.

"모르겠는데. 내가 어떻게 알 수 있겠나?"

로트레크가 킬킬거렸다. "고갱이오. 고갱이 루소에게 정사(情事)의 맛을 보여줄 거요. 그 불쌍한 작자는 아직 한 번도 여자를 가져보지 못했거든. 고갱이 우선 두 달 동안 향수 뿌린 편지로 루소를 부채질하다가 그다음엔 밀회의 약속을 보내는 거요. 고갱이 여자 옷으로 차려입고서, 들여다보는 구멍이 있는 몽마르트르의 어느 방에서 루소를 만날 텐데, 우리 모두가 그 구멍 있는 곳으로 가서 루소가 최초로 정사를 벌이는 것을 엿보는 거요. 그거야말로 돈 주고도 못 보는 것일 테니까."

"고갱, 당신은 마귀야."

"아, 고흐." 고갱이 말했다. "그거 참 썩 훌륭한 농담 같은데."

마침내 그들은 노르뱅 레스토랑에 다다랐다. 그곳은 술집과 마구상(馬具商) 사이에 꼭 끼어 있는 수수한 곳이었다. 바깥은 노란색 바니시로 칠해져 있고, 내부의 벽들은 엷은 청색이었다. 안에는 붉은색과 흰색의 체크 무늬의 테이블보가 덮인 네모난 테이블들이 스무 개쯤 놓여 있었다. 뒤쪽 주방 근처에 주인이 앉는 높직한 칸막이 좌석이 있었다.

어느 그림을 어느 그림 옆에다 놓을 것인가를 두고 화가들은 꼬박한 시간 동안 입씨름을 벌였다. 탕기 영감은 제정신이 아닌 것 같았다.

주인은 점차 화를 내고 있었다. 저녁 식사 시간은 다가오는데 레스토랑 안이 엉망진창, 뒤죽박죽이었으니 말이다. 쇠라는 벽의 푸른색이 자기 그림의 하늘 색깔을 죽여버리니까 그림을 아예 걸지 않겠다고 우겼다. 세잔은 자신의 정물화를 로트레크의 "보잘것없는 포스터" 옆에다 걸어놓지 않겠다고 했고, 루소는 사람들이 자기 그림을 주방에서 가까운 뒷벽에 걸어놓으려고 하자 몹시 마음이 상했다. 로트레크는 자신의 커다란 캔버스들 중의 하나를 변소에다 걸어야 한다고 고집을 부렸다.

"하루 중에서 그때가 생각을 제일 많이 하는 시간이란 말이오." 로트레크가 말했다.

탕기 영감이 완전히 절망한 듯 빈센트에게로 다가왔다. "자, 이 이 프랑을 받게." 그가 말했다. "그리고 거기에다 자네 돈 있는 대로 보태서, 이 사람들을 모두 거리 건너편에 있는 바로 몰고 가게. 십오 분만 주면 나 혼자서 다 끝낼 수 있을 테니까."

탕기 영감의 계략이 성공했다. 그들 모두가 바에서 레스토랑으로 돌아왔을 때 그림은 이미 다 정돈되어 전시되어 있었다. 그들은 말싸움을 그치고서 출입문 곁에 있는 커다란 테이블에 앉았다. 탕기 영감이 벌써 벽 곳곳에다 벽보를 붙여놓았다. "그림 팝니다. 염가 봉사. 문의는 주인에게."

다섯 시 반이었다. 저녁 식사는 여섯 시가 되어야 나올 터였다. 그들은 여학생들처럼 조바심을 내고 있었다. 앞문이 열릴 때마다 기대에 찬 눈들이 모두 그곳으로 쏠렸다. 그 레스토랑의 손님들은 정각 여섯 시가 되기 전에는 절대 나타날 줄 몰랐다.

"빈센트를 좀 보게나." 고갱이 쇠라에게 속삭였다. "자기가 무슨 프리마 돈나인 양 흥분하고 있군."

"내가 뭘 하려는고 하니, 고갱." 로트레크가 말했다. "내 그림이 당신 것보다 먼저 팔린다는 것에 오늘 저녁 식사 값을 걸고 당신과 내기를 하겠소."

"자네가 내기한 거야."

"세잔, 당신에겐 삼 대 일의 유리한 조건을 드리지."

그 모욕적인 말에 세잔의 얼굴이 시뻘개졌고, 그런 그를 보고 모두가 웃어댔다.

"잊지 말라구." 빈센트가 말했다. "그럼 파는 일은 모두 탕기 영감이 맡아서 할 거니까. 사겠다는 사람과 각자 흥정할 생각은 하지 말라구."

"사람들이 왜 안 올까?" 루소가 물었다. "시간이 다 되었는데."

벽 시계가 여섯 시에 가까워질수록 그들은 더욱더 초조해졌다. 이젠 시시덕거림도 완전히 그쳤다. 그들은 출입문에서 눈을 떼지 않았다. 절박한 감정이 그들을 엄습했다.

"앵데팡당전에서 파리의 그 모든 비평가들을 앞에 놓고 전시했을 때에도 이런 기분은 들지 않았는데." 쇠라가 중얼거렸다.

"봐, 보라구." 루소가 속삭였다. "저 사내가 거리를 건너오는군. 이쪽으로 오고 있어. 이 레스토랑의 고객이 틀림없어."

그러나 그 사내는 레스토랑을 지나쳐 사라져버렸다. 벽에 붙은 괘종시계가 마지막 종을 울렸을 때, 문이 열리고 한 노동자가 들어왔다. 추레한 옷차림을 한 남자였다. 그의 양 어깨와 등에는 피곤의 흔적이 역력하게 새겨져 있었다.

"자." 빈센트가 말했다. "이제 봅시다."

노동자는 저쪽 끝에 있는 한 테이블로 어기적어기적 걸어가더니, 선반에 모자를 벗어던지고는 자리에 앉았다. 여섯 명의 화가들은 한껏 앞으로 몸을 기울이고서 그 노동자를 지켜보았다. 사내는 메뉴를 쓱 훑어보고는 "오늘의 특별 요리"를 시켰다. 음식이 곧 나왔고 사내는 큼직한 스푼으로 수프를 떠넣고 있었다. 그는 접시에서 눈도 들지 않았다.

"거참 이상한데." 빈센트가 말했다.

두 사람의 판금공(板金工)이 들어왔다. 주인이 그들에게 인사말을 했다. 그들은 투덜거리며 제일 가까운 의자에 펄썩 앉더니, 뭔가 그날 낮에 일어난 일을 두고 당장 격렬한 입씨름을 벌였다.

레스토랑 안에 점차 사람이 들어찼다. 여자들 몇 명이 남자들과 함께 들어왔다. 모든 사람들이 정해진 자기 테이블이 있는 듯했다. 들어온 사람들이 맨 처음 쳐다보는 것은 메뉴였다. 그리고 나서 음식이 나오면 먹는 것에만 열중해서는 눈 한 번 들지 않을 정도였다. 식사가 끝난 뒤엔 파이프에 불을 붙이고서 잡담을 하거나 아니면 석간 신문을 펴들고 있는 것이었다.

"여러분들의 식사를 지금 내올까요?" 일곱 시경에 웨이터가 물었다.

그들은 아무도 대답하지 않았다. 웨이터가 가버렸다. 남자 한 명과 여자 한 명이 함께 들어왔다.

모자를 선반에 던지면서 남자는 루소의 호랑이가 정글에서 내다보는 그림을 유심히 바라보았다. 그가 그 그림을 같이 온 여자에게 손가락으로 가리켰다. 한 테이블에 모두 둘러앉아 있던 화가들이 긴장했다. 루소가 엉거주춤 반쯤 몸을 일으켰다. 여자가 뭐라고 낮게 말하면서 웃었다. 두 사람은 의자에 앉아 머리를 서로 가까이 조아리고는 게걸 들린 듯 열심히 메뉴를 눈으로 훑고 있었다.

여덟 시 십오 분 전에 웨이터는 다시 물어보지도 않고서 수프를 내왔다. 화가들은 거기에 손도 대지 않았다. 수프가 식자 웨이터가 그걸 가져가버렸다. 웨이터가 "오늘의 특별 요리"를 가지고 왔다. 로트레크는 자기 포크에 육즙을 묻혀 그걸로 그림을 그렸다. 루소만이 겨우 음식을 먹을 수 있었다. 모두가, 쇠라까지, 시큼한 붉은 포도주가 든 자기 몫의 유리병을 바닥까지 비웠다. 레스토랑 안은 음식 냄새와, 태양의 열기 속에서 일하며 땀 흘린 사람들의 냄새로 후덥지근했다.

손님들은 하나씩 계산을 한 다음 주인이 건성으로 외쳐대는 인사에 답하며 바깥으로 줄지어 나갔다.

"미안합니다만, 여러분." 웨이터가 말했다. "이제 여덟 시 반이니 문을 닫아야겠습니다."

탕기 영감이 그림들을 벽에서 떼어내어 바깥 거리로 내왔다. 느릿느릿 떨어지는 황혼 속을 영감은 손수레를 밀며 집으로 돌아갔다.

12

아저씨 빈센트 반 고흐가 주인이던 옛 구필 화랑의 정신은 이제 그 화랑에서 영원히 사라지고 없었다. 그 대신에, 그림이 마치 구두나 청어 같은 여느 상품인 양, 그림 판매 방침이라는 것이 생겨났다. 테오는 좀더 많은 돈을 벌어들이고 좀더 보잘것없는 그림들을 팔라는 구속에 끊임없이 시달리고 있었다.

"이봐라, 테오." 빈센트가 말했다. "넌 어째서 구필 화랑을 그만두지 않는 거냐?"

"다른 화상들도 다 똑같이 좋지 못한 사람들이야." 테오가 지친 듯 대답했다. "더구나 난 거기서 아주 오랫동안 일해왔잖아. 옮기지 않는 것이 나아."

"옮겨야 해. 내가 끈질기게 하는 이야기지만 넌 옮겨야만 해. 넌 거기서 하루하루 점점 더 불행해지고 있다니까. 내 문제는 집어치워! 마음만 내키면 난 얼마든지 잘 해나갈 수 있어. 테오, 넌 파리에서 제일 많이 알려진, 그리고 사람들이 제일 좋아하는 미술 상인이야. 그런데 어째서 네 소유의 가게를 열지 않는 거냐?"

"원 세상에. 그 얘길 또다시 되풀이해야만 해?"

"봐라, 테오. 내게 놀라운 아이디어가 있다. 우리가 공동 소유의 미술점을 여는 거야. 우리 화가들은 네게 우리의 그림들을 주고, 그걸로 네가 얼마의 돈을 벌어들이든 간에 그 돈으로 우리 모두가 평등하게 사는 거야. 파리에서 자그마한 가게를 열게 될 만큼의 돈을 우리가 함께 긁어모을 수 있을 거야. 그러고서 우리 화가들이 함께 살면서 일할 집을 교외에다 한 채 빌리는 거지. 포르티에가 요전 날 로트레크의 그림을 한 점 팔았고, 탕기 영감은 벌써 세잔의 그림을 서너 점 팔았다더라. 분명코, 파리의 젊은 고객들을 끌어들일 수 있을 거야. 그리고 교외에 있는 우리들 화가의 집을 운영하는 데도 많은 돈이 필요치 않을 거다. 파리에서 살림을 각자 따로 하는 게 아니라, 완전히 함께 사는 거야."

"빈센트, 난 끔찍이도 골이 아파. 자, 이젠 날 좀 자게 해주지 않겠어?"

"안 돼, 잠은 일요일에 자면 되잖아. 내 말 들어봐, 테오…… 너 어딜 가려는 거야? 좋아, 벗고 싶으면 벗어라. 하지만 어떤 일이 있어도 난 이야기할 거야. 이렇게, 내가 네 침대 머리맡에 앉아 있을 테니까. 지금 네가 구필 화랑에 만족하지 못하고 있고, 파리의 젊은 화가들 모두 자발적인 뜻을 가지고 있는 데다 우리가 함께 돈을 좀 모을 수 있다면……."

다음 날 밤, 탕기 영감과 로트레크가 빈센트와 함께 들어왔다. 테오는 그날 밤 빈센트가 제발 바깥에서 지내기를 빌었다. 탕기 영감의 작은 두 눈은 흥분으로 어쩔 줄 몰랐다.

"므슈 반 고흐, 므슈 반 고흐. 그건 정말 기가 막힌 아이디어요. 당신 꼭 그렇게 해야 해. 난 내 가게를 집어치우고 당신들과 함께 교외로 옮겨가겠소. 난 물감 가루를 빻고, 캔버스를 잡아펴고, 액자를 만들겠소. 그 대가로 내가 바라는 건 먹을 것과 잠자리뿐이야."

테오가 한숨을 쉬며 읽던 책을 내려놓았다.

"그 사업을 시작할 돈은 대체 어디서 생깁니까? 상점을 열 돈, 집 한 채를 빌릴 돈, 사람들을 먹여살릴 돈은?"

"자, 여기 내가 그 돈을 가지고 왔네." 탕기 영감이 외쳤다. "이백오십 프랑, 이건 내가 저축해놓은 것의 전부일세. 자, 받구려, 므슈 반 고흐. 이게 우리의 미술촌을 처음 만드는 데 도움이 될 테니까."

"로트레크, 당신은 분별이 있는 사람이지요. 이런 말도 안 되는 이야기를 어떻게 생각하죠?"

"난 더할 나위 없이 근사한 아이디어라고 생각하는데. 지금 상태를 보자면, 우리 화가들은 파리 전체와 맞서 싸우고 있을 뿐 아니라, 우리들 사이에서도 서로 싸우고 있으니까. 우리가 공동 전선을 펼 수만 있다면……."

"좋소, 당신은 부자지. 당신이 우릴 도와주겠소?"

"아, 아니요. 누구의 보조를 받는 집단 부락이라면, 그 의미가 사라져버려요. 나도 탕기 영감과 똑같이 이백오십 프랑을 기부하겠소."

"이건 완전히 미친 생각이야. 당신들이 사업 세계라는 게 어떤 건지 조금이라도 알기만 한다면……."

탕기 영감이 테오에게 달려가 그의 손을 꽉 쥐었다.

"아, 므슈 반 고흐, 제발 내 애원할 테니, 그걸 미친 생각이라고 말하지 말게. 그건 찬란한 생각이야. 당신은 꼭, 정말 꼭 그렇게 해야만 해……."

"이젠 네가 빠져나갈 도리가 없다, 테오," 빈센트가 말했다. "우린 널 손에 넣은 거야. 우리가 돈을 좀 모아 가지고서 널 우리의 단장으로 만들 참이야. 넌 구필 화랑에 안녕을 고한 셈이야. 넌 거기와는 끝장난 거야. 넌 이제 코뮤니스트 미술촌의 감독관이야."

테오는 손으로 두 눈을 문질렀다.

"당신들, 한 무리의 들짐승들을 감독하는 내 모습이 훤히 보이는군."

다음 날 밤 테오가 돌아와보니 그의 집은 흥분한 화가들로 문간까지 꽉 차 있었다. 값싼 담배 연기로 푸르스름해진 공기를 열에 들뜬 커다란 목소리들이 마구 휘젓고 있었다. 빈센트는 이 잔치의 주인이 되어 거실 한복판에 있는 약한 테이블에 엉덩이를 대고 앉아 있었다.

"아냐, 아니라니까." 빈센트가 외쳤다. "보수란 건 없소. 보수는 한 푼도 없소. 우린 첫해부터 그다음 해까지는 돈은 결코 구경도 하지 못할 거요. 테오는 그림을 팔고, 그러면 우리는 식량과 숙소와 그림 재료들을 제공받을 뿐이요."

"어떤 사람들의 그림은 절대 안 팔릴지도 모르는데, 그런 사람들은 어떻게 할 참이요?" 쇠라가 물었다. "우리가 그런 사람들을 얼마 동안이나 먹여살려야 하는 거요?"

"그들이 우리와 함께 지내면서 일하고 싶어하는 한까지."

"세상에." 고갱이 투덜거렸다. "유럽의 아마추어 화가들이 몽땅 우리 집 문턱에 몰려들겠군."

"아, 여기 므슈 반 고흐가 오셨군." 탕기 영감이 문간에 기대 서 있는 테오를 보고 소리쳤다. "우리의 매니저를 위해서, 자, 만세 삼창."

"테오 만세! 테오 만세! 테오 만세!"

모두들 엄청나게 흥분해 있었다. 루소는 그 미술촌에서도 바이올린 레슨을 해도 되는지 알고 싶어했다. 앙크탱은 자기가 방세를 석 달 치나 빚지고 있으므로, 그 교외의 집을 하루 빨리 구했으면 좋겠다고 말했다. 세잔은 돈을 가지고 있는 사람의 경우에는 자기 소유의 돈을 자기 마음대로 쓸 수 있어야 한다고 주장했다. 그러자 빈센트가 고함을 쳤다. "안 돼요, 그러면 우리의 코뮤니즘이 죽어버린단 말이요. 우리 모두가 일체의 것을 똑같이 평등하게 나눠가져야 해요." 로트레크는 그 집 안에 여자를 데려와도 좋은지 알고 싶어했다. 고갱은 누구든 의무적으로 한 달에 최소한 두 개의 캔버스를 내놓아야 한다고 주장했다.

"그렇다면 난 그 집에 들어가지 않겠소." 쇠라가 외쳤다. "난 일 년에 대작 캔버스 딱 한 개만을 완성하는 사람인데."

"그림 재료들은 어떻게 하겠소?" 탕기 영감이 물었다. "내 쪽에서 모두에게 일주일마다 똑같은 양의 물감과 캔버스를 공급해야 하는 건가?"

"아니, 아니, 물론 그게 아니죠." 빈센트가 소리쳤다. "각자 더도 덜도 말고 딱 필요한 만큼의 재료를 받는 거요."

"좋아, 그런데 남는 돈은 어떻게 되는 건가? 일단 우리의 그림이 팔리기 시작하게 되면 말일세. 그 이익금은 누가 가지는 거지?"

"이익금은 아무도 가지지 못해요." 빈센트가 말했다. "남은 돈이 조금 모이면, 곧 브르타뉴에다 집을 한 채 또 개방하는 거요. 그다음엔 프로방스에다 한 채 가지고. 얼마 가지 않아 전국 곳곳에 우리의 집들을 가지게 될 테고, 그러면 우린 이곳 저곳으로 옮겨다닐 수 있을 겁니다."

"철도 요금은 어떻게 하고? 그것도 그 이익금에서 내는 건가?"

"물론이지. 그런데 어느 정도까지 옮겨다닐 수 있으며, 그것은 또 누가 결정하지?"

"가장 좋은 시즌 중에 어느 한 지역의 집에 너무 많은 화가들이 몰려든다면? 그렇게 되면 누가 바깥 한기 속으로 쫓겨나야 하는지, 말해보게."

"테오, 테오, 자네가 이 사업의 매니저야. 그 계획에 대해 전부 이야기해보게. 아무라도 가입할 수 있나? 회원 자격에 무슨 제한이 있나? 우리 화가들은 어떤 정해진 방식에 따라 그림을 그려야만 하나? 그 집에도 모델이 있겠지?"

새벽녘에야 그 모임은 해산되었다. 아래층에 사는 사람들이 시달리다 못해 빗자루로 천장을 두들겨댔던 것이다. 테오는 네 시에 침대에 누웠지만, 빈센트와 탕기 영감과 그리고 유난히 열광적인 사람들 몇 명이 테오의 침대를 둘러싸고, 다음 달 첫날에 구필 화랑에 사직 통고를 하라고 테오를 들쑤셨다.

그 흥분은 몇 주일이 흘러감에 따라 점점 더 팽팽하게 자라났다. 파리의 미술계는 두 진영으로 갈라졌다. 이미 위치를 굳힌 화가들은 반 고흐 형제를 미친 사람들이라고 말했다. 나머지 다른 사람들은 그 새로운 실험에 관해 끝도 없이 이야기를 해대곤 했다.

빈센트는 낮과 밤을 가리지 않고 미친 듯이 이야기하고 일했다. 결정지어야 할 세부적인 일들이 산더미처럼 쌓여 있었다. 어떻게 해서 돈을 마련할 것인가, 가게의 위치는 어디에 두어야 할 것인가, 그림 가격은 얼마로 매겨야 할 것인가, 어떤 사람이 회원이 될 수 있는가, 교외에 얻을 그 집은 누가 어떻게 운영할 것인가. 테오는 자신의 의지와는 거의 상관도 없이 울며 겨자 먹기로 이 열병과도 같은 흥분에 끌려들었다. 르픽크 로에 있는 테오의 아파트는 그 주일 내내 밤마다 사람들로 가득 찼다. 신문 기자들이 이야기감을 얻으러 왔다. 미술 비평가들이 이 새로운 운동에 대해 논의하기 위해서 그곳에 왔다. 프랑스 전국에 퍼져 있던 화가들이 그 조직에 들어오기 위해서 파리로 돌아왔다.

테오가 왕이었다면, 빈센트는 궁정 조직책이었다. 그는 수많은 계획, 조직 기구, 예산, 모금 운동, 규칙과 규약, 신문에 낼 성명서, 코뮤니스트 미술촌의 취지를 전 유럽에 알리기 위한 팸플릿 등의 문안을 작성했다.

그는 너무도 바빠서 그림 그리는 것도 잊어버렸다.

그 조직의 금고에 거의 삼천 프랑에 가까운 돈이 굴러들어왔다. 화가들이 각자 떼낼 수 있는 만큼 떼낸 돈을 기부한 것이었다. 화가들은 클리시 가에서 가두 전시회를 열고서 지나가는 사람들에게 소리치며 각자 자기 그림들을 직접 팔았다. 유럽 곳곳에서 편지들이 날아왔는데, 개중에는 더럽혀지고 꾸깃꾸깃한 지폐가 든 편지들도 더러 있었다. 미술을 사랑하는 파리지앵들이 아파트로 몰려와 그 새로운 운동의 열광하면서 열린 모금함에 지폐를 던져넣고서야 나갔다. 빈센트가 서기이자 회계원이었다.

테오는 적어도 오천 프랑은 있어야 사업을 시작할 수 있다고 주장했다. 그는 위치가 좋다고 생각되는 트롱셰 로에다 가게 장소를 잡아놓았고 빈센트는 거저에 가까운 돈으로 빌릴 수 있는 몹시도 낡은 저택을 생 제르맹 아래에서 발견했다. 가입을 원하는 화가들의 캔버스들이 르픽크 로의 아파트에 연신 쏟아져 들어와 급기야는 움직일 공간조차 남지 않게 되었다. 수백에다 수백을 더한 사람들이 그 작은 아파트를 들락거렸다. 그들은 논쟁하고 싸우고 욕하고 먹고 마시고 그리고 미친 듯이 손짓 몸짓 섞어가며 이야기를 주고받았다. 테오는 다른 곳으로 이사해달라는 통고를 받았다.

한 달이 다 되어갈 무렵에는 테오의 루이 필리프 왕조풍의 가구가 완전히 거덜이 나버렸다.

빈센트에게는 이제 자신의 그림에 대해서 생각할 시간조차 없었다. 편지들을 써 보내고, 사람들을 접견하고, 집들을 봐두어야 하고, 새로운 화가들과 아마추어 화가들을 만나면 만나는 대로 그들의 열광에 불을 붙여줘야 했던 것이다. 하도 말을 많이 하는 바람에 결국에는 목소리까지 쉬었다. 열병과도 같은 뜨거운 에너지가 그의 두 눈에 찾아왔다. 식사는 되는 대로 아무 때나 했고, 잠잘 기회는 좀처럼 없었다. 그는 영원히 나아, 나아, 나아가고 있었다.

봄이 시작될 무렵에는 오천 프랑의 돈이 모였다. 테오는 다음 달 첫날에 구필 화랑에 사직 통고를 할 예정이었다. 그는 트롱셰 로에 있는 가게를 맡기로 이미 마음을 정해놓았다. 빈센트는 생 제르맹에 있는 그 저택에 소액의 계약금을 걸어놓았다. 미술촌을 함께 열 회원들의 목록을 테오, 빈센트, 탕기 영감, 고갱, 로트레크가 작성했다. 아파트에 산더미처럼 쌓여 있는 캔버스들 중에서 테오는 맨 처음 전시에 내보일 작품들을 골랐다. 루소와 앙크텡은 새 가게의 내부는 누가 장식하고 바깥은 누가 장식할 것인가를 놓고 지독한 입씨름을 벌였다. 계속 잠을 자지 못해도 테오는 이제 아무렇지도 않았다. 그는 지금 빈센트가 처음 시작할 때에 그랬던 것만큼이나 지극히 열성적이었다. 여름쯤에는 미술촌을 열 수 있도록 모든 것을 준비해놓기 위해서 그는 열에 들뜬 듯 일했다. 그는 두 번째 집의 위치를 대서양 쪽에 잡느니 지중해 쪽에 잡느니 하면서 빈센트와 그칠 줄 모르는 토론을 벌였다.

어느 날 새벽 빈센트는 완전히 기진맥진한 채 네 시경에 잠들었다. 테오는 그를 깨우지 않았다. 빈센트는 정오까지 푹 자다가 상쾌한 기분으로 깨어났다. 그는 자신의 작업실로 어슬렁어슬렁 걸어들어갔다. 이젤 위에 얹힌 캔버스는 몇 주일이나 묵은 것이었다. 팔레트의 물감은 바싹 말라 갈라터진 채 먼지로 뒤덮여 있었다. 물감 튜브들이 구석구석에 내동댕이쳐져 있었다. 여기저기 놓인 그의 붓에는 오래된 물감이 딱딱하게 말라붙어 있었다.

그의 내부에서 한 목소리가 나직하게 물었다. "잠깐만, 빈센트. 넌 화가인가? 아니면 코뮤니스트 조직책인가?"

어떤 게 누구의 그림인지 제대로 분류되지도 않은 채 높다랗게 쌓여 있는 캔버스들을 빈센트는 테오의 방으로 가지고 가 침대 위에 쌓아놓았다. 작업실에는 자기 자신의 그림들만 남겨놓았다. 그는 자신의 그림들을 이젤 위에 세워놓고서, 하나씩 하나씩, 손톱을 질근질근 씹어가며 뚫어지게 바라보았다.

그래, 그의 그림은 진보했다. 조금씩, 조금씩. 그의 색채는 밝아졌고 수정과도 같은 투명한 광휘를 향해 힘써 나아가고 있었다. 거기에는 이제 모방이 없었다. 그의 캔버스에서 동료 화가들의 흔적은 찾아볼 수 없었다. 그는 자신이 그동안 지극히 개성적인 기법을 계발해왔음을 비로소 처음 깨달았다. 그것은 자신이 여태껏 보아왔던 그 어느 것과도 다른 것이었다. 그런 기법이 어떻게 해서 생겨났는지 그 자신도 알 수 없었다.

그는 그 자신의 기질을 통해 인상주의를 걸러냈고, 그리하여 바야흐로 몹시 진기한 표현 수단을 획득하게 될 순간이었다. 그런데 그가 그만 갑자기 멈추어버린 것이었다.

그는 좀더 최근의 캔버스들을 이젤 위에 세워놓았다. 한번은 비명을 내지를 뻔했다. 조금만, 조금만 더하면 그는 무엇인가를 사로잡을 수 있었다. 그의 그림들은 이제 차츰 확고한 기법을 보이기 시작했고, 그가 그 겨울 내내 벼려서 만들어낸 무기를 가지고 새로운 공격을 가하기 시작하고 있었다.

여러 주일 동안 그림을 그리지 않고 쉰 덕분에 그에게는 자신의 그림을 분명하게 볼 수 있는 통찰력이 생겼다. 그는 자신이 인상파의 수법을 완전히 자기 자신의 것으로 발전시키고 있음을 깨달았다.

그는 거울에 비친 자기 모습을 자세히 바라보았다. 턱수염은 다듬어야 했고 머리칼은 잘라야 했다. 셔츠는 더러웠고 바지는 해진 넝마처럼 축 늘어져 있었다. 그는 뜨거운 다리미로 양복을 다림질하고, 테오의 셔츠를 하나 꺼내 입고, 금고에서 오 프랑짜리 지폐 한 장을 꺼내어, 이발소로 갔다. 몸을 말끔히 닦아낸 뒤 그는 깊은 생각에 잠긴 채 몽마르트르 가에 있는 구필 화랑을 향해 걸어갔다.

"테오." 그가 말했다. "잠깐 동안만 나와 함께 나갈 수 있겠니?"

"무슨 일이야?"

"모자를 가지고 나가자. 아무도 우릴 알아보지 못할 카페가 있을까?"

한 카페의 아주 뒤쪽, 보이지 않는 구석에 자리 잡고 앉아 테오가 말했다. "형과 단 둘이서만 이야기해보는 것도 한 달 만에 처음이네."

"그렇구나, 테오. 난 뭐랄까 바보가 되었던 것 같구나."

"어째서 그렇다는 거야?"

"테오, 솔직히 말해다오. 내가 화가냐? 아니면 코뮤니스트 조직책이냐?"

"무슨 뜻이야?"

"난 그동안 그 미술촌을 만든답시고 너무 바쁘게 지냈어. 그림 그릴 틈도 없었으니까. 그리고 그 집이 일단 문을 열게 되면, 단 한순간의 틈도 내지 못할 거야."

"그건 나도 알아."

"테오, 난 그림을 그리고 싶다. 내가 지난 칠 년간 힘들여 노력해온 것은 다른 화가들을 위한 집의 관리인이 되기 위해서가 아니야. 난 정말 그림에 굶주려 있다. 너무도 굶주려서, 난 다음 기차로 파리로부터 도망쳐버리고 싶을 정도야."

"하지만 형, 이제 이 마당에 와서……."

"내가 바보였다고 말했잖아. 테오, 내 고백을 참고 들어줄 수 있겠니?"

"뭔데?"

"난 다른 화가들을 보기만 해도 이젠 정말로 구역질이 난다. 그들의 이야기와 그들의 이론과 그들의 넌더리 나는 입씨름이 지긋지긋해졌어. 아, 웃을 필요 없어. 나도 나 자신이 그런 싸움에 함께 끼어들었다는 걸 잘 알고 있다. 그게 바로 문제야. 마우베가 자주 하곤 했던 말이 뭔 줄 아니? 그림을 그리든가 아니면 그림에 관한 이야기를 하든가 할 수는 있지만, 그 두 가지를 동시에 할 수는 없다고 했어. 그래, 테오, 넌 내가 갖가지 생각들을 씨부렁대는 걸 들으려고 칠 년 동안이나 날 먹여살렸단 말이냐?"

"형은 미술촌을 위해 좋은 일을 많이 해줬어."

"그래, 하지만 우리가 그곳으로 옮겨갈 준비가 다 된 이 순간에 와서 난 내 자신이 그리로 가길 원치 않는다는 사실을 깨달은 거야. 난 거기서 살 수도, 그림을 그릴 수도 없을 거야. 내 말이 이해가 되는지 의문이다만…… 아냐, 넌 물론 이해할 수 있을 거야. 브라반트와 덴하흐에서 혼자 있었을 때에는 난 내 자신을 중요한 인물로 생각했다. 나라는 인간이 혈혈단신으로 온 세상과 맞서 싸웠지. 나는 화가, 살아 있는 유일한 화가였다. 내가 그리는 것은 뭐든 가치 있는 것이었어. 내게 대단한 능력이 있는 걸로, 그리고 세상 사람들이 결국엔 '그는 빛나는 화가야'라고 말할 걸로 알고 있었다."

"그런데 지금은?"

"아아, 지금 나는 그저 수많은 사람들 중 하나일 뿐이다. 내 주위엔 수백 명의 화가들이 있어. 사방에서 난 내 자신이 희화화된 것 같은 인물들을 볼 수 있다. 우리 아파트에 지금 쌓여 있는, 미술촌에 참가하고 싶어하는 화가들이 보낸 그 보잘것없는 캔버스들을 생각해봐라. 그 화가들 역시 자기들이 위대한 화가가 될 거라고 생각하고 있겠지. 그래, 아마 나도 그들과 꼭 같을 거야. 난들 어떻게 알았겠니? 이제 내가 무엇으로 용기를 북돋울 수 있겠니? 파리에 오기 전까지만 해도 난, 평생토록 스스로를 기만하는 구제 불능의 바보들이 있다는 것을 알지 못했다. 그러나 지금은 알겠어. 그 때문에 마음이 아프다."

"그건 형과는 무관한 일이야."

"어쩌면 무관할지도 모르지. 그래도 난 그 작은 의혹의 씨앗을 짓밟아버리지 못할 거다. 시골 지방에서 혼자 있을 때에는, 난 매일 수천 개의 그림이 그려진다는 사실을 잊고 있었지. 내 그림만이 유일한 것이며, 그것은 세상에게 주는 아름다운 선물이라고 꿈꾸었다. 나의 작품이 더할 수 없이 지독한 것임을 내 스스로 안다 할지라도 그림을 계속하긴 하겠지만, 그러나 이…… 이 예술가의 환상이라는 것…… 도움이 필요해. 이해하겠니?"

"알겠어."

"더구나 난 도시 화가가 아니야. 난 도시와는 어울리지 않아. 난 농민 화가야. 나의 들판으로 돌아가고 싶다. 그림을 그리고 싶다는 욕망만을 남기고 모든 것을 내게서 불태워버릴 만큼 뜨거운 태양을 찾고 싶다."

"그렇다면…… 형은…… 파리를…… 떠나고 싶단 말이지?"

"그래, 꼭 그래야만 해."

"그럼 미술촌은 어떡하고?"

"난 물러날 거다. 하지만 넌 계속해야만 한다."

테오가 머리를 가로저었다. "안 돼, 형 없이는 안 돼."

"왜 안 돼?"

"나도 몰라. 난 오직 형을 위해서 그랬던 것뿐이야…… 형이 그걸 원했기 때문에."

그들은 얼마 동안 침묵했다.

"테오, 너 아직 사직 통고를 하지 않았지?"

"응. 다음 달 첫날에 할 작정이었으니까."

"그 긁어모은 돈을 원래의 임자들한테 되돌려줄 수 있겠니?"

"응…… 형은 언제 떠날 생각이야?"

"나의 색채가 투명해지고 난 뒤에."

"알았어."

"그러고 나선 난 떠날 거다. 아마도 남쪽으로, 어딘지는 아직 모르겠어. 나 혼자 있을 수 있도록. 그리고 또 그리고 또 그리는 거야. 나 혼자서."

그는 거친 애정을 내보이며 테오의 어깨에 팔을 둘렀다.

"테오, 날 경멸하지 않는다고 말해다오. 너에게 그 많은 고역만 치르게 해놓고서는 모든 걸 이런 식으로 내챙개친다니 말이야."

"형을 경멸해?"

테오가 한없이 서글픈 미소를 지었다. 그는 손을 올려 자신의 어깨 위에 놓인 형의 손을 툭툭 두드렸다.

"……아니야…… 아니지, 물론 아니고 말고. 형을 이해해. 형 말이 옳은 것 같아. 자……형……형 잔을 마저 다 비우는 게 좋겠군. 난 구필 화랑으로 돌아가야겠어."

13

그 뒤 한 달간 빈센트는 계속 부지런히 그렸다. 그의 색채가 이젠 거의 친구 화가들의 색채와 같이 투명하고 밝아지기는 했지만, 그는 자신이 만족할 만한 표현 형식에 도달하지 못한 것 같았다. 처음에는 그 이유가 자신의 드로잉이 미숙하기 때문이라고 생각하고서 천천히 그리고 냉정한 기분으로 그리려고 노력했다. 물감을 꼼꼼히 바르는 과정 자체도 그에게는 고문이었지만, 그리고 난 뒤에 보면 그림은 더욱 형편없었다. 그는 붓 흔적이 보이지 않도록 표면을 매끄럽게 칠하려고 했다. 물감을 듬뿍듬뿍 짜내어 두껍게 바르는 대신 얇게 칠하려고 애썼다. 그러나 아무런 소용이 없는 것 같았다. 자신만의 독자적인 기법뿐만 아니라 자신이 말하고 싶은 모든 것을 말해줄 수 있는 어떤 기법을 향해 더듬더듬 나아가고 있다는 사실을 그는 새삼 다시 느낄 수 있었다. 그러나 그 기법을 정말 완전히 터득하지는 못했던 것이다.

"저번엔 거의 이해할 뻔했어." 어느 날 저녁 아파트 방 안에서 그가 중얼거렸다. "거의, 진짜는 아니고. 무엇이 내 길을 가로막고 있는지 알 수만 있다면 오죽 좋을까."

"난 그게 뭔지 알 수 있을 것 같은데." 형에게서 캔버스를 빼앗아들며 테오가 말했다.

"네가? 그게 뭔데?"

"파리야."

"파리?"

"그래. 파리는 여지껏 형의 연습터였어. 파리에 계속 머무는 한 형은 중학생에 불과해. 네덜란드의 우리 학교 생각나? 우린 다른 사람들이 일들을 어떻게 해내며 또 그 일들을 어떤 식으로 해야만 하는지 배우긴 했지만, 실제로 우리가 우리 힘으로 직접 한 것은 아무것도 없었어."

"여기에서는 내가 내 마음에 호소하는 주제를 찾을 수 없단 말이냐?"

"아니, 여기에서는 형이 형에게 가르침을 주는 사람들의 영향력으로부터 완전히 벗어날 수 없다는 이야기야. 형이 없다면 난 끔찍이도 외롭겠지만, 형, 그래도 형은 떠나야만 해. 이 세상 어딘가엔, 형이 완전한 자기 자신이 될 수 있는 곳이 있을 거야. 그게 어딘지는 나도 몰라. 형이 찾아내기에 달렸겠지. 하지만 어쨌든 이 파리라는 학교로부터 도망쳐야만이 비로소 형은 원숙에 도달할 수 있을 거야."

"최근 들어 내가 어느 나라를 자주 생각하는 줄 아니?"

"몰라."

"아프리카야."

"아프리카! 정말은 아니겠지?"

"진짜야. 난 지독히도 길고 추웠던 이번 겨울 내내 살갗을 태울 듯한 태양을 생각했다. 바로 그런 곳에서 들라크루아는 자신의 색채를 발견했지. 어쩌면 나도 그곳에서 나의 길을 찾을 수 있는지 몰라."

"아프리카는 멀리 떨어져 있는 곳이야, 형." 깊은 생각에 잠긴 채 테오가 말했다.

"테오, 난 태양이 필요해. 무서울 정도의 열기와 힘을 가진 태양이 필요해. 겨울 내내 나는 그 태양이 마치 거대한 자석처럼 나를 남쪽으로 끌어당기는 것을 느꼈다. 네덜란드를 떠나오기 전까지는 난 태양 같은 것이 있다는 사실을 결코 깨닫지 못했다. 그러나 지금은 태양이 없는 그림 같은 것은 있을 수 없다는 걸 깨달았어. 나를 원숙의 경지로 이끌어주는 데 뭔가 반드시 필요하다면 그건 아마도 뜨거운 태양일 거야. 파리의 겨울이 나를 뼛속까지 떨게 만들었다. 테오, 그 차가운 한기가 나의 팔레트와 붓에까지 스며든 것 같구나. 난 무엇에든 미적지근하게 달려드는 사람이 절대 아니야. 내게서 한기를 불태워 몰아낼 아프리카의 태양을 얻을 수 있다면, 그리하여 내 팔레트에 불을 붙이기만 한다면……"

"흐흠, 함께 그 문제를 잘 생각해봐야겠군. 아마도 형 생각이 옳겠지."

폴 세잔이 친구들을 모두 불러놓고 작별 파티를 열었다. 그는 자기 아버지에게 엑상프로방스가 내려다보이는 언덕에 전에 이야기했던 터를 사놓도록 벌써 조치해두었던 것이다. 이제 그는 고향으로 돌아가 거기에 아틀리에를 지을 작정이었다.

"파리에서 빠져나가게, 빈센트." 그가 말했다. "그러고서 프로방스로 내려오라구. 엑상프로방스는 안 돼, 거긴 내 영역이니까. 하지만 그 근처 어딘가로 내려오게. 태양은 세상의 그 어느 곳보다도 더 뜨겁고 순수하지. 자네는 생전 처음 보는 빛과 투명한 색채를 프로방스에서 발견하게 될 거야. 난 거기서 남은 생애를 보낼 작정이네."

"다음번에 파리를 빠져나가는 사람은 나일 거야." 고갱이 말했다. "난 열대로 돌아갈 생각이야. 세잔, 프로방스에 진짜 태양이 있다고 생각한다면, 당신 꼭 마르케사스에 가봐야만 해. 그곳 햇빛과 색채는 원주민들과 똑같이 원초적이지."

"당신네들은 태양 숭배교에 들어가야만 하겠군요." 쇠라가 말했다.

"나로 말하자면," 빈센트가 공언했다. "난 아프리카로 갈 생각이오."

"저런, 저런." 로트레크가 중얼거렸다. "소(小) 들라크루아가 또 한 사람 우리 곁에 있군."

"진심인가, 빈센트?" 고갱이 물었다.

"물론. 아, 아니, 지금 곧바로는 아마 안 될 거요. 그 중간에 프로방스의 어딘가에서 도중 하차해서 태양에 익숙해져야 될 테지."

"마르세유에서 멈출 수는 없을 걸." 쇠라가 말했다. "그 도시는 몽티셀리의 것이니까."

"엑스로 갈 수도 없잖아." 빈센트가 말했다. "거긴 세잔의 것이니까. 앙티브는 모네가 벌써 다 그려치웠고, 마르세유는 '파다(몽티셀리의 그림/옮긴이)'에 바쳐진 곳이라는 데 나도 동의하고. 내가 어디로 가야 좋을지 일러줄 사람 없소?"

"잠깐!" 로트레크가 외쳤다. "내가 바로 그런 곳을 알고 있어요. 아를을 생각해보셨소?"

"아를? 그곳은 고대 로마의 식민지 아니었던가?"

"맞아요. 론 강 위에 있는데, 마르세유에서 두 시간쯤 걸리는 곳이요. 나도 한 번 가본 적이 있는데, 그 일대 전원의 색채가 들라크루아의 아프리카 풍경을 무색케 할 지경이라니까."

"설마? 태양은 좋겠지?"

"태양? 당신을 미치게 만들고도 넘칠 정도요. 아, 그리고 꼭 아를 여자들을 봐야 합니다. 세상에서 제일 찬란한 여자들이오. 그들의 조상인 그리스인의 순수하고 우아한 얼굴 생김생김을 아직도 간직하고 있는 데다 거기에 더해서 그들의 정복자였던 로마인의 강하고 튼튼한 체격까지 가지고 있거든. 그렇긴 하지만 묘하게도 그 분위기는 분명 동양적이오. 그건 아마도 18세기에 있었던 사라센족의 침략의 결과겠지만. 빈센트, 진짜 비너스 상이 발견된 곳이 바로 아를이었소. 비너스의 모델이 아를의 여인이었다는 이야기요!"

"그거 참 매력적으로 들리는데." 빈센트가 말했다.

"그렇다니까요. 그리고 한랭한 북서풍을 맛볼 때까지 있어봐요."

"그 북서풍이란 게 어떤데?" 빈센트가 물었다.

"가보면 알 거요." 찡그린 웃음을 지으며 로트레크가 말했다.

"생활하기는 어떤가? 싸게 먹히나?"

"돈을 쓸 데가 없죠, 먹을 것과 잠잘 곳에 쓰는 것 말고는. 게다가 그것도 별로 비싸지 않으니까. 파리에서 달아나고 싶은 생각이 그렇게 간절하다면, 거기에 한번 꼭 가보라니까?"

"아를." 빈센트가 속으로 중얼거렸다. "아를, 그리고 아를의 여인들. 그 여인들을 그리고 싶군!"

파리는 그를 흥분시켰다. 그는 너무도 많이 압생트를 마셔댔고, 너무도 많이 파이프 담배를 피웠고, 외부 활동에 너무도 많이 관계했다. 그는 이제 심한 메스꺼움을 느꼈다. 그는 자신의 타오르는 신경의 에너지를 자신의 작업에 쏟아부을 수 있는 조용한 그 어딘가로 혼자서 달아나버리고 싶은 엄청난 충동을 느꼈다. 그에게 결실을 맺게 해주기 위해서 필요한 것은 오직 뜨거운 태양뿐이었다. 그는 자신이 지난 팔 년간 몸부림치며 얻으려고 했던, 완벽한 창조의 힘으로 가득 찬 인생의 절정이 머지 않았다고 느꼈다. 여태껏 그려온 그림들은 아무런 가치도 없으며, 어쩌면 이제 자신의 인생을 정당화시켜줄지도 모를 몇 개의 그림들을 창조할 수 있는 짧은 시기가 바로 앞에 펼쳐져 있음을 그는 알고 있었다.

몽티셸리가 했던 말이 무엇이었던가? "우리는 십 년간의 힘든 노력을 기울여야만 한다. 그래야만이 최후에 가서 두세 개의 진짜 초상화를 그릴 수 있을 것이다."

파리에는 안전한 생활과 우정과 사랑이 있었다. 테오와 함께라면 언제나 안락한 집이 있었다. 테오는 그를 결코 상심케 하지 않을 것이며,

그림 도구들을 구해달라고 두 번 말하게 하지 않을 것이며, 자신의 힘이 닿는 한 그에게 무엇이든 다 줄 것이다. 무엇보다도, 완전한 공감을.

파리를 떠나는 순간, 고난이 시작될 것임을 빈센트는 알고 있었다. 테오와 떨어져 있으면 그는 테오로부터 다달이 받는 돈을 제대로 관리하지도 못할 것이다. 한 달의 반을 할 수 없이 굶고 지내고, 보잘것없는 작은 카페에서 살면서 물감을 사지 못해 괴로워하며, 이야기를 나눌 다정한 사람 하나 없어 답답해하리라.

"아를이 좋아질 거요." 다음 날 로트레크가 말했다. "조용하고, 누구하나 당신을 성가시게 굴지 않을 테니까. 건조한 열기에다, 색채는 화려찬란하고, 진짜 일본풍의 투명한 밝음을 발견할 수 있는 유일한 곳이오. 거긴 화가의 천국이라니까. 파리에 이렇게 애착을 가지고 있지만 않다면 내 자신이 그곳으로 갔을 거요."

그날 저녁 테오와 빈센트는 바그너 콘서트에 갔다. 그들은 일찍 집으로 들어와 준데르트에서 보낸 어린 시절의 회상을 불러모으며 조용한 시간을 보냈다. 다음 날 아침 그는 테오에게 커피를 끓여주고서, 테오가 구필 화랑으로 나가자 그 작은 아파트에 이사온 후 처음으로 제일 철저하게 청소를 했다. 그는 벽에다가 분홍빛의 작은 새우 그림과, 둥근 밀짚모자를 쓴 탕기 영감의 초상과, 물랭 드 라 갈레트의 풍경과, 등을 보이고 있는 나부상(裸婦像)과, 샹젤리제를 그린 습작을 걸어놓았다.

그날 밤 테오가 돌아와보니 거실 테이블에 쪽지가 놓여 있었다.

사랑하는 테오에게,

나는 아를로 간다. 거기 도착하는 즉시 편지하겠다.

나를 잊지 않도록 내 그림들을 벽에 걸어놓았다.

마음으로 악수를 하며,

빈센트

귀를 자르다
아를

1

아를의 태양이 양미간을 강타하자 빈센트는 두 눈이 번쩍 뜨였다. 소용돌이치는 유동체의, 레몬빛 황색의 불덩어리인 태양이, 견고한 푸른빛의 하늘을 가로질러 번쩍번쩍 빛나며 눈이 멀 듯한 빛으로 대기를 가득 채우고 있었다. 무서울 정도의 열기와 너무나 투명한 대기를 통해서 본 세상은 새롭고 낯설었다.

그는 이른 아침에 삼등 객차에서 내려, 역에서 라마르틴 광장으로 이어지는 구불구불한 도로를 따라 걸어내려갔다. 라마르틴 광장은 시장이었는데, 한옆으로는 론 강의 제방과 접해 있었고, 다른 한옆으로는 카페와 초라한 호텔들과 접해 있었다. 앞으로 곧장 펼쳐진 아를은 노련한 미장이의 흙손으로 다듬어진 듯한 언덕 비탈에 꼭 달라붙은 채 열대와도 같은 뜨거운 태양 아래 졸고 있었다.

살 곳을 찾아야 할 때인데도 빈센트는 무심했다. 그는 광장을 지나가다 마주친 첫 번째 호텔인 역전 호텔에 들어가 방을 하나 빌렸다. 방 안에는 요란스러운 놋쇠 침대가 하나, 세면대 안에 들어 있는 금이 간 물 주전자가 하나, 괴상하게 생긴 의자 하나가 놓여 있었다. 주인이 페인트 칠도 하지 않은 테이블을 하나 들여왔다. 이젤을 세울 공간도 없긴 했지만, 빈센트는 하루 종일 야외에 나가서 그리기로 마음먹었다.

그는 여행 가방을 침대 위에 던져놓고서 그곳 소도시를 둘러보러 부리나케 달려나갔다. 라마르틴 광장으로부터 아를 중심까지 가는 데에는 두 가지 길이 있었다. 왼쪽으로 난 빙 돌아가는 도로는 마차들이 다니는 길이었다. 그 도로는 도시의 가장자리를 우회하여 언덕 꼭대기까지 구불구불 천천히 올라가는데, 도중에 고대 로마의 대광장과 원형 경기장을 지나쳤다. 빈센트는 그 길이 아닌 좀더 곧바른 길로 들어섰는데, 포석이 깔린 좁다란 거리들의 미로를 뚫고 이어지는 길이었다. 한참 동안 올라간 그는 태양에 그을린 드 라 메리 광장에 다다랐다. 올라가는 도중에 그는 고대 로마 시대부터 고스란히 보존된 듯 보이는 장방형의 건물과 그 가운데 서늘한 석조 중정(中庭)을 지나쳤다. 미친 듯이 쏟아지는 태양 빛을 가리기 위해 골목길들이 아주 좁게 만들어진 탓에, 빈센트가 두 팔을 뻗으면 양쪽에 늘어선 집들이 손가락 끝에 닿을 정도였다. 모진 고문과도 같은 한랭한 북서풍을 피하기 위해, 거리들은 빠져나올 길 없는 미로같이 언덕 비탈 위로 꼬불꼬불 이어져 올라가는데, 구 미터 이상 곧게 똑바로 뻗는 법이 없었다. 거리 곳곳에 널린 쓰레기, 문간에 나와 있는 더러운 아이들, 그리고 그 모든 것 너머에, 무엇엔가 쫓기는 듯한 불길한 기운이 서려 있었다.

드 라 메리 광장을 벗어난 빈센트는 짧은 골목길을 지나 중앙 시장가 쪽으로 걸어가다가 자그마한 공원을 어슬렁어슬렁 빠져나와, 이윽고 아래쪽에 있는 고대 로마의 원형 경기장으로 내려갔다. 거기서 단(段)을 한 칸 한 칸 염소처럼 뛰어올라가 마침내 맨 꼭대기에 다다랐다. 그는 수백 미터의 깎아지른 듯한 벼랑 위에서 다리를 대롱대롱 흔들며 돌 받침대 위에 앉아, 파이프에 불을 붙여 입에 물고는, 발 밑에 펼쳐진 자신의 영지를 찬찬히 훑어보았다. 그는 이미 스스로를 그곳의 주인이며 군주라고 임명해놓았던 것이다.

그의 발 밑에 펼쳐진 소도시는 요지경 속에 나오는 폭포처럼 론 강을 향해 가파르게 흘러내려가고 있었다. 모든 집들의 지붕이 얽히고설킨 모양새를 그리면서 서로서로 꼭 달라붙어 있었다. 원래는 붉은 점토로 만들어진 기와 지붕들이었지만, 타는 듯 끊임없이 내리쬐는 태양에 구워져, 제일 밝은 레몬 빛깔과 고운 분홍 조개빛부터 자극적인 연보랏빛과 흙 빛깔의 갈색에 이르기까지 갖가지 빛깔로 혼란스러웠다.

급하게 흐르는 넓은 론 강은 아를이 달라붙어 있는 구릉의 맨 아랫기슭에서 급격한 곡선을 그리며 지중해를 향해 쏜살같이 흘러내려갔다. 강 양편으로 돌 제방이 있었다. 건너편 제방 너머는 트랭케타유가, 그림으로 그린 도시처럼 반짝거리고 있었다. 빈센트 뒤로는 줄지어 선 거대한 산들이 투명한 하얀 빛 속에 하늘로 우뚝 솟아 있었다. 빈센트의 눈 아래로 파노라마처럼 펼쳐진, 일구어진 밭들과 꽃이 만발한 과수원들, 그리고 몽마주르 언덕과 수천의 깊은 고랑이 나 있는 비옥한 골짜기의 경작지가 무한히 먼 어느 한 지점에서 하나로 만나고 있었다.

그러나 놀라움으로 두 눈을 자주 비비게 만드는 것은 그 전원 지방의 색채였다. 하늘은 너무도 짙푸른색, 몹시도 견고하고 비정하고 깊은 푸른색이라서 도저히 푸른색이라고 말할 수 없을 정도였다. 하늘은 완전히 빛깔이 없는 빛깔이었다. 그의 눈 아래 펼쳐진 들판의 초록색은 초록색이라는 빛깔 자체의 진수, 미쳐버린 초록색이었다. 타오르는 태양의 레몬빛 황색, 핏빛이 도는 흙의 붉은색, 몽마주르 언덕 너머 외로이 떠 있는 구름의 애절한 흰 빛깔, 언제나 거듭 태어나는 과수원의 장밋빛…… 그러한 색채들은 믿기지 않을 정도였다. 저런 빛깔들을 어떻게 나타낼 수 있을까? 행여 팔레트에 옮길 수 있다 하더라도 저런 색채들이 실제로 존재한다는 것을 어떻게 믿게 할 수 있을까? 레몬빛, 푸른색, 초록빛, 붉은색, 장밋빛. 표현하기 고통스러운 그 다섯 개의 색조로 이곳 자연은 터져날 듯 펼쳐져 있었다.

라마르틴 광장으로 이어지는 마차 도로로 들어선 빈센트는 이젤과 물감과 캔버스를 거머쥐고서 론 강을 옆에 끼고 활기차게 걸어갔다. 복숭아나무들이 곳곳에서 꽃을 피우기 시작했다. 강물에 반사된 반짝거리는 하얀 햇빛이 그의 두 눈을 아프게 쏘아댔다. 모자를 호텔에다 그냥 놔두고 나왔던 것이다. 그의 붉은 머리칼 속까지 뚫고 들어오는 타오르는 햇빛이 파리의 모든 냉기와 모든 피곤함과 낙담을, 그리고 그의 영혼이 진저리 나도록 겪었던 도시 생활에 대한 지겨움을 모두 빨아냈다.

강을 따라 일 킬로미터쯤 내려가니, 도개교(跳開橋)가 나타났다. 푸른 하늘을 배경으로 뚜렷하게 드러난 그 다리 위로 작은 수레 한 대가 지나갔다. 강물빛은 우물처럼 푸르고 양쪽 둑은 풀의 푸른 빛깔로 채색된 오렌지 빛깔이었다. 일할 때 입는 겉옷에다 갖가지 빛깔이 뒤섞인 모자를 쓴 한 무리의 빨래하는 여자들이 단 하나뿐인 나무 그늘 밑에서 때묻은 빨랫감을 두드리고 있었다.

이젤을 세운 빈센트는 숨을 한 번 길게 쉬고는 두 눈을 감았다. 이러한 색채들은 눈을 뜬 채로는 사로잡을 수 없었던 것이다. 거기서는 이제 쇠라의 과학적 점묘법에 관한 이야기도, 고갱의 원시적 장식화법론(裝飾畵法論)에 대한 장광설도, 세잔의 딱딱한 표면 밑에 숨겨진 형체도, 로트레크의 색채의 선들과 지라(脾臟)에서 우러나온 듯한 증오의 선들도 모두 빈센트로부터 멀리 떨어져나갔다.

그곳에는 오직 빈센트만이 남아 있었다.

그는 저녁 식사 시간 무렵에 호텔로 돌아왔다. 그는 바의 작은 테이블에 앉아 압생트를 시켰다. 커다란 흥분과 뿌듯한 충만감에 그는 식사도 할 수가 없었다. 곁의 테이블에 앉아 있던 한 남자가 빈센트의 손과 얼굴과 옷, 여기저기에 튀어 있는 물감을 눈여겨보고는 그에게 불쑥 말을 걸어왔다.

"난 파리의 저널리스트요." 그가 말했다. "이곳에 내려온 지 석 달째인데 프로방스 언어에 관한 책 때문에 자료를 모으고 있지요."

"난 파리에서 오늘 아침에 막 도착했습니다." 빈센트가 말했다.

"나도 그렇게 봤습니다. 오래 머물 생각인가요?"

"예, 그럴 것 같군요."

"그렇다면, 내 충고할 테니 오래 머물지 마세요. 아를은 이 세상에서 제일 난폭하게 미쳐 있는 곳입니다."

"어째서 그렇게 생각하시는지?"

"생각이 아니에요. 체험으로 아는 것이지. 석 달간 난 이곳 사람들을 유심히 보아왔는데, 내 장담하지만, 이곳 사람들 모두가 돌았어요. 한번 잘 보세요. 그 사람들의 눈을 자세히 보라구요. 이 타라스콩 일대에 제정신을 가진 정상적인 사람이라곤 단 한 명도 없다니까요."

"그것 참 이상한 말씀이군요." 빈센트가 말했다.

"일주일 안에 당신도 내 말에 동감할 겁니다. 아를 일대는 프로방스 지방에서도 가장 괴로운, 절망적인 채찍질을 당하는 곳이죠. 당신도 그 땡볕 아래 바깥에 나가보셨겠지요. 그 눈이 멀 듯한 햇빛을 날마다 받아야 하는 이곳 사람들이 그것 때문에 어떻게 될지, 당신은 상상이 갑니까? 분명코, 태양이 그 사람들의 머리통 속에서 두뇌 중추를 불태워버린 거예요. 그리고 그 북서풍, 당신은 아직 그 북서풍의 맛을 보지 못했겠군요? 아, 그때까지만 기다려봐요. 일 년 중에서 이백 일 동안 북서풍이 이 도시를 광란의 도가니로 채찍질해 몰아넣지요. 거리를 걸어갈라치면 바람이 사람 몸을 건물에다 꼬라박아버리지요. 들판에 나가 있으면 그대로 사람 몸을 넘어뜨려 흙가루가 될 정도로 만들어놓는 단 말입니다. 더 이상 견딜 수 없다는 생각이 들 정도로 배 속을 뒤틀리게 만들어놓지요. 그 악독한 북서풍이 창문을 산산조각 내고, 울타리를 자빠뜨리고, 나무를 뿌리째 뽑아버리고, 들판에 나가 있는 사람과 짐승들을 기필코 갈기갈기 찢겨 날려갈 거라는 생각이 들 만큼 혹독하게 채찍질하는 것을 그동안 난 내 눈으로 보았습니다. 내가 여기 머문 지 불과 석 달인데, 내 자신도 벌써 조금 미친 것 같아요. 그래서 난 내일 아침에 달아나버릴 참입니다."

"분명 과장된 말씀이시겠죠?" 빈센트가 물었다. "아를 사람들은 내겐 멀쩡해 보이던데요. 물론 오늘 내가 본 거야 조금밖에 안 되겠지만."

"당신이 조금 본 것만으로야 멀쩡해 보이겠지요. 그러나 그들을 실제로 겪을 때까지 기다려보십시오. 들어봐요, 나의 개인적인 의견이 어떤 건지 아십니까?"

"아니오, 뭔데요? 나와 함께 압생트 한 잔 하시겠습니까?"

"아, 고마워요. 나의 개인적인 의견으로는, 아를은 간질병 환자에요. 극심한 신경 흥분 상태까지 스스로를 채찍질로 몰아가기 때문에 곧 맹렬한 발작을 일으키며 입에서 게거품을 뿜을 게 틀림없습니다."

"그럼 실제로 그런 적이 있다는 이야기입니까?"

"아닙니다. 그게 참 묘한 구석이거든요. 이 아를 지방은 절정에 도달하기 위해 영원히 나아가고 있어요. 아직 한 번도 도달하지 못한 채 말이지요. 혁명이 터지거나 아니면 드 라 메리 광장에서 화산이 폭발하는 걸 보려고 난 석 달간이나 기다렸죠. 이곳 주민들이 갑자기 미쳐버려 서로 목을 잘라 죽일 거라는 생각이 들 때가 열두 번도 더 있었지만, 그러나 폭발이 임박한 어느 지점까지 이르면 꼭 그 북서풍이 한 이틀간 사그러지고 태양이 구름장 뒤로 사라지는 겁니다."

"글쎄요, 아를이 결코 최고의 극점에 도달하지 않는 바에야, 그걸 간질병이라고 부를 수는 없겠지요, 안 그래요?" 빈센트가 웃었다.

"글쎄, 그렇긴 하지만," 저널리스트가 대답했다. "간질성이라고 부를 수는 있을 거예요."

"도대체 그건 또 뭡니까?"

"난 파리 신문에다 그것을 주제로 기사를 쓸 생각예요. 내게 그런 생각을 불러일으킨 건 바로 이 독일인의 기사지요."

그는 호주머니에서 잡지를 꺼내 테이블 위로 그에게 밀어주었다.

"이 의사들이 간질병처럼 보이긴 하지만 절대 발작을 일으키지 않는 어떤 신경 질환을 앓는 수백 명의 경우를 연구했답니다. 이 도표들을 보면, 신경 흥분의 상승 곡선이 어떤 식으로 나타났는지를 알 수 있을 겁니다. 의사들은 이걸 휘발성 긴장이라고 부르더군요. 그런데 이 기사에 나온 그 어느 경우에나 예외 없이, 환자들은 서른다섯부터 서른여덟까지의 나이에 이를 때까지 점점 더 높아지는 흥분과 더불어 지낸답니다. 평균 서른여섯의 나이에 이 환자들은 갑자기 격렬한 발작을 일으킵니다. 그 뒤로는 여섯 번 정도 더 발작을 일으키는 게 상례인데, 그러다가 결국 일이 년 안에 굿바이라는 거지요."

"죽기에는 너무도 젊은 나이군요." 빈센트가 말했다. "그 시기에야 비로소 자기 자신의 힘을 맘껏 펼칠 수 있을 텐데."

저널리스트는 잡지를 도로 자기 주머니에 넣었다.

"얼마나 더 이 호텔에서 묵을 예정입니까?" 그가 물었다. "내 기사가 거의 다 완성되었는데, 신문에 실리는 대로 곧 한 부 우편으로 보내드리지요. 그런데 내가 말하고자 하는 요점은 바로 이겁니다. 아를은 간질성 도시라는 이야기지요. 아를의 맥박은 수 세기 동안 더 높아져왔어요. 이제 그 최초의 위기가 다가오고 있습니다. 필연적으로 일어날 수밖에 없어요, 그것도 조만간에. 그렇게 되면 우린 끔찍한 파국을 목격하게 되겠지요. 살인, 방화, 강간, 대파괴! 이 아를 지방이 채찍질당하고 고문당하는 상태에서 언제까지나 이어져나갈 수는 없을 겁니다. 꼭 일어날 것이고 또 그러지 않을 수가 없어요. 난 이곳 사람들이 입에서 거품을 내뿜기 전에 달아나야겠습니다. 내 충고지만, 당신도 나와 함께 가시지요!"

"고맙습니다만," 빈센트가 말했다. "난 이곳이 좋습니다. 자, 이제 난 잠자리에 들어가야겠군요. 내일 아침에 여기서 만날까요? 그러지 못할 거라구요? 그럼 행운을 빌겠습니다. 그리고 잊지 마시고 그 기사를 꼭 보내주십시오."

2

아침마다 빈센트는 동이 트기 전에 일어나 옷을 입고는 강을 따라 삼사 킬로미터쯤 걸어내려가거나 교외로 나가 마음을 사로잡는 장소를 골랐다. 밤에는 늘 완성된 한 개의 캔버스를 들고 돌아왔는데, 완성되었다고 하는 것은 그 캔버스를 가지고 달리 더 할 수 있는 게 아무것도 없었기 때문이다. 저녁을 먹은 뒤에는 곧장 잠자리에 들었다.

그는 맹목적인 그림 그리는 기계가 되어 자신이 뭘 하고 있는지 알지도 못하면서, 이글이글 타오르는 듯한 캔버스들에 차례차례 덤벼들었다. 교외의 과수원들이 꽃을 피웠다. 그는 그 과수원들을 모두 그려야겠다는 사나운 정열을 키웠다. 그는 이제 자신의 그림에 대해서는 생각도 하지 않았다. 오직 그릴 따름이었다. 팔 년간의 힘겨운 노력이 드디어 승리에 찬 거대한 에너지의 분출로 나타나고 있었다. 가끔씩 첫 동이 틀 무렵에 일을 시작한 경우에는 정오경에 캔버스가 완성되곤 했다. 그러면 그는 터벅터벅 시내로 되돌아와 커피를 한 잔 마시고는, 새로운 캔버스를 들고 이번에는 다른 방향으로 다시 나갔다.

그는 자신의 그림이 좋은지 나쁜지 알지 못했다. 그런 것은 아무래도 좋았다. 그는 색채에 취해 있었던 것이다.

아무도 그에게 말을 걸지 않았다. 그 역시 아무에게도 말을 걸지 않았다. 그림 그리는 데에 모든 힘을 바치고 그 나머지 얼마 남지 않은 힘을 그는 북서풍과 싸우는 데에 소비했다. 일주일 중에서 사흘쯤은 땅에 박아놓은 말뚝에다 이젤을 꼭 동여매놓고 그려야 했다. 이젤은 빨랫줄에 널린 시트처럼 바람 속에서 이리저리 마구 흔들렸다. 밤이면 심하게 두들겨 맞기라도 한 듯 모질게 당하고 어디가 상처가 난 것 같은 기분이었다.

그는 모자를 쓰는 법이 없었다. 사나운 태양이 그의 정수리의 머리칼을 서서히 태워가고 있었다. 밤에 그 조그만 호텔의 놋쇠 침대 위에 누워 있을 때면 그의 머리가 불덩어리 속에 들어가 있는 듯한 느낌이 들었다. 태양이 그를 완전히 장님으로 만들어버렸다. 그는 들판의 초록색과 하늘의 푸른색을 구별할 수가 없었다. 그러나 그가 호텔 방으로 돌아와보면, 그의 화폭에는 어찌된 일인지 강렬하고 찬란하게 자연이 옮겨져 있었다.

어느 날 그는 한 과수원에서 작업을 했다. 불그스름한 울타리가 쳐진 연보랏빛의 밭이 있고, 찬란하게 빛나는 푸른색과 흰색의 하늘을 배경으로 장미 빛깔의 복숭아나무가 두 그루 서 있는 과수원이었다.

"이건 아마도 내가 그린 풍경들 중에서 가장 훌륭한 것일 거야." 그는 혼자 중얼거렸다.

그가 호텔에 다다랐을 때, 덴하흐의 안톤 마우베가 죽었음을 알리는 편지가 놓여 있었다. 그는 그날 낮에 그린 복숭아나무 그림 밑에다 "마우베를 추모하며, 빈센트와 테오"라고 쓰고는 곧바로 그것을 우일레보멘에 있는 마우베의 집에다 보냈다.

다음날 아침에 그는 꽃이 만발한 자두나무 과수원을 발견했다. 그가 작업을 하는 동안, 심술궂은 바람이 돌연 일기 시작해서, 간격을 두고 마치 파도처럼 거듭거듭 휘몰아치곤 했다. 그 사이사이에 태양이 비치고, 자두나무의 하얀 꽃들이 온통 반짝반짝 빛났다. 그 볼 만한 아름다운 광경이 어느 순간에 땅바닥에 내동댕이쳐지는 꼴을 보게 될지도 모르는 위험 속에서도, 그는 계속 그렸다. 그것은 세차게 몰아치는 대양이 그의 몸과 이젤 위에 물보라를 뿌려대는 가운데 비와 모래 바람 속에서 그림을 그리곤 하던 스헤베닝언의 나날을 연상시켰다. 그의 캔버스에 무척이나 많은 노란색과 푸른색, 라일락 빛깔이 더해진 흰색의 효과가 나타났다. 다 완성하고 보니 그림 속에는 자신이 애초에 집어넣고자 하지 않았던 것이 들어 있었다. 그것은 북서풍이었다.

"사람들은 내가 술에 취해서 이 그림을 그린 줄로 알겠군." 그는 혼자 웃음을 터뜨렸다.

그 전날 테오에게서 온 편지 중의 한 구절이 되살아났다. 파리를 방문한 테르스테이흐 씨가 시슬레의 그림 앞에 서더니 테오에게, "난 이걸 그린 사람이 술에 좀 취해 있었다고 생각할 수밖에 없는걸"이라고 중얼거리더라는 것이었다.

'테르스테이흐가 나의 아를의 그림들을 본다면, 알콜 중독에 의한 섬망증이 한창 진행 중이라고 말하겠군.' 빈센트는 혼자 생각했다.

아를 사람들은 빈센트를 멀리했다. 그들은 빈센트가 등에 무거운 이젤을 메고, 모자도 쓰지 않고, 열심히 턱을 앞으로 쑥 내밀고서, 두 눈에는 열에 들뜬 듯한 흥분을 담은 채, 해가 뜨기도 전에 교외로 쏜살같이 달려나가는 모습을 보았다. 그들은 빈센트가, 맨 위의 머리칼은 날고기 같은 붉은 빛깔인데다 두 개의 불구덩이 같은 눈을 하고서, 마르지 않은 캔버스를 팔에 낀 채 손짓 몸짓 섞어가며 혼자 중얼거리면서 돌아오는 모습을 보았다. 사람들이 그에게 별명을 붙였다. 모두가 그를 그 별명으로 불렀다.

"빨강 머리 미치광이!"

"그래, 어쩌면 내가 빨간 머리칼의 미치광이일지도 모르지만, 낸들 어떻게 할 수 있겠나?" 그는 속으로 말했다.

호텔 주인은 가능한 한 빈센트의 호주머니에서 남김없이 돈을 빼앗아갔다. 빈센트는 뭔가 먹을 만한 것을 제대로 구하지도 못했다. 아를 사람들 거의 모두가 자기 집에서 식사를 했다. 식당들은 값이 비쌌다. 빈센트는 걸쭉한 수프라도 없을까 하고 식당마다 돌아다녀봤지만 먹을 만한 것은 하나도 없었다.

"감자 요린 하기 어렵소, 부인?" 그가 한 식당에서 물어보았다.

"그건 불가능해요."

"그럼 밥 종류는 있소?"

"그건 내일의 요리인걸요."

"마카로니는?"

"화덕에 마카로니를 얹어놓을 자리가 없군요."

결국 그는 식사 문제를 심각하게 생각하는 일은 집어치우고, 닥치는 대로 먹고살 수밖에 없었다. 위장이 보살핌을 점점 덜 받기는 했지만 뜨거운 태양이 그의 활력을 지탱해주었다. 정상적인 음식 대신에 그는 압생트와 담배와 알퐁스 도데의 『알프스의 타르타랭』 이야기로 배를 채웠다. 이젤을 앞에 세워놓고 수없이 많은 시간 동안 한곳에 집중하다 보면 그의 신경은 닳고 닳아 무디어지곤 했다. 그래서 자극제가 필요했다. 압생트가 다음 날을 위한 흥분을 한층 더 높여주었고, 그러한 흥분이 북서풍의 채찍질을 받고 태양의 뜨거움에 달아올라 완전히 그의 정신 속에 배이게 되었다.

여름이 깊어감에 따라 모든 것이 불타올랐다. 그의 주위에 보이는 것은 오직 어두운 빛나는 황금빛, 청동색, 구릿빛뿐이었고, 그 위로 백열(白熱)로 뒤덮인 청록색 하늘이 펼쳐져 있을 뿐이었다. 햇빛이 비추는 것은 모두 황록색을 띠었다. 그의 화폭은 밝게 타오르는 노란색의 덩어리였다. 르네상스 이후부터 유럽 회화에서는 황색이 쓰이지 않았다는 사실을 알고 있었지만 그는 황색을 뿌리칠 수 없었다. 황색 물감이 튜브에서 캔버스 위로 듬뿍듬뿍 짜여져나와 그대로 그 자리에 남아 있었다. 그의 그림들은 태양 빛에 흠뻑 젖고, 햇빛에 타고, 타오르는 태양으로 그을리고, 바람으로 씻겨졌다.

좋은 그림을 만든다는 게 다이아몬드나 진주를 찾아내는 것보다 결코 쉬운 일이 아니라는 사실을 그는 확실하게 깨달았다. 그는 자신과 자신이 하고 있는 일이 불만이었지만, 언젠가는 마침내 나아지리라는 한 가닥의 반짝이는 희망을 품고 있었다. 그 희망마저 때로는 신기루처럼 보이는 때가 있었다. 그럼에도 불구하고 자신이 살아 있음을 느끼는 것은 오직 지칠 줄 모르고 작업을 할 때뿐이었다. 인간적인 개인 생활은 전혀 없었다. 그는 하나의 기계일 따름이었다. 아침마다 음식과 액체와 물감을 쏟아부으면 저녁이 될 무렵에는 완성된 캔버스를 하나씩 만드는, 맹목으로 그림 그리는 자동 기계였다.

그런데 무엇을 위해서? 팔기 위해서? 단연코 아니다! 아무도 자신의 그림을 사려고 하지 않는다는 것을 그는 알고 있었다. 그렇다면 뭣하러 서두르는가? 그의 보잘것없는 호텔 방 침대 밑의 공간이 이미 그림들로 거의 꽉 차 있는데, 어째서 자신을 혹사하고 자신에게 채찍질을 가하면서까지 수많은 캔버스에다 물감을 칠하고 있는가?

성공하겠다는 욕망은 이미 빈센트에게서 사라졌다. 그림을 그릴 수밖에 없는 까닭에, 그것이 극심한 정신적 고통으로부터 그를 보호해주는 까닭에, 그리고 그의 마음을 다른 것에 쏠리게 해주는 까닭에, 그는 그림을 그리는 것이었다. 아내, 가정, 자식들 없이 지낼 수는 있었다. 사랑, 우정, 건강 없이 살 수는 있었다. 안전함, 안락함, 음식 없이 지낼 수는 있었다. 신(神) 없이도 살 수 있었다. 그러나 자기 자신보다 뭔가 위대한 것, 그의 생명 자체인 것—창조의 힘과 창조의 능력 없이는 살 수가 없었다.

3

모델을 고용하고 싶었지만 아를 사람들은 그의 모델이 되려고 하지 않았다. 그들은 자기들의 모습이 흉하게 그려질 거라고 생각했다. 그들은 친구들이 자기들의 초상화를 보고 비웃을까 봐 겁이 났다. 빈센트는 자신이 부그로처럼 예쁘게 그린다면 사람들이 스스럼없이 나서서 모델이 되어주리라는 것을 깨달았다. 그는 모델 계획을 포기하고, 언제나 들판에서 작업했다.

여름이 무르익음에 따라, 극심한 더위가 기세를 떨치기 시작했고 바람은 사라졌다. 그가 작업할 때의 광선은 옅은 황록색에서부터 옅은 황금색까지 띠었다. 그는 가끔 르누아르를, 또한 그의 깨끗하고 투명한 선을 떠올렸다. 프로방스의 대기 속에서는 모든 것이 그렇게 보였다. 일본 판화에서 보이는 것과 똑같이.

어느 이른 아침에 그는 커피색으로 그을린 피부와 잿빛이 섞인 금발과 회색빛의 눈을 가진 소녀를 보았다. 날염으로 만든, 연한 장밋빛의 보디스 밑으로 빈센트는 맵시 있고 단단하고 자그만 그녀의 젖가슴을 볼 수 있었다. 그녀는 들판의 밭처럼 꾸밈이 없는 여자였고, 몸의 선(線) 하나하나가 처녀의 그것이었다. 그녀의 어머니는 더러운 누런색과 빛바랜 푸른색의 옷을 걸친 놀랄 만한 모습의 여자였는데, 눈처럼 하얀 꽃들, 레몬처럼 노란 꽃들이 환히 핀 광장을 배경으로 강렬한 햇살 속에 잠겨 있었다. 얼마 안 되는 돈을 대가로 받고 그들이 몇 시간 동안 포즈를 취해주었다.

그날 저녁 호텔로 돌아왔을 때 빈센트는 자신이 커피색으로 그을린 살결의 그 처녀를 생각하고 있음을 발견했다. 잠이 통 오지 않았다. 아를에 사창가가 있다는 것을 알고 있었지만, 그 대부분은 프랑스 군대에 편성되기 위해 아를로 보내져 훈련을 받는 흑인들인 주아브 병사들이 손님으로 드나드는 오 프랑짜리였다.

커피 한 잔이나 파이프 연초를 달라는 말 빼놓고, 빈센트가 여자에게 말을 건네본 지도 벌써 몇 달이었다. 그는 마르호트가 속삭이던 사랑의 말들을, 그녀가 자신의 얼굴을 손가락으로 더듬으며 연이어 키스로 뒤덮던 것을 머리에 떠올렸다.

벌떡 일어난 그는 황급히 라마르틴 광장을 가로질러, 돌로 만들어진 집들이 늘어선 어두운 미로로 들어섰다. 얼마쯤 길을 올라가자 앞쪽에서 굉장히 떠들썩한 소리가 들려왔다. 갑자기 달음박질하기 시작해서 그가 리콜레트 로에 있는 한 창가(娼家)의 앞문에 다다랐을 때에는, 술 취한 이탈리아인들에 의해 살해당한 두 명의 주아브 병사의 시체를 헌병들이 짐마차로 실어내는 중이었다. 주아브 병사의 붉은 페즈 모자가 거친 자갈길 위의 피웅덩이 속에 나뒹굴고 있었다. 헌병대가 주아브 병사들을 죽인 이탈리아인들을 감옥으로 끌고 갔고, 한편 격분한 군중들이 그들 뒤에다 대고 고래고래 악을 썼다.

"그 놈들을 목매달아 죽여! 목매달아 죽이란 말이야."

빈센트는 사람들이 흥분한 틈을 이용하여 리콜레트 로에 있는 유곽 1번지로 살짝 들어갔다. 주인인 루이가 그를 반기며 홀 왼편의 작은 방으로 안내했는데, 거기선 몇 쌍의 남녀가 앉아서 술을 마시고 있었다.

"라셀이라는 이름의 아주 예쁘고 어린 처녀가 있어요." 루이가 말했다. "그 처녀와 한번, 어떨까요? 생긴 게 마음에 들지 않는다면, 나머지 다른 처녀들 중에서 고를 수도 있구요."

"그 처녀를 볼 수 있겠소?"

빈센트는 한 테이블에 앉아 파이프에 불을 붙였다. 바깥 홀에서 웃음소리가 나더니 한 처녀가 춤을 추며 들어왔다. 그녀는 빈센트의 맞은편 의자에 미끄러지듯이 앉으면서 그에게 미소를 띠었다.

"라셀이에요." 그녀가 말했다.

"이런, 넌 젖먹이에 지나지 않잖아!" 빈센트가 소리쳤다.

"열여섯 살인걸요." 라셀이 자랑스럽게 말했다.

"여기 얼마 동안이나 있었지?"

"루이 집에요? 일 년."

"어디 널 좀 보자."

노란 불빛의 가스램프가 그녀의 등 뒤편에 있었다. 그래서 그녀의 얼굴은 그림자에 가려져 있었다. 그녀는 벽에 머리를 기대고는, 빈센트가 볼 수 있도록, 불빛 쪽으로 턱을 비스듬히 들어올렸다.

그는 동글동글하고 통통한 얼굴, 텅 빈 듯한 커다란 푸른 눈, 살진 턱과 목을 보았다. 검은 머리칼을 머리 위에다 둘둘 감아올렸기 때문에 그녀의 공처럼 둥근 얼굴이 더욱 둥그렇게 보였다. 그녀가 몸에 걸치고 있는 것은 날염으로 만든 아주 가벼운 원피스와 샌들이 전부였다. 그녀의 둥근 유방의 젖꼭지가 마치 비난하는 손가락처럼 그를 향해 곧게 뾰족 튀어나와 있었다.

"예쁘군, 라셸." 그가 말했다.

어린아이 같은 환한 미소가 그녀의 텅 빈 두 눈에 머물렀다. 그녀가 몸을 빙그르르 돌리더니 그의 손을 두 손으로 잡았다.

"당신이 날 예뻐해줘서 기뻐요. 난 남자들이 날 예뻐하는 게 좋거든요. 그편이 한결 더 근사하잖아요? 안 그래요?"

"그렇지. 넌 내가 좋니?"

"당신은 재미 있는 사람 같아요, 빨강 머리 미치광이 씨."

"빨강 머리 미치광이! 그럼 넌 날 알고 있었구나?"

"라마르틴 광장에서 당신을 봤죠. 어째서 당신은 늘 등에다 그 커다란 보따리를 메고서 여기저기로 뛰어다니는 거예요? 그리고 모자는 왜 쓰지 않는 거죠? 햇빛에 타지 않아요? 당신의 두 눈이 온통 빨갛군요. 아프지 않아요?"

빈센트는 그 아이의 천진함에 웃었다.

"참 귀엽구나. 내가 내 진짜 이름을 가르쳐주면 그걸로 날 부르겠니?"

"뭔데요?"

"빈센트."

"싫어요. 난 빨강 머리 미치광이가 훨씬 좋아요. 빨강 머리 미치광이라고 불러도 괜찮지요? 그런데 내가 뭘 좀 마셔도 되겠어요? 능구렁이 루이가 홀에서 날 꼬나보고 있잖아요."

그녀가 손가락으로 목을 문질렀다. 그녀의 손가락 끝이 통통하고 부드러운 살 속에 움푹 묻히는 것이 보였다. 그녀는 텅 빈 푸른 눈으로 웃고 있었다. 그녀는 그녀 자신이 즐겁기 위해서, 그리하여 빈센트 또한 즐거워질 수 있도록 하기 위해서 미소짓고 있음을 빈센트는 깨달았다. 그녀의 치아는 고르긴 했지만 거무스름한 빛깔이었다. 그녀의 커다란 아랫입술은 밑으로 축 처져, 살진 턱 바로 위의 움푹 들어간 곳에까지 닿을 정도였다.

"와인을 한 병 시키지." 빈센트가 말했다. "하지만 비싼 걸로는 안 돼. 난 돈이 별로 없거든."

와인이 오자 라셸이 말했다. "이걸 내 방에 가지고 가서 마시고 싶지 않아요? 거기가 훨씬 마음 편한데."

그들은 돌 계단을 한 층 올라가 라셸의 작은 방으로 들어갔다. 좁은 간이침대, 화장대, 의자 하나가 있었고, 카이사르의 모습을 새긴 채색된 메달 서너 개가 하얀 벽에 걸려 있었다. 화장대 위에는 찌그러지고 찢어진 인형 두 개가 놓여 있었다.

"우리 집에서 나올 때 이 인형들을 가지고 왔어요." 그녀가 말했다. "자, 빨강 머리 미치광이, 이걸 받아요. 이건 자크고 이건 카트린이에요. 난 이것들과 소꿉장난을 하곤 해요. 아, 빨강 머리 미치광이 당신, 인형을 쳐다보지도 않고 있군요!"

빈센트는 라셸이 웃음을 멈출 때까지, 양팔에 인형을 하나씩 안은 채 바보처럼 히죽 웃으며 서 있었다. 그녀는 카트린과 자크를 빈센트에게 빼앗아 화장대 위에 던져놓고는, 샌들을 한 구석에다 휙 벗어던지고 원피스를 벗었다.

"자, 앉아요." 그녀가 말했다. "그리고 소꿉장난을 해요. 당신은 아빠고 난 엄마야. 당신 소꿉장난 좋아해요?"

그녀는 작고 무척 통통한 여자였다. 볼록 부풀어오른 허벅지, 뾰족한 젖가슴 아래의 깊숙한 골짜기, 포동포동하고 둥근 배가 흘러내려가 만나는 골반의 삼각형.

"라셸." 빈센트가 말했다. "네가 날 빨강 머리 미치광이로 부르겠다면, 나도 네게 이름을 붙여줄 테다."

라셸이 손뼉을 치며 그의 무릎 위에 뛰어들었다.

"아, 말해줘요, 그게 뭔데? 난 새로운 이름으로 불렸으면 좋겠어요."

"널 비둘기라고 부르겠어."

그녀의 푸른 두 눈이 기분 상한 듯, 곤혹스러운 표정을 띠었다.

"어째서 내가 비둘기지요, 아빠?"

빈센트는 그녀의 둥그런 큐피드의 배를 가볍게 쓰다듬었다.

"왜냐하면, 네 모습이 비둘기 같기 때문이지. 이렇게 순한 두 눈과 살진 작은 배를 가졌으니 말이야."

"비둘기라는 게 멋진 거예요?"

"그럼. 비둘기는 아주 예쁘고 사랑스럽고……그리고 너도 그렇잖아."

라셸은 몸을 굽히고 그의 귀에 키스하고는 간이침대에서 벌떡 일어나 와인을 따라 마실 큰 컵 두 개를 가지고 왔다.

"당신 귀는 참 작고 우습게 생겼어요." 그녀는 붉은 와인을 조금씩 마시면서 말했다. 그녀는 꼭 어린아이처럼 컵 안에 코를 들이밀고서 마셨다.

"내 귀가 좋아?" 빈센트가 물었다.

"응, 아주 부드럽고 둥근 게 꼭 강아지 귀 같애."

"그럼 내 귀를 가져가도 좋아."

라셸이 커다랗게 웃었다. 그녀가 잔을 입가로 들어올렸다. 그러다가 그녀는 빈센트의 그 농담이 또다시 우스웠는지 깔깔거렸다. 잘못하여 쏟아진 붉은 와인 한 방울이 그녀의 왼쪽 젖가슴을 타고 구불구불 내려가다가 비둘기 배를 지나 검은 삼각형 속으로 사라졌다.

"당신 멋져요." 그녀가 말했다. "모두들 당신이 미쳤다고 이야기하지만, 그렇지 않죠?"

빈센트가 얼굴을 찡그렸다.

"아주 조금만 미쳤지." 그가 말했다.

"내 애인이 되어줄래요?" 라셸이 졸랐다. "난, 한 달 넘게 애인이 없었다구요. 매일 밤마다 날 보러 올래요?"

"밤마다 올 수는 없겠는걸, 비둘기야."

라셸이 입을 삐죽 내밀었다. "왜 못 와요?"

"글쎄, 우선 무엇보다도 난 돈이 없거든."

"오 프랑이 없다면 빨강 머리 미치광이, 이 귀를 내게 잘라줄래요?

이걸 가지고 싶어요. 이걸 내 화장대 위에다 올려놓고서 밤마다 가지고 놀겠어요."

"내가 나중에 그 빚진 오 프랑을 주면, 그 귀를 도로 찾을 수 있게 해주겠어?"

"오, 빨강 머리 미치광이, 당신은 아주 재미있고 멋진 사람예요. 여기 오는 사람들이 다들 당신 같은 사람들이라면 얼마나 좋을까."

"왜 여기가 즐겁지 않아?"

"아, 즐거워요. 즐겁게 지내고 있어요. 그리고 다 좋아요…… 다만 주아브 병사들만 빼놓고……."

라셸은 술잔을 놓고서 두 팔로 빈센트의 목을 예쁘게 껴안았다. 그는 그녀의 부드러운 배가 자신의 조끼에 닿는 것을, 그리고 그녀의 꽃봉오리 같은 젖가슴 끝이 그의 몸 안으로 타들어오는 것을 느꼈다. 그녀가 그의 입술에다 자기 입술을 묻었다. 그가 그녀의 빌로드처럼 부드러운 아랫입술 안쪽에다 키스했다.

"날 보러 또 올거죠, 빨강 머리 미치광이? 날 잊고서 다른 여자들한테로 가지 않겠지요?"

"다시 올게, 비둘기야."

"그럼 이제 우리 그거 할까요? 우리 소꿉장난해요, 네?"

삼십 분 후, 그곳을 떠날 때에는 목이 타는 것 같아 맑고 차가운 물을 잔으로 수없이 들이켠 후에야 갈증을 가라앉힐 수 있었다.

4

빈센트는 물감을 곱게 빻을수록 물감에 기름이 더 많이 배어든다는 결론에 도달했다. 오일은 물감을 운반하는 매체에 불과했다. 그는 오일은 별로 좋아하지 않았다. 더구나 그는 자신의 화폭이 거칠게 보이는 것에는 전혀 개의치 않았다. 도대체 얼마 동안이나 돌 위에서 빻는 것인지도 모를 파리의 물감을 사느니, 그는 자신이 직접 물감을 만들어야겠다고 결심했다. 테오가 탕기 영감에게 부탁하여, 빈센트에게 크롬 안료 세 개, 공작석, 진사(辰砂), 오렌지 연(鉛), 코발트, 군청을 보내주도록 했다. 빈센트는 그것들을 자신의 작은 호텔 방에서 직접 빻았다. 그 뒤로는 물감값도 적게 들었을 뿐만 아니라, 색채가 한결 신선하고 좀더 오래갔다.

그다음에 불만을 가지게 된 것은 물감을 칠하는 캔버스의 흡수성이었다. 캔버스에 석고가 얇게 입혀져 있었으므로, 그가 듬뿍듬뿍 발라 놓는 물감을 캔버스가 빨아들이질 못했던 것이다. 테오가 그에게 석고가 입혀지지 않은 캔버스들을 보내주었다. 빈센트는 밤에 작은 그릇에다 석고를 풀어서 다음 날 그리기로 작정한 캔버스 위에 펴 발랐다.

조르주 쇠라 덕분에 그는 자신의 작품을 넣을 액자의 종류에 대해서도 민감해졌다. 아를 초기작들을 테오에게 보낼 때 그는 액자로는 반드시 어떤 종류의 목재를 사용해야 하며 거기에 어떤 빛깔을 칠해야만 하는가를 설명해놓았다. 그러나 자신의 그림들이 자신이 만든 액자 안에 넣어진 것을 볼 때까지는 만족할 수 없었다. 그는 잡화상에게 매끈한 긴 나무 막대기를 사서 원하는 크기대로 잘라내어, 자신의 그림 구성과 잘 조화를 이루도록 빛깔을 칠했다.

그는 자신이 물감을 만들고 캔버스대를 세우고 캔버스에 석고를 바르고 거기에 그림을 그리고 액자를 짜고 또 거기에 칠을 했다.

"내 그림을 내 돈으로 살 수 없는 게 유감이군." 그가 커다랗게 중얼거렸다. "그러면 완전한 자급자족이 될 텐데."

북서풍이 다시 몰려왔다. 대자연이 격정에 사로잡힌 듯했다. 하늘에는 구름 한 점 없었다. 밝게 빛나는 햇빛과 더불어 극심한 건조함과 살을 에일 듯한 추위가 따라왔다. 빈센트는 방에서 정물화를 그렸다. 푸른 빛깔의 에나멜 커피 포트, 선명한 보라색과 황금색이 섞인 컵, 연한 푸른색과 하얀색의 바둑판 무늬가 든 우유 주전자, 청색 바탕에 빨강,

초록, 갈색으로 이루어진 무늬가 들어 있는 마졸리카 도자기 주전자, 그리고 마지막으로 두 개의 오렌지와 세 개의 레몬.

북서풍이 죽자 그는 다시 야외로 나가, 론 강 위에 걸린 트랭케타유 철교의 풍경을 그렸다. 그곳의 하늘과 강물은 압생트 빛깔이었고, 백사장은 라일락 색조, 다리 난간에 팔꿈치를 기대고 서 있는 인물들은 거무스름한 빛깔, 철교는 강한 푸른색이었는데, 그 너머의 검은 배경 속에 생생한 오렌지 빛깔과 강렬한 초록색이 눈에 띄게 두드러졌다. 그는 뭔가 몹시도 가슴 아픈 것, 그리하여 다른 사람들로 하여금 가슴 아프게 만드는 것을 표현하고자 고심하고 있었다.

눈앞에 보이는 것을 그대로 정확하게 재현하는 대신에, 자신의 느낌을 보다 강렬하게 표현하기 위하여 그는 색채를 독단적으로 사용했다. 그는 파리에서 피사로가 그에게 해준 말이 옳았다는 것을 깨달았다. "효과를 과감하게 과장해야만 하네, 조화를 통해서건 부조화를 통해서건. 그리고 그걸 만들어주는 것이 바로 색채라네." 그는 모파상의 『피에르와 장』의 서문에서 그와 비슷한 생각을 발견했다. "예술가는 과장할 자유를, 그리고 소설 속에서 지금 우리들의 세상보다 좀더 아름답고 좀더 단순하고 좀더 위안을 주는 세계를 창조할 자유를 가지고 있다."

그는 낮에는 내내 가득 찬 태양 아래 밀밭 가운데서 쉴 틈 없이 힘든 작업을 했다. 그 결과, 보라색 흙덩어리가 여기저기 널려 있고, 지평선 쪽으로 서서히 높아지는 커다란 들판, 밭갈이 들판을 그린 그림이 완성되었다. 푸른색과 흰색의 옷을 걸친 씨뿌리는 사람 하나, 수평선 위에 무르익은 작은 밀밭, 그 전체 풍경 너머로 솟아 있는 노란 태양.

파리의 비평가들이라면 자신의 작업 속도가 너무 빠르다고 말하리라는 것을 빈센트 자신도 알고 있었다. 그러나 그는 그들의 의견과 달랐다. 자신을 그토록 몰아치는 것은, 감동, 말하자면 자연을 향한 감정이 아니었던가? 그렇다면 때로 자신이 그리고 있다는 사실조차 잊고서 그릴 만큼 감동이 강렬해질 때가 있고, 때로 웅변에서 쏟아지는 말들처럼 정연하고 조리 있게 붓이 움직일 때가 있다면, 장차 영감이 고갈된 답답한 시절이 올 때도 있으리라. 이미 벼린 쇠는 한쪽으로 치우고 다른 쇠가 달아오르면 재빨리 두드려야만 한다.

그는 이젤을 등에 메고 몽마주르를 통과하는 도로로 들어서서 집으로 향했다. 빨리 걷는 바람에 그는 앞으로 어슬렁어슬렁 걸어가고 있는 한 남자와 소년을 따라잡았다. 그는 그 남자가 아를의 우편 배달부 룰랭 영감이라는 것을 알아보았다. 카페에서 가끔 룰랭 곁에 앉은 적이 있었고 그와 이야기를 해보고 싶기는 했지만, 아직까지는 그런 기회가 찾아오지 않았던 것이다.

"좋은 날씨군요, 룰랭 씨." 그가 말했다.

"아, 당신이군요, 화가 양반." 룰랭이 말했다. "좋은 날씨지요. 내 꼬마녀석을 데리고 일요일 오후의 산책을 하는 중이오."

"정말 근사한 날씨에요. 그렇지요?"

"아, 예, 그 지독한 북서풍이 불지 않으면 날씨가 아름답지요. 오늘도 그림을 하나 그렸군요?"

"예."

"난 워낙 무식한 사람이라서 그림은 하나도 알지 못하오만, 내게 좀 보여준다면 영광이겠소."

"물론이지요."

소년은 앞서 뛰어가며 장난을 쳤다. 빈센트와 룰랭은 나란히 걸었다. 룰랭이 그의 캔버스를 바라보는 동안 그는 룰랭을 자세히 뜯어보았다. 룰랭은 푸른색의 우체부 모자를 쓰고 있었다. 그의 눈은 캐묻는 듯한 부드러움을 가지고 있었다. 길고 가지런한 물결 모양의 턱수염이 그의 목과 칼라를 완전히 뒤덮고 짙은 청색의 우체부 제복 위에까지 내려와 있었다. 빈센트는 자신을 탕기 영감에게 이끌리게 했던 것과 똑같은, 호소하는 듯한 부드러운 무엇인가를 룰랭에게서 느꼈다. 그는 얼마간은 애처로우리만큼 소박했고, 그의 평범한 농부 얼굴은 그리스 인풍의 무성한 턱수염과는 걸맞지 않아 보였다.

"난 무식한 사람이지만," 룰랭이 같은 말을 되풀이했다. "내가 이야기를 해도 괜찮겠지요. 그런데 당신이 그린 이 밀밭은 정말 살아 있는 것 같군요. 말하자면 우리가 지나친 저 뒤쪽에 있는 밀밭과 똑같이 실제로 살아 있는 것 같아요. 하긴 아까 당신이 거기서 그림 그리는 걸 보긴 했지만."

"그럼, 이 그림이 마음이 드십니까?"

"그 점에 관해선 뭐라고 이야기해야 할지 모르겠군요. 난 그저 이 그림이 나의 여기 이 속에다 뭔가를 느끼게 해준다는 것밖에 모르겠어요."

그러면서 그는 한 손으로 가슴을 위로 쓸어올렸다.

그들은 몽마주르 언덕 기슭에서 걸음을 멈추었다. 옛 수도원 너머로 해가 붉게 저물고 있었다. 여기저기 널린 바위들 틈에서 자라나는 소나무들의 줄기와 이파리에 햇살이 떨어지면서 그것들을 불처럼 타오르는 오렌지색으로 물들였고, 한편 저 멀리 보이는 다른 소나무들은 여린 청록색 하늘을 등진 채 감청색으로 뚜렷이 드러났다. 그 나무들 밑으로 쌓여 있는 하얀 암석층과 하얀 모래는 푸르스름한 색조를 띠고 있었다.

"저것 역시 살아 있군요. 안 그런가요?" 룰랭이 물었다.

"우리가 죽어 사라졌을 때에도 저것들은 역시 살아 있겠지요."

다정한 태도로 조용히 이야기를 주고받으며 그들은 함께 걸어갔다. 룰랭의 말에는 닳고 닳은 면이 조금도 없었다. 그의 심성은 소박했고, 그의 생각들은 단순하면서도 한편으로는 심오했다. 그는 매월 백삼십오 프랑의 돈으로 아내와 네 자식들을 먹여살렸다. 그는 이십오 년간 우체부 노릇을 해왔지만 진급 한 번 하지 못했고 봉급만 겨우 쥐꼬리만큼 올랐을 뿐이었다.

"젊었을 땐," 그가 말했다. "난 신에 대해서 많은 생각을 했어요. 그러나 세월이 흘러가면서 신이 점점 더 희미해지는 것 같군요. 신이 아직도 당신이 그린 그 밀밭에 있고, 몽마주르 언덕의 황혼 속에도 있지만, 그러나 인간들을 생각해볼 때…… 그리고 인간이 만들어놓은 세상을 생각해볼 때……."

"알아요, 룰랭. 하지만 내 경우엔, 신을 이 세상을 가지고 판단하지 말아야 한다는 느낌이 점점 커갑니다. 세상이란 다만 이루어지지 않는 습작일 뿐이죠. 당신이 한 화가를 좋아할 경우, 그 화가가 그린 습작이 잘못되었다고 해서 어떻게 할 수 있겠어요? 비난할 게 별로 없겠지요. 그냥 입을 다무는 것뿐입니다. 하지만 좀더 나은 것을 요구할 권리는 있겠지요."

"맞아요. 바로 그거요." 룰랭이 외쳤다. "아주 조금이라도 더 나은 것."

"우린 그 화가를 비난하기에 앞서 그 똑같은 손으로 그려진 다른 작품들을 좀 봐야 하겠지요. 확실히 이 세상은, 한 화가가 제정신을 가지지 못했던 어느 운 나쁜 시절에, 서두르다가 실수해서 망쳐버린 작품 같기도 합니다."

구불구불한 시골길 위에 땅거미가 내렸다. 무거운 코발트빛 밤의 모포를 뚫고 맨 먼저 사금파리 같은 별들이 나타났다. 룰랭의 다정하고 순진한 두 눈이 빈센트의 얼굴을 찾았다. "그렇다면 당신은 이 세상 말고 또다른 세상들이 있다고 생각하나요?"

"모르겠어요, 룰랭. 그림 그리는 일에 흥미를 가지면서부터는 그런 것에 관한 생각은 포기했죠. 하지만 이 세상이 너무도 불완전해 보이지 않아요? 가끔씩 하는 생각이지만, 기차나 마차가 이 지상의 어느 곳에서 다른 곳으로 우리를 실어다주는 운반 수단인 것과 똑같이, 티푸스나 폐결핵 역시 우릴 한 세상에서 다른 세상으로 실어다주는 운반 수단일지도 몰라요."

"아, 당신들 화가들은 세상 이치를 생각하는 사람들이군요."

"룰랭, 부탁을 해도 될까요? 당신의 초상화를 그리게 해주세요. 아를 사람들은 나의 모델이 되려고 하지 않아서……."

"영광이오만, 어째서 날 그리려고 하나요? 난 못생긴 사람일 뿐인데."

"만일 신이 있다면, 그 신은 당신과 같은 수염과 눈을 가지고 있을 것 같아요."

"날 놀리시는군!"

"그 반대입니다. 진심이라니까요."

"내일 밤에 우리 집으로 와서 저녁을 함께 하시겠소? 차린 거야 별로 없겠지만, 당신이 와준다면 반갑겠구료."

마담 룰랭은 알고 보니, 보리나주의 드니 부인을 연상케 하는 시골 여자였다. 붉은색과 흰색 체크 무늬의 보자기가 덮인 테이블 위에는, 보잘것없는 감자 스튜, 집에서 구운 빵, 신 포도주가 한 병 놓여 있었다. 저녁 식사가 끝난 뒤 빈센트는 배달부 룰랭과 이야기를 주고받으며 룰랭 부인을 스케치했다.

"지난 혁명 때에는 난 공화주의자였지요." 룰랭이 말했다. "하지만 이제 보니 우린 아무것도 얻은 게 없어요. 지배자가 왕이건 대통령이건, 우리들 가난한 사람들이 가진 것 없기는 예나 지금이나 마찬가지예요. 공화제가 되면 모두가 재산을, 그것도 평등하게 나눠가지게 될 거라고 생각했는데."

"아, 그렇지 않죠, 룰랭."

"평생 동안 난 이해하려고 노력했지요, 화가 선생. 어째서 어느 사람은 그 옆 사람보다 더 많이 가지고, 어째서 어느 사람은 그 이웃 사람이 빈둥빈둥 놀며 앉아 지내는 동안 힘겹게 일해야 하는지를. 아마도 내가 원체 무식해서 이해할 수 없는 건지도 모르죠. 내가 교육을 받았더라면 그런 일들을 좀더 잘 이해할 수 있을 거라고 생각하나요?"

빈센트는 그가 빈정대고 있는 것이 아닌가 보려고 얼른 고개를 들었다. 룰랭의 얼굴은 전과 다름없는 소박하고 우직한 표정이었다.

「자화상」, 1887년. 캔버스에 유화, 41×32.5cm. 미국 일리노이 시카고 미술관.

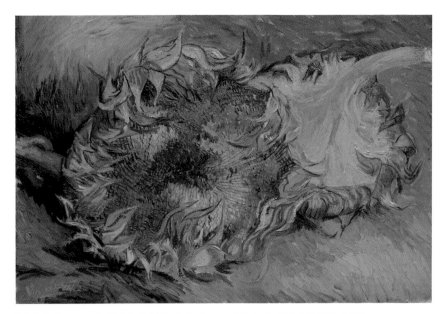

「해바라기」, 1887년. 캔버스에 유화, 43.2×61cm. 미국 뉴욕 메트로폴리탄 미술관.

「론 강의 별이 빛나는 밤」, 1888년. 캔버스에 유화, 72.5×92cm. 프랑스 파리 오르세 미술관.

「우편 배달부 룰랭의 초상」, 1888년. 캔버스에 유화, 81.3×65.4cm. 미국 매사추세츠 보스턴 미술관.

「노란 집」, 1888년. 캔버스에 유화, 76×94cm. 네덜란드 암스테르담 반 고흐 미술관(Vincent van Gogh Foundation).

「침실」, 1888년. 캔버스에 유화, 72×90cm. 네덜란드 암스테르담 반 고흐 미술관(Vincent van Gogh Foundation).

「꽃이 피는 아몬드 나무」, 1890−1890년. 캔버스에 유화, 73.5×92cm. 네덜란드 암스
테르담 반 고흐 미술관(Vincent van Gogh Foundation).

「아를의 붉은 포도밭」, 1888년. 캔버스에 유화, 75×93cm. 러시아 모스크바 푸시킨
미술관.

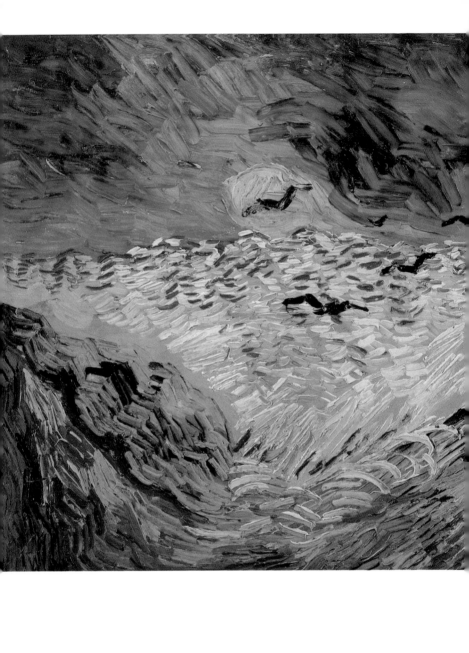

「까마귀가 나는 밀밭」, 1890년. 캔버스에 유화, 103×50cm. 네덜란드 암스테르담 반 고흐 미술관(Vincent van Gogh Foundation).

「죄수들의 원형 보행」, 1890년. 캔버스에 유화, 80×64cm. 러시아 모스크바 푸시킨 미술관.

"그렇겠지요." 빈센트가 말했다. "교육을 받은 사람들은 대개 그런 사정을 썩 잘 이해하는 것 같으니까요. 하지만 나도 당신처럼 무식한 사람이고, 나 또한 그걸 결코 이해하거나 인정할 수는 없을 거예요."

5

그는 새벽 네 시에 일어나 서너 시간을 걸어 마음에 드는 장소에 다다른 뒤, 거기에서 날이 어두워질 때까지 그림을 그렸다. 인적 없는 길을 따라 십 혹은 십이 킬로미터를 터벅터벅 걸어 집으로 돌아오는 것이 즐겁지는 않았지만, 팔 밑으로 느껴지는 채 마르지 않은 캔버스의 믿음직한 촉감이 좋았다.

그는 이레 동안 일곱 개의 큰 작품을 만들었다. 그 일주일이 끝났을 무렵에는 녹초가 된 상태였다. 여름은 찬란했지만, 이젠 그릴 게 없었다. 광포한 북서풍이 일고 먼지 구름이 일어나 나무들을 뿌옇게 뒤덮었다. 빈센트는 어쩔 수 없이 조용히 지내야 했다. 그는 한 번 누우면 열여섯 시간을 계속 잤다.

그는 비참한 처지에 놓여 있었다. 목요일에 돈이 떨어졌는데, 테오가 편지와 함께 보내는 오십 프랑의 돈은 다음 주 월요일 정오가 되어야 올 것이기 때문이었다. 그건 테오의 잘못이 아니었다. 그는 여전히 열흘마다 오십 프랑의 돈과 거기에 더하여 일체의 그림 도구까지 보내주고 있었다. 그런데 자기 그림을 액자에 넣은 상태에서 보고 싶어 안달이 난 빈센트가 자기 호주머니로는 감당할 수 없을 만큼 많은 액자를 주문했던 것이다. 다음 돈이 올 때까지의 나흘 동안 그는 스물세 잔의 커피와 빵집에서 외상으로 준 빵 한 덩어리로 살았다.

자신의 작품에 대한 격심한 반발감이 생겼다. 그는 자신의 그림들이 테오가 보내주는 호의에 값할 만한 가치도 없다고 생각했다. 그는 자신이 이미 낭비한 돈을 다시 벌어 테오에게 되돌려주고 싶었다. 그는 그림들을 하나씩 바라보면서, 거기에 먹힌 돈만 한 값어치도 없는 그림들이라고 자신을 꾸짖었다. 그중에는 때때로 봐줄 만한 작품이 있기는 했지만, 그런 그림이라면 차라리 다른 사람한테서 돈 주고 사는 편이 더 싸게 먹힐 것임을 그는 알고 있었다.

지난여름 동안에는 작품을 위한 갖가지 생각들이 머릿속에 찾아와 들끓었다. 외롭긴 했지만 외로움을 생각하거나 느낄 틈도 없었다. 증기기관차처럼 계속 나가기만 했던 것이다. 그러나 지금은 자신의 머릿속이 썩어가는 오트밀 같은 느낌이었고, 게다가 일 프랑의 돈도 없었으므로 뭘 먹거나 아니면 라셸을 찾아가 기분 전환을 할 수도 없었다. 그는 자신이 여름 내내 그렸던 그림들 전부가 몹시, 몹시도 형편없다는 쪽으로 판정을 내렸다.

"그래도," 빈센트는 혼자 중얼거렸다. "내가 꽉 채워놓은 캔버스가 아무것도 안 그려진 텅 빈 캔버스보다는 가치 있는 것이겠지. 자부심은 이제 소용없어. 내가 그린 캔버스가 아무것도 안 그려진 캔버스보다는 가치 있다는 것, 그것이 내가 그림을 그릴 수 있는 권리이며 그림을 그리는 이유야."

그는 아를에서 계속 지내기만 한다면, 자신의 개성이 자유로이 해방되리라고 확신했다. 인생은 짧다. 인생은 재빠르게 지나간다. 그래, 화가라면, 그래도 그려야만 한다.

"나의 이 화가의 손가락들이 점점 유연해지고 있어." 그는 생각했다. "이제 손가락 뼈마디가 몽그라져나가긴 하겠지만."

그는 테오에게 보내기 위해 기다란 물감 리스트를 작성했다. 그런데 갑자기 깨달은 것이지만, 그 리스트의 어느 물감도 마우베, 마리스, 또는 베이센브뤼흐 같은 네덜란드 파의 색채에서는 찾아볼 수 없는 것들이었다. 아를이 그를 네덜란드 전통과 완전히 결별하게 만든 것이었다.

월요일에 돈이 오자 그는 일 프랑으로 괜찮은 식사를 할 수 있는 곳을 찾아냈다. 좀 이상한 식당이었는데, 모든 게 온통 회색이었던 것이다. 바닥은 포장도로처럼 회색 역청으로 만들어졌고, 벽에는 회색 벽지, 언제나 내려뜨려 있는 회색 블라인드, 먼지를 막기 위해 문간에 드리워놓은 커다란 회색 커튼, 그 모두가 회색이었다. 아주 가늘고 몹시 강렬한 햇살 한 줄기가 찌를 듯 블라인드를 뚫고 들어왔다.

일주일 이상 휴식을 취하고 난 뒤, 그는 밤 풍경을 그리기로 결심했다. 그는 회색 식당에서 손님들이 식사를 하고 웨이트리스들이 이리저리 바쁘게 뛰어다니는 광경을 그렸다. 그는 라마르틴 광장에서 보이는, 프로방스의 반짝이는 수천의 별들이 흩뿌려진, 짙고 따뜻한 코발트색의 밤하늘을 그렸다. 도로로 나가 달빛을 받고 서 있는 사이프러스 나무들을 그렸다. 그는 또 밤 카페의 풍경을 그렸다. 그곳은 밤새도록 열려 있어서, 떠도는 부랑자들이 숙박할 돈이 없거나 너무 취해서 그 어느 곳도 받아주지 않을 때 기어들 수 있는 곳이었다.

어느 날 밤에는 그 밤 카페의 바깥 풍경을 그리고, 다음 날 밤에는 카페 내부를 그렸다. 그는 인간이 가진 무시무시한 정열을 붉은색과 초록색을 써서 표현하려고 했다. 그는 한가운데에 놓인 초록색 당구대와 함께 카페 내부를 피처럼 붉은 빛깔과 어두운 황색으로 그렸다. 오렌지색과 초록색의 빛을 발하는, 레몬과도 같은 황색 램프를 네 개 그려넣었다. 잠든 부랑자들의 작달막한 모습 그 어디에서나, 서로 가장 어울리지 않는 빛깔인 붉은색과 초록색의 부조화와 대비가 보였다. 그는 밤 카페는 인간이 스스로를 파멸시키고 미쳐버리고 범죄를 저지를 수 있는 곳이라는 생각을 표현하려고 애썼다.

아를 사람들은 빨강 머리 미치광이가 거리에서 밤새도록 그림을 그리고 낮에 자는 것을 보고 재미있어 했다. 빈센트가 하는 짓은 언제나 그들에게는 큰 즐거움이었다.

다음 달 첫날이 되자 호텔 주인은 방세를 올렸을 뿐만 아니라, 빈센트가 작은 방에다 캔버스들을 보관하는 것에 대해 매일 보관료까지 물리기로 결정해버렸다. 빈센트는 그 호텔이 지긋지긋해졌고 호텔 주인의 탐욕스러움에 화가 치솟았다. 그가 식사를 하는 회색 식당은 마음에 들기는 했지만 그의 형편에 거기서 식사를 할 수 있는 것은 열흘 중에서 이삼 일에 불과했다. 겨울이 오고 있는데 그에겐 그림을 그릴 작업실도 없었고 호텔 방은 우울하고 굴욕적이었다. 싸구려 식당에서 하는 수 없이 먹어야 하는 음식들이 또다시 그의 위장을 악화시키고 있었다.

고정된 자기 집과 아틀리에를 구해야만 했다.

어느 날 저녁 룰랭 영감과 함께 라마르틴 광장을 건너다가 그는 그의 호텔에서 엎어지면 코 닿을 곳에 있는 한 노란 집에 "세놓음"이라고 써 붙인 것을 보았다. 가운데의 안뜰을 사이에 두고 두 채로 나누어진 집이었는데, 라마르틴 광장과 언덕 위의 도시를 마주보고 있었다. 빈센트는 탐나는 듯 그 집을 바라보며 서 있었다.

"너무 큰 게 유감이긴 하지만," 그가 룰랭에게 말했다. "나도 저런 집이 있었으면 좋겠군요."

"꼭 집 전체를 빌릴 필요는 없지요. 이쪽 오른쪽 채만 빌릴 수도 있지 않겠어요?"

"정말 그럴 수 있을까요! 오른쪽 채엔 방이 몇 개 있을 것 같습니까? 비싸겠지요?"

"방이 서너 개쯤 되겠지요. 돈은 별로 안 듭니다. 호텔 비용의 반도 안 들 텐데. 내일 점심 시간에, 괜찮다면 내가 당신과 함께 저 집을 보러 오지요. 괜찮은 값으로 정하는 데 아마 내가 도움이 될 수 있을 테니까."

다음날 아침, 흥분한 나머지 아무것도 할 수 없었던 빈센트는 라마르틴 광장을 오락가락 거닐면서 갖가지 방향에서 그 노란 집을 관찰했다. 튼튼하게 지어진 데다 어느 방향에서나 햇빛이 들어오는 집이었다. 좀더 가까이 다가가 보니, 오른쪽 채와 왼쪽 채로 들어가는 출입문이 각각 따로 나 있었고, 왼쪽 채는 벌써 다른 사람들이 살고 있었다.

룰랭이 점심 식사 후에 그와 동행했다. 그들은 노란 집의 오른쪽 채로 함께 들어갔다. 안쪽 복도로 들어가면 널찍한 방이 나오고 그 방에서 갈라져 그보다 작은 방이 한 개 더 있었다. 벽은 석회 도료로 칠해져 있었다. 현관과 이 층으로 올라가는 계단에는 깨끗한 붉은 벽돌이 박혀 있었다. 위층에는 골방이 딸린 커다란 방이 있었다. 바닥은 말끔히 씻겨진 붉은 타일 바닥이었고 석회 도료가 칠해진 하얀 벽은 깨끗하고 밝은 햇빛을 머금고 있었다.

룰랭이 미리 쪽지를 써 보냈던지라 집주인은 이 층 방에서 그들을 기다리고 있었다. 집주인과 룰랭은 얼마 동안, 빠른 프로방스 말로 이야기를 나누었는데, 빈센트는 아주 조금밖에 알아들을 수 없었다. 룰랭이 빈센트에게로 몸을 돌렸다.

"집주인은 당신이 이곳에 얼마 동안 묵을는지 꼭 알아야겠다고 우기는군요."

"정해져 있지 않다고 말하세요."

"적어도 육 개월간은 있어야 한다는 것에는 이의가 없겠지요?"

"아, 물론, 물론이죠."

"그렇다면 당신에게 매월 십오 프랑으로 빌려주겠다고 말하는군요."

십오 프랑! 집 전체를! 그건 호텔에 지불하는 돈의 삼분의 일에 불과했다. 덴하흐에서 빌렸던 작업실보다 더 적은 돈이었다. 고정된 집 한 채가 한 달에 십오 프랑. 그는 호주머니에서 급히 돈을 꺼냈다.

"자, 어서! 빨리! 이걸 집주인한테 주세요. 이 집을 빌리는 겁니다."

"언제 이사해올지 알고 싶다는군요." 룰랭이 말했다.

"오늘. 지금 당장요."

"하지만 당신에겐 살림 가구가 하나도 없을 텐데. 어떻게 이사를 할 수 있나요?"

"매트리스와 의자를 하나씩 사야겠어요. 아, 룰랭, 여기저기 초라한 호텔 방 안에서 일생을 보낸다는 게 어떤 건지, 당신은 모르시는군요.

이곳으로 당장 와야겠습니다."

"그럼, 원하는 대로 하세요, 화가 선생."

집주인이 나갔다. 룰랭도 하던 일로 다시 돌아갔다. 빈센트는 이 방에서 저 방으로, 다시 아래층에서 위층으로 돌아다니며 자신의 영지를 구석까지 남김없이 조사하고 또 조사했다. 테오로부터 오십 프랑의 돈이 바로 전날 도착했으므로, 그의 호주머니에는 아직 삼십 프랑쯤이 남아 있었다. 그는 바깥으로 달려나가 싸구려 매트리스와 의자를 사들고는 다시 노란 집으로 돌아왔다. 그는 아래층 방은 침실로, 위층 방은 아틀리에로 써야겠다고 결정했다. 그는 매트리스를 붉은 타일 바닥에 던져놓고 의자를 아틀리에로 쓸 위층에다 가져다 놓고는 이제 마지막이 될 호텔로 돌아갔다.

호텔 주인은 빈센트의 계산서에다 무슨 애매한 핑계를 붙여 사십 프랑을 더 가산해놓았다. 그는 그 돈을 받기 전에는 빈센트의 캔버스들을 돌려주지 않겠다고 했다. 그림들을 되찾기 위해 빈센트는 경찰서로 갈 수밖에 없었지만, 그래도 결국에는 그 허위 청구액의 반을 물어야 했다.

그날 오후 그는 작은 가스 스토브와 냄비 두 개, 석유램프 한 개를 선뜻 외상으로 주겠다는 한 상인을 찾아냈다. 빈센트에게는 삼 프랑이 남아 있었다. 그는 커피, 빵, 감자, 그리고 수프를 만들 고기를 조금 샀다. 이젠 일 상팀도 남지 않았다. 노란 집에서 그는 아래층의 골방에다 부엌을 차렸다.

라마르틴 광장 노란 집에 밤이 내리덮이자 빈센트는 작은 스토브에다 수프와 커피를 끓였다. 식탁이 없었으므로 매트리스에다 종이를 깔고 그 위에 저녁 식사를 차려놓고는, 바닥에 책상다리를 하고 앉아서 먹기 시작했다. 깜박 잊어버리고 나이프와 포크를 사지 않았으므로 붓 손잡이로 냄비에서 고기 조각과 감자를 끄집어냈다. 약간 물감 맛이 났다.

다 먹고 나자 그는 석유램프를 들고서, 붉은 벽돌이 박힌 충계를 밟고 위층으로 올라갔다. 방은 황량하고 쓸쓸했다. 딱딱한 이젤이 달빛이 비치는 창에 기대어 서 있을 뿐이었다. 창 너머의 배경 속에 라마르틴 광장의 어두운 정원이 놓여 있었다.

그는 매트리스 위에서 잠들었다. 아침에 일어나 창문을 열어보니, 푸르른 정원과 떠오르는 태양과 언덕 위의 도시로 구불구불 올라가는 도로가 눈에 들어왔다. 그는 바닥의 깨끗한 붉은 벽돌과 티 한 점 묻지 않은 흰 벽과 널찍한 방을 바라보았다. 그는 커피를 끓여 그릇째로 마시며 이리저리 거닐면서, 집 안에 어떤 식으로 살림 가구를 놓고 벽에는 어떤 그림들을 걸고 자신의 진짜 가정에서 어떻게 행복한 나날을 보낼 것인가 계획을 짜고 있었다.

다음 날 그는 폴 고갱에게서 한 통의 편지를 받았는데, 그는 병과 가난에 시달리면서 브르타뉴 퐁타벤에 있는 한 형편없는 카페에 갇혀 있다는 것이었다. "난 이 구멍에서 빠져나갈 수가 없다네. 내가 돈을 치르지 못하니까 주인이 내 그림들을 자물쇠로 채워 가지고 있기 때문이지. 인간을 괴롭히는 갖가지 고통 중에서도, 돈이 없다는 것만큼 나를 미치게 만드는 것도 없다네. 하지만 난 내 자신이 영원히 거지 생활을 해야 할 운명이라는 것을 느끼고 있네."

빈센트는 이 세상의 화가들을 생각했다. 괴롭고 병들고 궁핍하고, 같은 인간들로부터 따돌림당하고 조롱받으며, 죽는 날까지 굶주리고 고통에 시달리는 화가들. 왜? 그들이 무슨 죄를 지었기에? 그들이 부랑자와 낙오자로 추락할 무슨 대죄를 지었단 말인가? 그렇게 박해받는 영혼들이 어떻게 좋은 작품을 만들 수 있겠는가? 미래의 화가—아, 그는 이 세상에 여지껏 존재하지 않았던 인간, 색채의 대가가 되리라. 미래의 화가는 보잘것없는 카페에 살거나 주아브 병사 상대의 사창가에 드나들지는 않으리라.

그런데 불쌍한 고갱. 브르타뉴의 어느 더러운 개구멍에서 썩어가면서, 너무 아파서 그림도 그리지 못하고, 도와주는 친구도 한 명 없이, 건강에 좋은 음식이나 의사의 손길을 얻을 일 프랑의 돈도 없이. 빈센트는 그를 위대한 화가, 위대한 인간으로 생각했다. 만일 고갱이 죽는다면, 만일 고갱이 작품을 포기할 수밖에 없다면, 회화의 세계에 그 얼마나 큰 비극인가.

그 편지를 주머니에 급히 집어넣은 그는 노란 집을 나와 론 강의 제방을 따라 걸어갔다. 석탄을 실은 배 한 척이 선창에 잡아매여 있었다. 제방 위에서 보니까, 모든 것이 한차례의 소낙비에 젖어 온통 반짝이고 있었다. 강물은 노르스름한 하얀 색과 진줏빛 회색으로 뒤덮여 있었다. 하늘은 라일락 빛깔이었고, 서쪽 하늘가는 오렌지색의 줄무늬가 쳐져 있었다. 그곳에서 바라본 시내는 오랑캐꽃 빛깔이었다. 더러운 푸른색과 흰색의 옷을 걸친 일꾼들 몇 명이 배 위에서 왔다 갔다 하면서 강변에다 뱃짐을 옮겨놓고 있었다.

진짜 호쿠사이(葛飾北齊, 1760-1849, 일본의 우키요에 화파에 속하는 탁월한 화가이며 판화가/옮긴이) 그대로였다. 그것이 빈센트를 다시 파리로, 탕기 영감의 가게에 있던 일본 판화로…… 그리고 그가 모든 친구들 가운데에서 가장 소중히 여겼던 친구 폴 고갱에게로 실어다주었다.

어떻게 해야 할지 그는 당장 깨달았다. 노란 집은 두 사람이 충분히 살 수 있는 크기였다. 각자 따로 자신의 침실과 작업실을 가질 수 있었다. 그들이 직접 음식을 만들어 먹고 물감을 빻고 돈을 잘 간수한다면, 그가 매달 받는 백오십 프랑의 돈으로 함께 살아갈 수 있었다. 집세는 더 필요 없고, 먹을 것도 아주 조금밖에 더 필요치 않으리라. 다시 화가 친구를 얻는다는 건 얼마나 근사한 일일까, 화가의 언어로 이야기하고 화가의 기법을 이해하는 화가 친구를 얻는다는 것이. 그리고 고갱은 회화에 관해 그에게 얼마나 놀라운 것을 가르쳐줄 것인가.

그는 자신이 그동안 몹시도 외로웠다는 것을 비로소 깨달았다. 빈센트가 받는 백오십 프랑으로 둘이 함께 살 수 없다 하더라도, 고갱이 매달 캔버스를 보낸다면 테오가 그 대가로 오십 프랑을 따로 보내주리라.

그래! 그래! 이곳 아를에 고갱을 데려와야만 한다. 프로방스의 뜨거운 태양이 고갱에게서 모든 병을 불태워버리리라. 빈센트에게서 그랬듯이. 머잖아 그들은 충만한 불꽃으로 타오르는 아틀리에를 가지게 되리라. 그들의 아틀리에가 남프랑스 최초의 아틀리에가 될 것이다. 그들 둘은 들라크루아와 몽티셀리의 전통을 이어받으리라. 그리고 그림을 햇빛과 색채에 흠뻑 적셔, 터질 듯 다채로운 자연에 대해 세상 사람들의 눈을 뜨게 하리라.

고갱을 구해야만 한다!

갑자기 몸을 돌린 빈센트는 종종걸음을 치다가, 줄곧 뜀박질을 하여 라마르틴 광장으로 되돌아갔다. 노란 집으로 들어가 붉은 벽돌 계단을 단숨에 올라간 그는 흥분한 채 방들을 어떻게 나눌 것인가 계획을 짜기 시작했다.

"풀과 나는 각자 이 층에다 침실을 가져야 해. 아래층의 방들을 두 사람의 작업실로 사용하는 거야. 내가 침대와 매트와 이불과 의자와 테이블들을 사놓으면 진짜 집이 되는 거지. 이 집 전체를 해바라기와 꽃이 피는 과수원의 그림으로 장식해야겠어."

"아, 폴, 폴, 당신이 나와 함께 있게 된다면 얼마나 좋겠소!"

6

그가 기대했던 것만큼 일은 그렇게 쉽지가 않았다. 테오는 매달의 송금액에다, 고갱의 캔버스 한 개에 대한 대가로서 오십 프랑을 보태어 보내겠다고 쾌히 응했지만, 테오가 낼 수도 없고 고갱이 낼 수도 없는 철도 요금 문제가 있었다. 고갱은 몸이 너무 아파 움직일 수도 없었고, 빚이 너무 많아 퐁타벤에서 빠져나올 수도 없었으며, 가슴이 너무 아파 어떤 계획도 열의를 가지고 실천할 수가 없었다. 아를과 파리와 퐁타벤 간에 편지들이 줄기차게 오고 갔다.

빈센트는 이제 자신의 노란 집을 몹시도 사랑하게 되었다. 그는 테오가 보내준 돈으로 자신이 쓸 테이블과 서랍장을 샀다.

"연말경에는," 그는 테오에게 썼다. "난 다른 사람이 되어 있을 것이다. 그러나 그때 가서 내가 이곳을 떠날 거라고 생각하지는 말도록. 결코 떠나지 않는다. 난 내 남은 생애를 아를에서 보낼 작정이다. 난 남프랑스의 화가가 될 생각이야. 그리고 네가 아를에 별장을 가지고 있다고 생각하렴. 난 네가 언제든 이곳으로 와서 휴가를 보낼 수 있도록 이 집 전체를 가지런히 정돈하려고 열심이란다."

그는 간신히 목숨을 이어갈 정도의 필수품에 최저액의 돈을 썼고 그 나머지는 몽땅 집 자체에 처넣었다. 날마다 그는 자기 자신과 집 가운데에서 한쪽을 선택해야만 했다. 저녁에 먹을 고기를 살 것인가, 마졸리카 도자기를 살 것인가? 새 구두를 사 신을 것인가, 고갱의 침대를 덮을 초록색 이불을 살 것인가? 새로 그린 그림을 위해 소나무로 만든 액자를 살 것인가, 앉는 부분이 골풀로 만들어진 의자들을 살 것인가?

언제나 집이 우선이었다.

그가 지금 일하고 있는 것은 미래의 안정된 생활을 위한 것이었으므로, 노란 집은 그에게 어떤 평온감을 주었다. 그는 너무 많이 떠돌아다녔고, 까닭도 이유도 없이 방랑했다. 그러나 이제 다시는 떠나지 않으리라. 그가 죽고 나면, 누군가 다른 화가가 이 잘되는 사업을 손에 넣으리라. 말하자면 그는 지금, 앞으로 다음 세대, 그 다음 세대, 또 그 다음 세대 화가들이 계속해서 남프랑스를 해석하고 묘사하기 위해서 사용할 영구적인 아틀리에를 세우는 셈이었다. 그는 아무런 수익도 없었던 지나간 오랜 세월 동안 자신에게 들어간 돈의 액수에 상당하는 장식용 그림들을 노란 집을 위해 그려야겠다는 생각에 사로잡히게 되었다.

새로이 솟은 힘으로 그는 작품에 뛰어들었다. 한 가지 사물을 오랜 시간에 걸쳐 바라보면 성숙함과 깊은 이해력이 생김을 그는 깨달았다.

그는 몽마르트 언덕 기슭에 있는 밭을 관찰하러 그곳에 오십 번쯤 가 보았다. 북서풍 때문에 붓 움직임을 자신의 감정과 연결시켜 하나로 엮기가 힘들었고, 이젤은 바람을 받아 사납게 흔들렸다. 그는 아침 일곱 시부터 저녁 여섯 시까지 꼼짝하지 않고 그렸다. 하루에 캔버스 하나씩!

"내일은 찌는 듯이 무더운 날이 되겠군요." 아주 늦은 가을 어느 저녁에 룰랭이 말했다. 그들은 라마르틴 카페에서 흑맥주를 앞에 놓고 앉아 있었다. "그리고 그 뒤엔 겨울이죠."

"아를의 겨울은 어떤가요?" 빈센트가 물었다.

"겨울은 사납지요. 굉장한 비와, 지독한 바람, 살을 에는 듯한 추위. 하지만 이곳 겨울은 아주 짧죠. 불과 두 달 정도니까."

"그렇다면, 좋은 날씨는 내일로 마지막이겠군요. 꼭 그리고 싶은 곳이 있는데, 룰랭, 가을의 정원을 생각해봐요. 병 모양으로 생긴 암록색의 사이프러스 나무가 두 그루, 이파리가 연초색과 오렌지색인 작은 밤나무 세 그루가 있는 정원 말예요. 거기엔 옅은 레몬빛 이파리와 보랏빛 줄기를 가진 작은 주목이 한 그루 서 있고, 피처럼 붉은색의 이파리와 심홍색의 이파리가 달린 두 그루의 작은 관목이 있지요. 그리고 모래, 풀, 하늘이 조금씩."

"아, 당신이 풍경을 묘사할 때면 난 내가 평생을 장님으로 살아왔다는 걸 깨닫게 되는군요."

다음 날 아침 빈센트는 해와 함께 일어났다. 원기왕성한 기분이었다. 그는 가위로 턱수염을 손질하고, 아를의 태양에 타서 얼마 남지 않은 머리칼을 빗어내리고, 단 한 벌뿐인 온전한 옷을 걸치고는, 태양에게 마지막 작별 인사를 보내는 유다른 애정의 제스처로서, 파리에서 가져온 토끼털 모자를 썼다.

룰랭의 예측이 옳았다. 타오르는 황색의 불덩어리, 태양이 솟았다. 토끼털 모자에는 앞 차양이 없었으므로 햇빛이 그의 눈을 파고들었다.

빈센트가 말한 가을 정원은 아를에서 타라스콩으로 향하는 도로를 따라 두 시간쯤 걸어간 지점에 있었다. 한 언덕 비탈에 보일락 말락 하게 비스듬히 놓인 곳이었다. 그 정원 곁 뒤쪽으로 난 밀밭 고랑에다 그는 이젤을 세웠다. 모자를 땅바닥에 벗어던진 그는 양복저고리를 벗어놓고 이젤에 캔버스를 고정시켰다. 아직 이른 아침이었지만, 태양은 그의 머리를 태우며, 이제는 그도 익숙해진 춤추는 불의 베일을 눈앞에 펼쳐놓았다.

그는 눈앞의 풍경을 세심히 관찰하고 색 요소들을 분석하고 마음속에다 그 구도를 잡았다. 그 풍경을 완전히 파악했다는 자신감이 들자, 그는 붓들을 부드럽게 손질하고 물감 튜브의 뚜껑을 열어놓고, 두껍게 물감을 펴바를 때 사용하는 팔레트 나이프를 닦았다. 그는 정원을 다시 한번 응시하고, 그 영상을 눈앞의 빈 캔버스 위에다 뜨겁게 달구어 놓고는, 팔레트에 물감을 섞고 이윽고 붓을 들어올렸다.

"꼭 그렇게 빨리 시작해야만 되겠어요? 빈센트?" 그의 등 뒤에서 한 목소리가 물었다.

빈센트가 휙 몸을 돌렸다.

"아직 이르잖아요, 당신. 일할 시간이야 긴 하루가 꼬박 남아 있는데."

그는 완전히 어리둥절해져서 입을 딱 벌리고 그 여인을 바라보았다. 그녀는 젊었지만 소녀는 아니었다. 그녀의 두 눈은 아를의 코발트빛 밤하늘 같은 푸른색이었고, 등 뒤로 흘러내린 풍성한 머리칼은 태양과 같은 레몬빛 황금색이었다. 그녀의 얼굴 생김은 케이보다 한층 더 섬세했지만, 거기에는 남국(南國)의 무르익은 달콤함이 있었고, 웃고 있는 입술 사이로 보이는 치아는 마치 붉은 포도나무 사이로 보이는 협죽도처럼 보였다. 그녀는 옆구리에 네모난 은 버클 하나로만 채워진, 굴곡진 몸매에 착 달라붙는 하얀색의 긴 가운을 입고 있었다. 발에는 간단한 샌들을 꿰고 있었다. 그녀의 몸매는 힘차고 튼튼했지만, 그와 동시에 순결하고 육감적인 굴곡을 그리며 흘러내리는 듯했다.

"빈센트, 난 아주 오랫동안 당신 앞에 나타나지 않았죠." 그녀가 입을 열었다.

빈센트와 이젤 사이에 들어선 그녀가 빈 캔버스에 기대어, 정원 풍경이 담긴 그의 시야를 차단시켰다. 태양이 그녀의 레몬빛 황금색의 머리칼을 감아서 등 뒤로 불꽃의 물결을 흘려보내고 있었다. 그녀가 그를 보고 진정으로 그토록 다정하게 미소 짓자 그는 자신이 갑자기 어디가 아픈 것이 아닐까, 꿈을 꾸고 있는 것이 아닐까 하고 두 눈을 비벼보았다.

"당신은 날 못 알아보시는군요, 나의 사랑." 여인이 말했다. "하긴 어떻게 알아보겠어요, 내가 그토록 오랫동안 당신 앞에 나타나지 않았으니."

"당신은 누구요?"

"당신 친구에요, 빈센트. 세상에서 제일 좋은 당신 친구에요."

"어떻게 내 이름을 알고 있소? 당신을 생전 처음 보는데."

"아, 그렇겠죠. 하지만 난 당신을 많이, 아주 많이 봤어요."

"당신 이름은?"

"마야."

"그게 전부요, 그냥 마야란 말이오?"

"빈센트, 당신에게는, 그것만으로 충분해요."

"왜 이곳 들판으로 날 따라왔소?"

"온 유럽을 당신을 따라다닌 것과 똑같은 이유에서죠…… 당신 곁에 있기 위해서 말예요."

"당신은 날 다른 사람으로 잘못 알고 있군. 당신이 말하는 그 남자가 나일 리가 없소."

여인은 햇빛에 탄 그의 붉은 머리칼 위에 서늘한 하얀 손을 얹고서 그의 머리칼을 가볍게 뒤로 쓸어넘겼다. 그 손의 서늘함, 그리고 그녀의 부드럽고 나직한 음성의 서늘함은 깊고 푸른 우물에서 솟아나는 상쾌한 물과 같았다.

"단 한 사람의 빈센트 반 고흐가 있을 뿐이에요. 그 사람을 내가 잘 못 알 리가 없어요."

"얼마 동안 날 알고 있었소?"

"팔 년간."

"이런, 팔 년 전이라면 난……."

"그래요, 당신은 보리나주에 있었지요."

"그때 날 알았단 말이오?"

"늦가을 어느 오후, 당신이 마르카스 탄광 앞 녹슨 쇠바퀴 위에 앉아 있었을 때, 그때 처음으로 당신을 보았지요."

"내가…… 광부들이 집으로 돌아가는 걸 지켜보고 있었을 때!"

"맞아요. 내가 처음 당신을 바라보았을 때, 당신은 그냥 멍청히 거기 앉아 있었어요. 나는 막 지나치려는 참이었지요. 그때 당신이 호주머니에서 낡은 편지 봉투와 연필을 꺼내 스케치하기 시작했어요. 난 당신이 뭘 그렸나 보려고 당신 어깨 너머로 들여다보았지요. 그리고 그걸 보았을 때…… 난 당신을 사랑하게 되었던 거예요."

"사랑? 날 사랑하게 되었단 말이오?"

"그래요, 빈센트, 나의 사랑스럽고 훌륭한 빈센트를 사랑하게 되었어요."

"아마도 내 모습이 그때는 그렇게 보기 흉하진 않았나 보군."

"아뇨, 지금 당신 모습의 반만큼도 못 생겼었죠."

"당신의 음성은……마야……아주 이상하게 들리는군. 언젠가 딱 한 번 내게 그런 목소리로 말해준 여인이 있었는데……"

"마르호트의 음성이었죠. 그녀는 당신을 사랑했어요, 빈센트, 나처럼."

"마르호트를 알고 있었소?"

"난 브라반트에서 이 년간 지냈죠. 날마다 들판으로 당신을 따라갔어요. 당신이 부엌 뒤의 축사에서 그림 그리는 것도 지켜보고요. 그리고 마르호트가 당신을 사랑하는 까닭에 난 즐거웠어요."

"그럼 그때 당신은 더 이상 날 사랑하지 않았겠군?"

그녀는 서늘한 손가락 끝으로 그의 두 눈을 쓰다듬었다.

"아, 아뇨, 당신을 사랑했어요. 당신을 처음 본 바로 그날부터 당신을 향한 내 사랑은 절대 멈추지 않았어요."

"그럼 마르호트를 질투하지 않았소?"

여인이 미소를 띠었다. 그녀의 얼굴 위로 무한한 서글픔과 연민이 얼핏 스쳐갔다. 빈센트는 멘데스 다 코스타 스승을 떠올렸다.

"그래요, 마르호트를 질투하지 않았어요. 그녀의 사랑이 당신에겐 도움이 되었지요. 하지만 당신이 케이를 사랑한 건 맘에 들지 않았어요. 그게 당신에게 해를 끼쳤으니까요."

"내가 어설라를 사랑했던 때를 알고 있소?"

"그건 내가 당신을 알기 전의 일이지요."

"그때에도 당신은 내가 마음에 들지 않았을 거요."

"그래요."

"난 바보였지."

"마지막에 현명해지기 위해서, 처음엔 바보가 되어야만 할 때가 더러 있는 법이죠."

"그런데 우리 두 사람 다 브라반트에 있었을 때 날 사랑했다면, 왜 내게 나타나지 않았소?"

"빈센트, 그때 당신은 나를 받아들일 준비가 되어 있지 않았어요."

"그럼 지금은…… 준비가 되어 있단 말이오?"

"그래요."

"아직도 날 사랑하고 있소? 지금도…… 오늘…… 이 순간에도?"

"지금도…… 오늘…… 이 순간에도…… 그리고 영원토록."

"도대체 어떻게 날 사랑할 수 있소? 봐요, 잇몸도 아프고, 이빨도 전부 가짜요. 머리칼은 죄다 햇빛에 타 빠져버렸고, 두 눈은 매독 환자처럼 빨갛고, 얼굴은 들쑥날쑥한 뼈다귀에 불과하지. 난 추하게 생긴 사람이요. 사람들 중에서 가장 추하게 생겼지. 신경은 완전히 엉망이고 몸은 못쓰게 되어버렸고, 배 속은 속속들이 망가졌고, 이러한 폐물 사내를 어떻게 사랑할 수 있단 말이요?"

"앉겠어요, 빈센트?"

빈센트는 자신이 가지고 온 삼각 걸상에 앉았다. 그녀는 부드러운 밭 흙에 털썩 무릎을 꿇고 앉았다.

"안 돼." 빈센트가 외쳤다. "당신의 하얀 가운이 더러워질 텐데. 자, 내 양복 웃저고리를 깔고 앉아요."

여인이 아주 살짝 손을 대며 그를 말렸다. "당신을 뒤쫓아다니면서 난 수없이 내 가운에 흙을 묻혔죠. 하지만 옷은 언제나 도로 깨끗해졌어요."

그녀는 튼튼하고 하얀 한쪽 손바닥으로 그의 턱을 감싸고 다른 한쪽 손가락 끝으로 태양에 그을린 그의 머리칼을 귀 뒤로 쓸어넘겼다.

"당신은 추하게 생기지 않았어요, 빈센트. 당신은 아름다워요. 당신의 영혼이 담겨진 이 불쌍한 육체를 스스로 괴롭히고 고문해왔지만, 당신은 자신의 영혼에 아무런 상처도 줄 수 없어요. 그 영혼을 난 사랑하는 거예요. 그리고 격렬하고 힘든 일로 당신이 스스로를 파괴시켰다 하더라도, 그 영혼은 계속…… 무한한 거예요. 그리고 그와 함께, 당신을 향한 내 사랑도."

한 시간 뒤 태양은 벌써 하늘 높이 솟아 있었다. 빈센트와 여인에게 태양이 맹렬한 열기를 퍼붓고 있었다.

"서늘한 곳으로 당신을 데리고 가야겠군. 바로 길 아래 사이프러스 나무들이 몇 그루 있소. 그 그늘에 가면 좀 편안할 거요."

"여기 당신과 함께 있는 게 즐거워요. 태양은 괜찮아요. 태양 빛에 이젠 익숙해졌으니까요."

"아를에 오래 있었소?"

"난 당신이 파리에서 올 때 당신과 함께 왔는걸요."

화가 난 빈센트가 벌떡 일어나 걸상을 차 넘어뜨렸다.

"당신 사기꾼이군! 날 놀리려고 보내진 사람이야. 누군가 당신한테 내 과거 이야기를 들려주고 날 바보로 만드는 대가로 돈을 지불하고 있겠지. 썩 꺼지라구, 당신과는 이제 이야기하고 싶지도 않으니까."

그녀는 그의 노여움을 두 눈의 미소로 받아들였다.

"난 사기꾼이 아니에요. 난 당신의 인생에서 가장 진실한 것이에요. 당신은 내 사랑을 결코 죽일 수 없어요."

"거짓말! 당신은 날 사랑하지 않아. 날 놀리고 있는 거야. 당신 수작을 다 밝혀내고 말거야."

그는 두 팔로 그녀를 거칠게 붙잡았다. 그녀의 몸이 흔들흔들 그에게로 이끌려왔다.

"날 그만 괴롭히고 썩 꺼지지 않으면 아프게 해주겠어."

"아프게 해봐요, 빈센트. 전에도 당신은 내게 아픔을 주었죠, 아픔을 받는다는 것도 사랑이에요."

"좋아, 그렇다면, 벌을 받아봐."

그는 우악스럽게 그녀의 몸을 끌어안았다. 그는 그녀의 입에 자기 입을 대고는 이로 아프게, 짓부숴버릴 듯이 그녀에게 키스했다.

그녀는 그에게 부드럽게 따스한 입술을 열고서, 그로 하여금 그녀 입 안의 달콤함을 깊이 들이마시게 했다. 온몸을 갈망으로 떨며 그녀가 몸을 일으켜세우자, 근육과 근육, 뼈와 뼈, 살과 살이 마침내 완전히 그와 하나로 되었다.

빈센트는 그녀를 밀쳐내고서 비틀비틀 걸상에 앉았다. 그녀는 그의 옆 땅바닥에 풀썩 주저앉아, 그의 다리 위에 한 팔을 얹고는 거기에 고개를 기댔다. 그는 길고 풍성한 그녀의 레몬빛 황금색 머리칼을 어루만졌다.

"이젠 확실히 알겠어요?" 그녀가 물었다.

한참 후에 빈센트가 말했다. "당신은 정말 내가 아를에 왔을 때부터 이곳에 있었군. 그렇다면 비둘기에 대해서도 알고 있겠지?"

　"라셸은 상냥한 아이예요."

　"당신은 싫지 않단 말이오?"

　"당신은 남자예요, 빈센트, 그러니까 여자가 필요해요. 그땐 아직 내가 당신 앞에 나타나 당신에게 나를 줄 만한 때가 아니었으니까, 당신은 당신이 갈 수 있는 데로 갈 수밖에 없었지요. 하지만 지금부터는……."

　"지금부터는?"

　"더 이상 그런 곳에 갈 필요가 없어요, 다시는."

　"당신 말은 그럼 당신이……?"

　"물론이에요, 빈센트. 난 당신을 사랑하는걸요."

　"어째서 당신은 날 사랑하지? 여자들은 언제나 나를 경멸했는데."

　"당신은 사랑을 위해 태어난 사람이 아니에요. 당신에겐 다른 할 일이 있어요."

　"일? 흥! 난 바보였소. 그 수백 개의 그림들이 대체 무슨 소용이 있지? 누가 그걸 가지고 싶어하냐구? 누가 그걸 사겠냐구? 누가 내게, 마지못해서 하는 말일망정, 찬사의 말을 해주겠어, 이를테면 내가 자연을 완전히 이해했다든가 자연의 아름다움을 묘사했다는 찬사를?"

　"어느 날엔가 온 세상이 그렇게 말할 거예요. 빈센트."

　"어느 날엔가. 그 무슨 꿈일까. 내가 언젠가는 건강한 사람이 되고, 가정과 가족과 그리고 나의 그림으로 살아갈 만큼 충분히 돈을 얻게 되리라는 꿈과 마찬가지지. 난 팔 년이라는 긴 세월 동안 그림을 그렸소. 그런데 그동안 한 번도 내가 그린 그림들을 사고자 하는 사람이 없었지. 난 바보였소."

　"알아요, 하지만 얼마나 위대한 바보인가요. 당신이 죽고 나면, 빈센트, 세상은 당신이 말하고자 했던 것을 이해하게 될 거예요. 오늘 백 프랑에도 팔지 못하는 당신의 그림들이 어느 날엔가는 백만 프랑에 팔릴 거예요. 아, 당신은 웃고 있군요. 그러나 장담하지만, 그건 사실이에요. 당신의 그림들이 암스테르담, 덴하흐, 파리, 드레스덴, 뮌헨, 베를린, 모스크바, 뉴욕 등지의 박물관에 걸릴 테니까요. 당신 그림엔 아마 값이 없을 거예요. 왜냐하면 팔려고 내놓는 작품이 하나도 없기 때문이죠. 빈센트, 당신의 예술에 관해 많은 책들이 쓰이고, 당신의 생애를 둘러싸고 많은 소설과 희곡들이 쓰이겠죠. 그림을 좋아하는 사람 둘 이상이 모이는 자리에선 언제나 빈센트 반 고흐라는 이름이 신성한 대접을 받을 거예요."

"내 입술로 당신 입술을 맛보지 못했더라면, 난 내가 꿈을 꾸고 있거나 아니면 미쳐버린 거라고 생각했을 거요."

"내 곁에 앉아요, 빈센트. 당신 손을 이리 주세요."

태양은 머리 바로 위에 떠 있었다. 언덕 비탈과 골짜기는 녹황색의 물결 안에 흠뻑 잠겨 있었다. 그는 여인 곁에, 밭고랑에 누웠다. 긴 여섯 달 동안 그에게 이야기 상대라곤 라셸과 룰랭밖에 없었다. 그의 내부에서는 말이 흘러넘치고 있었다. 그 여인이 그의 눈 속 깊은 곳을 들여다보았고 그는 말하기 시작했다. 그는 자신이 구필 화랑의 점원이었던 시절과 어설라에 대해서 이야기했다. 보리나주에서의 투쟁과 좌절, 케이에 대한 사랑, 그리고 크리스틴과 함께 이루려 했던 생활에 관해 이야기했다. 그는 자신이 회화에 어떤 기대를 가지고 있으며, 여태껏 어떤 이름들로 불려왔으며, 어떤 타격들을 받았는가 털어놓았고, 어째서 자신의 그림이 투박하기를 바라고, 미완성된 것이기를 바라고, 색채가 폭발적인 것이기를 바라는지, 또한 자신이 회화와 화가들을 위해 이루어놓고 싶은 것들을, 그리고 극도의 피로와 병으로 자신의 육체가 망가진 경위를 그녀에게 들려주었다.

이야기하는 시간이 길어질수록 그의 흥분도 더욱 고조되었다. 물감이 튜브에서 쏟아지듯 그의 입에서 말들이 흘러나왔다. 그의 온몸이 갑자기 한꺼번에 움직이기 시작했다. 그는 손짓, 팔짓, 어깨짓까지 섞어 이야기하고, 온몸을 격렬하게 뒤틀면서 그녀 앞에서 오락가락 걸어다녔다. 그의 맥박이 빨라지고 피가 솟구치고 있었다. 타오르는 태양이 그를 열광적인 힘을 가진 격정 속으로 몰아넣었다.

여인은 가만히 귀를 기울이면서 단 한 마디도 놓치지 않았다. 그녀의 두 눈을 보고서 그는 그녀가 이해했다는 것을 알았다. 그녀는 그가 말하지 않을 수 없었던 그 모든 말들을 다 빨아들이면서도 더 많이 듣고 이해하고, 그가 가슴속에 품고 있을 수 없어 쏟아내야만 하는 모든 것을 받아들이고자 열성스레 준비 자세를 갖추고 있었다.

그가 돌연 말을 뚝 그쳤다. 그는 흥분으로 온몸을 떨었다. 두 눈과 얼굴이 붉어졌고 사지가 떨렸다. 여인이 그를 자기 곁으로 끌어당겼다.

"키스해줘요, 빈센트." 그녀가 말했다.

빈센트가 그녀의 입에 키스했다. 그녀의 입술은 이젠 차갑지 않았다. 그들은 비옥하고 파삭파삭한 흙 위에 나란히 누웠다. 여인이 그의 눈과 귀와 코끝과 윗입술에 키스했고, 달콤하고 부드러운 혀로 그의 입 안을 온통 적시고, 손가락으로는 그의 목의 턱수염을 지나 어깨를 더듬어내려 겨드랑이의 민감한 말초신경을 쓰다듬었다.

그녀의 키스는 그가 여태껏 느껴본 적이 없는 몹시도 고통스러운 정욕을 그의 몸 속에 일깨워놓았다. 그의 몸 구석구석이, 살〔肉〕만으로는 만족될 수 없는 무지근한 육욕의 욱신거림으로 들쑤셨다. 그러한 사랑의 키스로써 그에게 자신의 몸을 바친 여자는 이제껏 단 한 명도 없었다. 그는 여인의 몸을 꼭 끌어안았고, 그녀의 부드러운 하얀 가운 밑에서 생명의 열기가 흘러넘치는 것을 느꼈다.

"잠깐." 그녀가 말했다.

그녀는 옆구리의 은 버클을 풀고 흰 가운을 벗어던졌다. 그녀의 몸뚱아리도 얼굴과 똑같이 반짝이는 황금빛이었다. 그것은 처녀, 그의 몸의 고동치는 맥박 하나하나까지 처녀였다. 그는 여자의 육체가 그토록 정교하게 짜여져 있는 것인 줄은 처음 알았다. 그리고 정욕이 그토록 정결하고 그토록 순수하고 그토록 뜨겁게 달구어진 것인 줄도 처음 알았다.

"당신 떨고 있군요." 그녀가 말했다. "날 끌어안아요. 떨지 말아요, 내 사랑. 나의 소중하고 소중한 사랑, 날 맘껏 꼭 껴안아요."

해는 반대편 하늘로 기울고 있었다. 대지는 난타하는 한낮의 햇살로 뜨겁게 달아올랐다. 대지에서는 심겨지고 자라나고 베어져서 다시 죽는 것들이 냄새를 뿜고 있었다. 그것은 생명의 냄새, 언제나 창조되고 있으며 언제나 그 창조의 원점으로 회귀하는, 강렬하고 얼얼한 생명의 냄새였다.

빈센트의 감정은 더 높이높이 치솟았다. 그의 몸의 섬유질 하나하나가 그의 내부 어딘가에 있는 고통의 핵심점을 향해 거세게 내닫고 있었다. 여인은 두 팔을 벌려 그에게 따뜻한 육체를 열고서 그를 받아들이고, 화산과도 같은 격렬함을, 그리고 시시각각으로 그의 신경을 파괴하고 그의 육체를 폭발시키는 억누를 길 없는 열정을, 자신의 몸 안에 받아들이면서, 물결치는 부드러운 애무의 손길로, 몸이 산산조각이 나는 듯한 창조적 절정으로 그를 이끌어갔다.

기진맥진한 채 그는 그녀의 두 팔 안에서 잠들었다.

그가 눈을 떴을 때는 혼자였다. 해는 이미 저물었다. 땀 흘리며 흙에 묻고 잤던 쪽의 뺨에는 흙이 더덕더덕 묻어 있었다. 대지에는 차가운 기운이 감돌았고, 땅속에 파묻혀 꿈틀거리는 벌레들 냄새가 났다. 그는 웃저고리를 입고 토끼털 모자를 썼다. 이젤을 등에 메고 캔버스를 팔에 낀 그는 어두운 도로를 따라 집으로 걸어왔다.

노란 집에 다다르자 그는 이젤과 캔버스를 침실의 매트리스 위에 던져놓았다. 그는 커피를 마시러 밖으로 나갔다. 그는 표면이 돌로 덮인 차가운 테이블 위에 두 손으로 고개를 받친 채 그날 낮의 일을 회상했다.

"마야." 그는 혼자 중얼거렸다. "마야, 그 이름을 전에 어디선가 들어보지 않았던가? 그건…… 그건……그건 도대체 무슨 뜻일까?"

그는 두 번째 잔의 커피를 마셨다. 한 시간 뒤 그는 라마르틴 광장을 건너 노란 집으로 돌아갔다. 차가운 바람이 일었다. 대기는 비의 냄새를 풍기고 있었다.

아까 들에서 돌아와 이젤을 던져놓았을 때 그는 석유램프도 켜놓지 않았다. 카페에서 돌아온 그는 이제 성냥을 켜고 테이블 위에 놓인 램프에 불을 붙였다. 노란 불꽃이 방 안을 밝혔다. 매트리스에 묻은 한 점의 물감 얼룩이 얼핏 그의 눈에 들어왔다. 깜짝 놀란 그는 그쪽으로 건너가, 아침에 자신이 들고 나갔던 그 캔버스를 집어올렸다. 거기, 웅장하게 타오르는 빛 속에, 그의 눈에 들어온 것은 자신이 그린 가을 정원이었다. 병 모양으로 생긴 암록색의 사이프러스 나무 두 그루, 이파리가 연초색과 오렌지빛인 작은 밤나무 세 그루, 옅은 레몬빛의 이파리와 보랏빛 줄기를 가진 주목 한 그루, 심홍색 이파리가 달린 피처럼 붉은색의 관목 둘, 전경에는 약간의 모래와 풀, 그리고 그 전체 풍경 너머로 소용돌이치는 유황빛 레몬색의 불덩어리가 박힌 푸른, 푸른 하늘.

그는 잠깐 동안 그 그림을 응시하며 서 있었다. 그는 그림을 벽에다 살짝 고정시켜 놓았다. 그는 매트리스 쪽으로 다시 물러나 그 위에 책상다리를 하고 앉아 자기 그림을 바라보면서 싱긋 웃었다.

"좋군." 그가 크게 말했다. "썩 실감나는걸."

7

겨울이 왔다. 그는 따뜻하고 기분 좋은 자신의 작업실에서 나날을 보냈다. 테오가 편지를 써 보냈는데, 어느 날 고갱이 파리에 왔기에 만나봤더니, 고갱은 기분이 몹시 고약한 상태였고, 아를 계획에 대해서는 막무가내로 거부하더라는 것이었다. 그러나 빈센트의 마음에는, 노란 집은 단순히 두 사람을 위한 집이 아니라, 남프랑스의 모든 화가들을 위한 영구적인 아틀리에였다. 그는 자신과 고갱이 일단 이곳을 작업하기 알맞게 만들어놓고 나면 곧 살림을 늘릴 자세한 계획을 세워놓았다. 이곳에서 머물고 싶어하는 화가는 누구든 환영받으리라. 그 대접에 대한 보답으로 화가는 반드시 한 달에 한 작품씩 테오에게 보내야만할 것이다. 인상파 화가들의 작품이 테오의 수중에 충분히 모이면 그는 곧 구필 화랑을 떠나 파리에서 독립된 화랑을 열게 될 것이었다.

빈센트는 편지 속에서, 고갱이 이 아틀리에의 총책임자가 될 것이며, 여기서 작업하는 화가들의 우두머리가 될 것이라는 점을 아주 분명하게 밝혔다. 빈센트는 자신의 침실을 꾸미는 데에는 되도록 일 프랑이라도 아꼈다. 그는 벽에는 옅은 보랏빛을 칠했다. 바닥은 붉은 타일로 되어 있었다. 그는 아주 밝은, 초록빛이 섞인 레몬 빛깔의 시트와 베개, 진홍색의 침대 덮개를 사고, 나무 침대와 의자들을 신선한 버터 빛깔로 칠했다. 화장대는 오렌지 색깔로, 세면대는 푸른 색깔로, 문은 라일락 색깔로 칠했다. 수많은 그림들을 벽에 걸고 덧창을 떼내버렸다. 그러고는 자신의 방이 얼마나 안정되어 있는가 테오에게 보여주려고 그 전체 풍경을 그림으로 옮겼다. 그는 그것을 일본 판화처럼 홀가분하고 일매진 옅은 색으로 그렸다.

그러나 고갱의 방은 또다른 문제였다. 빈센트는 이 아틀리에의 우두머리를 위해 그렇게 싼 가구를 사고 싶지 않았다. 그가 고갱에게 사주고 싶어하는 호두나무로 된 침대는 삼백오십 프랑에 달할 거라고 룰랭 부인이 말했는데 그건 그로서는 긁어모으기 불가능한 금액이었다. 그럼에도 불구하고 그는 고갱의 방에다 놓을 그보다 작은 물품들을 우선 사들이기 시작했고, 그래서 재정적으로 계속 허덕이는 상태에 빠졌다.

모델을 고용할 돈이 없을 때에는 거울 앞에 서서 자신의 자화상을 그리고 또 그렸다. 라셸이 와서 포즈를 취해주었다. 룰랭 부인이 일주일에 한 번씩 오후에 왔고, 아이들을 데려다주었다. 그가 자주 가는 카페 주인의 아내 지누 부인이 전통적인 아를 복장을 하고서 포즈를 취했다. 그는 그 인물을 한 시간 만에 화폭에다 썩썩 옮겨놓았다. 배경은 연한 레몬빛, 얼굴은 회색, 복장은 거친 감청색이 섞인 검은색이었다. 그 여인이 오렌지 빛깔의 나무로 만든 빌려온 안락의자에 앉아 녹색 테이블에 팔꿈치를 얹고 있는 포즈였다.

조그마한 얼굴에 황소 모가지와 호랑이 눈을 한 주아브 병사가 적은 돈을 받고 포즈를 취해주겠다고 응했다. 빈센트는, 에나멜 칠을 한 스튜 냄비의 푸른색과도 같은 청색 제복을 입고 가슴에는 빛바랜 불그스름한 오렌지빛 금몰과 엷은 레몬빛의 별 두 개를 단 주아브 병사의 반신상을 그렸다. 볕에 타서 구릿빛이 된, 고양이 모양의 머리 위에 얹힌 붉은 모자가 초록색의 배경과 대조를 이루었다. 그 결과는 서로 어울리지 않는 색채들의 난폭한 결합으로서, 눈에 거슬릴 만큼 진부한, 그리고 야하기까지 한 것이었지만, 그 모델의 특징에 잘 어울렸다.

그는 연필과 종이를 가지고 몇 시간 동안이나 창가에 앉아, 불과 몇 번만의 손놀림으로 남자와 여자와 아이들과 말과 개의 모습을, 하나의 머리와 하나의 몸통과 다리들을 모두 제대로 갖춘 모습으로 그려낼 수 있는 기법을 익히려고 애썼다. 그는 자신이 여름 동안 그린 수많은 그림들을 모사했다. 일 년 안에 한 점당 이백 프랑의 습작품 오십 점을 만들 수 있다면, 그동안 당연한 권리나 가진 듯이 공짜로 먹고 마시면서 살아온 게 그리 불성실한 것만은 아닐 거라는 생각에서였다.

그 겨울 동안 그는 무척 많은 것을 배웠다. 살(肉)은 감청색으로 칠하지 말아야 한다는 것, 왜냐하면 그럴 경우에는 살이 목질(木質)처럼 보이니까. 자신의 색채가 당연히 그래야 하는 것만큼 단단하지는 못하다는 것. 남프랑스를 그리는 데에서 가장 중요한 것은 붉은색과 초록색의, 오렌지색과 푸른색의, 황록색과 보라색의 대비라는 것. 음악이 위안을 주듯 자신은 그림 속에서 뭔가 위안이 되는 말을 하고 싶다는 것. 남녀 인간들을 그릴 때 후광으로 상징되곤 하던 뭔가 신성한 것을, 자신의 실제적인 색채의 광휘와 떨림으로써 그 인물들에 부여하고 싶다는 것. 그리고 마지막으로 가난의 재능을 타고난 사람에게는 가난이 영원하다는 것.

반 고흐 삼촌들 중의 하나가 죽을 때에 테오에게 약간의 유산을 남겨주었다. 빈센트가 고갱과 함께 있고 싶어 안달한다는 것을 잘 알고 있는 테오는 그 돈의 반을 고갱의 침실을 꾸미는 데 쓰기로 작정하고 그걸 아를의 빈센트에게로 보냈다. 빈센트는 뛸 듯이 기뻤다. 그는 노란 집을 장식할 계획을 짜기 시작했다. 그는 푸른색과 황색의 심포니, 곧 아를의 찬란한 해바라기들을 담은 열두 폭의 판넬화를 만들고 싶었다.

철도 요금 무료의 뉴스조차 고갱을 흥분시키지 못한 것 같았다. 빈센트로서는 잘 알 수 없는 무슨 이유에서인지 고갱은 퐁타벤에서 빈둥거리는 쪽을 더 좋아했다. 빈센트는 이제 이 노란 집의 우두머리가 도착할 때를 대비해서 장식을 끝내고 아틀리에를 준비하기 위해 몹시도 열심이었다.

봄이 왔다. 노란 집 뒤뜰에 늘어선 작은 협죽도들이 움직이지 못할 정도로 수많은 꽃들을 미친 듯이 요란스럽게 피우기 시작했다. 협죽도 나무에는 갓 피어난 꽃들뿐 아니라 이미 시든 꽃들도 잔뜩 얹혀 있었다. 그 푸른 이파리들은 지칠 줄 모르는 모습으로 힘차게 솟아나며 끊임없이 새로워졌다.

다시금 등에 이젤을 멘 빈센트는 열두 폭의 판넬화를 위해 전원 가운데로 해바라기들을 찾아나섰다. 일구어진 들판의 흙은 나막신처럼 부드러운 빛깔이었고 물망초 빛깔의 푸른 하늘에는 흰 구름이 점점이 떠 있었다. 어떤 해바라기는 줄기에 붙어 있는 채로 동 틀 무렵에 한숨에 그렸고, 어떤 것들은 집으로 꺾어 가지고 와 초록색 꽃병에 꽂아놓고 그렸다.

그는 집 바깥 쪽을 선명한 노란색으로 칠했고, 라마르틴 광장에 사는 사람들은 그걸 보고 무척 즐거워했다.

집을 장식하는 일이 끝났을 때 여름이 왔다. 그와 더불어, 끓어오르

는 태양, 휘몰아치는 북서풍, 대기 속에서 점점 커져가는 흥분, 언덕에
꼭 달라붙어 있는 돌의 도시와 전원이 지니는 고통과 괴로움과 시달림
의 모습도 다시 찾아왔다.

그리고 폴 고갱이 왔다.

그는 새벽녘에 아를에 도착하여, 밤새도록 열려 있는 한 작은 카페
에서 해가 뜨기를 기다렸다. 카페 주인이 그를 바라보더니 외쳤다.

"당신이 그 친구군요. 알아볼 수 있겠는걸요."

"도대체 무슨 얘길 하고 있는 거요?"

"반 고흐 씨가, 당신이 보내온 초상화를 내게 보여줬지요. 그 초상화
가 당신과 꼭 닮았거든요."

고갱은 빈센트를 깨우러 갔다. 떠들썩하고 다정한 재회였다. 빈센트
는 고갱에게 집 구경을 시키고, 그가 여행 가방을 푸는 것을 도와주면
서 파리 소식을 캐물었다. 그들은 몇 시간 동안 활기차게 이야기를 주
고받았다.

"오늘 일을 시작할 계획이요, 고갱?"

"자넨 내가 카롤뤼스-뒤랑인 줄 아나? 기차에서 내리자마자 당장
팔레트를 집어들고서 자네에게 햇빛의 효과를 만들어보일 수 있으리
라고 생각하나?"

"난 그저 물어봤을 따름인데."

"그렇다면 그 따위 어리석은 질문일랑 하지 말라고."

"그럼 나도 오늘은 쉬어야겠군. 자, 갑시다. 내가 이 도시를 구경시
켜줄 테니까."

고갱을 이끌고 언덕을 오르기 시작한 그는 햇빛에 탄 드 라 메리 광
장을 지나, 도시의 뒤편인 시장 도로를 따라 걸었다. 주아브 병사들이
막사 바로 바깥의 들판에서 훈련을 받았다. 그들의 붉은 페즈 모자가
햇빛 속에서 타오르고 있었다. 빈센트는 그 길을 따라, 고대 로마의 대
광장 앞에 있는 작은 공원을 지났다. 아를의 여자들이 아침 공기를 쐬

며 천천히 거닐고 있었다. 빈센트는 그 여자들이 얼마나 아름다운가 고갱에게 정신 없이 지껄여대고 있었다.

"아를의 여자들을 어떻게 생각하는지, 고갱?" 그가 캐물었다.

"난 저런 여자들한테는 조금도 열을 낼 수 없겠는걸."

"생김새 말고 저 살의 빛깔을 보라니까. 햇빛에 저 여자들의 피부 빛깔이 어떻게 되었는지 보란 말이오."

"사창가는 어떤가, 빈센트?"

"주아브 병사들을 상대로 하는 오 프랑짜리밖에 없소."

그들은 살림 정돈을 하기 위해 노란 집으로 되돌아갔다. 부엌 벽에다 상자를 못 박아놓고서, 담뱃값 얼마, 임시비 얼마에 집세까지 포함하여, 그들이 가지고 있는 돈의 절반을 그 상자 안에다 넣어놓았다. 상자 위에는 돈을 가져갈 때마다 일 프랑이라도 꼬박꼬박 적어놓도록 종이 조각과 연필을 올려놓았다. 또다른 한 상자 안에다가는 나머지 돈을 사등분하여 놓았는데 그 하나하나가 일주일간의 음식값이었다.

"당신은 요리 잘하잖소, 고갱?"

"썩 잘하지. 난 전에 선원이었거든."

"그럼 앞으로는 당신이 요리를 하지. 하지만 오늘 저녁은 당신을 대접하기 위해 내가 수프를 만들겠소."

그날 밤 빈센트가 수프를 만들어 내왔을 때 고갱은 먹을 수가 없었다.

"어떻게 엉망진창으로 뒤섞어놓은 건지 알 수가 없군. 자네 그림 속에다 빛깔을 뒤섞어놓듯 말이야."

"내 그림의 색채가 어떻단 말이오?"

"자넨 아직도 신(新)인상주의 속에 빠져 버둥거리고 있어. 자넨 현재의 그 기법을 버리는 게 나아. 자네의 본질과 어울리지도 않는다구."

빈센트는 자기 그릇을 밀어붙였다.

"한눈에 척 보고 그걸 알 수 있단 말이오, 엉? 당신 정말 비평가군."

"글쎄, 자네 자신이 보라구. 자넨 장님이 아니잖나? 예를 들면, 저 격렬한 노란색을 보게, 저건 완전히 혼란 상태야."

빈센트는 벽에 걸린 그의 해바라기 판넬화를 흘낏 올려다보았다.

"내 해바라기 그림을 보고 찾아낸 말이 고작 그것뿐이오?"

"아니지, 수많은 혹평거리를 찾아낼 수 있다네."

"그중엔?"

"그중엔 조화의 문제가 있지. 그 조화가 단조롭고 불완전하거든."

"그건 거짓말이야!"

"아, 앉으라구, 빈센트, 날 죽일 듯이 바라보지 말라니까. 난 자네보다 나이가 한참 많아, 그리고 더 원숙하고. 자넨 아직도 자네 자신의 나아갈 길을 모색하는 중이야. 잠자코 내 말만 들으라구. 그러면 나한테서 유익한 교훈을 얻을 테니까."

"미안하군요, 폴. 난 정말 당신의 도움을 받고 싶은데."

"그렇다면 우선 자네 머릿속에서 그 쓰레기들을 다 쓸어버리는 게 좋을 거야. 자넨 하루 종일 메소니에와 몽티셀리에 관해서 정신 없이 지껄여댔잖아. 둘 다 아무런 가치도 없어. 자네가 그 따위 그림들을 숭배하는 한 자네 자신은 단 한 점의 훌륭한 작품도 만들지 못할 거야."

"몽티셀리는 위대한 화가였소. 그 시대의 어느 누구보다도 색채에 대해 많이 알고 있었는데."

"그는 술주정뱅이 백치였어, 그랬다니까."

테이블을 사이에 두고 벌떡 일어난 빈센트가 고갱에게 눈을 부라렸다. 그릇이 붉은 타일 바닥에 떨어져 깨졌다.

"'파다'를 그렇게 부르지 말라구! 내가 내 형제만큼이나 사랑하는 사람을. 그 사람이 그런 술주정뱅이에다 정신 나간 사람이라는 이야기는 전부 험담이오. 술주정뱅이라면 몽티셀리가 그런 그림들을 그릴 수 없었겠지. 여섯 개의 기본 색의 균형을 맞추는 정신적 노고, 순전한 긴장과, 계산에다, 단 삼십 분 안에 생각해야 할 게 수백 가지가 있는데, 그러자면 건강한 정신이 반드시 필요할 테니까 말이오. 또한 맑은 정신이 '파다'에 대해서 그런 험담을 계속한다면 당신은 그런 험담을 맨 처음 입에 올린 짐승 같은 여자와 똑같이 악랄한 인간이오."

"짜라라짜, 뾰족한 내 모자!"

빈센트는 얼굴에 찬물을 뒤집어쓴 듯 움찔했다. 팽팽한 감정과 말이 목구멍까지 치밀었다. 그는 자신의 분노를 표현하려고 했지만 할 수가 없었다. 그는 자신의 침실로 걸어가 문을 뒤로 꽝 닫았다.

8

다음 날 아침 그 싸움은 잊혔다. 함께 커피를 마시고 나서는 그림 그릴 곳을 찾으러 각자 다른 길로 나섰다. 그날 밤 빈센트가 자신이 말한 여섯 가지 기본 색의 균형을 맞추느라 기진맥진해진 몸으로 집에 돌아와보니 고갱이 벌써 자그마한 가스 스토브에다 저녁을 준비하고 있었다. 그들은 얼마 동안은 조용하게 이야기를 주고받았다. 그러다가 대화 주제는 화가와 그림으로 바뀌었다. 그들이 열렬한 관심을 가진 것은 그것밖에 없었던 것이다.

싸움이 시작되었다.

고갱이 경탄해마지 않는 화가들을 빈센트는 경멸했다. 빈센트의 우상인 화가들이 고갱에게는 저주받을 사람들이었다. 각자의 기법에 접근하는 방법에서 그들은 마지막엔 언제나 의견이 달랐다. 다른 주제였더라면 조용하고 다정한 태도로 토론할 수도 있었지만, 그러나 그림은 그들 각자에게 생명의 밥이요 국이었던 것이다. 그들은 자신의 생각을 위해 신경의 힘이 버틸 수 있는 데까지 싸웠다. 고갱에게는 빈센트의 두 배나 되는 육체적 힘이 있었지만 빈센트에게는 휘몰아치는 드센 격정이 있었으므로 결국 팽팽한 맞수였다.

서로 의견이 같은 문제에 대해서 논의할 때에도 그들의 논쟁은 불꽃 튀듯 험악했다. 그 논쟁에서 헤어나올 즈음엔 두 사람의 머릿속은 완전히 방전된 전지처럼 기진한 상태였다.

"자넨 결코 화가가 되지 못할 거야." 고갱이 단언했다. "자연을 관찰하고서 작업실로 돌아와 그걸 냉정하게 그리지 못하는 한은 말이야."

"이런 천치, 난 냉정하게 그리고 싶지 않단 말이오. 난 뜨거운 피로 그리고 싶다구! 그래서 내가 아를에 머무는 거란 말이오!"

"자네가 그린 것들은 몽땅, 자연을 노예처럼 독창성 없이 모방한 것들뿐이야. 자넨 즉흥적으로 묘사하는 걸 배워야 한다구."

"즉흥적! 저런, 저런!"

"그리고 또 한 가지, 자넨 쇠라의 말을 귀담아들었더라면 좋았을 텐데. 회화는 추상적인 거야. 자네가 지껄이는 이야기들이나 자네가 내세우는 도덕 같은 건 낄 여지가 없다구."

"내가 도덕을 내세운다구? 당신 미쳤군."

"설교를 하고 싶다면, 빈센트, 도로 목사나 되라구. 그림이란 색채, 선 그리고 형태야. 그것뿐이지. 화가란 자연 속에 보이는 장식적인 것들을 재현할 수 있을 뿐이야. 단지 그것뿐이라구."

"흥, 장식 미술." 빈센트가 코웃음을 쳤다. "자연에서 얻은 게 고작 그거라면 당신은 마땅히 주식거래소로 돌아가야만 해."

"그렇게 되면 내가 일요일 아침마다 교회로 자네의 설교를 들으러 가겠네. 그럼 자넨 자연에서 뭘 끌어내지, 기병 하사님?"

"난 움직임을, 그리고 생명의 리듬을 끌어내지."

"이런, 우린 틀렸어."

"난 태양을 그릴 땐, 사람들이 태양이 무시무시한 속도로 회전한다는 것을 느끼게 해주고 싶어. 엄청난 힘을 가진 빛과 열파(熱波)를 내뿜는 태양을. 밀밭을 그릴 때엔, 밀알 안에 든 원소 하나하나가 영글어 터지는 최후의 순간을 향해 밀고 나아가는 것을 느끼게 만들고 싶구. 사과를 그릴 때엔, 사과의 즙이 표피를 밀고 나오려는 것을, 중심에 있는 사과 씨들이 그 자신의 결실을 맺기 위해 바깥으로 나오려고 몸부림치는 것을 느끼게 해주고 싶어."

"빈센트, 화가란 이론을 갖지 말아야 한다고 내가 몇 번이나 말하지 않았는가."

"자, 고갱, 이 포도원 풍경을 봐요. 이걸 보라구요. 이 포도들이 당장이라도 터져 그 즙이 뿜어나올 것 같잖소. 그리고 자, 이 골짜기를 자세히 보시오. 이 골짜기 양편으로 여지껏 수백만 톤의 물이 쏟아져내렸다는 걸 난 사람들이 느끼게 해주고 싶은 거요. 한 인간의 초상화를 그릴 때 난 그 사람이 보고 행동하고 겪은 모든 것, 그의 전 인생의 흐름을 느끼게 만들고 싶소."

"도대체 뭘 하겠다는 수작이야?"

"이 점이오, 고갱. 밀 이삭을 밀어올리는 밭, 골짜기로 흘러내리는 물, 포도의 즙, 스쳐 흘러가는 한 인간의 인생, 이 모두가 하나이며 똑같은 것이라는 점이오. 생명에서 유일한 합일점은 리듬이라는 것이니까. 하나의 리듬에 맞추어 우리 모두가 춤추고 있소. 인간, 골짜기, 일구어진 밭, 밀밭 사이의 달구지, 집, 말, 그리고 태양, 그 모두가. 지금 당신의 내부에 있는 물질이 내일은 포도를 뚫고 쿵쾅거릴 거요. 왜냐하면 당신과 포도는 하나니까. 난 밭에서 열심히 일하는 농부를 그릴 땐, 그 농부가 심어진 밀과 똑같이 흙 속으로 흘러들어가는 것을 느끼게 만들고 싶단 말이오. 태양이 농부와 밭과 밀과 생기와 말(馬) 속으로 쏟아져 들어가는 것을, 그리고 그 모든 것이 다시 태양 속으로 되쏟아져 들어가는 것을 느끼게 만들고 싶소. 당신이 이 지상의 모든 것을 움직이는 우주의 리듬을 이해하기 시작할 때, 비로소 당신은 인생을 이해하기 시작할 거요. 그것만이 신(神)이오."

"기병 하사님." 고갱이 말했다. "당신 말씀이 옳아."

빈센트는 감정이 극에 달해서 열병과도 같은 흥분으로 떨고 있었다. 불쑥 나온 고갱의 말이 따귀처럼 그를 쳤다. 그는 입을 벌린 채 바보처럼 멍하니 쳐다보며 거기 서 있었다.

"도대체 그, '기병 하사님, 당신 말씀이 옳아'가 무슨 뜻이오?"

"응, 그건 우리가 압생트를 마시러 카페로 자리를 옮길 때가 되었단 말이지."

두 주일이 다 되었을 무렵 고갱이 말했다. "오늘 밤엔 자네가 아는 그 집에나 가볼까? 어쩌면 근사한 살찐 여자를 만날 수 있을지 모르잖아."

"라셸에겐 손대지 말아. 라셸은 내 여자니까."

그들은 미로와도 같은 돌길들을 올라가 사창가로 들어갔다. 빈센트의 음성이 들리자 라셸이 깡충거리며 현관으로 달려내려와 그의 팔 속으로 뛰어들었다. 빈센트는 고갱을 주인 루이에게 소개했다.

"고갱 씨." 루이가 말했다. "당신은 화가지요. 혹시, 작년에 내가 파리에서 산 두 점의 새 그림에 대해 의견을 말씀해주실 수 있을는지."

"여부가 있나요. 어디서 그것들을 사셨소?"

"구필 화랑에서, 오페라 광장에 있는. 앞의 객실에 걸려 있지요. 들어가보시겠습니까?"

라셸은 빈센트를 홀 왼편에 있는 방으로 끌고 가 테이블 곁에 있는 의자에다 그를 밀어넣고는 그의 무릎에 앉았다.

"내가 이곳에 드나든 지가 여섯 달이 되었는데." 빈센트가 투덜거렸다. "루이가 나한테는 자기 그림들이 어떠냐고 단 한 번도 의견을 묻지 않았단 말이야."

"그 사람은 당신이 화가라고 생각지 않나 봐요, 빨강 머리 미치광이 씨."

"어쩌면 그 사람이 옳을지도 모르지."

"당신은 이젠 날 사랑하지 않죠?" 그녀가 입을 삐죽 내밀며 말했다.

"뭣 때문에 그런 생각을 했지, 비둘기?"

"몇 주일 동안이나 날 보러 오지 않았잖아요."

"그건 내 친구를 위해서 집 정돈을 하느라고 열심히 일했기 때문에 그런 거였어."

"그럼 떨어져 있어도 날 사랑하는 거죠?"

"물론, 떨어져 있을 때에도."

그의 작고 둥근 양쪽 귀를 왈칵 잡아당기고는, 그녀는 하나씩 차례로 키스했다.

"그걸 증명하기 위해서, 빨강 머리 미치광이, 당신의 이 우습게 생긴 작은 귀를 나한테 줄래요? 전에 그러겠다고 약속했잖아."

"가져갈 수 있으면 가지려무나."

"치, 빨강 머리 미치광이, 당신의 이 두 귀가 바늘로 꿰매 붙인 건가, 뭐, 내 인형에 달린 귀처럼."

홀 건너편 방에서 외침 소리가 들렸다. 우스워서인지 아니면 아파서인지 누군가 고함 치는 시끄러운 소리였다. 빈센트는 라셸을 무릎에서 내려놓고 홀을 가로질러 객실로 들어갔다.

고갱이 바닥에 몸을 반으로 접어 굽힌 채 몸부림을 치고 있었고 그의 얼굴에 눈물이 흘러내리고 있었다. 한쪽 손에 램프를 든 루이가 말문이 막힌 얼굴로 그를 내려다보고 있었다. 빈센트는 고갱에게 몸을 굽히고서 그를 흔들었다.

"폴, 폴, 무슨 일이오?"

고갱은 입을 열려고 했지만 열 수가 없었다. 잠시 뒤 그가 헐떡거리며 말했다. "빈센트……마침내……우리가 옳다는 게 증명됐어……보라구, 봐……저 벽 위에 걸린……두 그림을…… 저건 루이가 구필 화랑에서 산 거야……이 사창굴의 객실에다 걸어놓으려고. 그런데 둘 다 부그로의 그림이란 말일세!"

고갱이 비틀비틀 일어서 앞문 쪽으로 나아갔다.

"잠깐만." 그를 뒤쫓아 달려가며 빈센트가 외쳤다. "어딜 가는 거요?"

"전신국에. 이걸 당장 바티뇰 클럽에 전보로 알려야겠어."

이글이글 타오르는 무시무시한 열기와 함께 여름이 왔다. 전원 지대는 갖가지 요란한 빛깔들을 터뜨렸다. 초록색, 청색, 노랑색, 빨강색 등은 너무도 선명해서 눈이 오싹할 정도였다. 태양이 닿는 것은 무엇이든 가장 깊은 속까지 타버렸다. 론 강 계곡은 잇따라 소용돌이치는 열기의 파도로 흔들렸다. 태양이 두 사람의 화가를 거세게 난타하여 상처를 입히고 녹초로 만들어 그들에게서 저항력을 모두 빨아냈다. 북서풍이 일어 그들의 몸을 매질하고, 신경을 채찍질하고, 당장이라도 터져버리거나 꺾어지지 않을까 하는 생각이 들 정도로 그들의 머릿속을 흔들어댔다. 그럼에도 불구하고 그들은 매일 아침 떠오르는 태양과 함께 바깥으로 나가, 쨍쨍한 낮의 푸른색이 초롱초롱한 밤의 푸른색으로 짙어질 때까지 열심히 작업했다.

빈센트와 고갱, 전자는 활화산 그 자체이고, 후자는 안에서 들끓고 있는 휴화산인 둘 사이에, 맹렬한 싸움이 준비되고 있었다. 밤중에 몹시도 피곤해서 잠을 이룰 수도 없고, 너무도 신경이 들쑤셔서 가만히 앉아 있을 수도 없을 때, 그들은 그 에너지를 모두 상대방에게 사용했다. 돈은 바닥이 났다. 기분 전환을 할 길도 없었다. 그들은 쌓이고 쌓인 울적한 열정을 쏟을 출구를, 서로의 감정을 악화시키는 데서 찾았다. 고갱은 결코 지칠 줄 모르고 빈센트를 격분 속에 몰아넣었고, 빈센트가 분노의 극에 달했을 때엔 "기병 하사님, 당신 말씀이 옳아"라는 말을 그의 얼굴에다 던지는 것이었다.

"빈센트, 자네가 그림을 그리지 못한다는 게 하나도 이상할 것이 없어. 이 혼란스러운 작업실을 좀 보라구. 이 엉망진창인 물감 상자를 봐. 자네의 네덜란드인 두뇌가 도데나 몽티셀리 같은 사람들한테 그렇게 열을 내지만 않는다면, 아마도 이걸 깨끗이 치우고 자네 생활을 좀 정돈할 수 있을 텐데."

"그건 당신 일이 아니야, 고갱. 이건 내 작업실이라구. 당신 작업실이나 당신 좋을 대로 실컷 관리하시지."

"그런 이야기가 나왔으니까 한 가지 더 말해주는 게 좋겠는데, 이봐, 자네 정신은 자네 물감 상자만큼이나 뒤죽박죽이라구. 유럽의 우표 딱지 화가들한테는 경탄을 하면서 그래, 자넨, 드가의……."

"드가! 도대체 드가가 밀레와 나란히 떠받들어질 만한 뭘 그리기라
도 했단 말이오?"

"밀레, 그 센티멘털리스트! 그……."

자신의 스승이며 정신적 아버지라고 생각하는 밀레에 대한 그런 비
방에 빈센트는 격분하고 말았다. 그는 이 방에서 저 방으로 사납게 고
갱을 뒤쫓았다. 고갱은 달아났다. 집 안은 좁았다. 빈센트는 그에게 외
쳐대고, 장광설을 늘어놓고, 고갱의 강한 얼굴에다 주먹을 휘둘렀다.
짓누르는 듯한 열대의 밤이 이슥하도록 그들은 연달아 때리고 치는 싸
움을 계속했다.

그들 두 사람은 바야흐로 결실을 맺을 시점에서 자신과 자연을 표
현하기 위해서 악마처럼 일했다. 낮이면 낮마다 타오르는 듯한 팔레트
와 싸웠고, 밤이면 밤마다 상대방의 거슬리는 에고와 싸웠다. 악의적
인 말씨름을 하지 않을 때에는, 그들의 다정한 토론이 너무도 마음 뿌
듯해서 잠을 이룰 수가 없었다. 테오로부터 돈이 왔다. 그들은 당장 담
배와 압생트에 그 돈을 써버렸다. 너무 더워서 뭘 먹을 수도 없었다. 그
들은 압생트가 신경을 가라앉혀주리라고 생각했다. 그러나 압생트는
신경을 더욱더 흥분시켰을 뿐이었다.

채찍질해대는 험악한 북서풍이 일기 시작했다. 그 때문에 두 사람
은 집 안에 갇혀 지냈다. 고갱은 그림을 그릴 수 없었다. 고갱은 빈센트
의 감정이 끊임없이 들끓어오르도록 그를 괴롭히면서 시간을 보냈다.
그는 단지 생각에 지나지 않는 것에 그렇게 흥분하는 사람을 처음 보
았던 것이다.

빈센트는 고갱의 유일한 스포츠였다. 그는 그것을 최대한 이용했다.

"진정하는 게 좋을 걸, 빈센트." 북서풍이 시작된 지 닷새째 되는 날
고갱이 말했다. 그동안 그가 빈센트를 하도 못살게 굴었던지라 노란
집 내부에는 폭풍우가 일었고, 거기에 비하면 사납게 울부짖는 북서풍

은 미약한 산들바람으로 느껴질 정도였다.

"당신은 어떻고, 고갱?"

"아주 공교롭게도 말이야, 빈센트, 나와 오래 같이 있으면서 버릇처럼 함께 토론을 벌이곤 했던 서너 명의 사람들이 전부 미쳐버렸거든."

"지금 날 협박하는 거요?"

"아니, 경고하는 걸세."

"그렇다면 그 경고, 당신 마음속에나 새겨두쇼."

"좋아. 하지만 무슨 일이 생기더라도 날 비난하지는 말라구."

"아, 폴, 폴, 그 끝도 없는 입씨름은 그만 집어치웁시다. 당신이 나보다 훌륭한 화가라는 걸 나도 알고 있소. 내게 많은 가르침을 줄 수 있다는 것도 알고. 하지만 날 경멸하도록 가만 놔두진 않을 거요, 내 말 듣고 있소? 난 구 년이라는 긴 세월 동안 뼈 빠지게 노력했고, 그리고 맹세코 내겐 이 지긋지긋한 물감으로 뭔가 표현해야 될 게 있단 말이오. 자, 이젠 인정하시지, 안 그렇소? 말해보라니까, 고갱!"

"기병 하사님, 당신 말씀이 옳아."

북서풍이 가라앉았다. 아를 사람들이 다시 바깥으로 나왔다. 태울 듯한 태양이 다시 찾아왔다. 다스릴 길 없는 열기가 아를에 자리 잡았다. 경찰은 폭력 범죄와 싸워야 했다. 사람들은 두 눈에 타오르는 흥분을 담고서 이리저리 걸어다녔다. 아무도 웃는 사람이 없었다. 아무도 이야기하는 사람이 없었다. 돌로 만든 지붕들 위로 햇빛이 사정 없이 내리쬐었다. 라마르틴 광장에서는 싸움들이 벌어지고 칼날이 번쩍였다. 허공에는 파국의 냄새가 스며 있었다. 아를은 그런 긴장을 너무 포식한 나머지 이젠 그것을 더 견딜 수 없었다. 론 강 계곡은 당장이라도 수백만 개의 파편으로 터질 것 같았다.

빈센트는 그 파리 출신의 신문 기자를 생각했다.

"이게 뭐가 되려고 이러나?" 빈센트는 스스로에게 물었다. "지진이 될까, 혁명이 될까."

그 모든 것에도 불구하고 그는 여전히 모자도 쓰지 않은 채 들판으로 나가 그렸다. 스스로 느끼고 있는 무시무시한 열정을 자신의 내부에서 유동(流動)시키기 위해서 그에겐 눈이 멀 듯한 백열(白熱)이 필요했다. 그의 머릿속은 하나의 타오르는 도가니가 되어, 붉고 뜨거운 캔버스를 차례로 만들고 있었다.

잇달아 나오는 하나하나의 캔버스와 더불어 그는, 구 년간의 힘든 노력이 이제 과도하게 충전된 몇 주간에 집약되어 그 자신을 어느 짧은 한순간에 완전하고 완벽한 화가로 만들어주리라는 것을 보다 절실히 느낄 수 있었다. 그의 작품은 지금 지난여름의 작품을 훨씬 능가했다. 자연의 본질과 그 자신의 본질이 이토록 완전하게 표현된 작품을 다시는 결코 만들지 못하리라.

그는 새벽 네 시부터 시작해서 밤이 눈앞의 풍경을 앗아갈 때까지 계속 그렸다. 그는 완성된 그림을 하루에 두 점, 어떤 땐 세 점까지도 만들었다. 그는 자신의 생명으로부터 나오는 필생의 그림을 한 점 한 점 그리면서 한 해 동안의 정열을 쏟아내고 있었다. 이 지상에서 머무는 시간의 길이는 그에게는 문제가 되지 않았다. 살아 있는 그 나날들을 어떻게 보냈느냐가 문제였다. 그에게 시간이란, 펄럭이는 달력의 낱장이 아닌 자신이 쏟아낸 작품들로 재야만 하는 것이었다.

그는 자신의 예술이 절정에 달했음을 느꼈다. 그것은 자신의 인생의 정점이었으며, 바로 그 순간을 향해 지난 구 년간을 몸부림치며 나아갔던 것이다. 그게 얼마나 지속될는지는 알 수 없었다. 다만 그림을 그려야 한다는 것, 더 많은 그림을…… 그러고도 더 많은 그림을 그려야 한다는 것만을 알고 있었다. 자신의 영혼 속에 잉태된 그림들을 전부 창조할 때까지, 자신의 삶의 이 절정, 이 작은 무한의 순간을 지탱하고 유지하고 밀고 나가야만 했다.

낮에는 꼬박 그리고, 밤에는 꼬박 싸우고, 잠은 전혀, 먹는 것은 아주 조금, 그 대신 태양과 색채와 흥분과 담배와 압생트로 실컷 배를 채우고, 광포한 자연의 힘과 그들 자신의 창조의 충동에 괴롭힘을 당하며, 자신들의 분노와 난폭함으로 상대방을 괴롭히는 가운데, 그들의 불쾌감은 점점 더 높아졌다.

태양이 그들을 난타했다. 북서풍이 채찍질했다. 색채가 그들의 눈을 쿡쿡 찔러댔다. 압생트가 부풀어오르는 흥분으로 텅 빈 그들의 배를 불룩하게 했다. 피 끓는 열대의 밤 속에서 노란 집은 사나운 바람과 함께 흔들리고 진동했다.

고갱은 빈센트의 초상화를 그리고 있었고, 한편 빈센트는 쟁기 정물화를 그리는 중이었다. 빈센트는 고갱이 그린 자신의 초상화를 노려보았다. 처음으로 그는 고갱이 자신을 어떻게 생각하는가를 분명하게 깨달았다.

"이건 분명 나로군." 그가 말했다. "하지만 이건 미쳐버린 나요."

그날 저녁 그들은 카페에 갔다. 빈센트는 가벼운 압생트를 시켰다. 갑자기 그가 술이 든 잔을 고갱의 머리에다 던졌다. 고갱이 용케 피했다. 그는 빈센트의 몸을 두 팔로 잡아올렸다. 그는 빈센트를 끌고 라마르틴 광장을 건너갔다. 빈센트는 자신이 침대 속에 있다는 것을 알았다. 그는 금방 골아떨어졌다.

"고갱." 다음 날 아침 아주 침착하게 그가 말했다. "어제 저녁에 내가 당신 기분을 상하게 한 기억이 어렴풋이 나는데."

"쾌히 그리고 진심으로 자넬 용서하지." 고갱이 말했다. "하지만 어젯밤 같은 소동이 또다시 일어날지도 몰라. 그러다가 내가 진짜 맞기라도 한다면 난 자제심을 잃고 자네를 목 졸라 죽일지도 모르지. 그러니까, 내가 곧 돌아가야겠다는 것을 자네 동생에게 편지로 알리겠네."

"안 돼! 안 돼! 폴, 당신 그러면 안 돼. 노란 집을 떠나다니? 난 이 집의 모든 걸 당신을 위해서 만들었어."

그날 낮 동안 그 풍파는 사납게 계속되었다. 빈센트는 고갱을 자기 곁에 붙들어놓기 위해서 필사적으로 싸웠다. 고갱은 빈센트의 온갖 호소를 다 떨쳐버렸다. 빈센트는 애원하고 구슬리고 욕하고 울기까지 했다. 이 싸움의 결과, 강자는 그였다. 그는 자신의 전 인생이 고갱을 이 노란 집에 묶어두는 데 달려 있다고 느꼈다. 밤이 내릴 무렵 고갱은 완전히 녹초가 되었다. 그는 단지 조금이라도 쉬기 위해서 항복했다.

노란 집의 모든 방들이 전기와도 같은 긴장으로 충전되어 뒤흔들렸다. 고갱은 잠을 이룰 수가 없었다. 새벽녘에 그는 깜박 잠이 들었다.

이상한 느낌에 그는 눈을 떴다. 그는 자신의 침대 너머로 우뚝 선 채 어둠 속에서 자신을 노려보고 있는 빈센트를 보았다.

"뭐야, 빈센트?" 그가 딱딱하게 물었다.

빈센트는 그 방에서 걸어나가 자기 침대로 돌아가서는 곧 잠 속으로 떨어졌다.

그다음 날 밤 고갱은 어젯밤과 똑같은 이상한 느낌에 번쩍 잠이 깨었다. 빈센트가 자기 침대 너머로 우뚝 선 채 어둠 속에서 그를 노려보고 있었다.

"빈센트! 가서 자!"

빈센트가 몸을 돌리고 가버렸다.

다음 날 저녁 식사 때에 그들은 수프 때문에 사나운 입씨름을 벌였다.

"빈센트, 자네 여기에다 물감을 쏟아부었군, 내가 안 보는 새에 말이야!" 고갱이 외쳤다.

빈센트는 웃었다. 그는 벽으로 걸어가 분필로 그 위에 썼다.

나는 성령이다.
나는 건전한 정신이다.

며칠 동안 그는 매우 조용했다. 우울하고 의기소침한 모습이었다. 빈센트는 고갱에게 거의 한마디도 이야기하지 않았다. 그림 붓을 집어들지도 않았다. 책도 읽지 않았다. 그는 한 의자에 깊숙이 앉아서 눈앞의 허공만을 응시했다.

넷째 날 오후, 사나운 북서풍이 불고 있을 때, 그가 고갱에게 함께 산책을 가자고 청했다.

"공원으로 올라갑시다." 그가 말했다. "당신에게 뭔가 할 이야기가 있으니."

"여기가 편안한데, 여기서 이야기할 수 없나?"

"아니, 난 앉아서는 이야기할 수 없소. 걸어야만 한다니까."

"좋아, 정 그렇다면."

그들은 시내의 왼편으로 구불구불 올라가는 마찻길로 들어섰다. 앞으로 나아가려면 그들은 뭔가 두껍고 질긴 물체들을 뚫고 나아가듯 북서풍을 뚫고 돌진해야 했다. 공원의 사이프러스 나무들이 땅에 닿을 정도로 바람에 휩쓸리고 있었다.

"내게 이야기하고 싶다는 게 뭔데?" 고갱이 캐물었다.

빈센트의 귀에다 대고 악을 써야만 했다. 빈센트가 알아듣기도 전에 바람이 그의 말을 낚아채가는 것이었다.

"폴, 지난 며칠간 쭉 생각했는데, 내게 기막힌 생각이 떠올랐소."

"미안하네만, 난 자네의 그 기막힌 생각이라는 게 좀 의심스럽군."

"우린 모두 화가로서는 실패요. 그게 뭣 때문인지 알겠소?"

"뭐라고? 한마디도 못 알아듣겠는데. 내 귀에다 대고 큰 소리로 말해보라구."

"우리가 왜 화가로서 실패했는지 그 이유를 아느냐 말이오."

"모르겠는걸, 뭔데?"

"우리가 각기 따로 그렸기 때문이오."

"도대체 그건?"

"어떤 것은 우리가 잘 그리지만, 어떤 것은 잘못 그리거든. 그 모든 것을 함께 단 한 개의 캔버스에다 몽땅 집어넣는 거요."

"기병 하사님, 당신의 말씀을 열심히 듣고 있사와요."

"보트 형제가 생각나오? 네덜란드의 형제 화가 말이오. 한 사람은 풍경화에 능했고 또 한 사람은 인물화에 능했소. 그 둘이 합해서 한 개의 그림을 그렸소. 한 사람은 풍경을 그려넣었고 한 사람은 인물을 그려넣었지. 그건 성공적이었소."

"그 넌더리 나는 이야기의 아리송한 요점을 이야기하자면?"

"뭐라고? 당신 말이 안 들려요. 가까이 와요."

"젠장, 계속하란 말이야!"

"폴, 우리도 그렇게 해야만 된다는 거요. 당신과 나, 쇠라. 세잔, 로트레크, 루소. 우리 모두가 한 캔버스에다 함께 작업을 해야 해. 그거야말로 진정한 화가의 코뮤니즘이오. 각자 자신이 가장 잘 하는 것을 그려넣는 거지. 쇠라는 대기, 당신은 풍경, 세잔은 지면(地面), 로트레크는 인물, 난 태양과 달과 별. 우리 모두가 합하여 하나의 위대한 화가가 될 수 있을 거요. 당신 생각은 어때?"

"짜라라짜, 뾰족한 내 모자!"

고갱은 귀에 거슬리는 야만스러운 웃음을 터뜨렸다. 바람이 이 조소를 물보라처럼 빈센트의 얼굴에 마구 끼얹었다.

"기병 하사님." 간신히 숨을 돌린 그가 고함쳤다. "그게 세상에서 가장 위대한 아이디어가 아니라면 정말 내 목을 내줌세. 내가 한바탕 웃을 동안 좀 용서해주게."

그는 재미있어 죽겠다는 듯 몸을 구부리고 배를 움켜잡은 채 오솔길을 비틀비틀 걸어내려갔다.

빈센트는 그 자리에 꼼짝 않고 서 있었다.

검은 새 떼가 하늘에서 일시에 쏟아져 내려왔다. 까옥까옥 울부짖으며 날개를 퍼덕이는 수천의 검은 새 떼. 그 새들이 빈센트에게 내리덮쳐 그를 치고 휘감으며, 그의 머리칼을 뚫고, 코 속으로 입 속으로 귀 속으로 눈 속으로 날아들며, 숨막힐 듯이 빽빽한 푸득이는 검은 날개들의 먹구름 속에 그를 파묻어버렸다.

고갱이 다시 올라왔다.

"자, 빈센트, 루이의 집으로 내려가지. 자네의 그 귀중한 아이디어를 들었으니, 꼭 축하를 해야만 될 것 같군."

빈센트는 말없이 리콜레트 로로 그를 따라갔다.

고갱은 한 여자와 함께 위층으로 올라갔다.

카페에서 라셸이 빈센트의 무릎 위에 앉았다.

"나랑 올라가지 않겠어요?"

"안 돼."

"왜 안 돼요?"

"오 프랑이 없거든."

"그럼 그 대신 내게 당신 귀 한쪽을 줄래요?"

"그러지."

아주 잠시 뒤에 고갱이 되돌아왔다. 두 사람은 언덕을 내려와 노란 집으로 돌아왔다. 고갱은 부리나케 저녁을 먹어치웠다. 그는 아무 말도 없이 앞문으로 걸어나갔다. 라마르틴 광장을 거의 다 건넜을 때 그는 등 뒤에서 익히 잘 알고 있는 발자국 소리를 들었다. 짧고, 빠르고, 불규칙한 발자국 소리였다.

그가 휙 돌아섰다.

빈센트가 한 손에 열린 면도칼을 들고 그에게 돌진해왔다.

고갱은 굳어져 선 채 빈센트를 쳐다보았다.

빈센트는 겨우 육십 센티미터 떨어진 거리에서 멈춰 섰다. 그는 어둠 속에서 고갱을 노려보았다. 그는 그의 고개를 떨구더니, 뒤돌아서, 집을 향해 달려갔다.

고갱은 한 호텔로 들어갔다. 그는 방을 하나 빌린 뒤, 방문을 잠그고는 잠자리에 들었다.

빈센트는 노란 집으로 들어갔다. 붉은 벽돌 층계를 올라 그는 자기 침실로 들어갔다. 여지껏 수많은 자신의 초상화들을 그리는 데에 사용했던 거울을 집어들었다. 그는 거울을 세면대 위의 벽에 기대어 세워놓았다.

그는 거울에 비친 붉게 충혈된 눈을 바라보았다.

최후가 왔다. 그의 인생은 끝났다. 그것을 그는 자신의 얼굴에서 읽었다.

깨끗이 결별하는 게 나았다.

면도칼을 들어올렸다. 날카로운 강철이 소름 돋은 목살에 닿는 것을 느꼈다.

여러 목소리들이 그의 귀에다 이상한 이야기들을 속삭이고 있었다.

그의 두 눈과 거울 사이에다 아를의 태양이 눈을 멀게 할 듯이 타오르는 불의 벽을 둘러놓았다.

그는 오른쪽 귀를 싹둑 잘랐다.

귓볼이 아주 조금 남았을 뿐이었다.

그는 면도칼을 떨어뜨렸다. 그는 수건으로 머리를 묶었다. 핏방울이 바닥에 뚝뚝 떨어졌다.

그는 세면대에서 잘려진 귀를 주워올렸다. 그걸 물에 씻었다. 서너 장의 도화지에다 겹겹이 쌌다. 그리고 그 뭉치를 신문지로 싸맸다.

칭칭 감긴 붕대 위로 바스크풍의 모자를 푹 눌러쓰고서 그는 층계를 내려가 앞문으로 걸어갔다. 그는 라마르틴 광장을 건너 언덕을 올라 사창가 루이의 집의 벨을 울렸다.

한 여급이 문을 열었다.

"라셸을 내게 보내줘요."

라셸이 금방 나왔다.

"아, 당신이군요, 빨강 머리 미치광이. 왠일이에요?"

"네게 주려고 뭔가 가져왔어."

"내게요? 선물?"

"그래."

"당신 참 멋쟁이야, 빨강 머리 미치광이."

"잘 간수해둬. 나의 기념품이야."

"뭔데요?"

"열어보면 알 거야."

라셸은 종이를 풀었다. 그녀는 겁에 질린 눈으로 귀를 바라보았다. 그녀가 포석 위에 실신하여 쓰러졌다.

빈센트는 몸을 돌렸다. 그는 언덕을 내려왔다. 라마르틴 광장을 가로질렀다. 그는 노란 집의 문을 닫고 침대로 갔다.

다음 날 아침 일곱 시 반, 고갱이 돌아와보니 노란 집 앞에 한 떼거리의 사람들이 모여 있었다. 룰랭 영감은 절망적으로 양손을 꽉 잡고 있었다.

"이봐요, 당신, 당신 친구한테 무슨 짓을 한 거요?" 참외 모양의 모자를 쓴 한 사내가 고갱에게 물었다. 딱딱하고 험악한 어조였다.

"난 아무것도 모르는데."

"아, 아냐……아주 잘 알고 있을 텐데……당신 친구는 죽었소."

고갱이 다시 제정신을 차리는 데에는 한참 시간이 걸렸다. 모여선 사람들의 눈초리가 자신을 갈기갈기 찢어버릴 것만 같아 숨이 막히는 듯했다.

"위층으로 함께 올라가봅시다, 선생." 고갱이 아까 그 사내에게 더듬더듬 말했다. "거기에서라면 서로 이야기가 통할 것 같으니까."

아래층에 있는 두 개의 방 바닥에 젖은 수건이 떨어져 있었다. 빈센트의 침실로 올라가는 계단은 핏자국으로 얼룩져 있었다.

총의 방아쇠처럼 몸을 둥글게 구부리고, 시트에 둘둘 말린 채, 빈센트는 침대에 누워 있었다. 죽은 것 같았다. 가만히, 아주 가만히, 고갱이 그의 몸을 만져보았다. 따뜻했다. 고갱은 일시에 힘과 원기를 도로 찾는 것 같았다.

"부탁입니다, 선생." 고갱이 경찰서장에게 낮은 목소리로 말했다. "이 사람을 아주 조심해서 깨우십시오. 나를 찾거든, 난 벌써 파리로 떠났다고 말해주시오. 날 한 번이라도 다시 보면 이 사람 목숨이 위태로워질지 모르니까요."

서장이 사람을 보내 의사와 마차를 불러왔다. 빈센트는 병원으로 실려갔다. 숨을 헐떡이면서 룰랭은 마차와 나란히 달렸다.

9

아를 병원의 젊은 인턴, 펠릭스 레이는 머리통이 팔각형인 작고 통통한 남자였는데, 잡초같이 더부룩한 검은 머리칼이 그 팔각형의 머리 위로 곤두서 있었다. 그는 빈센트의 상처를 치료하고는, 모든 물건들을 다 치워버린, 감옥의 독방 같은 어느 방의 침대에다 그를 뉘었다. 의사는 나올 때에 문 바깥에다 자물쇠를 채웠다.

해 질 무렵, 의사가 맥박을 재고 있을 때 빈센트는 눈을 떴다. 그는 천장을, 그다음엔 석회 도료가 칠해진 하얀 벽을, 그 다음엔 창밖으로 손바닥만 하게 보이는 어두워져가는 푸른 하늘을 차례로 응시했다. 그의 두 눈이 느릿느릿 레이 의사의 얼굴로 옮겨갔다.

"안녕하세요." 그가 나직하게 말했다.

"안녕하세요." 레이 의사가 대답했다.

"여기가 어디지요?"

"당신은 지금 아를 병원에 있답니다."

"아."

고통의 번뜩임이 그의 얼굴을 스쳐지나갔다. 그는 오른쪽 귀가 달려 있던 곳으로 손을 들어올렸다. 의사가 그를 막았다.

"만지면 안 돼요." 그가 말했다.

"……그렇군요……이제……기억이 나는군."

"아주 깨끗한 상처입니다. 내가 며칠 안에 일어나게 해드리지요."

"내 친구는 어디에 있지요."

"파리로 돌아갔죠."

"……알겠어요……파이프를 피워도 될까요."

"지금은 안 돼요."

레이 의사가 상처를 씻고 붕대를 감아주었다.

"이건 별로 대단치 않은 사고죠." 의사가 말했다. "어쨌든 머리통 바깥으로 달린 이 양배추같이 생긴 걸로 소리를 듣는 건 아니니까. 그게 없다고 안타까울 건 없을 겁니다."

"당신은 무척 친절하시군요, 의사 양반. 그런데 어째서 이 방이 이렇게……아무것도 없이 휑 하지요?"

"당신을 보호하기 위해 내가 전부 바깥으로 내갔지요."

"누구로부터 보호하기 위해?"

"당신 자신으로부터죠."

"……그래요……알겠어요."

"자, 이제 난 가봐야겠습니다. 저녁 식사와 함께 시중드는 사람을 들여보내지요. 꼼짝 말고 누워 있어야 해요. 피를 많이 흘려 몸이 약해졌으니까."

다음 날 아침 눈을 떴을 때, 테오가 그의 곁에 앉아 있었다. 테오의 얼굴은 창백하고 일그러진 데다 두 눈은 붉게 충혈되어 있었다.

"테오." 빈센트가 말했다.

테오는 의자에서 내려와 침대 곁에 무릎을 꿇고서 빈센트의 손을 잡았다. 그는 부끄러움도 거리낌도 없이 흐느껴 울었다.

"테오……내가 눈을 뜨고…… 너를 필요로 할 때면…… 넌 언제나 내 곁에 있구나."

테오는 차마 말을 할 수가 없었다.

"비참하게도, 널 멀리 이런 곳까지 내려오게 만들다니. 어떻게 알

왔니?"

"고갱이 어제 전보를 보내왔어. 그래서 밤차를 탔지."

"너에게 그렇게 돈을 쓰게 만들다니. 고갱이 잘못한 거야. 밤을 꼬박 새웠겠구나, 테오."

"그래, 형."

그들은 얼마 동안 말이 없었다.

"내가 의사를 만나봤어, 형. 일사병이라고 의사가 그러던데. 형, 모자도 쓰지 않고 뙤약볕에 나가 일했지, 그렇지?"

"그래."

"글쎄, 이젠 알았겠지만 그러면 안 돼. 앞으론 꼭 모자를 쓰라구. 아를 사람들 중엔 일사병에 걸린 사람들이 무척 많다던걸."

빈센트는 테오의 손을 가만히 눌렀다. 테오는 목구멍에 뭉클한 것이 치솟는 걸 간신히 삼켰다.

"형에게 알려줄 소식이 있지만, 며칠 더 기다렸다 말하는 게 좋겠어."

"좋은 소식이냐?"

"형도 좋아할 거야."

의사 레이가 들어왔다.

"오늘 아침은 환자 상태가 어떤가요?"

"의사 양반, 내 동생에게 좋은 일이 있다는데, 들어도 될까요?"

"그럼요. 자, 잠깐만 기다려요. 우선 이걸 먼저 보고서. 예, 좋군요, 좋아요. 이젠 빨리 회복이 될 겁니다."

의사가 나가자 빈센트는 이야기를 들려달라고 간청했다.

"형." 테오가 말했다. "나……저어, 나 있잖아……한 처녀를 만났어."

"뭐라구, 테오."

"응, 그 여잔 네덜란드 처녀야. 요한나 봉허. 우리 어머니 모습과 많이 닮은 것 같아."

"그 여잘 사랑하니, 테오?"

"응, 형이 파리를 떠난 뒤에 난 몹시도 외로웠어. 형이 파리에 오기 전엔 그토록 심하진 않았는데, 하지만 일 년을 형과 함께 살고 난 뒤라……"

"난 같이 살기 힘든 사람이야, 테오. 나 때문에 괴로웠겠구나."

"아, 형, 내가 르픽크 로의 아파트에 들어설 때마다 형의 구두가 신발장에 놓여 있고 형이 그린, 채 마르지 않은 캔버스들이 내 침대 위 여기저기에 흩어져 있길 얼마나 많이 바랐는지 알아. 하지만 이야기는 이제 그만해야겠어. 형은 쉬어야 돼. 여기, 서로의 곁에서 그냥 함께 지내기만 하면 되는 거야."

테오는 아를에서 이틀을 머물렀다. 그는 의사 레이로부터 빈센트가 급속히 회복될 것이며, 그가 빈센트를 환자로서뿐만 아니라 한 친구로서 잘 돌보아주겠다는 확실한 언질을 받고서야 떠났다.

룰랭이 저녁마다 꽃을 들고 찾아왔다. 그 여러 밤 동안 빈센트는 환각에 시달렸다. 의사는 그의 불면증이 사라지도록 베개와 요에 장뇌를 얹어놓았다.

넷째 날이 되었을 때, 빈센트가 완전히 정상적인 정신으로 돌아온 것을 보고 의사 레이는 방문의 자물쇠를 치우고, 가구들을 도로 방 안으로 들여놓았다.

"일어나 옷을 입어도 될까요?" 빈센트가 물었다.

"그럴 만한 기운이 있다면. 바람을 조금 쐰 뒤에 제 사무실로 오세요."

아를 병원은 가운데 정원을 둘러싸고 사변형으로 지어진 이층 건물인데, 그 가운데 정원에는 갖가지 빛깔로 가득 피어난 꽃들과 울타리와 자갈이 깔린 산책길이 있었다. 빈센트는 잠시 그곳을 천천히 거닐다가 이윽고 일 층에 있는 레이의 사무실로 갔다.

"일어나 걷는 기분이 어떻습니까?" 의사가 물었다.

"썩 좋군요."

"왜 그런 일을 했는지 말해보세요, 빈센트."

빈센트는 오랫동안 침묵했다.

"모르겠군요."

"그때 뭘 생각하고 있었지요?"

"난…… 아무…… 생각도 없었어요, 의사 선생."

체력을 회복하는 데에 그다음 며칠이 걸렸다. 어느 날 의사 레이의 사무실에서 둘이 한가롭게 이야기를 주고받는 중에 빈센트가 세면대에서 면도칼을 집어들고 칼날을 열었다.

"의사 선생, 당신 면도를 해야겠는걸요." 그가 말했다. "내가 해드릴까?"

의사 레이는 구석으로 뒷걸음질 치면서 손바닥으로 얼굴을 가렸다.

"싫소, 싫소, 그걸 내려놔요."

"난 진짜 훌륭한 면도사요. 근사하게 면도를 해줄 수 있다니까요."

"빈센트, 그 면도칼을 내려놔요!"

빈센트는 웃으면서 면도칼을 닫고는 도로 세면대 위에 올려놓았다. "겁내지 말아요. 그건 다 끝난 일이에요."

이 주일이 다 되어갈 무렵 의사 레이는 빈센트에게 그림을 그려도 좋다는 허락을 내렸다. 시중드는 사람을 시켜 노란 집에서 이젤과 캔버스를 가져오도록 했다. 의사 레이는 그저 빈센트의 기분을 맞춰주기 위해서 포즈를 취했다. 빈센트는 날마다 아주 조금씩 천천히 그렸다. 그 초상화가 완성되자 그는 그것을 의사에게 선물했다.

"이걸 내 기념품으로 간직해주시기 바랍니다. 당신의 친절에 대한 내 감사의 마음을 전달하는 데 이 길밖에 없어서."

"무척 고맙군요, 빈센트. 영광입니다."

의사는 그 그림을 집으로 가져가 벽에 난 틈을 가리는 데 사용했다.

빈센트는 두 주일을 더 병원에서 지냈다. 그 뙤약볕에 타들어가는 안뜰을 그렸다. 일할 때엔 넓다란 밀짚모자를 썼다. 화원을 그리는 데에 꼬박 이 주일이 걸렸다.

"날마다 날 보러 들러야 됩니다." 병원 정문에서 빈센트와 악수를 하며 의사 레이가 말했다. "그리고 압생트, 흥분, 모자를 쓰지 않고 햇빛 속에서 작업하는 것, 그 모두가 금물이라는 걸 명심하세요."

"약속하지요, 의사 선생. 모든 것에 감사드립니다."

"이젠 완전히 나았다고 내가 당신 동생에게 편지를 써 보내지요."

빈센트가 노란 집에 돌아와보니, 집주인은 그를 내쫓고 담배 가게에다 그 집을 빌려주기로 벌써 계약을 해놓았다. 빈센트는 노란 집에 깊은 애착을 가지고 있었다. 그 집이 프로방스의 흙 속에 뿌리박은 그의 유일한 뿌리였다. 그는 노란 집의 안팎 구석구석을 그림으로 그려놓았고, 그곳을 살 만하게 만들었다. 이번의 귀를 자른 사건에도 불구하고 그는 여전히 노란 집을 자신의 영구적인 집으로 여기고 있었다. 그는 집주인과 끝장이 날 때까지 싸우기로 단단히 결심했다.

처음에 그는 불면증 때문에 집 안에서 혼자 자는 것을 무서워했는데, 장뇌로도 불면증을 이길 수 없었다. 깜짝깜짝 놀라게 만드는 견딜 수 없는 환각을 내쫓기 위해 의사 레이가 그에게 브롬화칼륨을 주었다. 마침내 그의 귓속에다 괴상한 말들을 속삭여대는 목소리들은 사라지고, 다만 악몽 속에서 가끔 다시 나타날 뿐이었다.

아직은 너무도 쇠약한 상태라서 야외로 나가 일을 할 수는 없었다. 머릿속에 맑은 정신이 되돌아오기는 했지만 그 속도가 너무 느렸다. 생기가 나날이 되살아나고 식욕도 늘었다. 식당에서 룰랭과 함께 즐거운 식사를 했는데, 빈센트는 아주 쾌활했고 고통이 또다시 되풀이될지도 모른다는 두려움은 없었다. 룰랭 부인의 초상화에 아주 조심스럽게 손을 대기 시작했다. 그건 귀를 자른 사건 때문에 중단된 그림이었다. 그는 장미색으로부터 오렌지색으로 변해가는 빨강색, 노랑색으로부터 레몬색으로의 상승, 거기에 더해진 밝은 녹색과 어두운 녹색의 색채 배열이 마음에 들었다.

건강도 작업도 서서히 원래의 상태로 되돌아왔다. 다리와 팔은 부러뜨려도 다시 회복될 수 있다는 것은 알고 있었지만, 머릿속의 뇌 역시 다친 뒤에도 회복될 수 있다는 사실은 조금 놀라웠다.

어느 날 오후 그는 라셸이 잘 있나 보러 갔다.

"비둘기야." 그가 말했다. "전번에 너한테 그런 말썽을 일으켜서 미안하구나."

"괜찮아요, 빨강 머리 미치광이, 그런 걱정은 하지 말아요. 그런 일들은 이 도시에선 별로 이상할 것도 없으니까요."

그의 친구들이 찾아와서, 프로방스 사람들 전부가 열병이나 환각 아니면 광기에 시달리고 있다고 그를 안심시켰다.

"절대 이상한 일이 아니오." 룰랭이 말했다. "이곳 타르타랭 지역에 사는 사람들 모두가 조금씩은 머리가 돈 사람들이지요."

"휴우, 그렇다면," 빈센트가 말했다. "한 식구들처럼 서로를 이해하겠군요."

몇 주일이 더 지났다. 이젠 작업실 안에서 낮 동안 꼬박 일을 할 수 있게 되었다. 미쳐버린다거나 죽을지도 모른다는 생각은 마음에서 사라졌다. 거의 완전히 정상으로 돌아왔다는 기분이 차츰 들기 시작했다.

마침내 그는 용기를 내어 야외로 그림을 그리러 나갔다. 태양이 휘황찬란한 노란색의 밀밭을 불태우고 있었다. 그러나 빈센트는 그것을 사로잡을 수가 없었다. 그동안 그는 규칙적으로 먹고, 규칙적으로 자면서 흥분과 과도한 집중을 피해왔던 것이다.

그의 감정은 너무나 정상적인 상태가 되어서 그림을 그릴 수가 없었던 것이다.

"당신은 대단한 신경과민이에요." 전에 의사 레이가 그렇게 말했다. "당신은 정상이었던 적이 없어요. 하지만 그렇다 해도, 예술가치고 정상은 없으니까. 정상적이라면 예술가가 되지 못했을 겁니다. 정상적인 인간은 예술작품을 창조할 수 없지요. 그저 먹고 자고 틀에 박힌 일을 계속하다가 죽습니다. 당신은 삶과 자연에 대해 너무 과민해요. 바로 그 덕분에 당신은 나머지 우리 같은 사람들에게 삶과 자연을 해석해줄 수 있는 거지요. 하지만 조심하지 않는다면, 바로 그 과민함이 당신 자신의 파멸로 이어질 겁니다. 그 과민한 감각을 혹사시키다보면 어느 예술가라도 조만간에 꺾이고 말지요."

자신의 아를 캔버스들 위를 압도하는 무르익은 노란색의 색조를 얻기 위해서는 초조해지고, 긴장하고, 몸이 떨릴 만큼 흥분하고, 과민한 열정에 시달리며, 신경이 문드러 찢어질 정도가 되어야 한다는 것을 그는 알고 있었다.

그 상태에 스스로 들어서면, 그는 이전처럼 빛나는 그림들을 그릴 수 있었다. 그러나 그것은 그의 파멸로 이어지는 길이었다.

"화가라는 사람에겐 자기가 해야만 할 일이 있는 거야." 그는 혼자 중얼거렸다. "내가 그리고 싶은 대로 그리지 못하면서 살아간다는 건 얼마나 바보 같은가."

그는 모자도 쓰지 않은 채 들판으로 걸어나가 태양의 힘을 전신에 빨아들였다. 그는 미친 듯한 하늘의 빛깔과, 노란 불덩어리와, 초록색 밭과 봉오리가 탁탁 벌어진 꽃들을 들이마셨다. 북서풍이 그를 채찍질하고, 흐린 밤하늘이 숨을 막히게 하고, 해바라기들이 그의 상상력을 폭발 지점까지 몰고 가는 대로 그냥 몸을 맡겼다. 흥분이 높아짐에 따라 식욕이 사라졌다. 그는 커피, 압생트, 연초 담배만으로 살기 시작했다. 밤마다 잠들지 못한 채 누워 있노라면 전원의 강렬한 색채들이 그의 충혈된 눈앞으로 마구 스쳐 지나갔다. 그리하여 마침내 그는 이젤을 등에 짊어지고 들판 가운데로 들어갔다.

힘이 되살아났다. 그 어디에나 존재하는 자연의 리듬에 대한 감각, 커다란 캔버스를 타오르는 빛나는 햇빛으로 꽉 채워 몇 시간 만에 뚝딱 해치우는 능력도 되살아났다. 날마다 새로운 그림이 창조되었다. 날마다 감정의 용량이 커져갔다. 그는 쉬지 않고 계속해서 서른일곱 점의 그림을 그렸다.

어느 날 아침, 그는 혼수 상태와 같은 기분으로 잠에서 깨어났다. 일을 할 수가 없었다. 그는 의자에 앉았다. 벽을 노려보았다. 낮 시간 내내 거의 꼼짝도 하지 않았다. 예의 그 여러 목소리들이 귓가에 다시 살아나 이상한, 이상한 이야기들을 들려주었다. 밤이 내리자 그는 회색 식당으로 가서 한 작은 테이블에 앉았다. 수프를 시켰다. 여자 종업원이 수프를 내왔다. 갑자기 귓속에서 한 목소리가 날카롭게 울리며 그에게 조심하라고 말했다.

그는 수프 그릇을 바닥에다 휙 쓸어버렸다. 그릇이 박살났다.

"날 독살하려는 거지." 고함을 내질렀다. "수프에다 독약을 집어 넣었지."

그는 벌떡 일어나 테이블을 발로 차서 쓰러뜨렸다. 몇 손님이 문 밖으로 달아났다. 다른 사람들은 입을 딱 벌리고 그를 응시했다.

"당신들 전부가 날 독살하려고 하고 있지." 그가 악을 썼다. "날 살해하려 하고 있어! 수프에다 독약을 타는 걸 보았던 말이야."

경찰 두 명이 들어와 그의 몸뚱이를 이끌고 언덕 위의 병원으로 데리고 갔다.

스물네 시간 후에 그는 아주 침착해졌고, 의사 레이와 함께 그 일을 의논했다. 그는 날마다 아주 조금씩 그림을 그렸고, 교외로 산책을 나갔다가 저녁 식사를 하고 잠을 자기 위해서 병원으로 되돌아왔다. 어떤 때에는 형언할 수 없는 정신적 고통의 울화증에 빠질 때도 있었고, 때로는 시간과 피할 수 없는 상황의 베일이 일순에 떨어져나가는 듯한 순간들도 있었다.

의사 레이가 다시 그림을 그려도 좋다는 허락을 내렸다. 그는 알프스 산을 먼 배경으로 해서 길 옆에 있는 복숭아나무 과수원을 그렸다. 희미한 은색—푸른색 하늘에 비쳐서 녹색으로 변해가는 은색—의 잎사귀들이 달린 올리브 나무 숲과 거기에 딸린 오렌지 빛깔의 경작지를 그렸다.

삼 주일 후에 빈센트는 노란 집으로 돌아왔다. 그때쯤 되어서는 온 시내가 그리고 특히나 라마르틴 광장의 사람들이 그에게 노여움을 품었다. 귀를 자른 사건, 식당에서의 수프 사건은 그들로서는 아무렇지 않게 받아들일 수 없는 일이었다. 아를 사람들은 그림이 사람을 미치광이로 만들었다고 굳게 믿었다. 빈센트가 지나갈 때면 사람들은 그를 노려보기도 하고, 큰 소리로 핀잔을 주기도 하고, 심지어는 그와 스쳐 지나가지 않으려고 길을 건너가버리기도 했다.

어느 식당이든 그를 출입문에 얼씬도 못 하게 했다.

아를의 꼬마 아이들은 노란 집에 몰려들어 그를 괴롭히는 놀이를 만들어냈다.

"빨강 머리 미치광이, 빨강 머리 미치광이, 네 나머지 귀마저 잘라라." 꼬마들이 외쳐댔다.

빈센트는 창문들을 잠가버렸다. 그래도 창문을 뚫고 아이들의 고함 소리와 웃음소리가 흘러들어왔다.

"빨강 머리 미치광이, 빨강 머리 미치광이."

"미친놈! 미친놈!"

꼬마들은 짤막한 노래를 지어 그의 창문 밑에서 불러댔다.

> 빨강 머리 미치광이는 미친놈,
> 오른쪽 귀를 잘라버렸다네.
> 이젠 아무리 소리쳐도
> 그 미친놈 듣지 못한다네.

빈센트는 바깥으로 나가 꼬마들로부터 도망치려고 했다. 그러나 노래를 불러대고 웃음을 터뜨리는 이 신바람난 개구쟁이 무리들은 거리를 지나 들판까지 그를 뒤따라왔다.

노란 집 앞에 모여드는 꼬마들의 숫자는 날마다 늘어갔다. 빈센트는 솜으로 귀를 틀어막았다. 빈센트는 이젤에 달라붙어 자신이 그렸던 그림들을 모사했다. 아이들이 외치는 말들이 벽 틈을 뚫고 들어왔다. 그 말들이 그의 머릿속을 불로 지지는 듯했다.

어린 사내애들은 점점 더 대담해졌다. 작은 원숭이들처럼 배수관을 타고 기어오른 아이들이 창턱에 걸터앉아 방 안을 엿보면서 빈센트의 등 뒤에다 대고 외쳐댔다.

"빨강 머리 미치광이, 네 나머지 귀마저 잘라라. 너의 다른 쪽 귀를 가지고 싶어!"

사내애들은 받침 판자를 세워놓고서 그걸 타고 이 층까지 올라왔다. 그들은 유리창을 깨뜨리고 머리를 방 안으로 쑥 들이밀고는 그에게 물건들을 집어던졌다. 아래에 몰려선 꼬마들은 이 층까지 올라간 꼬마들을 응원하면서 그들이 불러대는 노래와 악쓰는 소리들을 그대로 따라했다.

"너의 다른 쪽 귀를 다오. 우린 그 귀를 가지고 싶어!"

"빨강 머리 미치광이, 사탕 줄까? 하지만 조심해, 독약이 묻었거든!"

"빨강 머리 미치광이, 수프 줄까? 하지만 조심해, 독약을 탔거든!"

> 빨강 머리 미치광이는 미친놈,
> 오른쪽 귀를 잘라버렸다네.
> 이젠 아무리 소리쳐도
> 그 미친놈 듣지 못한다네.

창턱에 걸터앉은 사내애들을 따라 모여선 꼬마들이 합창을 해댔다. 모두 하나가 되어 그들은 점점 더 높아지는 목소리로 노래를 불렀다.

"빨강 머리 미치광이, 빨강 머리 미치광이, 네 귀를 던져주렴, 네 귀를 던져주렴!"

"빨강 머리 미치광이, 빨강 머리 미치광이, 네 귀를 던져주렴, 네 귀를 던져주렴!"

이젤 앞에 앉아 있던 빨강 머리 미치광이가 비틀비틀 몸을 일으켰다. 세 명의 개구쟁이가 창턱에 앉아 있었다. 그는 격분하여 소리쳤다. 꼬마들이 받침 판자를 타고 허겁지겁 밑으로 내려갔다. 밑에 모여선 아이들이 와자그르르 떠들어댔다. 빈센트는 창가에 선 채 그들을 내려다보았다.

검은 새떼가 하늘에서 일시에 쏟아져나왔다. 까옥까옥 울부짖으며 날개를 퍼덕이는 수천의 검은 새떼. 그 검은 새떼가 라마르틴 광장을 까맣게 뒤덮으며 빈센트에게 내리덮쳐 그를 찌르고, 방 안을 가득 채우며 그를 휘감고, 그의 머리칼을 뚫고, 코 속으로 입 속으로 눈 속으로 날아들어, 숨막힐 듯이 빽빽한 푸덕이는 검은 날개들의 먹구름 속에 그를 파묻어버렸다.

그는 창턱에 벌떡 올라섰다.

"꺼져!" 그가 고함쳤다. "이 마귀 새끼들아, 꺼져! 제발 날 가만 내버려두란 말이야."

"빨강 머리 미치광이, 빨강 머리 미치광이, 네 귀를 던져주렴, 네 귀를 던져주렴!"

"꺼져! 날 가만 놔두란 말이야! 안 들려, 날 가만 놔두란 말이야!"

그는 세면대에서 세숫대야를 집어들어 아래로 날려보냈다. 세숫대야가 바닥의 포석에 부딪쳐 박살이 났다. 격분에 사로잡혀 이리저리 내닫으면서 그는 손에 잡히는 대로 아무거나 집어올려 라마르틴 광장 아래로 날려보내 구제 불능으로 박살을 냈다. 의자, 이젤, 거울, 테이블, 침구, 벽에서 떼낸 해바라기 그림 등 온갖 것들을 프로방스 악동들의 머리 위에다 퍼부었다. 그리고 그 하나하나의 물건들과 함께, 노란 집에서 보냈던 나날들과 자신의 일생이, 집을 꾸미기 위해 하나씩 차례로 사들이면서 치렀던 희생들이 한순간의 파노라마로 스쳐갔다.

방 안이 텅 비자 그는 창가에 섰다. 온몸의 신경이 와들와들 떨렸다.

그의 몸이 창턱에 푹 쓰러졌다. 그의 머리가 광장의 포석을 향해 아래쪽으로 축 늘어졌다.

10

그 즉시로 라마르틴 광장에는 한 통의 진정서가 나돌았다. 구십 명의 남녀가 거기에 서명했다.

> 타르디외 시장 귀하,
> 여기에 서명한 우리 아를 시민들 모두가, 라마르틴 광장 2번지에 살고 있는 빈센트 반 고흐가 위험한 정신병자이며, 따라서 그를 막연히 방치해두는 것은 온당치 않다고 굳게 확신하고 있습니다.
> 이에 우리는 그 광인을 감금시키기를 시장께 진정하는 바입니다.

아를의 선거철이 아주 가까이 다가와 있었다. 타르디외 시장은 그 많은 유권자들의 기분을 상하게 하고 싶지는 않았다. 그는 경찰서장에게 빈센트를 구속하라는 지시를 내렸다.

헌병들이 노란 집에 가보니, 빈센트는 창턱 아래의 마룻바닥에 쓰러져 누워 있었다. 그는 감옥으로 옮겨졌다. 그는 자물쇠가 채워진 독방 안에 넣어졌다. 간수가 문 바깥에 배치되었다.

의식을 회복하자 빈센트는 의사 레이를 만나보게 해달라고 부탁했다. 면회가 거부되었다. 그는 테오에게 편지를 쓸 종이와 연필을 청했다. 그것도 거절되었다.

마침내 의사 레이가 면회를 허락받았다.

"분한 마음을 억제해요, 빈센트." 의사가 말했다. "그렇지 않으면 위험한 정신이상자라는 판결을 받을 터이고 그러면 완전히 끝장이에요. 더구나 격렬한 감정은 당신의 병세를 악화시킬 뿐이니까요. 내가 당신 동생에게 편지를 써 보내겠습니다. 동생과 나, 둘이서 당신을 이곳에서 빼내드리지요."

"테오를 이곳에 내려오게 만들지 말아요, 의사 선생, 부탁이요. 이제 곧 결혼할 예정인데. 그랬다간 모든 걸 망치고 맙니다."

"예, 오지 말라고 하지요. 당신을 위한 좋은 계획이 있을 것 같군요."

이틀 뒤에 의사 레이가 다시 왔다. 독방 앞문에 여전히 간수가 배치되어 있었다.

"내 말 들어봐요, 빈센트." 의사가 말했다. "사람들이 노란 집에서 당신 짐을 다 들어내는 것을 방금 보았어요. 집주인이 가구들은 어느 카페의 지하실에다 보관해뒀고, 당신의 그림들에도 자물쇠를 채워놨어요. 집주인 이야기가 당신이 밀린 집세를 낼 때까진 그 그림들을 내주지 않겠답니다."

빈센트는 말이 없었다.

"이젠 그곳으로 돌아갈 수도 없으니까, 내 계획에 따라 주는 것이 더 나을 것 같군요. 이 간질 발작이 얼마 만큼 자주 다시 찾아오는지 그건 알 길이 없습니다. 안정과 침착과 기분 좋은 환경 속에서 흥분하는 일 없이 지낸다면 다시는 발작이 찾아오지 않을지도 모르지요. 반대로 한 달이나 아니면 두 달에 한 번씩 찾아올지도 모르고요. 그러니까 당신 자신과 당신 주위의 다른 사람들을 보호하기 위해서, 내 생각에 권할 만한 것은…… 가는 게……."

"……정신병원이란 말인가요?"

"예."

"그럼, 당신 생각엔 내가……?"

"아니죠. 빈센트 씨, 당신은 그렇지 않아요. 당신이 나처럼 정상이라는 것은 당신 스스로도 알 수 있을 겁니다. 그러나 이 간질 발작이 다른 종류의 열병과 유사해요. 제정신이 빠져버리는 거죠. 그래서 신경의 위기가 닥치면 자연히 이상한 짓들을 저지르게 되는 겁니다. 바로 그것 때문에 당신은 병원으로 가야만 합니다. 거기에서는 보살핌을 받을 수 있을 테니까요."

"알겠어요."

"여기서 불과 이십오 킬로미터쯤 떨어진 생 레미에 좋은 곳이 있습니다. 생 폴 드 모졸이라고 불립니다. 거기는 환자들을 일, 이, 삼 급으로 나누어 받죠. 삼급 환자는 매달 백 프랑입니다. 당신에겐 그거야 가능하겠지요. 이전엔 수도원이었던 곳인데, 바로 언덕 기슭에 기대어 세워져 있죠. 그곳은 아름다워요. 그리고 조용하죠, 아주 조용하죠. 의사가 당신과 상담을 하고 수녀들이 보살펴줄 겁니다. 음식도 수수하고 좋을 거예요. 거기서 건강을 회복할 수 있을 겁니다."

"그럼 그리는 게 허락될까요?"

"물론이지요. 무엇이건 원하는 대로 할 수 있을 거예요…… 그게 당신에게 해로운 것만 아니라면. 거대한 정원을 가진 병원에 있는 것과 꼭 같은 셈이죠. 그렇게 한 일 년 조용히 지내면 아마 완치될 겁니다."

"그런데 도대체 이 구멍에서 어떻게 빠져나가지요?"

"내가 경찰서장에게 이야기해놨습니다. 내가 데려다준다면, 당신을 생 레미로 보내는 데 동의한다고 말하더군요."

"그런데 그곳이 정말로 근사한 곳이란 말이죠?"

"아, 멋있죠. 당신이 그려야 할 것들이 부지기수로 많을 겁니다."

"근사하군. 한 달에 백 프랑이라면 그렇게 비싼 것도 아니고. 어쩌면 바로 그런 곳이 한 일 년간 나한테 꼭 필요할지도 모르겠군요. 나 자신을 진정시키기 위해서."

"물론 그렇지요. 거기에 대해 내가 벌써 편지로 당신 동생에게 알려놓았어요. 현재의 건강 상태로는, 당신을 너무 먼 곳으로, 특히 파리로 보낸다는 것은 권할 만한 일이 못 된다고 귀띔을 했고, 내 의견으로 볼 때는 생 폴이 당신에겐 안성맞춤이라고 이야기해뒀습니다."

"글쎄, 테오가 동의한다면……내가 테오에게 지금보다 더 큰 부담을 안기는 일만 없다면, 무엇이라도 다 좋습니다."

"난 언제고 대답이 오길 기다리고 있습니다. 대답이 오면 곧 다시 오죠."

테오에겐 다른 대안이 없었다. 그는 의사 레이의 제안에 말없이 따랐다. 테오가 형의 병원비를 치를 돈을 보내왔다. 레이는 빈센트를 마차에 태워 역으로 데리고 갔고, 거기서 그들은 타라스콩으로 가는 기차를 탔다. 타라스콩에서 작은 지선(支線)으로 갈아타고서 생 레미를 향해 기름진 푸른 계곡을 구불구불 올라갔다.

생 폴 드 모졸은 졸고 있는 듯한 한 읍을 지나 가파른 언덕을 이 킬로미터쯤 올라간 지점에 있었다. 빈센트와 레이는 마차를 한 대 세냈다. 도로는 거무스름한 황량한 산등성이로 곧바르게 이어져 있었다. 저만큼 떨어진 곳에서 빈센트는, 그 황량한 산기슭에 편안하게 자리잡은 수도원의 녹갈색 담장을 보았다.

마차가 멈췄다. 빈센트와 의사 레이가 마차에서 내렸다. 도로 오른편으로 깨끗이 치워진 둥그런 공터에 고대 로마의 베스타 여신의 신전과 개선문이 서 있었다.

"원, 세상에, 어떻게 저런 것들이 여기 있지요?" 빈센트가 캐물었다.

"여기가 옛날엔 고대 로마의 중요한 거류지였지요. 저 밑으로 보이는 저 강이 예전엔 이 계곡 전체를 뒤덮었답니다. 강물이 지금 당신이 서 있는 자리까지 올라와 있었던 거지요. 강물이 멀리 물러남에 따라 그 읍도 언덕 아래로 아래로 기어내려갔구요. 그래서 이곳엔 이제 이 폐허가 된 유적들과 이 수도원만 남아 있게 되었죠."

"재미있군요."

"자, 빈센트, 의사 페롱이 우릴 기다리고 있을 거예요."

도로를 벗어난 그들은 소나무 밭을 헤치고 수도원의 정문으로 걸어갔다. 레이가 쇠로 만든 손잡이를 당기자 종소리가 커다랗게 울렸다. 잠시 뒤에 문이 열리고 의사 페롱이 나타났다.

"안녕하십니까, 페롱 선생님?" 레이가 말했다. "우편으로 조처해놓은 대로, 제가 제 친구 빈센트 반 고흐 씨를 데리고 왔습니다. 이 친구를 잘 보살펴줄 줄로 알겠습니다."

"그래요, 레이 선생님, 우리가 보살펴드릴 겁니다."

"제가 도망가도 용서해주시겠지요, 페롱 선생님? 타라스콩으로 되돌아가는 기차를 탈 시간밖에 남지 않아서요."

"물론이죠, 알겠습니다."

"안녕히, 빈센트." 레이가 말했다. "즐겁게 지내세요, 그러면 당신은 회복될 겁니다. 될 수 있는 대로 자주 보러 오지요. 일 년 후엔 완전히 건강해진 사람으로 만나게 되길 바라겠어요."

"고맙군요, 의사 선생. 그렇게도 친절하시니. 자, 안녕히."

"안녕히, 빈센트."

그는 돌아서 소나무 숲을 헤치고 걸어나갔다.

"자, 들어오겠소, 빈센트?" 옆으로 비켜서며 페롱이 말했다.

빈센트는 페롱 앞을 지나 걸어들어갔다.

그의 등 뒤에서 정신병원의 문이 잠겼다.

정신병원으로
생 레미

1

수용자들이 잠을 자는 공동 병실은 생기 없는 어느 시골 역사의 삼등 대합실 같았다. 그들 정신병자들이 언제나 모자와 안경에다 여행용 망토를 걸치고 지팡이까지 들고 있는 품이, 지금 막 어디론가 떠나려는 찰나처럼 보였다.

기다란 복도 같은 방을 헤치고 빈센트를 데리고 온 드샤넬 수녀가 빈 침대 하나를 가리켰다.

"여기에서 주무세요." 그녀가 말했다. "밤에 혼자 있고 싶으면 이 커튼을 잡아당기구요. 페롱 선생님께서 당신이 일단 자리 잡고 난 다음에 사무실에서 당신을 만나고 싶다고 하셨어요."

불기 없는 난로 주위에 앉아 있는 열한 명의 사내들은 빈센트가 새로 들어온 것을 눈여겨보지도 않았고 뭐라고 말하지도 않았다. 풀 먹인 하얀 가운, 검은 케이프의 드샤넬 수녀는 등 뒤로 검은 베일을 빳빳하게 늘어뜨린 채 길고 좁다란 방을 걸어나갔다.

빈센트는 여행용 손가방을 털썩 내려놓고서 주위를 둘러보았다. 병실 양편으로는, 오 도 정도의 각도로 경사진 침대들이 늘어서 있고, 그 침대들은 각기 더러운 크림색 커튼이 달린 칸막이 틀로 둘러쳐져 있었다. 천장은 손질되지 않은 들보로 만들어졌고, 벽은 석회 도료가 칠해져 하얀 빛깔이었으며, 병실 중앙에는 몸통 왼쪽으로 모난 연통이 달린 스토브가 한 개 놓여 있었다. 그 방 안에 딱 한 개뿐인 램프가 그 스토브 바로 위에 매달려 있었다.

빈센트는 사람들이 왜 이렇게도 조용할까 궁금했다. 그들은 서로 말도 하지 않았고, 책을 읽거나 게임을 하지도 않았다. 다만 지팡이에 기댄 채로 스토브를 바라보고 있을 뿐이었다.

그의 침대 머리맡의 벽에 못으로 고정된 상자가 하나 달려 있었지만, 그는 자기 물건들을 여행용 손가방 안에 보관하는 쪽이 차라리 좋았다. 벽에 달린 상자 안에는 연초와 파이프와 책 한 권을 넣고, 여행용 손가방을 침대 밑에다 밀어넣은 그는 정원 가운데로 걸어나갔다. 도중에 자물쇠로 단단히 채워진 채 버려진, 한 줄로 늘어서 있는 어둡고 음습해 보이는 방들을 지나쳤다.

수도원의 안뜰은 몹시도 황량했다. 커다란 소나무들이 서 있었고 그 밑에서는 제멋대로 자란 키 큰 풀들이 무성한 잡초와 뒤섞여서 자라나고 있었다. 사방이 담장으로 둘러싸인 사각형의 뜰 속에 움직이지 않는 햇빛이 괴어 있었다. 빈센트는 왼쪽으로 돌아, 페롱 의사와 그의 가족들이 살고 있는 사택의 문을 두드렸다.

페롱은 마르세유에서 선의(船醫) 노릇을 하다가 그 뒤엔 안과 의사가 되었다. 그러다가 그는 심한 통풍 증세 때문에 한적한 시골에 있는 요양소를 찾게 되었던 것이다.

"이봐요, 빈센트." 책상 양 모서리를 꽉 잡고서 페롱이 말했다. "난 전에는 육체의 건강을 돌보던 사람이었소. 그리고 지금은 정신의 건강을 보살피고 있소. 둘 다 실은 똑같은 일이요."

"신경 질환을 많이 다루어보셨겠지요. 내가 왜 귀를 잘랐는지, 설명 좀 해주실 수 있겠습니까?"

"그건 간질 환자들에겐 결코 드문 일이 아니오, 빈센트. 그와 비슷한 두 환자가 있었소. 청각 신경이 극도로 예민해지고 그러면 환자들은 바깥 귀를 잘라버림으로써 환청을 막을 수 있다고 생각하게 되는 거요."

"……아, 알겠군요. 그러면 나는 어떤 치료를 받아야……?"

"치료? 글쎄……으음……일주일에 적어도 두 번은 뜨거운 목욕을 해야 해요. 난 그걸 꼭 강조하죠. 그리고 목욕할 때에도 두 시간 정도는 탕 안에 들어가 있어야 해요. 그러면 가라앉죠."

"그리고 달리 할 것은 없나요?"

"반드시 조용히 지내야만 해요. 흥분하면 안 돼요. 일도 하지 말고, 책도 읽지 말고, 논쟁도 하지 말고, 마음을 동요시키지 말아야 해요."

"알겠습니다……난 너무 쇠약한 상태라서 일도 할 수 없을 테니까."

"생 폴 수도원의 신앙 생활에 참여하고 싶지 않다면, 내가 수녀들한테 강요하지 말라고 일러두죠. 뭔가 필요한 게 있으면 나한테 오세요."

"고맙습니다."

"저녁은 다섯 시예요. 징 소리가 들릴 겁니다. 될 수 있는 대로 빨리, 병원의 생활 방식에 적응하도록 노력하기 바랍니다. 그래야 당신의 회복도 빨라질 테니까요."

황폐한 정원을 비틀비틀 빠져나온 빈센트는 삼급 병동 입구에 있는 현관 주랑(柱廊)을 지나, 쭉 늘어선 어두운 빈방들을 지나쳤다. 그는 병실의 자기 침대로 가 앉았다. 같은 병실의 사람들은 여전히, 아무 말 없이 스토브 주위에 앉아 있었다. 한참 후 다른 방에서 요란스러운 소리가 들려왔다. 스토브 주위에 앉아 있던 열한 명의 사내들은 뭔가 단호히 결심한 듯한 기색으로 몸을 일으키더니 쿵쾅거리며 병실에서 달려나갔다. 빈센트도 그들을 뒤따라갔다.

식사하는 방은 흙바닥이었고 창문도 없었다. 길고, 투박한, 나무로 만든 테이블이 한 개, 그리고 그 주위에 긴 의자들이 놓여 있을 뿐이었다. 수녀들이 음식을 내왔다. 싸구려 하숙집의 음식처럼 곰팡내 나는

맛이었다. 먼저 수프와 흑빵이 나왔는데, 수프에 바퀴벌레가 들어 있
는 걸 보고 빈센트는 새삼 파리의 레스토랑이 그리워졌다. 그다음에
나온 것은 이집트 콩, 완두콩, 렌즈 콩으로 만든 음식이었다. 동료 수용
자들은 허겁지겁 먹었고, 테이블에 떨어진 흑빵 부스러기까지 손바닥
에 쓸어모아, 혀로 깨끗이 핥아 먹었다.

식사가 끝나자 사내들은 스토브 주위의 아까 그 의자들로 되돌아와
먹은 음식을 소화시키는 데에 온 신경을 집중했다. 저녁 먹은 게 쑥 내
려가자 그들은 하나둘 일어나 옷을 벗고 커튼을 당기고는 잠자리에 들
었다. 빈센트는 그들이 단 한 마디라도 입 밖에 내는 소리를 여태껏 듣
지 못했다.

해가 마악 저물고 있었다. 빈센트는 창가에 선 채 저 아래의 푸른 계
곡을 내려다보았다. 연한 레몬빛의 아름다운 하늘이 보였고, 그 하늘
을 배경으로 슬픔에 잠긴 듯한 소나무들이 정교한 검은 레이스의 무늬
로 부각되었다. 그러나 그것을 보면서도 빈센트에게는 아무런 감정도,
그리고 싶다는 미약한 욕망조차도 일지 않는 것이었다.

하늘에 번져가는 프로방스의 무거운 어둠이 하늘의 연한 레몬빛을
완전히 빨아들일 때까지 그는 창가에 서 있었다. 병실에 램프를 켜주
러 오는 사람 하나 없었다. 어둠 속에서는 자신의 일생을 생각하는 일
외에 달리 아무것도 할 일이 없었다.

빈센트는 옷을 벗고 침대로 갔다. 그는 거친 가로 들보를 천천히 노
려보면서 눈을 크게 뜬 채 그냥 누워 있었다. 침대가 경사진 까닭에 몸
이 자꾸 침대 발치로 미끄러져내렸다. 그는 올 때 들라크루아의 책을
가지고 왔다. 가죽 표지의 그 책을 머리맡 상자 속에서 더듬어 찾아내
가슴에다 꼭 가져다댔다. 그 감촉이 안도감을 주었다. 그는 자신을 둘
러싼 이 정신 이상자들과 같은 부류가 아니라, 지혜와 위안의 말씀을
그 빳빳한 표지를 통해서 그의 아픈 가슴속에 흘려보내주는 이 위대한
거장 쪽에 속하는 사람이었다.

한참 뒤에 그는 잠들었다. 옆 침대로부터 들리는 낮은 신음소리에 그는 눈을 떴다. 신음소리는 자꾸자꾸 커져 급기야는 터져나오는 절규와 함께 격한 말들이 홍수처럼 쏟아져나왔다.

"썩 꺼져! 날 그만 따라다니란 말이야! 왜 내 뒤를 밟는 거지? 난 그 사람을 죽이지 않았어! 날 바보 취급할 셈인가. 난 네가 누군지 알고 있어. 넌 비밀경찰이지! 그래, 날 조사하려면 조사해봐! 난 그 돈을 훔치지 않았어! 그 사람이 수요일 날 스스로 자살한 거라구! 썩 꺼져! 제발, 제발, 날 내버려둬!"

빈센트는 벌떡 일어나 커튼을 옆으로 밀어붙였다. 스물세 살의 금발 청년이 자신의 잠옷을 이빨로 물어뜯고 있었다. 빈센트가 눈에 들어오자 청년은 벌떡 일어나 그 앞에 무릎을 꿇고는 기도하듯 간절하게 두 손을 모아쥐었다.

"무네-쉴리 씨, 끌고 가지 말아요! 내가 한 짓이 아니라고 말했잖아요! 난 남색가가 아닙니다! 난 변호사예요! 당신의 소송사건을 내가 다 처리해드릴 테니, 무네-쉴리 씨, 제발 날 체포하지 말아줘요! 지난 수요일에 내가 어떻게 그 사람을 죽일 수 있었겠습니까! 난 그 돈을 가지고 있지 않다니까요! 봐요! 자, 여기 없잖아요!"

광란의 발작을 일으킨 청년은 이불을 제쳐버리고 침대를 들춰올리기 시작하면서, 비밀경찰에게다 대고 자신은 무고하다는 것을 큰 소리로 외쳐대고 있었다. 빈센트는 어찌할 바를 몰랐다. 다른 사람들은 모두 깊이 잠들어 있는 듯했다.

빈센트는 옆 침대로 뛰어가 커텐을 밀어붙이고서 거기 있는 사람을 흔들어 깨웠다. 침대 안의 사내는 눈을 뜨고서 멍청하게 그를 바라보았다.

"일어나서 날 도와줘요, 저 청년을 진정시키게." 빈센트가 말했다. "저러다간 자기 몸에 무슨 해를 입히고 말 것 같아요."

침대 속의 사내가 오른쪽 입가로 침을 질질 흘리기 시작했다. 그리고는 훌쩍거리는 울음소리와 무슨 말인지 알아들을 수 없는 소리들을 내뱉었다.

"어서," 빈센트가 외쳤다. "저 사람을 꼼짝 못 하게 하려면 우리 두 사람이 필요하다니까."

그는 어깨에 한 손이 닿는 것을 느꼈다. 휙 몸을 돌렸다. 연장자 축에 끼는 한 남자가 뒤에 서 있었다.

"이 작자와 상대해봐야 소용없소." 그 사내가 말했다. "백치니까. 여기 온 뒤로 단 한 마디의 말도 제대로 못 했거든. 자, 우리 둘이서 저 청년을 진정시킵시다."

금발 청년은 벌써 매트리스에다 구멍을 내놓고서 그 위에 무릎을 꿇은 채 웅크리고 앉아 그 속에 채워져 있는 짚과 다른 것들을 끄집어내고 있었다. 빈센트가 다시 보이자 청년은 법률적인 문구들을 마구 외쳐대기 시작했다. 그는 두 손으로 빈센트의 가슴을 쳤다.

"그래그래, 내가 죽였다! 내가 그 사람을 죽였어! 하지만 남색 때문에 그런 건 아니야! 나는 그런 짓을 하지 않았어요, 무네-쉴리 씨. 지난 수요일이 아니에요. 그건 돈 때문이지요! 봐요! 여기 가지고 있잖아요! 그 지갑을 이 매트리스 안에 숨겨뒀어요! 당신에게 찾아드리지요! 저 비밀경찰이 날 그만 좀 따라다니게만 해줘요! 내가 그 사람을 죽였다 하더라도 난 풀려날 수 있어요! 난 그 소송사건에 당신을 증인으로 불러 그것을 증명……자! 매트리스에서 그 돈을 파냈습니다!"

"다른 한쪽 팔을 붙잡구려." 늙은 남자가 말했다.

그들은 청년을 꼼짝 못 하도록 침대 위에다 누르고 있었지만, 그의 미친 듯한 고함은 한 시간 이상 울려퍼졌다. 마침내, 완전히 힘이 빠지자, 말소리는 알아들을 수 없는 중얼거림으로 낮아지더니 이윽고 그는 열에 들뜬 잠 속으로 빠져들었다. 나이 든 사내가 침대를 돌아서 빈센트 곁으로 왔다.

"이 청년은 변호사 공부를 했대요." 그가 말했다. "공부를 너무 열심히 한 탓에 머리가 돌아버린 거지. 대략 열흘에 한 번씩 이 발작이 나타나지요. 하지만 절대 아무도 해치질 않거든. 잘 자구려."

나이 든 사내는 자기 침대로 돌아가자마자 곧 골아떨어졌다. 빈센트는 또다시 계곡이 내려다보이는 아까의 그 창가로 갔다. 동이 트기까지는 아직도 긴 시간이 남아 있었고 보이는 것이라곤 오직 샛별밖에 없었다. 그는 도비니의, 샛별을 그린 그림을, 우주의 크나큰 평화와 장엄함이…… 그리고 그 밑에 서서 그 별을 바라보는 허약한 인간의 애끓는 감정이 모두 표현된 도비니의 그림을 떠올렸다.

2

다음 날 아침 식사를 마친 뒤 그들은 정원으로 나갔다. 먼 담장 너머로 고대 로마인이 지나간 이후론 인적이 끊겨버린 황량한 산 언덕마루가 보였다. 빈센트는 환자들이 시름에 잠긴 듯 멍한 모습으로 공굴리기 놀이를 하는 것을 유심히 바라보았다. 그는 돌 벤치에 앉아서, 담쟁이로 뒤덮인 굵은 나무들을, 그다음에는 덩굴식물이 점점이 흩어져 있는 땅바닥을 바라보았다. 성 조제프 도브나 수도회 소속의 수녀들이 그들을 스쳐 고대 로마 교회를 향해 지나갔다. 두 눈은 깊숙이 들어가 있고, 흑백의 쥐 같은 모습을 한 수녀들은 묵주를 만지작거리며 아침 기도를 중얼거렸다.

말없이 공굴리기 놀이를 한 시간쯤 한 뒤에 환자들은 차가운 병실로 돌아갔다. 그들은 불 없는 스토브 주위에 둘러앉았다. 그들의 완전한 무위(無爲)에 빈센트는 오싹 소름이 끼쳤다. 빈센트는 그들이 어째서 낡은 신문지 한 장의 읽을거리조차 가지고 있지 않은지 도대체 납득할 수가 없었다.

더 견디질 못하고 빈센트는 다시 정원으로 나가 여기저기 걸어다녔다. 생 폴에서는 태양마저 빈사 상태인 것 같았다.

이 낡은 수도원은 안뜰을 가운데에 둔 전형적인 사변형 건물로 세워졌다. 그 북쪽은 삼급 환자들의 병실이고, 동쪽은 페롱 의사의 사택과 교회당 그리고 십 세기 때의 회랑(回廊), 남쪽은 일급, 이급 환자들의 병동, 서쪽은 위험한 정신 이상자들이 수용된 안마당과 거길 둘러싼 기다란 토벽. 자물쇠가 채워지고 빗장이 걸린 정문이 유일한 출구였다. 수도원 담장은 사 미터가 안 되는 높이였고 미끄러워 올라갈 수 없었다.

빈센트는 들장미 덤불 옆의 한 돌 벤치에 가서 앉았다. 그는 자신이 어째서 생 폴에 왔는지를 스스로에게 납득시키고 명확하게 이해하려고 애썼다. 그러나 무서운 경악과 공포감이 엄습해서 생각을 방해했다. 그의 가슴속에서는 희망도 욕망도 찾아볼 수 없었다.

그는 숙소를 향해 비틀비틀 걸어갔다. 삼급 병동의 주랑 현관을 들어서는 순간, 그는 기이한 개의 울부짖음 소리를 들었다. 병실 문간에 이르는 동안에 개의 울부짖음은 늑대의 울부짖음으로 바뀌었다.

빈센트는 기다란 병실 끝까지 걸어갔다. 맨 뒤 구석에서 벽 쪽으로 몸을 돌리고 있는 어젯밤의 그 늙은 사내가 보였다. 사내의 얼굴은 천장으로 치켜올려져 있었다. 폐의 온 힘을 다해 한껏 울부짖는 사내의 얼굴에는 짐승 같은 표정이 서려 있었다. 늑대의 울부짖음은 밀림 한가운데서 들리는 이상한 울음소리로 바뀌었다. 그 서글픈 소리가 방 안을 가득 메웠다.

"도대체 무슨 놈의 동물원에 내가 갇혀 있는 것일까?" 그는 자신에게 물었다.

스토브 주위의 환자들은 아랑곳하지 않았다. 구석에서 터져나오는 짐승 울부짖음 같은 소리가 절망의 극에까지 치솟았다.

"저 사람을 어떻게든 해줘야겠군." 빈센트가 커다랗게 말했다. 어젯밤의 그 금발 청년이 그를 막았다.

"그냥 내버려두는 게 낫습니다." 청년이 말했다. "당신이 말을 걸면 저 사람은 당장 분통을 터뜨릴 거예요. 몇 시간 뒤엔 끝날 겁니다."

수도원의 벽돌은 두꺼웠지만, 점심 식사 시간 내내 수시로 변화하는 고뇌의 절규가 거대한 정적을 뚫고 울려퍼지는 것을 그는 들을 수 있었다. 그는 먼 구석진 정원으로 나가 오후를 보내면서 그 광란의 울부짖음으로부터 도망치려고 애썼다.

그날 저녁 식사 시간의 일이었다. 왼쪽 반신이 마비된 젊은 청년이 나이프를 움켜쥐고 벌떡 일어나더니 오른손에 쥐고 있던 나이프를 자기 가슴에 들이댔다.

"이제 때가 됐어." 그가 외쳤다. "난 죽어버리겠어!"

그의 오른쪽에 앉아 있던 사내는 지친 듯 일어나 왼쪽 몸이 마비된 청년의 팔을 잡았다.

"오늘은 안 돼, 레이몽," 그가 말했다. "오늘은 일요일이잖아."

"아냐, 아냐, 오늘! 난 살지 않겠어! 난 살길 거부해! 내 팔 놔! 난 죽고 싶단 말이야!"

"내일, 응? 레이몽, 내일 죽어. 오늘은 적당치 않아."

"내 팔 놓으라니까! 내 심장에다 나이프를 꽂겠어! 죽어야겠단 말이야!"

"알아, 알아. 하지만 지금은 안 돼. 지금은 안 돼."

그는 레이몽의 손에서 나이프를 뺏고는, 무기력하게 흐느끼는 청년을 이끌고 병실로 되돌아갔다.

빈센트는 옆에 앉은 눈 주위가 불그스름한 사내에게 고개를 돌렸다. 사내는 수프를 힘들여 입가로 가져가면서 부들부들 떨고 있는 자기 숟가락을 안타깝게 바라보았다.

"저 사람은 어떻게 된 거요?" 빈센트가 물었다.

그 매독 환자가 스푼을 놓으며 말했다. "일 년 삼백육십오 일이 지나는 동안 레이몽이 자살하려고 하지 않은 날은 단 하루도 없거든."

"왜 여기서 그러는 것일까요?" 빈센트가 물었다. "나이프를 훔쳐 가지고 있다가 모든 사람이 잠든 틈에 죽지 않고서?"

"아마도 죽고 싶지 않은 모양이오."

다음 날 아침 빈센트는 환자들이 공굴리기 놀이를 하는 것을 지켜보고 있었는데, 갑자기 한 사람이 땅에 고꾸라지더니 경련 발작을 일으켰다.

"빨리, 간질 발작이야." 누군가 외쳤다.

"팔과 다리를 잡아."

그 사내의 팔과 다리를 붙잡는 데 네 사람이 필요했다. 바닥에 누워 몸부림치는 간질 환자에게는 열두 사람의 힘이 있는 것 같았다. 금발 청년이 호주머니에 손을 넣어 스푼을 꺼내더니, 그것을 땅바닥에 넘어져 엎드려 있는 사내의 이빨 사이에다 밀어넣었다.

"자, 여기 머리 좀 붙잡아줘요." 금발 청년이 빈센트에게 소리쳤다.

일어났다가 사그라들고 또다시 일어나는 연속적인 경련을 거치면서 경련의 절정은 점점 더 높아져갔다. 사내의 눈알이 휙휙 돌아갔고 입가로 게거품이 흘러내렸다.

"그 스푼은 왜 입에 물린 채 잡고 있는 건가?" 빈센트가 끙끙거리며 말했다.

"혓바닥을 깨물지 못하게 하려고요."

삼십 분 뒤에, 온 몸을 떨던 사내가 완전히 의식을 잃어버렸다. 빈센트와 다른 두 사람이 사내를 침대로 옮겼다. 그것으로 그 사건은 끝이었다. 아무도 그 일을 다시 꺼내지 않았다.

이 주일이 되었을 무렵 빈센트는, 열한 명의 동료 환자들이 제각기 자기만의 특이한 형태로 정신 착란을 겪고 있다는 사실을 알았다. 입고 있는 옷을 잡아뜯고 보이는 것은 뭐든 던져버리는 소음광, 짐승처럼 울부짖는 사내, 두 명의 매독 환자, 자살광, 과도한 격분과 광희에 시달리는 중풍 환자, 간질 환자, 피해망상증 환자, 비밀경찰에 쫓기는 금발 청년.

날이면 날마다 그들 중 어느 하나가 발작을 일으켰다. 날이면 날마다 빈센트는 누군가의 일시적 광란을 진정시키기 위해서 불려다녔다. 삼급 병동의 환자들은 서로가 서로의 의사이자 간호원이 되어야 했다. 의사 페롱이 들여다보기는 했지만 고작 일주일에 한 번뿐이었고, 감시인들은 일급, 이급 수용자에게만 신경을 썼다. 삼급 환자들은 서로 가까이 지내면서, 고통의 순간에 서로를 도왔고, 거기에 무한한 인내심을 가지고 있었다. 각자 자기 차례가 곧 또다시 닥칠 것이며, 그때엔 이웃사람의 도움과 참을성이 필요하다는 것을 스스로 알고 있기 때문이었다.

그것은 미치광이들의 동포애였다.

빈센트는 이곳에 온 것이 다행스러웠다. 미치광이들이 살아가는 실태를 직접 봄으로써 미친다는 것에 대한 막연한 공포와 두려움을 점차 씻어버릴 수 있었다. 조금씩 조금씩 그는 미친다는 것을 다른 여느 병과 같은 것으로 생각하게 되었다. 삼 주일이 되었을 때에는 그는 동료 환자들이 결핵이나 암에 걸렸을 때만큼도 무서워 하지 않았다.

그는 가끔씩 옆 침대의 백치와 함께 앉아 이야기를 나누었다. 백치는 무슨 말인지 알아들을 수도 없는 소리로 대답이나 할 뿐이었지만, 빈센트는 그가 자신을 이해하고 있으며 자신과 이야기하는 것을 즐거워하고 있음을 느낄 수 있었다. 수녀들은 불가피한 경우가 아니면 그들에게 말을 걸지 않았다. 빈센트가 정상적인 교제를 할 수 있는 것은 일주일에 한 번씩 있는, 페롱과 주고받는 오 분 동안의 대화뿐이었다.

"어째서," 빈센트가 말했다. "그 사람들은 서로 이야기를 나누지 않는 건가요, 의사 선생님? 그중 어떤 사람들은 성할 때엔 충분히, 그럴만한 능력이 있어 보이는데."

"그럴 수 없소, 빈센트, 왜냐하면 서로 이야기를 시작하는 순간, 그들은 서로 말다툼을 하고 흥분하고 그러다가 발작을 일으키기 때문이오. 그래서 그들은 자신들이 살 수 있는 길은 철저하게 입 다물고 지내는 것뿐이라는 걸 스스로 터득한 거요."

"그렇다면 죽는 게 낫겠군요, 그렇지 않습니까?"

페롱은 어깨를 으쓱했다. "그건, 빈센트, 생각하기 나름이오."

"하지만 어째서 책이라도 읽지 않는지. 내 생각에 책이……."

"독서가 그들의 정신을 휘저어놓습니다, 빈센트. 우리가 첫째로 알아야 할 것은, 그들이 격심한 발작을 일으킨다는 거요. 그래요, 그 사람들은 혼자만의 폐쇄된 세계에서 살지 않으면 안 돼요. 그 사람들한테 동정을 느낄 필요는 없소. 드라이든이 한 말이 생각나지 않소? '미친다는 것에도, 분명, 즐거움이 있다. 다만 그것을 미치광이 외에는 아무도 알지 못할 뿐이다'라는 말이."

한 달이 지났다. 그동안 빈센트는 어느 다른 곳으로 가고 싶다는 욕구를 결코 단 한 번도 느껴보지 못했다. 그리고 다른 사람들한테서도 여기서 빠져나가고 싶다는 굳은 소망은 발견하지 못했다. 바깥 세상의 생활에 적응하기에 자신들이 너무도 철저하게 망가졌다는 느낌 때문에 그렇다는 것을 빈센트는 깨달았다.

병실 위로 썩어가는 인간들의 악취가 무겁게 드리워져 있었다.

빈센트는 단단히 정신을 모으고서, 언젠가 그림을 그려야겠다는 욕망과 힘이 되살아날 그날에 대비했다. 동료 수용자들은 하루 세 끼의 식사만을 생각하면서 무위 속에서 식물처럼 살고 있었다. 이 완전한 자기 포기에 대항해서 자신을 단련시키기 위해 빈센트는 오래되었거나 조금이라도 상한 음식은 결코 먹지 않기로 했다. 그는 흑빵과 수프를 조금씩만 먹었다. 테오가 그에게 셰익스피어의 작품이 담긴 한 권짜리 책을 보냈다. 그는 「리처드 2세」, 「헨리 6세」, 「헨리 5세」를 읽으면서 자신의 정신을 다른 시대, 다른 장소에다 투영시켰다.

늪지에 고이는 물처럼 슬픔이 가슴속에 몰려드는 것을 막기 위해서 그는 힘껏 싸웠다.

테오는 이미 결혼했다. 테오와 그의 아내 요한나가 빈센트에게 자주 편지를 써 보냈다. 테오의 건강이 좋지 않았다. 빈센트는 자기보다도 동생을 더 걱정했다. 빈센트는 요한나에게, 십 년간 레스토랑의 음식만을 먹은 테오에게 건강에 좋은 네덜란드 음식을 다시 만들어주라고 부탁했다.

마음을 즐겁게 하는 데에는 다른 그 무엇보다도 그림 제작이 제일 낫다는 것을, 또한 온 힘을 다해 자신을 그 속에 몰입시킬 수만 있다면 그것이 아마도 최상의 치료책이 될 거라는 점을 그는 스스로 알고 있었다. 병실의 환자들은 썩어가는 죽음으로부터 자신을 구원해낼 아무것도 가지고 있지 않았다. 그러나 그에게는 자신을 건강하고 행복한 인간으로 만들어 이 정신병원에서 꺼내줄 그림이라는 것이 있었던 것이다.

여섯 주가 지나자 의사 페롱이 빈센트에게 아틀리에로 쓸 작은 방을 내주었다. 푸르스름한 회색 벽지가 붙어 있었고, 아주 옅은 색의 장미 무늬가 있는 청록색 커튼이 두 장 달려 있었다. 그 커튼과 몽티셀리의 그림처럼 튀겨 뿌린 것 같은 무늬의 커버가 씌워진 낡은 안락의자는 어느 부유한 환자가 죽으면서 남겨놓은 것이었다. 그 방은 한 비탈진 밀밭, 그리고 자유를 내다보고 있었다. 창문에는 굵직한 검은 창살들이 가로 걸려 있었다.

빈센트는 단숨에 그 창가에서 내다보이는 풍경을 그렸다. 전경에는 밀들이 폭우에 꺾여 쓰러져 있는 밀밭이 보였다. 경계를 이루는 담장이 비탈 아래로 이어지고, 몇 그루 서 있는 회색 이파리의 올리브 나무들 너머로 몇 개의 오두막집들과 언덕들이 보였다. 캔버스 맨 위에다 빈센트는 회백색의 커다란 구름이 남빛 하늘에 잠겨 있는 것을 그렸다.

저녁 식사 시간에 병실로 돌아갈 때 그는 뛰어오를 듯 기쁜 마음이었다. 그의 힘이 그를 떠나지 않았던 것이다. 자연과 또다시 얼굴을 맞대게 되었다. 작업을 하고 싶다는 감정이 그를 사로잡아 창조를 향해 밀고 나아갔다.

이제 정신병원이 그를 죽일 수는 없었다. 그는 회복의 길에 올라서 있었다. 몇 달 뒤엔 나가리라. 자유로이 파리의 옛 친구들에게로 돌아가리라. 인생이 다시 한번 시작되고 있었다. 그는 테오에게 길고 열에 들뜬 듯한 편지를 써 보내면서, 물감과 캔버스와 붓과 재미있는 책들을 보내달라고 부탁했다.

다음 날 아침, 뜨거운 황색의 태양이 나타났다. 정원에서 매미들이 귀뚜라미보다 열 배는 더 드센 거친 울음소리로 울기 시작했다. 빈센트는 이젤을 들고 나와 소나무들과 덤불과 산책길을 그렸다. 병실 동료들이 나와 그의 어깨 너머로 내려다보았지만, 그저 존경스럽다는 듯이 단 한 마디 말도 없이 잠자코 있었다.

"이들이 아를의 점잖은 사람들보다 더 훌륭한 태도를 가지고 있군." 빈센트는 속으로 중얼거렸다.

그날 오후 늦게 그는 페롱을 보러 갔다. "난 완전히 다 나은 것 같습니다. 병원 바깥으로 나가서 그림을 그리도록 허락해주셨으면 좋겠군요."

"그래요, 확실히 좋아진 것 같소. 목욕과 안정된 생활이 도움이 되었을 겁니다. 하지만 그렇게 빨리 바깥으로 나가는 게 조금은 위험하지 않을는지?"

"위험하다고요? 왜요, 그렇지 않습니다. 어째서 그렇다는 거지요?"

"만일 밭 가운데에서……발작을……일으킨다면?"

빈센트는 웃었다. "이젠 발작은 없어요. 그런 건 끝났습니다. 맨 처음 발작을 일으키기 전보다 몸 상태가 한결 더 좋은걸요."

"그렇지 않아요, 빈센트, 내가 걱정하는 건……."

"제발, 의사 선생님. 어디든 가고 싶은 곳으로 가서 마음에 드는 것들을 그릴 수만 있다면, 내가 얼마나 더 행복해할지 아시지 않습니까?"

"글쎄 그럼, 제작이 꼭 필요하다면……."

그렇게 해서 수도원 정문이 빈센트를 위해 열렸다. 그는 이젤을 등에 메고 그림이 될 만한 곳을 찾아나섰다. 그는 병원 뒤편의 언덕에서 꼬박 며칠 낮을 보냈다. 생 레미 주위의 측백나무에 차츰 마음을 빼앗겼다. 그는 측백나무들로 뭔가 해바라기 연작(連作)과 같은 것을 만들고 싶었다. 여지껏 그림으로 그려졌던 측백나무들이 지금 자기 눈에 보이는 것과는 다르다는 점에 깜짝 놀랐다. 그의 눈에 비친 측백나무들은 선과 균형으로 볼 때 이집트의 오벨리스크처럼 아름다웠다. 그것은 햇빛 가득한 풍경 위에 튀겨진 검은 얼룩이었다.

아를 시절의 옛 버릇이 되살아났다. 매일 아침 해가 뜰 때에 빈 캔버스를 가지고 나갔고, 저녁에 돌아올 때면 언제나 거기에 자연이 옮겨져 있었다. 자신의 힘과 능력이 줄어들고 있었다고 하더라도, 그는 그것을 알아챌 수 없었을 것이다. 나날이 더 강해지고, 더 예민해지고, 더 자신감이 넘치는 기분이었다.

이제 다시금 스스로 자기 운명의 주인이 되었으므로, 그는 요양원 식탁에서 밥을 먹는 것도 아무렇지 않았다. 그는 음식을, 바퀴벌레가 빠진 수프까지도 탐욕스럽게 먹어치웠다. 작업을 할 체력을 위해서 음식이 필요했다. 이젠 무서울 것이 없었다. 자기 자신을 완전히 다스릴 수 있었다.

요양원에 온 지 삼 개월이 되었을 때, 그는 측백나무 모티브가 자신으로부터 근심을 거두어가고, 여태껏 견뎌온 모든 고통들을 뛰어넘게 한다는 사실을 발견했다. 측백나무들은 육중했다. 가시 덩굴과 관목 숲들이 있는 전경은 낮았다. 뒤편으로는 보라 빛깔의 산 언덕과, 녹색과 장밋빛의 하늘 그리고 초승달이 있었다. 그는 전경에 있는 가시 덩굴을 황색과 보라색과 녹색의 터치로 무척 두껍게 칠했다. 그날 밤 병실에 돌아와 그 캔버스를 보았을 때 그는, 자신이 이미 어두운 구렁텅이에서 빠져나와 얼굴을 하늘로 향한 채 다시 한번 단단한 대지를 밟고 서 있다는 것을 깨달았다.

억누를 길 없는 기쁨 가운데에서 그는 자신이 다시금 자유로운 인간이 된 모습을 보았다.

테오가 여분의 돈을 보내왔고, 그래서 빈센트는 아를로 가서 자기 그림들을 되찾아와도 좋다는 허락을 얻어냈다. 라마르틴 광장의 사람들은 그를 정중하게 대했지만 노란 집이 보이자 그는 기분이 몹시도 언짢아졌다. 계획했던 대로 룰랭과 의사 레이를 방문하는 대신에, 그는 집주인을 찾아갔다. 집주인이 그의 그림들을 가지고 있었기 때문이다.

빈센트는 그날 밤, 약속과는 달리 요양원으로 돌아가지 않았다. 다음날 빈센트는 타라스콩과 생 레미 중간에서 도랑에 얼굴을 박고 뻗은 채로 발견되었다.

3

고열로 삼 주일간은 의식불명의 상태였다. 병실 사람들은, 전에는 그들의 발작이 되풀이되는 까닭에 빈센트가 그들을 동정했지만, 그를 매우 너그럽게 다루었다. 무슨 일이 있었는지 깨달을 만큼 의식을 회복하자 그는 자신에게 연신 되풀이해서 말했다.

"이건 언어도단이야. 언어도단이야!"

그 삼 주일이 다 끝나고 그가 복도 같은 황량한 방을 약간의 운동 삼아 걸어다니기 시작할 무렵, 수녀들이 환자를 데리고 들어왔다. 새 환자는 자기 침대로 순순히 이끌려오긴 했지만 일단 수녀들이 돌아가자 갑자기 사납게 날뛰기 시작했다. 그는 입은 옷을 잡아뜯어 조각조각 찢어버리면서 연신 목청이 터져라 외쳐댔다. 침대를 잡아뜯고 벽에 못 박힌 상자를 짓부수고 커튼을 끌어내리고 칸막이 틀을 부수고 자기 여행 가방이 모양조차 알아볼 수 없는 뭉텅이가 될 때까지 발로 걷어찼다.

환자들은 신참자에게 손도 대지 않았다. 마침내 두 명의 감시인이 달려와 그 미치광이를 끌고 갔다. 그는 복도 아래쪽에 있는 독방에 감금되었다. 그는 두 주일 동안 사나운 짐승처럼 울부짖었다. 빈센트는 밤낮으로 그가 울부짖는 소리를 들어야 했다. 그러다가 그 울부짖음 소리가 뚝 그쳤다. 빈센트는 감시인들이 교회당 뒤편의 작은 공동묘지에다 그 사내를 묻는 것을 유심히 지켜보았다.

무서운 우울증이 그를 덮쳤다. 건강이 점차 정상으로 돌아오고 머리도 점차 냉정한 판단력을 되찾음에 따라, 그렇게 비싼 희생을 치르고도 얻는 것은 아무것도 없는 그림을 계속한다는 것이 점점 더 어리석은 일로만 여겨졌다. 그럼에도 불구하고 그림을 그리지 않는다면 그는 살 수가 없었다.

의사 페롱은 빈센트에게 자기 집 식탁에서 고기와 와인을 가져다주었지만, 그가 아틀리에 근처로 가도록 놔두지는 않았다. 건강을 회복해가는 도중에는 상관없었지만, 체력이 되돌아왔는데도 동료 환자들과 같은 견딜 수 없는 무위에 처해졌을 때 그는 반기를 들었다.

"페롱 선생님." 그가 말했다. "내가 회복되려면 그림 제작이 꼭 필요합니다. 날 저 미친 사람들처럼 무위 속에 앉아 있게 만든다면, 나도 미친 사람이 될 겁니다."

"알아요, 빈센트. 하지만 일을 그렇게 심하게 했기 때문에 발작을 일으켰던 겁니다. 난 당신에게서 그런 흥분을 막아줘야만 해요."

"아니에요, 의사 선생님. 일 때문이 아니었어요. 아를에 간 것 때문에 그렇게 된 겁니다. 라마르틴 광장과 노란 집을 보자마자 몸이 언짢아졌어요. 하지만 다시 그곳에 가지만 않는다면, 발작은 다시 일어나지 않을 겁니다. 자, 제발 내 아틀리에로 들어가도록 해주시죠."

"난 이 문제에 관해선 책임을 지고 싶지 않아요. 내가 당신 동생에게 편지를 써 보내지요. 동생이 승낙한다면, 당신이 다시 그림을 그리도록 해드리지요."

빈센트가 그림을 그리도록 허락해줄 것을 페롱에게 역설하는 답신에서 테오는 빈센트에게 힘 나는 소식 한 가지를 전했다. 테오가 아버지가 될 거라는 소식이었다. 그 소식이 빈센트를 지난번의 발작 이전에 그랬던 것만큼 행복하고 활기찬 기분으로 만들었다. 그는 당장 앉아서 테오에게 열렬한 편지를 썼다.

"내가 바라는 게 뭔 줄 아니, 테오? 그건 너에게 한 가정이라는 것이, 나에게 자연, 흙덩어리, 노란 밀, 농부와 같은 것이 되었으면 하는 점이다. 요한나가 낳을 아기를 통해 너는 대도시에서 달리 얻을 수 없는, 현실에 대한 파악력을 얻을 수 있을 것이다. 요한나가 벌써 태동을 느낀다고 네가 써보낸 것으로 보아, 이제 넌 분명, 자연 속에 깊이 들어가 있는 것이다."

그는 다시 아틀리에로 가 창살이 있는 창을 통해, 커다란 태양 아래 조그맣게 보이는 농부가 추수를 하고 있는 밀밭 풍경을 그렸다. 가파르고 급하게 산비탈 아래로 이어지는 담장과, 배경의 바이올렛 빛깔을 띤 구릉들만 빼놓고는 캔버스 전체가 온통 노란색이었다.

페롱은 테오의 소망에 따라, 빈센트에게 요양원 바깥으로 나가 그려도 좋다는 허락을 내렸다. 그는 지면을 가르고 물줄기처럼 위로 뻗어올라가 맨 꼭대기의 황색 태양 속으로 흘러들어가는 측백나무를 그렸다. 그는 여인네들이 올리브를 따 모으는 풍경을 그렸다. 흙은 바이올렛 빛깔, 원경은 황갈색, 청동빛 줄기에다 녹회색 이파리들을 가진 나무들, 짙은 장밋빛의 하늘과 세 여인의 모습.

그림을 그리러 가는 길에 그는 걸음을 멈추고서 밭에서 열심히 일하는 사람들에게 말을 걸곤 했다.

"있잖습니까." 그가 한 농부에게 말했다. "당신이 밭에서 밭갈이를 하는 것과 똑같이, 나도 캔버스 위에다 밭갈이를 한답니다."

프로방스의 늦가을이 아름다움의 절정에 달했다. 대지는 온통 보랏빛을 내뿜고, 타오르는 풀잎들이 정원의 작은 장미꽃들 주위에서 불꽃처럼 흔들렸다. 녹색의 하늘이 갖가지 명암의 노란 이파리들과 좋은 대조를 이루었다.

늦가을과 함께 빈센트의 힘도 완전히 되살아났다. 작품이 잘되어 나간다는 것을 자신의 눈으로도 알 수 있었다. 멋진 계획들이 마음속에서 새로이 싹트기 시작했다. 그는 행복한 마음으로 그 계획들을 전개시켰다. 그곳에서 오래 지낸 까닭에 그는 그곳 전원에 대해 열렬한 감정을 품게 되었다. 특성으로 볼 때 그곳은 아를과는 달랐다. 북서풍은 대개 계곡이 내려다보이는 언덕 기슭에서 멈추어 더 이상 올라오지 않았다. 태양은 훨씬 덜 혹독했다. 이제 생 레미 주위의 전원을 잘 알게 된 그는 이 요양원을 떠나고 싶지 않았다. 이곳에 오고 처음 몇 달 동안은 정신적인 파국 없이 일 년이 어서 지나가기를 기원했다. 그러나 지금 제작에 몰두한 그는 자신이 묵고 있는 곳이 병원인지 호텔인지 모를 정도였다. 완전히 나은 것 같긴 했지만, 그는 되는 대로 어느 타관으로 흘러들어가 낯선 지형을 익히는 데에 또다시 반 년을 허비하고 싶지는 않았다.

파리로부터 오는 편지들은 계속 그를 유쾌한 기분으로 만들어주었다. 테오의 아내가 집에서 음식을 만들어주어서 테오의 건강은 빠르게 회복되었다. 임신 중인 요한나에게도 아무런 어려움이 없었다. 그리고 매 주일 테오가 연초와 초콜릿과 물감과 책과 십 프랑이나 이십 프랑짜리 지폐를 보내주었다.

지난번 아를 여행 때의 발작은 그의 기억 속에서 완전히 사라졌다. 그 저주받은 도시에 되돌아가지만 않았더라면, 육 개월 동안에 얻은 정상적인 건강 상태를 그대로 유지했으리라는 확신이 새삼 솟아올랐다. 측백나무와 올리브 나무를 그린 그림들이 다 마르자, 오일을 제거하기 위해서 물과 소량의 와인으로 닦아낸 뒤 그것들을 테오에게 보냈다. 그는 테오로부터 앵데팡당전(展)에 자신의 작품들을 많이 출품할 거라는 통고를 받고서 적이 실망스러웠는데, 왜냐하면 아직 최상의 작품을 만들어내지 못했다고 스스로 느꼈기 때문이었다. 그는 자신 특유의 완벽한 기법을 얻을 때까지 연기하고 싶었다.

테오의 편지들이 그에게 자신의 작품이 놀랄 만한 속도로 나아지고 있다는 확신을 안겨주었다. 그는 일 년간의 요양원 생활이 끝나면, 생레미 마을에 집을 얻고서 남프랑스를 계속 그리기로 결심했다. 아를에서 고갱이 오기 전 해바라기 판넬화를 그리던 때와 똑같은 뛰어오를 듯한 기쁨을 다시 한번 맛보았다.

어느 날 오후 밭 가운데에서 평온한 마음으로 작업하고 있을 때, 갑자기 정신이 오락가락하기 시작했다. 그날 밤 늦게, 정신병원의 감시인들이 이젤로부터 삼사 킬로미터 떨어진 지점에서 그를 발견했다. 몸뚱이가 측백나무 몸통과 하나로 얽혀 있었다.

4

다섯째 날이 되자 의식이 정상으로 되돌아왔다. 무엇보다도 가장 가슴 쓰라린 것은 동료 환자들이 그의 발작을 영원히 피할 수 없는 것으로 치부하는 태도였다.

겨울이 왔다. 빈센트는 침대 밖으로 나갈 마음이 생기지 않았다. 병실 중앙의 스토브가 이제는 활활 타오르고 있었다. 환자들은 아침부터 밤까지 얼어붙은 침묵 속에서 스토브 주위에 그냥 앉아 있었다. 병실 창문들은 작고 높아서 햇빛이 아주 조금밖에 들어오지 않았다. 인간이 부패해가는 지독한 악취가 스토브에 과열되어 퍼져나갔다. 검은 망토와 후드 속에 몸을 더 깊이 웅크린 수녀들은 기도를 중얼거리고 묵주를 만지작거리며 돌아다녔다. 뒤쪽의 벌거벗은 언덕들이 해골처럼 드러났다.

빈센트는 비스듬한 침대에 뜬 눈으로 누워 있었다. 마우베의 스헤베닝언 그림이 그에게 무엇을 가르쳐주었던가? 불평 없이 견디는 법을, 혐오감 없이 고통을 바라보는 법을 배워라……그래, 그렇다. 하지만 거기에는 그가 실신할지도 모른다는 위험이 걸려 있었다. 그가 만일 그 고통에, 그 비참함에 무릎 꿇는다면, 그것은 곧 자신의 죽음이 될 것이었다. 어느 누구의 생애에서든, 더러운 외투를 벗어 팽개치듯 고통을 떨쳐버리지 않으면 안 될 때가 있는 것이다.

여러 날이 지났다. 조금도 다름이 없는 하루하루였다. 그의 마음속에는 계획도 희망도 없었다. 수녀들이 그의 작품에 대해 의견을 주고받는 소리가 그의 귀에 들렸다. 그들은 그가 미쳤기 때문에 그림을 그리는 것인지, 그림을 그리기 때문에 미친 것인지 의아스러워했다.

백치가 그의 침대가에 앉아 몇 시간 동안이나 훌쩍훌쩍 울며 알아들을 수도 없는 말로 그에게 뭐라고 중얼거렸다. 빈센트는 백치의 다정한 마음에서 따뜻함을 느꼈고 그래서 그를 쫓아버리지 않았다. 가끔씩 빈센트는 백치에게 이야기를 했다. 자신의 말에 귀 기울여주려는 사람이 아무도 없었기 때문이다.

"저 사람들은 내가 그림을 그리다가 미쳐버렸다고 생각하거든." 어느 날 두 명의 수녀가 지나갈 때에 그가 백치 사내에게 말했다. "화가란 자기 눈에 비치는 것들에 너무 깊이 빨려들어가 있는 사람들이라서 그 나머지 자기 생활의 주인이 될 수 없다는 것은 나도 실은 알고 있지만, 그렇다고 해서 그가 이 세상에서 살기에 적합치 않은 사람이라고 말할 수 있을까?"

백치 사내는 그저 침을 질질 흘릴 뿐이었다.

마침내 침대에서 일어설 힘을 준 것은 들라크루아의 책에 나오는 한 구절이었다. "이도 없고 숨도 쉴 수 없을 때, 나는 그림을 발견했다."

서너 주일 동안은 정원으로 나가고 싶다는 욕구조차 생기지 않았다. 그는 병실 스토브 곁에 앉아 테오가 파리에서 보내준 책들을 읽었다. 옆 사람들 중 누가 발작을 일으켜도 그는 고개를 들거나 의자에서 일어서지도 않았다. 광기가 건전한 것이 되었고, 비정상이 정상이 되었다. 정상적인 사람들과 살았던 것이 하도 오래 전의 일이라서 이젠 동료 환자들이 비정상적인 사람들로 보이지 않았다.

"미안하오만, 빈센트," 의사 페롱이 말했다. "난, 다시 병원 바깥으로 나가도 된다는 허락을 내릴 수가 없소. 앞으로는 수도원 담장 안에서만 지내야 하오."

"내 아틀리에에서 작업하는 건 허락해주겠지요?"

"그러지 않는 게 좋다고 충고하겠소."

"내가 자살하는 꼴을 보시겠단 말씀입니까?"

"좋소, 아틀리에에서 작업을 해요. 하지만 하루에 서너 시간만이오."

이젤과 붓을 보아도 빈센트의 무기력은 깨지지 않았다. 그는 안락의자에 앉은 채 쇠창살이 달린 창문을 통해 텅 빈 밀밭을 내다보았다.

며칠 뒤에 그는 페롱의 사무실로 등기 편지에 서명을 하러 오라는 부름을 받았다. 편지 봉투를 찢어 열어보니 그의 명의로 된 사백 프랑짜리 수표가 들어 있었다. 한 번에 그만큼 큰 돈을 가져보긴 난생 처음이었다. 그는 테오가 도대체 무엇 때문에 그 돈을 보냈을까 궁금했다.

사랑하는 형,

드디어! 형의 그림들 중 한 폭이 사백 프랑에 팔렸어! 그건 형이 지난 봄에 아를에서 그렸던 것, 「붉은 포도원」이었어. 그 그림을 산 사람은 보흐라는 네덜란드 화가의 누이인 안나 보흐라는 사람이야.

축하해, 형! 이제 우린 형의 그림을 전 유럽에다 팔게 될 거야. 이 돈으로 파리로 돌아와요, 페롱 의사가 허락한다면.

최근에 가셰라는 아주 유쾌한 의사를 만나게 되었는데, 그 사람이 파리에서 딱 한 시간 거리인 오베르-쉬르-우아즈에 집을 가지고 있어. 도비니 이후의 중요한 화가들이 전부 그의 집에서 그림을 그렸대. 그는 형의 병 증세를 자기가 속속들이 알고 있다면서, 언제든 형이 오베르에 오고 싶다면 자기가 형을 돌봐주겠다고 청했어.

내일 다시 쓸게.

테오

빈센트는 페롱과 그의 아내에게 편지를 보여줬다. 페롱은 생각에 잠긴 채 그 편지를 읽고는 수표를 손으로 만지작거렸다. 그는 행운을 축하한다고 빈센트에게 말했다. 빈센트는 작은 길을 걸어내려갔다. 물컹물컹했던 머릿속이 열광적인 움직임과 함께 탄탄하고 힘차게 다시 튕겨오르는 것 같았다. 정원을 반쯤 가로질렀을 때 그는 편지를 페롱의 사무실에 남겨놓은 채 수표만 가지고 나왔다는 사실을 깨달았다. 그는 몸을 돌려 황급히 오던 길을 되돌아갔다.

문을 막 두드리려고 하는 순간 안쪽에서 그의 이름을 말하는 소리가 들렸다. 그는 한순간, 어떻게 할까 하고 망설였다.

"그럼, 그 사람이 어째서 그랬으리라고 생각해요?" 페롱 부인이 힐문했다.

"아마도 그게 자기 형에게 좋을 거라고 생각했기 때문에 그랬겠지."

"하지만 그 사람한테 그만한 돈의 여유가 없었다면……?"

"그 돈이 그만한 값어치가 있다고 생각했겠지, 자기 형을 정상으로 되돌리기 위해서 말이오."

"아니 그럼 당신은 그게 사실일 가능성이 전혀 없다고 생각한단 말예요?"

"여보, 마리, 어떻게 그런 일이 있을 수 있겠소? 더구나 그 그림을 산 여자가 화가의 누이라고 했던데, 세상에, 조금이라도 뭘 볼 줄 아는 사람이라면 누가……?"

빈센트는 걸어서 그곳을 나와버렸다.

저녁 식사 시간에 그는 테오로부터 전보를 받았다.

"형의 이름을 따서 아들 이름을 지었음. 요한나와 아기 빈센트는 건강함."

그림이 팔린 것과 테오로부터 온 그 놀라운 소식이 그를 하룻밤 새에 건강한 사람으로 만들었다. 아침 일찍이 작업실로 간 그는 붓들을 닦고 벽에 기대어 세워놓은 캔버스와 습작들을 분류, 정돈했다.

"들라크루아가 이도 없고 숨도 쉴 수 없을 때 그림을 발견했다면, 나 역시 이도 없고 제정신도 없을 때 그림을 발견할 수 있어."

그는 소리 없이 맹렬하게 작품 제작에 몰입했다. 들라크루아의 그림에서 「착한 사마리아인」을 모사했고 밀레의 그림에서 「씨 뿌리는 사람」과 「밭 가는 사람」을 모사했다. 그는 자신의 최근의 불행을 일종의 북유럽적 냉담함으로서 받아들이려고 했다. 예술가로서의 생활은 산산히 부서져가고 있었다. 그는 처음 시작할 때부터 그것을 알고 있었다. 그런데 이제 와서 뒤늦게 불만을 가질 필요가 있을까?

사백 프랑짜리 수표를 받은 지 정확히 이 주일째 되는 날, 그는 우편물 가운데서 『메르퀴르 드 프랑스』 1월호를 발견했다. 속표지의 목차 중에서 "고립된 사람들"이라는 제목의 기사에 테오가 표시를 해놓은 것이 눈에 띄었다.

빈센트 반 고흐의 모든 작품을 특징짓고 있는 것은 〔그는 읽었다〕 그 넘쳐나는 힘과, 표현의 격렬함이다. 사물의 본질적 성격에 대한 절대적 긍정, 더러는 무분별해 보이기도 하는 형태의 단순화, 태양을 정면으로 바라보고자 하는 오만한 욕구, 드로잉과 색채에 대한 열정, 그 모든 것들 속에 때로는 사납고, 때로는 순진하고 섬세한, 한 강렬한 인간, 한 남성, 한 대담한 인간의 모습이 드러나 있다.

빈센트 반 고흐는 빼어난 프란스 할스의 계열이다. 그의 리얼리즘은 그의 선조였던, 그토록 건강한 육체와 그렇게 균형 잡힌 정신을 가지고 있던 네덜란드의 위대한 시민들의 진실을 뛰어넘고 있다. 그의 캔버스들을 특징짓는 것은, 성실한 인물 연구, 개개의 대상들의 정수를 찾기 위한 끊임없는 탐구, 자연과 진실에 대한 깊은, 거의 어린아이와도 같은 사랑이다.

불 밝힌 영혼을 가진 이 강건하고 진실한 화가가 대중들에 의해 재인식되는 기쁨을 누릴 날이 있을 것인가? 나는 그렇게 생각치 않는다. 그는 우리 동시대인의 부르주아 정신에 의해서 이해되기에는 너무도 단순하고 동시에 너무도 미묘하다. 그와 같은 계열의 화가들 외에 그를 완전히 이해할 사람은 아무도 없으리라.

G. 알베르 오리에

빈센트는 그 기사를 의사 페롱에게 보여주지 않았다.

힘과 그리고 삶을 향한 불타는 갈망이 되살아났다. 그는 자신이 잠자는 병실을 그리고, 그 건물의 관리인을 그다음에는 그의 아내를 그리고, 밀레와 들라크루아의 그림들을 모사하면서, 밤낮을 가리지 않고 격앙된 마음으로 작업했다.

병이 진행되어온 이력을 주의 깊게 따져보니, 자신의 발작이 실은 석 달에 한 번씩 찾아오는 주기성 발작이라는 것을 분명히 알 수 있었다. 좋다, 발작이 언제 닥칠지를 알고 있다면 자신을 스스로 돌볼 수 있으리라. 다음 발작이 올 시기가 되면 작업을 중지하고 침대에 누워 잠시 동안 일어나는 몸의 불편함에 스스로 대비하리라. 그러고서 며칠 뒤에, 그저 가벼운 감기나 앓았던 듯 다시 일어나면 될 것이었다.

이제 요양원에서 그를 괴롭히는 유일한 것은, 그곳의 심한 신앙 생활의 실상이었다. 어두운 겨울이 닥쳐오자 수녀들은 히스테리 발작에 사로잡힌 것 같았다. 가끔 수녀들이 기도를 중얼거리고 묵주를 만지작거리면서, 하루에 대여섯 번씩 기도와 예배를 드리러, 성경에 시선을 고정시킨 채 교회로 조심조심 걸어들어가는 모습을 지켜볼 때면, 그는 이 요양원에서 누가 환자고 누가 돌보는 사람인지 분간하기 어려웠다. 보리나주 시절 이래로 그는 모든 과장된 종교 의식에 공포감을 품고 있었다. 정상에서 벗어난 수녀들의 행동이 그의 마음을 짓눌렀다. 그는 좀더 격렬하게 작품 속으로 몰입하여, 검은 후드와 검은 케이프를 걸친 모습들을 마음에서 씻어내려고 애썼다.

그는 여유를 두고서, 발작 주기인 삼 개월이 다 되기 사십팔 시간 전부터, 정신과 육체가 모두 더할 나위 없이 건강한 상태로 침대에 누웠다. 그는 점점 높아지는 종교적 광희에 떨고 있는 수녀들이 자신의 마음의 평화를 깨지 못하도록 침대 주위에 커튼을 둘러쳤다.

발작이 일어나기로 되어 있는 그날이 왔다. 빈센트는 초조하게, 거의 애정에 가까운 마음으로 그것을 기다렸다. 시간은 느릿느릿 지나갔다. 아무 일도 없었다. 그는 놀라웠고 그다음엔 실망스러웠다. 두 번째 날이 지났다. 여전히 그는 완전한 정상 상태였다. 셋째 날도 아무런 사고 없이 끝났을 때 그는 자신을 비웃을 수밖에 없었다.

"내가 바보였군. 결국 발작은 지난번이 마지막이었던 거야. 페롱이 틀렸어. 이제부터는 걱정할 필요 없어. 이 모양으로 침대에 누워서 시간을 허비했다니, 원. 내일 아침엔 일어나서 작업을 해야겠군."

그날 밤이었다. 모든 사람들이 잠들어 쥐죽은 듯 고요한 시각에 그는 소리 없이 침대에서 빠져나왔다. 병실의 돌바닥을 맨발로 걸어내려갔다.

어둠 속에서 그는 석탄이 저장된 지하실로 내려갔다. 풀썩 무릎을 꿇은 그가 탄가루를 한 움큼 퍼내어 얼굴에 문질렀다.

"알겠지요, 드니 부인? 사람들이 이젠 나를 받아들이고 있어요. 나도 자기들과 똑같은 사람이라는 걸 알았으니까요. 그들이 전에는 날 불신했지만, 이젠 나도 '시커먼 아가리'예요. 이번에는 광부들도 내가 신의 말씀을 전하도록 허락해줄 겁니다."

동이 튼 직후에 감시인들이 지하실에서 빈센트를 찾아냈다. 그는 혼란스러운 기도의 말들을 중얼거리고, 뜻이 연결되지도 않는 성경 구절들을 되풀이해서 읊조리고, 그의 귓속에 이상한 이야기들을 쏟아넣는 목소리들에게 대답을 하고 있었다.

종교와 관련된 환각은 네댓새 동안 계속되었다. 의식이 돌아오자 그는 한 수녀에게 의사 페롱을 불러달라고 부탁했다.

"이번 발작은 피할 수 있었으리라고 생각됩니다." 빈센트가 말했다. "수녀들의 그런 종교적 히스테리에 맞닥뜨리는 일만 없었더라면 말이죠."

페롱은 어깨를 으쓱해 보이고는, 그의 침대가에 몸을 기울이고서 등 뒤에 커튼을 잡아당겼다.

"낸들 어떻게 할 수 있겠소, 빈센트? 겨울마다 꼭 저 모양들이니. 나도 그게 마음에 들진 않지만 그렇다고 막을 수도 없고. 뭐니 뭐니 해도, 그 수녀들이 일을 잘하니까 말이오."

"그렇다고는 하더라도," 빈센트가 말했다. "이 온갖 미치광이들 사이에 끼어서, 게다가 종교적 광기에 접해 있으면서, 제정신을 가지고 있기란 어지간히 힘든 일입니다. 난 발작이 일어나기로 되어 있던 때를 이미 넘겼는데……."

"빈센트, 자신을 속이지 말아요. 그 발작은 일어나지 않을 수 없으니까. 당신의 신경 조직은 삼 개월에 한 번씩 서서히 흥분하기 시작해서 위기를 맞게 됩니다. 당신이 종교와 관련된 환각을 일으키지 않았더라면, 어쨌거나 결국 어느 다른 성질을 가진 환각을 일으켰겠죠."

"종교적인 환각을 다시 한번 일으킨다면, 그때엔 난 내 동생에게 여기서 나가게 해달라고 청하겠습니다."

"좋을 대로 해요, 빈센트."

처음으로 봄다운 봄이 된 날, 그는 다시 아틀리에로 돌아가 그림을 그렸다. 그는 창밖으로 보이는 풍경을 또다시 그렸다. 한창 일구어지는 누런 그루터기 밭의 풍경이었다. 그는 뒤편의 구름들을 배경으로 하여 보랏빛을 띤 갈아엎어진 흙과, 기다랗게 열 지어 있는 누런 그루터기들을 대비시켰다. 복숭아나무들이 곳곳에서 꽃을 피우기 시작했고, 황혼 무렵 하늘은 또다시 엷은 레몬빛이 되었다.

자연의 영원한 재창조도 빈센트에게는 그 어떤 새로운 삶을 가져다주지 않았다. 동료 환자에게 익숙해져온 이래 처음으로 그는 그들의 미친 헛소리들과 주기적인 발작에 신경을 찢기우고 가슴을 쥐어뜯기기 시작했다. 검은색과 흰색의 옷만을 입은, 쥐처럼 생긴 기도하는 짐승들로부터 도망칠 길도 없었다. 그들을 보기만 해도 빈센트에게는 공포의 전율이 스쳤다.

"테오." 그는 동생에게 썼다. "생 레미를 떠나는 게 내겐 불행한 일이 될 것이다. 여기서 해야 할 일이 아직 많이 남아 있기 때문이다. 그러나 내가 종교적 성질의 발작을 다시 한번 일으킨다면, 그건 내 신경의 잘못이 아니라 이 정신병원의 잘못일 것이다. 그런 발작이 두세 번만 더 찾아온다면 나는 죽게 될 거야."

"준비하고 있거라. 종교와 관련된 발작을 또다시 일으킨다면, 난 침대에서 일어서는 즉시 파리로 떠날 것이다. 아마도 북쪽으로 가는 게 내게 가장 좋겠지. 거기서라면 어느 정도의 정상적인 정신을 기대할 수 있을 테니까 말이다."

"네가 말한 그 가셰라는 의사는 어떠냐? 그가 나의 병세에 개인적인 관심을 가져줄까?"

테오는 자기가 의사 가셰와 다시 이야기를 했고 그에게 빈센트의 그림을 몇 개 보여주었다는 답신을 보내왔다. 의사 가셰는 빈센트가 오베르에 있는 자기 집에 와서 그림을 그리기를 열렬히 바라고 있었다.

"그 사람은 전문가야, 형. 신경질환뿐 아니라 화가에 대해서도. 확신컨대 형이 그보다 나은 사람의 보호를 받을 순 없을 거야. 언제든 오고 싶으면 전화만 해, 형. 그러면 즉시 시간이 되는 대로 맨 처음 기차를 타고 내가 생 레미로 갈 테니까."

이른 봄의 열기가 닥쳤다. 매미들이 정원에서 울기 시작했다. 빈센트는 삼급 병동의 주랑 현관과, 정원의 산책길과 나무들 그리고 거울에 비친 자화상을 그렸다. 그는 한쪽 눈은 캔버스 위에 다른 한쪽 눈은 달력 위에 고정시킨 채 일했다.

다음 발작은 오월에 올 것이었다.

텅 빈 복도에서 여러 목소리들이 그에게 외치는 소리가 들려왔다. 그가 그 목소리들한테 대답하자 그 자신의 목소리가 불길한 운명의 부름처럼 메아리로 되돌아왔다. 이번에는 그는 교회 안에서 혼수 상태로 발견되었다. 오월 중순이 되어서야 그는 머릿속을 휘저어대는 종교적 환각으로부터 의식을 회복했다.

테오는 자신이 생 레미로 와서 그를 데려가겠다고 고집했다. 빈센트는 감시인들 중 하나가 타라스콩에서 그를 기차에 태워주고 나면 혼자서 여행하고 싶었다.

사랑하는 테오에게,

난 병약자가 아니며 위험한 짐승도 아니다. 너와 내 자신 모두에게, 내가 정상적인 인간이라는 것을 증명할 수 있게 해다오. 이 정신병원으로부터 내가 내 자신의 힘으로 빠져나갈 수 있다면, 그리하여 오베르에서 새로운 생활을 시작할 수 있다면, 아마도 난 나의 이 병을 이겨낼 수 있을 것이다.

나는 지금 내 자신에게 또 한 번의 기회를 주는 것이다. 이 미치광이 집에서 빠져나간다면, 난 다시 정상적인 인간이 될 수 있을 것 같다는 확신이 든다. 네 편지를 보아하니, 오베르는 한적하고 아름다운 곳인 것 같다. 의사 가셰의 보호의 눈길 아래 조심해서 살아간다면, 나의 병을 극복하게 되리라 확신한다.

기차가 타라스콩을 출발할 때, 네게 전보를 치마. 리옹 역에서 만나자. 난 이곳에서 토요일에 떠나고 싶다. 그러면 집에서 너와 요한나와 어린것과 함께 일요일을 보낼 수 있잖겠니.

8

죽음 속에서도 그들은
서로 나뉘지 아니하였나니
오베르

1

테오는 그날 밤 근심으로 한숨도 잘 수가 없었다. 그는 기차의 도착 예정 시간보다 두 시간 앞당겨 리옹 역으로 나갔다. 요한나는 갓난아이와 함께 집에 남아 있어야 했다. 그녀는 시테 피갈에 있는 아파트 사층 테라스에 선 채, 건물 정면을 뒤덮은 커다란 검은 나무의 이파리들 사이로 바깥을 뚫어지게 바라보고 있었다. 그녀는 시테 피갈 입구를 초조하게 지켜보면서, 한 대의 마차가 피갈 로에서 꺾여 들어오기를 기다렸다.

리옹 역과 테오의 집 사이는 먼 거리였다. 요한나에게는 그 기다림의 시간이 끝없이 긴 것 같았다. 기찻간에서 빈센트가 어떻게 된 것은 아닐까 하는 걱정이 들기 시작했다. 그러나 드디어 피갈 로로부터 한 대의 무개(無蓋) 삯마차가 들어왔고, 쾌활한 두 얼굴이 그녀에게 고개를 끄덕여 보이며 손을 흔들었다.

시테 피갈은 막다른 골목으로 맨 끝은 한 석조 가옥의 튀어나온 모퉁이와 정문에 의해서 막혀 있었다. 부유하고 점잖아 보이는 그 거리 양편에는 기다란 건물이 두 개 서 있을 뿐이었다. 테오가 사는 집은 그

거리의 막다른 끝에서 제일 가까운 8번지였는데, 작은 정원에서부터 뒤로 조금 물러나서 서 있었고, 전용으로 사용하는 개인 도로가 있었다. 불과 몇 초 뒤에 삯마차는 커다란 검은 나무가 서 있는 입구에 멈춰 섰다.

빈센트는 층계를 뛰어올라갔고 테오가 그 뒤를 바싹 따라올라갔다. 요한나는 한 병약한 사람을 보게 될 줄로 기대했는데, 지금 자신을 두 팔로 껴안는 남자는 혈색이 건강했고 얼굴에는 미소와 대단히 강한 표정을 담고 있었다.

"더할 나위 없이 건강한 사람 같은 걸, 테오보다 훨씬 더 튼튼해 보여"라는 게 그녀에게 제일 처음 떠오른 느낌이었다.

그러나 그녀는 감히 그의 귀를 쳐다볼 엄두가 나지 않았다.

"야아, 테오." 요한나의 두 손을 잡고 흡족스러운 듯이 그녀를 바라보면서, 빈센트가 소리쳤다. "너 정말로 훌륭한 아내를 맞았구나."

"고마워, 형." 테오가 웃었다.

테오는 자기 어머니와 같은 여자를 선택했다. 요한나는 안나 코르넬리아와 똑같이 부드러운 갈색 눈과, 똑같이 넉넉한 인정과 동정이 깃든 상냥한 이해심을 가지고 있었다. 갓난아이가 이제 불과 몇 달밖에 안 되었는데도 그녀는 벌써 여가장다운 체취를 어렴풋이 풍기고 있었다. 그녀는 수수하고 착한 생김생김에다 무딘 타원형에 가까운 얼굴이었고, 밝은 갈색의 풍성한 머리칼은 네덜란드인 특유의 높직한 이마로부터 뒤로 간단하게 빗어넘겨져 있었다. 테오를 향한 그녀의 사랑 속에는 빈센트도 포함되어 있었다.

테오는 빈센트를 침실로 끌고 갔다. 거기에는 갓난아이가 요람에 누워 자고 있었다. 두 사람은 말없이 눈물을 글썽이며 그 아이를 바라보았다. 요한나는 그들이 잠시 단 둘이만 있고 싶어하리라는 것을 눈치챘다. 그녀는 가만가만 문가로 걸어갔다. 그녀가 막 손잡이를 잡았을 때 빈센트가 미소 띤 얼굴로 그녀에게 돌아서서 아기 요람을 덮은 코바늘 뜨개질 이불을 가리키며 말했다.

"아기를 뜨개질 이불로 너무 두껍게 덮어주지 마세요, 요한나."

요한나는 가만히 문을 닫고 나갔다. 빈센트는 다시 아이를 내려다보면서, 살로써 살붙이를 남기지 못한 남자, 죽음이 영원히 죽음으로서 끝날 뿐인, 자식을 가지지 못한 한 남자의 무서운 비애를 느꼈다.

테오는 그의 생각을 읽을 수 있었다.

"아직 시간이 있잖아, 형. 형을 사랑하고 형의 힘든 인생을 함께 나눌 아내를 언젠가는 찾을 거야."

"아, 아냐, 테오. 이젠 너무 늦었어."

"난 바로 요전 날만 해도 형에게 완벽하게 맞을 여자를 발견했는걸."

"설마! 누구였는데?"

"투르게네프의 『처녀지』에 나오는 처녀, 생각나?"

"니힐리스트들과 함께 일하면서, 협정문서를 가지고 국경을 넘는 여자 말이냐?"

"응, 형의 아내는 그런 여자여야 해. 인생의 비참함을 밑바닥까지 속속들이 겪은 여자여야……."

"……하지만 그런 여자가 나한테서 뭘 바라겠니? 한쪽 귀밖에 없는 남자한테서?"

아기 빈센트가 깨어나 그들을 올려다보며 웃었다. 테오는 아기를 요람에서 들어올려 빈센트의 두 팔에 안겨주었다.

"아주 부드럽고 따뜻하구나, 작은 강아지 같아." 아기를 가슴에 꼭 대고서 빈센트가 말했다.

"이것 봐, 서투르군. 아기를 그렇게 안으면 안 돼, 형."

"차라리 그림 붓을 안고 있는 게 편할 것 같구나."

테오는 아이를 받아들고 한쪽 어깨에 기대어 안았다. 아기의 곱슬곱슬한 갈색 머리칼이 테오의 머리에 닿았다. 빈센트에게는 그들의 모습이 똑같은 한 돌로 새겨 만든 상(像)처럼 보였다.

"그래, 테오." 그가 체념한 듯 말했다. "사람들에겐 각자 자기 나름대로 매체가 있는 거야. 넌 살아 있는 살로써 창조를 하고…… 난 물감으로써 창조를 하고."

"그래, 형, 정말 그래."

그날 밤, 빈센트가 돌아온 것을 환영하기 위해서 많은 친구들이 테오의 집으로 왔다. 맨 처음 도착한 사람은 오리에였다. 그는 머리칼을 길게 늘어뜨린 잘생긴 젊은 남자였는데, 턱수염은 턱 양편으로만 자랐고 그 한가운데에는 한 올의 털도 나 있지 않았다. 빈센트는 그를 침실로 안내했다. 거기에 테오가 걸어둔 몽티셀리의 꽃다발 그림이 있었던 것이다.

"당신의 글 속에서 당신은, 내가 금속성의, 보석과도 같은 특성을 가진 사물들의 색수차를 파악하는 유일한 화가라고 썼더군요. 하지만 몽티셀리의 이 그림을 봐요. 내가 파리에 오기 아주 오래전에 '파다'는 이미 거기에 도달했어요."

한 시간이 지났을 때 빈센트는 오리에의 주장을 꺾으려는 노력을 포기하고서, 그의 글에 감사하는 뜻으로 생 레미의 측백나무를 그린 캔버스들 중 한 점을 그에게 선물했다.

툴루즈-로트레크가 들이닥쳤다. 육 층까지 올라온 탓에 숨을 헐떡거리면서도 여느 때와 다름없이 여전히 쾌활했고 여전히 입이 험했다.

"빈센트." 악수를 하면서 로트레크가 외쳤다. "지금 층계를 올라오다 장의사를 봤는데, 그 장의사가 당신을 찾는 것이겠소, 아니면 날 찾는 것이겠소."

"그야 로트레크 자넬 찾고 있었던 거지! 장의사가 나한테 별 볼일이 있을 리 없거든."

"당신한테 자그마한 내기를 걸지요. 장의사의 장부에 당신 이름이 내 이름보다 앞에 나온다는 것에 말이오."

"좋아. 그런데 뭘 걸지?"

"카페 아텐에서의 저녁 식사와 오페라 좌 관람."

"둘이 좀 섬뜩한 농담을 주고받지 않았으면 좋겠는데." 테오가 보일락 말락 미소를 지으며 말했다.

낯선 사람 한 명이 앞문으로 들어와 로트레크를 쳐다보고는 멀찍이 떨어진 구석에 있는 한 의자에 풀썩 앉았다. 로트레크가 그 사람을 소개해주기를 모두들 기다렸지만, 로트레크는 여전히 이야기만 계속했다.

"자네 친구를 소개하지 않겠나?" 빈센트가 물었다.

"저 사람은 내 친구가 아니오." 로트레크가 낄낄거렸다. "나의 감시인이라니까."

순간 괴로운 침묵이 흘렀다.

"아직 못 들었소, 빈센트? 내가 두 달 동안 제정신이 아니었다는 것을……술을 너무 많이 마신 탓에 그렇게 되었다고 말하더군. 그래서 지금은 우유를 마시고 있소. 당신한테 다음 파티의 초대장을 보내지요. 그 초대장엔 내가 소의 젖이 아닌 엉뚱한 딴 부분에서 우유를 짜내는 광경이 그려져 있거든."

요한나가 다과를 돌렸다. 누구나 할 것 없이 한꺼번에 떠들어댔고, 허공에는 담배 연기가 자욱했다. 그걸 보면서 빈센트는 파리의 옛 시절을 떠올렸다. "조르주 쇠라는 어떻게 지내지?" 빈센트가 로트레크에게 물었다.

"조르주! 아니 그 사람 소식을 모른단 말이오?"

"테오가 편지에 아무것도 써 보내질 않았던데, 뭔데?" 그가 물었다.

"조르주는 지금 결핵으로 죽어가고 있소. 의사 말로는, 서른한 살을 넘기지 못할 거라고 하던데."

"결핵이라니! 그럴 수가, 조르주는 튼튼하고 건강했는데 말이야. 도대체 어떻……?"

"과로 때문이야." 테오가 말했다. "형이 그 사람 본 지 이 년쯤 되었지? 조르주는 신들린 사람처럼 자신을 혹사시켰던 거야. 하루에 두세 시간만 잠을 자고 그 나머지 시간을 꼬박 미친 듯이 일했으니. 그의 그 늙으신 착한 어머니조차 그를 구할 수 없었지.”

“그럼, 조르주는 곧 가버리겠구나.” 빈센트가 깊은 생각에 잠겨 말했다.

빈센트에게 주려고 집에서 만든 과자를 한 봉지 들고서 루소가 들어왔다. 언제나 다름 없는 그 둥근 밀짚모자를 쓴 탕기 영감은 그에게 일본 판화를 선물로 주면서, 파리로 다시 돌아온 그를 맞으니 무척 기쁘다고 기분 좋은 말들을 들려주었다.

열 시가 되었을 때 빈센트는 자기가 아래로 내려가서 올리브를 사오겠다고 굳이 우겼다. 그는 올리브를 모든 사람에게 먹이고 로트레크의 감시인에게도 주었다.

“프로방스에 있는 이 은녹색의 올리브 나무 숲을 한 번만이라도 본다면,” 빈센트가 외쳤다. “당신들도 평생 올리브를 먹으려고 할걸.”

“올리브 나무 숲 이야기가 나왔으니 말인데, 빈센트.” 로트레크가 말했다. “아를 여자들은 어떻던가요?”

다음 날 아침 빈센트는, 아기가 전용 개인 도로에서 일광욕을 할 수 있도록, 요한나를 대신해서 거리 아래로 유모차를 옮겨놓았다. 그리고 나서 다시 아파트로 돌아간 그는 셔츠 바람으로 서성이며 벽들을 바라보았다.

벽들이 온통 그의 그림으로 뒤덮여 있었다. 식당의 벽난로 위에는 「감자 먹는 사람들」이, 거실에는 「아를 풍경」과 「론 강의 밤 풍경」이, 침실에는 「꽃 피는 과수원」이 있었다. 요한나의 가정부가 어떻게 손댈 수가 없을 정도로, 액자에 끼우지 않는 캔버스들이 침대 밑에, 소파 밑에, 장 밑에 한 무더기씩 있었고, 손님용 침실에도 빼곡하게 쌓여 있었다.

뭔가를 찾으려고 테오의 책상을 뒤지다가 그는 든든한 끈으로 묶어놓은 큼직한 편지 꾸러미를 우연히 발견했다. 그것이 자기가 보낸 편지들인 것을 알고 그는 깜짝 놀랐다. 이십 년 전 그가 덴하흐의 구필 화랑을 향해 준데르트를 떠났던 날부터 동생에게 써 보냈던 글들을 테오는 하나도 빼놓지 않고 꼼꼼하게 보관한 것이다. 통틀어 칠백 통의 편지가 있었다. 빈센트는 테오가 도대체 뭣 때문에 그 편지들을 간직해두었는지 의아스러웠다.

그 책상의 다른 곳에서 그는 지난 십 년간 자신이 테오에게 보낸 데생들을 발견했는데, 모두 일목요연하게 연대순으로 분류되어 있었다. 보리나주 시대에 그린 광부들과 버력탕 위에 몸을 굽히고 있는 광부들의 아내들의 그림, 에텐 부근의 들판에서 밭을 가는 사람, 씨 뿌리는 사람, 덴하흐의 늙은 남자들과 여자들, 게스트의 밭 가는 사람들, 스헤베닝언의 어부들, 뉘넌의 감자 먹는 사람들, 베 짜는 사람들, 파리의 레스토랑과 거리 풍경, 아를 초기의 해바라기와 과수원 스케치, 그리고 생레미 요양원의 뜰.

"개인전을 열어야겠군." 그가 탄성을 질렀다.

그는 벽에 걸린 그림들을 전부 떼내고 스케치 꾸러미를 풀어놓고, 온갖 가구 밑에 쌓여 있는 액자에 끼우지 않은 캔버스들을 꺼냈다. 그는 그것들을 아주 자세하게 시대순으로 분류했다. 그러고서는 자신이 작업을 했던 곳의 정수를 가장 훌륭하게 포착한 스케치들과 유화들을 골랐다.

복도로부터 집으로 들어오는 곳에 있는 현관 홀에다가는, 보리나주의 광부들이 탄광에서 나오는 모습, 그들이 타원형의 스토브에 몸을 굽히고 있는 모습, 초라한 오두막집에서 저녁을 먹고 있는 광경들을 그린 초기의 습작 삼십 점 가량을 핀으로 고정시켜 걸어놓았다.

"여긴 목탄화 전시실이야." 그는 스스로에게 일렀다.

그는 집 안의 나머지 공간을 훑어보고는, 욕실이 현관 홀 다음으로 별로 중요치 않은 장소라고 결정했다. 그는 의자를 밟고 서서, 브라반트의 농부들을 그린 에텐 시절의 습작들을 사방 네 벽에다 직선이 되도록 일렬로 나란히 압정으로 고정시켰다.

"그리고 여긴, 마땅히 목수용 연필화 전시실이라고 해야겠군."

다음으로 고른 곳은 부엌이었다. 거기에다가 그는 창에서 내려다보이는 목재 하치장의 풍경, 모래언덕, 해변가로 끌어올려지는 고깃배들을 그린 덴하흐와 스헤베닝언 시절의 스케치들을 붙여놓았다.

"제3전시실은," 그가 말했다. "수채화실."

자그마한 손님용 침실에는 데 그로트 가족을 그린 그림 「감자 먹는 사람들」을 걸어놓았다. 그것은 자신이 생각하는 바를 완전하게 표현한 최초의 유화였다. 그 그림 주위에다가는 뉘넌의 베 짜는 사람들, 상복을 입은 농부들, 그의 아버지 교회의 뒤편에 있는 묘지, 가느다랗고 끝이 뾰족한 첨탑 등을 그린 열두 개의 습작들을 핀으로 고정시켰다.

자신이 쓰는 침실에는 파리 시대의 유화들을 걸었다. 그건 전에 그가 아를로 떠나던 날 밤, 르픽크 로에 있던 아파트의 테오의 방 벽에다 붙여놓았던 그림들이었다. 거실에는 활활 타오르는 아를 캔버스들을 벽 위에 꿰어맞출 수 있는 대로 남김없이 빽빽하게 걸어놓았다. 테오의 침실에는 생 레미 요양원에 있는 동안 만들었던 그림들을 걸었다.

그 일이 끝나자, 그는 바닥을 치우고서, 모자와 코트를 걸쳤다. 사층 층계를 걸어내려간 그는 시테 피갈의 햇빛 속에서, 자신과 똑같은 이름의 아기가 탄 유모차를 밀었고, 한편 요한나는 그의 팔을 잡고서 네덜란드 말로 그와 이야기를 주고받았다.

열두 시가 조금 넘었을 때 피갈 로로부터 모퉁이를 꺾어 돌아들어서던 테오가 그들을 보고는 반갑게 손을 흔들더니 갑자기 달음박질로 달려와 사랑스럽다는 표정으로 요람에서 아이를 휙 낚아챘다. 그들은 유모차를 아파트 관리인에게 맡기고서 유쾌하게 떠들며 층계를 올라갔다. 그들이 문 앞에 다다랐을 때, 빈센트는 두 사람을 멈춰 서게 했다.

"자, 내가 두 사람을 반 고흐 전으로 안내하지." 그가 말했다. "그러니까 고된 시련에 대비해서 마음을 단단히 먹으라구."

"전시라니, 어디서?" 테오가 물었다.

"눈을 감기만 해." 빈센트가 말했다.

그가 문을 열어젖혔고 세 사람의 반 고흐 가족은 현관 홀로 들어섰다. 테오와 요한나는 깜짝 놀라 주위를 뚫어지게 바라보았다.

"내가 에텐에서 살고 있을 적에," 빈센트가 말했다. "언젠가 아버지가 하시는 말씀이 선은 결코 악으로부터 나올 수 없다고 하셨어. 난 선은 악으로부터 나올 수 있으며, 그뿐 아니라 예술에서는 반드시 그래야만 한다고 대답했지. 자, 날 따라오면, 한 인간의 내력을 보게 될 거야. 처음 시작할 때에는 서투른 어린애처럼 미숙했지만, 십 년간의 끊임없는 각고 끝에 마침내……아, 하지만 그건 두 사람이 스스로 판단을 내려야 하겠군."

그는 두 사람을 이 방에서 저 방으로 본래의 연대 순서대로 안내했다. 그들 세 사람은 화랑을 방문한 사람들마냥 서서, 한 인간의 인생인 그 작품들을 바라보았다. 그들은 그 작품들을 그린 화가의 느리고 고통스러운 성장을 절실히 느낄 수 있었다. 표현의 성숙을 향해 더듬어 가는 과정, 파리에서 일어났던 대변혁, 그리고 아를에서 격하게 터져 나온 그의 강력한 육성, 그 강력한 육성이 지나간 각고의 세월의 모든 것을 포착해놓고 있었다……그러고 나서……갑작스러운 타격……생 레미의 캔버스들……창조의 불씨를 보호하기 위한 쓰라린 노력……그리고는 서서히 추락……추락……추락……추락해가고 있었다.

그들은 진열된 작품을, 뜻하지 않게 찾아온 낯선 손님들의 눈으로 바라보았다. 그 작품들 앞에서, 삼십 분이라는 짧은 시간 동안 그들이 본 것은 인간이 지상에서 머물렀던 압축된 자취였다.

요한나가 브라반트 고유의 점심 식사를 내놓았다. 빈센트는 네덜란드의 음식을 다시 맛보게 되어 여간 기쁘지 않았다. 요한나가 식탁을 치우고 나자 빈센트와 테오는 파이프에 불을 붙이고서 한가롭게 이야기를 주고받았다.

"형, 굉장히 신경을 써서 주의 깊게, 의사 가셰가 말하는 대로 뭐든다 해야만 해."

"그래, 테오, 그렇게 할 거야."

"왜냐하면 그 사람은 신경질환 전문 의사거든. 그가 지시하는 대로해내기만 하면 형은 틀림없이 회복될 거야."

"약속할게."

"가셰는 그림도 그리거든. 매년 P. 반 리셀이라는 이름으로 앵데팡당전에 출품하고 있지."

"그 사람 작품은 괜찮니?"

"아니, 그렇다고는 말할 수 없어. 하지만 천재를 알아보는 데에는 천재적인 재능을 가지고 있는 사람이야. 그는 스무 살 나이에 의학을 공부하러 파리로 왔다가 쿠르베, 뮈르제, 샹플뢰리, 프루동과 친구가 되었어. 카페 라 누벨 아텐에 자주 들락거리다가 곧 마네, 르누아르, 드가, 뒤랑트, 클로드 모네와 친해졌지. 도비니와 도미에는 인상파 같은 것이 생기기도 훨씬 전에 가셰의 집에서 그림을 그렸지."

"정말이 아니겠지!"

"그가 가지고 있는 그림들은 거의 전부가 그 집의 정원이나 거실에서 그려진 것들이야. 피사로, 기요맹, 시슬레, 들라크루아, 모두가 오베르에 있는 가셰의 집으로 그림을 그리러 갔거든. 세잔, 로트레크, 쇠라의 그림들도 그 집의 벽에 걸려 있을 거야. 정말이야, 형, 금세기 중반이후의 중요한 화가치고 가셰의 친구 아닌 사람이 없었어."

"와아! 잠깐만, 테오, 너 날 놀리려고 그러는 거지. 난 그렇게 유명한사람들 축에 낄 만한 사람이 아니잖아. 그 사람이 내 작품을 본 일이있니?"

"이런 바보. 그럼 그 사람이 뭣 때문에 그렇게 열심히, 형을 오베르로 오도록 만들려고 하겠어?"

"제기랄, 내가 어떻게 알아."

"그는 지난번 앵데팡당전에 출품했던, 아를의 밤 풍경을 그린 형의 그림들을 그 전시회 전체에서 가장 훌륭한 작품이라고 생각하고 있어. 이건 진짜 정말인데, 형이 고갱과 그 노란 집을 위해 그렸던 해바라기 판넬화를 보여주자 그 사람 눈에 눈물이 핑 돌던걸. 내게 하는 말이, '당신 형은 위대한 화가야. 이 해바라기들의 노란색은 미술의 역사상 유례를 찾아볼 수 없는 거지. 이 그림들만으로도, 당신 형은 불멸의 존재가 될 걸세'라고 하던데."

빈센트는 머리를 긁적이며 히죽 웃었다.

"글쎄." 그가 말했다. "의사 가셰가 나의 해바라기 그림을 그런 식으로 생각해주고 있다면, 둘이 잘 어울릴 수 있겠는걸."

2

가셰가 테오와 빈센트를 맞으러 역에 나와 있었다. 그는 소심하고, 쉽게 흥분하고, 진득하게 눌러 있지 못하는 작은 남자였는데, 두 눈에는 간절한 우수가 담겨 있었다. 그가 빈센트의 손을 따뜻하게 꼭 잡았다.

"그래그래, 여기가 진짜 화가의 마을이라는 걸 알게 될 거야. 당신도 곧 여기가 좋아질 거야. 이젤을 가지고 왔군, 물감은 충분하오? 당신, 당장 작업을 시작해야 해. 오늘 오후에 우리 집에서 나와 함께 식사를 하지, 응? 새 캔버스들을 좀 가지고 왔소? 여기선 아를의 그 황색을 발견할 수는 없을 테지만, 하지만 여기엔 다른 것들이 있으니까, 그래그래, 여기에서 다른 것들을 발견하게 될 거야. 당신 꼭 우리 집에 그림을 그리러 와야 해. 그러면 내가, 도비니로부터 로트레크까지 모든 화가들이 그렸던 꽃병들과 테이블을 내주지. 기분은 어떻소? 몸은 건강해 보이는데. 여기가 마음에 들 것 같소? 그래그래, 우리가 당신을 돌보아줄 거야. 당신을 건강한 사람으로 만들어줄 거야."

역 플랫폼에서 빈센트는 작은 나무 숲을 향해 푸른 우아즈 강물이 비옥한 골짜기를 헤치고 구불구불 흘러가는 것을 바라보았다. 그는 그 전체 풍경을 한눈에 바라보려고 한쪽 옆으로 조금 달려갔다. 테오가 나직한 어조로 가셰에게 말했다.

"부탁입니다, 제 형을 주의 깊게 지켜봐주십시오." 그가 말했다. "병이 닥칠 징후가 조금이라도 보이거든, 즉시 저한테 전보를 쳐주세요. 내가 형과 함께 있어야만이…… 만일에 형이 있어서는 안 될 상황에…… 어떤 사람들은 말하길 형이……."

"쯧쯧!" 의사 가셰가 테오의 말을 가로막았다. 그는 껑충껑충 뛰면서 집게손가락으로 짧은 염소 수염을 세게 문지르고 있었다. "물론 자네 형이 미치긴 미쳤지. 하지만 자네가 어떻게 하겠어. 예술가들이란 모두 미친 사람들인걸. 그게 그들이 가지고 있는 가장 좋은 점이거든. 난 그런 것들을 사랑하고 있다네. 가끔씩 난 나도 미칠 수 있다면 얼마나 좋을까 하고 생각하지. '뛰어난 영혼에겐 예외 없이 광기가 섞여 있다!' 이게 누구의 말인 줄 아나? 아리스토텔레스지. 그 사람이 그렇게 말했다네."

"알아요, 하지만," 테오가 말했다. "형은 젊습니다. 겨우 서른일곱인걸요. 인생의 전성기가 아직도 앞에 남아 있잖습니까."

가셰는 우습게 생긴 흰 모자를 획 벗어들더니, 아무 뜻도 없이 머리카락을 여러 번 쥐어뜯었다.

"나에게 맡기게. 난 화가들을 다루는 법을 알고 있거든. 자네 형을 한 달 뒤엔 건강한 사람으로 만들어놓을 테니까. 제작에 착수하도록 만들어야겠어. 그게 치료지. 내 초상화를 그리라고 하면 되겠군. 당장, 오늘 오후부터. 자네 형의 마음에서 병이 빠져나가도록 만들어주겠네."

전원의 맑은 공기를 크게 들이쉬면서 빈센트가 되돌아왔다.

"넌 요한나와 어린것을 이곳으로 데리고 와야 해, 테오. 아이들을 도시에서 키운다는 건 죄악이야."

"그래그래, 자네 일요일 날 와서 우리와 하루 종일 함께 보내야 해."
가셰가 외쳤다.

"감사합니다. 정말 꼭 그러고 싶군요. 저기 제가 탈 기차가 오는군요. 자, 안녕히, 가셰 선생님. 제 형을 돌봐주신다니 정말 감사합니다. 형, 매일매일 내게 편지해."

의사 가셰에게는 사람들의 팔꿈치를 잡고서 자기가 가고 싶은 방향으로 나가도록 미는 버릇이 있었다. 지금도 그는 빈센트를 앞으로 밀면서 흥분한 높은 목소리로 말들을 연신 쏟아내고 있었다. 그는 이것저것 이야기들을 끌어모아 떠들어댔고 자기가 묻고는 자기가 대답하면서, 성급하게 지껄여대는 독백의 홍수 속에 빈센트를 삼켜버렸다.

"저게 마을로 가는 길이지." 그가 말했다. "앞으로 곧장 나 있는 저기 저 긴 길 말이오. 하지만 자, 우선, 당신을 이 언덕으로 데리고 올라가서 진짜 경치다운 경치를 보여주지. 이젤을 등에 지고 걸어도 괜찮겠소? 저 왼편에 있는 것은 가톨릭 교회요. 가톨릭은 언제나 사람들이 우러러 올려다보도록 자기들의 교회를 언덕 위에다 짓는다는 것을 알고 있소? 이런, 이런, 나도 분명 늙어가고 있군. 이 비탈이 해마다 점점 더 가파르게 느껴진단 말이야. 저긴 참 아름다운 밀밭이요, 그렇지 않소? 오베르 일대는 밀밭으로 둘러싸여 있지. 당신도 언제든 와서 저 밀밭을 그려야 해. 물론 프로방스 밀밭 같은 황색은 아니지만……응, 저 오른편에 있는 게 공동묘지요……강과 계곡이 내려다보이는 이곳 언덕마루에다 공동묘지를 세운 거지……어디에 묻히든 그게 죽은 사람들한테 큰 차이가 있으리라 생각하오?……죽은 사람들한테 이 우아즈 골짜기에서 제일 아름다운 곳을 내주었거든……들어가보겠소?……묘지 안쪽에서 보면 강을 제일 똑똑히 볼 수 있지. 퐁투아즈 쪽까지 보이니까 말이요……응, 문이 열려 있군. 그냥 밀기만 해요……그렇지……자, 이곳이 기분 좋지 않소?……바람을 막기 위해 저 담장들을 세운 것이지……가톨릭이나 프로테스탄트나 똑같이 여기에 묻힌다오……."

빈센트는 등에서 이젤을 벗어 내려놓고서 의사의 입에서 홍수처럼 쏟아지는 말들로부터 도망치기 위하여 앞서 걸어갔다. 언덕 맨 꼭대기에 누워 있는 공동묘지는 아담한 사각형 모양이었는데, 한쪽 부분은 비탈에 걸쳐 있었다. 빈센트는 뒤편의 담장으로 갔다. 거기에서는 그 발 밑에 펼쳐진 우아즈 계곡의 전체 풍경을 한눈에 볼 수 있었다. 차가운 푸른 강물은 선명한 빛깔의 신록으로 뒤덮인 강둑을 양편에 끼고서 아름답게 굽이쳐 흘러가고 있었다. 오른편으로는 마을의 초가 지붕들이 보였고, 거기서 약간 떨어진 곳 그 너머로 다른 언덕이 보였고, 그 언덕 꼭대기에 성이 하나 있었다. 묘지 안에는 깨끗한 오월의 햇살과 이른 봄꽃들이 가득했다. 묘지 위로는 고운 푸른 하늘이 드러워져 있었다. 그 아름다운 완벽한 정적은 무덤 저편으로부터 오는 정적인 것 같았다.

"가셰 선생님." 빈센트가 말했다. "남프랑스로 갔던 게 나한테 좋았던 것 같아요. 하지만 이제 보니 북부가 한결 더 좋군요. 보세요, 저 멀리 있는 강둑은 온통 바이올렛 빛깔이군요. 아직 태양이 푸르름을 터뜨리지 않았기 때문이겠지요."

"그래그래, 바이올렛, 바이올렛, 저게 바로 그거지, 바이올렛······."

"그리고 얼마나 온화하고 평온하고 아늑한지······" 빈센트가 중얼거렸다.

언덕을 도로 구불구불 내려온 그들은 밀밭과 가톨릭 교회를 지나, 마을 한가운데를 향해 오른편의 곧은 길로 들어섰다.

"당신을 내 집에 묵게 할 수 없는 게 정말 안타깝군." 의사 가셰가 말했다. "하지만 어쩌나! 빈방이 없으니. 내가 당신을 좋은 여인숙으로 안내하지. 그리고 매일 우리 집으로 와서 당신 집처럼 편히 그림 그리며 지내도록 해요."

빈센트의 팔꿈치를 잡고서 그를 앞서 나가게 한 가셰는 읍사무소 너머 거의 강둑까지 그를 데리고 내려갔다. 거기에 피서객 여인숙이 하나 있었다. 가셰가 여인숙 주인에게 말하자 그는 하루 육 프랑에 숙식을 제공하겠다고 응했다.

"이젠 좀 차분히 자리 잡을 기회를 주어야겠군." 가셰가 외쳤다. "하지만 한 시에 식사하러 와야 한다는 걸 잊지 말아요. 그리고 올 때는 이젤을 가지고 오는 거 잊지 말고. 당신, 내 초상화를 그려줘야만 해. 당신의 새 그림들도 좀 보여주고. 둘이서 푸짐하게 이야기를 나눠보자고, 응?"

의사 가셰가 시야에서 사라지자마자 빈센트는 짐을 집어들고 성큼성큼 앞문으로 걸어나갔다.

"잠깐만, 어딜 가는 겁니까?" 주인이 말했다.

"난 노동자요." 빈센트가 대답했다. "물주가 아니란 말이요. 난 하루 육 프랑을 지불할 수가 없어요."

광장으로 되돌아간 그는 면사무소 바로 맞은편에서 라부라는 이름의 작은 카페를 발견했는데, 거기서 식사까지 합해서 하루 삼 프랑 반으로 방 한 개를 빌릴 수 있었다.

카페 라부는 오베르 부근에서 일하는 노동자들과 농부들이 만나는 곳이었다. 들어갈 때 보니 오른편으로 작은 바가 있었고, 어둡고 활기 없는 방 쪽으로 나무로 만든 투박한 테이블들과 긴 의자들이 있었다. 바 뒤편 카페에 붙은 뒷방에는 찢어지고 더러운 녹색 커버가 깔린 당구대가 하나 놓여 있었다. 그 당구대가 라부의 자랑이자 기쁨이었다. 뒷방에 달린 문을 열면 뒤편에 있는 주방으로 이어지는데, 그 문 바로 바깥에 세 개의 침실로 올라가는 나선형 계단이 있었다. 빈센트의 방 창문에서는 가톨릭 교회의 첨탑과, 오베르의 온화한 햇빛 속에서 선명한 마른 갈색을 띠는 공동묘지 담장의 일부가 아주 조금 보였다.

그는 이젤과 물감과 붓 그리고 아를 여인의 초상화 한 점을 들고서 가셰의 집을 찾아나섰다. 역으로부터 내려오는 바로 그 길이 카페를 지나 이어지다가 서쪽에서 광장으로부터 다시 살짝 빠져나가 다른 언덕으로 이어져 올라갔다. 그 길을 조금 더 걸은 뒤에 빈센트는 길이 세 갈래로 갈라지는 지점에 다다랐다. 오른편 길은 성(城)을 지나 언덕 위로 올라가고 왼편 길은 콩밭 사이를 뚫고 강둑까지 내려갔다. 가셰가 일러줬던 가운데 길은 언덕 허리를 따라 휘어져 올라가고 있었다. 빈센트는 느릿느릿 걸어가면서, 자신을 보살펴줄 그 의사를 생각했다. 지붕을 풀로 이었던 옛날 집들이 부유한 주택들로 바뀌는 것과 그곳 전원 지방의 모든 자연이 바뀌는 것이 눈에 띄었다.

빈센트는 높직한 돌벽에 붙어 있는 놋쇠 손잡이를 당겼다. 종이 짤랑거리자 가셰가 달려나왔다. 그는 가파른 돌 층계를 올라 삼 층에 있는 계단식 화원으로 빈센트를 안내했다. 그 집은 튼튼하게 잘 지어진 삼층 건물이었다. 의사 가셰는 빈센트의 팔을 굽혀 팔꿈치를 잡고는 뒤뜰 이곳 저곳으로 끌고 다녔다. 뒤뜰에다 가셰는 오리, 암탉, 칠면조, 공작, 그리고 어울리지 않게 고양이 한 무리를 키우고 있었다.

"이제 거실로 들어가지, 빈센트." 뒤뜰의 가금(家禽) 하나하나의 생활사를 처음부터 끝까지 시시콜콜 설명하고 나서 가셰가 말했다.

집 정면에 위치한 거실은 큼직하고 천장도 높았지만, 정원을 향한 자그마한 창문이 겨우 두 개 있을 뿐이었다. 방이 큼직함에도 불구하고, 가구, 골동품, 갖가지 장식품들이 꽉 들어차 있어서 방 한가운데의 테이블 주위에서조차 두 사람은 거의 움직일 수가 없었다. 창의 면적이 모자라는 까닭에 방 안은 어둠침침했고, 빈센트가 유심히 살펴보니 방 안에 놓여 있는 것 전부가 검은색이었다.

가셰는 이리저리 내닫으며 물건을 주워들고 빈센트의 손에 억지로 쥐어주었다가는 빈센트가 채 보기도 전에 도로 빼앗아갔다.

"보라구. 벽 위에 걸린 저 꽃다발 그림을 보라니까. 들라크루아가 저 꽃들을 꽂는 데 바로 이 꽃병을 사용했지. 그 꽃병을 만져봐요. 들라크루아가 그린 꽃병이라는 것이 느껴지지 않소? 저기 보이는 저 의자, 쿠르베가 창가에서 저 의자에 앉아 정원을 그렸지. 이 접시들은 더할 나위 없이 아름다워, 그렇죠? 데물랭이 일본에서 돌아올 때 그것들을 내게 가져다주었지. 클로드 모네가 이걸 정물화로 그렸는데, 그 그림이 이 층에 있어요. 날 따라와요, 그걸 보여줄 테니까."

점심 식탁에서 빈센트는 명랑하고 잘생긴 열여섯 살의 소년인, 가셰의 아들 폴을 만났다. 가셰는 그 자신이 소화력이 떨어지는 환자임에도 불구하고 다섯 코스의 음식을 차렸다. 빈센트는 생 레미의 렌즈콩과 흑빵에만 길들여져 있었던 터라 세 번째 코스 뒤에는 너무 힘들어서 더 먹을 수가 없었다.

"자, 그럼 이제부터 제작을 시작해야만 하겠지." 의사가 외쳤다. "당신, 내 초상화를 그리는 거야. 내가 지금 이대로 포즈를 취하고 있을 테니까, 응?"

"당신을 좀더 충분히 알고 난 뒤에라야 될 것 같은데요, 의사 선생님. 그렇지 않으면 아무런 설득력도 없는 초상화가 될 겁니다."

"아마도 당신 말이 옳겠지, 아마도 옳을 거야. 하지만 어쨌든 뭔가 그리긴 해야 할 텐데? 당신이 어떤 식으로 제작하는지 보여주겠소? 난 정말 몹시도 보고 싶은데."

"아까 정원에서 봐둔 곳이 있는데, 그 풍경을 그리고 싶군요."

"좋아요, 좋아! 내가 이젤을 세워주지. 폴, 빈센트 씨의 이젤을 정원에다 내다놔라. 당신이 그리고 싶은 곳이 어딘지 가르쳐주겠소? 그러면 누구 다른 화가가 바로 그 지점을 그린 적이 있는지 일러줄 테니까."

빈센트가 그림을 그리는 동안 가셰는 기쁨과 놀라움과 경악이 섞인 몸짓으로 작은 원을 그리며 그의 주위에서 이리저리 내달았다. 그는 날카로운 탄성을 마구 질러대면서, 빈센트의 어깨 너머로 끊임없이 충고를 쏟아놓았다.

"그렇지, 그렇지, 이번에는 잘 잡았군. 그건 심홍색이지. 아, 조심하라구. 잘못하다간 그 나무를 망치겠는걸. 아, 옳지, 옳지. 이젠 잘됐어요. 아니지. 아니라니까. 코발트 색은 이제 그만. 여긴 프로방스가 아니야. 이제 알겠군. 맞아, 맞아, 그거 썩 좋군. 아, 조심, 조심하라구. 빈센트, 그 꽃에다 노란색을 아주 조금만 집어넣게. 그래그래, 바로 그렇게. 모든 사물들을 살아 있는 것으로 만드는 당신의 재주란, 참. 당신의 붓이 닿으면 움직이지 않는 게 없군. 안 돼, 안 돼. 아, 부탁이야. 조심하라구. 너무 많이는 말고. 아, 그렇지, 그렇지, 이젠 됐네. 놀랍군."

빈센트는 의사가 제멋대로 하는 해석과 혼잣말을 참을 수 있는 데까지 참았다. 그러다가 결국 그는 껑충거리고 있는 가셰에게 몸을 돌리고서 말했다. "그렇게 흥분하고 안달하는 건 자신의 건강에 좋지 않을 텐데요? 의사이니만큼, 침착을 유지하는 게 얼마나 중요한 일인지 아셔야 할 겁니다."

그러나 가셰는 누군가 그림을 그리고 있을 때에는 결코 침착해질 수 없는 사람이었다.

그 소품이 끝나자 빈센트는 가셰와 함께 집 안으로 들어가, 자신이 가지고 왔던 아를 여인의 초상화를 보여주었다. 의사는 한쪽 눈을 치켜뜨고는 기묘한 시선으로 초상화를 바라보았다. 그는 그 초상화의 장점과 단점에 대해 오랫동안 입심 좋게 혼자 이야기하다가 이윽고 정식으로 의견을 밝혔다.

"아냐, 난 이해할 수 없어. 완전히 이해할 수가 없어. 난 당신이 뭘 말하려고 했는지 알 수가 없단 말이야."

"뭘 말하려 한 게 아닙니다." 빈센트가 대답했다. "이렇게 말해도 된다면, 그 여자는 아를 여자들의 종합체라고 할 수 있지요. 난 그저 그 여자의 성격을 색채로 해석하려 한 것뿐입니다."

"아, 아." 의사가 서글픈 듯 말했다. "난 완전히 이해할 수가 없단 말이야."

"집 안에 있는 선생의 소장품들을 둘러봐도 되겠습니까?"

"물론, 물론, 가서 실컷 봐요. 난 이 부인과 함께 여기 남아서, 그녀를 완전히 이해할 수 있을는지 봐야겠어."

친절한 폴의 안내로 이 방 저 방 돌아다니면서 빈센트는 한 시간 동안 이것 저것 훑어보았다. 그는 기요맹의 그림이 한구석에 아무렇게나 처박혀 있는 것을 발견했다. 침대에 누워 있는 나부상이었다. 그 캔버스는 여지껏 소홀하게 방치되었던 것이 틀림없었고, 군데군데 금이 가기 시작하고 있었다. 빈센트가 그걸 자세히 살피고 있을 때, 가셰가 흥분한 얼굴로 달려와, 아를 여자의 초상화에 대해서 연거푸 질문을 쏟아놓았다.

"아니, 여태껏 그 그림만 쳐다보고 있었단 말인가요?" 빈센트가 물었다.

"그래그래, 그게 온다구, 그게 와. 그 여자가 느껴지기 시작한단 말이야."

"내가 건방진 것인지는 모르겠지만, 가셰 선생님, 이건 아주 뛰어난 기요맹의 그림입니다. 곧 액자에 끼우지 않는다면 완전히 폐품이 될 거예요."

가셰의 귀에는 그의 말이 들리지도 않았다.

"당신은 드로잉에서 고갱을 따랐다고 말하는데……난 거기엔 동감하지 않아……그 색채의 부조화가…… 그게 그 여인의 아름다움을 죽여버리거든……아냐, 아냐. 죽이는 게 아니라……으음……음……돌아가서 다시 봐야겠군……그 여자가 나에게 다가와……천천히……천천히……그 여자가 나를 향해 캔버스에서 뛰쳐나올 거야."

가셰는 아를 여인의 초상화 주위에서 뛰어다니면서, 그 여인에게 손가락질을 하고 두 팔을 휘두르고, 혼자서 중얼거리고 수많은 것들을 묻고 거기에 대답하고 갖가지 포즈를 취하면서, 나머지 긴 오후 시간을 보냈다. 밤이 내릴 무렵, 그 여인은 그의 가슴을 완전히 사로잡았다. 고양된 정적이 그를 덮쳤다.

"단순해진다는 건 얼마나 어려운 일인가." 평온한 탈진 상태에서 그림 앞에 선 채 그가 짧게 말했다.

"그렇죠."

"이 여인은 아름답군, 아름다워. 난 저만한 깊이를 가진 인물을 처음 보았네."

"마음에 드신다면," 빈센트가 말했다. "저 여인은 의사 선생님의 것입니다. 그리고 오늘 오후에 정원에서 그린 풍경도."

"하지만 어째서 그 그림들을 내게 준다는 거요, 빈센트? 귀중한 것들인데."

"가까운 앞날에 아마도 당신이 날 보살펴줘야만 될 텐데, 난 당신에게 지불할 돈이 없거든요. 그러니까 그 대신에 그림으로 갚는 거지요."

"하지만 내가 당신을 돌봐준다 하더라도 그건 돈 때문이 아닌데, 빈센트. 우정으로 그러는 거지."

"그렇다면, 나도 우정으로 이 그림들을 드리지요."

3

빈센트는 다시 한번 화가로 돌아가기 위해서 차분히 자리 잡았다. 라부의 카페에서 노동자들이 희미한 램프 아래 당구를 치는 것을 보고 나서 아홉 시에 잠자리에 들었다. 그러고는 다섯 시에 일어났다. 부드러운 햇살, 푸릇푸릇한 골짜기의 신록과 함께 날씨는 무척 아름다웠다. 생 레미에서의 주기적인 병 발작과 그로 인한 어쩔 수 없는 무위의 생활이 그 피해의 흔적을 남겼다. 그림 붓이 손에서 헛놀았던 것이다.

그는 테오에게 바르그의 육십 점의 목탄화 습작을 보내달라고 해서 그것을 모사했다. 프로포르시옹과 누드를 다시 공부하지 않으면 몹시도 뒤떨어질 것만 같아 두려웠기 때문이었다. 영원히 자리 잡고 들어앉을 작은 집이 있을까 하고 그는 오베르 주위를 찾아보았다. 이 세상 어딘가에 자신과 인생을 함께 나눌 여자가 있을 것이라는 테오의 생각이 맞는 말인지 의심스러웠다. 그는 생 레미에서 그렸던 많은 캔버스들을 꺼내놓고서, 다시 손질하여 완벽하게 만들어보려고 열심이었다.

그러나 그 뜻밖의 활력은 다만 일시적인 제스처였을 뿐이고, 파멸해버리기에는 아직 너무도 강한 한 생명체의 반사작용에 지나지 않았다.

요양원에서 오랫동안 격리되어 살았던 뒤라, 하루가 그에게는 일주일처럼 여겨졌다. 그는 그 시간을 어떻게 채워야 할지 난감했다. 이젠 줄곧 그림을 그릴 힘도 없었고 그럴 욕구도 없었던 것이다. 아를에서의 사건이 터지기 전에는 일에서 손을 떼기에는 언제나 하루 해가 짧았다. 그런데 지금은 하루가 끝이 없는 것 같았다.

그의 마음을 유혹하는 자연 풍경이 점점 줄어들었고, 제작을 시작할 때에도 이상하리만큼 차분한, 거의 무관심에 가까운 감정이 들었다. 순간순간 뜨거운 피로 그리고자 했던 지난날의 격한 열정은 그에게서 떠나갔다. 이제 그는 아주 유유자적해 보이는 태도로 그리게 되었다. 그리고 밤이 내릴 무렵 한 개의 캔버스를 채 완성하지 못했을 때에도……대수롭지 않게 여겨졌다.

가셰가 오베르에서는 유일한 그의 친구였다. 가셰는 낮 시간의 대부분을 파리에 있는 그의 진찰 상담실에서 지내다가, 가끔씩 밤에 그의 그림들을 보러 카페 라부로 찾아왔다. 빈센트는 의사의 두 눈에 어린 상심의 그늘을 보고 아주 이상하게 여겼다.

"가셰 선생님, 당신이 불행한 까닭이 뭔가요?" 그가 물었다.

"아, 빈센트, 그토록 오랫동안 힘써 일해왔지만……좋은 일은 별로 해놓은 게 없으니……의사 눈에 보이는 건 고통, 고통, 고통뿐이야."

"나 같으면, 선뜻, 선생님과 직업을 바꾸겠는걸요."

황홀한 열망이 우수에 잠긴 가셰의 두 눈을 환히 밝혔다.

"아, 그렇지 않아, 빈센트, 그건 세상에서 가장 아름다운 것이지, 화가가 된다는 것 말일세. 살아오면서 늘 화가가 되고 싶었지만……이렇게 저렇게 해서 한 시간 정도의 시간밖에 낼 수가 없으니……나를 필요로 하는 환자들이 너무도 많아서."

가셰가 무릎을 굽히고서 빈센트의 침대 밑에서 한 무더기의 그림들을 꺼냈다. 그는 이글거리는 노란 해바라기 그림을 눈앞에 들었다.

"내가 이런 그림을 단 한 점만 그렸더라도 난 내 인생이 옳은 것이라고 생각했을 걸세. 난 사람들의 고통을 치료하면서 오랜 세월을 보냈지……하지만 그 사람들은 어쨌거나 결국엔 죽고 말았거든……그러니 그게 무슨 소용이란 말인가? 하지만 당신의 이 해바라기 그림들은……사람 마음의 고통을 치료해줄 거야……세기가 지나고 또 지나는 동안……사람들에게 기쁨을 가져다줄 걸세. 그 때문에 당신의 인생은 성공한 것이라고 말할 수 있지. 그리고 그 때문에 당신은 행복한 인간이고."

며칠 뒤에 빈센트는 코발트블루를 배경으로 하얀 모자와 청색 프록코트를 걸친 가셰의 초상화를 그렸다. 머리 부분은 무척 희고 아주 밝은 색조로 두 손도 밝은 살 빛깔로 칠했다. 노란색 책 한 권과 자주색 꽃이 핀 디기탈리스가 놓여 있는 붉은 테이블에 가셰가 기대어 앉아 있는 포즈였다. 완성해놓고서 보니 그 초상화가, 고갱이 오기 전 아를에서 그렸던 자신의 자화상과 닮은 것 같아 빈센트는 즐거웠다.

가셰는 그 초상화에 완전히 열광했다. 빈센트는 그렇게 홍수처럼 쏟아지는 찬사와 갈채를 받아본 적이 없었다. 가셰는 자기에게 그 초상화를 한 장 복사해줘야 한다고 우겼다. 빈센트가 거기에 응하자 가셰의 기쁨은 끝이 없었다.

"우리 집 고미다락방에 있는 인쇄기를 사용하게나, 빈센트." 가셰가 소리쳤다. "함께 파리로 가서 거기 있는 당신의 그림들을 몽땅 가지고 와서 그걸 석판화로 만드는 거야. 당신에겐 한 푼도, 한 푼도 들지 않아. 자, 가보지, 나의 작업실을 보여줄 테니까."

사다리를 올라 뚜껑문을 밀어 열고 들어가면 거기가 고미다락방이었다. 가셰의 작업실에 기이하고 별난 도구들이 높다랗게 쌓여 있어서, 빈센트는 갑자기 중세 연금술사의 작업실에 뛰어든 것 같은 기분이었다.

아래층으로 내려가다가 빈센트는 기요맹의 나부상이 아직도 아무렇게나 방치되어 놓여 있는 것을 발견했다.

"가셰 선생님." 그가 말했다. "극구 주장하지만, 제발 이 그림을 액자에 넣으시지요. 당신은 이 그림을 망쳐놓고 있어요."

"그래그래, 나도 액자에 넣으려고 하고 있지. 그런데 언제 함께 파리로 가서 당신 그림들을 가져올 수 있을까? 당신이 원하는 대로 얼마라도 석판화를 만들 수 있어. 재료들은 내가 댈 테니까."

소리 없이 오월이 지나 유월이 되었다. 빈센트는 언덕 위의 가톨릭 교회를 그렸다. 오후 어중간한 시간에 벌써 지쳐서 그 그림을 마저 다 끝내지도 못했다. 그는 흙바닥에 반듯하게 누워 고개를 밀들 속에 파묻다시피 한 채 굉장한 인내심으로 밀밭 풍경 한 점을 간신히 그렸다. 도비니 부인의 집을 대형 캔버스에다 그렸다. 또 하나, 나무들 사이로 보이는 한 하얀 집을, 밤하늘과 창문에 비치는 오렌지색 불빛과 검은 나무 이파리들과 함께 어두운 장밋빛을 섞어 그렸다. 그리고 끝으로, 아주 검은 배나무 두 그루가 노랗게 변해가는 하늘을 배경으로 서 있는 저녁 풍경을 그렸다.

그러나 그림에서 생기가 사라졌다. 달리 할 일이 없기 때문에 습관적으로 일할 뿐이었다. 십 년간 엄청나게 일해온 무시무시한 힘의 여세로 그나마 조금 더 계속했을 뿐이었다. 전에는 그에게 전율과 흥분을 주던 자연 풍경도 이젠 무심하게 보였다.

"저런 것을 벌써 몇 번이나 그렸는걸." 이젤을 등에 멘 채 모티브를 찾아 도로를 따라 걸어가면서 그는 혼자 중얼거렸다. "달리 말할 만한 새로운 게 하나도 없으니, 똑같은 말을 되풀이할 필요가 있을까? 밀레 스승의 말이 옳아. '나 자신을 어줍잖게 표현하느니 아무것도 말하지 않는 게 더 낫다'는."

자연에 대한 사랑이 완전히 죽은 것은 아니었다. 단지 한 풍경에 끈덕지게 달라붙어 그것을 재창조하고자 하는 필사적인 욕구를 이제는 느낄 수 없었던 것이다. 그의 내부의 불꽃이 다 타버린 것이었다. 유월한 달 동안 그린 게 겨우 다섯 점이었다. 그는 피곤했다. 말할 수 없이 피곤했다. 그는 자신이 텅 비고 고갈되고 완전히 씻겨나간 것을 느꼈다. 마치 지난 십 년간 그로부터 줄기차게 쏟아져나온 수백의 드로잉과 유화들 하나하나가 그로부터 생명의 작은 불꽃들을 하나씩 앗아간 것 같았다.

급기야는 오랜 세월 동안 테오가 투자한 돈을 이용해먹은 빚을 테오에게 갚아야 한다는 느낌, 단지 그것 하나 때문에 제작을 계속하게 되었다. 그렇긴 하지만 한참 그림을 그리다가도 갑자기, 열 번을 다시 살아도 다 팔지 못할 만큼 많은 그림들로 테오의 방이 벌써 꽉꽉 차 있다는 생각이 떠오를 때면, 속에서 일어나는 가벼운 욕지기와 함께 진저리를 치면서 이젤을 밀어버리곤 했다.

삼 개월 주기의 끝인 칠월에 또다시 발작이 올 것임을 그는 알고 있었다. 발작이 일어나는 동안 무슨 엉뚱한 짓을 저질러 마을로부터 쫓겨나지나 않을까 걱정이 되었다. 테오와 돈 문제를 확실하게 해놓지 않고 파리를 떠나왔기 때문에 그는 테오로부터 얼마 만한 액수를 받게 될지 염려스러웠다. 게다가 두 눈에 비탄과 광희가 번갈아 교차하는 가셰의 표정에서 그는 날이 갈수록 더 심한 역겨움을 느꼈다.

그리고 설상가상으로, 테오의 아기가 병이 났다.

자신의 이름을 이어받은 어린애에 대한 근심으로 빈센트는 미칠 지경이었다. 그는 참을 수 있는 데까지 참다가 결국 파리행 기차를 탔다. 그의 갑작스러운 도착으로 시테 피갈의 혼란은 더 커졌다. 테오는 창백하고 아픈 것 같아 보였다. 빈센트는 동생을 안심시키려고 모든 힘을 다 쏟았다.

"내 걱정은 이 갓난애뿐만이 아니야, 형." 테오가 마침내 털어놓았다.

"또 뭐냐, 테오?"

"발라동, 그가 날더러 사표를 내게 하겠다고 을러대잖아."

"이런, 테오, 그럴 수가! 넌 십육 년간을 구필 화랑과 함께했는데."

"알아. 하지만 그는 내가 인상파들 때문에 정상적인 장사를 소홀히 해왔다고 말하는 거야. 인상파 그림들은 많이 팔지 못하는 데다가 팔 경우에도 가격이 낮거든. 발라동은 내가 맡은 가게가 지난 일 년 동안 적자를 봤다고 주장하고 있어."

"하지만 그가 진짜로 널 내쫓을 수 있을까?"

"왜 못 해? 반 고흐 가문이 가지고 있던 주식은 남김없이 다 팔려버렸는걸."

"그럼 어떻게 하지, 테오? 네 가게를 열래?"

"어떻게? 돈을 조금 저축해놓긴 했지만, 결혼과 이 아이 때문에 다 써버렸거든."

"그 수천 프랑의 돈을 나한테 처넣지만 않았어도……."

"자, 형, 제발. 그건 이번 일과는 아무 상관도 없어. 형도 알다시피 난……."

"그런데 넌 어떻게 하겠니? 요한나와 저 어린것이 있는데."

"그래. 글쎄……나도 모르겠어……우선 당장은 이 어린애 걱정뿐이야."

빈센트는 파리를 돌아다니며 여러 날 머물렀다. 아이에게 방해가 되지 않으려고 그는 되도록 아파트에서 나가 지냈다. 파리와 그의 옛 친구들이 그를 흥분시켰다. 그는 속에서 서서히 괴로운 열기가 솟아오르는 것을 느꼈다. 꼬마 빈센트가 약간 회복되자 그는 기차를 타고 오베르의 한적함 속으로 되돌아갔다.

그러나 그 한적함도 그에게는 아무런 소용이 없었다. 테오가 직업을 잃으면 자신은 어떻게 될 것인가? 어느 비참한 거지처럼 거리로 내던져질 것인가? 그건 그렇다 치더라도, 요한나와 갓난아이는 어떻게 될 것인가? 그 아이가 죽는다면? 테오의 허약한 건강으로는 그 타격을 견딜 수 없을 것임을 그는 알고 있었다. 테오가 새 직업을 찾을 동안 그들 모두를 누가 부양할 것인가? 그리고 테오가 새 직업을 찾을 힘이 또 어디 있겠는가?

그는 어두운 라부 카페에 몇 시간이고 앉아 있었다. 김빠진 맥주 냄새와 매운 담배 연기와 함께 그곳은 라마르틴 카페를 연상시켰다. 그는 당구 큐를 들고서 여기저기로 아무렇게나 잽을 넣으면서 변색된 빛깔의 당구공을 맞히려 했다. 술을 사 마실 돈도 없었다. 물감과 캔버스를 살 돈도 없었다. 이런 쓰라린 시기에 테오에게 뭐든 달라고 청할 수가 없었다. 그리고 칠월에 발작이 닥치면 자신이 뭔가, 뭔가 미친 짓을 저질러 불쌍한 테오에게 더 많은 근심과 더 많은 돈을 치르게 할지도 모른다는 것이 그는 죽도록 두려웠다.

일을 하려고 애썼지만, 그것도 소용이 없었다. 그리고 싶은 것은 이미 다 그렸고, 말하고 싶은 것도 이미 다 말했던 것이다. 자연은 이제 그에게 창조열을 불러일으키지 않았고, 그는 이미 자신이 거의 죽어 있음을 스스로 알고 있었다.

날들이 흘렀다. 칠월 중순이 되었고 그와 함께 뜨거운 날씨가 되었다. 테오는 이제 막 발라동에게 모가지를 잘릴 판인데도, 갓난아이와 의사 비용에 대한 근심으로 정신이 돌 지경인데도, 용케 오십 프랑을 짜내어 빈센트에게 보냈다. 빈센트는 그걸 라부에게 넘겨줬다. 그 돈이면 거의 칠월 말까지는 지낼 수 있었다. 그러나 그 뒤엔……어떡한다? 테오에게서는 돈을 더는 기대할 수 없었다.

그는 뜨거운 태양 아래, 작은 공동묘지 곁 밀밭 속에 등을 대고 누웠다. 그는 우아즈 강둑을 따라 거닐며 서늘한 강물과 둑에 늘어선 나무들의 잎사귀 냄새를 맡았다. 저녁을 먹으러 가셰의 집으로 가서 맛도 알 수 없고 소화시킬 수도 없는 음식으로 배를 채웠다. 그의 그림에 대해서 가셰가 흥분한 어조로 정신 없이 지껄이는 동안, 그는 속으로 혼자 말했다.

'가세가 이야기하고 있는 사람은 내가 아니야. 저 사람이 말하는 그 그림들이 내 그림일 리가 없어. 난 아무것도 그리지 않았는걸. 캔버스 위의 내 서명조차 알아볼 수 없는걸. 난 캔버스들 위에 단 한 번도 붓을 대본 기억이 없어. 그건 분명, 어떤 다른 사람이 그린 그림들일 거야!'

캄캄한 방에 누워 그는 혼자 중얼거렸다. "만일 테오가 직업을 잃지 않는다면, 테오가 여전히 매달 백오십 프랑의 돈을 보내줄 수 있다면, 그렇다면, 내 인생을 어떻게 할 것인가? 지나간 비참한 세월 동안에는 난 그래도 그려야만 했기 때문에, 내 안에서 불타오르는 것들을 이야기해야만 했기 때문에 살아 있었다. 그러나 지금은 내 내부에서 불타오르는 게 아무것도 없다. 나는 빈 껍데기에 불과하다. 생 레미의 그 불쌍한 인간들처럼 어떤 사고가 나를 지상에서 쓸어버릴 날만 기다리면서 식물처럼 계속 살아야만 할까?"

또다른 때에는 테오와 요한나와 갓난아이 걱정을 했다.

"나의 체력과 정신력이 되돌아오고 다시 그림이 그리고 싶어진다면, 그렇게 된다 하더라도 요한나와 어린것한테 써야만 할 돈을 어떻게 내가 여전히 테오로부터 앗아올 수 있단 말인가? 테오는 그 돈을 나한테 쓰면 안 돼. 그 돈으로 식구들을 시골로 보내야 해. 시골은 식구들을 건강하고 튼튼하게 만들어줄 거야. 테오는 십 년간이나 나라는 짐덩어리를 짊어지고 있었어. 그만하면 됐지 않겠어? 나는 이제 그만 물러나고 꼬마 빈센트에게 기회를 주어야 하지 않을까? 내 할 말은 다 했으니, 이젠 그 어린것이 말해야 할 차례야."

그러나 그 모든 것의 맨 밑바닥에는, 자신이 간질로 인해 결국 어떻게 될 것인가 하는 억누를 길 없는 공포가 깔려 있었다. 지금은 말짱한 제정신이므로 자신의 인생을 자신이 원하는 대로 할 수 있었다. 그러나 다음 발작이 그를 광포한 미치광이로 만들어버린다면, 발작의 긴장을 견디다 못해 뇌가 파괴되어버린다면, 침을 질질 흘리는 구제불능의 백치가 된다면, 그러면, 불쌍한 테오는 어떻게 할 것인가? 구제불능인 사람들을 위한 정신병원에 가둬버릴까?

그는 의사 가셰에게 선물로 두 개의 캔버스를 더 주면서 그로부터 자신이 처한 진실을 조금씩 털어놓았다.

"아니요, 빈센트." 가셰가 말했다. "당신의 발작은 다 끝났어. 이제부터는 완전히 건강한 몸으로 지낼 거야. 하지만 간질 환자들이 전부 그렇게 운이 좋은 건 아니라오."

"그 사람들은 최후엔 어떻게 됩니까?"

"더러는, 여러 차례의 고비를 겪고 나서 완전히 돌아버리기도 하지."

"그러면 그런 사람들한테는 회복의 가능성이 없나요?"

"없지. 끝장이야. 아, 정신병원에서 몇 년간 어영부영 연명은 하겠지만, 결코 제정신으로 돌아오질 못해요."

"다음 발작으로부터 회복될지, 아니면 그걸로 완전히 머리가 돌아버릴지 어떻게 분간할 수 있나요?"

"분간할 도리가 없어, 빈센트. 그런데 왜, 왜 우리가 그렇게 병적인 문제에 대해 이야기하고 있지? 작업실로 올라가 에칭을 만들기로 하지."

다음 나흘 동안 빈센트는 라부의 카페에 있는 자기 방에서 나오지 않았다. 라부 부인이 저녁마다 그에게 식사를 가져다주었다.

"지금 난 건강하고 제정신이고," 그는 계속 혼자 중얼거렸다. "스스로 내 운명의 주인이야. 하지만, 다음 발작이 닥쳤을 때……내 머리가 완전히 돌아버린다면……그땐 자살해야 한다는 생각을 할 만큼의 분별력도 없어지겠지……그러면 망하는 거야. 아, 테오, 테오, 난 어찌해야 되느냐?"

나흘째 되는 날 오후에 그는 가셰의 집으로 갔다. 의사는 거실에 있었다. 빈센트는 얼마 전에 자신이, 액자에 끼우지 않은 기요맹의 나부화를 넣어두었던 캐비닛으로 걸어갔다. 그는 그 캔버스를 집어들었다.

"이거 액자에 끼우라고 내가 말했잖습니까." 그가 말했다.

가셰는 깜짝 놀라 그를 쳐다보았다.

"알고 있네, 빈센트. 다음 주에 오베르의 가구사한테 나무 액자를 하나 주문할 참이었어."

"지금 액자에 끼워야 해요! 오늘! 바로 이 순간에!"

"왜 그래, 빈센트, 아무것도 아닌 일 가지고."

빈센트는 한순간 의사를 노려보다가 그를 향해 위협적으로 한 걸음 나서더니, 위의 겉옷 주머니에 손을 넣었다. 가셰는 빈센트가 주머니 속에서 권총을 움켜잡고서 그 끝을 가셰 자신에게 겨누는 것을 보았다고 생각했다.

"빈센트!" 가셰가 외쳤다.

빈센트가 몸을 떨었다. 그는 고개를 떨구고 주머니에서 손을 꺼내더니 집 밖으로 뛰어나가버렸다.

다음날 캔버스와 이젤을 든 그는 역으로 난 먼 길을 걸어내려가다가 언덕으로 올라갔다. 가톨릭 교회를 지나, 그는 공동묘지 맞은편의 노란 밀밭 가운데에 앉았다.

정오 무렵, 불 붙는 듯한 태양이 머리 위에서 내리쬐고 있을 때, 돌연 검은 새 한 떼가 하늘에서 쏟아져나왔다. 허공을 가득 채우고, 태양을 캄캄하게 만들면서, 두꺼운 밤의 모포로 빈센트를 뒤덮은 그 검은 새 떼가, 그의 머리칼 속으로, 눈 속으로, 코 속으로, 입 속으로 날아들어 숨막힐 듯 빽빽한, 푸덕이는 검은 날개들의 먹구름 속에 그를 파묻어버렸다.

빈센트는 제작을 계속했다. 그는 노란 밀밭 위를 나는 그 새 떼를 그렸다. 얼마나 오랫동안 붓을 휘둘러댔는지 알 수 없었지만, 어쨌든 그림이 완성된 것을 보고서, 그는 한 구석에다 「까마귀가 나는 밀밭」이라고 써넣고, 그 캔버스와 이젤을 들고 라부의 카페로 돌아와 자기 방 침대에 가로 쓰러져 그대로 잠들었다.

다음 날 오후 그는 다시 집을 나섰다. 그리고 이번에는 다른쪽으로 해서 읍사무소 광장을 빠져나갔다. 그는 언덕을 올라 성을 지나쳤다. 한 농부가 나무 위에 앉아 있는 빈센트를 보았다.

　"그럴 수 없어!" 농부의 귀에 빈센트가 말하는 소리가 들렸다. "그럴 수 없어!"

　한참 뒤 그는 나무에서 기어내려와 성 뒤의 일구어진 밭으로 걸어들어갔다. 이제 최후의 때가 왔다. 아를에서 맨 첫 번째 발작이 덮쳤을 때, 그는 이런 때가 오리라는 것을 알고 있었다. 그러면서도 깨끗이 결별할 수가 없었던 것이다.

　그는 안녕을 고하고 싶었다. 그 모든 것에도 불구하고, 그가 살았던 세상은 훌륭했다. 고갱이 말한 대로 "독(毒)이 있으면 해독제도 있었다." 그리고 이제 그 세상을 떠나면서 그는 세상을 향하여 안녕을 고하고, 자신의 삶을 형성하는 데 도움을 주었던 그 모든 친구들에게 안녕을 고하고 싶었다. 어설라, 그를 경멸함으로써 그로부터 인습적인 생활을 앗아가고 그를 뿌리 뽑힌 자로 만들었던 그녀에게. 멘데스 다 코스타, 그가 최후엔 자신을 다 표현하고 또 그 표현이 자신의 인생을 정당화시켜줄 것이라는 믿음을 심어준 그분에게. 케이 보스, 그의 영혼에다 "안 돼, 절대, 절대!"를 쓰디쓰게 새겨놓은 여인에게. 드니 부인, 자크 베르니, 앙리 데크뤼크, 그로 하여금 이 지상의 멸시받는 자들을 사랑하는 법을 가르쳐준 그들에게. 피터센 목사, 그의 남루한 옷과 시골뜨기 같은 투박한 태도에도 개의치 않고 온정을 베풀어준 그분에게. 할 수 있는 한 한껏 그를 사랑해준 어머니, 아버지에게. 운명의 여신이 그나마 그에게 베풀어줘도 괜찮겠다고 생각한 유일한 아내, 크리스틴에게. 다정한 몇 주일 동안 그의 스승이 되어준 마우베에게. 그의 최초의 화가 친구들이었던 베이센브뤼흐와 데 보크에게. 빈센트, 얀, 코르넬리우스, 마리누스 삼촌들과, 그에게 반 고흐 가문에 낀 한 마리 검은 양이라는 딱지를 붙인 스트릭커 목사에게. 그를 사랑한 유일한 여인,

그리고 그 사랑을 위해서 스스로 목숨을 끊으려 했던 여인, 마르호트에게. 다시 병원에 갇혀 죽을 날을 기다리는 로트레크에게. 과로로 서른한 살에 죽은 조르주 쇠라에게. 브르타뉴의 동냥아치 폴 고갱에게. 엑상프로방스의 언덕마루에 틀어박힌 비정한 은둔자 세잔에게. 세상의 단순한 영혼들 속에 소금이 있다는 것을 보여준 탕기 영감과 룰랭에게. 친절하게도 그에게 꼭 필요한 온정을 나누어주었던 라셀과 의사 레이에게. 이 세상에서 그를 위대한 화가로 생각해준 단 두 사람, 오리에와 의사 가셰에게. 그리고 그 모든 사람들 가운데에서도 오랫동안 고생하고 오랫동안 사랑한 그의 착한 동생, 이 세상 모든 형제들 중에서 가장 훌륭하고 가장 소중한 동생, 테오에게. 그는 안녕을 말하고 싶었다.

그러나 이제껏 말이 그의 표현 수단이었던 적은 없었다. 그는 안녕을 그려야만 했다.

그러나 안녕은 그릴 수 없는 것.

그는 얼굴을 들어 태양을 우러렀다. 그는 권총을 옆구리에 가져다 댔다. 방아쇠를 당겼다. 그는 푹 쓰러져, 비옥하고 아릿아릿한 밭 흙 속에, 어머니 대지의 자궁 속으로 되돌아가는 가장 탄력 있는 흙 속에 얼굴을 묻었다.

4

네 시간 뒤에 그는 비틀거리며 어둠침침한 카페를 지나 안으로 들어갔다. 그의 방까지 따라 들어온 라부 부인이 그의 옷에 피가 묻어 있는 것을 보았다. 그녀는 당장 가셰 의사를 부르러 달려나갔다.

"아, 빈센트, 빈센트, 무슨 짓을 한 건가!" 방 안으로 들어섰을 때 의사 가셰는 신음소리를 냈다.

"내 솜씨가 서툴렀던 것 같군요. 어때요?"

가셰는 상처를 검사했다.

"아, 빈센트, 이 불쌍한 친구야, 얼마나 비참했기에 이런 짓을 했나. 내가 왜 그걸 몰랐을까? 우리 모두가 당신을 그토록 사랑하는데, 어째서 우릴 떠나려 하나? 아름다운 그림들을, 세상을 위해 아직 더 그려야만 한다는 것을 생각하게."

"미안하지만 내 조끼 주머니에서 파이프를 좀 꺼내주시겠어요?"

"아암, 물론."

그는 파이프에 연초를 채워넣고는 이빨 사이에 물었다.

"미안하지만, 불 좀."

"아암, 물론."

빈센트는 조용히 파이프를 피웠다.

"빈센트, 오늘은 일요일이니까 자네 동생이 가게에는 안 나갔을 걸세. 동생의 집 주소가 어떻게 되지?"

"그건 안 가르쳐드리겠어요."

"안 돼, 빈센트, 어서! 동생에게 한시바삐 연락을 해야 돼."

"테오의 일요일을 방해해선 안 돼요. 피곤과 근심에 시달릴 테니까. 테오에겐 휴식이 필요합니다."

아무리 설득을 해봐도 빈센트에게서 시테 피갈의 주소를 알아낼 수 없었다. 가셰는 그날 밤 늦게까지 빈센트 곁에 머물면서 그의 상처를 돌보았다. 그러다가 그는 빈센트를 보살피도록 자기 아들을 남겨놓고서 잠시 쉬러 집으로 돌아갔다.

빈센트는 온밤 내내 두 눈을 크게 뜨고 그냥 누운 채, 가셰의 아들 폴에게는 한마디도 하지 않았다. 그는 연신 파이프에 연초를 채워넣고 쉼 없이 피웠다.

다음날 아침 테오가 구필 화랑에 출근해보니, 가셰의 전보가 그를 기다리고 있었다. 그는 첫 기차를 잡아타고 퐁투아즈를 향했고, 거기서 다시 마차를 타고 오베르로 질주했다.

"아, 테오." 빈센트가 말했다.

테오는 침대 곁에 털썩 무릎을 꿇고서, 어린아이를 안듯 양팔로 빈센트를 껴안았다. 그는 말을 할 수가 없었다.

의사 가셰가 오자 테오는 그를 바깥 복도로 데리고 나갔다. 가셰는 서글프게 고개를 가로저었다.

"가망이 없네. 총알을 제거하는 수술을 할 수가 없어, 너무 쇠약한 상태야. 워낙이 그렇게 강철 같은 몸이 아니었더라면, 밭에서 벌써 죽었을 걸세."

그 기나긴 낮 동안 테오는 빈센트의 손을 꼭 쥔 채 줄곧 그의 침대 가에 앉아 있었다. 밤이 내리고 방 안에 단 둘만 남게 되자 형제는 브라반트에서의 어린 시절 이야기를 조용히 나누기 시작했다.

"형, 리스위크의 그 물방앗간 생각나?"

"무척 오래된 물방앗간이었지, 안 그래, 테오?"

"개천을 끼고 작은 길을 따라 우린 함께 걸어가면서 인생을 설계하곤 했잖아."

"한여름에, 높다랗게 자란 밀밭 가운데에서 놀 때면 넌 내 손을 늘 꼭 잡곤 했었지, 바로 지금처럼 말이야. 생각나니, 테오?"

"그래, 형."

"아를 병원에 있었을 때 난 자주 준데르트를 생각했다. 테오, 너와 난 참 아름다운 어린 시절을 보냈었지. 부엌 뒤편에 있는 뜰에서 잘 놀았어, 아카시아 나무 그늘 밑에서 말이야. 어머니가 점심으로 치즈 빵을 만들어주시곤 했었는데."

"그게 아득한 옛날 이야기인 것 같아, 형."

"······그래······정말······인생은 기니까. 테오, 제발 몸조심하거라. 건강을 잘 지켜야만 해. 요한나와 어린것 생각을 해야지. 튼튼하고 건강한 몸이 되도록 식구들을 적당한 시골로 데리고 가거라. 그리고 구필 화랑에 있지 말아야 해, 테오. 그들은 네 인생을 다 빼앗아가고서 아무런 보답도 해주지 않았어."

"형, 내 소유의 조그만 화랑을 열겠어. 그리고 최초의 전시는 개인전이 될 거야. 형의 전 작품을……형이 우리 아파트에다……형 손으로 직접 진열해놓은 그대로……."

"아, 내 작품들……난 거기에 인생을 걸었지……그러다가 내 정신이 거의 다 결딴났어."

오베르에 내린 밤의 깊은 정적이 방 안을 감쌌다.

새벽 한 시가 조금 지났을 때, 빈센트가 약간 고개를 돌리고 나직하게 중얼거렸다.

"테오, 난 지금 죽었으면 좋겠구나."

몇 분 뒤 그는 두 눈을 감았다.

테오는 빈센트가 자신으로부터 영원히 떠나가는 것을 느꼈다.

5

루소, 탕기 영감, 오리에, 에밀 베르나르가 장례식에 참석하러 파리에서 왔다.

카페 라부의 문들은 모두 잠겼고, 차일이 내려뜨려졌다. 검은 말들이 이끄는 자그마한 검은 영구차가 바깥 문 앞에서 기다리고 있었다.

사람들이 빈센트의 관을 당구대 위에 뉘었다.

테오, 의사 가셰, 루소, 탕기 영감, 오리에, 베르나르 그리고 카페 주인 라부 등이 말을 잃은 채 모여 서 있었다. 그들은 서로 바라보지도 못했다.

아무도 목사를 불러올 생각도 못했다.

영구차의 마부가 앞문을 두드렸다.

"시간 됐습니다, 여러분." 그가 말했다.

"제발, 그를 이렇게 보낼 순 없어." 가셰가 소리쳤다.

그는 빈센트의 방에서 그림들을 전부 끌어내오고, 집으로 달려가서 그의 나머지 그림들을 가지고 오도록 자기 아들을 보냈다.

여섯 남자가 그 그림들을 벽에 걸었다.

테오는 관 옆에 홀로 서 있었다.

태양 빛으로 가득 찬 빈센트의 캔버스들이 그 단조롭고 침울한 카페를 눈부시게 빛나는 대성당으로 바꾸어놓았다.

사람들이 다시 당구대 주위에 모여섰다. 가셰만이 겨우 말을 꺼낼 수 있었다.

"절망하지 맙시다, 우린 빈센트의 친구들이니까. 빈센트는 죽지 않았소. 그는 결코 죽지 않을 거예요. 그의 사랑, 그의 천재성, 그가 창조해낸 위대한 아름다움은 영원히 살아남아 세상을 살찌울 겁니다. 나는 그의 그림을 볼 때면, 언제나 거기서 새로운 믿음, 인생의 새로운 의미를 발견했지요. 그는 거인(巨人)이었고⋯⋯위대한 화가⋯⋯위대한 철학자였습니다. 그는 예술을 향한 사랑 앞에 순교한 것입니다."

테오는 애써 그에게 감사를 표하려고 했다.

"⋯⋯난⋯⋯난⋯⋯."

그는 눈물로 목이 막혔다. 그는 말을 잇지 못했다.

빈센트의 관에 뚜껑이 덮였다.

그의 여섯 친구들이 당구대에서 관을 들어올렸다. 그들은 그 초라한 카페 밖으로 관을 들고 나갔다. 그러고는 영구차 안에다가 가만히 관을 내려놓았다.

그들은 검은 마차를 뒤따라, 햇빛이 환히 내리쬐는 길을 걸어내려갔다. 그들은 초가집들과 자그마한 시골 주택들을 지나쳤다.

역에서 영구차는 왼쪽으로 돌아 언덕을 천천히 올라가기 시작했다. 그들은 가톨릭 교회를 지나 노란 밀밭을 구불구불 헤치고 나아갔다.

검은 영구차가 공동묘지 문 앞에 멈췄다.

테오는 관을 묘지로 운반하는 여섯 사람 뒤에서 관을 뒤따라 걸어갔다. 의사 가셰는 빈센트가 마지막으로 잠들 곳을, 그들이 처음 만났던 그날 우아즈 계곡의 아름다운 신록을 굽어보면서 있던 바로 그 지점으로 택해놓았다.

테오가 다시 뭔가 말하려 했다. 그러나 끝내 할 수 없었다.

사람들이 관을 땅 속에 안치했다. 그리고 나서 그들은 삽으로 흙을 퍼넣어서 그 위를 꼭꼭 밟아다졌다.

일곱 남자는 몸을 돌리고 공동묘지를 나와 언덕 아래로 걸어내려 갔다.

가셰가 며칠 뒤에 다시 와 묘지 주위에 온통 해바라기를 심었다.

테오는 시테 피갈의 집으로 돌아갔다. 형을 잃은 상실감이 밤낮을 가리지 않고 삭일 수 없는 슬픔으로 매순간 그를 아프게 몰아붙였다.

그 긴장으로 그의 정신이 꺾였다.

요한나는 그를 위트레흐트의 요양소로 데리고 갔다. 그곳은 전에 마르호트가 있었던 곳이었다.

그로부터 반 년 후, 빈센트가 죽은 바로 그 날짜에 거의 비슷하게 맞추어, 테오는 세상을 떠났다. 그는 위트레흐트에 묻혔다.

얼마 뒤, 요한나는 위안 삼아 성경을 읽다가 「사무엘서」의 한 구절에 우연히 부딪쳤다.

죽음 속에서도 그들은 서로 나뉘지 아니하였나니.

그녀는 테오의 유해를 오베르로 옮겨 그의 형 곁에 나란히 뉘였다.

오베르의 뜨거운 태양이 밀밭 가운데의 그 작은 공동묘지에 내리쪼일 때, 테오는 빈센트 무덤에 무성하게 피어난 해바라기 그늘 아래 편히 잠들어 있는 것이다.

후기

독자들은 아마 "이 이야기 중에 얼마만큼이 사실일까?"하고 자문했을지도 모른다. 실상 대화는 상상할 수밖에 없었다. 또한 마야라는 여인이 등장하는 장면처럼, 때로 순전한 픽션을 펼친 곳이 있지만, 그것은 독자들도 금방 알아챌 수 있을 것이다. 한두 군데에서, 나 자신이 그 증거를 제시할 수는 없지만 분명 그랬을 가능성이 있다고 확신하는 사소한 사건들을 묘사했는데, 말하자면 파리에서 있었던 빈센트와 세잔 간의 짧은 만남이 그것이다. 편의상 몇 가지 꾀를 부린 것이 있다. 이를테면 빈센트가 유럽을 고달프게 떠돌아다닐 동안의 화폐 단위를 프랑으로 통일해서 사용한 것이 그런 예이다. 그리고 전체 줄거리 중에서 별로 중요치 않은 서너 가지의 단편적인 이야기들은 생략했다. 이러한 기술상의 특권을 제외하고는 이 책 전체가 사실이다.

나의 주요 전거는 빈센트 반 고흐가 동생 테오에게 보낸 편지를 엮은 세 권의 서한집(휴튼, 미플린 1927-1930)이다. 그밖의 자료의 태반을 나는 네덜란드, 벨기에, 프랑스에 걸쳐 빈센트 반 고흐의 자취를 추적해서 캐내었다.

나에게 시간과 자료를 아낌없이 내준 유럽의 반 고흐 친구들과 반 고흐 열광자들의 은혜에 감사하지 않는다면 배은망덕한 일이 되리라. 『덴하흐 포스트』지의 콜린 반 오스와 루이스 브론, 덴하흐 구필 화랑의 요한 테르스테이흐, 스헤베닝언의 안톤 마우베 일가, 프티 밤의 장 바티스트드니 부처, 뉘넌의 호프케스 일가, 암스테르담의 J. 바르 드 라 파이유, 아를의 페리스 레이 의사, 생 폴 드 모졸의 에드가르 로이 박사, 그리고 유럽에 남아 있는 가장 충실한 빈센트의 친구인 오베르-쉬르-우아즈의 폴 가셰가 그들이다.

나는 로나 모스크, 앨리스 C. B. 브라운, 레이 C. B. 브라운, 진 팩터에게서 편집상의 도움을 받는 은혜를 입었다. 그리고 마지막으로, 이 책의 내용을 원고 상태로 맨 처음 읽은 루스 알레이에게 깊은 감사를 표하고 싶다.

1934년 6월 6일
어빙 스톤

역자 후기

　빈센트 반 고흐의 생애를 일목요연하게 더듬거나, 그의 작품에 관해 거론하는 것은 나의 몫이 아닐 것 같다. 다만, 번역자의 의무랄까 권리로서 짧게 느낌만을 말하고 싶다.

　끊임없이 자신의 고통에서 흘러내리는 피를 보고서야, 자신이 물리적으로 살아 있음을 정신적으로 느끼는 사람들이 있다.

　나는 빈센트 반 고흐의 생애 앞에서 사제라는 낱말을 떠올린다. 고통의 사제 빈센트 반 고흐. 그라는 한 인간 앞에서 나는 "공감하는 인간"(생각하는 인간, 만드는 인간, 노는 인간과 같은 차원에서 내 나름대로 붙여본)이라는 말을 떠올린다. 그의 작품들 속에서 나는 단 한마디의 "나는 사랑한다"라는 비명을 듣는다. 바로 그 외침으로부터 반 고흐의 영원한 스토리가 시작되며, 바로 거기에서 반 고흐의 전설은 끝난다. 사랑은 언제나 그 현실의 부재로서 그의 가슴속에 존재했고, 사랑은 언제나 그 현실의 미완성으로서 그의 그림 속에서 완성되었다. 사랑하지 않는 사람, 진실로 사랑하지 않는 사람은 상처받지 않고 고통받지 않는다. 아마도 사랑과 고통이라는 기름 없이는 고흐의 삶은 위대한 한순간의 불꽃으로 타오르지 못했으리라. 반 고흐, 그는 천재가 아니라 오히려 둔재였으며, 그의 생애는 우뚝 솟은 고상한 정신의 최고 극점이 아니라 가장 낮고 더러운 땅에 입맞춤하며 흐르는 물로서 우리에게 남을 것이다.

　원저로는 Irving Stone, *Lust for Life*(1977)를 사용했다. 세심한 조언을 해준 까치글방의 편집부에 감사드린다.

1981년 5월
최승자

재판을 내면서

　초판에서 사정상 삭제해야 했던 부분을, 재판에서 보완하여 완역본으로 내놓게 되었다. 어려운 사정에도 불구하고 처음의 희망대로 완역본으로 출간해준 까치글방에 고마움을 표한다.

1981년 12월
최승자

---

* 이 책의 초판은 1981년 까치글방에서 출간되었다. 2007년부터는 도서출판 청미래에서 출간되고 있으며, 1981년 초판과 재판의 역자 후기를 그대로 실었다.

연보

1853. 3. 30   네덜란드의 북부 브라반트의 준데르트에서 한 목사의 장남으로 태어나다. 1년 전 같은 날짜에 같은 이름이었던 형이 태어났으나 곧 죽다. 세 사람의 삼촌이 있었는데 모두 화상(畵商)이었다.

57. (4세)   5월 1일, 아우 테오 태어나다.

61. (8세)   마을의 학교에 들어가다.

69. (16세)   큰아버지 빈센트의 주선으로 구필 화랑 덴하흐 지점에 근무하다.

72. (19세)   테오와 서신 교환을 시작하다.

73. (20세)   테오가 구필 화랑 브뤼셀 지점에 근무하게 되다. 빈센트는 런던 지점으로 옮겨가다.

74. (21세)   하숙집 딸에게 애정을 호소했으나 거절되다. 낙망하여 네덜란드로 돌아오다.

75. (22세)   파리로 옮기고 성서에 탐닉하다.

76. (23세)   에텐의 부모 곁으로 돌아가다. 4월, 다시 영국으로 건너가 교사가 되다. 7월에는 보조 설교사가 되었으나 12월에 에텐으로 돌아오다.

77. (24세)   5월, 암스테르담의 얀 삼촌 밑에서 대학 신학과에 응시하기 위해 준비하다.

78. (25세)   7월, 공부를 포기하고 에텐으로 돌아오다. 8월, 브뤼셀의 전도사 양성소에 들어가 석 달 동안 연수를 받았으나 연수 기간이 지나도 전도사로 임명되지 않자, 자비로 보리나주의 탄광 지대로 가다.

79. (26세)   1월, 여섯 달간 잠정적으로 임시 전도사로 임명되다. 탄광이 폭발하고 파업이 일어나자 부상자와 병자를 헌신적으로 돌보다. 방랑생활을 하다.

80. (27세)   계속 방랑생활을 하다. 이해 여름, 화가가 될 것을 결심하고 데생 공부를 시작하다.

81. (28세) 에텐으로 돌아오다. 사촌 동생 케이에게 구혼했으나 거절되다. 아버지와 의논하여 덴하흐로 가서 마우베의 지도를 받다.

82. (29세) 1월, 임신한 창녀 크리스틴과 알게 되어 동거하다. 그녀를 모델로 하여 「슬픔」을 그리다. 7월, 크리스틴이 출산하다.

83. (30세) 크리스틴과 헤어지다. 12월, 뉘넌의 가족에게로 돌아오다.

84. (31세) 유화를 많이 그리다. 가톨릭 교회의 관리인 집을 빌려 아틀리에로 사용하며 기거하다. 열 살 위인 마르호트와 결혼을 생각했으나 그녀의 가족이 반대하다.

85. (32세) 농민들의 인물 습작에 몰두하다. 3월, 아버지가 죽다. 4, 5월 「감자 먹는 사람들」을 제작하다. 11월, 뉘넌을 떠나 안트베르펜으로 가다.

86. (33세) 안트베르펜의 아카데미에 들어가다. 신경과민 증세가 점점 심해지다. 3월, 파리로 가서 테오와 함께 지내다. 로트레크, 베르나르와 사귀다. 테오와 함께 몽마르트르의 르픽크 로로 옮기다.

87. (34세) 인상파 화가들을 많이 사귀다. 음주와 퇴폐적인 생활로 건강을 해치다.

88. (35세) 2월, 파리를 떠나 아를로 가다. 노란색의 집을 빌려서 거주하며 작품에 정열을 쏟다. 6월 지중해에 생트 마리 드 라 메르로 여행하다. 10월, 고갱이 아를로 오자 공동생활을 시작하다. 11월, 돌연 발작을 일으켜 스스로 귀를 자르고 이 주일 동안 병원에 입원하다. 고갱, 아를을 떠나다.

89. (36세) 아를의 병원과 노란 집을 오가며 생활하다가 다시 발작을 일으키다. 아를 시민의 요청으로 정신병원에 감금되다. 3월, 시냐크가 방문오다. 4월, 테오가 결혼하다. 5월, 생 레미의 정신병원에 입원하다. 병원에서 비교적 자유롭게 지내다. 7월, 세 번째의 발작을 하고, 겨울 들어 다시 발작하다.

90. (37세) 5월, 생 레미를 떠나다. 파리에서 테오와 지내다가 오베르로 가다. 의사 가세와 사귀다. 이때 겨우 석 달 동안 80여 점의 그림을 그리다. 7월 27일 자살을 꾀한 뒤 29일 죽다. 형의 죽음을 접한 테오도 건강이 악화되어 이듬해인 1891년 1월 25일 위트레흐트의 요양소에서 죽다.